# 消失的爱人

*Gone Girl*

[美] 吉莉安·弗琳 Gillian Flynn / 著　　胡绯 / 译

中信出版社 · CHINACITICPRESS · 北京 ·

图书在版编目（CIP）数据

消失的爱人/（美）弗琳著；胡绯译.——北京：中信出版社，2013.6（2016.1 重印）
书名原文：Gone Girl
ISBN 978–7–5086–3919–2
I. 消… II.① 弗… ② 胡… III. 长篇小说－美国－现代 IV. I712.45
中国版本图书馆CIP数据核字（2013）第 064404 号

消失的爱人

著　　者：[美] 吉莉安·弗琳
译　　者：胡绯
策划推广：中信出版社（China CITIC Press）
出版发行：中信出版集团股份有限公司
　　　　　（北京市朝阳区惠新东街甲 4 号富盛大厦 2 座　邮编　100029）
　　　　　（CITIC Publishing Group）
承 印 者：北京京师印务有限公司

开　　本：787mm×1092mm　1/16　　　　印　张：30　　　　字　数：450 千字
版　　次：2013 年 6 月第 1 版　　　　　　印　次：2016 年 1 月第 15 次印刷
京权图字：01–2013–2873
书　　号：ISBN 978–7–5086–3919–2/I·372　　广告经营许可证：京朝工商广字第 8087 号
定　　价：42.00 元

CH　　　B
F
FLYNN
GILLIAN

# 媒体推荐

全美最大实体书店"巴诺"、《出版人周刊》、《图书馆杂志》、《Inc.》杂志、《圣路易邮讯报》、《赫芬顿邮报》及全球最大书评网站"GoodReads"2012 年度推荐好书!

荣登《奥普拉》杂志 2012 年度"十大挚爱好书"

《科克斯书评》奉为"2012 年度最佳小说"

《纽约日报》、知名网络杂志"Slate"2012 年度十佳读物

书评杂志"BookPage"奉为"2012 大热读物"

荣登"Glamour"杂志 2012 年度"十大妙语"

获 NBC,CNN,CBS 专题报道,《洛杉矶时报》"假日推荐书目"

# 评论

笔锋活像刀锋般犀利……情节神奇莫测，透着一股机灵劲，始终抓人眼球。不仅设置了一系列峰回路转、精彩缜密的情节，还塑造了诸多鲜活灵动、栩栩如生的人物，笔端透着阴森寒气，手法之高妙媲美派翠西亚·海史密斯——读者如有质疑，请回头再捋一捋书中的细节吧。不管该书在您第一遍读来是哪种滋味，第二遍的感受一定截然不同。

——珍妮特·马斯林《纽约时报》

没错，《消失的爱人》无疑是近年来人气最旺的小说之一！一位年轻太太的失踪使其丈夫蒙上了重重疑云：他究竟是不是真凶？作为一本大热的口碑之作，这本悬念迭出、引人入胜的小说绝对配得上坊间盛名。

——《奥普拉》杂志

绝佳的读物，惊心动魄的情节堪比希区柯克，令人爱不释手。这本动人的小说直达人心最阴暗的角落，会让你浑身起上一层鸡皮疙瘩，非要把一颗心提到嗓子眼，直到最后一页。

——《人物》杂志

一本精心打造的惊世之作，涵盖"生命、爱情、失去、愧疚"等主题，也是一部引人入胜的杰出文学作品。

——《纽约客》

一步步揭开身份认同的本质，一笔笔描绘了那些令人战栗的秘密——即使在最亲密的情侣之间，这些秘密也仍会破土而出、茁壮生长。《消失的爱人》开篇就推出了一宗疑案，看上去有待读者挖掘真凶的身份，但到了合卷的那一刻，你会忍不住重新审视身份认同这一命题。

——列弗·格罗斯曼《时代》杂志

这本小说时时在揭露真相，却又特意布下了一道道迷魂阵……吉莉安·弗琳用一副毒舌将当下的文化现象描绘得栩栩如生，全书结构错综复杂，极尽铺陈之能事，让人难以释手……一句话，这部书有趣得紧。

——《纽约每日新闻》

一部匠心独运的小说，阴暗处让人心头发毛……吉莉安·弗琳必将一跃成为炙手可热的作家……前半部入木三分地写出了当下一道奇特的风景线，不过话说回来，小说下半部才真是奇峰迭起，笔锋一转就立马让人喘不过气来，劲爆得不得了！在这里，我只能乖乖地闭上嘴，免得剧透。尽管《消失的爱人》一步步变得离奇惊悚，小说中却处处遍布着妙语，一眼洞察了男女两性之间的权力关系是多么不堪一击，一对对夫妻又如何难以在人生的激流中掌控自己的命运。除了这一个又一个亮点，吉莉安·弗琳居然还创造了一位真正令人毛骨悚然的反派——哇，谁能猜得到呢。人们总说，人性阴暗面都被写滥啦，写来写去也翻不出什么花样，可是在《消失的爱人》里，那位丧心病狂的魔头说不定会让您"咕咚"一声坠入爱河。

——杰夫·盖尔斯《娱乐周刊》

事情怎么会搞得这么糟？"答案尽在吉莉安·弗琳的新作中。当两个人结为夫妻，但其中一人完全摸不透枕边人的真面目，那会惹出什么样的风波？——《消失的爱人》能让你看出几分端倪。

——卡罗·梅莫特《今日美国》

吉莉安·弗琳这部悬疑小说阴气森森，字里行间不见乱溅的鲜血，却仍然把暴力写得活灵活现……书中的好戏可不止一出，本书并不仅仅是一宗失踪案。男女主人公尼克和艾米将交替讲述各自的故事，而读者会发现婚姻从未显得如此来势汹汹，主人公嘴里的话也从未显得如此不可靠。

——《华尔街日报》

吉莉安·弗琳的新书乃是罕见的佳作:《消失的爱人》不仅惊险刺激，逗人发笑，而且为我们竖起了一面镜子，让人反思生活……随着男女主角的谎话一个个被戳破，吉莉安·弗琳用犀利的笔锋和动人的行文编织出了诸多关键的细节，让情节上演了一个大转弯。别太相信你的直觉，当你奋力为某个主人公摇旗呐喊的时候，《消失的爱人》总有办法让你心头一震。

——《旧金山纪事报》

简直太棒了:又吓人又搞笑，还不时打动人心，我刚一读完全书就想再重读一遍。

——"美联社"米歇尔·韦纳

这本小说写了一宗让人发噱又惊悚无比的婚姻，会让你忍不住花一番心思琢磨自己的枕边人。

——《时代》杂志

重口味读者会喜欢《消失的爱人》中一环接一环的斗智游戏。在吉莉安·弗琳悬念重重的新作中，一桩危机四伏的婚姻活脱脱变成了一个惊悚故事。

——《纽约时报》

吉莉安·弗琳一连写出三部佳作，与凯特·阿特金森和塔娜·法兰奇等女作家一起将该类型小说推向新的高度。《消失的爱人》并非打着罪案小说的招牌着眼于婚姻，事实上，这部小说中的罪案与婚姻简直密不可分。《消失的爱人》不仅是一出暗黑系喜剧杰作（要不然换句话说，该书是搞笑系的惊悚小说，反正它跟惊悚和搞笑都沾边），还用戏谑的笔调揭开了爱人的真面目:有些时候，正是你的死敌让你成就了自我，要是遇到这种情况，你还不愿意松手放他走呢。

——Salon.com 书评

吉莉安·弗琳的第三部小说不仅拥有紧锣密鼓的节奏，而且对解体的婚姻做出了精妙的剖析……在情节设置上匠心独运，却又富有思想深度，真是一部杰作。

——《波士顿环球报》

依我看，不管读者是惯用 Facebook 的新生代，还是喜好古风的悬疑爱好者，《消失的爱人》都堪称一部绝佳的罪案小说，会令人指尖留香，回味良久……吉莉安·弗琳笔下的人物好似朵朵光彩逼人的毒花，她在互联网时代玩转了哥特风。

——《克利夫兰实话报》

《消失的爱人》描绘变态心理人格，我从来没有读过如此精彩、如此令人胆寒的描绘。尼克和艾米狠狠地、无情地操纵彼此，手法娴熟，经常展现慧黠的黑色幽默。一个绝顶奥妙、令人心惊的故事，书中快快乐乐、看似正常的表象，背后可能隐藏黑暗的一面，两者紧密交融，难分难解。

——塔娜·弗伦奇

布局道尽一切。年终回顾之时，我坚信我将宣称这是自己年度最喜欢的小说。《消失的爱人》棒极了。

——凯特·阿特金森

容我迫切催促：拜托你赶紧阅读《消失的爱人》。感觉好像吉莉安·弗琳舍弃苦艾酒，改用电池酸液，为我们调制一杯鸡尾酒，不知怎的，她让这杯调酒非常适口。《消失的爱人》像是一剂可口、迷人、令人陶醉的毒药。这书聪颖慧黠、棒极了，而且趣味横生（最上乘的黑色幽默）。写作功力好得不像话，至于故事则着实神奇迷人！请你赶紧阅读，你会发现书中蕴含种种宝藏，也会惊觉所谓的"神奇迷人"，挟带着多少包袱（以及多么令人害怕）。

——斯科特·史密斯

《消失的爱人》承袭吉莉安·弗琳展现在前两部作品之中的绝妙才华，带领读者深入一个婚姻触礁、令人喘不过气来的感情世界。全书对婚姻提出惊人的描述，也为这个众人梦想似乎濒临崩溃的时代，及时道出一个值得引以为戒的故事。

——劳拉·利普曼

《消失的爱人》像是由希区考克重新诠释的《婚姻场景》，布局精巧，始终令人惊奇，而且充满眼熟的人物。这是一个披着悬疑小说外衣的爱情故事，探索一个感情触礁的永恒难题：我们怎么走到这个地步？

——亚当·罗斯

《消失的爱人》将诸多亮点集于一身：悬念迭出，不落窠臼，逗人发笑却又能害人起一身鸡皮疙瘩，更别提精心铺陈的情节和笔力十足的文字。身为作家，吉莉安·弗琳真有一手惊心动魄的绝技。

——凯特·克里斯滕森

吉莉安·弗琳的大作《消失的爱人》让我想起了巅峰时期的帕特里夏·海史密斯。凭借《消失的爱人》，吉莉安·弗琳一跃跻身兼顾情节与人物的圣手作家行列：她深知如何编织一个扣人心弦的故事，同时塑造一个个栩栩如生的人物。

——凯琳·史劳特

我刚刚读完《消失的爱人》，整个星期感到被出卖、被欺骗、被操纵、被挑拨、被误解，更别说心中所有的预期都遭到挑战与质疑。既然我是如此欲罢不能，这会儿我居然认真考虑翻到第一页，从头到尾再读一次。

——阿瑟·菲力普斯

这本书值得入选我所知道的任何文学奖项，这本书是一部惊世杰作！

——金球奖影后 莎拉·洁西卡·帕克

这本书真是太棒了！我可不想剧透，不过它绝对令人胆寒。

——超级名模 辛迪·克劳馥

# 目录

爱情是这世上难以言尽的无常，它有着诸般化身：爱情交织着谎言，交织着怨恨，甚至交织着谋杀；盛放的爱逃不开恨，它是一朵娇艳欲滴的玫瑰，散发出一抹幽幽的血腥。

——托尼·库什纳《幻觉》

第一部分
芳踪难觅

## 尼克·邓恩
## 事发当日

每当想起我太太，我总会想起她那颗头颅。最先想起的是轮廓：第一眼见到她时，我望见的就是她的后脑，那头颅有着某种曼妙之处，好似一粒闪亮坚硬的玉米，要不然便是河床上的一块化石。在维多利亚时代，人们定会夸她"头型雅致"，你简直一下子就能想出颅骨的形状。

不管在哪儿，我都不会错认她那颗小脑袋。

我也会想起那颗脑袋里装着的思绪。她的脑中有着无数沟回，一个个念头穿梭其间，好似狂乱的蜈蚣。我像个孩子一般想象着一幕场景：我要打开她的头颅，理清沟回，捉住思绪，让它们无处可逃。"你在想些什么呢，艾米？"自结婚以来，这是我问得最多的问题，即使我没有大声问出口，也没有问那个掌握着答案的人；但据我猜想，这些问题恰似阴云一般笼罩着每一宗婚姻——"你在想些什么呢？你感觉怎么样？你是谁？我们都对彼此做了些什么？我们该怎么办？"

清晨六点整，我打了个激灵睁开眼睛。这次可不是眨眨眼悠然醒来，睫毛还好似翅膀一般忽闪，这次我可是直挺挺地醒过来的。眼帘"咔嗒"一下睁开，好似诡异的木偶娃娃，眼前先是一片漆黑，紧接着一眼瞧见闹钟显示着六点整——好戏登场！这种感觉有点怪，因为我很少在整点睡醒，我这人起床的时间很不规律，要么是八点四十三分，要么是十一点五十一分，要么是九点二十六分。我的生活可不受闹钟的摆布。

恰在六点整，夏日的朝阳从橡树丛背后喷薄而出，露出盛气凌人的面孔。阳光在河面上投下一片倒影，光亮照耀着我们的屋子，活像一根亮闪闪的长手指，刺破卧室里薄薄的窗帘指向我，仿佛在控诉："你已经暴露在光天化日之下，你终究会暴露在光天化日之下。"

我正在床上辗转反侧，身下躺的是在纽约用过的那张床，身处的却是我们位于密苏里州的"新家"。回到密苏里州已经两年了，我们却仍然把这栋房子叫作"新家"。这是一栋租来的房子，位于密西西比河畔，从上到下都流露出一股暴发户气质，儿时住在铺着粗毛地毯的错层式小破房里时，我便一心期盼着这种豪宅。房子看上去似曾相识，模样倒是宏伟豪华、中规中矩，也新得不能再新，可惜注定不讨我太太的欢心，话说回来，她也确实对我们的密苏里"新家"深恶痛绝。

"除非我掉了魂，要不然怎么在这么俗的地方住得下去呢？"一到"新家"她就开口说了这么一句。其实，当时租房是个折中的办法，艾米一心盼着早日搬出密苏里州，因此她死活不让我在自己的家乡小镇购房，只肯租上一所。但本地唯一可租的宅邸全都聚集在这片烂尾的住宅小区里，当时经济不景气，撂下了一个烂摊子，这片小区还没有开张就已经完蛋，房产收归银行所有，里面的豪宅通通降了价。租这个"新家"是一条折中之道，可惜艾米却不这么认为，在艾米眼里，这就是我用来修理她的一招，是我非要背地里捅她一刀子，不由分说地把她拽到一个她死活不愿意待的城市，让她住进一栋死活看不上眼的房子。如果只有一方认为某个主意是一条折中之道，那我猜这主意其实并不折中，但我与艾米的折中常常就是这样，我们两人中间总有一个人为此怒气冲冲，通常这个人都会是艾米。

拜托，别把你对密苏里州的一腔怨气撒在我头上，艾米，这事都怪经济形势，怪运气不好，怪我父母和你父母，怪互联网，还要怪上网的那帮家伙。我曾经是一名撰稿人，写些关于电影、电视和书籍的文字，当时人们还乐于阅读纸质作品，还肯答理我的所思所想。我于 20 世纪 90 年代末抵达纽约，算起来那已是辉煌岁月的垂死挣扎，可惜当时无人具备这份远见。纽约挤满了密密麻麻的作家，都是响当当配得上"作家"头衔的那种真货，因为彼时的纽约遍地都是杂志，也是响当当配得上"杂志"头衔的那种真货。互联网还只能算是出版界豢养在角落里的一只珍禽异兽，人们时不时扔口食物逗逗它，看它拴着锁链翩翩起舞，那小家伙真是可爱得不得了，谁知道它会趁着夜色结果我们的小命呢？请诸位想想吧，当时刚毕业的大学生居然可以到纽约靠写作赚钱，可惜我们没料到自己上了一艘沉船，十年之内，我们那刚刚扬帆的职业就会消失得无影无踪。

　　我当了整整十一年撰稿人，却在一眨眼间丢了工作，形势就变得这么快。当时经济萧条，全国各地的杂志纷纷倒闭，撰稿人也跟着一起完蛋（我说的是像我这样的撰稿人，也就是胸怀大志的小说家和上下求索的思想家，这些家伙的脑子转得不够快，玩不转博客、链接和"推特"，基本上属于夸夸其谈的老顽固）。我们这群人是过时的老古董，属于我们的时代已经结束。在我丢掉饭碗三个星期以后，艾米也跟着失了业（现在我能感觉到艾米一笔带过她自己的遭遇，却嘲弄着我的愚行，谁让我当初非要花时间讨论自己的事业、感叹自己的不幸呢。她会告诉你，这一套就是我的作风，"……简直是尼克的典型作风"，她会说出这么一句话来。这句话是我太太的口头禅，不管这句话前面说的是件什么事，不管我的典型作风具体怎么样，总之不会是什么好事）。于是我与艾米摇身一变成了两个失业的成年人，穿着袜子和睡衣在布鲁克林的褐砂石宅邸里闲荡了好几个星期，一股脑儿把未来抛在了脑后，还把没开封的信件撒得到处都是，扔在桌子和沙发上，上午十点钟就吃上了冰激凌，下午则倒头呼呼大睡。

　　后来有一天，电话铃响了，来电人是我的孪生妹妹玛戈。玛戈一年前在纽约丢了工作，随即搬回了家乡，这个姑娘不管什么事都抢先我一步，就算撞上霉运也不例外。当时玛戈从密苏里州北迦太基我父母家的房子里打来电话（我与玛戈就在那所房子里长大成人），听着她的声音，我的眼前不由得浮现出她十岁时的一幕：一头黑发的玛戈穿着连体短裤坐在祖父母屋后的码头上，耷拉着身子，在水中晃着两条纤细的腿，目不转睛地望着河水流过自己雪白的脚，显得格外冷静沉着。

　　在电话里，玛戈的声音十分温暖，带来的消息却令人寒心。她告诉我，我们那位不服输的妈妈快要撑不住了。爸爸正一步步迈向生命的尽头，他那副坏心眼和硬心肠都已经不再好使，不过看上去妈妈倒会比他先行一步——后来过了大约半年，也有可能是一年，她果真先父亲一步离开了人世。但当初接到电话时，我当场就可以断定玛戈单独去见过医生，还用她那歪歪扭扭的字勤恳地记着笔记，眼泪汪汪地想要读懂自己写下的日期和药剂。

"嗯，见鬼，我压根儿不知道这写的是个什么玩意儿，是个九吗？这个数字有意义吗？"玛戈念叨着，我却插嘴打断了她。妹妹适时向我展示了照料父母的重任，我感动得差点儿儿哭出了声。

"我会回来，玛戈，我们会搬回家，这副担子不应该让你一个人来挑。"

她压根儿不相信我的话，我能听到她在电话那头的呼吸声。

"我是说真的，玛戈，为什么不回密苏里呢？反正我在这里无牵无挂。"

玛戈长长地呼了一口气，"那艾米怎么办？"

我确实没有把这一点考虑周全，我只是简单地认为自己可以带着艾米离开她那住在纽约的父母，把我那一身纽约气息的妻子，她的纽约品位还有她那身为纽约人的自豪一股脑儿搬到密苏里州一个临河的小镇里，就此把激动人心、光怪陆离的曼哈顿抛在脑后，然后一切都会一帆风顺。

当时我还没有弄明白自己的想法是多么蠢、多么盲目乐观，没错，"……简直是尼克的典型作风"，我也还不明白这种想法会招来多大一场祸。

"艾米那边没问题，艾米嘛……"我本来应该接口说"艾米挺爱妈妈"，但我没法对玛戈声称艾米挺爱我们的母亲，因为尽管已经过了许多年，艾米跟我们的母亲却一点儿也不熟络。她们只碰过几次面，每次都紧接着会有一番折磨，在会面之后连着好几天，艾米都会寻思她和母亲的只言片语，"当时她说这话是什么意思呀……"从艾米的话听来，我妈妈仿佛一个来自不毛之地的老农妇，一心想用满怀牦牛肉和小零碎强行跟艾米交换一些东西，可艾米却不乐意把那些东西拿出手。

艾米懒得去了解我的家人，也不愿意了解我的故乡，可惜不知怎的，我竟然还是觉得搬回密苏里州是个不错的主意。

在这个清晨，呼出的气息已经烘暖了枕头，我不由转了念：今天可不该用来后悔，而是该用来行动。楼下传来了一阵久违的声音，看来艾米正在做早餐。厨房里响起开关木质橱柜的"咣咣"声、碰响锡罐和玻璃罐的"叮当"声，还有摆放铁锅的"哐啷"声，那支锅碗瓢盆交响曲热热闹闹地响了一会儿，渐渐变成收场的乐章——那是蛋糕烤盘落到了地上，"砰"的一声撞上了墙。艾米正在做一顿令人难忘的早餐呢，也许是可丽饼，因为可丽饼挺特别，而今天艾米想必会做些特别的东西。

今天是我们结婚五周年的纪念日。

我光着脚走到楼梯口，聆听着四周的动静，一边寻思着是否下楼找艾米，一边把脚趾伸进地毯——整间屋铺满了长毛绒地毯，艾米对它简直恨得咬牙。此刻我正在犹豫，厨房里的艾米却一无所知，她哼着一首忧郁的曲子，听上去有点耳熟。我竭力想要认出那首歌，那是首民谣呢，还是首摇篮曲呢？突然之间，我悟出那是《陆军野战医院》<sup>①</sup>的主题曲《自杀并不痛苦》，随后迈步下了楼。

我在门口徘徊，凝望着我的太太。今天艾米把一头金黄色的秀发梳了起来，一束马尾好似一根跳绳般开心地晃来晃去，她正心烦意乱地吮着一根挨了烫的指尖，嘴里还哼着歌。艾米并没有唱歌词，因为她总是把歌词弄错。我们刚开始约会的时候，电台正在热播"创世纪乐团"<sup>②</sup>的一首歌，里面有句歌词叫作"她仿佛在无形中触动人心"，结果艾米低声唱道"她接过我的帽子，把它搁在架子的顶层"。当我问她那些歌词跟原唱有哪一点儿沾边时，她却告诉我，她总觉得歌里的女人真心爱着那名男子，因为她把他的帽子搁在了架子的顶层。当时我就知道自己喜欢她，我真心真意地喜欢这个对什么事都有着一套说法的女孩。

如今我回忆起这样温暖的一幕，却感觉自己的脚底升起了一股透骨的寒意，这种感受不禁让人有些心惊。

艾米凝视着平底锅里嗞嗞作响的可丽饼，又舔掉了手腕上的残渣，露出

---

① 1972 年 CBS 台首播的一套美国电视连续剧《陆军野战医院》，1970 年出品了同名美国电影。——译者注
② 英国摇滚团体，组成于 1967 年。——译者注

几分得意的神色，看上去一副贤妻模样。如果我将她拥在怀里，她闻起来会有浆果和糖粉的味道。

这时艾米瞥见我鬼鬼祟祟地躲在一旁，身穿皱巴巴的四角短裤，头发直愣愣地冲向天空，便倚在厨房台面上开口说道："你好呀，帅哥。"

一腔苦水和惧意顿时涌上了我的嗓子眼儿，我暗自心想：好吧，着手行动吧。


到了很晚我才去工作。搬回家乡后，我和妹妹干了件蠢事，我们把嘴上一直念叨着的想法付诸行动，结果开了一间酒吧。钱是从艾米那儿借的，一共是八万美金。对艾米来说，这笔钱曾经只算九牛一毛，但当时却几乎是她的全部身家。我发誓会连本带利地还给她，我可不是那种吃软饭的男人……说到这里，我能感觉到父亲对我的这句话嗤之以鼻，"嗯，世上有各色各样的男人"，这是他最浑蛋的一句口头禅，下半句还没有说出口，"你偏偏属于不像样的那一种"。

不过说实话，开酒吧是一个脚踏实地的决定，也是一项精明的商业举措。艾米和我都需要另起炉灶，开酒吧就是我新找的职业。有一天艾米也会选择一份工作，要不然就什么也不干，但与此同时，靠着艾米的最后一笔"信托基金"，我们好歹还有这间酒吧和一份收入。跟我租下的"巨无霸"豪宅一样，酒吧在我的童年记忆里也是一种具有象征意义的事物：

那是成年人独霸的地方，里面玩的都是成年人的一套。也许正因为这样，我才在丢了饭碗之后坚持要开一家酒吧，它证明了我还是个派得上用场的成年人，是个响当当的男子汉，尽管我已经失去了自己的职业生涯和立足之地。我不会再犯同样的错误了：曾经声势浩大的杂志撰稿人队伍还将继续缩水，谁让当今有互联网，有经济不景气，还有宁愿看电视或玩视频游戏的美国民众呢！那些家伙宁愿发条短信给朋友们，说一声"下雨天烦死人啦"！不过，谁要是想在温暖的天气里到一家凉爽又昏暗的酒吧喝几杯波旁威士忌的话，坐在屋子里玩应用程序可无法办到。无论什么世道，人们总要喝上几杯嘛。

我们的酒吧位于街道拐角，秉承着一种任意随性、东拼西凑的审美观，最大的特点是一副巨大的维多利亚式饮料架，那上面用橡木雕出了龙头和天使的面孔，在塑料材质大行其道的狗屎年代里，这个木制架子简直算得上一件奢侈品。说实话，除了这副饮料架，酒吧余下的部分则搜罗了每个时代最不上台面的设计：艾森豪威尔时代的油毡地板有着一条条上翘的边，看上去仿佛烤焦的面包；暧昧的木板墙好似直接从70年代色情视频中照搬过来的玩意儿；几盏卤素落地灯仿佛不经意间借鉴了我在20世纪90年代居住的宿舍。奇怪的是，这堆不三不四的玩意儿最后却凑出了一间格外舒适的屋子，看上去不太像一家酒吧，倒更像一间疏于修缮的房屋。

这间酒吧还带着几分喜气，它与本地的保龄球馆共享一个停车场，因此当酒吧的大门摇晃着敞开时，保龄球馆里一阵阵稀里哗啦的声音便会随着顾客一起涌进门来。

我和妹妹给酒吧取了个名字，叫作"酒吧"。

没错，我们觉得自己玩转了纽约人的那一套——这个酒吧名是个俏皮话，没有人能真正找到笑点，反正不能跟我们一样心领神会，懂个百分百。我和妹妹想象着本地人皱起鼻子问道："为什么你们酒吧的名字叫作'酒吧'呢？"可谁知我们的首位顾客开口便说："我喜欢这个酒吧名，就跟《蒂凡尼的早餐》里一样，那里面奥黛丽·赫本的猫咪就叫作'猫咪'。"那是一位头发花白的女人，戴着一副双光眼镜，身穿一套粉色的运动衣。

从那以后，我和玛戈的优越感便一落千丈，这倒是件好事。

我把车驶进停车场，等到保龄球馆里爆发出一阵哗啦声，这才迈出了车门。我颇为欣赏周围的环境，也还没有看厌映入眼帘的景象：街对面有一间矮墩墩的黄砖邮局（该邮局每逢周六歇业），不远处是栋不起眼的米黄色办公大楼（该大楼眼下已经歇业）。这个小镇无论如何也算不上兴旺，它的黄金时代已经过了，连它的名字都算不上特立独行，真是该死。密苏里州有两个名叫迦太基的地方，严格说来，我们这个小镇叫作"北迦太基"，听上去跟另一个迦太基搭成了双子城，尽管此地怎么也比不过人家那一个。它是个20世纪50年代的古雅小城，扩建出了一片中等规模的市郊，并将之奉为成就。不过，不管怎么说，这里仍然是我母亲生长的故乡，她在这里把我和玛戈养大，因此，这座城里留存着一段段历史，至少存有我的过去。

我穿过杂草丛生的水泥停车场向酒吧走去，沿着面前的道路一眼望见了密西西比河。说到我们所在的城市，这是我一直热爱的一点：我们的城市并非安然建在断崖上，俯瞰着密西西比河，而是正好建在密西西比河上。我大可以沿着面前的道路走下去，就此向田纳西州挺进。市中心的每一幢建筑上都有手绘的线条，记录着密西西比河的洪水历年来淹没的位置：1961 年、1975 年、1984 年、1993 年、2007 年、2008 年，或者 2011 年。

眼下河水并未泛滥，但水势迅猛，水流颇为湍急。一队人正排成长长的一列伴着奔腾的河水前进，他们紧盯着自己的脚，端着肩膀不屈不挠地向前走。当我打量他们时，其中一个人突然抬起头来望着我，他的脸笼罩在一片椭圆的阴影之中，我随即扭开了头。

我一定要马上进屋。谁知刚迈步走了二十英尺，我的脖子上就出了一圈汗，太阳仍然毒辣辣地当空高照，仿佛又在说"你已经暴露在光天化日之下"。

我顿时觉得胸中翻江倒海，于是加快了脚步：我得喝上一杯。

艾米·艾略特

2005 年 1 月 8 日

## 日记摘录

　　呜啦啦！我的手上忙着记这则日记，脸上则忍不住露出了一抹甜蜜的笑容。想不到自己会开心成这副模样，简直让人有些脸红：我现在恰似彩色漫画里那些春心萌动的少女，正叽叽喳喳地讲着一通电话，头上扎着一束马尾，脑袋上顶着一个对话框，里面几个大字赤裸裸地暴露了心声："我遇到了一个男孩！"

　　但把这句话用在眼下，实在是千真万确。我真的遇到了一名男子，一个棒得不得了的家伙，简直称得上幽默万分、酷劲十足。让我来讲讲当时的场景吧，因为子孙后代会铭记这一幕。（拜托，我还没有沦落到说这种胡话的地步吧，什么子孙后代！呀呸！）不过话又说回来，今天并非新年，却也有着新年气氛。现在是冬季，天黑得早，四处寒气逼人。

　　一个刚结识不久的朋友卡门说服我去了布鲁克林区，去赴一个作家聚会（卡门好歹能算半个朋友，不过其实也算不上什么朋友，反正属于不好意思放人家鸽子的那种交情）。我喜欢作家聚会，我喜欢作家，我父母就是作家，我自己也是一名作家——要是遇上表格、问卷调查还有文件之类的东西要求填写我的职业，我就龙飞凤舞地写上两个字——作家。好吧，我撰写的是性格测试，不是什么大不了的时事要闻，不过我觉得声称自己是一名作家也算恰如其分，毕竟我正靠着眼下这本期刊攒经验，这份工作能帮我磨炼技巧、增长见闻，也帮我展示"谨言慎行"一类的作家门道（拜托，这一切还不算糟糕吧，脸上要露出一抹笑容才行呀）。不过说真的，我觉得自己撰写的那些测试已经足以让我顶上一个作家的名头了，对吧？

　　如果在一次聚会中，你发觉自己周围簇拥着一帮子货真价实、才华横溢的作家，他们供职于大名鼎鼎、颇有声望的报纸和杂志，而你自己只为一些上不了台面的女性媒体撰写测试题，一旦有人问起你的职业，你会：

　　（A）感觉无地自容，然后回答道："我不过是个撰写测试的作者，那些玩意儿入不了大家的法眼。"

　　（B）调集火力发起进攻："现在我在写些东西，不过我正在考虑从事一些更具挑战性更有意义的事业……怎么啦，请问阁下又从事什么职业呢？"

　　（C）为你的成就感到骄傲："靠着我的心理学硕士学位，我正在撰写一些性格测试……喔，还有一件好玩的事情要告诉你：有套热销的童书就是以我为原型的，我敢肯定你知道那本书……叫作《小魔女艾米》？对，知道我的厉害了吧，你这不长眼的势利小人！

　　（答案：C，绝对选C）

　　总之，该聚会由卡门的一位密友举办，他在为一家电影杂志写影评，据卡门说，那位朋友十分幽默。我原本有点儿担心她要给我们两个人牵线，我对别人的牵线一点儿也不感冒，我需要的是有人出其不意地对我出手，好似凶猛的豺狼一般攫取我的心。要不然的话，我这个人有些过分关注自己，觉得自己一直在努力扮出一副万人迷的模样，却又意识到自己显然是在装腔作势，为了不当场穿帮，我便更加卖力地扮起了万人迷，最后变得跟丽莎·明尼利[①]差不多：我活像正穿着连裤袜和小亮片翩翩起舞，但求别人爱我，边舞边挥着圆顶礼帽，踏着爵士舞步，脸上露出格外灿烂的笑容。

　　不过卡门对她的朋友赞不绝口，我也突然回过了神：卡门才不会给我们牵线搭桥呢，她自己就对那位朋友动了春心——妙极了。

---

① 丽莎·明尼利（1946~　）：美国女演员与歌手。——译者注

我们爬上三段弯弯曲曲的楼梯，迈进了作家云集的人群。放眼望去，到处是黑框眼镜和乱蓬蓬的头发，仿制西式衬衫和杂色高领毛衣，沙发上和地板上扔着一件件黑色羊毛双排扣水手外套，油漆开裂的墙壁上贴着一张《亡命鸳鸯》的德语海报，音响里还播放着"法兰兹·费迪南"乐队的歌曲《带我走吧》。

所有的酒都摆在一张牌桌上，一群家伙正绕着牌桌徘徊，时不时啜上几口酒，又再把自己的杯子满上一些，压根儿不理会其他人还能不能分到酒喝。我挤进人群直奔塑料酒杯，一个长着俊美脸孔、穿着"太空侵略者"①T恤的男子稀里哗啦地在酒杯里倒了一些冰块，又咕嘟咕嘟地为我灌上了一杯伏特加。

宴会的主人开玩笑买了一瓶看上去能要人命的青苹利口酒，要是没有人出门替大家买些酒回来的话，我们立刻就会摊上那瓶倒霉的玩意儿。不过从现场的情形看来，显然不会有人乐意出门买酒，因为每个人都觉得自己刚刚为这种破事跑过腿。时值一月，胡吃海喝的假期还让众人对山珍海味大倒胃口，个个身上都长着一副懒骨头和臭脾气。聚会上的人们喝得醉意醺醺，正在妙语连珠地吵架，从开着的窗户往外喷着烟雾——尽管主人已经要求宾客们到户外抽烟，他们却一个个把这些话当成了耳边风。这群人在无数个节日派对上互相搭过话，已经聊得无话可聊，所有人都百无聊赖，但我们可不希望转身再走回一月的寒气里，从地铁出来的那几步就已经把我们冻得够呛啦。

卡门已经跟她那位举办宴会的男友搭上了腔，完全把我抛到了九霄云外，他们在厨房的一个角落里聊得热火朝天，两个人躬起肩膀，面朝对方，形成了一个心形——妙极了。我想要找点儿东西吃，免得自己站在房间的正中央无所事事，笑得好像食堂里刚到校的新生，但人们几乎已经把能吃的东西一扫而空了。一个"特百惠"大碗的碗底还盛着一些薯片渣，咖啡桌上摆着一盘从超市买来的食品，上面摆满了灰白的胡萝卜、疙疙瘩瘩的芹菜和一碟蘸酱，没有人碰过，一支支香烟撒得四处都是，仿佛一根根多余的蔬菜

---

① "太空侵略者"：一款游戏。——译者注

条。这时我正在天马行空地做着白日梦（做白日梦是我素来的爱好）：如果此刻我从影院阳台上纵身跃下的话，那会怎么样？如果我和地铁里站在对面的流浪汉热吻，那会怎么样？如果我自个儿在地板上坐下来，把托盘上的食物吃得一干二净，连香烟也不放过，那会怎么样？

"拜托别吃那边的任何东西。"他说——这就是他，（咚咚锵咚咚锵！）但当时我还不知道这就是他。（咚咚锵咚咚锵！）我知道这个家伙会跟我搭上话，他摆出一副趾高气扬的气质，不过那气质倒挺配他。此人看上去常在女人堆里打滚，是个流连花丛的浪荡子，说不定能与我在床上好好激战一场。话说回来，我还真想在床上好好激战一场！我的约会史似乎一直绕着三种类型的男人打转：一种是通身学院味的常春藤名校生，他们觉得自己是菲茨杰拉德笔下的人物；一种是巧舌如簧的华尔街人士，他们浑身上下透着金钱的气味；还有一种是心有七窍的机灵鬼，他们是如此的关注自我，一切都像是一场玩笑。爱扮"菲茨杰拉德"类型的男人在床上常常雷声大雨点小，声音闹得响，手法用得多，可惜收效甚微；金融人士变得怒气冲冲却又绵软无力；机灵鬼们仿佛在编纂一曲数学摇滚①——先用这只手漫不经心地拨弄某处，再用那根手指敲出几个低音节奏……我这串话听上去挺骚包，对吧？稍等片刻，让我算算究竟有几个……现在为止有十一个，那还不错，我一直觉得用"十二"这个数来收尾既可靠又合理。

"说真的，"十二号还没有住口（哈！），"别碰那托盘，詹姆斯的冰箱里最多还找得出三种吃食，我可以给你弄个芥末橄榄来，不过只限一颗。"

"不过只限一颗。"这句话算不上笑料十足，但已经有几分私密玩笑的味道，要是一遍遍拿出来回想，这种话会一次比一次显得风趣。我心想：一年之后，我与他会在日落之时漫步布鲁克林大桥，其中一人不禁窃窃私语"不过只限一颗"，那时我们两人便会一起开怀大笑（想到这里，我总算管住了自己。太吓人了，如果他知道我的白日梦已经一下子飞到了一年以后，这家伙只怕已经吓得掉头就跑，我还不得不在一旁给他加油叫好呢）。

我要坦白：此刻我的脸上露出了一抹笑容，主要是因为面前的男人魅力

---

① 一种实验性的摇滚风格。——译者注

四射。他俊朗得让人心醉神迷、眼花缭乱，让人恨不得先开口点破眼前天大的事实，然后再继续跟他聊天，"你知道你帅气逼人，对吧？"我敢打赌，男人们可不待见他。眼前这个人看上去像是 20 世纪 80 年代青春片里的那些"小霸王"富家子，正是他们欺负那些性格敏感又不合群的孩子，在影片结尾，一个馅饼会"吧嗒"一声砸在"小霸王"的脸上，鲜奶油糊住了他那挺括的衣领，于是食堂里的所有孩子都欢呼起来。

不过他可不是那种"小霸王"，他的名字叫尼克。我很喜欢这个名字，这个名字让他显得既和气又可亲，他也确实是这样的人。当他告诉我名字时，我接口说："这才是个脚踏实地的名字嘛。"他顿时面露喜色，一口气甩出了一句话："名叫尼克的这种人可以陪你喝上一杯啤酒，这种人不介意你喝多了吐在他的车上。尼克！"

尼克讲了一串蹩脚的俏皮话，在他从电影中借鉴而来的双关语里，我只听懂了四分之三，也有可能是三分之二（记住：下次要去租《犯贱情人》来看一看）。他不知道从哪里搜罗出了最后一杯好酒，用不着我开口就给我满上了。这个男人把我圈进了他的领地，在我身上竖起了他自己的旗号，仿佛在说："我已经占领了这片土地，她是我的人，其他人不许染指。"最近我接连遇上了好几个信奉后女权主义的男人，他们一个个都显得紧张兮兮、恭敬有礼，现在却猛然间被眼前的男人收归麾下，那种感觉其实还说得过去。尼克的笑容十分迷人，好似一只猫。就凭着他对我微微一笑时的那副模样，他应该再咳出来一团黄色鸟毛才对。他没有询问我的职业，这一点倒挺不错，跟别人不太一样。（对了，我有没有提过我是一名作家？）尼克用起伏跌宕的密苏里口音跟我聊天，他在汉尼拔城外出生长大，那个城市是马克·吐温儿时的家，《汤姆·索亚》一书正是以汉尼拔作为原型的。他告诉我，少年时代他在一艘轮船上工作，为游客们准备晚餐、演奏爵士，当我放声大笑时（我是一名刁蛮透顶的纽约女孩，从未涉足过中部各州，那些庞大的州里住着许多不是纽约人的人呢），尼克告诉我，密苏里州是一个神奇的地方，是世界上最美之地，再没有一个地方能及得上密苏里州的万丈荣光。他长着调皮的眼睛、长长的睫毛，我可以隐约看出他少年时代的轮廓。

我们同乘一辆的士回家，路上的街灯投下了一缕缕纷乱的阴影，身旁的汽车风驰电掣地疾驶而过，我们两人仿佛正在亡命的途中。清晨一点时，交通阻塞把的士拦在了离我家十二个街区的地方——不知道究竟是什么原因，反正交通堵得一塌糊涂。于是尼克和我溜出了出租车，溜进了寒冷的冬日和奇妙的未知之中。他陪我走向我的住所，一只手揽在我的背上，而我们的脸庞在扑面的寒气面前简直不堪一击。我们绕过街角，正遇上有人给那里的面包店送糖粉，一桶桶糖粉咕噜噜地从容器里倒进面包店的地窖里，仿佛倒进了一桶桶水泥。街上翻涌着片片芬芳的白色云雾，我们只能看见送货员隐约的身影。这时尼克把我拉近他的身边，脸上露出一抹动人的微笑，用两根手指捻着我的一缕头发一路捻到发梢，随后轻轻拽了两下，仿佛在拉响一个铃铛。尼克的睫毛上裹着星星点点的白雾，他先伸手拂去我唇上的糖粉，这才俯身品尝那双红唇的滋味。

## 尼克·邓恩
## 事发当日

我推开自家酒吧的大门，溜进了一片昏暗之中。从今早醒来到此时此刻，我这才算是第一次深吸了一口气，闻见了香烟味、啤酒味、辛辣的波旁酒味，还有扑鼻的爆米花香味。酒吧里只有一位客人，正孤零零地坐在远远的一侧。那是个上了年纪的女人，名字叫苏，以前每周四她总与丈夫一起光顾酒吧。三个月前，她的丈夫去世了，苏便在每周四独自前来光顾，也不怎么跟人攀谈，只是伴着啤酒和拼字游戏坐上一会儿。

我的妹妹正在吧台后面干活，一头秀发挽到脑后用呆头呆脑的发夹别了起来。她正把啤酒杯一只接一只地放进热热的肥皂水里涮一涮，两条手臂泛着粉色的红晕。玛戈身材修长，面容长得有些特别，却并非没有吸引力。她算是个"第二眼美人"，五官要看上一会儿才会变得顺眼——宽宽的下巴、玲珑娇俏的鼻子、大大的黑眼睛。如果眼前是一部时代剧的话，剧中的男人一眼瞧见玛戈便会略略揭起他的浅顶软呢帽，同时吹上一声口哨，嘴里说着："嘿，那边来了个妙人儿！"眼下是古灵精怪的娇娇女大行其道的年代，要是像玛戈一样长着一副 20 世纪 30 年代"神经喜剧片"里女主角的面孔，可不是处处都能吃得开。不过话说回来，凭着我和玛戈相处多年的经验，我知道男人们常围着我的妹妹团团转，这也在我身上撂下了一副身为哥哥的担子——既有几分得意，又有一丝警惕。

"甜椒肉片这玩意儿还买得到吗？"玛戈知道来的人是我，于是头也没抬地随口说道。跟平常看见她的反应一样，我顿时松了一口气：也许事情不算太妙，但好歹不会太糟糕。

"我的孪生妹妹玛戈"，这句话我说过许多次，结果它已经不再是一句实实在在的话，反而变成了一句令人安心的符咒：孪生妹玛戈。我们两人出生于 20 世纪 70 年代，当时的双胞胎还算得上既罕见又神奇，简直比得上独角兽和精灵，我和玛戈甚至有几分孪生兄妹之间的心灵感应。在这个世界上，我只有在玛戈身边才能彻头彻尾地做回自己。我不觉得有必要跟她解释我的举动，我不澄清、不怀疑、不担心。我不会把一切都告诉她——应该说是再也不会把一切都告诉她，但至今为止，我向她倾诉的事情比向谁倾诉的都多，只要能告诉她的我都告诉她。我们曾经背靠背地在母亲腹中待了九个月，相互关照着对方，后来这成了一辈子的习惯。说来倒是有几分古怪：玛戈是个女孩，而我虽然是个极其关注自我的人，却从未在乎过这一点，不过我能说什么呢？玛戈一直酷得很。

"甜椒肉片，跟午餐肉差不多的东西，对吧？我觉得还买得到。"

"我们应该买点儿甜椒肉片。"她一眼望见我，挑了挑眉毛，"这下倒是害得我有点儿兴趣了。"

压根儿不用我开口，玛戈便往一只咖啡杯里倒了些蓝带啤酒给我。那只杯子实在说不清是否干净，于是我紧盯着杯子脏兮兮的边缘端详，玛戈见势端起酒杯舔掉了杯边的污渍，只在杯上留下了一抹口水印。她把杯子端端正正地放在我的面前，"这样是不是好点儿了，王子殿下？"

玛戈一心一意地认为，父母把最好的一切都分给了我，我才是父母想要的那个宝贝男孩，是他们养得起的唯一一个孩子，而她则拽着我的脚踝偷偷地溜到了这个世界上，是个没人要的局外人（我的爸爸尤其不想要这个局外人）。她认为整个童年时代她都是自己在照顾自己，父母会把别人用过的二手货给她用，时不时忘了在她的许可条上签字，不肯在她身上花钱，还留下了许多憾事。我真不忍心承认：玛戈的说法也许有几分道理。

"是的，我那脏兮兮的奴仆。""王子殿下"说着挥了挥手。

我在啤酒旁边蜷起了身子，我得坐下来喝上一杯啤酒，要不然喝上三杯也行——我还没有从今早的一幕幕里回过神来呢。

"你怎么啦?"她问道,"你看上去简直坐立不安。"她向我弹了弹泡沫水,弹过来的水比泡沫还要多,这时空调突然启动,吹乱了我们的头发。玛戈与我老是待在酒吧里,其实打理酒吧花不了多少时间,不过这里已经成为我们两人童年时从未有过的俱乐部。去年某夜我们喝醉了酒,撬开了母亲地下室里的储物盒,当时还在世的母亲已经犹如风中残烛,我与玛戈需要安慰,于是我们找出了幼时的玩具和游戏,一边小口喝着罐装啤酒一边发出"哇"、"哦"的惊叹声,简直是在八月里过了一回圣诞节。母亲去世后,玛戈搬进了我家的老房子,我们把以前的玩具一件接一件地搬到了"酒吧"里:有一天,一个已然失去香味的"草莓娃娃"玩偶在酒吧的一条凳子上现了身(这是我送给玛戈的礼物);而在另一天,一辆缺了一只车轮的"埃尔卡米诺"小玩具车则突然出现在了墙角的一个架子上(这是玛戈给我的回礼)。

我们正在考虑组织一次"桌上游戏之夜",可惜"酒吧"的客户大多数年纪颇大,对我们的"游戏人生"、"饥饿的河马"等桌上游戏实在找不出多少共鸣——再说我自己也不记得如何玩"游戏人生"了,在那款游戏中,丁点儿小的塑料汽车还得载上丁点儿小的塑料父母和塑料宝宝。

玛戈给我满上了啤酒,也给自己的杯子满上,她看上去有点儿睁不开眼睛。现在正值中午十二点钟,我想知道玛戈今天已经喝了几个小时。这十年来她一直过得不太顺:我那聪明伶俐又不肯服输的妹妹热衷于冒险,在20世纪90年代末便从大学里辍学搬到了曼哈顿。她赶上了最早一拨网络热潮,成了新贵中的一员,有两年堪称财源滚滚,后来却在2000年的互联网泡沫中一败涂地。当时玛戈仍然镇定自若,毕竟她才二十出头,离三十岁还远着呢,没什么大不了。卷土重来的玛戈拿了一个学位,随即加入了西装革履的投资银行业,成了一名中层人员,既担不了多少风光,也担不了多少过错,谁料到后来却在一眨眼间丢了饭碗——她正好遇上了2008年的金融危机。玛戈从母亲的住所打电话给我,那时我才知道她已经离开纽约返回了家乡,当时她说"我罢手不干了",我听完又是求又是哄地劝她回来,却听见玛戈在电话那头恼火地一声不吭。挂断电话以后,我忧心忡忡地造访了玛戈那所位于包厘街的公寓,在那里一眼瞧见了盖瑞——那是玛戈心爱的无花果树,却已经发黄枯死扔在了安全出口,我便心知玛戈再也不会回纽约了。

"酒吧"似乎让玛戈重新打起了精神，她打理了吧里的书籍，给顾客们倒上啤酒，时不时偷偷地从小费罐里顺手牵羊，但她干的活确实比我多。我们两个人从来没有谈起以前的生活，我们是姓邓恩的一家子，我们的前途成了泡影，但奇怪的是，我们对此心满意足。

"这么说，到底是怎么回事？"玛戈用一贯的开场方式讲话。

"嗯。"

"嗯什么？情况挺糟？你看上去简直一团糟。"

我耸了耸肩表示赞同，她审视着我。

"艾米？"她问道。这是一个简单的问题，我又耸了耸肩再次表示赞同，露出一副无可奈何的模样。

玛戈被逗乐了，她用双肘撑在吧台上，双手托住下巴，蹲下身子打算对我的婚姻来一番精辟的剖析。玛戈一个人就担当了整个专家团的职责，她问："她怎么啦？"

"倒霉日子，只不过是倒霉的一天而已。"

"别为她的事烦心。"玛戈点燃了一支香烟——她每天会不多不少抽上一支烟，"女人全都神经兮兮。"玛戈不把自己算在"女人"这一类里，她把"女人"当作一个嘲弄的词。

我把玛戈吐出的烟雾吹回它的主人处，"今天是我们结婚周年纪念日，五周年。"

"哇。"妹妹向后歪了歪头。她曾经在我们的婚礼上做过伴娘，通身穿着紫衣，艾米的母亲还把她称作"那位美艳动人、一头乌发、紫裙摇曳的夫人"，不过玛戈可记不住什么纪念日，"哎呀，见鬼，时间过得真快。"她又朝我吹了一口烟，这懒洋洋的一招弄不好会让我得上癌症，"她又要玩那个，呃，你们把那种游戏叫作什么，不叫'寻物游戏'……"

"叫寻宝游戏。"我说道。

我的妻子爱玩游戏，主要是些斗智游戏，但也有需要真人上阵的消遣游戏。每逢我们的结婚纪念日，她总会弄出一个精心制作的寻宝游戏，游戏里的每条提示都指向了下一个藏身之处，直到我一步一步地接近终点，一举找到我的纪念日礼物——谁让艾米的父亲每逢结婚纪念日便会为她的妈妈玩一套寻宝游戏呢。你们别以为我没看懂一男一女在这两个家庭中各自扮演的角色，别以为我没有体会到其中的意味，但我并非在艾米的家中长大，我自有另一个家庭，在我的记忆中，父亲送给母亲的最后一件礼物是一只熨斗，它摆在厨房的台面上，光秃秃的没有包装纸。

"我们要不要赌一赌她今年对你会有多恼火？"玛戈一边问一边从啤酒杯后露出一抹微笑。

艾米的寻宝游戏有一个麻烦之处：我从来都摸不透那些提示。第一个结婚周年纪念日的时候我们还住在纽约，结果我从七条提示中悟出了两条，这成了我在周年纪念日寻宝游戏中的最佳战绩，当时打头的一条提示是：

该处门脸狭窄，

但去年秋日某个周二，你我在此地那一吻是何等浓情深爱。

你曾经在孩提时代参加过拼字比赛吗？在听见单词之后，你会搜肠刮肚想看看自己是否能够拼出那个字来，那时你的脑海中一片茫然，感到无比恐慌又空空落落——这便是我在寻宝游戏中的感受。

"那是一家爱尔兰酒吧，不过在一个爱尔兰气质不太重的地方。"艾米说。

我一边咬着嘴唇端起肩膀一边审视着起居室，仿佛答案会凭空冒出来，她又等了好一会儿。

"当时我们在雨中迷了路嘛。"她的声音听上去有几分恳求，但只怕马上就要恼火起来了。

我耸了耸肩。

"是'麦克曼'酒吧呀，尼克。记得吗，当时我们在唐人街找那家点心餐馆，却遇上一场雨迷了路，餐馆本该在孔子雕像旁边，结果那地方有两座孔子雕像，我们浑身都淋得精湿，就随便找了一家爱尔兰酒吧咕嘟咕嘟喝了些威士忌，你一把搂着我吻我，那个吻……"

"没错！你应该把孔子加进提示嘛，那样我就猜得到了。"

"孔子雕像不是问题的关键，酒吧才是关键，在酒吧共度的那一刻才是关键，我觉得那一刻挺特别的。"她把最后几个字说得十分娇憨，我一度为这种口吻着迷。

"是挺特别。"我把她拉进怀中吻了吻，"我要在'麦克曼'酒吧再度上演那一吻当作周年纪念日的特别节目，我们再去故地重游一次吧。"

"麦克曼"酒吧的酒保是个长着胡须的家伙，他一看到我们进门就咧嘴露出了笑容，为我们两人倒上了威士忌，又把下一条提示送了过来。

*当我心中凄凄惨惨，*
*只有一个地方能让我重展笑颜。*

结果那个地方是中央公园里的"爱丽丝梦游仙境"雕像，艾米曾经告诉过我（她告诉过我，她敢肯定自己告诉过我许多次）：在孩提时代，那座雕像曾经让她重展笑颜。我压根儿不记得我们谈过这些话题，这一句可不是假话，我确实想不起来其中的只言片语。我有点儿注意力缺失的毛病，我的妻子又有点儿让人眼花缭乱——在这里我用的是"眼花缭乱"的本意，也就是说她让我无法看个分明，尤其当她处在明亮的光线之下。在她身旁听她说话就已经足够，她究竟说些什么并不十分重要。当然，我理应留心她的话，但事实并非如此。

等到忙完一天开始交换礼物的时候（我们的第一个结婚纪念日按传统互送了纸质礼品），艾米已经不再答理我了。

"我爱你，艾米，你知道我爱你。"我边说边紧跟着艾米从一个又一个游客中间穿进穿出，这些游客一个个张着嘴待在人行道上，对我们两个人浑然不觉。艾米从中央公园的人群中闪身而过，游鱼一般绕过了眼神凌厉的慢跑者、细腿伶仃的溜冰者、跪在地上的父母、像醉鬼一样乱窜的学步孩童，一直跑在我的前方，抿着嘴急匆匆地向前奔。我千方百计想要追上她，抓住她的胳膊，最后她终于停下了脚步。我拼命澄清自己，她却摆出了一副冰块脸，那神情仿佛一根冷冰冰的手指一般摁熄了我的怒火。"艾米，我不明白为什么我必须把你做过的事情一桩桩一件件记得分毫不差，借此来证明我对你的爱，这并不意味着我不爱我们两人在一起的生活嘛。"

这时一名小丑在附近用气球吹出了一只动物，一个男人买了一枝玫瑰，一个小孩舔了舔蛋筒冰激凌，我与艾米之间诞生了一条真正的传统——这条传统我永远也不会忘记：艾米总是爱得太用力，我则永远永远抵不上她付出的心意。结婚周年快乐，浑蛋。

"我猜的话，五周年纪念啊，这回可真要气炸了。"玛戈接口道，"我希望你准备的礼物确实棒得不得了。"

"还没准备呢。"

"嗯，五周年是什么婚来着？纸婚吗？"

"第一年才是纸婚。"我说道。玩完结婚一周年那场异常痛苦的寻宝游戏以后，艾米送给我一沓豪华的信笺，信笺顶端按我的首字母缩写压印着一排凸字，纸质莹润如凝脂，我简直以为它会打湿我的手指。而我则一心想着公园、野餐和夏季的阵阵暖风，于是送给妻子一只从廉价店买来的鲜红色风筝作为回礼。我们两个人都不喜欢自己收到的礼物，对方的礼物倒是让我们情有独钟，整个儿是欧·亨利小说颠倒过来的版本。

"银婚吧。"玛戈猜道，"还是铜婚？象牙婚？帮帮忙吧。"

"是木婚。"我说，"木头质地可实在找不出什么浪漫的礼物。"

在酒吧的另一头，苏把一份叠得整整齐齐的报纸、一只空杯子和一张五美元的钞票搁在吧台上起身离开，我们交换了一个沉默的微笑。

"我有主意了，"玛戈说，"回家跟她在床上大干一场，然后一边用你的小兄弟抽她一边大声喊，"木婚是吧，那就给你个小兄弟，让你尝尝干柴烈火的滋味，骚货！"

我们齐齐放声大笑，两张脸孔上都泛起了红晕，恰好浮在同样的位置。玛戈很喜欢动不动跟我开些荤玩笑，仿佛时不时扔过来一个手榴弹，并不顾忌兄妹之间的规矩。正因为这个缘故，高中时曾有流言声称我和玛戈私底下上过床——活生生是一场孪生兄妹的乱伦之恋。谁让我们两个人如胶似漆呢：我们有别人听不懂的私密笑话，我们避开众人躲在派对的一角窃窃私语。我敢肯定自己无须辩白，但你又不是玛戈，弄不好你还真的会错意，因此我还是多说一句吧：我和妹妹从来没有上过床，也从来没有动过这种邪念，我们只是真的很喜欢对方。

此刻玛戈正在手舞足蹈，做出一副要用小兄弟猛抽我妻子的样子。

不行，艾米和玛戈永远成不了朋友，她们两个人都太护着自己的地盘了。玛戈曾经是我生活中的明星，艾米则是众人生活中的明星。这两个人曾经两次居住在同一座城市里：第一次是纽约，眼下则是这儿，但她们却相互并不熟络。她们在我的生活里穿梭，仿佛两个算准了时间的舞台演员，只等其中一个出门，另外一个就会走进来。有几次她们破天荒地撞上了对方，这种场合似乎让两个人都有点儿茫然。

在艾米还没有和我稳定交往、订婚、结婚的时候，玛戈会时不时略略提到她对艾米的看法，她说过"这事真有趣，我居然不能完全看透她，摸不清她的底细"，然后说"你跟她在一起的时候有点儿不太像你自己"，最后变成了"重要的是她让你真正地开心"。

那时艾米确实让我十分开心。

艾米也告诉我她对玛戈的看法，"她……很有密苏里气质，对吧？"再加上一句"非要打点心情才伺候得了她"，还有一句"她有点儿黏你，不过我想她也没有其他人可黏"。

我原本希望这两人在大家一起回到密苏里后能够尽释前嫌，好歹能够求同存异，相安无事地过日子，只可惜事与愿违。她们俩谁也没变样，只不过玛戈比艾米逗趣几分，因此她们还算不上势均力敌的对手。艾米是个话里带刺的机灵鬼，很会挖苦人，她能把我气得火冒三丈，能够一针见血地道破玄机，而玛戈却总能让我放声大笑——话说回来，嘲笑自己的枕边人说不定会招来什么祸事呢。

"玛戈呀，我们不是说好你再也不提我的'小兄弟'了吗。"我说，"在我的妹妹面前，我可没有'小兄弟'。"

这时响起了一阵电话铃声，玛戈又抿了一口啤酒，随后接起了电话，转转眼珠露出了微笑，"他当然在这儿啦，拜托等一下！"她对我做了个口型："是卡尔。"

卡尔·佩利在三年前退了休，两年前离了婚，随后便搬进了我们所在的小区，住在我和艾米对面的那条街上。他是个周游四方的推销员，卖些儿童派对用品，我感觉在过了四十年的汽车旅馆生涯后，待在家里让他感觉不太舒服，他几乎每天都会带着一个气味刺鼻的"哈迪斯"快餐袋在"酒吧"里现身，唠唠叨叨地抱怨手里的钱不够花，直到"酒吧"把他喝的第一杯酒免单（从卡尔在"酒吧"的所作所为看来，喝酒对他来说倒不碍事，但他离了酒只怕过不下去）。对"酒吧"想要处理的各种垃圾酒品，卡尔通通奉行"来者不拒"的宗旨，而且他确实动了真格：我们曾经在地下室里发现一批积了灰的"Zima"饮料，大约出品于1992年，结果卡尔一整个月里就只喝那批饮料。当他因为宿醉来不了"酒吧"时，他就找个理由打电话来："尼克，今天你的邮箱看上去快炸了，说不定是收到了一个包裹。"要不然就是："据说今天要下雨，你最好把窗户关上。"那些理由都假得要命，卡尔只不过是一心想听听酒杯的"叮当"声和别人喝酒的"咕噜"声罢了。

我拿起电话，把一大杯冰举到话筒旁边摇了摇，好让卡尔联想起杜松子酒。

"嗨，尼克。"话筒里传来卡尔有气无力的声音，"很抱歉打扰你，我只是觉得该告诉你一声……你家的前门正大开着，你的那只猫也溜到了屋外，它本来应该老老实实地待在家里，对吧？"

我不置可否地哼了一声。

"我会过去瞧一瞧，但我身体有点儿不舒服。"卡尔闷声说道。

"别担心，"我说，"反正我也该回家了。"


顺着"河间大道"向北直驶，只需要十五分钟车程便可开到我家。开车驶进这片小区时，偶尔我会打个冷颤，一户户黑洞洞的房屋让我觉得有点儿胆战心惊：这里有些房屋从未有人问津过，一些屋子倒是曾经有过业主，可业主却又活生生地被驱逐了出去，那些屋子得意扬扬地空着，里面一个人影也没有。

当我和艾米搬进小区时，附近寥寥可数的几户邻居突然造访了我家：一位养了三个孩子的中年单亲妈妈带着一锅炖菜，一个家有三胞胎的年轻父亲带着半打啤酒（他的妻子留在家里照顾宝宝了），此外有一对上了年纪的基督徒夫妇，他们住在离我家隔着几栋房子的地方，当然还少不了住在街对面的卡尔。我们一起坐在我家屋后平台上望着河水，他们一个个可怜巴巴地谈起了抵押贷款，谈到了零利率和免头期款，又纷纷声称艾米和我是唯一一户临河的人家，也是唯一一户没有孩子的人家。"家里只有你们两个人？住这么大一所房子？"单亲妈妈一边问一边递过来一份炒鸡蛋。

"只有我们两个人。"我面带微笑地说道，然后吃了一口鸡蛋，点了点头表示颇为美味。

"似乎有点儿寂寞呢。"

她倒是没有说错。

四个月后，这位艳羡"大房子"的女人再也交不上按揭款，于是和她的三个孩子一起消失在了夜色之中。她家的房子一直空着，客厅窗户上仍贴着孩子画的蝴蝶，魔术变色笔鲜艳的色彩在阳光暴晒之下褪成了棕色。不久前的一天晚上，我开车经过这栋房子，望见一个胡子拉碴、蓬头垢面的男人躲在蝴蝶图画后面往外看，他的身影浮在夜色中，像是一尾伤感的观赏鱼。这时他发现了我的目光，随即一闪身躲进了屋子深处。第二天，我把一个装满三明治的牛皮纸袋放了在前门台阶上，那一袋三明治在阳光下晒了整整一个星期无人问津，渐渐地腐烂变质，我又把它捡起来扔掉。

眼下的小区一片宁静——这片楼盘总是静得令人有些不安。我驾车驶近自己的家，耳边回荡着汽车发动机的声响，一眼看见那只猫待在台阶上。卡尔的电话挂断已经过了二十分钟，猫却还在台阶上，这一点有几分奇怪。艾米非常宠爱那只猫，猫咪以前做过去爪手术，艾米从不放它出门，因为布利克这只猫虽然十分讨人喜欢，却实在蠢得要命，即使它那毛茸茸肉滚滚的身上带着跟踪设备，艾米却心知布利克一出门就会从此不见踪影。那只猫会摇摇摆摆地一头栽进密西西比河，再一路漂到墨西哥湾，被一头饥肠辘辘的白真鲨一口吞下肚去。

谁知道那只猫竟然蠢得连前门台阶都迈不过：布利克正趴在门廊的边上，好似一个胖胖墩墩又得意扬扬的哨兵——算得上一个卖力过头的列兵吧。我把汽车驶入车道，卡尔便走出屋子站在了自家门前的台阶上，我感觉到猫和老人都正望着我一步步下了车向屋子走去，沿途的朵朵红牡丹看上去肥厚多汁，仿佛正引人将它一口吞下。

我正要堵住猫的去路好伸手捉住它，却一眼看见家里的前门正敞开着。

卡尔倒是已经提过这件事，但亲眼看见这一幕却有些诡异。眼前的门可不是开了一条缝，看上去像是主人去倒垃圾马上就回来，而是大开着的，透露出几分不祥的气息。

卡尔正在街对面徘徊，等着看我的反应，我顿时觉得自己在扮演"担心的丈夫"一角，仿佛眼前是一幕糟糕的行为艺术。我站在中间的一级台阶上皱起了眉头，然后三步并作两步急匆匆地上了楼梯，嘴里叫着妻子的名字。

一片沉默。

"艾米，你在家吗？"

我径直奔到楼上，却没有发现艾米的身影——熨衣板已经铺好，熨斗还开着，一件衣服正等着熨烫。

"艾米！"

我又跑回楼下，发现卡尔仍站在自家的门口，把两只手搁在臀上遥望着这边。我猛地转身进了客厅，又突然停住了脚步。地毯上撒着一片片闪闪发光的玻璃碎渣，咖啡桌已经散了架，茶几东倒西歪，一本本书在地板上散得满地都是，仿佛在玩一场纸牌魔术，就连沉重的古董搁脚凳也翻了个身，四条细腿正齐刷刷地伸向天空，仿佛已经咽了气。在一片乱糟糟的家什中间，赫然摆着一把锋利的剪刀。

"艾米！"

我撒开腿跑了起来，边跑边大声喊叫着她的名字。我穿过厨房——厨房里的一只水壶已经烧开，到了地下室——地下室的客房空荡荡的，又疾步出了后门。我风驰电掣地穿过后院，奔上了河面上那艘小艇细长的甲板，从侧面打量了几眼，想要瞧瞧我们的小艇上是否有艾米的身影。有一天我曾在小艇上找到过她，那时小艇正系在码头上，在水中兀自摇摆，而艾米闭着眼向着阳光仰着头。我凝视着水面上让人眼花缭乱的倒影和艾米那张美丽宁静的面孔，这时她突然睁开了一双蓝眼睛，却一句话也没有说。于是我也不说一句话，独自进了家门。

"艾米！"

她不在船上，也不在家里——这些地方都找不到艾米的踪迹。

艾米不见了。

艾米·艾略特

2005 年 9 月 18 日

## 日记摘录

哎呀呀，猜猜谁回来了？居然是尼克·邓恩，布鲁克林聚会上结识的男孩，在糖云中与我接吻的男孩，那个突然不见了踪影玩消失的男孩。整整八个月零两个星期再加几天，这个人压根儿没有一丝音讯，随后却又突然凭空冒了出来，仿佛失踪的一幕本就是计划中的一步——真相是：原来他弄丢了我的电话号码。当时他的手机碰巧没了电，因此他把我的号码写到了一张便笺纸上，接着把便笺纸塞到了自己的仔裤口袋里，又把仔裤塞进了洗衣机，结果把便笺纸洗成了一团旋风状的纸浆。他千方百计想要从那团纸糊中拿回我的号码，却只能读出一个三和一个八（这是男方的说法）。

随后他被埋在了一大堆铺天盖地的工作中，谁料到眨眼间就到了三月，那时候再要回头找我可就不太好意思了（也是男方的说法）。

不消说，当时我简直火冒三丈，为这件事生了一肚子气，不过现在气倒是已经消了。让我先来讲讲事情的经过吧（这是女方的说法）：时间是今天，九月的劲风阵阵刮来，我正沿着第七大道漫步，边走边盯着街边的美食琢磨着——一碟碟香瓜、蜜瓜、甜瓜摆在冰上，仿佛是当天最新捕获的野味。这时我感觉到一个男人正尾随在我的身后，便用眼角的余光瞥了瞥他，一眼认出了此人。是他，是那个令人心动的男孩，我就是为他写下了"我遇到了一个男孩"这句话！

我并未停下脚步，只是扭过脸对他说：

（A）我认识阁下吗？（此话要有一副女王腔调，摆出几分挑衅之意。）

（B）哇噢，见到你真开心！（此话要有一副受气包腔调，摆出几分倒贴的架势。）

（C）去你妈的。（此话要有一副怨妇腔调，摆出几分咄咄逼人的劲头。）

（D）嗯，尼克你还真是不着急呀，对吧？（此话要有一副从容不迫的腔调，摆出几分古灵精怪、轻松诙谐的架势。）

答案：D


现在我们成了情侣，一切甜蜜蜜呀甜蜜蜜，就这么简单。

这个时机来得真有意思，如果愿意承认的话，简直算得上吉祥如意（反正我就承认这一点）。就在昨天晚上，我的父母刚为他们的书开了一个聚会，书名叫作"小魔女艾米大喜之日"——没错，这一回兰德和玛丽贝思两位作家实在忍不住了，他们给不了自己的女儿一段姻缘，于是他们给书中与女儿同名的人物安排了一位丈夫！是的，在第二十册里，"小魔女艾米"就要结婚了！呃……可是没有人在乎，没有人愿意眼见着"小魔女艾米"一步步长大，我自己尤其不愿意。让人家"小魔女艾米"继续穿着及膝短袜，在头发上绑一条丝带吧；让我一步一步地长大，不要受到"小魔女艾米"的约束，尽管"小魔女艾米"是个活在书中的我，尽管我原本该是那副模样。

但"小魔女艾米"毕竟是艾略特一家的金饭碗，我们全家靠她赚了不少钞票，因此我可不能小气，不把她的天作之合给她。不消说，"小魔女艾米"在书中嫁给了"巧匠安迪"，他们就像我的父母一样幸福美满。

不过话说回来，出版商给本期图书下的订单少得令人难以置信，让人不由得有些心慌。在 20 世纪 80 年代，《小魔女艾米》的新书首印数一般为十万册，现在却落到了区区一万册。相比之下，这次的新书发布会也没劲透了，压根儿不搭调。该虚拟人物一出生就是个早熟的六龄女童，现在是个而立之年却还一副娃娃腔的准新娘，你要怎么给她办宴会？（"哎呀，"艾米心道，"要是不合他的意，我那亲爱的未婚夫就会摇身变成一个牢骚鬼……"

这句可是书里的原话——整本书从头到尾害得我想冲着艾米那傻气十足、冰清玉洁的私处狠狠挥上一拳。）该书是一部怀旧之作，目标买主是跟"小魔女艾米"一同成长的姑娘们，但我实在不觉得会有人想读那本书。当然，我倒是读过了，我祝该书一路好运……还不止祝了一次。兰德和玛丽贝思担心"小魔女艾米"的姻缘戳中了我的心窝，谁让他们的女儿还一直小姑独处呢。（"举例来说，我就不觉得姑娘们应该在三十五岁前结婚。"我的妈妈说道。话说回来，她自己嫁给我父亲时才二十三岁。）

我的父母总担心我会跟"小魔女艾米"闹别扭，他们总是告诉我不要从"小魔女艾米"身上挖掘深意，但我还是不禁注意到一点：每当我把某件事搞砸的时候，艾米却会交上一份漂亮的成绩单。我在十二岁时终于放弃了小提琴，艾米却在接下来的一本书里当上了音乐神童；（"哎呀，练小提琴是蛮辛苦，但要提高技艺必须吃得了苦！"书里说。）我在十六岁时为了与朋友一起去海滩度周末将青少年网球锦标赛抛到了九霄云外，艾米却认真投入了这项运动（"哎呀，我知道跟朋友们一起玩是多么有趣，但如果我缺席比赛的话，我自己和大家不都会失望吗"），这一点曾经气得我火冒三丈，但等我去了哈佛大学（艾米则又一次明智地选择了我父母的母校），我决定犯不着用这种事害自己烦心。我的父母乃是堂堂两位儿童心理学家，却选择了这种以退为进的形式向他们的孩子开炮，这件事不仅算得上糟糕，也堪称又傻又怪，还有几分荒唐。既然如此，那就这样吧。

这次新书发布会跟那本新书一样神经兮兮：宴会设在"联合广场"附近的"蓝夜"，这家灯影朦胧的沙龙摆设着靠背扶手椅和装饰艺术风格的镜子，意图是让顾客感觉自己恍然间变成了灵气十足的年轻人。侍者们一个个摆着装腔作势的微笑，手里举着托盘，端来一杯杯颤巍巍的杜松子马提尼；贪心的记者们则露出心知肚明的微笑，带着一副好酒量前来，先在发布会上喝上几杯免费的饮品，然后再动身去别处赶赴更大的甜头。

我的父母则手牵着手满屋子转，他们的爱情故事总是跟"小魔女艾米"交织在一起：二十五年来，他们夫妻合力创作了这部系列作品，称得上是相互的知音。他们还真的这么称呼对方，其实倒也有几分道理，因为我觉得他们确实是心心相印的知音，这一点我可以保证。身为他们的独生女儿，我毕竟已经琢磨他们很多年了。他们两个人之间没有什么不可调和的矛盾，没有解决不了的冲突，就像一对连体水母一样过着日子，总是本能地一张一合，毫无间隙地填补着彼此的空缺，心心相印在他们两个人身上显得并不困难。人们说来自破碎家庭的孩子颇为辛苦，可出身美满婚姻的孩子们不也面临着独有的挑战吗？

当然啦，那时我不得不坐在房间角落里的天鹅绒长椅上躲开屋里的噪音，好让一帮子郁郁寡欢的年轻实习生采访我——编辑们总支使这些实习生去打听一些边角料。

"请问看到艾米终于跟安迪结成了良缘，你的心情怎么样？你还没有结婚，对吧？"

该问题出自：

（A）一个羞羞答答、瞪大眼睛的男孩，他把一台笔记本电脑放在自己的斜挎包上。

（B）一名打扮得过于精致的妙龄女子，她长着一头十分顺滑的秀发，脚蹬一双招蜂引蝶的高跟鞋。

（C）一个热情饱满、带着文身的女孩，通身上下透着一股山地摇滚风，谁能料到这样摇滚风格的文身女孩居然对艾米格外感兴趣呢？

（D）以上诸位都问了这个问题。

答案：D

我："喔，我很为艾米和安迪开心，我希望他们百年好合，哈哈。"

以下是我对所有问题的回答（排名不分先后）：

"艾米身上某些品质确实取材于我，但也有一部分属于虚构。"

"目前我很享受单身，我的生活中没有'巧匠安迪'！"

"不，我不认为艾米把男女之间的互动简单化了。"

"不，我不认为艾米的故事已经过时，我认为该系列是一部经典之作。"

"是的，我现在是单身，在我的生活中没有'巧匠安迪'。"

"你问我为什么艾米是一名'小魔女',安迪却只是个'巧匠'？嗯,难道你不知道许多厉害的杰出女性嫁给了平平凡凡的男人,嫁给了路人甲路人乙吗？不,我只是开个玩笑,别把这句话写进报道。"

"是的,我还单身。"

"是的,我的父母绝对算得上心心相印的知己。"

"是的,我希望自己也有这么一天。"

"是的,我还单身,浑蛋。"

我要把同样的问题答上一遍又一遍,还要假装这些问题令人深思——问问题的人也要假装这些问题令人深思。感谢上帝,幸好有免费酒吧给我们撑腰。

答完问题以后就再也没有人理睬我了,负责公关的女孩还假装那是一件妙事,说了一句"现在你总算有空好好开派对啦"！我闪身钻进那堆(人数寥寥的)人群,我的父母正在扮演着主人的角色接待四方来宾,他们两人的脸泛着红晕,兰德笑得龇牙咧嘴,看上去活像一头史前怪鱼,玛丽贝思则不停地点着头,看上去好似一只欢快啄米的小鸡,他们两个人十指交缠,互相把对方逗得哈哈大笑,互相让对方心醉神驰——这时我不由得想到:见鬼了,我真是寂寞呀。

我躲回家哭了一会儿。我马上就要满三十二岁了,这个年纪还不算老,尤其是在纽约,但问题是……我已经许多年没有对人动过真心了,因此,我怎么能遇到我爱的人,更别说爱到嫁给他的地步？我厌倦了不知良人是谁的日子,也厌倦了不知是否会得遇良人的日子。

我有许多已经结了婚的朋友,其中婚姻美满的算不上很多,但已婚的总数仍然不少。那寥寥几个婚姻幸福的朋友就像我的父母一样,他们想不明白我为什么仍然单身:这样一个聪明漂亮又好脾气的女孩,一个兴趣众多、热情满满的女孩,又有着酷酷的工作和温暖的家庭,怎么会没有伴呢。还有一点也别遮遮掩掩了吧——何况她还挺富有呢。他们一个个皱起眉头假装为我搜罗牵线搭桥的对象,可我们全都心知肚明找不出这样的对象,总之是找不出一个称心如意的对象来。我还知道,他们私底下偷偷觉得我有点儿毛病,有些阴暗面让我变得既难以对别人心满意足，也让人不太心满意足。

那些未能嫁娶到知己的已婚人士（也就是凑合着过日子的那帮已婚人士）则更是对单身的我嗤之以鼻：找个人嫁出去没那么困难，世上没有完美无缺的恋情……这帮家伙把云雨之欢当作任务勉强应付，把一起看电视当作夫妻对话，把丈夫一个人的唯唯诺诺当作夫妻间的相敬如宾（"是的，宝贝""好的，宝贝"）。"你告诉他怎么做他就怎么做，因为他懒得费神跟你斗嘴，"我想，"你一会儿要他往东，一会儿要他往西，这样只会让他觉得自己高人一等，要不然就让他积着一肚子怨气，总有一天他会跟年轻漂亮的女同事有一腿，那女人压根儿对他没什么要求，而那时你会真真正正地吓一大跳。"还是给我一个有点儿脾气的男人吧，要是我胡说八道的话，他会开口让我住嘴（但他也得有几分喜欢我的胡说八道）。不过话说回来，也别让我遇上一个总跟我找茬儿的男人，表面上两个人在互开玩笑，实际上两个人是在相互辱骂，当着朋友们的面一边翻白眼一边"顽皮"地斗嘴，巴不得把朋友拖到自己的一边，为自己撑腰——其实那些朋友才不在乎呢。那些糟糕的恋情一直把希望寄托在从未发生的奇迹上，口口声声地说："这宗婚姻会变得美满无比，要是……"而且人们还感觉得到，"要是……"后面跟着的一串名单可比夫妻两人预想之中要长得多。

因此我明白，不肯凑合是有道理的，但明白这一点并不能让我的日子好过多少：到了周五晚上，朋友们一对对双宿双飞，我却待在家里独自对着一瓶酒，又给自己做了一顿大餐，告诉自己"一切都无可挑剔"，仿佛我在跟自己约会。我去了一个个聚会和一家家酒吧，带着满身香氛和满腔希望，好似一道不三不四的甜点一般游遍了整间屋。我跟善良英俊又聪明的男人们约会，那些男人从表面看来简直完美无缺，但他们让我觉得自己好像一脚踏进了异国，不得不费劲地为自己辩白，努力让他们领会我的意思。难道被人了解不正是恋情的重中之重吗？他懂我，她懂我，难道这不正是恋情中那句简简单单的魔咒吗？

于是表面看来完美无缺的男士让你受了整整一晚上的罪：你讲的笑话被会错了意，你的妙语连珠也无人回应。要不然的话，他也许明白过来你讲了一句俏皮话，但却不确定该怎么应付，只等稍后将它轻描淡写地处理掉。你又花了一个小时试图找到对方的心，认出对方的真容，你喝得有点儿过火，也努力得有点儿过火。后来你回家躺到冰冷的床上，心里想着"其实也还不坏"，于是到了最后，你的人生变成了一长串"也还不坏"。

可正当你在第七大道上买甜瓜片的时候，却偏偏遇上了尼克·邓恩。那时只听"啪"的一声，在电光火石之间，你们读懂了对方的心，认出了对方的真容；你们两个人十分合拍，珍惜的恰恰是同样一些事情（"不过只限一颗橄榄"），而且互相看透了对方。眨眼之间，你便望见了你们的未来：你们会窝在床上看书，会在星期天吃上几个华夫饼，会无缘无故放声大笑，他还会吻着你的唇。这白日梦中的一幕幕远远比"也还不坏"的生活要甜蜜得多，于是你明白自己再也无法回到"也还不坏"的生活里了。就在那眨眼之间，你心里想道："喔，这就是我的余生，它终于来到了我的面前。"

## 尼克·邓恩
## 事发当日

刚开始我待在厨房里等待警察，可是烧焦的茶壶冒出了一股苦味，蹿进我的喉咙里隐隐作痒，害得我动不动就要反胃，于是我走到前廊坐在最高一级台阶上，强令自己保持冷静。我一直在打艾米的手机，却一次又一次被转到了语音信箱，一次又一次听见她保证会回我电话。艾米回电话一向很及时，可是三个小时过去了，我已经给她留过五条留言，艾米却还没有打电话回来。

我也预料到她不会回电话。待会儿我会告诉警察，艾米绝不会扔下正煮着的茶壶离家出走，不会扔下敞开的大门，也不会扔下要熨的衣服。艾米做事有一股誓不罢休的劲头，她可不会半途而废，就算她认定自己并不喜欢肩上正扛着的这副担子（举例来说，比如她那个毛病多多的丈夫）。在我们去斐济海滩度蜜月的两个星期里，艾米的脾气已经初见端倪：当时我在一本接一本地消遣着惊悚小说，而她居然一口气把古里古怪的《奇鸟行状录》读了许多页，时不时嗤之以鼻地对我翻个白眼。自从艾米失了业，我们又搬回密苏里州以后，她的生活便一直绕着各种无休无止、无关紧要的家常琐事在转——她不会扔下那条裙子不熨的。

再说客厅里还有搏斗的痕迹。我已经预料到艾米不会回电话，我想要把事情推进到下一步。

眼下是一天中的黄金时刻，七月的天空万里无云，缓缓落山的夕阳仿佛一盏聚光灯一般照亮东方，将一切镀上了一层金色，万物显得富丽堂皇，好似一幅佛兰德画作。这时警察到了我家，整个场面看上去颇为悠闲：我一个人坐在前门的台阶上，一只鸟儿在树上高歌，两名警察施施然迈步出了汽车，仿佛他们正要顺路来逛逛社区里举办的一场野餐会。这是两个稚气未脱的毛头警察，大约二十多岁的模样，看上去空有一腔自信却缺了几分本事，一贯管些邻里杂事——要是哪家的青春少年不顾宵禁到处乱跑的话，他们倒挺会替不安的父母们宽宽心。其中一名西班牙裔女警把一头黑发编成了长长的辫子，一名黑人警察摆着海军陆战队员的站姿。话说回来，在我离开家乡的那些年里，迦太基多了些有色人种（其实也不算太多），但种族隔离的状况却仍然没有多少变化，我在日常生活中见到的有色人种往往是些出于职业原因到处走动的人，比如送货员、医护人员、邮政工人、警察。（"这个城市的白人气息太浓了，让人有点儿不舒服。"艾米曾经说过这么一句——可是当初在曼哈顿那座大熔炉里，她的朋友里面也只数得出一个非裔美国人。于是我指责她不过是想要拿少数族裔粉饰门面，用人家充当摆设罢了，我的说法可算是惹毛了她。）

"邓恩先生？我是贝拉斯克斯警员。"女警说道，"这位是里奥丹警员，你是在担心自己的妻子吗？"

里奥丹一边打量着眼前的道路一边呡着一块糖，我可以看到他的目光追随着一只飞鸟掠过了河面，随后他猛地掉转目光端详着我，那双抿起的嘴唇说明了一件事——此刻他眼中的我和其他人眼中的我一般无二。我长了一张看上去挺欠揍的面孔：本来好端端一个工薪阶层的爱尔兰小伙，看上去却十足是个靠信托基金过活的花花大少。为了少惹是非，我经常露出一抹微笑，但这招有时候压根儿不起作用。在大学时期，我甚至试过戴上一副带有透明镜片的假眼镜，借此扮出几分和蔼可亲的气质。"你知不知道，戴上这副眼镜你显得更讨打了？"玛戈说道。我赶紧扔掉了眼镜，又露出一抹微笑。

我招手示意警察们进屋，"请到家里来看看吧。"

两名警察走上台阶，每走一步都传来一阵皮带和枪发出的吱嘎声与哗啦声。我站在客厅门口，指了指屋里的一片狼藉。

"喔。"里奥丹警员边说边轻轻捏了捏指关节，看上去顿时打起了精神。

在饭厅的餐桌旁边，里奥丹与贝拉斯克斯一边在自己的座位上前倾着身子，一边开口问我一些问题：出事的是谁，在哪里出的事，拖了多长时间。他们两个人确确实实竖起了耳朵，这么说一点儿也没有夸张。两名警员避开我打了一通电话，里奥丹告诉我，总部方面已经为此案派出了刑警，看来我居然有幸得蒙警察局另眼相看了。

里奥丹第二次开口问我最近是否在小区附近见过陌生人，又第三次提醒我迦太基有一群四处转悠的流浪汉，这时电话铃响了起来，我疾步穿过房间接起了电话。

电话那头毫无疑问是个女声，"邓恩先生，这是'康福山'养老院。"——是"康福山"养老院，我和玛戈把患了老年痴呆症的父亲就送到了那里。

"现在我不方便接电话，待会我会给你回电话。"我凶巴巴地说，随即挂断了电话。"康福山"养老院那群女工作人员让我很是看不顺眼，她们一个个不苟言笑，显得一点儿也不体贴。她们的工作又折磨人薪水又低，也许因此才从来没有笑过，也从来不说一句暖心的话。我知道我不该对她们发火，其实让我火冒三丈的是另一件事：我的母亲躺在九泉之下，父亲却一直在人世徘徊。

这个月养老院的账单应该归玛戈料理，我敢肯定七月的账单归玛戈，但我也敢肯定她认定应该归我料理。我们已经干过这种事情，当时玛戈评论道，我们一定是一起下意识地忘了寄支票给养老院，其实我们两人真正想要忘掉的是我们的父亲。

我正把躲在隔壁空屋子里的那个陌生男子讲给里奥丹听，门铃却响了起来，听上去没有一丝异样，仿佛我正在等人送一份比萨饼外卖。

两名刑警带着一脸倦容进了屋，看上去已经忙了一天。又高又瘦的男刑警长着一张锥子脸，女刑警则丑得出奇——那可真是丑得骇人听闻、鬼哭狼嚎：一双丁点儿大的圆眼睛牢牢地钉在脸上，仿佛钉上了一对纽扣，脸上长着一只又长又歪的鼻子，皮肤上遍布着小疙瘩，又细又长的头发颜色好似一只灰兔。不过话说回来，我跟丑陋的女人倒是颇为亲近：把我抚养长大的三个女人都长着一张不太好看的面孔，也就是我的祖母、妈妈和姨妈，但她们个个聪明、善良且风趣，一个个都是坚韧的好女人。在我交往的女孩中（应该说在我认真交往的女孩中），艾米是第一个漂亮女孩。

丑女人先开了口，说出的一番话跟贝拉斯克斯警员小姐差不多，"邓恩先生？我是郎达·波尼，这是我的搭档吉姆·吉尔平刑警。据我们了解，您正在为尊夫人担忧。"

这时我的肚子咆哮了一声，声音大得让全场都能听见，但一干人纷纷做出一副若无其事的模样。

"我们要四处瞧一瞧，行吗，先生？"吉尔平说。他的双眼下耷拉着眼袋，一撇小胡子里夹杂着稀稀拉拉的白须，衬衫并不算皱，但穿戴在他身上却仿佛显得很皱，这位刑警看上去像是有股香烟和酸咖啡的味道，其实闻上去倒有些"黛而雅"香皂味。

我领着刑警们走几步到了客厅，又伸手指着屋里的一片狼藉。两名年轻警察正小心地跪在客厅里，仿佛在办什么要紧事，正等着别人悟到他们两人的重要性。波尼领着我走向饭厅的一张椅子，不再待在那一片搏斗的痕迹旁边，但仍然能够抬头望见那块地方。

郎达·波尼把里奥丹与贝拉斯克斯确认过的要点又问了一遍，一双专心致志的小眼睛一直凝视着我。吉尔平单膝着地蹲了下来，仔细审视着客厅。

"你有没有打过电话给朋友和家人，或者打给可能跟你妻子待在一起的人呢？"郎达·波尼问道。

"我……没有，目前还没有，我想我在等你们警察。"

"啊……"她露出了一缕微笑，"让我来猜一猜：家里的小祖宗。"

"什么？"

"你是家里的小祖宗。"

"我有一个孪生妹妹，你为什么这么说？"我感觉到波尼私下里对我有了一些看法。艾米最爱的一只花瓶正躺在地面上，倒是通身完好无损，一角靠着墙壁。这是一件结婚礼物，一件来自日本的杰作，每周清洁工来打扫我家时，艾米都把花瓶收到一边，生怕人家砸了花瓶。

"那只是我的一种猜测，关于你为什么会在这个关头等警察：你已经习惯了让别人来拿主意吧?！"波尼说，"我的弟弟就是这样，跟出生的顺序有关。"她边说边在记事本上龙飞凤舞地写了几个字。

"随你怎么说吧。"我恼火地耸耸肩，"你还要不要问问我的太阳星座，还是我们开始干正事呢?"

波尼和气地对我露出了一缕微笑，等待着。

"刚才我傻等了一会儿，是因为……我是说，她显然没有跟朋友在一起。"我边说边指着客厅里的一片狼藉。

"你在这里已经住了两年，对吧，邓恩先生?"她问道。

"九月份就满两年了。"

"从哪里搬来的呢?"

"纽约"。

"纽约市吗?"

"是的。"

这时她伸手指了指楼上，不吭声地征求着我的同意，于是我点点头跟在她的身后，吉尔平又跟在了我的身后。

"我在那里是个撰稿人。"我脱口而出。即使到了现在，即使回到家乡已经两年，我却仍然不乐意让别人认为我这辈子都一直窝在密苏里州。

波尼说："听上去令人印象深刻。"

吉尔平说："那你写些什么?"

我顺着自己上楼梯的节奏说开了："当时我为一本杂志写作（这时上了一级台阶），为一本男性杂志(上了一级台阶)写一些关于流行文化的文章(这时又上了一级台阶)。"到了最上面一层台阶，我转身看见吉尔平正掉头回望着客厅。

"流行文化吗?"他迈步上了楼梯，边走边喊，"那究竟是些什么玩意儿?"

"流行文化嘛。"我开口说道，这时我们已经走到楼梯的顶端，波尼正在等我们，"电影、电视、音乐，嗯，不过你知道，不是什么阳春白雪的高雅艺术。"话一出口，我不禁打了个寒噤，"阳春白雪?"这是什么话，我这口吻还真是盛气凌人哪，人家两个乡巴佬只怕得靠我把阳春白雪的英文好好诠释一番，把属于东海岸的高雅英文解读成中西部地区的乡土语言呢。

"她是个影迷。"吉尔平说着指向波尼，波尼点了点头，表示他没说错。

"现在我在市中心开了一家酒吧，名字叫作'酒吧'。"我又补了一句。"我还在一所两年制专科学校教书呢。"我暗自心想。不过如果再补上这么一句话显得有点儿欲盖弥彰，再说我又不是在与姑娘约会。

波尼正在打量浴室，站在门口拦住了我和吉尔平的去路。"酒吧，"她说，"我知道那个地方，也喜欢那个名字，非常高端。"

"听上去像个高招，处处啤酒环绕的生活糟不到哪里去。"吉尔平说。这时波尼又走向了卧室，我们紧跟在她的身后。

"有时候，人生真义尽在杯中哪。"这句不合时宜的话刚一出口，我又打了一个寒噤。

这时我们进了卧室。

吉尔平放声笑了起来，"酒中滋味，岂不妙哉。"

"那只熨斗还开着，看见了吗？"我开口说道。

波尼点点头开门走进了宽敞的衣橱间，"吧嗒"一声开了灯，一边用戴着橡胶手套的手拂了拂衬衫和礼服，一边走向衣橱间的深处。她突然弄出了一阵声响，又弯下了腰，转过了身，手里拿着一只裹着精致银色包装的方盒子。

我的胃不禁一阵抽搐。

"今天有人过生日吗？"她问道。

"今天是我们的结婚纪念日。"

波尼和吉尔平闻言都抽搐了一下，看上去仿佛两只蜘蛛，但却装出了一副若无其事的模样。


我们一行三人回到客厅的时候，两名年轻警员已经不见了踪影。吉尔平跪在地上，打量着四脚朝天的搁脚凳。

"嗯，很明显，我吓得有点儿厉害。"我开口道。

"我一点儿也不怪你，尼克。"吉尔平认真地说，一双淡蓝色的眼睛时不时轻轻转动。

"我们能做些什么找找我的妻子吗？我的意思是，她显然不在家里。"

波尼用手指着挂在墙上的结婚照，照片上的我穿着晚礼服露齿而笑，两只手臂周周正正地圈着艾米的腰肢。艾米的一头金发紧紧地盘成发型，披纱在科德角海滩的微风中轻拂，她大睁着一双眼睛——她总是在拍照的最后一刻眨眼，因此当时她正努力不犯这个毛病。那是独立日过后的第二天，烟花留下的火药味交融着海洋的咸味，带着夏日的气氛。

对我们来说，科德角是美好的一幕。我还记得当时意外发现自己的女友艾米居然是个身家丰厚的千金，是一对天才作家父母的独生女儿。多亏了一套跟她同名的系列图书，她也算得上是某种偶像，我觉得小时候我就记得那套《小魔女艾米》的名字。艾米用平平静静、字斟句酌的口吻向我解释了一切，仿佛我是一个渐渐从昏迷中醒来的病人，而她以前被迫向人交代过许多次，但披露身份的后果并不让人愉快——她不得不亲口承认自己拥有丰厚的身家，对方却对她的财富热情得过了头；她不得不揭露自己的另一重秘密身份，但这重身份却并非她自己的功劳。

艾米向我交了底，随后我们便一起动身奔赴艾略特一家位于南塔基湾的家传故居，跟她的家人一起扬帆航行，当时我暗自心想："我是个来自密苏里州的小伙，现在居然正跟着一些眼界远高于我的人一起越过大洋。即使我现在就开阔眼界，说不定还是赶不上他们。"这个念头并没有让我感觉妒火中烧，却让我感觉心满意足。我从未向往过名与利，我的父母可不是什么大梦想家，他们没有把自己的孩子定位成未来的总统；我这对务实的父母觉得自己的孩子长大后会当个上班族，过过平凡人家的生活。对我来说，光是这一趟就已经让我有几分飘飘然：我结交了艾略特一家，横跨了大西洋，回到一栋精心翻修过的古宅（该宅邸由一位捕鲸船船长建成于1822年），并在古宅里品尝了一道道健康的有机食品（我竟然不知道那些菜品的名字怎么发音），其中一道是昆诺阿藜，我还记得当时自己把昆诺阿藜想成了一种鱼。

于是在一个天色湛蓝的夏日，我们走上沙滩结了婚，在一顶白色帐篷中吃吃喝喝，那顶翻涌的帐篷好似滚滚白帆。几个小时以后，我偷偷地潜入黑暗奔向了大海，因为当时我感觉周遭的一切是如此虚幻，我相信自己已经变成了一抹微光，可是我的皮肤蒙上了一层寒冷的薄雾，把我活生生地拦了下来，艾米又把我拉回来奔向了金光灿烂的帐篷——诸神正在那里欢宴，处处都是珍馐美味。就这样，我与艾米结成了夫妇。

波尼俯身端详着照片中的艾米，"你的太太长得十分漂亮。"

"确实，她是个美人。"我顿时觉得胃里翻江倒海。

"今天是多少周年的纪念日？"她问道。

"五周年纪念日。"

我感觉自己有些坐立不安，想要做点实事。我不希望警员们谈起我的太太是多么动人，我希望他们出门去找我那个混账太太，不过我没有把这主意大声地说出口——通常我都不会把自己的想法大声说出口，即使有时候我应该这么办。我会把自己的种种想法埋在心里，还会仔仔细细地分门别类，到了令人烦心的地步：我心中那座地下室藏着好几百瓶愤怒、恐惧和绝望，但人们永远不会从我的脸上猜出来。

"五周年纪念日可是个大日子，让我猜猜，你在'休斯敦'订了座？"吉尔平问道。"休斯敦"是镇上唯一一家高档餐馆。"你们真应该去尝尝'休斯敦'试试看"，当我们搬回密苏里州时，母亲曾经说过这么一句话，她把"休斯敦"当成了迦太基独一无二的小秘密，希望那家餐馆能够讨好我的妻子。

"还用说吗，当然在'休斯敦'订了座。"我回答道。

这是我第五次向警方撒谎，我才刚刚开了个头。

艾米·艾略特·邓恩
2008 年 7 月 5 日

## 日记摘录

　　爱情让我变成了肥婆！柔情蜜意让我的嗓子哑了几分！一腔忠心让我的身材肥了一圈！我变成了一只开开心心、忙忙碌碌的蜜蜂，双宿双飞让我浑身上下带着一股子劲儿。我在他的周围忙碌，管东管西地打发一些鸡毛蒜皮的小事。我已经变成了一种奇怪的事物——一名妻子。我发现自己引导着一段段对话（我简直笨手笨脚，很有点儿不自然），好借此机会大声提到他的名字。我已经成为一名妻子，一个让人厌烦的黄脸婆，我被一脚踢出了"独立年轻女性"俱乐部，可是我不在乎。我替他算账，为他理发，简直一下子染上了旧时代的气息，说不定什么时候我就会脱口说出"皮夹子"一类早已过时的词，涂上两片红艳艳的嘴唇，穿上摇曳的花呢外套，迈着小碎步出门去往"美容沙龙"。没有一件事能让我烦心，一切仿佛都会顺风顺水，所有烦恼都会变成晚餐桌上的笑谈，"丁是今天我就杀掉了一个流浪汉，亲爱的……哈哈哈哈！啊，我们真开心哪！"

　　尼克恰似一杯好酒，他将正确的观点赋予了一切事物——并非与众不同的观点，而是正确的观点。跟尼克在一起后我才意识到，如果电费账单晚付了几天，如果我撰写的最新一期测试冒着几分傻气，其实并没有什么要紧。（我可不是在开玩笑，我撰写的最新一期测试问道："如果你是一棵树，你会当一棵什么树？"你问我吗？我是棵苹果树！这什么也说明不了！）新一期

《小魔女艾米》遭遇了滑铁卢，相关评论恶毒得很，销售在先期颇为坎坷，后来则一落千丈，不过这也不要紧。我把我们的房间涂成什么颜色不要紧，塞车害我迟到了多久不要紧，我们的回收垃圾是否真的投入了循环利用也不要紧（纽约城呀，说句老实话吧，难道不是这样吗）。这些真的不要紧，因为我已经找到了我的绝配，那就是尼克，悠闲、冷静、聪明、风趣、单纯、善良、开开心心，胸中没有一腔怨气，还有个尺寸雄伟的"小兄弟"。

我把身上不讨自己喜欢的所有特质都抛到了九霄云外，也许这正是我最爱他的一点，他让我变成了另外一个人。他并非让我有了全新的感觉，而是让我变了一个人。我变得顽皮风趣又斗志满满，我打心眼里觉得高兴且满足。我成了一名妻子……话说回来，这些话说出口还真有点儿奇怪(说真的，关于回收垃圾那个话题，纽约城啊……拜托，只要你向我递个眼神，我就全明白啦)。

我们一起干了些蠢事，比如上个周末一起开车去了特拉华州，因为我们两个人都不曾在特拉华州有过云雨销魂。让我来设定一下当时的场景，这一次可真是要留予后人瞻仰了。当时我们穿过州界线，一眼看见了路标牌上的文字，除了一句"欢迎您来到特拉华州"，路标牌上还写着特拉华的几个别名，"袖珍奇迹"、"第一州"[①]，以及"免税购物之都"。特拉华州，富翁们济济一堂的地方。

我让尼克开车驶上了我见到的第一条泥路，汽车在泥路上轰隆隆地颠簸了五分钟，然后陷入了松树的重围之中。我们一句话也没有说，他把自己的座椅朝后放，我则拉起了裙子，当时我可是真空上阵，连一件内衣也没有穿。我一眼看到他瘪下了嘴，垮下了一张脸，露出一副仿佛嗑了药一般毅然决然的表情——他"性致高涨"的时候就会变成这样。我爬到他的身上背对着他，面向着挡风玻璃，把身子压在方向盘上。与尼克云雨缠绵之时，喇叭不时随我发出细微的咩咩声，而我撑在挡风玻璃上的一只手则弄出了一阵阵嘁啦嘁啦的动静。尼克和我在哪里都能"冲上云霄"，我们在做爱时都不怯场，这一点让我们两人颇为自豪。随后我们便开车回了家，途中我还吃了些

---

① 特拉华州是最早加入美国联邦的州，因此又有"第一州"别名。——译者注

牛肉干，光着的脚搭在仪表盘上。

我们都爱自家的那所住宅，那是靠着"小魔女艾米"建成的房子。我的父母为我们买下了一所位于纽约布鲁克林的褐砂石房屋，它在布鲁克林高地上巍然屹立，能够尽览曼哈顿的无限风光。房屋阔气得有些过分，让我心中颇为内疚，但它实在无可挑剔。我竭尽所能抹掉屋里那股富家娇娇女的气质，凡事尽可能亲自上阵。我们花了两个周末把墙刷上了翠绿、浅黄和丝绒蓝——至少原本应该是这些颜色，结果三种颜色都与我们想象中大相径庭，但我们还是装出一副喜滋滋的样子。我们把旧货市场搜罗来的小玩意儿摆满了整间屋，还为尼克的唱机买了唱片。昨晚我们坐在一张旧波斯地毯上边喝酒边听一张刮花了的唱片，那时天色渐暗，曼哈顿次第亮起了星星点点的灯光。尼克说道："这正是我想象中的生活，跟我想象中的模样分毫不差。"

周末的时候，我们就缩在寝具下面聊天，阳光透过一层黄色的被子暖烘烘地照着我们的脸颊。就连家里的地板也招人发笑，人们进门时会踏上两条老旧的板条，发出一片吱吱嘎嘎的动静。我爱那所属于我们的住宅，我爱背后藏着一个动人故事的古老落地灯，还爱咖啡壶旁边奇形怪状的陶土杯——那杯子里只装过一枚回形针。我整天为他做出种种甜蜜之举，要么给他买上一块薄荷皂，那块香皂放在他的掌心里好似一块暖意融融的石头，要不然就买上一片薄薄的鳟鱼做给他吃，向他在船上度过的时光致敬。我明白自己荒唐得厉害，不过我喜欢这副样子：我还从来不知道自己居然能为了一个男人变得无比荒唐，这让人松了一口气。就连他的袜子也让我为之倾倒，他脱下的袜子怎么会摆成这么可爱的模样呢，仿佛一只狗崽从另一个房间把它们叼了过来。

今天是我们结婚一周年的纪念日，爱情却让我肥了一圈。人们不停地告诉我们新婚第一年将是多么难熬，仿佛我们是一对天真无邪的孩子，正在大步奔赴一场战争，可是新婚第一年一点儿也不难熬，我与尼克简直是天作之合。今天是我们结婚一周年的纪念日，尼克在午餐时分就会下班，而我的寻宝游戏正在等待着他，里面的提示通通取材于我们两人和刚刚过去的一年：

*每当我亲爱的丈夫伤风感冒，*

有人就马上会在菜单里点出这一道。

答案：总统街泰国城里的冬阴功汤，那里的经理将于今天下午带着一碗汤和下一条提示在餐馆内守候。

随后的寻宝之旅中还会有唐人街的"麦克曼"酒吧、中央公园的爱丽丝雕像，总之是一场盛大的曼哈顿之旅。我们会在最后一站到达福尔顿街鱼市，然后买上一对漂亮的龙虾，我会把水缸抱在怀中坐上出租车，尼克则会在我的身边坐立不安。我们会急匆匆地赶回家，身为一个曾经在海边度过无数夏日的女孩，我会施展高超的手段把小家伙们扔进摆在旧炉子上的一只新锅，尼克则会咯咯地傻笑，假装害怕躲到厨房门外。

我曾建议买些汉堡包来对付周年纪念日，尼克却希望出门去个上档次的地方吃一顿豪宴，那种地方的上菜时间分秒不差，侍者们一张口就能说出一串相识的名人。因此龙虾算得上一条完美的折中之道，所有人都告诉我们婚姻有一条窍门（那可真是说了一遍又一遍呀，说得人耳朵起茧子），这对龙虾正好是该窍门的化身——妥协！

我们会吃上一道黄油烤龙虾，再在地板上翻云覆雨，放起我家的一张旧爵士唱片，让耳边传来女歌手深邃缥缈的歌声。我们会渐渐醉倒在上好的苏格兰威士忌之下，那是尼克的最爱。那时我将把礼物给他，那是他老早就看上眼的一套 Crane & Co. 纸业公司订制信笺，上面印有简洁的墨绿色无衬线字体，厚厚的纸张托得住浓墨和尼克的珠玉之言。作家尼克会收到一份信笺，至于作家的爱妻嘛，她说不定正打着小算盘，等他写上一两封情书呢。

之后我们也许会再享鱼水之欢，在深夜里吃上一个汉堡，再来一两杯苏格兰威士忌。瞧，难道眼前不是最美满的一对夫妻吗！人们居然还说婚姻十分辛苦呢。

## 尼克·邓恩
## 事发当晚

　　波尼和吉尔平把我带到警察局继续录口供，该警局看上去像一座垮掉的社区银行。他们把我一个人扔在一间小屋里过了四十分钟，于是我强令自己不要乱动——在某种程度上，假装冷静便是冷静。我无精打采地趴在桌子上，用胳膊枕着下巴，等待着下一回合。

　　"你要给艾米的父母打个电话吗？"在此之前波尼曾经问道。

　　"我不想吓到他们，"我说，"如果过一个小时她还没有消息的话，我再打电话给她的父母。"

　　我们已经把同一番谈话重复了三遍。

　　警察们终于进屋在我对面的桌边坐下，整个场面像极了一场电视节目，我拼命忍住不让自己笑出声来。在过去十年里，每当我漫不经心地浏览夜间有线电视节目时，便会在各种节目上一眼看到眼前这种房间，此刻的波尼和吉尔平一脸疲态却又专心致志，一举一动像极了电视明星，整个场面假透了，活像一幕大戏。波尼的手里还端着一杯咖啡，拿着一个看上去道具味十足的文件夹，那可是警察专用的道具哪。我顿时觉得有些飘飘然如在云端，不禁咀嚼着眼前这种演戏的滋味——警察和我都在扮演角色，让我们一起玩一场"太太失踪"的游戏吧！

　　"你还好吧，尼克？"波尼问道。

"我没事，怎么啦？"

"你在笑。"

我冷不丁从半空中一跤跌回了瓷砖铺成的地面上，"对不起，只是这一切太……"

"我明白，"波尼给了我一个安抚的眼神，仿佛伸出一只手拍了拍我，"这场面太奇怪了，我明白。"她清了清嗓子，说："首先，我们要确保你在这里待得舒服，你需要什么尽管告诉我们。你给我们越多信息越好，但你也可以随时离开，没有人会拦着你。"

"悉听尊便。"

"好，非常好，谢谢你。"她说，"嗯，我想还是先把破事给解决了吧，把没用的绊脚石先搬开。如果你的妻子确实被人绑架了……我们还不清楚她是不是被人绑架了，不过如果事情真到了那一步，那我们想要捉住犯事的家伙，而当我们捉住这家伙的时候，我们想让他无法翻身，没有办法脱罪，没有回旋的余地。"

"没错。"

"因此我们必须尽快先把你洗脱嫌疑，洗脱得干干净净，这样犯事的家伙才找不到借口脱罪，无法指控我们没有考虑过你的嫌疑，你明白我的意思吗？"

我机械般地点了点头。我并不十分清楚她的意思，但我希望尽可能地做出配合的模样，"悉听尊便。"

"我们不希望吓着你，"吉尔平说，"我们只是希望把事情做得滴水不漏。"

"我这边没意见。"我说。"在这种故事里，犯事的总是那位丈夫。"我暗自心想，每个人都认为凶手总是那位丈夫，你们两个警察为什么不明明白白地把话说出口呢："我们怀疑你，因为你是她的丈夫，凶手总是那位丈夫，不信的话去看看罪案新闻节目好了。"

"那好，太好了，尼克。"波尼说，"首先我们要用棉签从你的口腔里取样，这样才可以筛除你家那些不属于你的 DNA，这样做你不会介意吧？"

"当然不会。"

她说："我还打算快速查一查你手上有没有火药残留，这也是以防万一的措施……"

"等等，等等，等一下，你们是不是已经有了什么发现，让你觉得我的太太……"

"不不，不是这样，尼克。"吉尔平打断了我的话，将一张椅子拉到桌边一屁股坐了下去，把椅背一侧放在身前。我暗自好奇警察们私底下到底是不是这副坐姿，难道一些灵气逼人的演员在节目里上演了这一套，警察们觉得电影电视里的警员用这副坐姿看上去非常酷，于是从节目上借鉴了过来？

"这只是走一遍程序，以防万一嘛。"吉尔平继续说道，"我们想要把事情做得滴水不漏，查一查你的手、取个 DNA 样本，如果可以我们还要查一查你的车……"

"当然可以，就像我刚才说的，悉听尊便。"

"谢谢你，尼克，真的很感谢。有些时候有些家伙非要为难我们，只不过因为他们有能力让我们为难。"

我属于截然相反的那种人。在我的童年时期，我的父亲整天无声地苛责我们，他从早到晚偷偷摸摸地到处挑刺，好借此发上一顿脾气。他这个毛病把玛戈变成了一个戒心很强的"刺儿头"，简直受不了一句胡说八道的屁话，却把我变成了一个对权威唯命是从的"软骨头"。爸爸、妈妈，还有老师们——"先生女士们，只要能让你的活计变得容易一些，那就悉听尊便吧。"我巴望着人们源源不断地认可我。"毫不夸张地讲，为了让人们相信你是个好人，你这家伙会撒谎、骗人、偷东西……妈的，还会杀人……"玛戈曾经这么说过。当时我们正在一家炸饼店等着买犹太馅饼，那家店紧挨着玛戈原来在纽约住的公寓（我还清清楚楚地记得当时的情形）。听见她的那些话，我顿时没了胃口，因为玛戈的话是如此千真万确，我却从来没有意识到。就在她说这句话时，我还在想：我永远不会忘记这一刻，这一刻将永远铭刻在我的回忆中。

警察们测试了我手上的火药残留，用一根棉签在我的嘴里取了样，在此过程中我们闲聊了一会儿，谈了谈天气和国庆礼花。我们假装一切正常，仿佛不过是去看了一次牙医。

程序走完以后，波尼把另一杯咖啡摆到我的面前，拍了拍我的肩膀，"我感到很抱歉，刚才那是最难熬的时刻，你觉得现在能回答几个问题吗？那样对我们真的很有帮助。"

"没问题，绝对没问题，问吧。"

她在我的面前放上了一台薄薄的数字录音机。"你介意吗？这样你就不必一遍又一遍地回答同样的问题了……"她想给我录音，好让我不能改口，只能坚持同一个口径。"我应该叫个律师来"，我想，可是不清白的人才需要律师，因此我点了点头，回答："没问题。"

"这么说，你们两个人在这里住了多久了？"波尼说。

"快要两年了。"

"艾米来自纽约，纽约市，对吗？"

"是的。"

"她工作吗，有过什么工作？"吉尔平问。

"她不工作，以前写过性格测试。"

刑警们交换了一个眼神，仿佛在问："测试？"

"为青少年杂志、女性杂志写测试。"我说，"知道吧，比如'你是嫉妒型人格吗？快来做做我们的测试，找出你自己的答案！''人们觉得你太咄咄逼人吗？快来做做我们的测试，找出你自己的答案！'"

"非常酷，我爱死那些测试了。"波尼说，"我还不知道真有人干这种工作呢，把写这些测试当作一种职业。"

"嗯，写测试不是一种职业，反正再也算不上一种职业了，互联网上到处是免费的测试。艾米确实更有才……她有过一个心理学硕士学位……说错了，她有一个心理学硕士学位。"自己的失言让我颇不自在地大笑起来，"但是有才的东西没办法打败免费的货色。"

"然后呢？"

我耸了耸肩，"然后我们搬回了这边，现在她就待在家。"

"哦！你们俩有孩子吗？"波尼尖声问道，仿佛她发现了一则好消息。

"没有。"

"哦，那她平时做些什么呢？"

其实这个问题我也想问。艾米曾经是一个"万事通"，样样事情她都随时随地沾上一些。当我们搬到一起同居时，她紧锣密鼓地学了一阵子法式烹饪，露了一手超快的刀技和一道红酒炖牛肉。我们为了她的三十四岁生日飞到了巴塞罗那，结果她用西班牙语谈笑风生，让我大跌眼镜，那口西班牙语是她偷偷上了几个月语言班的成果。我的太太聪明绝顶、奇思百出，有着永无止境的好奇心，但她的这份执着往往来自于跟别人比拼：她需要让男人们惊艳，让女人们艳羡——还用说吗，艾米当然做得出一手法国美食，讲得出一口流利的西班牙语，会料理花园，会做针线活，会跑马拉松，会买卖股票，会驾驶飞机，还会在做这一切的时候端着一副模特走秀的架势哪。总之一句话，她需要时时刻刻都变身成"小魔女艾米"。密苏里州的女人们在"塔吉特"百货商场里买衣服，勤勤恳恳地做出贴心的饭菜，为自己的西班牙语哈哈大笑——高中时代学到的西班牙语都被她们忘光啦。密苏里州的女人们对竞争没有多少胃口，她们对努力上进的艾米张开热情的怀抱，也许还对她有几分怜惜之情。对我那位求胜心切的太太来说，这简直算得上最糟糕的结果：那是一镇子心满意足的庸民。

"她有许多爱好。"我说道。

"她身上有什么令你担心的地方吗？"波尼看上去倒是很有几分担心的模样，"你不担心她吸毒或酗酒吗？我不是在说你妻子的坏话，可是很多家庭主妇用这种方式过日子，其人数远远超过人们的猜测，如果酗酒变成了吸毒……我倒不是在说海洛因，处方止痛药也算数……嗯，眼下这一带有一帮非常可怕的角色就在卖这些玩意儿。"

"毒品交易已经变得非常猖獗了。"吉尔平说，"我们裁员了一些警察，少了大约五分之一的警员，腾不出人手来治理这个烂摊子。我的意思是说，毒品交易已经泛滥成灾了。"

"上次有个家庭主妇嗑了'奥施康定'后活生生弄掉了一颗牙齿，那可是一位漂亮的夫人。"波尼提示道。

"不，艾米可能会喝上一杯葡萄酒，但她不会碰毒品。"

波尼闻言打量着我，显然我的话并非她想要的答案，"她在本地有很好的密友吗？我们想找几个她的密友打打电话，确认一下。没有冒犯你的意思，不过有时候要是跟毒品沾上了边，配偶倒是最后一个知情的人。人们会不好意思，尤其是女人。"

至于朋友，在纽约的时候，艾米倒是每周都结交上一些新朋友，又换掉一批老朋友，真是铁打的营盘流水的兵。朋友会让她极度兴奋：宝拉教她唱歌，宝拉有一副好得不得了的嗓子（艾米在马萨诸塞州上过寄宿学校，我很喜欢她偶尔展露的新英格兰气质，比如"好得不得了"这个词），她还在时装设计课程上遇到了杰西。但一个月后，我又问起杰西和宝拉，艾米却一头雾水地望着我，仿佛我随口编出了两个名字。

还有一些男人总跟在艾米的屁股后面转，他们急切地想要把她丈夫没有尽到的本分揽到自己的手中，要么修一条椅子腿，要么为她四处寻找她最喜欢的亚洲进口茶叶。她发誓那些男人都是她的朋友，只是些好朋友，她跟他们保持着不近不远的距离，远到让我无法太恼火，近到她只需勾勾手指就能召唤他们听她的吩咐。

至于在密苏里州……天啊，我真的不知道，此刻我才突然意识到这一点。"你还真是个浑蛋哪！"我想。我们在密苏里州已经待了两年了，刚来时人情交往忙碌了一阵子，热热闹闹地过了几个月，艾米就再也没有跟人有过定期的交往。当时她的身边有我的母亲和我，眼下母亲已经过世，而艾米和我的对话方式主要是互相攻击和反驳。当我们搬回家一年以后，我还装腔作势地献了献假殷勤："你在北迦太基待得怎么样，邓恩女士？""你是说'新迦太基'吧？"她说。我没有开口问她"新迦太基"这个词的出处，但我知道该词来者不善。

"她有几个要好的朋友，但大多数是在东部的时候结交的。"

"她的家人呢？"

"他们住在纽约，纽约市。"

"你到现在还没有给她的亲戚朋友打过电话？"波尼的脸上露出一抹困惑的微笑。

"我一直在忙着配合你们，没有机会打电话啊。"我已经签署了文件，准许警方追踪信用卡、自动取款机和艾米的手机，还向警方交代了玛戈的手机号码和苏的名字——苏就是"酒吧"里的那名寡妇，她可以为我到达"酒吧"的时间作证。

"真是家里的小祖宗，"波尼摇摇头，"你真的让我想起了我的弟弟，这个说法可是一种恭维，我发誓。"

"她宠弟弟宠得不像样。"吉尔平说着在笔记本上草草地涂了涂，"这么说，你在上午七点半左右离开了家，中午时分到了酒吧，中间这段时间你在沙滩上。"

在我家以北大约十英里的地方有一个滩头堡，堆积着沙子、淤泥、啤酒瓶碎片，还有装满了塑料杯和脏尿布的一个个垃圾桶。但那里的逆风处有一张野餐桌，时时沐浴着灿烂的阳光，如果在此直视河面的话，可以对其他的垃圾视而不见。

"有时候我会带上咖啡和报纸在桌边坐一坐，充分享受夏日时光。"

不，当时我没有跟任何人在沙滩上搭过话。不，当时没有人见到过我。

"那地方在星期三很安静。"吉尔平认同道。

如果警察跟认识我的人聊上一聊，他们马上就会发现我罕少去海滩转悠，而且我从来不会带上一杯咖啡去享受清晨时光。我长着一身雪白的皮肤，对冥想自省很有点儿不耐烦，我可不是什么海滩男孩。我告诉警察，今天早上是艾米打发我到海滩去逛一趟，她让我独自一个人待上一会儿，一边凝望着那条钟爱的河流一边思考我们两人的生活。这番话是她今天早上对我说的，在我们吃了她做的可丽饼以后。当时她俯身越过桌子，嘴里说道："我知道我们两个人这阵子很难熬，我依然非常爱你，尼克，我知道我有很多不足，我想做你的好妻子，我也想你当我的丈夫当得开开心心，但是你得想清楚自己想要什么。"

这番话她显然练习过，说话时她还得意地笑了笑。尽管我的妻子出于一番好意，我当时却在想：还用说吗，她当然会精心安排这一幕，毕竟她希望见到这一幕美景嘛——让我待在那条奔腾的河流旁边，让微风拂乱我的发丝，我正遥望天边思考着我们两人的生活。我要是到"唐恩都乐"甜甜圈逛上一趟的话，那艾米可开心不起来。

"你得想清楚自己想要什么。"艾米说。可是艾米啊，我已经清楚自己想要什么了。

波尼神情愉快地从笔记本上抬起了目光。"你能告诉我你太太的血型吗？”她问道。

“噢，我不知道她的血型。”

“你不知道你太太的血型？”

“也许是 O 型？”我猜道。

波尼皱起了眉头，长长地叹了口气，仿佛正在练习瑜伽。“好吧，尼克，我们正在尽力帮忙。”她一一列举了警方的措施：警方监控了艾米的手机，分发了她的照片，追踪了她的信用卡，正在找本地区有案底的性罪犯一一问话，正在仔细盘查我们那个人迹寥寥的小区，还把我家的电话装上了窃听器，以防有人打电话过来索要赎金。

我不知道此刻该说些什么，于是飞快地梳理着自己的记忆，想要找出几句台词：电影上的丈夫在这个关头说了些什么？——他的话取决于他是否清白。

“我不敢说警方的措施让我安了心，你怎么想呢？你觉得这是一场绑架案，一个失踪案，还是怎么回事？”我对此类案件涉及的统计数字并非一无所知，罪案电视剧教会了我这一套，况且我自己此刻也正在主演一部类似的罪案剧：如果不能在案发后四十八小时有所突破的话，那该案件就很有可能成为悬案，也就是说，案发后四十八小时至关重要。“我是说，我的太太不见了，我的太太不见了！”我意识到这是我第一次用上这种口吻——有几分恐慌，又有几分愤怒的口吻，其实我早就该用上这种口吻了。我的父亲是个一肚子苦水、怒气和厌恶的人，经常变出不同的花样，我这一生都在千方百计地避免重蹈他的覆辙，结果变得完全无法表现出自己的负面情绪。这是另一个让我显得很欠揍的特质：我的肚子里也许窝了万丈怒火，可是你从我的脸上压根儿看不出一丝怒意，我的话听上去更是格外和顺。这是个常见的毛病：要么管束太多，要么压根儿没有管束。

“尼克，我们非常重视这件案子。”波尼说，“就在我们谈话的时候，实验室方面已经派人去了你家，他们会给我们提供更多信息，现在你告诉我们越多你妻子的情况，事情就越好办，她是什么样的？”

此时丈夫们常用的句子在我的脑海中闪过：她甜蜜得很，她好得不得了，她为人和善，她很支持我。

我问道："你问'她是什么样的'，究竟指的是哪方面？"

"让我了解一下她的个性，"波尼提示道，"比如说，你为结婚纪念日送了她什么礼物？珠宝吗？"

"我还没有定下来送什么东西好呢，我准备今天下午去置办礼物。"我说道。说完我等着波尼放声大笑，嘴里再次说出一句"家里的小祖宗"，但她并没有这么做。

"好吧，那跟我说说她这个人，她性格外向吗？她……我不知道该怎么说，她是不是深具纽约气质？比如有些人会觉得她有点儿粗俗？或者有可能惹毛别人？"

"我不知道，她倒不是一个从来不肯与生人交往的人，但她也没有粗鲁到让人想要害她的地步。"

这是我嘴里说出的第十一个谎言。有些时候，眼下的艾米粗鲁得想要向别人出手——我说的是眼下的她，这个艾米跟我当初爱上的那个女人简直大相径庭。她的变身正好跟童话故事里反了过来，在短短数年之中，原来那个笑容灿烂、为人随和的女孩从身上褪下了一层层表象，于是一沓沓灵魂和皮囊随着她的变身落到了地面，随后变出了这个焕然一新、爱发脾气、一肚子怨气的艾米。我的太太不再是原来的样子了，她摇身变成了一团铁丝球，挑动我大着胆子去解开她这团乱麻，可是我那粗壮麻木又紧张的十指压根儿办不到。谁让我长着乡下人的十指呢，这些指头可没有受过复杂又危险的训练，没有办法解开艾米这团乱麻。每当我举起那些血淋淋的手指，她就叹口气在心里默默地记上一笔——她在心里记下了我的所有不足，一直圈点着其中的失望之处和弱点。该死，原来的艾米可是个风趣的人，十分幽默，会让我哈哈笑出声来。我已经忘记那是种什么滋味，而且那时的她还会哈哈大笑，笑声从她的喉咙深处传来，那里发出的笑声韵味十足。那时她对待自己的一肚子苦水好似对待手里的一把鸟食：片刻前那怨气还在，片刻后却不见了踪影。

以前的她并非眼下的她，她已经摇身一变成了我的梦魇：一个怒气冲冲的怨妇。我对跟怨妇相处很不在行，她们会逼出我身上的糟粕。

"她爱指使人吗？"吉尔平问，"是不是喜欢管东管西呢？"

我寻思着艾米的日程——艾米为今后三年的日程做了计划，如果有人仔细端详明年的日程，就会发现她已经定下了一些约会，跟皮肤科医生、牙医、兽医约好了时间，"她是个喜欢事事做好规划的人，不会毫无计划地做事情，知道吧。她喜欢列好清单，然后一件接一件地把上面的事情办好，所以说今天的情形一点儿道理也没有……"

　　"如果你不是那种性格的话，她这种个性能把人逼得发狂。"波尼同情地说，"你看上去很有 B 型人格的特质。"

　　"我多了几分悠闲，我想。"说完我补上了一句该说的话，"我们彼此互补。"

　　这时我抬眼望了望墙上的钟，波尼见势碰了碰我的手。

　　"嘿，要不然你去给艾米的父母打个电话吧，我敢肯定他们会希望你打电话。"

　　此时午夜已过，而艾米的父母通常在晚上九点便会就寝——以前他们两个人居然还把这么早就睡觉的事情拿出来自吹自擂。现在他们肯定已经进入了梦乡，因此我打过去的会是一个深夜紧急电话。艾米父母的手机总在八点三刻准时关机，因此兰德·艾略特必须下床一路走到过道的尽头拿起那架沉重的老电话，他会四处摸索着找他的眼镜，为了打开一盏台灯忙上半天，还会找出一大堆理由让自己不用担心这个深夜打来的电话，让自己相信这一次没什么要事。

　　我拨了两次号码，没等铃声响完便准备挂上电话，这时玛丽贝思却接了起来（接电话的居然不是兰德），她低沉的声音震得我的耳朵嗡嗡响。我只开口说了一句"玛丽贝思，我是尼克……"便再也说不下去了。

　　"出了什么事，尼克？"

　　我吸了一口气。

　　"是艾米出事了吗？告诉我呀。"

　　"我，呃……我很抱歉，我应该早点儿打电话来的……"

　　"说正事，该死！"

　　"我们找……找不到艾米。"我结结巴巴地说。

　　"你们找不到艾米？"

"我不知道……"

"艾米失踪了？"

"我们还不能肯定，我们还在……"

"她什么时候失踪的？"

"我们还不能肯定，今天早上我离开家，大概是七点多……"

"结果你等到现在才打电话给我们？"

"对不起，我不希望……"

"上帝啊，今天晚上我们在打网球，打网球啊！我们原本可以……我的上帝，叫警察了吗？你已经通知警察了吗？"

"我现在就在警局。"

"请案件负责人接电话，尼克，求你了。"

仿佛一个被使唤的孩子，我乖乖地去找来了吉尔平，"我的岳母想和你谈谈。"

给艾略特夫妇的电话把事情敲定了下来。艾米失踪了——现在这把突如其来的火已经烧到了外围。


我动身走向采访室，耳边却突然响起了父亲的声音。有些时候，特别是在无地自容的时刻，我会在自己的脑海里听见他的话语，但此刻他的声音就在不远处，一句句话好似腐臭沼泽里湿漉漉的气泡一般冒了出来，他正满嘴说着"贱人贱人贱人"——只要遇上一个稍微让他有点儿恼火的女人，我那个脑子一团糟的父亲就会脱口扔过去几个脏字，"贱人贱人贱人"。我放眼向附近的一间会议室里打量，发现父亲正坐在会议室一张靠着墙的长椅上。他一度是个英俊的男人，颇为热烈多情，下颌上有美人沟，我的姑姑曾经将他形容成"如梦似幻般的恶男"。此刻他却正在喃喃自语，一头金发乱成了一团，长裤沾满了泥污，手臂上带着一条条伤痕，仿佛他刚刚越过荆棘丛千辛万苦地来到了这儿，他的下巴上垂着一条闪闪发亮的唾沫，好似蜗牛爬过留下了一道踪迹。父亲正伸出手臂屈伸着上面的肌肉，那些肌肉看来还有几分样子。他的身旁坐着一名紧张的女警，她恼火地噘着嘴，正在试着把他的话当成耳边风，他则口口声声地说："我告诉你了，贱人贱人贱人。"

"这是怎么回事？"我问她，"这位是我的父亲。"

"你接到我们的电话了吗？"

"什么电话？"

"找你来接你的父亲。"她把每个字都咬得清清楚楚，仿佛我是一个脑袋不太灵光的十岁小孩。

"我……我的妻子失踪了，我已经在这里待了大半个晚上。"

她盯着我，一点儿也没有回过神来，我能看出她正在寻思是否要先开口道歉然后再问个究竟，可这时我父亲又开口念叨起了"贱人贱人贱人"，于是她把道歉的话咽下了肚。

"先生，'康福山'养老院已经找了你一整天，你的父亲今天早上从一个消防通道走丢了，你可以看到他身上有一些刮伤和擦伤，但并没有什么大碍。几个小时前我们找到了他，当时他迷了路，正沿着'河间大道'往前走，我们一直在找你。"

"我一直在这儿。"我说，"见鬼了，我就在隔壁，怎么没有一个人把这点儿事弄明白呢？"

"贱人贱人贱人。"我的父亲又说。

"先生，请不要用这种口气跟我讲话。"

"贱人贱人贱人。"


波尼让一位男警员开车将我父亲送回家，以便让我走完警察局的流程。我们站在警局外的台阶上，眼睁睁地看着警员领我父亲进了汽车，他的嘴里仍在喃喃不休。从始至终，他都没有注意到我在一旁，当他们开车离开时，我父亲甚至没有回头看上一眼。

"你们两个人不太亲密吧？"波尼问道。

"没有几对父子比我们更疏远的了。"我回答。

清晨两点左右，警方问完了问题，打发我进了一辆警车，还叮嘱我好好睡上一觉，等到上午十一点再回来开正午时分的新闻发布会。

我并没有问自己是否可以回家，而是让警方把我送到了玛戈家，因为我知道她会熬夜等我一起喝上一杯，再给我做上一个三明治。悲哀的是，这正是此刻我所渴望的一切：一个女人为我做上一块三明治，却绝口不提任何问题。


"你不想去找找她吗？"我吃着三明治，玛戈问道，"我们可以开车兜一圈。"

"似乎没什么作用，我去哪里找她？"我没精打采地说。

"尼克，这件事可不是开玩笑的，见鬼。"

"我知道，玛戈。"

"那就拿出点儿决断来，兰斯，好吧？别他妈的一副'呜呜嗯嗯'的样子。"玛戈嘴里的"呜呜嗯嗯"是个大舌头音，她总用这个词来指代我那副优柔寡断的模样，一边说一边茫然地转转眼珠，再配上我那依法登记的正式名字——兰斯。话说回来，要是长了一张我这样的面孔，配上一个叫作"兰斯"的名字可不是什么妙事。玛戈递给我一大杯苏格兰威士忌，"喝了这杯酒，不过只许喝这一杯，明天你可不能宿醉不醒。她到底能去哪里啊？上帝呀，我觉得恶心反胃。"她倒上一杯苏格兰威士忌一饮而尽，随后一边在厨房里来回踱步，一边小口啜饮着威士忌，"难道你不担心吗，尼克？说不定有人在大街上一眼看到了她，就打定主意把她带走？一下子打在她的头上……"

我开了口，"该死，你为什么说'一下子打在她的头上'，这话是什么意思？"

"对不起，我并不是要描绘什么场景，我只是……我不知道，我只是一直忍不住在寻思，寻思一些疯狂的人。"她又往酒杯里倒了些苏格兰威士忌。

"说到疯狂的人，"我说，"今天爸爸又跑出来了，警方发现他在'河间大道'上乱转，现在已经把他送回'康福山'了。"

她耸了耸肩膀，"好吧。"六个月来，这已经是父亲第三次溜出养老院了。

玛戈点燃了一支香烟，全副心神仍然放在艾米的身上，"我的意思是说，我们难道不能找人谈谈这件事吗？"她问道，"难道我们什么都做不了吗？"

"上帝啊，玛戈！我现在已经感觉自己很没用了，你真的想让我感觉自己更像个废物吗？"我凶巴巴地说道，"我不知道我该怎么办，没有人教过我妻子失踪后该怎么办，警察说我可以走，于是我就走了，他们怎么说，我就怎么做。"

"当然啦。"玛戈嗫嚅着。她一直在努力把我变成一个有反骨的刺头儿，可惜这个使命堪称困难重重：在高中时我从不违反宵禁，成了撰稿人以后则乖乖地按期交稿，即使截稿期限并不存在。我是个尊重规则的人，因为如果遵守规则，事情通常都会一帆风顺。

"该死，玛戈，再过几个小时我就要回警局了，好吧？你能不能对我好上一会儿？我简直吓掉了魂。"

我们两人互相瞪了一会儿，接着玛戈又为我满上了酒杯——这是她道歉的方式。她坐到我的身旁，把一只手搁在我的肩膀上。

"可怜的艾米。"她说。

艾米·艾略特·邓恩

2009 年 4 月 21 日

## 日记摘录

　　我真可怜哪。让我来说说当时的场景吧，坎贝尔、英斯利和我都在
"SOHO"区的"坦布娄"餐厅吃晚饭，席上有许多山羊奶酪挞、羊肉丸子和
芝麻菜，我实在不明白闹这么大排场是为了什么，但我们并没有先喝饮品，
倒是先吃了菜品，然后在坎贝尔预定的坐席里喝了几杯。那坐席是个丁点儿
大的地方，人们可以阔气地花上一大笔钱在此消磨时光，虽然这里跟人们家
里的客厅也差不了多少。不过也没什么大不了，有时候发发傻追一追流行风
倒是挺好玩的。我们个个盛装打扮，穿着华丽的连衣裙和高跟鞋，吃着一道
道秀气的菜品，那一碟碟菜跟我们几个人一样养眼，分量却实在没有多少。

　　我们已经说好让各自的丈夫顺路来一起喝酒，因此吃完晚餐后就在坐席
里待着，一位长得颇像法国女郎的女招待给我们端上了一杯杯马提尼和鸡尾
酒，还端来了我喝的波旁威士忌。

　　这是一个星期二，我们快要没有可讲的话题了，于是一口接一口认真地
喝光了饮品。英斯利和坎贝尔第二天早上似乎都跟人有约，我的手头又有工
作要做，因此并不准备疯玩一晚，只是放松一会儿，一个个正变得蠢头蠢脑
且有些无聊。如果不是在等那些有可能会现身的男人，恐怕我们已经离开了
这里。坎贝尔时不时瞥一眼她的"黑莓"，英斯利则从各个角度打量着自己
那两条弓起来的小腿。最先到达的一位丈夫是约翰，他先向坎贝尔好好道了
个歉，又向英斯利和我露出了灿烂的微笑，吻吻面打了个招呼。到这里来让

这个男人开心得很，他乐于穿越整个城市来赶个聚会的尾巴，以便灌下一大口酒然后跟太太一起回家。大约二十分钟后，羞怯又紧张的乔治也来了，他找了一个简短的理由，说是工作上有事耽误了一会儿，英斯利凶巴巴地冲他嚷"你可迟到了四十分钟"，结果他回嘴道："是啊，很抱歉我赚钱养家去了。"这对夫妻各自跟别人攀上了话，却懒得答理对方。

尼克一直没有现身，也没有打电话来。我们又等了四十五分钟，坎贝尔热心地说"尼克可能要赶什么最后期限吧"，边说边向约翰露出一抹微笑——约翰可从来不会因为要赶最后期限而打乱他太太的各种计划。英斯利也渐渐品出了其中的滋味，意识到自己的丈夫还算不上三位丈夫中最浑蛋的一个，因此一肚子气渐渐消了，嘴里说道："你确定尼克连条短信也没有发吗，亲爱的？"

我只是露出了一缕笑容，"谁知道他在哪儿呢，我待会儿回家再找他。"这下两位丈夫的脸色可不太好看，"你的意思是，像尼克这样放太太鸽子也行吗？整整一晚上都不露面，却不会遇上河东狮吼？你既不会给他安个罪名，发上一通火，也不会生一场闷气吗？"

嗯，也许你们两位轮不上这种好运。

女人们为了证明丈夫的爱支使他们干些糊涂事，这一点有时候会让尼克和我忍不住哈哈地笑出声来。那些丈夫们干着毫无意义的差使，做出无穷的牺牲，无休无止地举手投降，尼克和我把这些人叫作"跳舞的猴子"。

要是在球场上待了一天，尼克会满身大汗地回到家里，我会蜷在他的怀中间他球赛的情况，顺口打听他的朋友杰克过得好不好，这时他会说："噢，他也染上了'跳舞的猴子'，可怜的珍妮弗'这一周的压力真的很大'，真的很需要他在家里陪她。"

要不然的话，"跳舞的猴子"就是尼克的某位同事，此人没有办法出去喝酒，因为他的女朋友真的需要他顺路去某个小酒馆一趟，她正跟外地来的某位朋友一起在那家酒馆吃晚饭呢。这样一来，他们几个人总算可以见上一面，她也就可以在朋友面前显摆她的这只猴子有多听话："我一打电话他就屁颠颠地来啦，再瞧瞧他打扮得多标致！"

"穿这一件，别穿那件；现在去干这个活，等你有空的时候再去干另一个活——我的意思是说，现在就去干另一个活，而且一定要、一定要为我放弃你的宝贝玩意儿，这样一来才能证明我是你的最爱。"这是女人之间的竞赛，恰似男人之间互相比拼谁尿得远。当女人们在读书俱乐部和鸡尾酒聚会上消磨时光时，最让我们开心的事恐怕莫过于细数男人为我们所做的爱的壮举，那些对话都是一呼一应，答话的女人会说："哦——那真是太甜蜜啦！"

我可不乐意跻身这样的一群人，我不想跟这种事情沾上边，也不愿沉醉于拿情感做要挟的举动，迫使尼克扮演"快乐丈夫"的角色。那种丈夫会耸耸肩膀，既开心又本分地出门倒垃圾，嘴上还挂着一句"甜心，我去倒垃圾啦"！那是每个妻子梦想中的丈夫，正好和每个男人梦想中的妻子配成一对——那是一个温柔、性感、悠闲的女人，对云雨之欢和一杯好酒情有独钟。

我乐于认定自己满怀自信，颇有安全感，同时也足够成熟，这样的我心知尼克的爱，才不需要他不断地证明这一点呢。我不需要在朋友面前逼他变成可怜巴巴的"跳舞的猴子"，他能够做回自己就已经让我很满足了。

我不明白女人们为什么觉得这是一件难事。

在吃完晚餐回家时，我搭乘的那辆出租车刚刚停下，尼克就正好从另一辆出租车里迈步走了出来。他站在街上伸出了双臂，脸上露出一抹灿烂的笑容，说了一句"宝贝"，我拔腿跑了起来，一跃奔进了他的怀中，他用胡须满面的脸颊贴着我的脸。

"今晚你做了些什么？"我问道。

"下班后几个同事要打扑克，于是我就和他们一起玩了一会儿，没问题吧？"

"当然没问题，比我这一晚上可有意思多了。"我说。

"最后都有谁来？"

"哦，坎贝尔、英斯利和她们家里那些'跳舞的猴子'，真无聊，你算是躲过了一劫，还是货真价实的一劫。"

他用有力的双臂紧紧地搂着我，把我拽上了楼。"上帝啊，我真是爱你。"他说。

随后又是一场云雨之欢加几杯好酒，累得筋疲力尽以后，我们在又大又软的床上温柔地搂成一团睡了一觉……谁说我不可怜呢。

## 尼克·邓恩
## 事发之后一日

我并没有听玛戈的话，反而坐在沙发上一个人喝掉了半瓶酒。正当我以为自己总算要沉入梦乡时，肾上腺素却再一次涌遍了全身：我渐渐闭上眼，挪了挪枕头，合上了眼帘，却在这关头一眼看到了我的太太，她的一头金发上凝结着丝丝血迹，边哭边在厨房的地板上爬，嘴里一声声叫着我的名字："尼克，尼克，尼克！"

我一次又一次地满上酒杯，暗示自己跌进梦乡，可这个天天见的老朋友此刻居然不见了踪影。睡眠恰似一只猫，只有当你不把它放在心上时，它才会主动来到你的身边。我又喝了几口酒，继续念着自己的魔咒："别再想了（痛饮一大口），把脑子里的念头全赶出去（痛饮一大口），说真的，把脑子里的念头全赶出去，就是现在（痛饮一大口）。明天你得机灵一点儿，你得去睡觉（痛饮一大口）！"快要到黎明时我才打了个盹儿，一个小时后带着酒意醒了过来，虽然不是让人动弹不了的酒意，却也十分厉害。我感觉脆弱而迟钝，身上有点儿闷热，也许还是有些酒醉未醒。我脚步蹒跚地走向玛戈的斯巴鲁汽车，一举一动活像个外星人，两条腿死活有些别扭。我可以暂时用着玛戈的这辆车，警方已经把我那辆悉心照顾的捷达车和手提电脑一块拿去检查了，他们保证只是走个程序，而我要驾车回家去取几件体面的衣服。

我家所在的小区停着三辆警方巡逻车，寥寥无几的几家邻居正拥在警车的周围，其中没有卡尔的身影，但有简·泰威尔和迈克，前者是一个女基督教徒，后者家里有试管受精生下的三胞胎，小家伙们今年三岁，分别名叫崔尼蒂、托弗、塔卢拉。（"光听这些名字我就讨厌他们。"艾米对于紧追流行风潮的种种行为都抱着严苛的态度，当我提到"艾米"本身就曾经是一个时髦的名字时，我的妻子却说"尼克，你知道我的名字是有出处的"，其实我压根儿不知道她在说些什么。）

简躲开我的目光遥遥地向我点了点头，迈克却在我下车时大步走了过来，"我很抱歉，需要我做什么的话请尽管开口，什么都行。今天早上我已经修剪过草坪了，因此你至少不用操心这一点。"

迈克和我轮流为小区里所有废弃的没收房产除草：春季的瓢泼大雨已经把一家家院子变成了茂密的丛林，吸引了不少浣熊进驻。浣熊们无处不在，深夜时分在垃圾堆里晃来晃去，还钻进住户的地下室，懒洋洋地躺在住户的门廊上，仿佛一只只闲散的家养宠物。除草似乎并没有赶走浣熊，但现在我们至少可以看见浣熊的身影了。

"谢谢，伙计，谢谢你。"我说。

"我妻子听到这个消息后就变得歇斯底里，真是抓狂了啊。"他说。

"听到这个消息我很抱歉，我得……"我说着指向自家的大门。

"她就坐在一旁，对着艾米的照片哭了又哭。"

毋庸置疑，就在这一夜之间，互联网上肯定已经冒出了上千张相关照片，专供迈克太太之类的女人发泄，但我对爱演狗血剧的人们并没有多少同情心。

"嘿，我正要问……"迈克开口道。

我伸出手拍拍他的胳膊，又指了指自家的门口，仿佛正等着去办一件急事。没等迈克问出任何问题，我已经转身敲响了自家的房门。

贝拉斯克斯警员陪着我上楼到了自己的卧室，进了我自己的衣橱间，经过那个银色的方形礼盒，让我翻了翻自己的衣物。眼前这位梳着褐色长辫的年轻女警一定在暗自对我品头论足，当着她的面挑衣服让我感觉有些紧张，结果我胡乱拿了几件休闲裤加短袖衫，看上去一派商务休闲风格，仿佛要去参加某个大会。"当心爱的人失踪时，如何挑选适当的服饰呢？这只怕是一篇有趣的文章。"我暗自心想。这时我心中那个难以满足的作家又冒出了头，这个职业病简直没有办法改掉。

我把衣服一股脑儿塞进一个袋子里，转身望着地板上的礼品盒，"我能打开看看吗？"我问道。

她犹豫了片刻，然后选了"安全起见"的路子，"不，对不起，先生，最好不要现在打开。"

礼品包装的边缘已经被人小心地撕开过，"已经有人看过里面的礼物了？"

她点了点头。

我绕过贝拉斯克斯警员向礼品盒走去，"如果已经有人打开看了，那……"

她迈步走到我的面前，"先生，我不能让你打开盒子。"

"这太没有道理了，这是我妻子送给我的……"

我后退一步绕过她弯下了腰，一只手刚刚摸到礼品盒的一角，她却从后面伸出一只手臂拦在了我的胸前，我心中顿时燃起了万丈怒火：这个女人居然要告诉我在我自己家里该怎么做。无论我多么努力想要继承母亲那边的风格，此刻父亲的声音却仍然不邀自来地钻进了我的脑海，扔下了一堆乱糟糟的念头和不堪入耳的话。

"先生，这是犯罪现场，你……"

"蠢货婊子。"我暗自心想。

突然间她的搭档里奥丹也冲进了房间里和我扭在了一起，我一边努力挣脱他们，一边想"好吧，好吧，他妈的"……两个警察逼着我下了楼，一个女人正四肢着地趴在前门附近，沿着地板搜来搜去，我猜是在找地板上溅落的血迹。她面无表情地抬头看了我一眼，又低下头找了起来。

我一边开车驶向玛戈家换衣服，一边逼着自己放松。警方将在本次调查的过程中干下一长串让人恼火的傻事，方才那件事不过是个开头而已（顺便说一声，我喜欢的是说得通的规则，而不是没有逻辑的规则），因此我得冷静下来，"不要在这种情况下跟警察对着干"，我对自己说。如果有必要的话，那就再说一遍："不要跟警察对着干。"


　　我刚进警局就遇见了波尼，她劈头用一种鼓励的语气说了一句话，"你的岳父母到了，尼克"，仿佛她正在给我一块暖乎乎的松饼。

　　玛丽贝思·艾略特和兰德·艾略特互相搂抱着，一起站在警局的正中央，看上去好似正在为舞会照片摆造型。就我眼见的情况来说，他们两个人时刻都是这么亲密，总是手拍着手，互相挨着下巴和脸颊。每次去岳父母家拜访，我总是一遍又一遍地清嗓子，以便暗示一声"我要进来啦"，因为艾略特夫妇可能在周围任何一个角落彼此爱抚。他们每逢离别都要接上一个深吻，兰德每次从妻子身边走过时都会拍拍她的屁股，这一幕幕在我看来都无比陌生。父母在我十二岁的时候就离了婚，也许在小时候，我倒是亲眼见过父母两人在那些不可避免的场合庄重地吻一吻彼此的脸颊，比如每逢圣诞节和生日的时候，不过他们从未在我面前有过法式接吻。在他们最美妙的婚姻时光里，两人之间的对话也压根儿不涉及感情话题，比如，"家里又没牛奶了。"（"今天我会去买一点儿。"）"这件衣服要好好地熨出来。"（"今天我会去办。"）"买点儿牛奶到底有多难？"（沉默。）"你忘了打电话给水管工。"（一声叹气。）"见鬼，现在就穿上你的外套出去买些该死的牛奶回来，就现在。"这一句句话、一条条吩咐都是我父亲下的命令，他是一家电话公司的中层经理，就算在最客气的时候，他对待我母亲的态度也像是对待一名不称职的员工。那在最不客气的时候呢？他倒是从来没有对她动过手，可是他那一腔难以言喻的怒火会在家里熊熊燃烧上好几天，甚至好几个星期，在某个时刻会让空气中湿意重重，把人憋得喘不过气来。那时我的父亲便会沉着下巴在家里悄无声息地走来走去，看上去仿佛是一个受了伤而又复仇心切的拳击手，他咬牙切齿的声音是那么响，在房间的另一头就可以听见。那时他便会朝母亲周围扔东西，但不会直直地对准她，我敢肯定他在对自己说"我从来没有对她动过手"，我敢肯定他因为玩了这个花招，于是从来不觉得自己有过家暴的劣迹。但他确实把我们的家庭生活拖进了一段永无止境的旅程，那段路不仅经常走偏方向，还有一位满腔怒气的司机，整个行程从来没有一点儿趣

67

味，那位司机满嘴说着"不要逼我把这辆车掉个头"——拜托你了，真的，把车掉个头吧。

我不觉得父亲是单单要找母亲的麻烦，他只是不喜欢女人。他觉得女人蠢头蠢脑，无关紧要，还让人恼火。不管遇上哪个让他恼火的女人，他都会用上一句最爱的话——"没脑子的贱人"：此人要么是个女司机，要么是名女招待，要么是我们学校的教师，尽管他并没有见过其中任何一名教师，在他眼里，家长会是女人的地盘，因此跟女人们一样臭气熏天。我还记得，当杰拉尔丁·费拉罗在1984年被提名为副总统候选人时，我们都在晚饭前看了这则新闻，我那温柔的小个子妈妈把一只手放在玛戈的脑后，嘴里说道："嗯，我觉得这事妙极了。"父亲则一下子关掉了电视机说道："这就是场笑话，你明白这就是场该死的笑话，跟看见猴子骑自行车差不多。"

又过了五年，我的母亲才下定决心不再过这种日子。有一天我从学校回到家里，却发现父亲已经不见了踪影——上午的时候他还在家里，不到中午就离开了。妈妈让我们在餐桌旁边坐下，告诉我们："你们的父亲和我已经决定，如果我们分开住，那对大家来说都是最好的出路。"玛戈闻言顿时泪流满面，说了一句："好啊，我恨你们两个人！"可接下来她并没有急匆匆地跑进自己的房间，而是走到妈妈身旁，给了她一个拥抱。

就这样，我的父亲离开了，我那个受了不少苦、身材瘦弱的母亲渐渐变得开心起来，也丰满起来，好似一只瘪了的气球又变得渐渐充盈，仿佛她原本就该是这副模样。还不到一年的工夫，她摇身变成了一个忙忙碌碌、热情快乐的女人，这架势一直到她离开人世的时刻也没有变，她的姐姐还说："感谢上帝，以前的莫琳又回来了！"仿佛那个抚养我们长大的女人是一个狸猫换太子的冒牌货。

至于我的父亲，多年来我大约每个月跟他通一次电话，谈话内容颇为礼貌，就是梳理一遍在此期间发生的事情。关于艾米，我父亲只问过一个问题："艾米怎么样？"除了"她挺好"之外，他并不希望听到其他回答。即使他在六十岁以后一步步陷入了老年痴呆，却仍然固执地跟我们保持着距离。"如果你事事都占先的话，那你永远也不会落后。"这是我父亲的口头禅，结果应验在了老年痴呆症上。他的病情先是一步步变得糟糕起来，后来突然急剧恶化，我和玛戈不得不把父亲送到了一家大型养老院里，那家养老院到处充斥着小便的臭味。我们那位个性独立的父亲一向瞧不起女人，但在养老院里却时时刻刻被女护工们重重包围，哈。

我的父亲并非完人，我那善良的妈妈总是这么告诉我和玛戈——"他并非完人，但他没有恶意"，她说这话倒是出于好心，但他确实伤害到了我们。我怀疑我妹妹永远也不会嫁人，如果她伤心、失望或生起气来，她就得一个人独处，她怕男人会对娇滴滴的眼泪嗤之以鼻。我这边的情况也算不上好，我身上优秀的品质都来自我的母亲。我开得起玩笑，能放声大笑，可以逗逗别人，也可以跟人们一起欢庆，支持别人，赞美别人——基本上，我可以把光明的日子过下去，但我应付不了一腔怒气或眼泪汪汪的怨妇，那时我会感觉父亲的一腔怒火用最丑陋的方式在我心中燃烧，这一点艾米可以做证。如果她在这里的话，她肯定会告诉你这些。

我凝望着兰德和玛丽贝思，过了一会儿他们才发现了我。我有些好奇他们会如何对我大发雷霆，毕竟我犯下了一个不可饶恕的错误，拖了这么久才打电话给他们。就因为我的懦弱，我的岳父母会一直记着那个网球之夜：那个傍晚有些炎热，慵懒的黄球在球场上蹦跳，网球鞋发出吱嘎声，他们一如平日般度过了一个周四的晚上，但他们的女儿却在这一天失踪了。

"尼克。"兰德·艾略特一眼看见了我，撒开腿向我迈出了三大步，我刚刚鼓起勇气迎接一记重拳，他却死命地搂住了我。

"你怎么样？"他对着我的脖子低声说道，边说边发起抖来，兰德高亢地哽咽了一声，咽下了一声抽泣，紧紧地抓住我的两条胳膊，"我们一定要找到艾米，尼克，绝不会出事，你要有信心，好吧？"兰德·艾略特又用一双蓝色的眼睛凝视了我几秒钟，却又忍不住再次失声抽噎起来，好似女人一般喘了三口气，仿佛打了几个嗝。这时玛丽贝思走了过来，把脸埋在丈夫的胳肢窝下。

等到我们三个人不再挤作一团时，她抬头望着我，睁大了一双眼睛。"这只是……只是一场该死的噩梦。你怎么样，尼克？"她说。

当玛丽贝思问人怎么样，那便不是出于礼貌，而是一个实实在在的问题。她仔细打量着我的面孔，而我确信她正在打量我，并会继续注意我的一举一动和每一个念头。艾略特夫妇相信人们不应该放过任何一个特质，应该对人的种种特质做出判断和归类，所有的个性特质都有各自的意义，都可以派上用场——艾略特家的爸爸、妈妈，还有宝贝，他们可是三个拥有心理学高等学位的前沿人物，他们在上午九点时转过的念头就比大多数人一个月转的念头还要多了。我记得自己有一次在晚餐时谢绝了樱桃馅饼，结果兰德歪了歪头说道："啊！他是个喜欢打破旧习的人，不屑于毫不费力的爱国主义象征。"当时我试图一笑了之，正要开口说上一句"嗯，我也不喜欢樱桃酥饼"，玛丽贝思却碰了碰兰德的手臂，"是因为父母离异的缘故，所有这些暖人心窝的食物，这些一家子聚在一起吃的甜点，对尼克来说都是难熬的回忆。"

　　这些人花了这么多精力想要对我进行诠释，这举动真是蠢头蠢脑，却又隐含令人难以置信的甜蜜。至于我的答案嘛，那是：我不喜欢吃樱桃。


　　到了上午十一点半，整个警局里已经人声鼎沸，电话铃一个接一个地响起来，人们对着屋子另一头大喊大叫。有个女人突然从我的身边冒了出来，我一直没弄明白这个人的名字，只记得她在唠唠叨叨地摇头晃脑。我压根儿不清楚她是什么时候到了我的身边，她的嘴里却一直在说："……重点是，尼克，让人们行动起来去帮着找艾米，让人们知道她的家人非常爱她，希望见到她的归来。我们要控制局面，尼克，你得……尼克？"

　　"好啊。"

　　"人们会乐于听到她的丈夫出来讲上几句话。"

　　正在这时，玛戈从屋子另一头疾步奔了过来。此前她开车把我送到了警局，去"酒吧"待了半个小时料理各种事务，现在又回到了警局。玛戈灵巧地闪身绕过一张张办公桌，压根儿没有理睬那名显然要为她带路的年轻警员，迈着庄严而沉默的步伐快步向我走来，那架势好像她已经把我扔下不管过了整整一个星期。

　　"都还行吧？"玛戈说着伸出一只手臂搂了搂我，给我来了一个哥们儿之间的拥抱——邓恩家的孩子们对拥抱不怎么拿手，结果玛戈的大拇指搁在了我的右乳头上。"我真希望妈妈在这里。"玛戈低声说道，她的话说出了我一直在寻思的心声。"还没有消息吗？"她放开了我，问道。

"没有消息，他妈的一点儿消息也没有……"

"你看上去感觉不太妙。"

"我感觉糟透了。"这时我打算开口承认自己是个傻瓜蛋，居然没有听她的话少喝点儿酒。

"如果是我的话，我也会把那瓶酒喝光的。"她拍了拍我的背。

"差不多到时候了。"负责公关的女人又一次奇迹般地现了身，开口说道，"这可是个国庆期间的周末，有这么多人来捧场已经挺难得了。"她带着我们大家走进一间阴沉的会议室，接着走上了讲台。会议室里有着铝质百叶窗、排排折叠椅和一小撮百无聊赖的记者，我感觉自己正要在一场平庸无奇的大会上做一场蹩脚的讲话，身上穿着一套商务休闲风格的蓝色服饰，场下的观众则是一群迫不得已脱不了身的家伙，一个个正在一边倒时差一边做着白日梦，琢磨着中午要吃些什么美食。不过记者们一眼瞥见了我，顿时振作了起来（还是说出口吧：我好歹是个年轻英俊的男人）。负责公关的女人在附近的一个黑板架上摆上一张硬纸板海报，那是一幅艾米的大照片，挑了艾米最为迷人的一张，照片里的那张面孔让人忍不住一再寻思：她没有这么美吧，有这么美吗？可是她确能如此艳光四射，她也确实如此艳光四射。我一直凝望着那张照片，一架架相机咔咔地对着我按下了快门，拍下了我凝望着照片的一幕。此时我想起了在纽约与她重逢的那一天，当时我一眼只能看到她的一头金发和后脑，但我知道那一定是她，心下认定这次重逢一定是上天给予的某种征兆。我这辈子见过数以百万计的脑袋，但我一下子就认出眼前是艾米那动人的头颅沿着第七大道的人流顺势而下，就在我的面前。那时我便知道又遇上了她，知道我们两个人一定会在一起。

闪光灯闪个不停，我扭过头，看见眼前遍布着一个个斑点。那真是超现实的一幕——人们总是用这么一句话来描述那些不寻常的时刻，可是此刻我却在想：你他妈的压根儿不知道超现实的一幕是什么样。残留的酒意现在真的上了头，我的左眼像一颗活蹦乱跳的心脏一般一下下跳动着。

相机咔嚓咔嚓地响着，艾略特夫妇和邓恩家的兄妹俩站在一起，一个个把嘴抿成了一条线，其中恐怕只有玛戈看上去像是个真人，我们几个看上去则像滥竽充数的傀儡，只是立起了一副副身坯，就连黑板架上的艾米也比我们显得更加真实。以前在其他女子失踪的时候，我们都见过这种新闻发布会的排场，但此刻我们却不得不上演电视观众们期待的一幕：我们是忧心忡忡但又怀着希望的一家子，一个个有着茫然的眼睛和僵硬的胳膊。

有人提到了我的名字，整间屋的人们满怀期待地吸了一口气，"上场时间到了。"

后来当我看到这段节目时，居然没有认出自己的声音，也几乎认不出自己的脸。酒意仿佛一层浮冰，在我的肌肤之下翻涌，我看上去活像一个浪子，俊俏得足以让自己惹上一身不检点的骂名。我原本担心自己的声音会发起抖来，因此把每个字都发得字正腔圆，仿佛正在读一份股票报告，"我们只是希望艾米能够安全归家……"我的话说得断断续续，没有一点儿说服力，简直跟随口说几个数字的效果差不多。

兰德·艾略特迈上讲台来救场，"我们的女儿艾米是一个无比甜蜜的女孩，充满活力。她是我们的独生女，聪明、美丽又善良，当真配得起'小魔女艾米'这个名字。我们希望她能回家，尼克希望她能回家。"他说着把一只手搭在我的肩膀上，又伸手擦了擦眼睛，我的身子不由自主地僵住了——我父亲还有一句口头禅："男人不掉眼泪。"

兰德还没有住口，"我们都希望她回到自己的家，回到家人身边，我们已经在'戴斯'酒店设了搜查总部……"

人们将会从新闻报道上看到，该失踪女子的丈夫尼克·邓恩像机器人一般站在岳父的身旁，交叉抱着一双胳膊，睁着一对呆滞的眼睛，看上去几乎有几分百无聊赖，艾米的父母却在一旁哭得好不伤心。谁知接下来的一幕变得更加糟糕，好一阵子以后我终于回过了神，感觉有必要提醒大家我并非一个浑蛋，尽管睁着一双显得冷酷无情的眼睛，尽管长着一张好似浪荡子一般的傲慢面孔，我却还是个好人。

于是那一幕冷不丁地冒了出来：正当兰德乞求他的女儿回家时，我的脸上露出了一缕凶手惯有的微笑。

艾米·艾略特·邓恩
2010 年 7 月 5 日

## 日记摘录

我不会怪尼克，我确实不怪尼克。我才不要变成那种牙尖嘴利、叽喳不停的怨妇，绝对不要！嫁给尼克的时候，我对自己立下了两条誓言：第一，不把尼克当"跳舞的猴子"支使；第二，绝不会先亲口答应放他去做某件事，随后却为了那些事跟他过不去（比如，"当然，我觉得没问题，如果你想要多待一会儿再回家……"；"当然，我觉得没问题，如果你想要跟哥们儿一起去度周末……"；"当然，我觉得没问题，如果你想要做你喜欢的事情……"）。可是眼下我却担心自己离打破这两条誓言已经越来越近了。

可是话说回来，今天是我们结婚三周年的纪念日，我却孤零零一个人守在我们的公寓里，眼泪害得我的一张脸变得紧绷绷的，因为，嗯，是因为这个缘故：今天下午，我收到了尼克发来的一条语音留言，在语音留言刚刚入耳的一刹那，我就已经知道事情不妙，因为我可以听出他是在用自己的手机打这个电话，他周围有男人的声音。我还能听出尼克在开口之前先等了好一阵子，仿佛他正在绞尽脑汁地寻思该说些什么，接着我便听到他的声音里夹杂着出租车的动静，他的腔调已经略有酒意，听上去既有几分懒洋洋又有几分湿漉漉。那一刻我就知道自己一定会怒火灼心，我的呼吸变得急促起来，紧抿着两片嘴唇，端起了一双肩膀，总之一句话，"我是如此希望自己不要抓狂，可是我终究管不住自己"。男人不明白那种感觉吗？你不希望自己抓狂，但你几乎不得不抓狂，因为有人打破了一条规则，一条很棒很不错的规则。也许用"规则"这个词并不恰当，要不然改成"一条约定"或者"一件妙事"？但不管怎么说，总之该规则／约定／妙事（也就是我们的结婚纪念日）正在活生生地被毁于一旦。尽管他有个很好的理由，我明白，我真的明白。那条传闻并非空穴来风：尼克供职的杂志已经裁掉了十六名撰稿人，达到总人数的三分之一。尼克倒是躲过了一劫，不过不消说，他不得不带那些被解雇的人员出去喝个昏天黑地。他们一群男人挤在一辆出租车里沿着"第二大道"向前奔，装出一副无所畏惧的英雄样。其中有几个人已经回家去陪自己的太太，但仍然还有一大帮人流连不归。在我们的结婚纪念日，尼克将花上一整夜给这些男人买酒喝，逛脱衣舞厅和下三滥的酒吧，跟二十出头的年轻女孩勾勾搭搭（"我的这个朋友刚刚遇上了裁员，给他一个拥抱吧……"）。这些失业的家伙喝着尼克付账的酒，把他夸成一朵花，可是尼克付账用的那张信用卡却连接着我的银行账户。尼克要在我们的结婚纪念日去寻欢作乐，但他压根儿没有在留言里提起这件事，只是口口声声地说："我知道我们有计划，不过……"

　　我在闹女孩儿脾气，我只是以为结婚纪念日的寻宝游戏会变成一种传统：我已经在整个城市散播了一条条传情的信息，处处提示着我们一起度过的一年。我能想象出第三条提示的模样，它就在中央公园旁边，在那座出自罗伯特·印第安纳之手的 LOVE 雕塑的"V"字[①]弯钩处，粘在一张透明胶带上翩然飞舞。到了明天，会有某个百无聊赖的少年旅客磕磕绊绊地跟在父母身后，他会捡起那张提示读一读，然后耸耸肩放手让它飘走，仿佛一张口香糖包装纸。

　　我给寻宝游戏设定的奖赏堪称完美，可惜现在却没有办法送出手。那是一个精美无比的皮质古董公文包，谁让三周年是"皮婚"呢。送一件与工作相关的礼物可能不是个好主意，毕竟这份工作眼下有些波折。我还在家里的厨房备下了两只活蹦乱跳的龙虾，跟往常没有什么两样——要不然换句话说，原本是打算弄得跟往常没有什么两样。两只龙虾正晕头晕脑地在板条

---

① 该雕塑坐落于纽约第六大道，为美国艺术家罗伯特·印第安纳的名作。——译者注

箱里东奔西走，我得给妈妈打个电话，看看这些家伙能不能活上一整天，要不然的话，我是否该睁着一双醉醺醺的眼睛，迈开磕磕绊绊的步子跟龙虾搏斗一阵，然后把它们扔进锅里煮成一道菜呢——我要动手了结两只龙虾的性命，但我甚至连尝也不会尝一口。

爸爸打来电话祝我们结婚纪念日快乐，我拿起电话想要装作不在乎，可是一开口就忍不住哭出了声，简直是"咿咿呜呜"地边哭边说，完全是一派怨妇腔调。于是我不得不告诉爸爸出了什么事，他吩咐我去开一瓶酒稍稍放纵一下——爸爸一向认为人们应该任由着性子生闷气。不过话说回来，要是尼克知道我向兰德告状的话，他一定会生一肚子气。不消说，兰德一定会端出慈父的架势拍拍尼克的肩膀，"听说你在结婚纪念日的时候慌里慌张地跑出去喝了点儿酒噢，尼克"，说完再窃笑几声。这样一来，尼克就会知道我向兰德告了状，他会因此火冒三丈，因为他希望我的父母相信他是个十全十美的人。当我把尼克的故事讲给父母听，把尼克夸成一个完美女婿的时候，他的脸上曾经露出一抹灿烂的笑容。

除了今晚，今晚他不再是个十全十美的夫婿。唉，我知道，我知道，我在闹女孩儿脾气嘛。


现在是清晨五点钟，太阳正在冉冉升上天空，发出的光亮好似屋外的一盏盏路灯，那些路灯刚刚闪烁着齐刷刷地熄灭了。如果路灯熄灭时我正好醒着的话，那一瞬间总是挺讨我的欢心。有时我无法入睡，就会起床在黎明时分漫步街头，当街灯齐刷刷"咔嚓"一声熄灭时，我总是感觉自己看到了一幕奇景。"喔，路灯熄灭了！"我想要告诉大家。在纽约，清晨三四点钟可不是安静的时段，那时有太多从酒吧出来的家伙，一个个瘫倒在的士上叫着彼此的名字，一边对着手机狂号一边疯狂地抽着睡前的最后一支烟。最妙的时段是凌晨五点钟，那时你的高跟鞋在人行道上磕出一片踢踢踏踏的声音，听上去有几分犯禁的意味——人们全都已经各自归家，整个小天地都只属于你。

结婚纪念日的事情是这样的：清晨四点钟刚过，尼克就回到了家，身上带着一股啤酒、香烟和煎蛋的气味，隐约有几分难闻。当时我还醒着在等他回家，接连看了许多集《法律与秩序》以后，我的脑子稀里哗啦地乱成了一团糨糊。他在搁脚凳上一屁股坐下来，瞥了一眼桌上的礼物，一句话也没有说。我也瞪着他，显而易见，他连随口道个歉的意思都没有，比如说上一句"嘿，今天的事情有点儿乱，对不起"。我只要这么区区一句话，只想要他亲口承认一声而已。

"祝你在周年纪念日的次日开开心心。"我开口道。

他叹了口气，仿佛受了深深的委屈，"艾米，昨天简直是有史以来最差劲的一天，请不要再在伤口上撒盐，让我觉得内疚了。"

尼克自小在父亲身边长大，而他的父亲从来不会道歉，因此当尼克觉得他搞砸了某件事的时候，他反而会发起进攻。我知道这一点，通常我也可以等到这一阵子过去的时候⋯⋯通常来说。

"我只是说了句周年快乐。"

"结婚周年快乐，我的浑蛋丈夫对我的大日子不理不睬。"

我们一声不吭地坐了片刻，我的胃里打起了结，我可不希望摊上一个白脸的角色，我又没有做什么坏事，这时尼克站了起来。

"嗯，你这一天过得怎么样？"我没精打采地问道。

"怎么样？太他妈的糟糕了，我一下子有十六个朋友丢了工作，真是人间地狱，说不定再过几个月我也会失业。"

他用了"朋友"一个词，可是那十六个人中间有一半平时都不讨他的欢心，但我什么也没有说。

"我知道眼下感觉很惨，尼克，但是⋯⋯"

"对你来说算不上惨，艾米，你永远也不会落到这么惨的地步，但对我们其他人呢？情况就大大不一样了。"

又是老一套。我从来无须为钱发愁，也永远无须为钱发愁，尼克对这一点颇有怨气，他觉得这事让我变得比其他人都更加软弱，对此我倒没有什么异议。但我毕竟在工作呀，我打卡上班又打卡下班，而我的一些闺密却从未正正经经地上过一天班，要是谈起那些上班族，她们的口气就会透出几分怜悯，仿佛在谈论一个胖女孩——"真是可惜了这么漂亮的一张脸"。她们会把身子往前靠一靠，接着说道，"不过呢，当然啦，埃伦不得不去工作。"那情景活脱脱像是诺埃尔·科沃德 ① 剧作中的一幕。她们不把我算在这些人里，因为如果我乐意的话，我随时可以辞职，我大可以把时间花在慈善委员会、家居装饰、园艺和义工服务上，再说我也不认为绕着这些事项转的生活有什么错：一些最美丽、最美好的事物就出自那些被人嗤之以鼻的女人。但话说回来，我确实有一份工作。

"尼克，我可是站在你这边的，不管怎么样，我们都不会有事，我的钱就是你的钱。"

"婚前协议可不是这个说法。"

他喝醉了，他只有在喝醉的时候才会提到婚前协议，这句话把我的一肚子怨气都招了回来，我已经告诉过他千百回（不是睁眼说瞎话，真的是数百回）：婚前协议是公事公办，不是为了我，甚至不是为了我的父母，而是为了我父母的律师，婚前协议压根儿不能反映我们两个人的关系。

他迈步走向厨房，把钱包和几张皱巴巴的美钞扔在咖啡桌上，又揉皱了一张便条纸，把它跟一些信用卡收据一起扔进了垃圾桶里。

"你的话听上去可不怎么顺耳，尼克。"

"这种感觉也不怎么舒服，艾米。"

他迈着醉鬼惯有的步子小心翼翼地走向家中的吧台，仿佛在一片沼泽中跋涉，随后伸手给自己倒了一杯酒。

"你会把病给招来的。"我说。

"你就是不明白，艾米，你不明白。我从十四岁就开始打工，我没有参加过该死的网球集训营、创意写作营、SAT 辅导班和诸如此类的狗屎玩意儿，显然每个纽约人都玩过这一套。因为当时我在商场里擦桌子，在修剪草坪，我他妈的打扮得跟'哈克贝利·费恩'一样开车去汉尼拔取悦游客，到了深夜还要清洗油炸饼的煎锅。"

我忍不住觉得好笑起来，简直就要捧腹大笑，这场笑会感染尼克，眨眼之间我们就会一起哈哈大笑，把眼前的这次斗嘴忘在脑后。他还真是说了一

---

① 诺埃尔·科沃德（1899~1973）：英国演员、剧作家、作曲家。——译者注

长串上不了台面的工作呢。话说回来，嫁给尼克让我多长了一根弦：为了钞票，人们不得不做些可怕的事情。自从嫁给尼克以后，我总是对那些打扮成"美食模型"模样讨生活的人们友好地招招手。

"为了高攀得起这本杂志，我不得不比社里其他任何人都努力得多。二十年啊，基本上用了二十年，我一直在辛辛苦苦地奋斗，现在一切都要毁于一旦，而且除此之外，我压根儿不知道还有什么别的活法，除非我想回家再靠着密西西比河过日子。"

"要扮演'哈克贝利·费恩'的话，你这年纪也许太老了。"

"去你妈的，艾米。"

说完他便向卧室走去。以前他从来没有对我说过粗口，但这句话却从他嘴里顺顺溜溜地冒了出来，让我觉得他寻思过这句话，而且寻思过很多次（以前我还从来没有冒出过这样的念头）。我从来没有想过我的丈夫会对我说出"去你妈的"，而且我们还发过誓绝不留下隔夜仇。要妥协，要沟通，绝不留下隔夜仇——所有新婚夫妇不都一遍又一遍地从人们那里听到这三条建议吗？但从最近的情况看来，我似乎是我们之间唯一妥协的一个，我们的沟通没有解决任何问题，而且尼克很会抱着隔夜仇入睡。他可以一下子截断自己的情绪，好似关上一个水龙头，此刻他就已经打起呼噜来了。

这时我不由自主地走到垃圾桶旁，捡出了桶里的信用卡收据，以便查一查尼克整夜的行踪……尽管这确实不关我的事，尽管尼克知道后会大发雷霆。收据上显示着两个酒吧、两个脱衣舞俱乐部，我的眼前几乎可以浮现出他在这些地方和朋友们谈起我的景象，因为他一定已经提起过自己是多么容易脱身，于是也一定已经提起过我。我想象着他们一群人待在那家昂贵的脱衣舞俱乐部里，那些奢华的俱乐部让男人们相信他们仍然是这个世界的主宰，女人命中注定要为他们做奴做仆。那些俱乐部里的音响故意开得震耳欲聋，免得人们费神开口说话，一个女人跨坐在我丈夫的身上（他还发誓一切不过是闹着玩呢），一头长发在后背上起伏，两片嘴唇透着光泽，但我却不应该为此觉得芒刺在背：这不过是兄弟们寻欢作乐而已，我应该一笑置之，当一个输得起的人。

我展开那张皱巴巴的便条纸，一眼看到了女孩的笔迹——"汉娜"，上面还有一个电话号码。我倒希望这个情节能够翻版那些电影桥段，女孩们有些"甜心"或"斑比"之类蠢头蠢脑的名字，简直傻到足以让人翻个白眼，但那张字条上的名字却叫作汉娜，这是一个有血有肉的女人，大概和我差不多。尼克从来没有背着我劈腿，他发过誓，但我也知道他出轨的机会数不胜数。我可以问问他关于汉娜的事情，而他会说"我压根儿不知道她为什么会给我她的电话号码，但我不希望表现得很粗鲁，于是就收下了"。他说的可能是事实，也可能不是。他说不定在瞒着我出轨，而他永远不会开口承认，还会因为我没有发觉异样而越来越看轻我。他会看着坐在早餐桌对面傻傻地吃着麦片的我，于是心下明白我是个傻瓜。谁会尊重一个傻瓜呢？

我又流下了眼泪，手里握着汉娜的字条。

非要揪着一群哥们儿寻欢作乐的一晚不放，还把这个雪球越滚越大，想象成了一场会破坏婚姻的出轨，这种做法非常女孩子气，对吧？

我不知道该怎么做。我感觉自己像个要狠的泼妇，要不然就是个傻透顶的受气包，可我自己也分不清是哪一种。我并不想生一肚子气，甚至说不准该不该生气。我寻思着去找一家酒店入住，让他尝尝猜不透枕边人的滋味。

我在原地站了几分钟，然后深吸一口气，踏进了弥漫着酒气的卧室。当我钻进被窝时，尼克转身对着我，伸出双臂将我搂进怀中，又把脸埋在我的脖子上，这时我们两人一起开口说了一句话："对不起。"

尼克·邓恩
事发之后一日


　　一盏盏闪光灯频频亮了起来，我赶紧收起了微笑，可惜为时已晚。我顿时感觉脖子上腾起了一股热浪，鼻子上冒出了汗珠。"傻透了，尼克，傻透了。"我暗自心想。正当我渐渐打起精神时，新闻发布会却已经收了场，再也来不及给大家留下别的印象了。

　　我跟艾略特夫妇一起向会议室外走去，闪光灯又一次亮了起来，我赶紧低下了头。快要走出门口时，吉尔平却疾步走过来拦住了我，"有时间吗，尼克？"

　　我们转身向里面的一间办公室走去，他为我介绍了最新的情况："我们检查了你家所在小区的那所房子，就是有人闯入的那一所，看上去有人在那里扎过营，因此我们已经派出了实验室人员。我们还在你家小区的边缘地带发现了另一所有人非法住进去的房子。"

　　"我的意思是，这正是我担心的地方。"我说，"那些家伙到处安营扎寨，城里到处是怒气冲冲的失业人士。"

　　直到一年以前，有家公司还是整个迦太基城的顶梁柱，那便是庞大的"河道商城"，它一度雇佣了四千名本地人，占到本地人口的五分之一。"河道商城"始建于1985年，为了吸引来自整个中西部的购物者。我还记得开幕式当天的一幕：在宽阔的柏油停车场上，我、玛戈、妈妈和爸爸一起从人群边缘观看着庆典，因为我父亲不管在哪里都希望能够迅速抽身离开。即使是棒球比赛，我们也会待在出口附近，在第八局的时候动身离开球场。可想而知，我和玛戈简直不停嘴地数落，还忍不住发脾气，谁让我们没有看到终场呢。可是在"河道商城"开幕的那一天，站到远处却让我们占据了地利，因为我们能够把当时的场面尽收眼底：不耐烦的人们把重心从一只脚换到另一只脚，市长站在一个红、白、蓝三色相间的讲台上，一条条横幅在我们的头顶猎猎招展，上面写着一些大字如自豪、发展、繁荣、成功。随后一扇扇门打开了，人们一股脑儿涌进了商场，那里配备着空调，播放着音乐，有许多面带微笑的销售人员，这些销售人员还是我们的邻居呢。那天父亲居然让我们进了商场，还排队为我们买了几杯橘子果汁，盛满果汁的纸杯上沾满了汗珠。

二十五年来，"河道商城"已经顺理成章地融入了本地的生活，可是经济不景气害得"河道商城"里的店铺一家接一家地倒闭，最后还害得整个商城破产了。"河道商城"眼下是两百万平方英尺的空屋，既没有一家公司来管它，也没有一个商人答应让它重振旗鼓，没有人知道该拿它怎么办，也不知道"河道商城"的前雇员会有什么样的遭遇，这其中就包括我的母亲，她丢掉了在"鞋之屋"鞋店的工作。二十年来，她不时蹲下来为人们试鞋，把各种鞋盒分类，又把冒着湿气的袜子收在一起，谁知道这一切却在一瞬间随随便便地随风逝去。

"河道商城"破产也连累了迦太基，人们失去了自己的工作和房子，没有人能在短期之内看到曙光。在过去，"我和玛戈从来没有机会看到终场"，但单单论眼前这一次，我和玛戈倒似乎有机会看到结局，我们都会看到结局。

它的破落倒是跟我的心境十分契合。有那么几年，我一直兴致缺缺。不是小屁孩那种满腹牢骚的无聊，而是一种密不透风、铺天盖地的乏力。在我看来，这世上似乎再也不会有什么新发现了。我们的社会完全是从老一套里抄抄改改，衍生出来的。我们是第一代再也无法发现新事物的人类，再也无法破天荒第一遭见识新事物。我们眼睁睁地盯着各色世界奇观，却两眼无神，心里腻味得很——《蒙娜丽莎》也好、金字塔也好、帝国大厦也好，丛林动物受袭，古冰山倒塌，火山喷发，在我目力所及，不管哪一件了不起的事，我都可以立刻从电影、电视节目或者该死的广告片里找出类似桥段。你知道那副玩腻了的腔调："见识过啦"。我还真的是见过了一切，而最糟的一点在于（正是这一点让我想把自己打个脑袋开花）：二手经历总是更妙。图像更加清晰，观点更加敏锐，镜头的角度和配乐还操纵着我的种种情绪，而现实根本望尘莫及。到了这一步，我已经不知道，我们其实是有血有肉的人——跟大多数人一样，我们伴着电视和电影长大，眼下又来了互联网。倘若遭遇背叛，我们心知该说的台词；倘若所爱的人死去，我们心知该说的台词；倘若要扮花丛浪子，扮爱抖机灵的"聪明鬼"，扮"傻瓜"，我们也心知该说的台词。我们都脱胎自同一个陈旧的脚本。

在当今的年代，做一个人极其不易，做一个有血有肉的人，而不是东拼西凑地糅合起一些人格特质，仿佛从没完没了的自动售货机里挑选出种种个性。

如果我们所有人都在演戏，那世上就再无灵魂伴侣一说，因为我们并没有真正的灵魂。

一切似乎都不要紧，因为我不是个真正有血有肉的人，其他人也不是。事情竟然已经到了这一步。

为了再次体验有血有肉的感觉，我愿赴汤蹈火。


吉尔平打开了一间屋子的门，正是昨天晚上他们盘问我的那间屋子，桌子正中摆着艾米的银色礼品盒。

我站在原地紧盯着桌子正中的盒子。在这间屋子里，银色礼品盒突然透出了几分不祥的意味，一阵恐慌涌上我的心头，为什么之前我没有发现它呢？我早该发现它才对。

吉尔平说："来吧，我们想让你看看这个盒子。"

我小心翼翼地打开礼品盒，仿佛里面装着一颗头颅。盒子里只有一个蓝色信封，上面写着"第一条提示"。

吉尔平傻笑道："想想我们有多摸不着头脑吧，眼下是个失踪案，结果我们在这里发现了一个标有'第一条提示'的信封。"

"这是我妻子为一个寻宝游戏……"

"对，为你们的结婚纪念日准备的嘛，你的岳父提到了。"

我打开信封，抽出一张折叠起来的天蓝色厚纸，那是艾米惯用的信笺。一口酸水鬼鬼祟祟地涌上了我的喉咙，因为这些寻宝游戏终归都化成了一个问题：艾米是谁？（我的妻子在想些什么？在过去的一年中，她有哪些重要的经历？哪些是她觉得最幸福的时刻？艾米，艾米，艾米，让我们好好地琢磨艾米。）

我紧咬牙关读着第一条提示。鉴于我们的婚姻在上一年里的磕磕绊绊，眼下这道坎儿定会抹黑我的形象，那可不是什么妙事——迄今为止，我的形象看上去已经很是面目狰狞了。


我想象自己是你的学生

遇上了一位英俊睿智的先生

我的眼界随之大开（更不用提我的两条腿）

如果我是你的学生，那还用得着什么鲜花助兴

也许只需在你的办公时间即兴约个一回

好啦，要去那里就赶紧趁早

也许这次我会在你面前露上一两招


这真是另一重轮回中的日程表。如果一切按照我妻子的计划运转的话，昨天我就会读到这首诗，而她会一直在我身旁徘徊，怀着满腔热切的期望凝视着我：请一定要破解这条提示，请一定要读懂我的心。

最后她会忍不住说："怎么样？"而我会说："……"

"噢，我还真读懂了这条提示！她一定指的是我在专科学校的办公室，毕竟我是那里的一名兼职教授。哈！我的意思是，一定是那里，对吧？"我眯起眼睛又读了一遍，"今年她手下留情，没有出难题为难我。"

"你要我开车送你过去吗？"吉尔平问。

"不，我有玛戈的车。"

"那我和你一起去。"

"你觉得这很重要吗？"

"嗯，这显示了她在失踪前一两天的行踪，因此不能说不重要。"他望着信笺，"这种游戏真是十分贴心，你知道吧？一场寻宝游戏，真像电影里的情节。我和我太太只会给对方送一张卡，也许再吃点儿什么，听上去你们这一对过得很不错，继续留住这份浪漫吧。"

吉尔平说完低头望着脚上的鞋，脸上泛起了几分羞涩，带着叮当作响的钥匙离开了。


当初专科学校出手阔绰，拨给我的办公室大得能容下一张桌子、两把椅子和几排架子。我和吉尔平从一帮上暑期班的学生中间穿过，那些学生要么年轻得令人难以置信（他们百无聊赖却又忙忙碌碌，手指忙着发短信或调音乐），要么就年纪较大但却专心致志，我猜这群人一定是被商城解雇的员工，正回学校重塑职业生涯呢。

"你教什么？"吉尔平问。

"新闻，杂志新闻。"我回答道。这时一个边走边发短信的女孩显然心不在焉，几乎一头撞在我身上。她头也没抬地闪到了一旁，不禁让我的心中冒上了一股怒火。

"我还以为你退出新闻业了呢。"吉尔平说。

"成不了气候的人去教书……"我笑了。

我打开自己的办公室，一脚迈进了灰尘翻飞的空气中。暑假我并没有上班，因此已经有几个星期没有到过这间办公室了，我的办公桌上摆着另一个信封，上面写着——"提示二"。

"你的钥匙一直系在钥匙链上吗？"吉尔平问。

"是啊。"

"这么说来，艾米拿了你的钥匙进了门？"

我撕开了信封。

"我家里还有一把备用钥匙。"艾米给每件东西都留了备份，谁让我经常把钥匙、信用卡和手机乱放呢，但我不想告诉吉尔平，免得又被当成"家里的小祖宗"嘲笑一番，"你为什么这么问？"

"哦，只是想确认一下她是否会因此找上门卫之类的人。"

"反正我从来没有在这里发现'猛鬼街鬼王'①之类的煞星。"

"我从来没有看过那个系列的电影。"吉尔平说。

信封里有两张折起来的字条，其中一张画着一颗心，另一张写有"提示"二字。

居然有两张字条，内容还不一样——我顿时觉得胃里翻江倒海……天知道艾米要在提示里说些什么。我打开了画着一颗心的纸条，心中暗自希望吉尔平没有跟来，随后便读到了一些文字。

亲爱的丈夫：

在此时此地说这些话真是最妙不过（在神圣的知识的殿堂里）……我要告诉你，我觉得你才华横溢，你并不知晓我的感受，但我确实为你的才智倾倒。你知道许多稀奇古怪的统计数据，知道许多妙趣横生的奇闻逸事，你能从任何一部电影中引经据典，你才思敏捷又出口成章。在共度多年以后，我觉得一对夫妇有可能忘记彼此是多么光彩四射，但我还记得初次见面就为你神魂颠倒，因此我想花点儿时间告诉你，我仍然为你神魂颠倒，我最爱你身上的一些特质，而这正是其中之一：你真是才华横溢。

我边读边咽口水，吉尔平越过我的肩膀读着字条，居然叹息了一声。"真是一位温柔无比的夫人哪。"他说完清了清嗓子，"嗯，哈，这是你的吗？"

他捏着一支铅笔，用橡皮擦那头挑起了一条女式小可爱，那条小可爱正挂在空调的一个按钮上（准确地说，那应该是一条红色的蕾丝内裤）。

"喔，天啊，这下可丢脸了。"吉尔平等着我的解释。

"嗯，有一次，艾米和我，嗯，你也读了她的字条，我们……你知道吧……有时些得想些招数助助兴。"

---

① 指弗雷迪·克鲁格，恐怖电影《猛鬼街》系列中的主要角色。——译者注

吉尔平咧开嘴笑了，"哦，我明白啦，色迷迷的教授跟淘气包学生嘛，我知道这一套，你们两个人还真是甜蜜呀。"我伸手去取那条小可爱，但吉尔平已经从口袋里掏出了一个证物袋，把小可爱放了进去，"有备无患嘛。"吉尔平说了句没头没脑的话。

"喔，别这样。"我说，"艾米会羞死……"这个"死"字刚一出口，我立刻管住了自己的嘴。

"别担心，尼克，只是走个过场，我的朋友。你绝不会相信警方有多少条条框框，东一个'以防万一'，西一个'以防万一'，笑死人啦。提示说了些什么？"

我又任由他越过我的肩膀读了读字条，他的气息让我不禁有些分神。

"这提示是什么意思？"吉尔平问道。

"我完全摸不着头脑。"我撒了个谎。


我终于甩掉了吉尔平这个跟班，随后漫无目的地沿着公路向前行驶了一会儿，以便用我的一次性手机打个电话——可是没有人接电话，我也没有留言。我又驾车向前飞奔了一阵，仿佛自己正向某个目的地驶去，接着掉了个头往城里开了四十五分钟，前往"戴斯"酒店找艾略特夫妇。我走进一间大厅，厅里挤满了"中西部薪资管理供应商协会"的成员，到处摆放着一个个带轮子的旅行箱，到处是拿小塑料杯喝着免费饮料互相攀谈的人们，到处是从嗓子里憋出来的笑声，到处是从口袋里掏出来的名片。我跟四名男子一起上了电梯，他们通通穿着卡其裤配高尔夫衬衫，挺着已婚男人惯有的滚圆大肚，看上去大有秃顶的架势。

玛丽贝思一边打电话一边开了门，指了指电视机对我轻声说道："如果你想吃东西的话，我们订了一个冷切拼盘，亲爱的。"随后她走进洗手间关上了门，隐约传来喃喃低语的声音。

几分钟后她又现了身，正赶上五点钟圣路易斯台播放的本地新闻节目，艾米的失踪案正是其中的头条新闻。"照片挑得完美无缺，"玛丽贝思对着屏幕小声说道，艾米正从电视屏幕中凝视着我们，"人们看到照片，就会明白艾米看上去是什么模样。"

我觉得那幅肖像照虽然美丽，却有些让人心惊。那是艾米心血来潮迷上表演时拍下的，让人感觉照片中的艾米正在凝视着人，仿佛古时的鬼屋肖像，照片中的人一双眼睛正从左边转到右边。

"我们应该再给他们一些朴实无华的照片，"我说，"给他们几张日常照。"

艾略特夫妇先后点了点头，却看着电视一声不吭。等到播完新闻节目，兰德打破了沉默："我觉得有点儿不舒服。"

"我明白。"玛丽贝思说。

"你感觉怎么样，尼克？"兰德说着躬起了背，双手搁在两只膝盖上，仿佛他正准备从沙发上起身，但却没有办法站起来。

"说实话，简直乱成了一团糟，我觉得自己一点儿用都没有。"

"我不得不问一句，你在酒吧雇的那些人手可疑吗，尼克？"兰德终于站起身走到迷你吧台旁边，给自己倒了一杯姜汁汽水，然后转身问我和玛丽贝思："有谁想吃东西吗？"我摇了摇头，玛丽贝思要了一杯苏打水。

"还要再来点儿杜松子酒吗，宝贝？"兰德低沉的声音在最后一个词上挑高了腔调。

"当然，是的，再来点儿杜松子酒。"玛丽贝思说着闭上双眼蜷起了身子，把面孔埋在双膝之间，深吸了一口气，随后又坐起身恢复了之前的姿势，仿佛刚才不过是在练习一式瑜伽。

"我把各种名单都交给了警方。"我说，"不过酒吧那边没有可疑的地方，兰德，我认为不应该把精力放在那边。"

兰德伸出一只手捂住嘴，往上抹了一把脸，脸颊上的肉随即在眼睛周围堆了起来，"当然，我们也正在查看自己手下的生意，尼克。"

兰德和玛丽贝思总是把"小魔女艾米"系列当作一桩生意，从表面上看，他们两人的说法在我眼里有点儿傻气——"小魔女艾米"系列是一套儿童读物，主角是一个完美的小女孩，每本系列图书的封面都登载着这个女孩的形象，它是我家艾米的卡通版本。不过话说回来，"小魔女艾米"系列当然是一桩生意，还是一桩规模不小的生意，二十年来，"小魔女艾米"系列在大部分时间都雄踞小学生读物之列，主要是因为在每章的结尾都有个测试。

例如，在三年级的时候，"小魔女艾米"发现她的朋友布赖恩喂了太多吃食给班里的乌龟，她想要跟他讲道理，但布赖恩却死活要多喂点儿东西给乌龟吃，艾米只好向她的老师告状："提波斯夫人，我不愿意在别人背后打小报告，但我不知道该怎么办，我已经试过跟布莱恩谈，可是现在……我想我可能需要大人们帮我一把……"结果：

（1）布赖恩说艾米是个不可信的朋友，并从此再也不肯答理她。

（2）胆小的密友苏茜说艾米不该去告状，应该瞒着布赖恩暗自捞出多余的食物。

（3）艾米的宿敌乔安娜一口咬定："艾米告状是出于嫉妒，她只不过是想自己去喂乌龟。"

（4）艾米不肯低头，她觉得自己没有做错。

请问其中谁是谁非？

嗯，题目容易得要命，因为不管在哪个故事里，艾米永远都是对的（别认为我在跟有血有肉的艾米拌嘴时没有提过这一点，我可真的提过，还不止一次）。

这些测试题由两位心理学家编写，旨在摸清孩子们的性格特征（那两位心理学家也是为人父母的人）：小家伙跟布赖恩一样是个受人批评就发火的人吗？或者跟苏茜一样是个毫无原则的和事佬？又或者跟乔安娜一样是个唯恐天下不乱的捣蛋精？还是跟艾米一样十全十美？"小魔女艾米"系列图书在新兴的雅皮士①阶层中风行一时：在为人父母方面，雅皮士仍然玩着别出心裁的那一套。艾略特夫妇因此一跃跻身富人之列，据统计，曾经有一段时间，美国每所学校的图书馆里都有一本《小魔女艾米》。

"你担心这件事跟'小魔女艾米'系列有关吗？"我问道。

"有几个人我们觉得应该查一查。"兰德开口道。

---

① 指西方国家中年轻能干有上进心的一类人，他们一般受过高等教育，具有较高的知识水平和技能。——译者注

我扑哧一声笑了出来。"你觉得朱迪思·维奥斯特①为了'亚历山大'系列图书绑架了艾米，好让亚历山大再也不会遇上'糟糕透顶的一天'吗？"

兰德和玛丽贝思闻言齐齐扭头看着我，露出既惊讶又失望的神色。我刚才的话确实不堪入耳，谁让我的脑海里总不合时宜地冒出这种上不得台面的念头呢。不过我实在管不住这些闹腾的想法，比方说，每当看到我那位警察朋友，我就忍不住在心里哼起《波尼·马罗尼》一歌的歌词"她瘦得好似一根通心粉"；郎达·波尼正在说着为我失踪的妻子进行河流打捞，我的脑海里却奏起了爵士乐。"防卫机制，只是一种奇怪的自我防卫机制。"我暗自心想。如果脑海中的声音能住嘴，岂不是一件妙事。

我小心翼翼地挪了挪腿，又小心翼翼地开了口，仿佛我说出的话是一沓精美易碎的瓷器，"对不起，我不知道怎么会说出那句话来。"

"我们都累了。"兰德好心地说道。

"我们会让警察围捕维奥斯特，"玛丽贝思也试着缓和气氛，"比佛利·克利瑞②那家伙也跑不了。"这与其说是一句玩笑话，还不如说是我的免罪符。

"我想我应该告诉你们一件事，"我开口说道，"在这种情况下，警方一般会……"

"首先从丈夫身上查起，我知道。"兰德打断了我的话，"我告诉警方他们是在浪费时间，他们问我们的那些问题……"

"那些问题很无礼。"玛丽贝思替他圆了话。

"这么说警方已经跟你们谈过了？谈的是我？"我走到迷你吧台旁边，随手倒了一杯杜松子酒，一口气连喝了三口，顿时觉得胃里翻天覆地，有些撑不住的模样，"警方问了些什么？"

"警方问你是否伤害过艾米，还问艾米是否曾经提到你威胁过她。"玛丽贝思列举着警方的问题，"问你是否是个好色之徒，艾米是否曾经提到你对

---

① 朱迪思·维奥斯特（1931~　）：美国作家、媒体从业者，以其童书作品闻名，其"亚历山大"系列中有一本中文译名为"亚历山大和倒霉、烦人、一点都不好的一天"。——译者注
② 比佛利·克利瑞（1916~　）：美国作家，出自其手的童书及青少年图书超过三十本。——译者注

她不忠。这听起来像是艾米的风格吗？我告诉他们，我们家的闺女可不是一个受气包。"

兰德把一只手搭在我的肩膀上，"尼克，我们原本应该首先提到一点：我们知道你永远也不会伤害艾米。我甚至告诉警察，你在海滨别墅救了那只老鼠，使它免遭了粘鼠胶的毒手。"说到这里，他抬头凝望着玛丽贝思，仿佛她并不知道那个故事，玛丽贝思则全神贯注地听着，"你花了一个小时才捉住那只老鼠，然后乖乖送走了那小王八蛋，这听上去像是一个会伤害太太的人吗？"

我顿时感到一阵强烈的内疚，心里恨死了自己，有那么一瞬间，我以为自己会哭出声来。

"我们爱你，尼克。"兰德说着用力地搂了搂我。

"我们确实爱你，尼克，我们是一家人。"玛丽贝思也是同样的腔调，"除了应付艾米的失踪，你还要应付警方对你的怀疑，我们真是很过意不去。"

我不喜欢"警方对你的怀疑"这句话，倒是更加喜欢"例行调查"或"走个过场"一类的说法。

"不过警方倒是挺好奇你在那天晚上预订的餐厅。"玛丽贝思一边说，一边过于随意地瞥了瞥我。

"我预订的什么？"

"警方说，你告诉他们你在'休斯敦'饭店订了座，但是他们查了查，却发现并没有你的预订，他们似乎很感兴趣。"

我既没有订座，也没有买礼物。因为如果我打算在当天杀掉艾米的话，我就没有必要为当晚订座，也没有必要买一件送不出去的礼物——这标志着一个非常务实的凶手。

我确实务实得有些过分，我的朋友们一定会这么告诉警察。

"噢，不，我并没有订座，警方一定是误解了我的意思，我会告诉他们的。"

说完我一屁股瘫坐在玛丽贝思对面的沙发上——我不希望兰德再碰我。

"哦，好吧，"玛丽贝思说道，"她……嗯，你今年做了寻宝游戏了吗？"玛丽贝思的眼睛又红了，"在出事之前……"

"警方今天给了我第一条提示，吉尔平和我又在专科学校的办公室里发现了第二条提示，我还在想办法琢磨答案。"

"我们能看看提示吗？"我的岳母问道。

"我没有随身带来。"我撒了个谎。

"你……你会想办法破解吧，尼克？"玛丽贝思问道。

"我会的，玛丽贝思，我会破解提示的。"

"我只是不希望她做的东西孤零零地被扔在了一边……"

这时我的手机响了，是那只一次性手机。我瞥了一眼显示屏，关掉了手机。我得把这东西处理掉，但不是现在。

"每个电话你都该接，尼克。"玛丽贝思说。

"我认识这个号码……只不过是我的大学校友基金要钱来了。"

兰德坐到了我旁边的沙发上，陈旧的沙发垫随之沉了一沉，我们两个人朝对方歪过去，两只胳膊挨在了一块儿。对兰德来说，挨着胳膊一点儿也无所谓，他属于向你走来时就会开口宣布"我就喜欢抱抱"的那种人，但他压根儿忘了问你是不是也喜欢抱抱。

玛丽贝思又说回了正事，"我们认为有可能是某个迷恋艾米的家伙绑架了她。"她转身对我说道，仿佛在陈述案情，"这种人跟着她已经有好多年了。"

艾米喜欢回忆那些痴迷于她的男人。在我们结婚后，她多次伴着一杯杯红酒低声讲述那些一直骚扰她的人，那些男人仍然逍遥法外，总是一门心思想着她，想要把她弄到手。我疑心这些故事里掺了水分，毕竟那些男人总是危险到一种非常精确的程度——足以让我担心，但又不足以让我们报告警方，总之他们撑起了一个游戏世界，在那里我可以摇身变成肌肉发达的护花使者，捍卫着艾米的荣誉。艾米太过独立、太过摩登，她不好意思承认一个事实：她也有着一颗少女的芳心。

"最近吗？"

"最近倒没有。"玛丽贝思说着咬了咬自己的嘴唇，"但是在高中的时候有一个心理很不正常的女孩。"

"怎么个不正常法？"

"她迷上了艾米，嗯，迷上了'小魔女艾米'，那个女孩叫作希拉里·汉迪，她什么事都跟艾米在书里最好的朋友苏茜学，刚开始还挺可爱，我觉得。可是后来只做苏茜已不能满足她了，她想做'小魔女艾米'，而不是小魔女的搭档苏茜，于是她开始跟着我们家的艾米学样。她学艾米的穿着，把自己的头发染成金黄色，还在我们的纽约住宅外面徘徊。有一次我走在街上，这个奇怪的女孩跑过来用她的胳膊圈住我的胳膊，嘴里说'现在我将成为你的女儿，我要杀死艾米，然后变成你家全新的艾米，因为这对你来说并不重要，对吗？你只要有一个艾米就行了'。她说了那些话，仿佛我们的女儿是个小说桥段，能够被她改来改去似的。"

"后来我们申请了一道禁令，因为她把艾米从学校的楼梯上推了下来。"兰德说，"她是个心理很不正常的女孩，这样的心态没有办法消除。"

"后来又有了德西。"玛丽贝思说。

"德西。"兰德附和道。

就连我也知道德西的大名。艾米曾经在马萨诸塞州入读一家名叫"威克郡学院"的寄宿制学校，我见过当时的照片，照片上的艾米身着曲棍球裙，系着发箍，身后总是一派秋色，仿佛学校只有一个季节——金秋十月。德西·科林斯则就读于"威克郡学院"的男生寄宿学校，艾米说他是个苍白而浪漫的人物，他们之间的恋情也属于寄宿学校的老一套：凉飕飕的橄榄球比赛，暖融融的舞会，佩戴着紫丁香胸花，搭乘"捷豹"老爷车出行，总之一切都带有几分 20 世纪中叶的色彩。

艾米跟德西正正经经地交往了一年，但她开始觉得他有些瘆人，他的口气仿佛他们已经订了婚，他知道他们将会生几个孩子，甚至是男是女——他们会有四个孩子，一股脑儿全是男孩，听起来就像和德西自己家一模一样。当德西带他的母亲与艾米会面时，艾米发现自己和德西的母亲相像得吓人，不禁恶心欲吐。那个老女人冷冷地吻了吻她的脸颊，平静地在她耳边说了一句"祝你好运"，艾米说不清那句话是警告还是威胁。

艾米与德西分手后，他却仍然在"威克郡学院"周围徘徊，仿佛一个身穿黑色短上衣的幽灵，时不时靠在光秃秃的橡树上。到了二月的某个夜晚，艾米从一场舞会回到宿舍里，却在自己的床上发现了他，他正一丝不挂地躺在艾米的被子上，因为服用了过量药物而昏昏沉沉。不久后，德西就离开了学校。

但他仍然坚持打电话给她，即使到了现在也打，一年还会分几次给她寄来厚厚一摞信，艾米把信给我看上一眼，还未开封就通通扔掉。那些信的邮戳来自圣路易斯，距此仅有四十分钟的路程。"这只是一个可怕又悲惨的巧合。"她告诉我。德西母亲那一脉在圣路易斯有些亲戚，她只知道这一点，却不乐意管再多。我曾经从一堆垃圾中捡起一封信读了读，信上粘着阿尔弗雷多酱，内容则老掉牙得要命，谈了网球、旅游和其他一些学院风的玩意儿，还有西班牙猎犬。我试着想象这位纤细的花花公子，他是一个系着领结、戴着玳瑁眼镜的家伙，闯进我们的住宅用修剪整齐的柔软手指抓住了艾米，将她扔进古董敞篷跑车的后备箱，一路带到佛蒙特州去寻古探幽，德西，还真有人相信这是德西干的？

"其实德西住得不远，"我说，"就在圣路易斯。"

"看到了吧？"兰德说，"警察为什么不去查这条线呢？"

"总得有人去查，"我说，"我会去的，等明天搜完迦太基以后。"

"警方似乎认定事发地……离家很近。"玛丽贝思说道。这时她的目光在我的身上久久地流连，接着打了一个哆嗦，仿佛抛掉了一个念头。

艾米·艾略特·邓恩

2010 年 8 月 23 日

## 日记摘录

　　眼下正值夏季时分，处处是鸟鸣和阳光，今天我在"展望公园"附近迈着小碎步逛来逛去，深觉自己弱不禁风。眼下我正在苦日子里煎熬，不过话说回来，这已经算是有所长进了，因为过去三天我都裹着同一套睡衣在家里苦苦熬到五点钟，到那时候我就可以喝上一杯。我试着让自己记起达尔富尔那些受苦的人民是多么灾难深重，可是这种念头只怕是进一步从达尔富尔苦难的人们身上讨点儿好处。

　　上一周发生了许多变故，我觉得正是因为一时间风起云涌，所以我的情绪受了点儿挫。尼克在一个月前失了业，虽然经济形势原本应该有所起色，可是人们似乎对此一无所知，于是尼克丢了工作。恰恰跟他预计的一样，第一轮裁员刚过了几个星期，第二轮裁员就跟着来了，人们还说"哎哟，我们裁掉的人远远不够呀"，真是一群白痴。

　　刚开始的时候，我觉得尼克也许能挺过去，毕竟他列了一长串待办事项，写上了他一直想要做的事情，其中有些是微不足道的琐事：他要给手表换电池，重新调钟，换水槽下面的一根管道，还把我们已经漆过但不喜欢的房间通通一股脑儿刷上漆。基本上，他把很多东西返工了一遍；当你在生活中拥有的东西寥寥无几时，返工倒是个不错的主意。随后他又着手启动了更大的工程，读起了《战争与和平》，漫不经心地上起了阿拉伯语课程，花了许多工夫琢磨哪些技能会在未来的几十年里吃香。这真让我伤心，但为了他，我装出了一副若无其事的样子。

我一遍又一遍地问他："你确定你没事吗？"

刚开始我试着正儿八经地问他这个问题，一边问一边喝咖啡，同时凝视着他的眼睛，把一只手放在他的手上；后来我便试着轻描淡写地问，仿佛毫不经意；最后我试着体贴地问，一边问一边在床上轻抚着他的头发。

他总是用同样的话回答我："我没事，我真的不想谈这些。"

我写了一个十分应景的小测试：

被解雇后你如何应对？

（A）我穿着睡衣坐着，暴食了一大堆冰激凌——生闷气堪称一种疗法！

（B）我在网上到处贴老上司的糗事，贴得铺天盖地——能撒气感觉棒极了！

（C）在找到新工作之前，我试着用重新到手的时间找到有用的事物，比如学习一门大有市场的语言，或老老实实读完一本《战争与和平》。

该测试纯属拍尼克的马屁（正确答案是 C），但当我把题目给他看时，他却只是微微苦笑了一下。

几个星期以后，尼克突然间不再忙碌，也不再积极进取，仿佛他某天早上在一面破旧积灰的路牌下一觉醒来，发现上面写着一行字："干吗自找麻烦呢？"于是他泄了气，时不时看看电视，在网上看看色情片，然后又在电视上看看色情片；他吃了一大堆外卖食品，已经堆高的垃圾桶旁边又堆起了泡沫塑料盒；他不再跟我搭话，仿佛开腔讲几句话会让他伤脾伤肺，而我居然忍心对他下此毒手。

上个星期，我告诉他我丢了工作，他只是微微耸了耸肩膀。

"太糟糕了，我很遗憾。"他说，"至少你还有家产撑腰嘛。"

"那份家产是给我们两个人撑腰的，再说我喜欢我的工作。"

这时他唱起了"你无法时时随心所欲"，声音又尖又跑调，一边唱一边跌跌撞撞地手舞足蹈，我突然意识到他这是一副喝醉了的模样。那是一个黄昏，有着美丽的湛蓝色晴空，一道道中式外卖正在我们的宅邸里腐坏，屋里弥漫着潮湿浓重的甜香，窗帘全都罩得密不透风，于是我开始一间屋接一间屋地开窗换气，又拉起窗帘赶跑灰尘，但当我迈步踏进昏暗的书房时，却一不小心被地板上的一个个袋子接连绊了几跤，活像卡通漫画里的一只猫，仿如刚走进了一间到处是捕鼠器的屋子。我打开屋里的灯，一眼看到了几十个购物袋，那可不是丢了饭碗的人花销得起的奢侈品。那些购物袋通通来自高档男装店，店里出售定制西服，销售人员还会将一条条领带搭在胳膊上呈给坐在皮革扶手椅上的男客人，我的意思是，那一堆可是定制的高级货。

"这是怎么一回事，尼克？"

"面试要用，如果有公司开始招人，那就派上用场了。"

"你需要这么多衣服吗？"

"反正我们不缺钱花。"他对我露出了一缕冷冰冰的笑容，交叉着双臂。

"你至少要把衣服挂起来吧？"有几个塑料袋已经被布利克咬开，一件价值三千美元的西装正躺在一小团猫咪吐出的污秽物旁，另一件量身定制的白衬衫上沾着猫咪身上掉下来的橙色毛团。

"算了，还是不挂了。"他说着对我咧嘴一笑。

我从来不是个唠唠叨叨的怨妇，对自己这点不俗之处，我还一直引以为豪，眼下尼克却逼得我不得不开口念叨，因此我大为光火。我倒是容得下几分邋遢和懒惰，也容得下稍微有些懒洋洋的生活，我意识到自己身上的 A 型特质比尼克强一些，因此我尽量不拿自己的洁癖和规划癖去烦他。尼克可不是那种想得起打扫房间或清理冰箱的人，他的眼里确实看不到家务活，不过这倒也没有什么关系。话说回来，我也确实注重生活品质：我觉得垃圾总不该堆满得高了出来，脏碟子总不该在水槽里放上整整一个星期，上面还带着豆泥饼的残渣。一个成年人要跟别人同住一个屋檐下的话，好歹总得有几分该有的模样吧。可是尼克却对这些事甩手不管，因此我不得不唠叨，这种唠唠叨叨又让我大为光火，"你连最基本的几条也做不到，简直把我逼得变成了另一个人，我可从来不想变成一个唠叨的怨妇，别这样干，我可饶不了你。"

我知道，我知道，我知道丢了工作压力大得要命，对男人来说尤其如此。人们声称失业堪比丧亲之痛，对尼克这样工龄很长的人尤其如此，因此我深深地吸了一口气，把怒火赶到了九霄云外，"嗯，那你不介意我把衣服挂起来吧？这样衣服就不会皱了。"

"随你便。"

我们两个人双双丢了工作，这岂不是一件巧事？我知道我们已经比大多数人幸运，只要一紧张起来，我就上网去查我的信托基金。其实尼克才把这笔钱叫作信托基金，在遇到他之前，我可从来没有用过"信托基金"一词，因为这笔钱的数目并不是太多，但我的意思是，这笔钱挺棒，非常棒——多亏了我的父母，我的存款总共有785404美金，然而这笔钱并不足以让人甩手一辈子不工作，尤其是在纽约。我父母的用意是让我有足够的安全感，保证我在面临学业和职业抉择时无须一心记挂着金钱，不过他们也并不希望我富到坐吃山空的地步。尽管尼克会拿这笔钱开玩笑，我却认为父母在这件事上很有风度（鉴于他们剽窃了我的童年才写出了那套书，这笔钱也算得上实至名归）。

爸爸打来了电话，问我他和妈妈能不能顺便过来一趟，但裁员的事仍然让我觉得心里有点儿堵，毕竟这一次是我和尼克双双丢了工作。爸爸妈妈说要跟我们聊一聊，如果方便的话他们今天下午就过来，我当然一口答应了，但脑海里却一直唠叨着"没治了没治了没治了"这句话。

我的父母出现在门口，看上去仿佛好好拾掇过一通。父亲穿扮得无可挑剔，只可惜遮不住双眼下的几条皱纹，母亲则穿着一条鲜紫色的礼服裙，在她还受邀出席各种发言和仪式的时候，她就经常穿着这条裙子出席那些场合，她声称只有自信满满的人才配得起这条裙子的颜色。

父母看上去很是体面，脸上却隐约有几分忏色。我领着他们向沙发走去，大家一起静静地坐了一会儿。

"孩子们，我和你妈妈，我们似乎……"父亲总算开了口，又停下来咳了几声，他把双手放在自己的膝盖上，粗大的指节显得毫无血色，"嗯，我们在财政上似乎遇到了一场天大的困境。"

我不知道此刻该有什么样的反应，是吃了一惊、替他们宽心，还是满腔失望呢？我的父母还从来没有在我面前亲口承认过任何麻烦，我也不觉得他们遇到过多少麻烦。

"事情是这样的，我们有些不负责任，"玛丽贝思接口道，"在过去的十年里，我们一直活得很奢侈，仿佛我们还跟前二十年一样捧着金饭碗，但事实并非如此，我们赚的钱还不到以前的一半，但我们两个人不肯认账，我们……也许可以说我们是'乐天派'吧，我们总觉得下一本'小魔女艾米'就会翻身，可惜却一直没有等到这样的时刻。我们做了一连串错误的决定，傻乎乎地投资，还傻乎乎地花销，结果落到了现在这个地步。"

"我们基本上算是破产了，"兰德说，"我们的房子，还有这所房子，都已经资不抵债了。"

我原本以为父母已经全款为我们买下了这套房子，或者说我原本理所当然地认定父母已经全款为我们买下了这套房，但我不知道他们居然还在付房贷，突然间一阵尴尬刺痛了我的心——尼克说得没错，我还真是温室里的花朵。

"刚才我已经说过，我们在决策上犯了一些严重的错误，"玛丽贝思说道，"我们应该写上一本书，叫作'小魔女艾米与可调利率抵押贷款'，不过其中的测试我们通通都及不了格，我们还真是活生生地给世人举了一个反例。"

"那接下来会怎么样呢？"我问道。

"这就完全看你们怎么决定了。"爸爸说。妈妈从手袋里掏出一个自制的小册子放在我们面前的桌上，小册上分明是他们用家里的电脑做成的柱形图、饼形图等各种图形。我想象着父母眯眼看着用户手册，想要把他们的建议打扮得漂漂亮亮地给我看，顿觉无比心酸。

玛丽贝思开了口："我们想问问能不能从你的信托基金里借一笔钱出来，好让我们想清楚以后的日子该怎么过。"

我的父母坐在我们面前，好似两个一心期盼着初次实习的大学生，父亲的膝盖一直在轻轻摇晃，直到母亲温柔地用指尖摁住他的膝盖。

"嗯，那笔信托基金本来就是你们的，你们当然可以从里面拿钱了。"我说，我只希望再不要见到眼前的一幕，再不要见到我父母脸上满怀期待的神情——我实在受不了，"要是把欠债都还清，然后让你们舒舒服服地过一阵子，你们觉得要多少钱呢？"

父亲低头望着自己的鞋，母亲则深吸了一口气。"六十五万美金。"她说道。

"哦。"我只能说出一句话来，母亲提到的数字几乎是我和尼克的全部身家。

"艾米，也许你和我应该聊一聊……"尼克开口说。

"不，不，我们能做到，"我说，"我去把我的支票簿拿来。"

"其实吧，如果你明天能把钱汇到我们的账户上，那就最好不过了，"玛丽贝思说，"不然的话还要等上十天。"

她的话一出口，我才意识到他们是真的遇上大麻烦了。

尼克·邓恩
事发之后二日

　　我从艾略特夫妇所住套房的折叠沙发床上一觉醒来，感觉自己筋疲力尽。昨晚他们两个人非要让我留下来过夜（谁让警方还没有把宅邸还给我呢），那副十万火急的模样跟他们当初抢着付晚餐账单的劲头差不多，真是一对打心眼里好客的夫妇。两人声称"你可不能拒绝我们的一片好意"，因此我就没有拒绝。整整一晚上，他们的鼾声从卧室的门缝传来，其中一个深沉而稳定，一声又一声中气十足，另外一个却气喘吁吁毫无规律，仿佛那人正梦见自己在溺水挣扎。

　　平常我随时可以倒头就睡，恰似关上一盏灯一样容易。只要有了睡觉的念头，我合起双手贴着脸颊，没过一会儿就能够呼呼睡去，而我那个睡不着的妻子却在我的身边辗转反侧。但昨晚我却变得跟艾米差不多，脑海中的念头一个接着一个，身体也躁动不安。我一向是个轻松自在的人，当艾米和我坐在沙发上看电视时，我会倒成一摊泥，我的妻子则会时不时在我身边打个哆嗦，要不然就不停地挪来挪去。有一次，电视上正在放一则关于"不宁腿综合征"的广告，演员们纷纷皱起了苦瓜脸，要么抖着小腿，要么揉着大腿，于是我问艾米是不是也得过这个病，结果她说："我得的是'万事不宁综合征'。"

　　我凝望着酒店房间的天花板渐渐变成灰色，变成粉红色，然后变成了黄色，最后索性起身正视着太阳施下的酷刑，望着那越过河面照耀着自己的万丈阳光。这时我的脑海中"砰"的一声闪过了一串名字：希拉里·汉迪——这女孩的名字如此可爱，所作所为却如此令人烦恼；德西·科林斯——此人曾经一度迷恋我的妻子，而他的住处距此只有一个小时路程。我已经把调查这两个人都揽成了自己的活儿，因为这是一个"自己动手"的时代，不管是医疗保健、房地产生意还是警方的调查。见鬼，拜托你自己上网查个清楚吧，因为大家通通劳累过度，而且处处人手不足。我原本是一名记者，十多年来，我以采访人们谋个饭碗，让他们讲出自己的心声，因此我还担得下这副担子，玛丽贝思和兰德势必也是同样的想法。我很感激他们毫不隐瞒对我的信任，毕竟我的头上还盘旋着一层薄薄的嫌疑；话又说回来，眼下我只肯承认自己有着"薄薄的嫌疑"，难道是在自己骗自己吗？

　　"戴斯"酒店将一间不太派得上用场的宴会厅捐了出来，作为搜寻艾米·邓恩的总部。这间宴会厅确实不太体面，到处充斥着褐色的污渍和不通风的味道，可天色才刚刚亮起来，玛丽贝思就着手把麻雀变成了凤凰，她又是吸尘又是擦拭，摆出了公告板，安排了电话值班，还在一面墙上挂起了印有艾米头像的巨幅海报，海报上的艾米用冷静自信的目光审视着人们，眼神紧紧地追着人不放，看上去活像是总统竞选时使用的玩意儿。事实上，等到玛丽贝思一手操办完的时候，整个房间瞬间充满了感召力，好似一位处于下风的政治家饱含着殷切的希望，身后还有一大拨一心想要挽回局面的追随者一般。

　　上午刚过十点，波尼警探就赶到了宴会厅，一边还对着手机讲个不停，她拍了拍我的肩膀，摆弄起了一台打印机。志愿者们也三三两两地陆续抵达，先来了玛戈和母亲的几个朋友，又来了五个四十多岁的女人，统一穿着七分裤，仿佛在排练一场舞蹈表演，其中有两个身材苗条、金发碧眼的女人，都长着一身小麦色的肌肤，正在为谁当领头争个不停，其他人则乐呵呵地退居第二梯队。另有几个嗓门洪亮、白发苍苍的老妇人，七嘴八舌地在说服对方，其中还有一两个在发短信，十足十是那种朝气蓬勃的老人，精力过剩得让人摸不着头脑。到场的只有一个男人，是个相貌英俊的家伙，孤身一人前来，年龄大约跟我差不多，衣着很是光鲜，压根儿没有意识到自己算是一个异数，让人忍不住好奇他究竟来这里干什么。那个独来独往的男人闻了闻糕点，又偷偷瞥了瞥艾米的海报，我一直端详着他的举动。

波尼终于弄好了打印机，拿起一块麦麸色的松饼走到了我的身旁。

"警方有没有对报名当志愿者的人留个心眼？我的意思是，万一有人……"我问道。

"万一有人对案件的兴趣浓得可疑？当然啦。"她从松饼的边缘掰下几块扔进嘴里，压低了声音，"不过说实话，连环杀手也跟我们看同样的电视节目，他们心里清楚我们知道他们喜欢……"

"打入警方的调查。"

"没错，嗯。"她点了点头，"因此，现在他们行事更加小心啦，不会轻易在这样的事情上露马脚，但是我们确实把看上去有点儿怪的几个角色梳理了一遍，你也明白，以确保他们只是'看上去有点儿怪'而已。"

我扬起了一条眉毛。

"比方说，在几年前负责凯拉·霍尔曼案的警探就是我和吉尔平，凯拉·霍尔曼你知道吧？"

我摇了摇头，这个名字实在一点儿印象也没有。

"不管怎么说，你会发现一些趁火打劫的家伙闻着味就来了，你要当心这两个人……"波尼说着指向那两个四十多岁的漂亮女人，"因为她们俩看上去就像那种角色，巴不得安慰那位担心的丈夫，实在有点儿太过热心了。"

"哦，拜托……"

"你会大开眼界的，像你这么英俊的男人，时不时会撞上这种事。"

就在这时，那名发色较黄、肤色较深的女人扭过头望向我们，正好撞上了我的目光，她向我露出了一缕十分温柔羞涩的微笑，随后微微低下了头，仿佛一只等待宠溺的猫咪。

"不过她干活会很卖力，她会使出全身力气参加进来，"波尼说，"所以算是一桩美事。"

"凯拉·霍尔曼的案子最后怎么样了？"我问道。

她摇了摇头，看来情况不妙。

这时又有四个女人加入进来，互相递着一瓶防晒霜，纷纷在裸露的手臂、肩膀和鼻子上涂抹了一层防晒霜，房间闻上去顿时有了股椰子味。

"顺便说一句，尼克，"波尼说，"我问过你艾米在本地是不是有几个朋友，诺伊尔·霍桑算是吗？当时你没有提到她，但是她给我们留了两条信息。"

我茫然地看着她。

"住在你们小区的诺伊尔？生了三胞胎的那个女人？"

"不，她们算不上朋友。"

"哦，有意思，她看上去倒十分肯定她们是朋友。"

"艾米经常遇上这种情况，她只跟人家聊过一次，人们就对她念念不忘，真是让人后背发寒。"我说。

"她的父母也这么说。"

我在心里掂量着是否直接开口向波尼打听希拉里·汉迪和德西·科林斯的事，后来还是打定主意不开口：如果这事由我来打头阵的话，我的形象看上去会变好一些。我希望兰德和玛丽贝思看到我力挑重担、充当英雄的一面，我忘不掉玛丽贝思的那个眼神，当时她还说了那句话，"警方似乎认定事发地……离家很近"。

"人们认为他们了解艾米，因为他们读着'小魔女艾米'长大。"我说。

"我看得出来。"波尼点点头，"谁让人们乐于相信他们了解其他人呢，父母乐于相信他们了解自己的孩子，妻子乐于相信她们了解自己的丈夫。"


又过了一个小时，志愿者中心似乎多了几分家庭野餐的气氛。我的几个前女友顺路来打了个招呼，还介绍了自己的孩子，妈妈的一位密友薇琪带来了她的三个孙女，那是三个害羞的小家伙，全都穿着粉红色的衣衫。

说到孙子孙女，妈妈倒是经常把这些挂在嘴边，仿佛她一定会有孙辈，每当买下一件新家具，她便会声称这个款式之所以入了她的眼，是因为"有孙子孙女的时候能派上用场"。她原本想在离世前能亲眼见到自己的孙子孙女，毕竟她所有的朋友都已经有了孙辈。有一次，艾米和我设晚宴请母亲和玛戈到家中来小聚，借此庆祝"酒吧"开张以来生意最红火的一周，晚宴上我刚刚开口宣布我们要庆祝某件事，妈妈立刻从座位上一跃站起来，泪流满面地抱住了艾米，艾米也忍不住哭了起来，从妈妈的怀里喃喃地说着"他说的是'酒吧'，他说的只是'酒吧'"，于是妈妈也极力扮出一副为酒吧开心的模样。"要生孩子的话，时间还多着呢"，当时她端出了自己最体贴的腔调，艾米闻言又哭出了声。这事真是奇怪得很，因为艾米不想要小孩，她已经三番四次说过这件事，但那天她的眼泪给了我一缕希望……也许她改主意了呢，毕竟在生孩子上我们已经没有太多时间了。搬到迦太基时，艾米已经三十七岁，到今年十月她就满三十九岁了。

这时我冒出了一个念头：如果调查还要继续下去的话，我们应该操办一场虚头巴脑的聚会之类，不管怎么样，我们应该弄出些动静来重新吸引志愿者的关注和媒体的关注，我必须装出一副满怀信心的模样。

"回头浪子兜兜转转又回来啦。"这时一个鼻音浓重的声音说道，我转过身一眼看见身旁站着一个身穿 T 恤衫的男人，他长得瘦骨嶙峋，正伸手挠着自己的八字胡。那是我的老朋友斯塔克斯·巴克利，那家伙总喜欢把我叫作"回头浪子"，尽管他根本不知道"回头浪子"一词该怎么咬字，也不知道"回头浪子"一词是什么意思，我觉得他把这个词当成了"傻瓜蛋"，只不过他觉得"回头浪子"听上去更响亮。斯塔克斯·巴克利有个像棒球运动员一样的名字，他的家人原本也希望他做一个棒球运动员，可惜他肩负着许多希望，却没有多少棒球天赋。少年时期，他在我们这里算是最棒的球手，但却不足以迈出家门，在大学里，他被一脚踢出了球队，受到了生平难忘的打击，此后局面便一发不可收拾了。现在他成了一个瘾君子，时不时给人打打杂工，脾气时好时坏。他还曾到"酒吧"来过几次，想要找份活儿干，但不管我让他做哪份零头碎脑的日常工作，他都一概摇摇头，一边磨牙一边懊恼地说："拜托，老兄，再说些别的吧，你这儿总还有别的工作吧？！"

"斯塔克斯。"我跟他打了个招呼，想看看他眼下的心情是否友好。

"听说警方堂而皇之地把事情搞砸了锅呢。"他说着把双手塞到腋下。

"现在说这话还为时过早。"

"行行好吧，就这些娘里娘气的蠢搜查？依我看，就连找市长的狗花掉的人力物力也比这多。"斯塔克斯朝我靠了靠，随身带来一股漱口水的气味，他的一张脸被太阳晒得发黑，我简直能感觉到他身上的热度，"警方为什么不抓几个人起来？城里多的是可以抓的人，结果他们一个也没有抓，一个都没有。'蓝皮簿'那帮家伙为什么不抓呢？这就是我问那位女警探的问题：'蓝皮簿'那帮家伙呢？她甚至都懒得回答我。"

"什么叫作'蓝皮簿'那帮家伙？一个帮派吗？"

"去年冬天被'蓝皮簿'工厂裁掉的那帮人啊，他们没拿到遣散费，什么也没捞到。你在城里看到过一群流浪汉四处游荡，一个个极度恼火的样子吗？说不定就是'蓝皮簿'那帮家伙。"

"我还是没有弄明白，'蓝皮簿'工厂是什么玩意儿？"

"你知道吧，就是城边上的那一家'河谷'印刷公司，他们制造大学里写论文用的'蓝皮簿'之类的狗屎玩意儿。"

"哦，我还不知道呢。"

"现在的大学都用上了电脑之类的东西，所以'蓝皮簿'工厂那帮人就保不住饭碗啦。"

"上帝啊，整座城的公司都在纷纷倒闭。"我喃喃自语道。

"'蓝皮簿'那帮家伙又喝酒又吸毒，还骚扰别人。我的意思是，以前他们也这样，不过以前他们还得时不时地收一收手，在周一的时候回去工作，现在他们可是无法无天了。"

斯塔克斯说着朝我咧嘴一笑，露出裂了缝的牙齿。他的头发上沾着斑斑点点的油漆——自从高中开始，他就把漆房子当作了暑假工。"我专门从事装饰业务"，他会这么说，然后等你弄懂他的笑话，如果你不笑，他还会解释一番。

"这么说，警方已经到商城去过了？"斯塔克斯问道，我却一头雾水地耸了耸肩膀。

"见鬼，亏了你以前还是当记者的呢。"斯塔克斯似乎总对我以前的职业愤愤不平，仿佛那是一个久久没有穿帮的谎话，"'蓝皮簿'那帮家伙在商城里安营扎寨，在那儿做毒品交易，警方每隔一段时间就赶他们出去，但他们总是第二天又跑回来了。不管怎么说，反正我告诉那位女警探，'搜一搜那个该死的商城'，因为就在一个月前，他们中有些人在商城里轮奸了一个妞，我的意思是说，这可是一帮怒火冲天的男人凑在一起，要是一个女人恰好撞到他们的手里，事情可就不怎么妙了。"


我驾车赶往下午搜查的区域，途中拨了一个电话给波尼警探。她刚刚打了一声招呼，我就开门见山地问出了口。

"为什么警方没有搜查商城？"

"警方会搜查商城的，尼克，现在就有警察在往那边赶去。"

"哦，好吧，因为我有一个朋友……"

"斯塔克斯嘛，我知道，我认识他。"

"他跟我说了那些……"

"'蓝皮簿'那帮家伙嘛，我知道。相信我们，尼克，我们罩得住，我们跟你一样希望找到艾米。"

"好吧，嗯，谢谢你。"

原本一腔正义的我顿时泄了气，咕噜咕噜地喝下一大杯咖啡，开车到警方指派给我的区域。今天下午将搜查三个区域：海滩地带（现在这里已经被称为"尼克在案发当天上午的所在处，并无目击证人"），"米勒溪"森林（这个地方算是虚有其名，人们可以透过重重树影望见一些快餐店），以及"沃齐"公园，这是个带有徒步小径和骑马小径的自然景点，警方指派给我的区域正是"沃齐"公园。

当我到达公园的时候，一名当地警员正在对着大约十二个人讲话，那些人的紧身短裤里通通裹着两条粗腿，戴着太阳镜和帽子，鼻子上涂着防晒剂，看起来恰似某个野营团的开幕日。

除去这群人，还有两拨电视台人马赶来为地方电视台录像，眼下正值独立日期间的周末，艾米的新闻只怕会被插播在博览会报道和烧烤比赛中间。空气中飘荡着一缕马粪味儿，一名初出茅庐的记者一直阴魂不散地跟着我，劈头盖脸地问我一些毫无意义的问题，我的身子立刻变得僵硬起来，我那张"忧心"的面孔看上去有点儿假模假式。

不久以后，记者就动身跟随志愿者们走上了小径。（什么样的记者会在找到一个有疑点的丈夫后转身把他抛下呀？正经的记者都丢了工作，结果新闻界里留下了一个工资低得可怜的糊涂虫。）一位身穿制服的年轻警察吩咐我站在小径的入口处，旁边摆放着一个公告板，板上贴着各种上了年头的传单和寻找艾米的公告，我的妻子正从照片中直愣愣地瞪着人。今天她简直无处不在，我走到哪里，她便跟到哪里。

"我应该做些什么？"我问那位警察，"我觉得自己像个傻瓜，总得做点儿什么吧。"这时一匹马在树林的某处发出了幽幽的嘶声。

"这里真的很需要你，尼克，你要表现得友好一些，鼓舞大家的士气。"他一边说一边指着我身边亮橙色的保温瓶，"给大家水喝，再指指路。"说完他转身向马厩走去，我的脑海中突然掠过了一个念头——警方正故意不让我接触任何有可能是犯罪现场的地方，但我并不清楚这一点意味着什么。

我漫无目的地站着，假装忙着摆弄清凉饮料，一辆姗姗来迟的 SUV 车却开了过来，车身仿佛指甲油一般又红又亮，从车里走出了搜查总部里那几个四十多岁的女人，其中最漂亮的那个女人正在把头发挽成一束马尾，好让一个朋友在她的后颈上喷驱虫剂。她也就是被波尼叫作"热心人"的那个女人，眼下她仪态万方地用手挥了挥四周的气味，用眼角瞥了瞥我，然后转身向我走了过来，任由一头秀发绕着双肩垂下，脸上挂着一抹又悲恸又怜惜的笑容。这个女人长着一双棕色的大眼睛，粉红色的衬衫上摆刚刚遮到清爽的白色短裤，脚穿一双高跟凉鞋，长着一头金色卷发。"参加搜索可不该打扮成这副样子"，我心中暗想。

"请千万不要跟我搭话。"我又想道。

"嗨，尼克，我是肖娜·凯莉，我很遗憾你遇上了这种事。"她的声音洪亮得过火，听上去有几分像驴叫。肖娜伸出了一只手，这时我发现她那些漫步走上小径的朋友们正不时用心领神会的眼神回望着我们这一对，心中不由得闪过一丝慌乱。

我把能用上的招数一股脑儿全用上了，我感谢了她又请她喝水，整个人尴尬得不得了。肖娜没有一点儿起身离开的意思，尽管我定定地凝视着前方，望着她的朋友踏上的那条小径。

"真希望有朋友、亲戚之类的人在此期间照顾你呀，尼克。"她一边说一边拍打着一只马蝇，"男人总是忘了照顾自己，你得好好吃上一顿。"

"我们基本上都吃冷盘，你也知道，又快又方便。"我还尝得到喉咙深处残留的意大利腊肠的滋味，闻得到从我的腹中升起的气息，这时我才意识到自己从早上起来到现在还没有刷牙。

"喔，你这个可怜的家伙，吃冷盘可不行，你得保持体力。"她说着摇了摇头，一头金色的卷发闪烁着阳光，"算你走运，我做得一手鸡肉墨西哥玉米派，明天我会带个派到志愿者中心去，要是你想好好吃上一顿暖乎乎的晚餐，只要用微波炉热一热就行了。"

"哦，听上去实在太麻烦你了，真的。我还过得去，真的还过得去。"

"好好吃上一顿，你的状态会更好一些。"她边说边拍着我的胳膊。

我们俩都没有吱声，过了一会儿，她又提起了另一个话题。

"我真希望城里的那些流浪汉没有搅进这件事里，"她说，"我已经投诉过好多次了，我发誓。就在上个月，有个流浪汉闯进了我家院子，传感报警器没有响，因此我偷偷地往外望，结果他就跪在泥地上拼命吃西红柿，仿佛啃的是一个个苹果，面孔和衬衫全沾上了西红柿的汁水和籽，我想要把他吓跑，但他一股脑儿装了至少二十个西红柿才一溜烟跑开。不管怎么说，'蓝皮簿'那帮家伙压根儿没有其他的技能，他们惨得很。"

我突然对"蓝皮簿"一伙人生出了一种亲近感，忍不住做了一幕白日梦：我挥舞着一面白旗走进他们那怨气冲天的营地，嘴里说着"我是你的兄弟，我以前也在纸媒业工作，电脑也偷走了我的工作"。

"拜托别告诉我你年纪太轻，居然不记得'蓝皮簿'，尼克。"肖娜说着伸手戳了戳我的身侧，害我吓了一大跳——吓得有点儿过分了。

"我年纪太大啦，要不是你提醒我，我都想不起'蓝皮簿'。"

她笑道："你年纪有多大？三十一，还是三十二？"

"怎么不说是三十四呢。"

"那你还是个毛头小伙呢。"

就在这时，三个朝气蓬勃的老太太抵达了公园，踏着有力的步子向我们走来，其中一个一边摆弄她的手机一边走。三位老太太都穿着结实的帆布裙、"科迪斯"牌运动鞋和无袖的高尔夫 T 恤衫，露出两条摇摇摆摆的胳膊，她们礼貌地向我点了点头，然后对肖娜投去了不以为然的一瞥。我和肖娜看上去像一对正在举办后院烧烤的夫妇，颇有些不合时宜。

"请走开吧，肖娜。"我暗自心想。

"不管怎么说，那些流浪汉有可能十分爱挑事，比如会恐吓女人。"肖娜说，"我和波尼警探提到过这件事，但我感觉她不太喜欢我。"

"你为什么这么说呢？"我已经知道她接下来会说些什么，那是有魅力的女人们惯用的魔咒。

"女人们不太喜欢我，命中注定的呗。"她耸了耸肩膀，"以前艾米……艾米在本地有很多朋友吗？"

妈妈的一些朋友和玛戈的一些朋友曾经邀请艾米一起去过读书俱乐部，去安利公司的聚会，还一起去"Chili's"餐馆和一帮女人一起玩乐。可想而知，艾米拒绝了其中绝大多数的邀请，而她好不容易参与的那些活动都让她恨得咬牙，"我们点了无数油炸的小玩意儿，居然还喝了用冰激凌调制的鸡尾酒。"

肖娜正在打量着我，看来她想了解艾米，可是艾米必然对她看不过眼。

"我想她可能跟你有同样的烦恼。"我用又脆又快的声音说道。

她的脸上露出了一缕微笑。

"请走开，肖娜。"我暗自心想。

"搬到一个人生地不熟的地方可不是一件容易的事情。"肖娜说，"年纪越大，就越难交到朋友，她跟你一般大吗？"

"她三十八岁。"

这个答案似乎让她喜上眉梢。

"他妈的，快滚吧。"我又心道。

"聪明的男人喜欢年纪比他大的熟女。"

她从自己那个黄绿色的大手袋里掏出一只手机，笑了起来，"过来，笑得开心些。"她伸出一条胳膊搂住我。

我巴不得当场给她一个耳光，猛扇这个浑不在意又娇滴滴的女人一巴掌：我的太太凭空失了踪，眼前这个女人却千方百计地在迎合我的自尊心。

但是我仍然咽下了怒火，想要狠狠地补偿一番，装出一副和气的样子，因此我露出了一抹硬邦邦的笑容，肖娜将脸孔贴上了我的面颊，用手机拍了一张照片。手机冷不丁发出了相机快门的"喀嚓"声，一下子把我从白日梦中惊醒。

她拿过手机，我看见我们两张被太阳晒黑的脸紧贴在一起，双双面带微笑，仿佛我们正在棒球比赛上约会。"看看照片里那男人满脸虚情假意的笑容，再看看他那双深陷的眼睛，"我想，"我只怕会恨死这个家伙。"

艾米·艾略特·邓恩
2010 年 9 月 15 日

## 日记摘录

我正在宾夕法尼亚州的某处写这则日记，在该州西南角一家挨着高速公路的汽车旅馆里。我们的房间可以俯瞰停车场，如果从硬邦邦的米色窗帘后向外偷看的话，我还可以看到荧光灯下聚着熙熙攘攘的一群人——这儿正是那种人来人往的地方。我的情绪再度波动起来：转眼间发生了太多的风波，现在我一下子到了宾夕法尼亚州的西南部，而我的丈夫从大厅自动售货机里买了许多一小袋一小袋的糖果和薯片，眼下正在糖果和薯片的包装袋里呼呼大睡，借此跟我斗气呢。他把糖果和薯片当作晚饭吃下了肚，还对我火冒三丈，因为我输不起。我原本以为自己扮开心扮得挺像样，那劲头活像是——万岁，我们投入了一场新的冒险！但我猜自己仍然露了马脚。

现在回想起来，我们两个人仿佛一直在等待着一场风波，仿佛尼克和我一直坐在一个隔音防风的巨型坛子下面，结果坛子翻了，"哗啦"一声就在我们面前堆了一个烂摊子。

两个星期前，我们跟平时一样过着失业的日子，马马虎虎地穿了几件衣服，百无聊赖地准备吃上一顿沉默的早餐，在早餐期间一直读报纸——现在我们连汽车增刊都不放过。

上午十点钟，尼克的手机响起了铃声，我从他说话的声音就可以断定来电人是玛戈，他听上去口气轻快，一副孩子气的模样，与玛戈谈话时他总是这个样子，在过去，他与我讲话时也总是这个样子。

他走进卧室关上了门，扔下孤零零地端着两个碟子的我，两份新鲜出炉的火腿蛋吐司正在碟子里颤动。我把他的那份早餐放在桌子上，自己则坐在了对面，揣摩着是不是要等他一起吃。"如果接电话的人是我，我会回来一趟让他先吃，不然的话就会竖起一个指头，表示只要一分钟就回来，我会把其他人放在心上，我会心知自己的配偶正孤身一人在厨房里对着两碟鸡蛋呢。"我暗自心想。我居然有这种念头，不禁感觉有些惭愧。不久以后，门后传来了不安的低语声、惊叹声和口气温柔的劝慰声，我不由得寻思玛戈是否在返乡后遇上了一些恋爱的烦恼。玛戈动不动就谈崩一段情，就算分手时是玛戈踹了别人，她也少不得要找尼克指点一二。

这么一来，当尼克再次现身时，我便换上了一副惯用的神色，以示自己对玛戈的同情。碟子里的鸡蛋已经发硬，而我一见尼克的模样，便心知这次不单单是玛戈的恋情出了麻烦。

"我的母亲，"他坐下开了口，"妈的，我母亲得了癌症，已经到了第四期，扩散到了肝脏和骨骼，情况很糟糕，情况……"

说到这里，他用双手捂住了面孔，我走过去伸出双臂搂着他。尼克抬起头，脸上却没有一滴眼泪，脸色显得很平静——话说回来，我还从来没有见过我的丈夫掉眼泪。

"这事再加上我父亲的老年痴呆症，玛戈的担子实在太重了。"

"'老年痴呆症'吗？老年痴呆？从什么时候开始的？"

"嗯，有一阵子了，刚开始医生以为是某种早期痴呆，但情况更糟糕一些。"

我顿时觉得我们的婚姻出现了不妙的苗头，说不定还是无可救药的分歧，因为我丈夫居然没有想到要把这么重要的消息告诉我。有时候，我觉得这是属于他一个人的游戏，仿佛他正在暗地里参加一场角逐，比的是谁最让人猜不透，"你为什么不告诉我呢？"

"我不太喜欢提到我父亲。"

"可是……"

"艾米，行行好吧。"他说道。看他的表情，仿佛我正在无理取闹，而他一心笃定我正在无理取闹，我不禁也有些纳闷起来，难道我是在无理取闹吗？

"话说回来，玛戈说我母亲需要化疗，不过……她真的真的病得很重，她需要有人帮手。"

"我们是不是该找个人到家里照顾她？找个保姆？"

"她没有这种保险。"

尼克交叉着双臂，眼睛直勾勾地盯着我，我知道他在激我——他要激我自己开口答应付钱，但是我们付不起，因为我已经把钱给了我的父母。

"好吧，宝贝，"我说，"那你想怎么样？"

我们面对面地站着，仿佛眼下正是一决高下之时，但我却被打了个措手不及。我伸出手去碰碰他，他却只是望着我的那只手。

"我们必须搬回密苏里州。"他的一双眼睛睁得老大，猛地抽开了手，仿佛正在努力甩脱某种黏人的东西，"我们花上一年时间好好尽义务，反正我们没有工作，也没有钱，没有什么理由留在这儿，就算是你也不得不承认这一点吧。"

"就算是我也不得不承认？"听他的口吻，好像我已经一口拒绝搬回去了似的。我的胸中顿时燃起一阵怒火，又被我压回了肚里。

"我们得这么办，我们得尽到义务，帮我父母一次。"

不消说，我们必须这么办；不消说，如果他不用挑衅的口气跟我商量问题的话，我原本会亲口说出这些话来。但他前一秒迈出那道门，后一秒就已经把我当作了一个棘手的麻烦，必须想个办法处理掉。在他心里，我成了一个有一腔苦水的怨妇，他得把那些苦水倒干净。

我的丈夫是这个星球上最忠诚的人，直到他决心背弃一个人的那一刻。我曾经见过他感到被朋友出卖的一幕，那时他的双眼真真切切地暗了几分，即使那位友人是一位情比金坚的老友，尼克从此以后也会绝口不提。而当时他那样望着我，好像一有必要的话就可以把我这件废物丢掉，那种眼神让我遍体生寒。

于是事情飞快地定了下来，压根儿没有拌上几句嘴，我们要离开纽约，去往密苏里州，到该州某所位于河边的房子里住下。这个决定真是离奇荒诞——我在这里可没有滥用"离奇荒诞"这个词。

我心知一切出不了多大的岔子，只不过在想象自己的生活时，脑海中的场景跟眼前的一幕实在差得太远，倒也不是说有多么糟糕，只是……如果你给我一百万次机会猜测人生之路将走向何方，那我还真是猜不到眼下的情景，这一点让我惊恐万分。

往出租卡车上装行李也颇有不顺，尼克打定了主意，紧紧地抿着一张嘴，瞧也不瞧我，一个人就把行李给收拾好了。他在楼梯上跑来跑去，自己一个人忙活个不停，扛着一箱箱书和厨房用具、一张张椅子和小桌。出租卡车就在我们的小街上停留了几个小时，堵塞了街上的交通，它的危险警告灯一直在不停地闪烁。我们要带上家里的古董沙发，那是张宽阔的老式长沙发，爸爸称它为我们的"宠儿"，我们也确实把它当作了心肝宝贝。巨大的沙发将是我们要搬上车的最后一件行李，它需要两个人一起动手，得花不少工夫，下楼梯的一段路更是需要两个人的配合。（"等一下，我得休息一会儿。""朝右边抬一些。""等一等，你走得太快了。""小心啊，我的手指，我的手指！"）搬完沙发后，我们会去街边小店买些东西当午饭，带上百吉饼三明治和冰苏打水在路上吃。

尼克让我保留了那张沙发，但我们家里其他的大件却都扔在了纽约。尼克的一个朋友会搬走我们的床，那家伙待会儿就会到空荡荡的家里来取床，到时候我家就会只剩一片尘灰和电缆线，而他会在我们的这张床上继续他的纽约生活，在清晨两点吃中国菜，戴上"小雨伞"跟喝得东倒西歪的女孩们翻云覆雨，那些女孩一个个从事着公关工作。一对吵吵嚷嚷的夫妇将接手我们的房子，他们都是律师。当时买方在这桩交易中占尽了上风，让这两个厚脸皮的家伙乐不可支，我打心眼里恨他们。

每当尼克"呼哧呼哧"地搬上四个回合，我才能搬完一回。我慢慢地挪着小碎步，仿佛痛入骨髓，整个人弱不禁风。尼克从我的身边奔来奔去，一会儿上楼一会儿下楼，途中对我皱皱眉，凶巴巴地说："你还好吗？"不等我开口回答，他又已经迈开了脚步，害得我张大嘴目瞪口呆，仿佛一个正在发呆的卡通人物。我感觉不太好，我会好起来的，但现在我确实感觉不太好。我希望丈夫能伸出双臂把我搂进怀中，要么哄我几句，要么宠我一会儿，只要一会儿就行。

在卡车的后车厢里，尼克一直忙着摆弄那些箱子。他对自己收拾行李的本事颇是引以为豪，毕竟他摆平了洗碗机，打好了旅行包。但到三点钟的时候，卡车巨大的车厢仍然空着一半——显然，我们卖掉和送掉的家当实在太多了。在这整整一天中，我只觉得此刻让人心满意足，一种卑劣的满足感热辣辣地烧着我的心，仿佛一滴水银。"不错，"我想，"真棒。"

"如果你真乐意的话，我们可以把床带上。"尼克的目光越过我落在街道上，"我们倒是有足够的空间。"

"不，你答应了沃利，就给沃利吧。"我一本正经地说。

"我错了。"只要说一句，"对不起，我错了，让我们把床带上吧，在新的住处，你应该睡你这张舒服的旧床。"尼克，请对我微笑吧，对我好一些，今天请对我好一些。

尼克叹息了一声，"好吧，如果你真想要把床给沃利的话。艾米？是这样吗？"他稍微有些气喘吁吁，倚着一摞箱子，最上面的一个箱子用记号笔龙飞凤舞地写着"艾米的冬衣"几个字，"以后我再也不会提到床的事情了，因为我现在就要你给个答复，艾米？我很愿意为你把床带上。"

"你还真是个宽宏大量的君子啊。"我微微吐了一口气——这是我回嘴时惯用的招式，仿佛一个难闻的喷雾器喷出了一股香水。我真是个胆小鬼，我实在不喜欢对抗，于是拿起一个箱子走向了卡车。

"你说什么？"

我冲他摇了摇头，我不想让他看到我掉眼泪，因为眼泪会让他怒火更盛。

十分钟后，楼梯上传来了一阵敲击声——"砰！砰！"尼克正独自一个人把家里的沙发拖下楼。


在离开纽约的途中，我甚至无法回望身后，因为我们的卡车没有后窗。

我的目光追随着后视镜里的天际线，那条天际线正渐行渐远，莫非这就是人们在维多利亚时期的小说里描写的一幕，那气数已尽的女主角被迫离开自己的祖居？但我并没有从后视镜里见到那些富丽堂皇的建筑物，不管是克莱斯勒大楼、帝国大厦，还是熨斗大厦，都没有在那块闪亮的长方形镜子中露出倩影。

昨晚我的父母曾经来访，把我小时候钟爱的布谷鸟钟送给了我们，我们三个人又是哭又是抱，尼克则把两只手揣在口袋里，嘴上答应着要照顾我。

他明明答应要照顾我，但此刻我却感到害怕，我感觉事情正在变糟，变得非常糟，而且会变得越来越糟。我不觉得自己是尼克的妻子，也不觉得自己是一个活生生的人，我只是一件被人带来带去的行李，比如一张沙发，要不然便是一只布谷鸟钟，如果有必要的话，我会被人扔进垃圾场或扔进一条河。我不觉得自己有血有肉，只觉得自己可以像一阵轻烟般消逝在空中。

除非有人找到艾米的下落，要不然的话警方找不到艾米，这一点已经是明摆着的事情。警方已经搜过了附近所有的森林和河流，在泥泞的密西西比河里搜了一截几英里的河段，搜过了所有的小道、远足小径和东一块西一块的树林。如果艾米还活着，那只能盼着有人放手把她送回来；如果她已经不在人世，那就只能盼着大自然放手让她现身。这是一个看得见摸得着的事实，好似舌尖上的一股酸味。我抵达志愿者中心时，发现其他人也已经有所察觉，整个中心弥漫着一种无精打采、自甘认输的气氛。我漫无目的地逛到摆糕点的地方，设法说服自己吃上几口。要吃丹麦酥吗？我开始相信没有一种糕点比丹麦酥更加让人沮丧了，这款糕点一摆上去就似乎有种不新鲜的感觉。

"我还是要说，关键在于那条河。"一名志愿者对他的伙伴说道，他们两个人都正在用肮兮兮的手指挑拣着糕点，"那条河正好在那家伙的屋后，还有什么办法更省事呢？"

"那她早就会被旋涡卷上来了。"

"如果被砍掉两条腿和两条手臂的话，那就不会卷上来……身子可以一路冲到墨西哥湾，至少冲到图尼卡。"

趁他们还没有发现我，我赶紧转过了身。

我以前的一位老师科尔曼先生正坐在一张牌桌旁，躬起腰对着举报电话，龙飞凤舞地记着信息。当一眼看到我时，他用一根手指在自己的耳朵旁边画了个圈，然后指了指电话，示意打电话来的人全是一派胡言。昨天他跟我打了个招呼，"一个酒后驾车的家伙杀害了我的孙女，所以……"于是我们小声说了几句话，笨拙地拍了拍对方。

　　这时我的手机响起了铃声，是那只一次性的手机——我实在想不出来能把它放在哪儿，因此就把它带在了身上。我用这只手机打过一个电话，对方现在回了我一个电话，我却不能接。我关掉手机，又放眼打量着屋子，以确保艾略特夫妇没有发现我的动静。玛丽贝思正在点击她的黑莓手机，然后把手机拿远以便阅读短信，等到一眼瞥见了我，她就一溜快步走了过来，边走边把黑莓手机举在身前，好似举着一个护身符。

　　"从孟菲斯到这里要多久？"她问道。

　　"开车近五个小时，在孟菲斯有什么线索吗？"

　　"希拉里·汉迪住在孟菲斯，就是在高中对艾米死缠烂打的那个女孩，这事怎么就这么巧呢？"

　　我不知道该说些什么，难道要说这事简直风马牛不相及？

　　"还有，吉尔平搅黄了我的事，口口声声说什么'我们不能为二十几年前发生的事情拨款哪'。混账，男人们总是这么对我，好像我会突然抓狂一样，我明明就在那儿，可他却跟兰德讲话，完全不理睬我，就像我非得靠丈夫把事情解释一遍才能听懂，真是个混账。"她说。

　　"这个城市穷得一塌糊涂，"我说，"我敢肯定他们确实拿不出钱来，玛丽贝思。"

　　"嗯，那我们掏得起这笔钱，我是认真的，尼克，希拉里这个女孩脑子有问题，我知道这些年来她还千方百计地想要联系艾米，这是艾米亲口告诉我的。"

　　"她从来没有告诉过我。"

　　"开车到那里要花多少钱呢？五十块？那行呀。你会去吗？你说过你会去的，求你了行吗？除非我知道有人已经跟她谈过，要不然我就一直挂念着这件事。"

我知道她的话不假，因为她的女儿也整天悬着一颗心，被这份忧心折磨得够呛。艾米可以花一整个晚上疑心自己没有关炉灶，还为此烦恼得厉害，尽管当天我们家压根儿没有开伙。要不然的话，那大门又锁上了吗？确信真的锁上了吗？她在许多事项上都能列出最坏的情形，比如大门没锁就绝不是个独立事件，大门要是没锁，那就会有男人进到家里，他们会在屋里伺机强奸她、杀了她。

我感到自己的皮肤上泛起了一层薄汗——我妻子的担心终于开花结果了。她这些年来的担心总算见了成效，试想一下那份满足该有多么可怕。

"我当然会去，我还会顺路去一趟圣路易斯，瞧瞧另一个家伙德西，一切包在我身上。"我转过身向门外走去，刚刚走了二十英尺，突然冒出了斯塔克斯的身影，一张脸看上去还睡意未消。

"听说警察昨天搜查了商城。"他一边说一边伸手挠着下颌，另一只手上拿着一个还没有咬过的甜甜圈，工装裤身前的口袋里鼓出一块凸起，看上去像个百吉饼，我差点儿开了个玩笑："你的口袋里是揣了一块烤饼，还是你……"

"是啊，什么也没有查到。"

"昨天去搜查，他们居然昨天白天去搜查，蠢货。"他说着望了望周围，仿佛担心他的话无意中进了警方的耳朵，斯塔克斯俯身朝我靠过来，"你得晚上去，那时候他们才会在商城出没，白天他们都在河边，要不然就举旗帜去了。"

"举旗帜？"

"你知道吧，坐在高速公路的出口旁边举着一些标语，上面写着'失业了，请好心帮帮忙'或者'需要点钱买啤酒'之类。"他说着瞥了瞥房间，"这就是举旗帜，伙计。"

"好吧。"

"晚上他们就在商城里。"他说。

"那我们今晚去，"我说，"我和你，再加上其他人。"

"加上乔·希尔山姆和迈克·希尔山姆。"斯塔克斯说，"他们两个人会乐意干这事。"希尔山姆兄弟比我大上三四岁，堪称本城惹是生非的坏蛋，两人生来就不知道什么叫作害怕，什么叫作疼痛。在夏天里，那两个小子迈着两条肌肉发达的短腿一溜烟四处乱窜，要么打打棒球，要么喝喝啤酒，要么从事各种古里古怪的大冒险，比如乘着滑板冲进排水沟，或者一丝不挂地爬上水塔。在百无聊赖的周六晚上，希尔山姆兄弟的双眼会喷出狂乱的火花，你一瞧那副架势就知道会出事，也许不是什么好事，但肯定会出点儿事。不消说，希尔山姆兄弟会乐意干这事。

"好，"我说，"那今晚我们就去。"

这时一次性手机在我的衣兜里响了起来，看来刚才没有把机子关好，它又响起了铃声。

"你要接电话吗？"斯塔克斯问道。

"不接。"

"每个电话你都不该错过，你真的应该每个电话都接。"


今天已经没什么活儿可做了，既没有打算要搜寻的地方，也不需要更多传单，就连接电话的人手都已经满员。玛丽贝思开始把志愿者们打发回家，要不然的话他们只是站在附近吃东西，一个个闲得发慌，我疑心桌上的早餐有一半都被斯塔克斯塞进了自己的口袋。

"警探那边有什么消息吗？"兰德问。

"没消息。"玛丽贝思和我都回答道。

"这可能是个好兆头，对不对？"兰德的眼神满怀着期望，于是玛丽贝思和我都哄着他说："那当然，没错。"

"你什么时候去孟菲斯？"她问我。

"明天去，今晚我和朋友要再去搜一遍商城，我们觉得昨天的搜查不太妥当。"

"好极了，"玛丽贝思说，"我们就得这么干，要是警方没有把事情办妥当的话，那我们就自己亲手去办，因为我……总之至今为止，警方没有给我留下多少好印象。"

兰德闻言把一只手搁在妻子的肩膀上，看来玛丽贝思已经不止一次说过这样的话，兰德也并非第一次听到。

"今天晚上我想和你一起去，尼克，我也要去。"兰德说。他身穿一件浅灰蓝色高尔夫球衫、一条橄榄色休闲裤，一头黑发闪烁着隐隐的光泽，我想象着他拿出惯常的招数试图跟希尔山姆兄弟打成一片，兰德的嘴里会说出一句，"嘿，我也爱喝上几口啤酒，你支持的球队最近怎么样啦？"想着想着，那即将到来的尴尬一幕顿时变成了我头上笼罩的一片阴云。

"当然，兰德，当然没问题。"

我的眼前整整空出了十个小时。警方要还回我的车，我猜他们已经在车里忙活了一阵，又是翻东西又是查指印，因此我搭了趟便车，让一位年长的志愿者把我捎到了警察局，那是一位活力十足的慈祥老妇，单独跟我在一起的时候似乎略有几分紧张。

"我不过是开车送邓恩先生到警局去一趟，不到半个小时就会回来。"她对一个朋友说道，"不超过半个小时。"

吉尔平没有把艾米的第二条提示当作案件的证物，那条小可爱已经让他激动万分，根本顾不上艾米的提示了。我猛地打开门，坐进自己的汽车，暑气向车外一涌而出，我又把妻子的第二条提示读了一遍：

想想我吧：我对你痴心一片

和你在一起，我的未来清晰可见

你带我来到这里，让我听见你的闲谈

你谈起儿时的冒险：那时你穿着寒酸的仔裤，戴着一顶鸭舌帽

让其他人全部靠边站，他们在你我心中通通不算数

让我们偷偷地吻上一吻……假装你我刚刚结为夫妻

她这条提示指的是密苏里州的汉尼拔，也就是马克·吐温少时的故乡，我少年时代曾经在那里打过暑期工，装扮成哈克贝利·费恩的模样在城里游荡，头戴一顶旧草帽，穿着几件装腔作势的破衣烂衫，脸上挂着一抹无赖的

微笑，嘴里一声声敦促着人们去冰激凌店转一转。这种经历倒是能帮着我积攒人气并抬高声望，至少在纽约便是如此，因为这样的生涯在纽约算是独一无二，没有人听完后能张口说出"哦，是的，我也有过同样的经历"。

至于艾米提到的"鸭舌帽"，则是只有我和她才明白的一个小笑话。当时我和艾米一起共进晚餐，我们喝光了一瓶酒，又新开了第二瓶，那时我第一次告诉艾米自己扮演过哈克贝利·费恩，她已经喝得东倒西歪，露出一副讨人喜欢的醉态，一张脸上绽放着灿烂的笑容，脸颊泛上了潮红——喝醉的艾米就是这副模样。她俯身越过桌子向我靠过来，仿佛我的身上有股让她难以抗拒的魔力，不停地问我是否还留着那顶鸭舌帽，问我是否会戴上那顶鸭舌帽给她瞧一瞧，于是我问艾米她的脑子到底是在哪里短了路，怎么会觉得哈克贝利·费恩戴着一顶鸭舌帽，结果她咽了一口唾沫说："喔，我的意思是一顶草帽！"看她当时那副样子，你会觉得草帽和鸭舌帽完全是一码事呢。从此以后，不管我们在什么时候看网球比赛，我们总会对球员头上那些动感十足的"草帽"送上好一番夸奖。

不过话说回来，艾米选了汉尼拔这个地方，却不能不说有点儿奇怪，因为我不记得我们在汉尼拔有过格外美好的时光，也不记得有过格外糟糕的时光，我们只是在汉尼拔一起共度过一段时光而已。我记得大约整整一年以前，艾米和我曾经在汉尼拔四处漫步，一边指着各种东西一边读着各色海报，一个人嘴里说一句"真有趣"，另外一个人就点头称是。在那以后，我又去过汉尼拔（我一直固执地怀旧嘛），那一次身边没有艾米，我度过了让人心醉神迷的一天，但与艾米的汉尼拔之旅却只是平淡无奇的老一套，让人有点儿局促。我记得当时我讲起了儿时在汉尼拔实地考察时发生的搞笑故事，却发现艾米露出了一副茫然的眼神，不由得暗地里大为光火，花了十分钟才让自己重新振作起来。当时我们的婚姻已经到了某个阶段，我已经习惯对艾米火冒三丈，那种感觉几乎让人如沐春风，仿佛在啃一块压根儿没有肉的骨头——你知道你应该罢手，它并非你想象中那样有料，但你就是停不下来。当然，她从表面上没有看出一丝迹象，我们只是继续往前走，一边指着各种东西，一边读着各色海报。

这是一则相当糟糕的提示：自从搬家以后，我们之间的美好回忆就变得屈指可数，因此，我的妻子不得不为她的寻宝游戏挑上了汉尼拔之旅。

不到二十分钟，我就抵达了汉尼拔，途中汽车驶过了"镀金时代"的政府所在地，这是一座富丽堂皇的建筑，眼下它的地下室变成了一家卖鸡翅的餐厅；汽车又驶过一排停业的商厦奔向密西西比河，那些商厦中有一家家倒闭的影院和废弃的社区银行。我把车停进了密西西比河上的一个停车场，因为这里停车不收费（慷慨的免费停车位一直让我感觉欢欣鼓舞，真是一项激动人心的创意啊），附近的灯柱上悬挂着无精打采的广告横幅，一张张海报被热气烤得卷了角。这一天热气逼人，尽管如此，汉尼拔却仍然静得令人有些忐忑。我又走过几个纪念品商店排成的街区（这些商店卖着被褥、古董、太妃糖之类的货色），发现了好几则售屋广告。贝琪·柴契尔[1]的屋子眼下已经关门等待整修，但整修要用的一笔钱却还只是海市蜃楼——只要交上十美金，人们就可以把自己的名字涂在汤姆·索亚家的白色栅栏上，可惜栅栏上的名字仍然屈指可数。

我坐在一家闲置店面的门前台阶上，突然觉得正是自己将艾米带到了世界末日。毫不夸张地讲，我们正在走向一种生活方式的末日，尽管我原本只会用这样的言辞来形容新几内亚的部落成员和阿巴拉契亚地区的玻璃吹制工。经济衰退断送了商城，电脑又断送了"蓝皮簿"纸业；迦太基已经穷途末路，它的姊妹城市汉尼拔也在节节败退，败在更明媚、更喧嚣、更富有卡通色彩的旅游景点手下；我心爱的密西西比河已经沦为亚洲鲤鱼的地盘，它们"哗啦哗啦"地一路向密歇根湖游去。《小魔女艾米》走到了末日，我的职业生涯走到了末日，艾米的职业生涯走到了末日，父亲的职业生涯走到了末日，母亲的职业生涯走到了末日，我们的婚姻走到了末日，艾米也走到了末日。

这时密西西比河上传来幽幽的轮船喇叭声，我的衬衫后背已经湿透。我强令自己站起来，买了一张旅游票，又走上了当初艾米和我走过的那条路，在我的脑海里，妻子此刻仍然走在我的身旁——话说回来，我与她来汉尼拔的时候，天气也同样炎热难耐。"你才华横溢"，这是她的话，在我的想象中，

---

① 汤姆·索亚故事系列中的一个女孩。——译者注

她正走在我的身旁，而这一次她的脸上露出了微笑，我顿时觉得胃中一阵翻江倒海。

我与白日梦中的妻子绕着景区主干道漫步而行，一对头发花白的夫妇停下来望了望哈克贝利·费恩的屋子，却没有进去。在街区的尽头处，一名男子钻出一辆"福特福克斯"车，他穿着一身白西装，留着一头白发，扮成马克·吐温的模样，舒展了一下身子，放眼望了望寂寞的街道，又一闪身进了一家比萨饼店。这时我与白日梦中的艾米走到了那座装有护墙板的建筑，塞姆·克列门斯①的父亲曾经在这间法庭里供职，法庭门前的标牌上写着"J.M. 克列门斯，治安法官"。

让我们偷偷地吻上一吻……假装你我刚刚结为夫妻

艾米呀，你把谜底设得这么精巧，这么容易，仿佛你真的一心希望我能够破解，让我对自己有点儿信心，那就继续这样设置谜题吧，这次我会创出一个新纪录。

屋里空无一人，我双膝着地在满是灰尘的地板上跪了下来，朝第一条长凳底下瞥了瞥。如果艾米要在公共场所留下提示的话，她总会用胶布把它贴在某件东西的底部，粘在揉成一团的口香糖和尘灰之中，结果她的如意算盘每次都打个正着，因为没有人喜欢往底下瞧。第一条长凳下什么也没有，但是接下来的一条长凳底下粘着一沓纸，我爬过去撕下艾米惯用的蓝色信封，一张胶布从上面翩翩飞了下来。

嗨，亲爱的丈夫：

你找到啦！才华横溢的家伙。当然了，我决定不把今年的寻宝游戏弄成一场煎熬，不会让你死活从我晦涩难解的记忆中急急地找出一条路来，也许这个决定也帮了你一点儿忙。

我从你心爱的马克·吐温身上找了一条提示：

---

① 马克·吐温的原名。——译者注

"是谁首开先河将结婚纪念日作为一项庆典？给这家伙怎样的惩罚才算天理昭昭？单单取他性命实在太便宜他了。"

此时我才终于领会到你说了一年又一年的那些话，你说寻宝游戏应该是一个为我们两人欢庆的时刻，而不是一场测试，用来测一测你是否记得我在一年中的所有言行。谁不觉得一个成熟女人自己就能想通这一点呢？可是……我猜这种关头便需要丈夫们的登场，他们要为妻子们指出难以自察的真相，就算这个过程需要花上整整五年的工夫。

因此，在马克·吐温的故地之中，我想花上一些时间感谢你的智慧，在我认识的人当中，你真是最聪明、最有趣的一个。我的记性好得要命，我记得多年来你俯身贴近我的耳朵对我低语的那些时刻，那时你只是为了逗我一笑（在写这封信时，我还能感觉到你的气息正轻拂着我的耳垂）；我意识到，一位丈夫想方设法逗得妻子一笑，那是多么有雅量的举动哪，再说你还总挑得出最妙的时刻。你还记得英斯利和她那位扮演"跳舞猴子"角色的丈夫邀请我们去为他们家宝宝捧场吗？当时英斯利一心想听听我们对宝宝的赞美，于是我们不得不去她家吃早午餐，她家摆了太多的鲜花，堆了太多的松饼，布置得完美无缺，显得有一丝诡异。英斯利夫妇是那样自以为是，他们用居高临下的姿态同情尚无子女的你和我，而他们家那个丑兮兮的男孩身上却沾着丝丝缕缕的口水和炖胡萝卜，说不定还混了一些婴儿大便呢。那宝宝光着身子，只系着一条有裙边的围嘴，脚上穿着一双针织袜，当时我正小口喝着橙汁，你却靠过来低声私语了一句"待会儿我也要学他这个穿法"。这句话活生生害得我一口喷出了橙汁，那是你搭救我的一刻，是你让我在适当的一刻露出了笑容，恰如那一句"不过只限一颗橄榄"。因此，让我再说一遍吧："你真是妙招百出，现在就来吻我！"

我感觉自己的灵魂被活生生浇了一盆冰水——艾米正用寻宝游戏指引我们回到彼此的身边，只可惜一切已经来不及了。当艾米写下这一条条提示时，她并不知道我的所思所想。为什么呀，艾米，难道你就不能早点儿这么做吗？

在时机上，我们两个人从来都对不上号。

我打开下一条提示读了读，把它塞进了口袋，随后回到了家中。我知道下一站该往哪里去，但我还没有准备好，我还受不起又一条恭维，受不起我太太的又一番甜言蜜语，受不了她递来的又一条橄榄枝——我对她的感情从一肚子怨气滴溜溜地变成了满腔柔情。

　　于是我去了玛戈家，独自一个人待了几个小时，喝些咖啡，看一会儿电视，心里焦躁不安地等着晚上十一点跟其他人一起去察探商城。

　　七点刚过，玛戈就回到了家里，看上去有点儿没精打采，毕竟眼下酒吧得归她一个人打理。她瞥了一眼电视，分明是暗示我把电视关掉。

　　"你今天都干吗去了？"她点燃一支香烟，一屁股坐在母亲留下的旧牌桌旁边。

　　"到志愿者中心凑人手去了……晚上十一点我们还要去察探商城。"我说。我并不想把艾米的提示告诉玛戈，我已经很是内疚了。

　　玛戈一张接一张地往桌上发了一串牌，牌桌发出接连不断的"啪啪"声，仿佛在指责我的所作所为。我迈开脚步在屋中踱来踱去，她却压根儿没有理睬我。

　　"我只是想靠电视分分心。"

　　"我明白，我明白。"

　　她"啪"的一声翻过一张"杰克"。

　　"总有什么我可以去办的事情吧？"我在玛戈的客厅里静悄悄地绕来绕去。

　　"再过几个小时，你不就会去察探商城吗？"玛戈没有多说几句话给我打气，她又翻过来三张牌。

　　"听你这副口吻，去商城简直是浪费时间。"

　　"哦不，什么都该试一试嘛，毕竟警方靠着一张违规停车罚单才抓住了连环杀手'萨姆之子'，对不对？"

　　算来算去，玛戈已经是第三个说这种话的人了，看来即将变成悬案的案子总会遇上这样的套话，我在玛戈对面坐了下来。

"艾米下落不明,我本来应该心烦意乱,但我看上去并没有那么担心,我明白。"我说。

"你看上去可能真的不太担心。"她终于抬起头来望着我,"你的举止有点儿奇怪。"

"我觉得吧,我只是一心在跟她怄气,因此这件事并没有把我吓得要命。因为我们最近处得不太好,对我来说,太为艾米担心似乎并不恰当,因为我觉得没有担心她的权利。"

"你的举动确实挺奇怪,这点我不能说谎,不过眼下也是一个奇怪的局面。"玛戈说着踩熄了香烟,"我不关心你在我面前的表现,不过你在其他人面前要小心点儿,大家总会在心里对别人品头论足,速度快得很。"

说完她又沉浸到了纸牌游戏中,但我希望她把心思放在我的身上,于是我又开口说起话来。

"也许我应该去看看爸爸,"我说,"我不知道该不该告诉他艾米的事情。"

"别去,"她说,"不要告诉他艾米的事,他对艾米的态度比你还要奇怪。"

"我总觉得艾米一定让他想起了某个前女友,说不定是狠狠踹了他的那种女友,在他得上……"我用手比画了一个俯冲的动作,意思是指父亲的老年痴呆症,"……他对她又粗鲁又糟糕,不过……"

"没错,不过他又有点儿想要吸引她的注意。"她说,"六十八岁的老浑蛋,臭皮囊里装着一个傻了吧唧的十二岁小屁孩。"

"我还以为女人们觉得所有男人在深心里都是傻了吧唧的十二岁小屁孩呢。"

"没错,谁说不是呢!"


晚上十一点零八分,兰德正在酒店的自动门后面等待着我们,眯着眼睛打量着一片夜色。希尔山姆兄弟开着他们的皮卡,斯塔克斯和我坐在后厢。兰德向我们一路小跑奔了过来,身穿一件卡其色的高尔夫短裤和一件清爽的明德学院 T 恤衫,三步并作两步跳进了后厢,轻松自如地一屁股坐在后轮盖上,自来熟地开口跟大家搭起了话,仿佛他正在主持一档脱口秀节目。

"艾米的遭遇我真的很遗憾，兰德。"斯塔克斯大声说道，这时我们的车猛地冲出了停车场，疾速奔上了高速公路，"她是个十分温柔的姑娘，有一次她见到我在户外给一所房子刷漆，出了一身他妈的……出了一身大汗，于是她开车到 7-11 商店给我买了一瓶大得不得了的饮料，又把饮料送回来递给我，当时我还在梯子上站着呢。"

真是牛皮吹上了天，艾米才不会把斯塔克斯和他的饮料放在心上呢，就算在她面前放个杯子让她撒上一泡尿给他，艾米必然都懒得劳动大驾。

"听上去就像她的所作所为。"兰德说。我的心中顿时涌上了一股又不招人喜欢又缺乏气度的恼意，也许是我那当记者的职业病还改不了，但不管怎么说，白马不会活生生地变成黑马，人们总不能睁着眼睛说瞎话吧，一个个全都假惺惺地装成艾米的贴心好友，从感情上占领高地。

"明德学院，是吧？"斯塔克斯指着兰德的 T 恤衫接口说道，"那边的橄榄球队真是厉害得要命。"

"说得一点儿都没错！"兰德的脸上又一次绽开了灿烂的笑容。在隆隆的车声中，在寒气与夜色之中，兰德和斯塔克斯居然热火朝天地聊起了文科学院的橄榄球赛，一路聊到了商城。

乔·希尔山姆在商城巨大的"摩文思"百货连锁店外停下了皮卡，我们纷纷跳下车伸了伸腿，打起了精神。这是一个闷热的夜晚，月亮在四处洒下了一片银辉，我发现斯塔克斯的 T 恤衫上印着一句话——省点天然气，自己放个屁。也许这件 T 恤衫意在反讽，也有可能它并不是在说反话。

"这么说吧，这个地方和我们正在干的这件差事都很危险，我可不想骗大家。"迈克·希尔山姆开了场。这些年来他的身上又长了不少肉，当然他的兄弟也不甘落后，眼下他们已经不只是胸肌发达的小子，而是浑身肌肉厚实的壮汉，他们两个人并排而立，体重加起来只怕有五百磅。

"我和迈克到这里来过一次，当时是为了……我说不清楚，我猜是为了来看看吧，瞧一瞧眼下的商城变成了什么样，结果我们差点儿被狠狠地修理了一顿，"乔说，"因此今晚我们绝对不能冒险。"乔从驾驶室里取出一只长长的帆布包，拉开拉链露出袋里的几根棒球棒，郑重其事地把球棒分发给众人，当发到兰德时，乔不禁犹豫了一下，"嗯，你想要一支吗？"

"哎呀，这还用问吗。"兰德说道，众人都纷纷点头微笑表示赞同，仿佛人人都在兰德背上友好地拍了一拍，夸赞了一句"真有你的，老家伙"。

"来吧，'斯宾塞'商店附近有一扇门上的锁被砸了。"迈克说着领我们沿着建筑物外部走上前去。

正在这时，我们一行人经过了"鞋之屋"黑漆漆的窗户，我母亲在这家店里工作的年头可比我的半辈子还要长，我还记得当年她去商城申请工作时的激动之情——那可是世界上最奇妙的地方！一个星期六的上午，她身穿一套桃红色的裤装离开家去参加商城的招聘会，作为一个年已四十的女人，这是她第一次出门找工作，回家时她的脸上泛着喜悦的红晕——商城是多么熙熙攘攘啊，里面有那么多各色各样的商店！谁知道她会在其中哪一家商店里工作呢？她可是申请了九家商店！有服装店、音响店，甚至还有一家爆米花专卖店。一个星期以后，她宣布自己已经正式成为卖鞋的售货员，但她的孩子们并没有提起多少兴趣。

"那你就躲不开各色各样的臭脚啦。"玛戈抱怨道。

"我会遇到各色各样有趣的人。"母亲纠正道。

我凝视着鞋店黑洞洞的窗口，眼下这家商店已经变得空空荡荡，只有一架量脚器斜靠在墙上。

"我的母亲以前在这里工作。"我告诉兰德，逼着他跟我一起在这里磨蹭一会儿。

"以前是个什么样的店？"

"是个不错的店，他们待她很好。"

"我的意思是说，这家店是卖什么的？"

"哦，卖鞋，他们这家店卖鞋。"

"那就对了！卖鞋，我喜欢鞋，鞋店可不卖虚头巴脑的东西，再说，一天结束的时候，你也算得清自己的成果——哈，总共把鞋卖给了五个人。这种感觉跟写东西不是一回事，对吧？"

"邓恩，快点儿！"斯塔克斯正靠在前方一扇打开的门上，其他人已经通通进了门。

迈进商城时，我原本料想会闻见商场惯常的气味，也就是温度适中的一片空旷之地，但钻进鼻孔的却是一股衰草和泥土的气味。我们中有三个人都带着巨大的露营电筒，照亮了一幅幅极不搭调的场景：整个商城破烂不堪、寂静荒凉，恰似一个血战后的战场，白色地板上印着购物车滚过的一圈圈痕迹，每一圈都显得泥斑点点，一只浣熊正在女厕的入口处嚼着一块狗食，一双闪闪发光的眼睛看上去活像硬币。

整个商城十分安静，迈克的声音在商城里回荡，我们一行人的脚步声在场内回荡，斯塔克斯喝醉后的傻笑声也在场内回荡，如果我们的初衷是对人家发起一场袭击的话，那这场袭击只怕无论如何也算不上"出其不意"了。

当我们到达商城的中央走廊时，四周一下子变得豁然开朗，显得别有洞天，周围是四层的高楼，一架架自动扶梯和电梯在夜色中纵横交错。我们都聚在一个干涸的喷泉附近，等着有人带个头。

"伙计们，"兰德疑惑地说，"现在有什么打算？你们都对这个地方知根知底，我却一点儿头脑都摸不着，我们得想清楚如何一步一步地……"

这时我们的身后传来一阵金属发出的震耳欲聋的"咔嗒"声，一扇安全门随即渐渐打开。

"嘿，那边有个人！"斯塔克斯大喊一声，用手电筒的光束对准了一个身影，那人身穿一件雨衣，正从"克莱尔"商店的大门一溜烟冲出来，迈开大步向远方跑去。

"拦住他。"乔一边大喊一边拔腿追了起来，厚厚的网球鞋底啪嗒啪嗒地扣在瓷砖地面上，迈克跟在身后，用电筒光束紧紧地咬住那个陌生人。两兄弟粗声粗气地叫喊着"别动，嘿，你这家伙，我们只不过想问个问题"，男人却闷声不响只顾逃跑，加快脚步奔下了商城的走廊，一会儿蹿进电筒光束里，一会儿又没了人影，身上的雨衣好似一件斗篷般猎猎飘扬。那个男人突然使出了玄之又玄的一式奇招，他从一个垃圾桶上一跃而过，绕着一个喷泉出没几下，闪身从 Gap 专卖店的金属安全门缝里钻了进去，就此没了踪影。

"浑蛋！"希尔山姆兄弟的面孔、脖子和手指都已经涨得一片通红，他们一边在 Gap 专卖商店的大门口旁边骂骂咧咧，一边想要抬起安全门。

我俯下身帮他们一起抬，但那扇安全门死活打不开，于是我索性躺到地板上想从安全门下钻进去，先是进去了一双脚，然后是一双小腿，最后卡在了腰上。

"过不去，"我哼了一声，"他妈的！"我起身用手电朝那家店里晃了晃。一堆衣架被人拖到了展示厅的中央垒成了一堆，仿佛有人打算点燃一丛篝火，除此之外，商店里空空如也。"各家商店的后部都有连通起来的垃圾管道和水管，一直连到走廊那边，他现在可能已经到了商城的另一头。"我说道。

"嗯，那我们去商城的另一头吧。"兰德说道。

"给我滚出来，你这人渣！"乔放声喊道，他微微往后仰着头，脸上扭成了一团，声音响彻了整个商城。我们这帮乌合之众迈步向前走去，人人身侧拎着一支棒球棒，只有希尔山姆兄弟动不动用他们的棒球棒"砰"的一声敲上一扇安全门或大门，好像他们正在一个格外惹人厌的战区进行军事巡逻。

"你最好给我们滚出来，要不然让我们找到有你好受！喂，听见了吗！"迈克叫道。在一家宠物商店的门口，一个男人和一个女人蜷缩在几张军毯上，汗水浸湿了他们俩的头发，迈克赫然站立在他们面前，喘着粗气抹了一把额头。眼前活生生是战争片中的场景，仿佛无辜的村民恰好撞上吃了败仗的士兵，悲惨的一幕即将拉开。

"他妈的你想要干什么？"蜷在地板上的男人问道。他看上去形容枯槁，一张脸庞既消瘦又憔悴，让人感觉有几分凄凉，及肩的头发乱成一团，一双朝上翻着的眼睛藏着一抹悲恸，活生生是一个受难的耶稣。女人的情形要好一些，双臂和双腿显得干净而丰满，一头直发有些油腻，但看上去倒是梳理过。

"你是'蓝皮簿'那一帮的小子吗？"斯塔克斯问。

"哪点算得上'小子'了，怎么也说不过去吧。"那人嘟嘟囔囔地叠起了两条手臂。

"他妈的，说话客气点儿。"女人厉声说了一句，却又露出一副梨花带雨的模样，转过身假装盯着远处，"个个都是没礼貌的浑蛋，我他妈的受够了。"

"我们问了你一个问题，哥们儿。"迈克说着向那家伙挪了挪，拔脚踢了踢他的鞋底。

"我不是'蓝皮簿'的人，不过是正走霉运而已。"男人说道。

"满嘴胡说。"

"这地方有各色各样的人，又不是只有'蓝皮簿'一家，不过话说回来，如果你要找'蓝皮簿'那帮家伙……"

"去吧，去吧，赶紧去找他们的麻烦吧。"那女人说着撇下了嘴角。

"'蓝皮簿'那帮家伙在那边忙他们的勾当呢。"男人说道，我们纷纷露出了茫然的神情，他伸手指向远方，"就在'摩文思'百货的另一头，要经过以前摆放旋转木马的地方。"

"快点儿滚蛋吧。"女人嘟哝道。

旋转木马的旧址上留着一团貌似麦田怪圈的污渍。话说回来，艾米和我曾经在商城倒闭前在这里乘坐过旋转木马，当时我们两个成年人肩并肩坐在小兔子座位上，随着旋转木马飘飘然在空中穿行，只因为我的妻子想要看到曾经占据我许多童年时光的商城，想要听听我的故事。眼下看起来，我们之间也并非只有糟糕的回忆。

"摩文思"百货的路闸已经被人砸得稀烂，正大大方方地敞开门广迎宾客，仿佛眼下是"总统节"大减价的清早。店内已经被清理一空，只有原本放置收银机的隔离地带例外，这个地方赫然聚集了十几个人，一个个嗑药嗑得飘飘然，他们头顶的一块块标牌上写着"珠宝首饰"、"美容用品"和"床上用品"。一盏盏煤气野营灯仿佛火炬一般闪烁着，照亮了这群人的身影。我们经过他们的身边时，有几个家伙好不容易睁开了眼，其他人则仍然晕乎乎不省人事。在一个遥远的角落里，两个稚气未脱的小毛孩正在狂躁地背诵着葛底斯堡演说[①]中的词句，"目前我们正在进行一场伟大的内战……"一个家伙身穿一尘不染的牛仔短裤和一双雪白的网球鞋，摊开手脚大咧咧地趴在地毯上，仿佛他正要去参加孩子的"乐乐棒球"赛，兰德紧盯着那个家伙，仿佛他认识那男人。

我还从来不知道毒品在迦太基已经有这么大的声势，警察昨天才扫荡过商城，今天瘾君子们居然就迫不及待地聚拢了回来，好似一群一心逐臭的苍

---

[①] 1863 年 11 月 19 日在葛底斯堡举行的国家公墓献礼上，美国总统林肯所作的简短演说。——译者注

蝇。我们一行人迈步穿过人堆，一个满身肥肉的女人驾着一辆电动踏板车露了面，示意我们噤声。她那布满疙瘩的脸上湿漉漉地流着汗水，一口牙看上去跟猫牙差不多。

"要么买货，要么滚蛋，这可不是什么展示课。"她说。

斯塔克斯用手电筒照在她的脸上。

"他妈的，把那鬼东西拿开。"女人说道，他乖乖地照办了。

"我在找我的妻子，艾米·邓恩。"我开口说道，"她从周四就失踪了。"

"她会现身的，她会醒过来，然后好歹把自己弄回家。"

"我们不担心她嗑药。"我说，"我们更关心这里嗑药的男人，我们听到了一些风声。"

"没事，梅兰妮。"这时一个声音喊道。在青年用品区的边上，一个身材瘦削的男人靠在一具光溜溜的塑料模特躯干上望着我们，一抹微笑歪到了一边脸上。

梅兰妮闻言耸耸肩，看上去有几分无聊又有几分恼火，随后驾着电动踏板车走远了。

男人的眼神一直紧盯着我们不放，同时开口朝青年用品区的深处喊了几句话，于是更衣室中伸出了四双脚——这些人显然在自个儿的小包间里安营扎寨呢。

"嘿，朗尼！嘿，大家伙！浑蛋们又回来了，这次来了五个。"那人说道。他拔脚把一只空空的啤酒罐向我们踢过来，他的身后有三双脚动了起来，看来那几个男人正在起身，另一双脚却仍然一动不动，看来脚的主人要么沉入了梦乡，要么晕得不省人事。

"没错，傻瓜蛋，我们又回来了。"迈克·希尔山姆答道。他用握台球杆的姿势握着球棒，挥出一棍子砸在模特的双乳之间，模特跌跌撞撞地向地面倒了下去，"蓝皮簿"小子则优雅地挪开了手臂，仿佛这一幕已经事先经过了排练，"我们是来打听一个失踪女人的消息。"

这时三名从更衣室里出来的男子也跟他们的朋友站到了一起，个个身上都穿着"希腊社团"①的T恤衫，要么是"Pi Phi"社团扎染T恤衫，要么是"FIJI"社团T恤衫，谁让本地的慈善超市里堆满了即将毕业大学生们扔掉的老古董呢。

这几个男人的身材都长得修长健壮，肌肉发达的手臂上暴出条条青筋。在他们身后，一个男人从拐角最大的一间更衣室里走了出来，他梳着一条马尾辫，耷拉着一抹长长的胡子，手中拖着一条长钢管，穿着一件"Gamma Phi"社团的T恤衫，想必便是朗尼本人。看来，此刻跟我们对垒的正是保护商城这块地盘的武装力量。

"出了什么事？"朗尼喊道。

"我们不能奉献，不能圣化，亦不能神话这片土地……"小毛孩们背诵词句的声音越拔越高，已经几近尖叫。

"我们正在寻找艾米·邓恩的下落，你说不定看过她的新闻，她从星期四就失踪了，"乔·希尔山姆说，"她是一位既温柔又漂亮又和气的女士，被人从她自己家里给掳走了。"

"我听说过这个消息，那又怎么样？"朗尼说道。

"她是我的妻子。"我说。

"我们知道你们在这里搞些什么鬼，我们知道轮奸的事情。"乔把火力对准了朗尼一个人，朗尼摇晃着脑后的马尾辫，正了正自己的下巴，他的手指上遍布着褪色的翠绿文身。

这时我瞥了一眼兰德想瞧瞧他的状况，却发现兰德正定定地盯着地板上一丝不挂的服装模特儿。

"轮奸，"朗尼说着猛地扭了扭头，"你他妈的居然开口说出了轮奸这个词。"

"你们这帮家伙，"乔说，"你们'蓝皮簿'那帮人……"

"说什么'蓝皮簿'那帮人，说得我们好像一个帮派似的。"朗尼嗤之以鼻道，"我们不是畜生，混账王八蛋，我们可不会把女士们掳走。人们不愿

---

① 按照传统，北美的兄弟会和姐妹会多以希腊字母命名，因此被称为"希腊社团"。——译者注

意帮我们，还希望自己不用为此内疚，他们巴不得说一句——'你看吧，蓝皮簿那帮人就是活该倒霉，他们是一群强奸女人的畜生呢'。真是满嘴放屁，如果工厂把欠我的薪水全还给我，那我立刻从这城里滚蛋，可是我一个子儿也没有拿到，我们没有一个人拿到一个子儿，所以我们才待在城里。"

"我们会给你钱，给你很多钱，如果你能给我们任何关于艾米的消息，你们的人脉广，说不定你听到过什么风声。"我说。

说完我掏出了艾米的照片，希尔山姆兄弟和斯塔克斯看上去吓了一跳，这时我才醒悟过来：不消说，我这个举动只怕有损他们的男子汉气概。我把照片递到朗尼的面前，指望他能勉强看上一眼，可是出乎我的意料，朗尼俯身向前挪了挪。

"哦，见鬼，是这个女人？"他说。

"你认识她吗？"

他看上去居然有点儿回不过神，"她想要买一把枪。"

艾米·艾略特·邓恩

2010 年 10 月 16 日

## 日记摘录

祝我自己搬家纪念日快乐！我已经在密苏里州待了整整一个月，而且正在一步步成为一个地道的中西部居民。没错，我已经戒掉了东海岸的种种癖好，成功地熬过了一个月；我在关注各色风土人情，尊重各种传统规矩，我成了研究密苏里州当地社会的人类学家玛格丽特·米德[①]。

让我们来看看吧，最近有什么新鲜事呢？尼克和我卷入了一宗难解的谜题，我把它称作布谷鸟钟之谜（我可没有把这个名字告诉过别人喔）。在我们的新家，我父母心爱的传家宝布谷鸟钟看上去十分荒唐，不过我们从纽约带来的所有家当都没有逃过这样的命运。高贵的长沙发和配套搁脚凳摆在客厅中，好似大象带着它的孩子，但它们看上去一副不知所措的模样，仿佛它们在野外中镖昏睡了一觉，醒来就到了这个陌生的囚室，周围环绕着装腔作势的豪华地毯、合成木具和毫无生气的几面墙。我想念从前居住的那个家，那间屋有着几十年光阴留下的磕磕碰碰和坑坑洼洼，还有细如蛛丝般的裂缝（说到这里我得暂停片刻，调整一下自己的心态）。但是话说回来，新家也蛮不错，只不过跟旧家有点儿不一样罢了。对于这个结论，布谷鸟钟恐怕不敢苟同，这只布谷鸟钟也跟新家不太合拍，小鸟经常喝醉酒般蹒跚着冲出来报

---

[①] 玛格丽特·米德（1901~1978）：美国人类学家，其著作有《萨摩亚人的成年》及《三个原始部落的性别与气质》。——译者注

时，时间还常常不是整点，要么是整点过后十分钟，整点之前十七分钟，要么是整点过后四十一分钟。布谷鸟会发出一声垂死的哀号"咕唔……"，结果每次都引得布利克从藏身之处一溜小跑奔了出来，猫咪的眼睛喷着狂野的鬼火，露出一副严阵以待的神态，一边"喵喵"叫一边朝布谷鸟歪过头，尾巴蓬得好似一支瓶刷。

"哇，你的父母一定打心眼里恨我。"每次我们听到布谷鸟钟的声音，尼克都会说上这么一句话。当然尼克并不蠢，他不会出主意让我们当场把那座布谷鸟钟处理掉，其实说心里话，我倒还挺想扔掉那玩意儿。整天待在家里的人是我（毕竟我是失业人士嘛），我必须整天等着它不时发出粗厉的尖叫，仿佛我正紧张兮兮地待在一家影院里面，身后坐了一位动不动就发飙的影院常客，我正极力让自己扛过此人一阵又一阵的抽风，每次那位抓狂的常客一发飙，我都感觉又是松了一口气，（"好歹发飙了！"）又是一肚子怒火。（"居然又他妈的发飙了！"）

在乔迁宴会上，布谷鸟钟惹得人们好一阵大惊小怪。（"喔，你看，那边有座古董钟！"）乔迁宴会是我亲爱的婆婆莫琳·邓恩死活要办的，实际上她倒没有死活坚持要办，"坚持"并不是邓恩老夫人的风格，她只是认了一桩理，然后就理所当然地把事情当成这样来办。我们搬家后的第一天早晨，她带着一盘炒鸡蛋和一袋家庭装的厕纸出现在门前台阶上，借此欢迎我们回家，可是厕纸配炒鸡蛋似乎不太妥当吧？从那时开始，她便理所应当地提起了乔迁宴会，仿佛那已经是板上钉钉的事——"这么说，你们想什么时候办乔迁宴会？""你们有没有考虑过我应该邀请谁来参加乔迁宴会？""你们是想办一个乔迁宴会呢，还是办个其他种类的宴会找点儿乐子？不过话说回来，传统的乔迁宴会总不会差到哪里去。"

于是乔迁宴会就定下了一个日期，正好定在今天，结果邓恩一家子和邓恩家的朋友们纷纷上了门，抖一抖雨伞甩掉十月的蒙蒙细雨，一丝不苟地在小地毯上擦了擦自己的鞋，这张小地毯是莫琳一大早为我们带来的，上面写着"喜迎八方友"，十足十是从"好市多"量贩店买来的廉价货。至今为止，我在密西西比河畔只住了四周，却已经对大宗购物略知一二：这里的共和党人常去山姆会员店购物，民主党人常去"好市多"量贩店购物，但所有人都会一次性买上一大堆东西，因为密西西比居民跟曼哈顿居民不一样，他们的家里不仅放得下二十四罐糖醋渍菜，而且还真用得上这二十四罐糖醋渍菜。（要是一个聚会上少了装满泡菜和西班牙橄榄的餐桌转盘，要是泡菜和西班牙橄榄不是刚刚从罐子里捞出来，那还怎么算得上一个尽兴的聚会呢。）

让我来讲讲当时的场景吧。今天是个气味浓郁的日子，人们把室外的气息带到了屋子里，他们的衣袖和头发上都沾染着丝丝雨水的味道。莫琳的朋友是一群上了年纪的女人，她们带来了各色各样的吃食，一道道都用塑料碟盛着，那些塑料碟可以用洗碗机进行清洗，她们还会在宴会之后要回来……说真的，她们会不停地问你要这些塑料碟，要了一遍又一遍。眼下我已经学乖了，明白自己应该把这些塑料碟通通洗干净，再一个个地送回主人家，但刚刚来到密苏里州的时候，我对这些规矩还一无所知，于是尽职尽责地扔掉了所有的塑料碟，结果不得不去新买一批还给大家。莫琳的死党薇琪立刻注意到她收到的是刚从商店里买来的新品，绝不是她交出去的原装货，当我解释了自己是如何犯了错，她居然吃惊地瞪大了双眼，"这么说来，纽约的人们完全是另一套做法"。

话又说回乔迁宴会吧，莫琳的朋友都是从很久以前的各种场所结交而来的：要么是家长教师联谊会，要么是图书俱乐部，还有商城的那家鞋店，谁让她当初每周花四十个小时将一双双粗高跟鞋套到一个个中年女人的脚上呢。（莫琳凭眼力就能看出一只脚的尺码，比如"女鞋八码，鞋宽为'窄'"①！这是她在聚会上常耍的招数。）莫琳的朋友全都打心眼里喜欢尼克，而且全都讲得出这些年来尼克为她们做过的桩桩美事。

前来聚会的年轻女人倒是有可能成为我的朋友，她们一个个炫耀着一模一样的淡金色楔形发和无扣拖鞋，她们是莫琳那些朋友的女儿，全都打心眼里喜欢尼克，而且全都讲得出这些年来尼克为她们做过的桩桩美事。商城倒闭以后，这些女人大多数丢了饭碗，要不然的话，她们的丈夫便因此丢了饭碗，所以她们纷纷告诉我一些"既便宜又好做的吃食"，通常涉及罐头汤、

---

① 鞋类在同一尺码下有不同宽度，比如"特窄"、"窄"、"正常中等宽度"、"宽"、"特宽"。——译者注

黄油和膨化小食做成的砂锅菜。

前来聚会的男人们则个个友善而安静，聚成一圈圈蹲下来谈论着体育运动，对我毫不吝惜笑容。

所有的人通通很友善，要多友善就有多友善。莫琳将我介绍给了她所有的朋友，那架势仿佛在炫耀一只稍有些危险的新宠物，"这是尼克的妻子艾米，她是土生土长的纽约人"。她那些体态丰满、一腔热情的朋友顿时怔了神，握紧双手一遍又一遍地重复着"纽约人"这个词，嘴里的话却跟脸上的神情对不上号，"那一定棒极了"。要不然的话，她们会尖声唱起"纽约，纽约"，踩着爵士舞步从一边扭到另一边。莫琳有个在鞋店结识的朋友芭波，她慢吞吞地拉长调子说道："居然是纽约来的玩意儿！快拿根绳子来结果了这捣蛋精……"我一头雾水地眯着眼睛瞥了瞥她，她又补充了一句"喔，这是一则调味汁老广告里的台词"，可是我仍然摸不着头脑，于是她涨红了脸，用一只手握住我的手臂说："我不会真的拿根绳子来结果你的性命的。"

到了最后，所有人都"咻咻"地笑了起来，承认他们从来没有去过纽约，要不然的话，他们倒是去过一次纽约，但是对纽约不太感冒，于是我说了些"你会喜欢纽约的"、"不是每个人都对纽约感冒"之类的话，或者只简单地"嗯"上一声，因为我能说的话已经全部说光了。

"态度友好些，艾米。"我与尼克在厨房里为大家添饮料时，尼克对着我的耳朵说道（中西部的人们一心喜爱两升装的苏打水，总是两升装，然后再将苏打水倒进红色的一次性大塑料杯里，回回如此）。

"我哪里不友好了。"我忍不住抱怨。尼克的话真的伤了我的心，不管问那个房间里的哪个人，我知道他们都会夸我十分友好。

有时候，我觉得尼克认定了我是某种人，但他生造出的这个我压根儿就不存在。自从我们搬到密苏里州以后，我已经跟女孩们一起在晚上出去疯玩过，参加过慈善步行，为他的父亲煮过砂锅菜，还帮别人卖过彩票。我把自己最后的家底给了尼克和玛戈，让他们能够买下一直憧憬的酒吧，甚至把支票夹在了一张状似一杯啤酒的卡片里，结果尼克只是不情不愿地淡淡道了一声谢。我不知道该怎么办，我正在千方百计地尽力。

我们把苏打水给了大家，我脸上的微笑更加灿烂，笑声更加响亮，简直称得上仪态万方、兴高采烈，还不时问一问大家是否需要别的东西，夸一夸女人们制作水果沙拉、蟹酱和泡菜条的手艺，那泡菜条可是裹在奶油干酪里再裹进意大利腊肠里的。

尼克的父亲跟玛戈一起到了场，两个人一声不响地站在门前台阶上，透出几分阴森森的气氛。比尔·邓恩身材瘦长但依旧英俊，额头上贴着一块小小的创可贴，玛戈则冷着一张脸，用发夹束着头发，眼神一直在回避父亲。

"尼克。"比尔·邓恩一边说一边跟尼克握了握手，抬脚进了屋，对我皱了皱眉头。比尔·邓恩的身后跟着玛戈，她一把攥住了尼克，把他拖到门后小声私语起来："我完全不知道他脑子里在想些什么，不知道他是心情不好呢还是犯浑，反正我一点儿头脑都摸不着。"

"好的，好的，你不用担心，我会留点儿神。"

玛戈耸了耸肩。

"我是认真的，玛戈，去拿杯啤酒放松一下，接下来的一个小时你都不用管爸爸了。"

我想，如果刚才发脾气的人是我，尼克准会抱怨我心眼太小。

那些上了年纪的女人们一直在绕着我滴溜溜地转，她们告诉我，莫琳一直夸我和尼克是多么般配，她们也觉得莫琳没有说错，我们简直是天造地设的一对璧人。

比起我们在结婚前听到的陈词滥调，她们这些带有善意的套话更加讨我的欢心。在我们结婚前，人们总是说："婚姻就是互相妥协、努力经营，然后更加努力地经营、沟通和妥协，随后再来一轮经营。"凡入此门者，请万勿心存侥幸。

我们在纽约举行的订婚派对算得上一桩最彻底的明证，当时到场的所有客人都拜倒在葡萄酒和恨意的脚下，仿佛所有夫妻在赶赴俱乐部的路上都吵过一架，要不然就记起了某些斗嘴的时刻。就拿莫里亚蒂来说，莫里亚蒂·宾克斯是一位八十八岁的老妇人，她的女儿是我母亲最亲密的死党，老太太在酒吧里拦住了我，嘴里大喊了一句话，仿佛爆出了一声响雷："艾米！我要和你聊聊！"她的手指关节显得格外粗大，一个劲地摆弄着手上那些珍贵的戒指，又是捻又是转又是扭，还伸手抚摸着我的胳膊（那些上了年纪的老人就这么抖抖索索地摸年轻人，用冷冰冰的手指觊觎着软乎乎、暖嘟嘟、美丽而新鲜的肌肤）。宾克斯告诉我，她家那个过世的老鬼跟她结婚了六十三年，他不太"管得住自己的下半身"。在讲述她家老鬼的风流史时，宾克斯睁着一双昏花的老眼，露出一副满不在乎的微笑，仿佛在说"我都活到这么一大把年纪了，只要我想说这种鬼事，谁也拦不住我"。"他就是管不住自己的下半身哪，"老太太一边急切地说，一边紧紧地攥住我的胳膊，让我浑身发凉，"但是他爱我比爱其他女人都深，我心里明白，你心里也明白。"这个故事的寓意是：宾克斯先生确实是一位拈花惹草的花花公子，不过你知道，婚姻总是一场妥协嘛。

我赶紧向老太太告辞，又从拥挤的人群中穿行而过，不时冲着一张张布满皱纹的脸露出微笑，那些脸上全都挂着疲惫而失望的神情——在迈入中年时，人们便会承袭这样的神色。大多数上了年纪的来宾也已经喝得醉意醺然，情不自禁地跳着年轻时的舞步，跟着乡土爵士乐摇摇摆摆，看上去似乎更加不堪入目。我正迈步走向落地窗，想要呼吸几口新鲜空气，一只手突然握住了我的胳膊。那是尼克的母亲莫琳，她睁着一双炯炯有神的黑色大眼睛，一张面孔长得颇有几分神似狮子狗，流露出热切的神色。莫琳一边把一堆山羊奶酪和饼干塞进嘴里，一边开口说道："要与一个人定下终身可绝不是一件容易的事情，我很高兴你们两个人要结为夫妻，真是让人钦佩啊，不过，我的孩子，你终究会遇上变卦的日子，到时候你会后悔跟人步入了围城。不过话说回来，要是你后悔的时间不过区区几天，而不是后悔上好几个月，那还不算是糟糕的时刻呢。"我当时的神情一定显得万分惊讶（当时我心里也确实万分惊讶），因为莫琳连忙改了口："但你们也会有美好的时光，我知道你们两个人一定会有许多美好的时光，说来说去……亲爱的，原谅我之前说的那些话吧，我只是一个离了婚、糊里糊涂又上了年纪的女人，哦，天哪，我觉得我喝多了。"说完她向我道了个别，一溜烟消失在一大堆失望的夫妻中间。

"你不应该来这里。"比尔·邓恩突然劈头盖脸地冒出了一句话，而且他是冲着我说的，"你为什么会在这儿？你不许到这里来。"

"我是艾米呀。"我说着碰了碰他的手臂，仿佛这样就可以让他回过神来。比尔一直挺喜欢我，尽管他想不出什么话来跟我搭腔，但我可以断定他喜欢我，毕竟他凝视着我的神情好似在凝视一只世间罕见的珍禽。此刻他正皱着眉头用胸口向我撞过来，活像是一个摆出架势准备打架的年轻水手。在距离我们几英尺远的地方，玛戈放下了手中的吃食，正准备静悄悄地走向我们，仿佛她正想要捉住一只苍蝇。

"你为什么在我们的房子里？"比尔·邓恩的嘴扮出了一副怪相，"你真是吃了熊心豹子胆，小姐。"

"尼克？"玛戈对着身后叫了一声，声音不算太响，但却颇为急迫。

"知道啦。"尼克说着突然现了身，"嘿，爸爸，这是我的妻子艾米，还记得艾米吗？我们搬回来了，这样就可以经常见到你，这是我们的新家。"

尼克的眼睛瞪着我——就是我非要坚持邀请他的父亲来参加聚会。

"尼克，我是说，她不属于这里，但是小贱人认为她可以为所欲为。"比尔·邓恩伸出了食指，指指点点地戳向我的面孔，整个聚会顿时变得鸦雀无声，有几个男人小心翼翼地从另一间屋子慢步过来，蓄势待发的双手不时抽动一下。

莫琳适时冲了出来，用胳膊拦住了她的前夫——她还真是随机应变，"她当然属于这里，比尔，这是她的家，她是你儿子的妻子，还记得吗？"

"我要她滚出这里，你明白吗，莫琳？"他甩脱了她的手，又迈步走向我，"傻乎乎的贱人，没头脑的贱人。"

我不清楚他嘴里的"贱人"指的是我还是莫琳，但接着他便望着我抿紧了嘴唇，"她不属于这里。"

"那我离开好了。"我说着转身出门，走进了雨中。"这是老年痴呆症患者的胡言乱语。"我这么想着，千方百计不把他的话放在心上。我绕着小区走了一圈，等待着尼克现身领我回到我们的新家，一滴滴雨水轻柔地落在我的身上，渐渐将我淋湿。我一心相信尼克会出门追我，可当我向新家转过身时，却只看见一扇紧闭的大门。

## 尼克·邓恩
## 事发之后四日

现在是清晨五点钟，兰德和我正坐在艾米·邓恩失踪案的搜查总部，在空荡荡的总部里一边喝咖啡一边等着警方调查朗尼。艾米从墙上的海报中盯着我们，照片里的她看上去有些担忧。

"我只是不明白，如果艾米心里很害怕的话，她为什么不跟你讲呢？为什么她没有告诉你？"兰德说道。

艾米曾经到商城买过一把枪，当天恰好是情人节，这就是我们的朋友朗尼爆的料。当时她有几分窘迫，还有几分紧张，她说"也许我在犯傻，不过……我真的觉得我需要一把枪"，不过话说回来，她实在被吓得厉害。有人把她给吓坏了，她告诉朗尼，除此以外她没有透露更多细节，但当朗尼问她想要一把什么样的枪，她说了一句"能够一下子了结一个人的那种"，朗尼让她过一阵子再去，她倒是照办了，结果朗尼没有帮她弄到（"这种事我还真管不着"，朗尼说），但眼下他真心希望当时能给她一把。他对艾米的印象很深，这几个月来他时不时会想起她，寻思着她到底怎么样了，毕竟这位甜蜜可人的金发女郎有着一张忧心忡忡的面孔，想要在情人节当天买一把枪呢。

"她害怕的人会是谁呢？"兰德问道。

"再跟我讲讲德西的事，兰德，你见过他吗？"我说道。

"他到我家来过几次，"兰德皱起眉头回忆着，"他长相英俊，十分钟爱艾米，待她好似公主一般，但我一直都对他看不顺眼，就算是在他们情窦初开、感情一帆风顺的时候，就算他是艾米的初恋，我还是不喜欢他。他对我的态度很粗鲁，简直莫名其妙，对艾米有很强的占有欲，不管什么时候都伸出胳膊搂着她。我觉得这一点十分奇怪，让人百思不得其解，他为什么不努力讨讨我们的欢心呢，难道大多数小伙子不都希望跟女孩父母处得融洽些吗？"

"反正我就一心想讨你们的欢心。"

"你确实很讨我们的欢心！"兰德的脸上露出了微笑，"你有点儿紧张，不过紧张得恰到好处，看上去非常讨人喜欢，可是德西就上不了台面了。"

"德西住的地方离这里不到一个小时。"

"没错，还有那个希拉里·汉迪，"兰德说着揉了揉眼睛，"我倒不愿意对女人有什么偏见，可是她那个人比德西还要吓人，再说商城那个叫朗尼的家伙，他可从来没有说过艾米怕的是个男人。"

"不错，朗尼只说艾米很害怕。"我说，"还有个叫诺伊尔·霍桑的女人，就住在我家附近，她告诉警方她是艾米最亲近的密友，可是我很清楚她在胡说，她们两个人连朋友也算不上。她的丈夫说她一直在歇斯底里地发狂，对着艾米的照片号啕大哭，当时我还以为她是从互联网上下载了艾米的照片，不过……如果那些是她自己拍的照片，如果她在偷偷地跟踪艾米，那怎么办？"

"昨天我有点儿忙不过来，她却千方百计要跟我搭话，"兰德说，"她还对我引用了'小魔女艾米'里的一些句子，而且是'小魔女艾米与密友之战'那本书里的句子，当时她说'最了解我们的人，便是我们最亲近的密友'。"

"听上去活生生是个成年版的希拉里。"我说。


清晨七点刚过，我们就在高速公路边上的一家"国际煎饼屋"连锁餐馆跟波尼和吉尔平见了面，跟他们面对面地摊了牌：眼下兰德和我担起了他们的本职工作，这事压根儿没有半点儿道理；琢磨出一条又一条线索的人居然是兰德和我，这也实在太离谱了。如果本地警方处理不了这个案子，那恐怕是时候让联邦调查局出面了。

一位身材丰满、长着琥珀色双眼的女招待帮我们下了单，给我们倒上了咖啡。她显然认得我，于是便一直在附近流连，悄悄偷听着我们的对话，直到吉尔平把她打发走。但那位女招待简直像一只死活赶不走的苍蝇，她给我们满上了饮料，发放了餐具，一眨眼便奇迹般地上了菜，而我们几个人时不时七嘴八舌地说着："这样绝对不行……""我们不要咖啡，多谢……""真是令人难以置信的……""呃，当然，黑麦面包没问题……"

我和兰德还没有把话说完，波尼就打断了我们，"我明白，伙计们，家属想要参与是很自然的，但你们的所作所为很危险，你们必须放手让警方来处理。"

"不过问题就是，警方压根儿没有处理，"我说，"如果我们昨晚不出去走一趟，警方根本不会得知关于枪的信息，在警方和朗尼谈的时候，他说了些什么？"

"跟你听到的那些话一模一样。"吉尔平说，"艾米想要买一把枪，她吓坏了。"

"警方看来不怎么重视这个消息嘛，"我厉声说道，"你觉得他在说谎吗？"

"我们不觉得他在说谎，"波尼说，"他没有必要故意招惹警方的注意，你的妻子似乎真的让那家伙吃了一惊，非常……我不知道，总之他想不通她的遭遇，他连具体的细节都记得。尼克，他说她当天围了一条绿色的围巾，知道吧，不是御寒用的那种，是扮时尚用的围巾。"她动了动手指，意在表明她觉得扮时尚是种小孩子气的行为，愧对了她的注意，"一条翡翠绿的围巾，你有印象吗？"

我点点头，"她有一条这样的围巾，常用来搭配蓝色牛仔裤。"

"大衣上还有一枚金色的别针，一枚龙飞凤舞的 A 字别针？"

"没错。"

波尼耸了耸肩，意思是说："哦，那就对上号了。"

"你不觉得他对艾米的印象有可能太深刻了，以至于他出手绑架了她？"我问她。

"他有不在场证明，牢不可破的不在场证明。"波尼说着用锐利的眼神盯了我一眼，"说实话，我们已经开始在找另一种动机……"

"一种更加……涉及私人恩怨的动机。"吉尔平补充了一句话。他正满腹疑心地打量着自己的煎饼，上面淋着一团团鲜奶油和点缀着几颗草莓，吉尔平伸手把奶油和草莓刮到盘子的一侧。

"更加涉及私人恩怨的动机。这么说，警方总算会找德西·科林斯或希拉里·汉迪问话了？还是要我去找他们问话？"实际上，我已经答应玛丽贝思今天去找这两人聊一聊。

"当然，我们会找他们问话。"波尼用上了姑娘们用来哄老人家的腔调，仿佛她在向烦人的母亲保证会照顾自己的饮食，"我们不觉得这条线索走得通，不过我们会找他们问话。"

"嗯，太好了，谢谢你们尽职尽责地做了你们的本职工作。"我说，"那诺伊尔·霍桑呢？如果警方怀疑我家附近的人，她不就住在我们小区里吗，再说她似乎有点儿痴迷艾米。"

"我知道，她给我们打了电话，我们随后也会找她，就在今天。"吉尔平点了点头。

"那好，警方还有什么别的行动？"

"尼克，其实我们希望你能抽一些时间配合警方，让我们多听听你的思路。"波尼说，"配偶知道的详情往往比他们意识到的要多，我们希望你能想一想你与艾米的争执……你的那位邻居，嗯，泰威尔夫人不小心听到了你和艾米在她失踪的前一天晚上吵嘴，说是你们两人吵得热火朝天哪。"

兰德猛地扭过头来望着我。

简·泰威尔，那个信基督教、做砂锅菜的夫人，怪不得她一直躲着我的眼神。

"我的意思是说，难道是因为……我知道这话不好听，艾略特先生……有没有可能是因为艾米嗑了药？"波尼一边问一边露出无辜的眼神，"我是说，说不定她真的接触过城里一些不三不四的东西，反正城里除了朗尼还有许多其他的毒贩，也许她惹下了什么罩不住的麻烦，因此才想要弄一把枪。毕竟她要买把枪保证自己的安全，却没有开口告诉她的丈夫，总是有原因的吧？

尼克，我们希望你能想清楚你在当天晚上十一点左右的行踪，也就是你和艾米吵架的那段时间，那是有人最后一次听见艾米的声音……"

"在这之后，就只有我听过艾米的声音了。"

"在这之后，就只有你听过艾米的声音了。我们还希望你能想清楚你在次日中午的行踪，也就是你抵达酒吧的时候。如果当时你在这个镇上溜达，驾着车开到海滩，然后又在码头附近出没的话，那一定有人见过你，就算只是一个遛狗的路人，知道吧。如果你能帮我们，我觉得那真是……"

"帮了我们的大忙。"吉尔平帮她圆了话，一叉子刺中了一颗草莓。

此时此刻，两位警探都聚精会神地看着我，举动十分合拍。"那真是帮了我们的大忙，尼克。"吉尔平又友好地重申。这还是我第一次听到警方提起艾米与我吵的那一架——警方一直对此只字未提，而且警方还非要当着兰德的面告诉我这个消息——他们还非要装成没有故意给我设个埋伏的意思。

"悉听尊便。"我说道。

"你不介意告诉我们当时你和艾米在争什么吧？"波尼问道。

"泰威尔夫人是怎么跟警方说的？"

"既然你就在我的面前，我干吗还要在乎泰威尔夫人说什么呢？"她朝自己的咖啡里倒了些奶油。

"只不过是场鸡毛蒜皮的斗嘴，因此我才从来没有提过。"我开了腔，"只是我们两个都会跟对方争一争，夫妻嘛，有时候就这样。"

兰德闻言望着我，仿佛他压根儿听不懂我在说什么：争一争？你都在说些什么呀？

"当时是……因为晚饭的事吵了一架。"我撒了个谎，"我们说起了结婚周年纪念晚宴的事情，知道吧，艾米在这些事情上非要坚持传统……"

"龙虾！"这时兰德打断了我，转身对警察说道，"艾米每年都为尼克做龙虾。"

"没错，但是我们这里买不到龙虾，反正买不到活的龙虾，因此她很泄气，我又在'休斯敦'餐厅订了位……"

"你说过你没有在'休斯敦'餐厅订位，难道是我记错了？"兰德皱起了眉头。

"嗯，是的，对不起，我的脑子有点儿晕，当时我想过要去'休斯敦'餐厅订座，但其实我真应该订些新鲜龙虾空运过来。"

听到这里，两名警探双双意外地挑起一条眉毛，仿佛在说："这一对还真是好大的排场。"

"其实也没有那么贵。不管怎样，我们就为了这事争来吵去，结果越吵越厉害。"说到这里，我咬了一口煎饼，此刻我能感觉身上涌起一股热浪，"还不到一个小时，我们就都拿这场架取笑了。"

波尼听完只说了一个字："哦。"

"寻宝游戏你玩到哪一步了？"吉尔平问。

我闻言站起了身，放下了几张钞票，作势要拔腿离开——我可不该沦落到口口声声进行辩解的地步，"没玩下去，现在没法玩……毕竟出了这么多事，很难想得清楚。"

"好吧。"吉尔平说，"既然我们知道她在一个月前就已经觉得受到了威胁，寻宝游戏就不太可能提供什么线索，不过有进展的话还是通知我一声，行吗？"

我们一行人慢吞吞地迈步走到热气腾腾的屋外，兰德和我钻进了自己的汽车，波尼突然叫了一声："嘿，尼克，艾米是不是还穿二号？"

我对她皱起了眉头。

"她还穿二号大小的衣服吗？"她又说了一遍。

"是的，我觉得没错，二号身材。"我说。

波尼仿佛大有深意地说了一声"哦"，随后钻进了她的车。

"你觉得警方这是什么意思？"兰德问。

"这俩家伙吗，谁知道呢？"

在去宾馆的路上，兰德和我绝大多数时候都没有开口，兰德盯着窗外闪过的一排排快餐店，而我在回想自己刚才说过的谎……还不止一个谎。我们在"戴斯"酒店绕了一圈才找到停车处，显而易见，"中西部薪资管理供应商协会"的大会还真是热闹得很。

"知道吗，我窝在纽约当了一辈子纽约客，还真是没有见过世面。"兰德把手搁在门把手上，"当艾米提起要回这里，要回到古老的密西西比河畔，跟你一起回来，我想象的全是……一片绿色，农田哪，苹果树哪，还有红色的老式大谷仓，结果我不得不说，这地方真的一点儿也不漂亮。"他说着笑出了声，"在这个镇上，我简直找不到一处美妙动人之物，我的女儿除外。"

说完他钻出车，大步流星地向酒店走去，我压根儿没有起身去追。兰德进搜查总部几分钟后，我才进去，在房间深处一张孤零零的桌子旁坐了下来。我得在线索断掉之前尽快完成寻宝游戏，找出艾米指引我去的地方。在这里熬上几个小时以后，我会对付第三条提示，与此同时，我拨出了一个电话。

"喂。"电话那头是一个颇不耐烦的声音，一阵婴儿的哭声远远传来，我能听到接电话的女人把头发从她的脸上吹开。

"你好，请问这里是……请问您是希拉里·汉迪吗？"

对方"砰"的一声挂断了电话，我又打了回去。

"喂？"

"嗨，刚才您掐了电话。"

"你能不能把我家算成'请勿骚扰'的客户……"

"希拉里，我不是要卖什么东西，我打电话来是为了艾米·邓恩……艾米·艾略特的事。"

电话那头一片沉默。婴儿又开始哇哇大叫，发出一阵抽噎，有几分像是在笑，又有几分像是发脾气。

"她怎么了？"

"我不知道你是否在电视上看到了相关新闻，不过她现在下落不明，她在七月五号那天失踪了，有可能是被人掳走的。"

"喔，我很抱歉。"

"我是她的丈夫尼克·邓恩，我只是给她的老朋友们打打电话。"

"哦，是吗？"

"我想知道你最近一段时间是否联系过她。"

她朝电话深深地呼了三口气，"你打来是因为高中那桩破事吗？"在更远的地方，一个孩子正大声撒着娇："妈妈……你在哪……里呀。"

"马上就来，杰克。"她对着身后喊了一声，又继续对我嚷道，"是吗？

这就是你打电话给我的原因吗？见鬼，那桩破事可是二十多年前的老黄历了，还不止二十多年呢。"

"我明白，我明白，你瞧，我总得问一声，如果连问也不问一声，那我不成了一个混账吗。"

"上帝啊，真他妈的。现在我有整整三个孩子，从高中以后我就没有跟艾米说过一句话，我吃够苦头了，如果在大街上看见她，我会拔腿就朝另外一条路跑。"这时宝宝又咆哮了起来，"我得挂了。"她说。

"占不了你多少时间，希拉里……"

对方挂上了电话，而我的一次性手机紧跟着振了起来，我没有理睬它，我必须把这该死的东西找个地方藏起来。

这时我感觉到身边有个人，那是一个女人，但我并没有抬眼，心中暗自希望她能够自行离开。

"现在还没到中午呢，可你看上去却一副已经操劳了一整天的模样，真是让人心疼。"

那是肖娜·凯莉，她把一头秀发高高地梳成了一条活力十足的马尾辫，向我噘起了晶莹发亮的双唇。"准备好品尝我的墨西哥玉米派了吗？"她正端着一道砂锅菜，把它举在双乳下方，上面的保鲜膜沾着水珠。肖娜开口说了几句话，那架势仿佛她是 20 世纪 80 年代的一位摇滚明星，嘴里唱着："您想尝尝我的派吗？"

"真是丰盛的早餐，不过谢谢你的好意，你真是太好心了。"

可是肖娜并未离开，反而一屁股坐了下来。在一条蓝绿色的网球裙下，肖娜那双涂着润肤露的腿闪闪发亮，她伸出一双一尘不染的"切尔顿"牌运动鞋用脚尖踢了踢我，"你睡着了，亲爱的？"她说。

"我在撑着呢。"

"你得好好睡觉，尼克，如果你变得筋疲力尽，那对谁都没有好处。"

"我可能待会儿就走，看看我能不能睡上几个小时。"

"我觉得你真的该睡一觉，真的。"

我突然打心眼里对她生出了一股感激之情，这是我那喜欢被人宠溺的心态正在抬头。"这种心态很危险，你得一拳头打垮它，尼克。"我心想。

我等着肖娜自行离去的一刻，她必须走，人们已经开始朝我们这边打量了。

"如果你乐意，我可以现在开车送你回去，你需要的可能恰恰是打个盹儿。"她说。

她说着伸手来摸我的膝盖，我的心中顿时涌起了一股怒火：她怎么会没有意识到自己得乖乖走开呢？放下砂锅菜赶紧走吧，你这黏人的花痴——糟了，这是我那仇视女人的心态在抬头，这种心态同样不是好事。

"你为什么不去跟玛丽贝思报个到呢？"我唐突地说，又伸手指着站在复印机旁边的玛丽贝思，她正没完没了地复印着艾米的照片。

"好吧。"她流连着不肯走，于是我彻底不再理会她了，"那我走了，希望你喜欢我做的派。"

我看得出来，我那不理不睬的态度刺痛了肖娜，因为她离开时没有正眼看我，只是转身慢悠悠地走开了，但我心里并不好受，左思右想着该不该道个歉，跟她讨个亲近。"别去追那个女人。"我命令自己。

"有什么消息？"发话的人是诺伊尔·霍桑。肖娜刚刚离开，她便填上了肖娜的位置。她的年纪比肖娜轻一些，看上去却比肖娜老上几分，长得体态丰腴，一对分得很开的乳房仿佛两座小丘，正皱着眉头。

"至今还没有消息。"

"你看上去倒是应对自如。"

我猛地向她扭过头，不知道该说些什么。

"你知道我是谁吗？"她问道。

"当然，你是诺伊尔·霍桑。"

"我是艾米在这里最亲近的密友。"

我一定得提醒警方，诺伊尔只可能是两种人，要么她是一个满嘴胡说八道、一心渴望吸引人注意的婊子，也就是说，她非得给自己贴上一个标签，非要声称一个失踪的女人是她的密友；要不然的话，她的脑子就有问题，是个死活要跟艾米交好的女人，如果艾米躲着她的话……

"你有任何关于艾米的信息吗，诺伊尔？"我问道。

"当然啦，尼克，她是我最铁的闺密嘛。"

我们互相对视了几秒钟。

"你会告诉大家吗？"我问道。

"警察知道在哪里可以找到我，如果他们抽得出空的话。"

"真是帮了大忙了，诺伊尔，我会让警方找你聊聊的。"

她的面颊上登时跃出了两片胭脂，好似表现主义艺术家们飞溅出的两团绯红。

她动身离开了。我的脑海中不由自主地冒出一堆念头，我寻思着其中一个颇为刻薄的想法——女人他妈的脑子有问题。在这句话中，"女人"前面不带任何限定词，不是"一些女人"，也不是"许多女人"，女人就是脑子有问题。


夜幕刚刚降临，我便开车去往父亲空荡荡的家中，艾米的提示正放在身边的座位上。


> 也许你为带我来到此地感到内疚
> 我必须承认，此事确有几分稀奇
> 但我们并无太多选择
> 于是将这里选作容身之地
> 让我们把爱带进这所棕色小屋
> 再给我几分善意，你这含情脉脉的丈夫


这条提示比其他几条要难捉摸一些，但我相信自己没有弄错。艾米总算原谅我将家搬回了密苏里州，她承认了迦太基，因为她说"也许你为带我来到此地感到内疚……但我们将这里选作容身之地"。"棕色小屋"指的是我父亲的旧宅，那栋宅邸其实应该算是蓝色，但艾米在这里又讲了一则我们两人间的私密笑话。我们两个人的私密笑话一直是我最为钟爱的心头之好，跟其他任何形式比起来，这些笑话最能让我感觉跟艾米心神相通，它们胜过掏心掏肺说出的真心话，胜过激情四射的云雨之欢，也胜过通宵畅谈。"棕色小屋"的故事讲的是我的父亲，我只把这个故事告诉过艾米一个人，父母离婚后，我见到父亲的次数非常少，因此我决定把他当作故事书中的一个角色。他不再是我那个有血有肉的父亲，不会对我满腔爱意，也不会花时间陪我，他只不过是一个有些亲切又有些分量的人物，名字叫作布朗先生，正忙着为美利坚合众国做一些十分重要的事情，偶尔利用我当掩护，以便更加方便地在城里行走。当我告诉艾米这个故事时，她的眼中闪动着泪花，这可不是我的本意，我原本是把这当作一个童年时代的搞笑故事讲给她听的。她告诉我，现在她就是我的家人，她非常爱我，足以抵得上十个蹩脚的父亲；她还说现在她与我才是邓恩一家子，只有我们两个人；最后她在我的耳边低声道："我倒是有一个任务要布置，说不定你很胜任……"

至于"给我几分善意"，那是另一个和解的象征。在我父亲完全拜倒在老年痴呆症脚下后，我们决定卖掉他的旧宅，因此艾米和我把父亲家翻了一遍，把不要的东西通通装进箱子里，准备捐给慈善商店。不消说，艾米一个劲地干活，又是扔又是收拾又是打包，而我却冷冰冰地仔细翻阅着父亲的家当。对我来说，每一件家当都是一条线索。某只马克杯上的咖啡渍比别的杯子要深一些，那这只马克杯必定是他的最爱。这是别人送的礼物吗？又是谁送给他的呢？还是他自己买来的？我想象着我父亲对购物的看法，他必定觉得去商店购物是娘们儿所为。不过话说回来，我们居然从他的衣柜里发现了五双鞋，全都亮堂堂新崭崭，还放在鞋盒里没有取出来。他是否自己买来了这些鞋，想象着一个更会交际的比尔·邓恩呢？他是否去商城的"鞋之屋"买过鞋，让母亲帮帮他，是否会排在一队人当中接受她那无心的善意呢？当然，这些念头我一点儿也没有跟艾米提起，因此我敢肯定，她认为我正跟平时一样游手好闲。

"给，这箱子里装的是捐给慈善商店的东西。"她发现我正倚在一面墙上盯着一双鞋，便开口说，"你把那双鞋放进箱子里，好吧？"我的脸上有些挂不住，于是对她吼了几句，她又凶巴巴地回了嘴，随后……总之就是老生常谈的一套。

在这里，我想补充一点，也为艾米辩解几句，当时她确实问过我两次，问我是否想要谈一谈，问我是否确实想要吵一架，有时候，我会省掉这样的细节不说，毕竟这样会让我自己省点儿事。事实上，我希望艾米能够读懂我的心思，这样我就不用屈尊把自己的意思说个透彻，也不用娘娘腔地进行自我表白。有些时候，我跟艾米一样喜欢让对方猜自己的心思，这一点我刚才也省掉了没有说。

对某些事情避而不谈，借此瞒天过海——我对这一招可真是打心眼里喜欢。

晚上十一点钟刚过，我便把车停在了父亲的旧宅前面。这是一栋整洁的小屋，十分适合作为年轻人刚成家立业时购买的第一栋房屋，当然，对我父亲来说，却是一处终老之地。宅邸有两间卧室、两间浴室、饭厅，有些过时但挺像样的厨房，前院里则有一块锈迹斑斑的标牌，上面写着"此屋待售"——这栋屋子待售一年了，却压根儿无人问津。

我迈步走进了闷热的屋子，一股热气迎面扑来，警报装置也开始"哔哔"地叫，好似一颗倒计时的炸弹——这间屋子第三次被人闯入之后，我们安装了这个廉价警报装置。我输入了密码，这个密码简直让艾米抓狂，因为它跟密码的每一条守则都对着干，那是我的生日"81577"。

报警器上显示了几个字：密码错误。我又试了一次，报警器却仍然没有改口：密码错误，一溜汗珠顿时从我的后背滚落了下来。艾米一直威胁说要换个密码，她声称一个不用动脑子就能猜出来的密码简直是瞎胡闹，但我知道真正的原委，她很恼火我挑了自己的生日，却没有挑我们的结婚周年纪念日，这说明我又一次把"我自己"凌驾于"我们两人"之上。此时此刻，我的心中涌起了对艾米的思念，但那苦乐参半的回忆随即消失了踪影。我又伸出手指摁着数字，一声又一声的警报不停地发出倒计时，我也变得越来越惊慌失措，警报装置终于响起了有人入侵时那种刺耳的响声。

"呜哇……呜哇……呜哇！"

按说这时我的手机应该跟着响起来，以便让我解除警报——"这是你的主人，傻瓜蛋"。可是手机并没有响，我等了整整一分钟，那架警报装置让我想起了电影中的场景，影片讲的是一艘被鱼雷击中的潜艇。眼下正值七月，这间密不透风的屋子里弥漫着滚滚热气，正在一波接一波地向我袭来，我的衬衫后背早就已经湿透。"见鬼，艾米。"我一边暗自心想，一边打量着警报装置，想要找到生产商的号码，却什么也没有找到。我拉过一把椅子，站上去用力把报警器从墙上拽了下来，结果报警器的一头还晃悠悠地连着电线，这时我的手机终于响了，电话那头出现了一个欠揍的声音，问我艾米的第一只宠物叫什么名字。

"呜哇……呜哇……呜哇！"

电话那头的人真是十分不识时务，那声音既自鸣得意又漠不关心，而且十分任性；问的问题也十分不识时务，因为我不知道那个问题的答案，这事简直让我火冒三丈。不管我攻克了多少条提示，我的面前总会冒出一些关于艾米的鸡毛蒜皮，一下子害得我英雄气短。

"瞧，我是尼克·邓恩，这是我父亲的房子，这报警器是我装的。"我厉声说道，"谁让你管我太太的第一只宠物叫什么名字！"

"呜哇……呜哇……呜哇！"

"请不要用这种口气跟我说话，先生。"

"听着，我只不过是进我父亲的宅邸来拿件东西，马上就走，不行吗？"

"我必须立刻通知警方。"

"你能不能把那该死的报警器关上，让我的脑子清静一下？"

"呜哇……呜哇……呜哇！"

"报警器关上了。"

"报警器关上个屁。"

"先生，我已经警告过你一次，请不要用这种口气跟我说话。"

"他妈的贱人。"我在心中暗自骂道。

"你知道吗？算了吧，他妈的，少废话。"

我一把掐了电话，却突然记起了艾米养的第一只猫叫什么名字：斯图尔特。

我又打了回去，这次遇上了另一位客服小姐，一名通情达理的客服。客服小姐关掉了报警器，还向警方销了案，上帝保佑这位好心人吧，我实在是没有心情跟警方解释一通了。

我坐在薄薄的廉价地毯上，强令自己呼吸，一颗心"咚咚"地跳得震天响。过了片刻，我总算不再端着肩膀咬紧牙关，一双手也松开了拳头，心跳恢复了正常。我站起身，左思右想着是否索性拍拍屁股走人，仿佛这样就可以让艾米吃顿教训。但在起身的时候，我却一眼在厨房的台面上看到了一个蓝色的信封，看上去好似一封要求绝交的分手信。

我深深地吸了一口气，又把这口气呼了出来，这才打开信封，抽出那封画着一颗心的信。

嗨，亲爱的：

说来说去，我们都有尚需改进的地方。对我来说，我需要改一改自己的完美主义倾向，还有偶尔的自以为是（我觉得自己偶尔才会自以为是，难道是我一厢情愿的想法吗）；至于你嘛，我知道你担心你自己有时候太疏离，太生分，温柔不起来，也没有办法滋养他人。嗯，我想告诉你（在你父亲的家里告诉你），你的看法并非事实。你跟你的父亲不一样，你一定要明白：你是个好人，是个温柔的人，你本性和善。有时你无法读懂我的心思，或者在我希望的时机以我希望的方式行事，过去我曾经因此惩罚过你；正因为你是一个活生生有血有肉的人，我居然因此惩罚过你。我对你指东指西，而不是放手让你找到自己的路；我并未相信你在深心里怀着一片善意，也就是说，不管我和你犯下了多少错，你却始终爱着我，希望我得到幸福。无论对哪个女孩来说，这片深藏的善意就该让她心满意足了，对不对？我担心我曾经对你下过一些论断，而那些论断并非事实，但你已经开始相信那些话，因此我要在这里说一句："你是个温暖的人，你是我的太阳。"

如果事情跟艾米打算的一样，如果艾米此刻正在我的身边，那她一定会像往日一般亲昵地贴着我，把一张脸埋进我的脖弯里，给我一个吻，随后露出一抹微笑说，"你确实是个温暖的人，你知道吧，我的太阳"。想到这里，我的喉咙顿时一阵发紧，又往父亲的旧宅投去了最后一瞥，离开屋子关上了门。在车里，我摸索着打开了那个蓝色的信封，上面写着"第四条提示"——寻宝游戏已然接近尾声了。

想想我吧：我是个坏到了家的淘气包

我必须受到惩罚，活该被逮个正着

有人在那里为结婚五周年藏起了好东西

如果这一切显得太过做作，那请你原谅我

阳光灿烂的正午时分，我们在那里享尽多少欢娱

随后出门喝上一杯鸡尾酒，一切岂不万分甜蜜

因此赶紧拔腿跑向那里，边跑边发出甜美的叹息

打开门，你将迎接一场大大的惊喜

我顿时感觉胃中一阵翻江倒海，因为我压根儿不明白这条提示是什么意思。我又读了一遍，可是一点儿头绪也没有。艾米终究还是没有对我高抬贵手，我是没有办法破解寻宝游戏了。

我突然担心得不得了：今天真是倒霉到家的一天，波尼找了我的碴儿，诺伊尔的脑子出了毛病，肖娜生了一肚子气，希拉里满腔苦水，保安公司接电话的女人十足是个贱人，我的妻子终究还是难住了我。是时候给这该死的一天画上句号了，眼下世界上只有一个女人还让我受得了。

在父亲旧宅的遭遇让我万分恼火，又被暑气弄得筋疲力尽，因此我气鼓鼓的一声不吭。玛戈望了我一眼，让我坐到沙发上，嘴里答应着她会去做些吃的。五分钟后，她端着一个老旧的冷冻快餐盘小心翼翼地向我走来，盘里是邓恩家常见的几道菜：焗芝士三明治、烧烤味薯片，再加上一只塑料杯。

"这可不是'酷爱'牌饮料，只是一杯啤酒，'酷爱'牌饮料似乎有点儿太孩子气了。"玛戈说。

"你真是体贴入微呀，压根儿不像你，玛戈。"

"明天该你做饭。"

"希望你会喜欢罐头汤。"

她坐在我旁边的沙发上，从盘子里偷了一块薯片，嘴里问道："警察问我艾米是不是还穿二号衣服，你明白为什么吗？"她的语气有些过于漫不经心。

"上帝啊，他们还死磕着不放了。"我说。

"这事难道不让你毛骨悚然吗？比方说，要是警方发现了她的衣服呢？"

"那样的话，他们会让我去认衣服，对吧？"

玛戈寻思了片刻，一张脸扭成了一团。"说得有道理。"她说，这时她一眼发现我在望着她，一张苦瓜脸才放了晴，"我把球赛录下来了，你想看吗？你还好吧？"

"我没事。"我感觉糟透了，不仅肚子里翻江倒海，而且一阵阵心神不宁。也许是那条猜不出的提示还在烦着我，但我突然感觉自己漏了些线索，犯下了天大的错，而我的这些错将让自己陷入万劫不复的境地。也许作怪的是我的良心，这家伙原本关在某个不见天日的地方，现在总算艰难地浮出了水面。

玛戈放起了球赛，在随后的十分钟里，她只开口对球赛说了几句评论，边说边喝啤酒。玛戈不爱吃焗芝士三明治，她正把花生酱从一个罐子里一勺一勺地舀到咸饼干上。插播广告的时间到了，她按下暂停说了一句话，边说边故意朝我喷饼干渣，"如果我是个带把的男人，我一定会干翻这瓶花生酱。"

"我觉得，如果你是个带把的男人，还不知道会干出多糟的事情来呢。"

玛戈快进拖过了毫无看点的一局，"圣路易红雀"队[①]正落后五分，到了插播广告的时间，她又按下暂停说道："今天我打电话要改我的手机套餐，结果在等回应的时候，电话那头放起了莱昂纳尔·里奇的歌，你有没有听过莱昂纳尔·里奇的歌？我喜欢他的《小爱人》，电话那头倒不是《小爱人》，但不管怎么说，反正有个女人接了电话，她说客户服务代表都驻扎在巴吞鲁日[②]，这事真是奇怪，因为她听上去没口音呀。不过她声称自己在新奥尔良长大，很少有人知道新奥尔良长大的人没什么口音……话说回来，来自新奥尔良的人有什么别称吗？于是那位客服小姐说我的手机套餐，也就是 A 套餐……"

---

① 圣路易红雀队：美国职棒大联盟中的队伍之一，主场位于密苏里州的圣路易斯。——译者注
② 巴吞鲁日：美国路易斯安那州首府。——译者注

玛戈和我之间有一种游戏，其来由要追溯到我们的妈妈身上：妈妈习惯讲一些鸡毛蒜皮的小事，而且一讲起来就没完没了，玛戈认定她是暗地里跟我们两个人捣蛋。这十年来，每逢玛戈和我找不到什么有意思的话讲，我们中就会有一个人突然开口讲起家电维修或兑换优惠券之类的琐事。不过话说回来，玛戈的耐性一向比我好，她的故事真的可以讲个没完没了，那些故事先是变得又臭又长，让人打心眼里讨厌，接下去又掉个头变得十分滑稽。

玛戈正开口讲着她家那台电冰箱里的灯，讲得滔滔不绝又一气呵成，我的心中突然涌上了满腔感激之情，便俯身越过沙发亲了亲她的脸颊。

"这是什么意思？"

"只是想谢谢你。"我觉得自己的双眼涌满了泪水，便调转眼神望着远方，眨眨眼睛把眼泪憋回去，玛戈还在说，"说来说去，我需要一节 AAA 电池，而 AAA 电池跟 PP3 电池不是一回事，所以我必须找到 PP3 电池的发票好去退货……"

这时我们看完了整场比赛，"圣路易红雀"队还是没能挽回局面。比赛结束后，玛戈把电视调成了静音，"你是想聊聊天呢，还是想干别的事情分分神？悉听尊便。"

"你去睡觉吧，玛戈，我折腾折腾就好了，也许会睡上一觉，我得补补觉。"

"你要安眠药吗？"我的孪生妹妹一直坚信要挑最简单的路走，有人会用轻松的音乐或鲸鱼的叫声助眠，这些办法在玛戈那儿可行不通，她相信只要吃上一片药，便可以倒头就睡。

"不。"

"如果你改主意了的话，安眠药在药箱里……"她在我身边流连了片刻，然后迈着惯有的快步穿过走廊，显然没有一丝睡意。玛戈关上了房门，看来她心知眼下最体贴的举动就是让我一个人待着。

不少人缺乏这种天赋，明白什么时候该乖乖地滚蛋。人们喜欢说话，但我从来就不健谈，我会在自己的内心深处独自念叨，但往往不会说出声，比如我会想"她今天看起来真不错"，但不知道什么原因，我从未想过要把这些念头大声说出口。我的母亲喋喋不休，我的妹妹也喋喋不休，而我自小就习惯了倾听。因此，此刻我坐在沙发上一声不吭，觉得有点儿颓唐，于是先翻了翻玛戈的一本杂志，又浏览了一会儿电视频道，最后选定了一部黑白老片，片中那些戴着软呢帽的男人在龙飞凤舞地记笔记，一位美貌的家庭主妇声称她的丈夫正远在加利福尼亚州的弗雷斯诺市，两名警察闻言意味深长地对视了一眼，点了点头。这一幕让我想起了吉尔平和波尼，胃中不禁一阵翻江倒海。

　　正在这时，我口袋里的一次性手机发出了一阵响铃声，表示我收到了一条短信，那条短信赫然写着："我在门外，快开门。"

艾米·艾略特·邓恩

2011 年 4 月 28 日

## 日记摘录

"坚持坚持再坚持"，这是莫琳的原话。说出这些话的时候，她露出一副笃定的神色，一个字一个字都说得铿锵有力，仿佛那真是一套行得通的人生策略，结果那套陈词滥调听上去不再是一个个词语，却摇身变成了有血有肉的实物，变成了沉甸甸的金玉之言。"坚持坚持再坚持"，没错！我暗自心想。

不过话说回来，中西部人身上的这种风格确实很讨我的欢心，他们什么事都不放在心上，连死亡也没什么大不了。莫琳会一直"坚持坚持再坚持"，直到癌症把她放倒，到时候她才会离开人世。

因此，我正争取尽最大努力挽回糟糕的局势，而且我是严格按莫琳的用法来说这些话的。我一门心思干着活儿：我开车送莫琳去见医生、做化疗，我把尼克父亲家花瓶里令人作呕的水换了换，还给相关工作人员送了曲奇，让他们好好地照顾他。

目前的形势确实糟糕透顶，我也确实在尽最大的努力，而形势糟糕透顶的原因要说到我丈夫的头上，这个男人把我带到了这个小镇，让我抛弃了熟悉的一切，好让他来照顾生病的父母，可是眼下他似乎已经对我失去了兴趣，也对他那生病的父母丁点儿兴趣也没有。

尼克已经在心里把他的父亲一笔勾销，他连父亲的名字也不愿意提，我知道每逢"康福山"养老院打来电话的时候，尼克都暗自希望她们送来的是父亲的死讯。至于莫琳，尼克只陪他的妈妈去做过一次化疗，然后便嚷嚷着无法忍受，他说他讨厌医院，讨厌病人，讨厌时间嘀嘀嗒嗒慢吞吞地走，也讨厌一滴滴慢得要人命的静脉输液——总之他就是做不到。当我千方百计想要说服他，试图让他扛起自己的担子，他却把担子推给了我，因此我就扛起了他的担子，莫琳则成了他怪罪的对象。有一天我和莫琳坐在一起，一边漫不经心地在我的电脑上看浪漫喜剧一边聊天，那静脉输液……那还真是一滴滴慢得要人命，这时朝气蓬勃的女主角被一张沙发绊了一跤，莫琳转身对我说道："不要太苛责尼克了，别怪他不想挑这副担子吧，我一直宠着他，把他捧在手心里……怎么能不宠他呢，看他那张面孔长得多可爱，因此他挑不了什么辛苦的担子，但我真的不介意，艾米，我真的不介意。"

"你应该介意。"我说。

"尼克不需要向我证明他的爱，我知道他爱我。"她说着拍了拍我的手。

莫琳无怨无悔的母爱让我心生敬佩，因此我没有告诉她我在尼克的电脑上发现的那份写作提案，那是一本回忆录提案，讲的是一位曼哈顿的杂志撰稿人返回密苏里州的故乡照顾他生病的父母。尼克的电脑上有着各种稀奇古怪的东西，有时候我会忍不住去打探一番，这样就能摸到一些蛛丝马迹，明白我的丈夫在想些什么，他的搜索历史记录给我提供了最新的线索，上面有黑色电影[1]、有他原来供职的那家杂志的网站，还有对密西西比河的一番研究，主题是有没有可能从这里一直顺流漂到墨西哥湾。我知道他在计划些什么，他想学着哈克贝利·费恩的样子沿密西西比河顺流而下，并就此写上一篇文章，尼克这个家伙总在寻找不同的角度。

就是在梳理这些线索的时候，我发现了那本书的提案。

该书名为"双重生活：忆一段既是终点又是起点的时光"，该书将与"X一代"[2]的男性有着深切的共鸣，这些男性刚刚开始体验照顾年迈的父母所带来的压力。在"双重生活"一书中，我将详细写道：

---

[1] 电影界用语，多指好莱坞侦探片，特别是强调善恶划分不明确的道德观与来自性的动机的题材。——译者注
[2] 指出生于 20 世纪 60 年代中期至 70 年代末的一代人。——译者注

·对于毛病缠身、一度有所隔阂的父亲，我是如何一步步加深了解；

·面对我那命悬一线的深爱的母亲，我是如何从一个无忧无虑的年轻人被迫痛苦地变成了一个当家人；

·我那位出身曼哈顿的妻子不得不放弃往昔那令人陶醉的生活，对此她是如何一腔怨气，有一点应该提到，我的妻子正是艾米·艾略特·邓恩，也就是畅销书"小魔女艾米"的原型人物。

提案没有写完，我猜是因为尼克意识到他永远也无法了解他那位一度有所隔阂的父亲，因为尼克正在把"当家人"的担子往外推，还因为我对这里的新生活并没有一腔怨气。我在这里确实觉得有点儿受挫，没错，但并没有一腔值得写上一本书的苦水。多年以来，我的丈夫一直在为中西部人那经得住风雨的情感唱颂赞歌：他们多么坚忍、多么谦卑，一点儿也不矫揉造作！但这样的人无法给一本回忆录提供丰富的素材，想象一下该书封套上的词句吧：人们大半辈子乖乖地做着良民，然后他们就翘了辫子。

但那些言辞还是在我的心上扎了一下，"我那位出身曼哈顿的妻子……是如何一腔怨气"。也许我确实难以驾驭，我想起了莫琳的为人自始至终都是如何可爱，我担心我和尼克并非天造地设的一对。如果遇上一个喜欢照顾丈夫、喜欢家政的女人，也许他会更加快活，我说这些话并不是想要抹黑照顾丈夫和家政的手艺，天知道，我多么希望自己有这些技艺傍身呀。我希望我能把尼克的日常生活看得更重一些，一心想着尼克是不是总能用上他最喜欢的牙膏呢，我希望自己能想也不想便随口说出他的衣领尺码，我希望我是个无怨无悔、满腔爱意的女人，最大的幸福就是让我的男人幸福快活。

跟尼克在一起，我曾经有一阵子变成过这副模样，但我无法永远是那副模样，我还没有那么无私。"独生子女就是这样"，尼克时不时便会这么说。

但我还在放手尝试，"坚持坚持再坚持"嘛。尼克又像个孩子一样在城里东奔西跑了，他很高兴能回到密苏里，这里有他的舞台，他最近减了十磅左右体重，换了一个新发型，买了新牛仔裤，看上去意气风发。我只能在他匆匆回家或匆匆出门的时候瞥见他的身影，但那急匆匆出门的架势却是他装出来的。"你不会喜欢那种场合的"，每当我要跟他一起去的时候，不管要去哪里，他都会用这句话来搪塞我。当他的父母对他再没有用处时，他把他们抛到了一边，现在他又抛下了我，因为我融不进他的新生活。在这里他必须工作才能让我过得舒服，而他并不想那么干，他想要尽情享受。

别想了，别再想了，我必须看看光明的一面。这话可不是夸张的说法，我必须停止用黑暗阴郁的目光来打量我的丈夫，我要重新看到他欢欣明亮的一面，我必须更加敬慕他，好似以前一样。爱慕之情确实会鼓舞尼克，我只是希望我们之间能够更加平等。我的脑海中满是尼克的身影，仿佛装了一窝嗡嗡乱叫的蜂群，它们一直哼着"尼克尼克尼克"，而当我想象他脑海中的一幕，我却听到自己的名字好似羞答答的一声脆响，一天只会响起一两声，随后便会飞快地销声匿迹。我只不过希望他能多想想我，恰似我想他那么多。

这样不对吗？我已经不再知道答案。

## 尼克·邓恩
## 事发之后四日

她正站在橙色的路灯灯光下，身穿一条轻薄的太阳裙，一头秀发在潮湿的天气中显得波涛起伏，那是安迪。她一溜烟冲进了门，张开双臂作势要拥抱我，我赶紧嘘了一声："等一下，等一下！"我刚关上门，她就已经搂住了我，把面颊紧贴在我的胸膛上，我伸出一只手搂住她光溜溜的后背，闭上了双眼。我感觉松了一口气，心中却又涌起几分恐慌，那种感受让人反胃，恰似人们好不容易止住了痒，却发现是因为自己已经把皮肤挠破了一道口子。

我有一个情人。此时此刻，我不得不告诉你我有一个情人，而我将从此失去你的欢心，如果一开始我还讨得了你几分欢心的话。我有一个美貌而年轻的情人，年纪简直轻得厉害，她的名字叫作安迪。

我知道，这事很糟。

"宝贝，你他妈的为什么不给我打电话？"她的面颊依然贴在我的身上。

"我明白，亲爱的，我明白，你绝对想不到我刚刚经历了一阵多难熬的日子，你是怎么找到我的？"

她还没有放开我，"你家里黑着灯呢，因此我想去玛戈家试试看。"

安迪知道我的习惯，也知道我会在哪里待，我们在一起已经有一段时间了。我有一个长相美貌动人、年纪轻得要命的情人，我们已经交往一段时间了。

"我担心你，尼克，担心死了。当时我正在马迪家，电视开着，突然间我就在电视上，嗯，我一眼见到一个看上去跟你长得一模一样的男人，正在说他失踪的太太呢，后来我才回过神来，那就是你本人嘛。你能想象我吓得有多厉害吗？结果你还不肯联络我？"

"我给你打过电话。"

"你说什么'别走漏一点儿风声，按兵不动，我们见面再说'，这是你给我下了一道命令，要联络的话才不是这副样子呢。"

"我没有多少一个人待着的机会，我的身边总是有人，要么是艾米的父母，要么是玛戈，要么是警察。"我说着朝她的一头秀发呼了一口气。

"艾米不见了？"她问道。

"她不见了。"我说着从她的怀中抽出身来坐到沙发上，她在我身边坐下，一条腿贴着我的腿，一条手臂挨着我的手臂，"有人把她掳走了。"我说。

"尼克？你还好吗？"

她那巧克力色的卷发盖着她的下巴、锁骨和双峰，我望着一缕发丝随着她的呼吸起起伏伏。

"不，不太好。"这时我做了个手势示意她噤声，又伸手指着走廊，"我妹妹在呢。"

我们肩并肩坐着，一声不吭，电视上还在放那部警匪老片，戴软呢帽的男人正在动手抓人。我感觉她的手钻进了我的手里，她向我靠过来，仿佛我们正要舒舒服服地过一个电影之夜，好似一对无忧无虑又懒洋洋的夫妻，接着她掰过我的脸吻了吻我。

"安迪，别这样。"我低声说。

"就要这样，我需要你。"她又吻了吻我，爬到我的腿上跨坐着，身上的棉布裙卷到了膝盖上，一只人字拖掉在地板上，"尼克，我一直担心你担心得要命，非要你把手搁在我身上，我才能安心，我脑子里一直只想着这件事，我怕死了。"

安迪是个"欲女"，这话并不是说"我和她之间全冲着男女之事"。她喜欢拥抱，喜欢爱抚，喜欢用手指挠挠我的头发和后背，爱抚能够让她安心且舒服，不过话说回来，好吧，她也确实中意男女之事。

166

安迪扯了扯自己的夏装，猛地拉下了太阳裙的上半身，把我的手搁到了她的胸部，我的欲望立刻应召而来。

"我想跟你干一场。"我差点儿大声对安迪说出口来，这时却听见妻子的声音在我耳边说"你是个温暖的人"。我冷不丁抽开了身子——我实在太累了，眼前的房间正在天旋地转。

"尼克？"安迪的下唇还沾着我的唾沫，"你怎么啦？我们之间出问题了？是因为艾米吗？"

我一直觉得安迪年轻得要命，她才二十三岁，当然年轻得要命，但此刻我才发现她年轻得多么荒诞，多么不负责任，多么灾难深重，简直年轻得毁天灭地。从她嘴里听到我妻子的名字总能让我心头一震，她倒是经常提起艾米的名字，她喜欢谈起艾米，仿佛艾米是一场夜间肥皂剧的女主角。安迪从来没有将艾米当作情敌，她一直把艾米当作剧中的一个角色，总在问关于我们夫妻生活的问题，也问关于艾米的问题，"你们两个在纽约的时候都干些什么呀？比方说，你们周末做什么呢？"有一次，我告诉安迪我们去听歌剧，结果安迪的嘴张成了一个圆圆的"O"形。"你们去听歌剧呀？她穿什么衣服去呢？曳地长裙吗？外面会套一件皮草吗？戴什么样的珠宝，梳什么样的发型？"安迪还问艾米的朋友是什么样的人、我跟艾米谈些什么、艾米到底什么样……总之一句话，艾米跟"小魔女艾米"一样完美吗？这就是安迪最喜欢的睡前故事：艾米。

"我妹妹在另外一间屋里，亲爱的，你压根儿就不该来这儿。上帝啊，我多么希望你在这儿，但你真的不应该来，宝贝，等我们弄明白到底出了什么事情再说吧。"

"你才华横溢"，"你才思敏捷"，"你是个温暖的人"，"现在，吻我吧"！我的妻子在提示中写道。

安迪仍然趴在我的身上，裸露着双峰，胸前的两粒樱桃被空调激得发硬。

"宝贝，眼下我们之间要办的事就是，我必须确保我们两个人没出问题，这就是我要的一切。"她说着朝我贴了过来，她的身子又温暖又醉人，"这就是我要的一切，求求你，尼克，我吓坏了，我了解你，我知道你现在不想说话，那也没有问题，但我需要你……跟我在一起。"

此刻我真想吻她，恰似我初次吻她的时候：那时我们的牙齿互相磕碰，她歪着头贴着我的面孔，发丝挠着我的手臂，那是一个深吻，我的脑子里除此以外一片空白，因为那一吻太过缠绵，再寻思其他的念头实在要命得很。眼下只有一件事拦着我，让我不能拉着她走进卧室，那并非因为我与她的欢爱是多么不应该（一直以来，我们反正已经罪恶滔天了），而是因为我与她的欢爱眼下真的很要命。

再说还有艾米呢。恍惚间，我又听见了艾米的声音，我妻子的声音已经在我的耳边驻扎了整整五年，但此刻它不再是声声责骂，而是又变得甜蜜动人。我太太只不过留下了三张小字条，就让我变得无精打采又满腹感伤——我真心不喜欢这一点。

我绝对没有感伤的权利。

安迪正在往我的身上钻，而我却在寻思着警方是否监视了玛戈家，我是否应该注意听着敲门声——说来说去，我毕竟有一个非常年轻、非常美貌的情人。

母亲总是告诉我们，如果你打算要办一件事，而你又想知道此事是否妥当，那就想象一下那件事堂而皇之地印在报纸上，全世界的人都看得到。

**尼克·邓恩**，一名曾经的杂志撰稿人，于 2010 年遭遇裁员，后来同意为北迦太基专科学校教授新闻课程。这位已婚的成熟男性迅速利用了职务之便，跟一名年轻学生展开了一场热烈的婚外恋。

我简直活生生是每个作家最害怕的梦魇，我身上的情节尽是毫无新意的老一套。

那现在就请让我再讲上一大堆老一套，以求博得读者一乐吧。这场外遇是一步接一步发生的，我从来没有想过要伤害任何人，也从未想过自己会陷得这么深，但这份情缘并非只是逢场作戏，也不只是为了助长自信，我真的爱上了安迪，我爱她。

当时我教授的一门课叫作"如何在杂志业展开职场生涯"，班上总共有十四个学生，水平参差不齐，通通都是女孩。我本来应该用"女性"这个词，但我觉得就事实来说，说她们是"女孩"倒是确凿无误，这些女孩都希望在杂志业就职，她们可不是灰头土脸干苦活的女孩，她们一个个都十分光鲜亮丽。女孩们已经看过相关影片，她们想象着自己在曼哈顿东奔西走，一只手端着一杯拿铁咖啡，另一只手拿着手机，招呼一辆的士时却不小心扭断了名牌高跟鞋的鞋跟，那副可爱的模样真是楚楚动人。正在这时，一位魅力四射、亲近可人的男士一把接住了那个快要跌倒的小可怜，她正好落入了知己情人的怀抱，他们两个人心心相印，而他的头发凌乱得让人倾倒。这些女孩根本不知道她们的职业选择是多么愚蠢无知，我原本打算用自己丢了饭碗的故事给她们敲敲警钟，不过我实在无心扮演一个悲剧角色，因此，我寻思自己可以用一副满不在乎的模样给她们讲讲这个故事，权当几句玩笑话……裁员有什么大不了的嘛，那样我就能在自己的小说上多花些功夫了。

可在第一堂课上，我就回答了一大堆让人肃然起敬的问题，于是我立刻摇身一变成了个夸夸其谈、废话连篇的家伙，一个巴不得吸引眼球的浑球，根本没有办法开口讲出事实：在第二轮裁员时，有人通知我去总编的办公室，于是我一步步穿过一长排小隔间向目的地走去，仿佛正在一步步赶赴刑场，所有人的目光都紧紧地追随着我，而我仍然心存侥幸，暗自希望总编开口说出的不是解雇的宣判——拜托你了，说说这本杂志眼下比以往任何时候都更加需要我吧。没错！这肯定是总编找全体员工讲话，给大家打气的时候！可惜事与愿违，我的老板只说了一句话，"不幸的是，我想你自己也清楚我叫你过来的原因"，他边说边伸手揉着躲在镜片后面的双眼，好让我看看他是多么疲倦，又是多么沮丧。

我希望能尝尝当一个帅呆了的赢家是什么滋味，因此我没有把自己丢了饭碗的事情告诉学生们，反而告诉他们我家里人生了病，不得不回来照顾家人。"这也是响当当的真话啊，一点儿也没吹牛，而且听上去极富英雄气概。"我暗自心想。当时美貌动人的安迪正坐在我面前几英尺远的地方，她的脸上撒了几粒雀斑，一头巧克力色的卷发波浪起伏，秀发下有一双蓝眼睛，柔软的嘴唇微微张开，一对没有动过手脚的乳房纯属原装货，大得有点儿离谱，还长着纤细的长腿和手臂。我不得不说，安迪真他妈是个难得一见、脑袋空空的绝色娇娃，跟我那个优雅动人、大家风范的妻子简直南辕北辙。安迪身上正隐隐散发出阵阵热度和股股薰衣草香气，她在笔记本电脑上敲着字，不时用沙哑的声音问个问题，比方说，"你怎么让报料人信任你，向你敞开心扉呢？"当时我便暗自心想："他妈的，这靓妞是从哪里冒出来的？是有人在耍我吗？"

有时你扪心自问："你怎么干出这种事来了呢？"我对艾米一直忠心不二，如果在酒吧里有个女人举止太过轻浮，如果她的触碰让我感觉有点儿飘飘然，那我会借故早点儿从酒吧里走掉。我可不是一个背着太太劈腿的家伙，我也对不忠的人们没什么好感——劈腿的人们既不老实也不尊重人，一个个小肚鸡肠，是群被宠坏的家伙。我一直没有向各色石榴裙低头，但那已经是过去的事情，那时候我还快活着呢。我不愿意承认答案是如此简单，但我这辈子都一直逍遥快活，而眼下我却不太开心，结果眼前又冒出了一个安迪，下课后还流连着不肯走，非要问我一些关于我自己的问题——艾米就从来没有问过这些问题，至少最近没有问过。安迪让我觉得自己还是个有点儿分量的人，而不是那个丢了工作的白痴，不是那个忘了把马桶座圈放下去的傻蛋，也不是那个什么也做不到位的蠢货。

有一天，安迪给我带来了一个苹果，一只红蛇果（如果我要为这场外遇写本回忆录的话，我就会把书名叫作"红蛇果"）。她请我看一看她写的故事，那是一则人物简介，主角是圣路易斯一家俱乐部里的一位脱衣舞娘，读上去活像《阁楼论坛》杂志上刊载的报道。在我读报道的时候，安迪一边吃着送给我的苹果，一边俯身越过我的肩膀，嘴唇上莫名其妙地沾着几滴蛇果汁。那时我的脑海中闪过了一个念头，"天哪，这女孩是在施展招数勾引我哪"，我顿时傻乎乎地吓了一跳，顷刻间摇身变成了上年纪的本杰明·布拉多克①，正在面临女人的诱惑。

安迪的招数确实生了效，我开始把安迪当作一根救命绳、一种机遇、一条出路。等到回到家中，我会发现艾米缩成一团躲在沙发上，眼睛直愣愣地盯着墙壁，一句话也不说，等着我开口打破僵局。她总是玩不腻这一套，从

---

① 电影《毕业生》中的角色。——译者注

来不肯先开口打破沉默，反而一直在等我猜她的心思：今天能用什么哄艾米开心呢？我在心里暗自琢磨，安迪可不会玩这一套，安迪听到这个笑话会哈哈大乐，安迪会为这个故事捧场，那副架势仿佛我对安迪知根知底。安迪是个善良、美貌、双峰傲人的爱尔兰女孩，来自我的家乡，毫不装腔作势，一天到晚开开心心；安迪还坐在前排听我教授的课程，看上去显得很温柔，对我兴趣浓厚。

当想起安迪时，我不会像想起自己的妻子时那样感觉腹中翻江倒海——我一直害怕回到自己的家，那个家并不欢迎我。

我开始做起了白日梦，想象着这段情缘会如何拉开帷幕，我也开始渴望安迪的爱抚，没错，就是这么俗套，简直像20世纪80年代一首蹩脚单曲里上不了台面的唱词。我希望安迪来爱抚我，我希望有人来爱抚我，因为我的妻子不肯让我爱抚她：在家里，我的太太好似一条鱼一样从我的身边溜过，一闪身躲进了楼梯间或厨房里，让人伸出手也摸不着；我们一声不吭地看着电视，一个人坐着一个沙发垫，仿佛那是两艘各不相干的救生筏；在床上，她转身留给我一个后背，用毯子和床单把我们两个人隔开。有一次，我在夜里醒了过来，又心知她睡得正熟，于是伸手把她的吊带拨到了一边，用自己的脸颊和一条胳膊贴上了她那光溜溜的肩膀。那一晚我简直无法入眠，心中充满了对自己的憎恶。后来我下床在淋浴间里打了一回手枪，一边自慰一边想着艾米，想着她以前望着我时那副勾魂的样子，想着那双垂下眼帘的眼睛，那双眼睛曾经让我沉迷，让我感觉她的目光落在我的身上。打完手枪后，我一屁股坐进了浴缸里，直愣愣地瞪着一摊精液，我的"小兄弟"可怜巴巴地躺在左侧的大腿上，好似被冲到岸边的小动物。我在浴缸里感觉满腔屈辱，千方百计想要憋住眼泪。

就这样，我与安迪的情缘拉开了帷幕，正赶上四月初那场突如其来、没头没脑的暴风雪。噢，不是今年四月，而是去年四月，当天我一个人在"酒吧"里干活，因为玛戈要去照顾妈妈——我们总是轮换着留一个人在家里陪妈妈，看看难看的电视节目，这个人也就用不着去"酒吧"上班。妈妈已经撑不了多久了，她连这一年都熬不过。

事实上，那天晚上我心情大好：妈妈和玛戈正依偎在家里看安妮特·富尼切洛主演的一部海滩电影，酒吧里则热闹非凡，仿佛每个人都心情正佳。美貌小妞对长相平平的男人们颇为和气，人们动不动就没头没脑地为陌生人买酒喝，到处喜气洋洋，一眨眼就到了打烊时间，酒吧里的客人一股脑儿涌了出去。我正要把门锁好，安迪却猛地推开门走了进来，差点儿一头撞到我的身上，我能闻到她的呼吸中有淡啤的甜香，一头秀发散发出柴火的烟味。在那电光火石的一瞬间，我呆了片刻……知道吧，当你从来都只在一种场合遇见某个人，要是这个人出现在另一种场合的话，你恐怕一时也回不过神来。此时此刻，安迪居然在酒吧里，那也行啊，她放肆地笑出了声，一把将我推进了屋。

"我刚刚遇上了一场糟糕透顶的约会，你必须陪我喝一杯。"她那一头秀发隐隐地积着雪花，可人的雀斑闪着光泽，双颊泛上了两团粉色的红晕，仿佛有人刚刚在她的脸上掴过几掌。她的声音让人想起毛茸茸的小鸭子，刚开始听上去可爱得要命，最后却拖着一缕极为性感的余韵，"求你了，尼克，破烂约会败了我的胃口，我好歹得换一换心情吧！"

我记得当时我们两个人一起放声大笑，而我暗自寻思着：眼下我正跟一个女人待在一起，听她咯咯地笑，这情景轻松得让人飘飘然。安迪身穿一条仔裤，搭配着一件 V 领羊绒衫；她穿仔裤比穿礼服更加美艳，面孔和身体都流露出一种恰到好处的不经意。我站到吧台后，她坐在酒吧的一条高凳上，打量着我身后的一排排酒瓶。

"你想喝点儿什么，女士？"

"随你挑，让我开开眼界吧。"她说。

我"嘘"一声作势吓她，一双嘴唇跟着噘了起来，仿佛要接上一个吻。

"现在随你挑一种酒，让我开开眼界。"她俯身向前，让自己的乳沟冲着吧台，双峰显得挺翘傲人。安迪戴了一条细细的吊坠金链，那吊坠滑进了她的毛衣，滑到了她的双峰之间。"别犯贱，别做美色当前就流口水的家伙。"我暗自心想。

"你喜欢什么口味？"我问道。

"不管你给我什么，我都一定会喜欢的。"

就是那句话打动了我的心，我喜欢那句直来直去、简简单单的话；我愿意相信自己可以讨得一个女人的欢心，而且这事易如反掌。"不管你给我什么，我都一定会喜欢的。"那一刻，我感到心中涌起一阵铺天盖地的轻松，于是我明白自己不再爱着艾米了。

"我不再爱我的妻子了，一点儿也不爱，我的身上已经不再沾染一根情丝。"我一边想一边转身拿起两只平底玻璃杯，做了我最喜欢的饮料"圣诞之晨"，那是热咖啡加上冰凉的薄荷杜松子酒。我跟安迪喝了一杯，她打了个颤，放声笑了起来，我又为我们两个人满上了酒。打烊时间已经过去了一个小时，我们一直在一起喝酒，其间"太太"这个词从我嘴里冒出来过三次，因为我正在端详着安迪，暗自想象着她衣衫尽解的一幕。提起"太太"是我唯一能做的一件事，那是我对她的警告：我可是有家室的人，你自己看着办吧。

安迪坐在我的面前，用手托着下巴，抬头望着我微笑。

"陪我回家吗？"她说。刚才她曾提到自己就住在市中心附近，还说她会时不时拐到酒吧来跟我打声招呼……话说回来，她有没有提到过自己住的地方离酒吧有多近？我的心已经进入了角色，在一幕幕白日梦里，我已经一次次漫步走过屈指可数的几个街区，走向安迪家那栋平淡无奇的砖砌公寓，因此当我突然间抬脚出门陪着她回家的时候，一切看上去都那么顺理成章，我的脑海里并没有敲响一声警钟，告诉我"这件事很反常，我可不能这么做"。

我顶着漫天风雪陪她回家，还帮她重新整理好身上的红色针织围巾：理了一次，理了两次，到了第三次的时候，我总算找到了对付围巾的门道，我们两人的面孔贴得很近，她的脸颊上泛起了两团喜气洋洋的粉红色。那一瞬间原本难得一遇，但当时偏偏集齐了一切契机，不管是安迪与我的一番对话、几杯酒、一场暴风雪，还是那条围巾。

于是我们同时伸手搂住了对方，为了借力，我还把她压到了一棵树上。这时细长的树枝"哗啦"一声朝我们的脑袋上倒了一蓬雪，那一刻真是又吓人又好笑，但这场虚惊让我更加急迫地想要爱抚她，想要在瞬间摸遍她的全身，于是我伸出一只手进了她的毛衣，另一只手滑进了她的两腿之间，她并没有拦住我。

她从我身边抽开身子，牙齿咯咯作响，"跟我上楼来吧。"

我顿了一顿。

"跟我来，"她又说了一遍，"我想和你在一起。"


我们之间的鱼水之欢算不上有多销魂，反正第一次只能算表现平平。我们两个人都已经习惯了不同的节奏，一直不太合拍，再说我已经有很长时间没有做爱了，于是我很快就一射如注，接着一鼓作气用逐渐泄气的"小兄弟"在她体内抽动了三十秒，直到自己完全松弛下来——这是至关重要的三十秒，恰好让她也得到了满足。

换句话说，我们之间的鱼水之欢还不算糟糕，但颇有几分令人失望、虎头蛇尾，女孩们在这种时候也必定有这种感觉："闹了这么大个阵仗，结果就是这样？"但我喜欢安迪用身子紧贴着我，我喜欢她跟我想象中一样柔软，还有一身娇嫩的肌肤。"真是年轻啊。"我偷偷摸摸地想道，心中浮现出艾米坐在床上怒气冲冲往身上涂润肤露的一幕。

我走进安迪的浴室，先撒了泡尿，随后望着镜子里的自己，强令自己把话说出了口："你是个背着老婆劈腿的家伙，你没有守住男人最基本的底线之一，你不是个好男人。"可这些话并没有让我心神不宁，于是我暗自想道："原来你还真不是个好东西。"

说起来，有件事才真是让人后背发寒：如果那次翻云覆雨真的棒得不得了，那可能就是我唯一一次不检点了，可惜那次欢爱也就勉强说得过去，而我却因此成了一个出轨的男人。我可不能让自己的贞节牌坊砸在一场"勉强说得过去"的欢爱上，因此我心知安迪和我之间还有下一场，于是当时我并未向自己承诺再也不犯事了。结果我们的第二次欢爱颇为惬意，第三次则极为销魂，不久之后，安迪就变成了艾米的对立面——有血有肉的对立面。她跟我一起放声大笑，她逗我笑，她不会立刻跟我回嘴，也不会对我放马后炮，从来不会对我怒目而视。跟她相处很容易，真是他妈的太容易了，于是我暗自心道："爱情让你想要完善自身……这话没错，没错，但话说回来，也许爱（我指的是真爱）也会允许你做回自己。"

我本来打算告诉艾米，迟早总有摊牌的一天嘛。可我一直瞒着她，瞒了一个月又一个月，然后巴不得再多瞒几个月，主要是因为怯懦。我受不了那番向艾米交底的谈话，受不了必须给出解释，也无法想象与兰德和玛丽贝思讨论离婚事宜的一幕——不消说，到时候我的岳父母肯定会插手这件事。但说实话，其中也有几分是因为我身上有强烈的实用主义倾向，我居然能够这么看重实际（换句话说，也就是利己），几乎有些可笑。我没有向艾米提出离婚，部分原因是：当初是艾米出钱资助我开了"酒吧"，基本上"酒吧"属于艾米，离婚后她一定会把"酒吧"收回。我不忍心看着自己的孪生妹妹再一次失去生命中的几年光阴，却还要挺起胸膛去勇敢面对，因此我对这种惨兮兮的婚姻听之任之，一心相信到某个时候艾米自然会接管局面，她会提出离婚，那我就能继续扮演好人了。

我想要摆脱当前的局面，却又不想担起罪责，这原本是小人所为，不过我越是上不了台面，就越加渴望安迪——如果我的故事被登在报纸上供陌生人作为话柄，安迪会明白我并不像表面上一样是个卑鄙小人。"艾米会跟你离婚的，她不会让事情再拖下去。"我一直在想。但春去夏来，秋天降临了，冬天也降临了，我的劈腿史已经横跨了整整一个年头，我的情人变得有些不太耐烦，事情很明显，必须有人出手解决这件事。

"我的意思是，我爱你，尼克，不管发生什么事。"此刻安迪就在这儿，就在我妹妹的沙发上，这一幕真是如梦如幻，"我真的不知道还应该说些什么，我觉得自己……蠢得很。"她边说便举起了双手。

"别这样，我也不知道说什么，没什么可说的。"我说。

"你可以说，不管发生什么事，你都一样爱我。"

我暗自心想，"我再也无法大声说出那句话了。"以前我贴着她的脖子喃喃不清地说过一两次，但眼下风声已经传了出去，又出了那么多事，我不禁回想着我们那段轰轰烈烈却又遮遮掩掩的地下情，暗自诧异自己居然对这段地下情如此大意。如果她的楼里有一个安全摄像头，那我肯定已经被拍了下来。为了接她的电话，我倒是特意买了一个一次性手机，可是语音留言和短信都会发到她的常用号码上。我还给她写过一则色情的情人节短信，眼下我几乎已经看到新闻上铺天盖地地登载着那条短信的内容，好家伙，我在短信里还用了"使人倾情"来跟"林中幽径"押韵呢。还有一点不要忘了，安迪只有二十三岁。就冲着这些，我猜不少电子乐会随手把我这倒霉蛋的言辞和声音用上，甚至连我的照片也不放过。曾有一天晚上，我翻阅安迪手机上的照片，当时我满腔醋意和好奇，还有着几分占有欲，结果在照片上看到了她的一两个前男友，安迪手机里有许多关于他们的照片，男人自豪地在她的床上微笑，而我猜想有一天自己的床照只怕也会存到安迪的手机里（其实我还挺期待这一天），出于某种原因，当时我并没有为此担心，但眼下细想起来，那些床照说不定会被人下载，只要有人用报复的手指轻轻一摁，我的床照就会在顷刻间发送给百万公众。

"眼前的局势非常奇怪，安迪，我需要你耐心等着。"

她从我怀里挣开了身子，"你说不出口吗？为什么不说不管发生什么事，你都一样爱我？"

"我爱你，安迪，我爱你。"我望着她的眼睛说道。眼下说"我爱你"确实有风险，但不说的话同样有风险。

"那就来一场吧。"她一边低声说，一边开始扯我的皮带。

"眼下我们要十分小心，我……如果警方发现我们的关系，对我来说可就很不妙了，非常非常不妙。"

"这就是你担心的事呀？"

"我的太太好端端地失了踪，我还有个秘密……女友，没错吧，看上去很不妙，看上去就脱不了干系。"

"听你这么说，我们的这段情显得很下贱。"这时她的双峰还露在外面。

"人们可不清楚我们的为人，安迪，他们会觉得这段情很下贱。"

"上帝呀，简直就像蹩脚的黑色电影。"

我闻言露出了笑容，是我向安迪推荐了黑色电影——鲍嘉①及其出演的《夜长梦多》，还有《双重赔偿》等，所有的经典我都一股脑儿向她介绍了。这是我们的情缘中最讨我欢心的地方，我可以向安迪展露自己的见识。

"为什么我们不干脆告诉警察呢？那会不会更好一些……"她说。

"千万别，安迪，连想也不要想，没门儿。"

---

① 亨弗莱·德弗瑞斯特·鲍嘉（1899~1957）美国男演员，其参演的名作有《北非谍影》。——译者注

"他们会发现的……"

"怎么会？警方怎么会发现……你有没有跟其他人提过我们的事，亲爱的？"

她颇为紧张地看了我一眼，我顿时感觉很糟糕：这可不是安迪期待的一夜。她原本很高兴看到我，想象着火辣辣的男欢女爱，期待着肉体的互相慰藉，我却一心忙着收拾自己的烂摊子。

"亲爱的，对不起，这个问题我一定得问。"我说。

"叫不上名字。"

"你是什么意思，叫不上名字？"

"我的意思是，"她终于拉上了自己的衣服，"我的朋友、我的妈妈，他们知道我在跟一个人约会，但他们叫不上名字。"

"也跟人对不上号，对不对？"我的口气比想象中更加迫切，仿佛我正在努力撑起一片倒塌的天花板，"只有两个人知道我们的事情，安迪，就是你和我。如果你站在我这边，如果你爱我，那就千万不要走漏风声，警方永远也查不出来。"

她用一根手指轻抚着我的下巴，"如果……如果警方一直找不到艾米，那怎么办呢？"

"安迪，无论发生什么事，我和你，我们两个人都会在一起，但我们必须非常小心，如果我们不小心的话，有可能……局势看上去很糟糕，我可能会坐牢。"

"也许她跟着野汉子跑掉了，也许……"她边说边把脸颊贴在我的肩膀上。

我能感觉到她那稚气未脱的小脑瓜正塞满了各种念头，把艾米的失踪想成了一出浅薄暧昧的言情剧，还把不符合这出言情剧的事实全部抛在了脑后。

"她没有跑掉，事情要严重得多。"我用一根手指托着她的下巴，让她望着我，"安迪？我想让你认真对待这件事，好吗？"

"当然啦，你看我哪里不认真了吗，不过我要多跟你谈谈，多见见你，我吓坏了嘛，尼克。"

"眼下我们不能轻举妄动。"我抓住她的双肩，让她望着我的眼睛，"我的妻子失踪了，安迪。"

"但你压根儿就……"

我知道她想要说出口的那句话——"你压根儿就不爱她"，但安迪并没有那么蠢，于是她及时住了口。

她伸出双臂搂着我，"我可不想跟你吵，我知道你关心艾米，也知道你一定很担心，我也一样啊。我知道你……我无法想象你的压力有多大，所以我可以比以前更加低调，如果可能的话。不过你要记住，这件事对我也有影响，我得有你的消息才行，每天一次吧，只要有时间就打电话，即使只有几秒钟也行，让我听听你的声音。每天一次，尼克，一天也不许漏，不然的话我会抓狂，我真的会抓狂。"

她向我露出一抹笑容，低声说："现在就来吻我。"

我温柔地吻了吻她。

"我爱你。"她说。我吻了吻她的脖子，含糊不清地答了话。我们一声不吭地坐着，电视机还在一闪一闪地发亮。

我闭上了双眼，"现在就来吻我"，是谁说过这句话？


刚过清晨五点，我就冷不丁醒了过来。玛戈已经起了床，我能听见她迈步走下过道，打开了浴室里的水龙头，便赶紧摇了摇安迪——"已经早上五点啦，五点啦"。我满嘴承诺着一心爱她，又承诺着会给她打电话，匆匆忙忙地把她向门口推去，仿佛她是个丢脸的一夜情对象。

"记住啊，每天都要打电话。"安迪小声说道。

这时我听见浴室开了门。

"每天都打。"我说完闪身开了门，安迪溜了出去。

我转过身时，玛戈已经站在了客厅里。她的嘴张得老大，显然惊得目瞪口呆，但从她的身姿来看，眼前的玛戈简直怒火攻心：她的一双手叉在腰上，两根眉毛立成了一个 V 字。

"尼克，你这白痴。"

艾米·艾略特·邓恩

2011 年 7 月 21 日

## 日记摘录

我真是一个彻头彻尾的傻瓜，有时候我端详着自己，暗自心想："这副样子怎么跟尼克的母亲比呢，难怪尼克觉得我又可笑又轻浮，完全是个被宠坏的娇小姐。"莫琳快要撑不住了，她把病情藏在灿烂的笑容和宽松的绣花运动衫背后，每当人们问起她的健康状况，她就回答道："哦，我还不错，你怎么样呢，亲爱的？"她快要撑不住了，但她嘴上还不肯承认，至少目前还没有松口，因此昨天早上她给我打了一个电话，问我是否想要跟她和朋友们一起出门走一走。她的状态不错，因此希望能多出门走走，我立即答应了下来，不过我心知她们的活动引不起我的兴致：她们会去打皮纳克尔牌，打桥牌，要不然就替教会做些杂事，通常是动手把东西分分类。

"我们会在一刻钟内赶到，你还是穿件短袖衣服吧。"她说。

打扫清洁，一定是去打扫清洁，一定是某种苦活累活。我急匆匆穿上一件短袖 T 恤，莫琳果然在十五分钟后到了我家门外，掉光了头发的脑袋上戴着一顶针织帽，正跟她的两个朋友一起咯咯发笑。她们都穿着同一系列的贴画 T 恤，缀着铃铛和丝带，胸前涂着"血血血"几个大字。

猛一眼看去，我还认为她们创立了一支流行乐队，但后来我们却全都钻进了罗斯那辆克莱斯勒老爷车，一路兴高采烈地开往血浆捐赠中心。那辆车堪称货真价实的古董车，前排座位居然还是没有分开的一整排，简直跟老奶奶一般上了年纪，车里散发着女士香烟的味道。

"我们周一和周四去那边。"罗斯一边解释一边从后视镜里望着我。

"哦。"我回答道。要不然让我怎么回答？难道说"哦，周一和周四真是好棒的血浆日"？

"一个星期可以捐两次。"莫琳那件运动衫上的铃铛正在叮当作响，"第一次会给你二十美元，第二次给三十美元，所以今天大家心情都挺不错。"

"你会爱上这差事的，大家只是坐着聊聊天，好像在一间美容院。"薇琪说。

莫琳捏了捏我的胳膊，悄声说："我不能再捐啦，但我想你可以顶上我的位置，这差事能帮你赚上几块零花钱，毕竟女孩子家总该有点儿私房钱嘛。"

一阵急怒涌上心头，我赶紧把它一口吞了下去，暗自心想：我曾经有过许多私房钱，但我把钱给了你的儿子。

一个骨瘦如柴的男子正像一只流浪狗一般在停车场里转悠，身上的牛仔夹克有些显小，不过捐赠中心里面倒是挺干净，那里光线明亮，散发着松木的味道，墙上贴着满布鸽子和薄雾的基督教海报，但我心知我做不到，又是针，又是血，哪样我都不敢碰。对其他东西我倒谈不上有多害怕，但针和血这两样都让我怕得要命，要是手上被纸张割出了一道口子，我会吓得一头晕过去。只要涉及皮上的开口，我就没有办法应付，不管是削皮、切片，还是穿孔。在陪莫琳做化疗的过程中，一到扎针的时候我就把眼神掉转开。

我们进了屋，莫琳大声喊道："嗨，凯丽丝！"一个大块头的黑人女性应声回答："你好，莫琳！感觉怎么样？"她穿着一套制服，说不好算不算是医疗制服。

"噢，我很好，挺不错……你怎么样啊？"

"你做这差事做了多久了？"我问道。

"有一阵子啦。"莫琳说，"凯丽丝是大家的心肝宝贝，她很会扎针，这对我可是件好事，因为我的血管不好对付。"她说着亮了亮布满青筋的前臂。我初次见到莫琳时，她还是个胖乎乎的女人，眼下却已经瘦了下来，有一点很奇怪，其实她胖乎乎的时候看上去更顺眼，"你瞧，把你的手指摁到我的手臂上试试。"

我赶紧放眼打量四周，希望凯丽丝会把我们带进屋去。

"来吧，试试。"

我用指尖碰了碰莫琳的血管，感觉它从皮肤下滑到了一旁，一阵燥热突然席卷了我。

"这位是我们的新人吗？"凯丽丝突然在我的身边冒了出来，嘴里说道，"莫琳一直拿你吹嘘个不停，我们得让你填写一些文件……"

"对不起，我做不到，我应付不了针，也应付不了血，怕得要命，真的应付不来。"

这时我意识到今天还没有吃过东西，顿时觉得一阵头晕眼花。

"这里的一切都非常卫生，我们会好好照顾你。"凯丽丝说。

"不，真的不是那回事，我从来没有捐过血，为此我的医生还很恼火，因为我连一年一回的血液测试都应付不了，比如测胆固醇。"

于是我们就等着。捐血要花两个小时，医护人员用皮带把薇琪和罗斯系到机器上，仿佛她们是等待采集的源泉，还在她们的手指上打了记号，以免她们一周之内捐血超过两次，那记号会在紫光灯下显现出来。

"真像詹姆斯·邦德电影啊。"薇琪说道，她们一起咯咯笑出了声，莫琳还哼唱着邦德的主题曲（我觉得那是邦德的主题曲），罗斯用手比画出一把枪。

"你们这些老太婆就不能安静一次吗？"一个白发苍苍的女人大声喊道。她跟我们隔着三把椅子，起身越过三个躬着身子的男人（那三个男人的胳膊上都有蓝绿色文身，下巴上留着胡茬儿，正是我想象中会去捐血浆的那种男人），挥着空闲的一只胳膊摇摇手指表示不满。

"玛丽！我还以为你明天才来！"

"我本来应该是明天来，但我的失业救济金已经晚了一个星期，我家里只剩下一箱麦片和一罐奶油玉米啦！"

她们都放声大笑起来，仿佛差点儿挨饿是件有趣的事；有时候，这个镇子有点儿过火，它就是这么不顾一切，这么不肯面对现实。我开始觉得有点儿不舒服，附近有机器搅拌血浆的声音，有一条条装着血液的长塑料管从人们身上连到机器上，还有那些被采血的人。眼见之处都是血，鲜血四处流淌，连不该有血的地方也全是血，看上去格外黯淡，几乎成了紫色。

我站起身来，打算去洗手间往脸上浇些冷水，谁知刚走了两步就觉得天旋地转，突然间既听不见也看不清，只能感觉到自己的心跳和血流，在跌倒的一刹那，我开口说道："哦，抱歉。"

我已经不太记得自己是怎么回了家，莫琳将我安顿到床上，又端来一杯苹果汁和一碗汤放在床边。我们试着给尼克打电话，玛戈说他不在"酒吧"，而且他也不接手机。

尼克凭空消失了踪影。

"小时候他也这样……到处乱飘。"莫琳说，"对他来说，最糟糕的惩罚莫过于不让他出自己的房间。"她把一条凉爽的毛巾放在我的额头上，呼吸中透着一股阿司匹林的味道，"你只要好好休息，行吗？我会不停地打电话，直到把那小子找回家。"

尼克回家时，我已经睡着了。我醒来听到他正在洗澡，于是看了看时间，此刻是晚上十一点零四分。他一定到"酒吧"去过一趟，他喜欢在轮班之后冲个澡，洗掉身上的啤酒味和咸爆米花味（这是他的原话）。

他钻进被窝，我转身面对着他，他一见我睁着眼睛，顿时露出了几分惊愕的神色。

"我们给你打电话打了好几个小时。"我说。

"我的手机没电了，你晕倒了？"

"我还以为你刚刚说你的手机没电了。"

他顿了顿，于是我心知他马上就要说谎。这真是最糟糕不过的一种感觉——你必须乖乖地等着，准备好迎接谎言。尼克是个老派的人，他需要自己的自由，也不喜欢对自己多加解释。就算提前知道自己和朋友们约好了时间去打扑克，他却整整一个星期都闭口不提，反而会一直等到开局前一个小时，那时才满不在乎地告诉我说："嘿，如果你没意见的话，今晚我想跟朋友们一起去打牌"。如果我真的有其他安排，他这一招就会害我唱上白脸。难道你会甘心做一个拦着自己丈夫不让他打牌的太太吗？难道你会甘心做一个凶神恶煞的泼妇吗？于是你把满腔失望一口咽了下去，嘴里顺顺溜溜地答应了他。我不觉得他这么做是故意刻薄，只不过他被养成了这副模样，他的父亲总是自己顾自己，而他的妈妈一直忍，忍到他们两人离婚的那一天。

尼克开口讲起了他的谎话，我甚至连听也没有听。

## 尼克·邓恩
## 事发之后五日

我靠在门上，直勾勾地瞪着妹妹。四周仍然萦绕着安迪的体香，我暗自希望自己能够独享这一刻，因为安迪既然已经离开，我就可以放肆地想她。她尝起来总是像奶油糖，闻起来像薰衣草，要么是薰衣草香波，要么是薰衣草润肤露。"薰衣草可以带来运气嘛"，她曾经向我解释过一次，我也确实需要几分运气。

"她多大了？"玛戈两手交叉抱在胸前，开口问道。

"你想从这里问起吗？"

"她多大了，尼克？"

"二十三。"

"二十三，妙极了。"

"玛戈，别……"

"尼克，难道你不知道自己有多糟吗？"玛戈说，"一团糟，而且没头脑。"从她嘴里说出来"没头脑"这个对小孩才用的词却狠狠地击中了我，仿佛我又再次回到了十岁的年华。

"目前的局势确实不太理想。"我的声音很平静。

"什么不太理想！你……你劈腿啦，尼克，我的意思是，你究竟是怎么回事？过去你一直是个循规蹈矩的人，还是说我一直都是个睁眼瞎？"

"你不是。"我盯着一块地板，在小时候，每当妈妈逼我坐在沙发上，说我办了一件坏事时，我都盯着一处地板。

"可是现在呢？现在你成了一个背着太太劈腿的男人，这种历史你永远也洗不干净。"玛戈说，"上帝啊，就连爸爸也没有出过轨，你实在是……我是说，你的妻子下落不明，你却在这里跟个小……"

"玛戈，我很高兴你拨乱反正站到了艾米一边，我的意思是，你从来都不喜欢艾米，就连最开始也不喜欢她，自从发生了这一切，仿佛……"

"仿佛我一下子对你那个下落不明的太太生出了几分同情，是的，尼克。我担心着呢，没错，我确实担心，你还记不记得之前我说过你有点儿怪异？你……你的所作所为一点儿也不靠谱。"

她在屋里踱开了步子，一边走一边咬着拇指的指甲，"要是警方发现了这事，我实在不知道……"她说，"我他妈的吓坏了，尼克，这是我第一次真的为你担心，我简直不敢相信警方还没有发现，他们一定查过你的电话记录。"

"我用了个一次性手机。"

她停下了脚步，"那更糟糕，那……像是预谋。"

"有预谋的劈腿，玛戈，没错，我是犯了这一条。"

玛戈瘫倒在沙发上，消化着这条新信息。事实上，玛戈的知情让我松了一口气。

"多久了？"她问道。

"一年多一点儿。"我从地板上抬起目光，转而直视着她。

"一年多？你居然一直没有告诉我。"

"我怕你会让我罢手，怕你会瞧不起我，那我就不得不罢手了，可是我并不想罢手，我与艾米……"

"一年多了，我连猜也没有猜到过。"玛戈说，"我们俩多少次喝醉了掏心掏肺地说胡话，你居然一直不够信任我，一直没有告诉我，我还不知道你能彻头彻尾地把我给蒙在鼓里呢。"

"我只瞒了你这件事。"

玛戈耸耸肩膀，意思是说"现在还叫我怎么相信你"。"你爱她吗？"她问道。

"是啊，我真的觉得我爱她，我爱过她，我爱她。"

"你知不知道，如果你真的正经八百跟她约会，跟她定期见面，跟她住在一起的话，她就会从你的身上挑出刺来，对吧？她会从你身上找到一些让她受不了的碴儿，那她就会开口让你做些你不喜欢的事情，而且她会生你的气？"

"我不是十岁小孩，玛戈，男男女女怎么相处我明白得很。"

她又耸了耸肩，仿佛回了一句"真的吗"。

"我们得找一个律师，"她说，"一个有点儿公关技巧的好律师，因为有些电视节目的班底正在打探这件事，我们要确保媒体不会把你抹黑成花花公子，如果真出了这种事，那一切都完蛋了。"

"玛戈，你的话听上去也太狗血了。"其实我在深心里赞同她的说法，但我听不得玛戈把这些话说出口，因此我必须表示质疑。

"尼克，这事本来就有点儿狗血，我要去打几个电话。"

"悉听尊便，如果那样能让你感觉好一些。"

玛戈伸出两根手指戳了戳我的胸膛，"别拿你那套狗屁话用在我身上，兰斯，'噢，女孩子嘛，总是激动过头'，纯属胡说八道。你现在的处境很不妙，伙计，别再犯浑了，赶紧行动起来，帮我把事情摆平。"

在我的 T 恤之下，我能感觉到被玛戈戳过的地方正隐隐作痛，感谢上帝，玛戈总算转过身回了自己的房间。我呆呆地坐在沙发上，随后躺了下来，心中暗自答应自己绝不会一睡不醒。


我梦见了自己的太太：她正四肢着地在我家厨房的地板上爬，看来是想要爬到后门，但鲜血模糊了她的视线，她的动作很慢，实在太慢了一点儿。她那美丽的头颅看上去有几分奇怪，右侧多了一道凹痕，一束长长的秀发上正一滴滴地流下鲜血，她的嘴里还凄凄地叫着我的名字。

我突然醒了过来，心知回家的时候到了。我必须见见那个地方——见见那个犯罪现场，我必须面对此事。

在这样的酷热天气里，屋外连一个人也没有，我们的小区跟艾米失踪那天一样空荡荡而孤零零。我抬脚进了自家的大门，强令自己吸了一口气。这所房子新得要命，却有种鬼屋的感觉，说起来一点儿道理也没有，而且这间鬼屋还不是维多利亚时代小说里的那种浪漫风致，而是有股阴气森森的感觉，让人心里一团糟。房子是三年前才建成的，警方的实验室人员已经把这里查了个遍，处处变得又黏又脏。我在沙发上坐了下来，沙发闻上去像个有血有肉的人，带着一股陌生人的气味——一股辛辣的须后水味道。天气闷热得很，但我还是打开窗户换了换新鲜空气。这时布利克一溜小跑下了楼，我一把抱起它摸了摸，猫咪呜呜地撒着娇。有人给布利克盛了满满一碗猫食，一定是某个警察，在把我家拆个稀烂以后，警方毕竟还做出了一些友好的姿态。我小心翼翼地将布利克放在最下面一级台阶上，然后上楼进了卧室，解开衬衫躺到床上，把脸埋进了枕头——在我们结婚五周年纪念日的早晨，我也曾经定定地瞪着这个深蓝色的枕套，那一天正是案发当日。

这时我的手机响了起来，来电人是玛戈，我接起了电话。

"电视台要播出一期埃伦·阿博特主持的午间节目，话题是艾米和你。我……嗯，情形看上去不太妙，你要我过来吗？"

"不，我可以自己一个人看节目，谢谢。"

我们都没有挂电话，只等着对方开口道歉。

"好吧，看完再谈。"玛戈说。

"埃伦·阿博特新闻秀"是一款有线电视节目，专门聚焦失踪或被杀的女人，主持人是永远怀着一腔怒火的埃伦·阿博特，此人过去曾经担任过公诉人，大力主张受害人的权利。节目一开场，涂脂抹粉的埃伦就睁大眼睛瞪着摄像机说道："今天要播报一则让人震惊的事件，'小魔女艾米'系列图书的原型人物——一位美丽的年轻女子现在下落不明，家中被翻了个底朝天。该女子的丈夫是一位失业的撰稿人，名叫兰斯·尼古拉斯·邓恩，眼下他拥有一间酒吧，而购买酒吧的资金则来自他的妻子。你想他会担心成什么样呢？请看这些照片，照片都是在他的太太艾米·艾略特·邓恩于 7 月 5 日失踪后拍摄的，那天也正好是他们两人结婚五周年的纪念日。"

这时镜头切换到我在新闻发布会上那张蠢兮兮的笑容，接下来换了一张照片，上面是我一边从车里钻出来一边挥手微笑，那架势恰似一位选美皇后（当时我正在挥手回应玛丽贝思，而我微笑是因为我这个人在挥手的时候总会微笑）。

接着屏幕上又出现了一张手机照片，那是我和肖娜·凯莉，那位烤墨西哥玉米派的大厨。我们两个人脸贴着脸，笑容显得无比灿烂。这张照片消失后，肖娜真人出镜了，一身小麦色的肌肤，五官分明，带着一脸沉痛的表情。埃伦把她介绍给了电视机前的观众，我全身紧跟着冒出了一层细汗。

埃伦："这么说来，兰斯·尼古拉斯·邓恩这个人……你能为我们讲讲他的行为举止吗，肖娜？你遇见他的时候，所有人都在寻找他失踪的太太，兰斯·尼古拉斯·邓恩……他又怎么样呢？"

肖娜："他十分镇定，十分友好。"

埃伦："对不起，请原谅我，他十分镇定且友好？他的妻子正不知所踪呢，肖娜，什么样的男人才能在这种关头显得镇定且友好？"

就在这时，屏幕上再次出现了我和肖娜那张奇怪的合影，不知道为什么，我们两个人看上去又更加欢快了几分。

肖娜："其实吧，他有点儿轻浮……"

"你原本应该对她好一点儿，尼克，你真该把那该死的派吃下肚去。"我暗自心想。

埃伦："有点儿轻浮？他的妻子下落不明，而兰斯·邓恩却……嗯，对不起，肖娜，不过这张照片实在是……没办法，我找不出比'恶心'更恰当的词语了，一个清白无辜的人看上去怎么会是这副样子……"

在该节目余下的时间里，埃伦·阿博特苦苦揪着我缺乏不在场证明这一点不放，那位专事煽动仇恨情绪的女主持人说道："为什么兰斯·尼古拉斯·邓恩到当天中午才有不在场证明呢？当天早上他又在哪里？"她慢吞吞地拖着那副得克萨斯警长口音，节目来宾则一致认为情形看上去颇有蹊跷。

我给玛戈打了个电话，她说："嗯，这几天他们都没有找到你的头上，你差不多撑了快一个星期。"于是我们一起破口大骂了一会儿，"该死的肖娜，疯狂的贱人。"

"今天你得亮出些真正有用的招数，积极行动起来，眼下人们可要盯着你了。"玛戈建议道。

"就算我想乖乖坐着，我也坐不住啊。"我说。


我驾车赶往圣路易斯，心里隐隐有些着恼，脑海中一遍又一遍重播着刚才的电视节目，回答着埃伦所有的问题，仿佛要让她无话可讲。"埃伦·阿博特，你他妈的小贱人，你给我睁大眼睛看着，今天我就去追查一个骚扰艾米的家伙，他名叫德西·科林斯，我会追查他找到真相。"就是我，那位智勇双全的丈夫，如果此行有一首激昂的主题曲，那我早就奏起音乐了；就是我，那个善良的工薪阶层，眼下正要对阵被宠坏了的富家子。这个点子一定会惹得媒体汪汪乱叫，毕竟跟平淡无奇的杀妻桥段比起来，一个难以自控的跟踪狂会更加吸引眼球——至少艾略特夫妇会喜欢这个想法。我打了一个电话给玛丽贝思，却被转到了语音信箱。

当驾车驶进德西所住的小区时，我对德西的看法也变得焕然一新：这家伙并不是个富家子，他是个富得流油、富得要命的阔佬。此人住在圣路易斯拉杜区的一栋豪宅中，光那幢房子只怕就值至少五百万美元，该豪宅是一栋白色砖制建筑，配着黑漆百叶窗、煤气灯和常春藤。为了这次会面，我还精心装扮了一番，穿了一套体面的西装，打着领带，但在摁响门铃的那一瞬间，我突然意识到：与其穿着四百美元一套的西服在这个富人区丢人现眼，还不如索性穿一条牛仔裤呢。这时我听见了精致皮鞋发出的咔哒声，一路走出屋子深处到了前门，随后门开了，一阵寒气向我迎面扑来。

德西看上去十分英俊，十分体面，必定是因为眼睛或下巴的线条作祟，不过巧合的是，我倒一直憧憬着自己看上去会是这副模样。他有一双深陷的杏仁眼，跟泰迪熊颇有几分相像，双颊上都长着酒窝。如果别人看到我们两人在一起的话，恐怕会认为他是其中安分守己的那一个。

"喔，"德西一边说一边仔细打量着我的面孔，"原来你是尼克，尼克·邓恩，天哪，我对艾米的事很过意不去，请进，请进。"

德西领着我进了一间风格冷冽的客厅，屋子里透着一派出自装潢师之手的男子汉气概，搭配了许多不怎么舒适的黑皮革。他向我指了指一张后背格外刚硬的扶手椅，我倒是很想遵照主人的嘱咐让自己坐得舒服些，可我发现那张椅子只能让人摆出一种姿势，好似受训的学生一般挺起身坐得笔直，乖乖地认真倾听。

德西并没有问我的来意，也没有解释他怎么会一眼就认出了我，不过最近对我态度怪异的人已经越来越多：人们要么突然间恍然大悟想起了我是谁，要不然就压低声音窃窃私语。

"你要喝点儿什么吗？"德西紧握双手，仿佛在说"正事为先"。

"不用了。"

德西在我对面坐了下来。他的服饰是无可挑剔的海军蓝配米色，连鞋带看上去也颇为挺括，不过在他身上显得并不刺眼。我原本希望他是个不值一顾的花花公子，但眼前的德西反而像个十足的绅士——这样一个人知识广博，能够引经据典；这样一个人品位高雅，能够点得出难得一见的苏格兰威士忌；这样一个人眼光锐利，能够为女人挑出合适的古董首饰。事实上，德西看上去天生就能讨得女人的欢心，而我坐在他的对面，不由觉得自己的服饰颇为蹩脚，仪态也笨拙鲁钝。我简直越来越忍不住要开口谈一谈足球赛，要不然就谈一谈屎尿屁之类上不了台面的话题，反正我平时接触的总是这样的家伙。

"说到艾米，有什么线索吗？"德西问道。

他看上去有点儿眼熟，也许跟某个演员有几分相像。

"没有什么好的线索。"

"她是从家里被掳走的……没说错吧？"

"是的，从我们家里。"

这时我突然悟到了他是谁，他是搜查第一天那个单独现身的男人，当时这家伙在不停地偷看艾米的头像。

"你曾经到过志愿者中心，对吧？在搜查的第一天。"

"没错。"德西通情达理地说，"我正要告诉你，我真希望当时就能跟你见上一面，向你表达我的慰问。"

"从你家到我那儿可要走很长一段路。"

"从你家到我这儿的路也不算短。"他笑着说，"你瞧，我真的很喜欢艾米，因此听到发生了这种事，嗯，我总不能置之不理吧，我只是……这些话听上去肯定不顺耳，尼克，不过一在电视上看到新闻，我马上冒出了一个念头，心想'那还用说嘛'。"

"那还用说嘛？"

"当然会有人想……要她。"他有一副低沉的声音，"你知道吗，她总是这样，让人们拜倒在她的石榴裙下，从来都是。你也知道有句陈词滥调'男人想要她，女人想要变成她'，这话用在艾米身上可说是千真万确。"

德西一边说着话，一边将两只大手拢在长裤上。我说不准他是否在要我，于是暗自决定要小心行事。但凡对待有可能棘手的问答，就该遵循一条准则：不要贸然发起进攻，先看看对方会不会自己上了自己的套。

"当初你跟艾米爱得轰轰烈烈，对不对？"我问。

"不仅仅是因为她的容貌。"德西说着靠在膝盖上，眼神显得有些遥远，"我反复想过这件事，当然啦，那是初恋，我怎么会不寻思呢，其实都怪我身上那以自我为中心的一面，太沉迷哲学。"说到这里，他露出一抹谦逊的笑容，面颊上的酒窝突然浮现出来，"你瞧，当艾米喜欢一个人的时候，当她对一个人感兴趣的时候，她的关注是那么的温暖又安心，不会漏掉你的一点一滴，就像洗上一个热水澡。"

我闻言挑高了眉毛。

"请多多包涵。"他说，"这种时候你会自我感觉良好，好得不得了，也许是破天荒头一遭，随后艾米就发现了你的不足，她意识到你也不过是个普通人，这种人她打发过很多……实际上，你也确实只能算'巧匠安迪'，在现实生活中，'小魔女艾米'绝对受不了'巧匠安迪'，因此她对你渐渐失去了兴趣，总有一天你会再也找不到良好的自我感觉，这时你又感觉到了寒冷，仿佛自己正赤身裸体地躺在浴室的地板上，而你一心只想再奔回暖暖的热水澡里。"

我明白那种感受，我已经在"浴室的地板上"躺了三年左右了。我的心中顿时涌起一阵厌恶——面前这个男人居然跟我分享了这种感情。

"我敢肯定你明白我的意思。"德西说着对我露出了一抹笑容。

"这是个多么奇怪的人哪，谁会把别人的妻子比喻成一个暖暖的热水澡，还口口声声说他巴不得奔进这热水澡里？再说这位妻子还下落不明？"我想道。

德西背后是一张光亮的长桌，上面放着几张镶有银框的照片，正中一张大照片是高中时代的德西和艾米，两人身穿白色网球服，看上去时尚得离谱，透着一身金钱堆出来的奢华之气，活像希区柯克电影里的一帧画面。我想象着少年时代的德西偷偷溜进艾米的宿舍，一件接一件地把衣服脱掉扔在地板上，然后钻进冰凉的被窝，吞下一颗颗胶囊，等着被人们发现。那是一种惩罚，一种愤怒，但跟发生在我家的风波不是一回事，因此我看得出警方为什么对德西提不起太大的兴趣。

德西追随着我的目光，"哦，好吧，你可怪不得我，我的意思是，要是换了你本人，你会扔掉一张如此完美的合影吗？"他笑着说。

"就算照片中的女孩跟我二十年没有来往？"我忍不住说出了口，顿时意识到自己的语气听上去咄咄逼人——这可算不上明智之举。

"我跟艾米很熟，"德西厉声说道，随后深吸了一口气，"以前我就认识她，以前我跟她很熟。没有什么线索吗？我不得不问……她的父亲，他……他来了吗？"

"他当然来了。"

"我猜……你敢肯定案发时他在纽约？"

"他确实在纽约，你为什么问这个问题？"

德西耸了耸肩，仿佛在说"只是好奇罢了，没有什么理由"。我们一声不吭地坐了一会儿，一直互相对视着，两个人都没有眨眼睛。

"其实我到这儿来，是看你能告诉我什么线索，德西。"

我又试着想象德西劫走艾米的一幕。他在附近某处有个湖边别居吧？像他这样的人又有哪个没有湖边别居呢。难道这位优雅老练的人会把艾米困在某个地下囚室里？艾米会在囚室的地毯上踱来踱去，睡在一张积灰的沙发上，身穿20世纪60年代一度流行的亮色，要么是柠檬黄，要么是珊瑚红。我真希望波尼和吉尔平就在眼前，亲耳听听德西刚才那种不容别人染指的口吻，他刚才不是说吗："我跟艾米很熟。"

"我？"德西放声笑了起来，应该说，他朗声笑了起来——"朗声"这个词完美地形容了他的声音，"我什么线索也没有，就像你说的……我跟她没有多少来往。"

"但你刚刚才说你们很熟。"

"当然比不上你跟她熟。"

"你在高中时代偷偷骚扰过她。"

"我偷偷骚扰过她？尼克，那时候她是我的女朋友。"

"后来你们分了手，你却死活不肯离开她。"我说。

"噢，也许我确实有些怀念她，不过也没有做出什么出格的事来。"

"你在她的宿舍里试图自杀，这也叫不出格？"

他猛地扭过了头，眯起眼睛，张开嘴想要说话，却又低头望着自己的手。"我不知道你在说些什么，尼克。"最后他说了一句。

"我说你在高中时代纠缠我的妻子。"

"不是吧，你来就是为了这件事？"他笑了起来，"天哪，我还以为你是来筹款设一笔奖金呢，顺便说一声，我很乐意掏钱设一笔奖金。我已经说过了，我一直都希望艾米能过得好。我爱她吗？不，我跟她已经没有太多来往，我们难得通一回信。不过你来了这儿，还一顿胡说八道，这一点很有意思……因为我必须告诉你，尼克，不管是从电视上看来，还是从此时此刻看来，你都不像是个又悲痛又担心的丈夫，倒像是个自鸣得意的家伙。顺便说一声，警方已经找我谈过了，我想应该是拜你所赐，要不然就得归功到她父母的头上，真奇怪，你居然不知道这件事……我还认为警方不会对清白无辜的丈夫留一手呢。"

我的胃顿时翻江倒海起来，"我来这里，是因为我想在你提起艾米的时候亲眼望着你的脸，"我说，"我得告诉你，你的表情让我担心，你有点儿……心神恍惚。"

"我们两个人中间总得有一个心神恍惚吧。"德西的话听上去仍然合情合理。

"亲爱的？"这时屋子深处传来了人声，我又听见另一双价格不菲的鞋"咔嗒咔嗒"地向客厅走来，"那本书叫什么名字……"

眼前这个女人跟艾米有几分相像，仿佛艾米在一面布满水雾的镜子里照出了身影，她有着酷似艾米的五官、肤色和发色，但比艾米要老上二十五岁左右，五官和肌肤都有些走样。不过她依然美丽动人，显然这个女人选择了优雅地老去。她看上去像是一款折纸作品，两只手肘的棱角分明到了极点，锁骨格外明显，穿着一套蓝色紧身裙，还有着跟艾米一样的吸引力：当她跟你待在同一间屋时，你会不停地掉头朝她张望。她对我露出了一缕微笑，好似雄狮瞥见了一只野兔。

"你好，我是杰奎琳·科林斯。"

"妈妈，这是艾米的丈夫尼克。"德西说。

"艾米呀。"那个女人又笑了。她的声音仿佛在深井里回荡，低沉而又余味悠长，"我们对艾米的故事可是一直很感兴趣，是的，非常感兴趣。"她转过身冷冷地冲着她的儿子，"我们一直把艳冠群芳的艾米·艾略特放在心上，对吧？"

"现在是艾米·邓恩了。"我说。

"当然，"杰奎琳表示赞同，"尼克，我对你的遭遇很遗憾。"她盯着我打量了片刻，"对不起，我……我原本没有想到艾米会嫁给这样一个……美国味十足的男人。"她的话似乎并非是在说给我听，也不是在说给德西听，"天哪，他的下颌上甚至还有美人沟。"

"我只是来瞧瞧你的儿子有没有什么线索，我知道这些年来他给我的妻子写过很多信。"我说。

"喔，那些信！"杰奎琳怒气冲冲地笑开了，"还真是找了个有趣的办法来打发时间呀，你不觉得吗？"

"艾米把信给你看了？"德西问道，"这倒让我很惊讶。"

"不，"我说着转向他，"她从来都是未开封就扔掉那些信。"

"所有的信？从来都是？你很清楚？"德西的脸上仍然带着一缕微笑。

"有一次我从垃圾堆里捡起一封读了读。"我转身面对杰奎琳，"只是为了看看究竟是怎么回事。"

"好样的。"杰奎琳说。

"艾米和我一直给对方写信。"德西说，他的腔调跟他妈妈一样抑扬顿挫，让人感觉他所说的一切便是你想听到的，"我们两人对此引以为傲，我觉得电子邮件……太不上台面，再说也不会有人把电子邮件给存下来，因为电邮生来就没有人情味儿，我真是为子孙后代们担心哪，所有伟大的情书，比如西蒙娜·德·波伏瓦给萨特的情书，塞姆·克列门斯给他妻子奥利维亚的情书……我说不好，我总在想，美好的情书总有一天会湮没……"

"你把我的信都保留下来了吗？"杰奎琳问。她正站在壁炉旁，俯视着我们两个人，一只修长有力的手臂搁在壁炉台上。

"那还用说嘛。"

她转身面对着我，优雅地耸了耸肩膀，"只是有点儿好奇而已。"

我打了一个冷颤，刚要向壁炉伸出手去取取暖，却突然记起眼下正值盛夏七月。"这么多年来你还一直这么投入，在我看来实在有点儿奇怪。"我说，"我的意思是，她又不给你回信。"

德西的眼睛闻言亮了起来，只说了一个字——"哦"，仿佛人们一眼瞥见了一场意想不到的缤纷烟花。

"尼克，你来这里质问德西与你妻子的交往……或者换句话说，质问德西与你妻子没什么交往，这让我觉得很奇怪。"杰奎琳·科林斯说，"你和艾米的关系不亲近吗？我可以向你保证：这几十年来，德西都已经没有真正与艾米接触过了，已经几十年了。"

"我只是来查一查，杰奎琳，有时候你总得亲眼见见一些事情才行。"

杰奎琳迈步向门口走去，她转过身扭了扭头，意思是我该告辞了。

"你真是勇气可嘉，尼克，真是亲历亲为，你家的船甲板也是你亲手做的吗？"她的话带着嘲笑的语气，同时伸手为我打开了门。我紧盯着她的脖子，纳闷她为什么没有戴一条好似绞索一般的珍珠项链，毕竟像她这样的女人总有几条沉甸甸的珍珠项链，发出喀拉喀拉的声音。不过话说回来，我倒是能闻到她身上散发着女人香，带着一股肉欲的味道，有几分奇怪的撩人的淫荡。

"跟你见面很有意思，尼克，让我们都希望艾米安全回家吧。"她说，"在此之前，如果你还想与德西联系的话……"

这时她将一张质地厚实的米色名片塞进了我的手中，"那就请致电我们的律师，谢谢。"

艾米·艾略特·邓恩

2011 年 8 月 17 日

## 日记摘录

我知道这听上去像是豆蔻年华的追梦少女才玩的一套，但我一直在追踪尼克对我的态度，只为了确保自己没有发狂。我弄了一套日历，要是某一天尼克对我流露出了爱意，那我就在日历上涂个红色桃心，要是从尼克身上感觉不到爱意，那就涂个黑色方块——过去一年几乎全是黑色方块。

可是现在呢？竟然连续九天都是红心。也许只要尼克知道我多么爱他，知道我又变得多么不开心，他就会改变心意，也许他真的又"回心转意"了。听听"回心转意"这个词吧，我还从来没有如此爱过任何一个词语呢！

测试题：

在把你打入冷宫一年多以后，你的丈夫似乎又突然爱上了你，那么你会：

（A）一遍又一遍地倒苦水，念叨他如何冷落了你，好让他多道几次歉。

（B）让他多坐一阵子冷板凳，好长点儿教训！

（C）不要一个劲揪着他回心转意这一点不放——要知道他会在时机成熟的时候向你坦露心声；在此期间，要让他沐浴在爱意中，让他感觉心安，感觉被爱，因为这便是婚姻之道。

（D）要求他解释清楚哪里出了错，逼着他没完没了地开口谈心事，以便安抚自己的不安情绪。

答案：C

眼下正是盛夏八月，风景华美丰盛，我可再也受不了一串黑方块啦，不过形势出人意料，最近全是一个又一个红艳艳的桃心，尼克又变回了做丈夫的模样，温柔甜蜜又情意绵绵，还透着几分傻气。他从纽约我最喜欢的店里订购了巧克力，还附送了一首傻头傻脑的诗，准确地说，是首五行打油诗：

> 曾经有个来自曼哈顿的女孩
> 她只肯睡在缎子织成的床单
> 她的丈夫脚下一滑摔了一跤
> 两人的身子撞到了一起
> 于是免不了一番缠绵

如果我们的性事真像诗句一般无忧无虑，这首打油诗只怕会更加风趣，可是话说回来，上周我们的确……怎么说呢，"在床上大战了一场"？或者说，"颠鸾倒凤了一番"？总之比"滚床单"要浪漫一点儿，但又没有"云雨缠绵"听上去那么俗气。当时他下班回家后深深地吻了我的唇，动情地爱抚着我，我几乎忍不住哭出声来；一直以来，我都感觉十分孤独，而任由丈夫深吻你的双唇又是世上最放纵不羁的妙事。

还有些什么呢？尼克带我去了他常去的池塘游泳，从孩提时代他就跟这里结了缘。我能想象小时候的尼克在池塘里毛手毛脚地扑腾，死活不肯涂防晒霜（他现在就是这副德行），因此他的脸庞和双肩都被太阳晒得发红，莫琳不得不跟在他屁股后面一直追，只要一有机会就把乳液往他身上涂。

他带我去少年时代常去的那些地方，而这件事我已经求了他很久。他领我走到河边，清风温柔地吹动着我的头发，这时他给了我一个吻。（"眼前是世界上最让我赏心悦目的两件珍宝。"他在我的耳边低语。）他还在一个可爱的游乐场里吻了我，这里曾经一度被他当作自己的俱乐部。（"我一直想带个女孩到这里来，带个十全十美的女孩过来，现在总算办到了。"他又在我的耳边低语。）在商城关门大吉两天前，我们还肩并肩地骑在旋转木马的兔子转椅上，笑声在空中回荡。

他还领我去了他最喜欢的冰激凌店吃圣代，那天早晨店里只有我们两个客人，空气中盛满黏乎乎的甜香。他吻了我，还说他自己在这家店里搞砸过许多约会，他真希望能够告诉高中时的自己，总有一天他会回到这家店里，身边带着梦中的女孩。

当然，我内心那神经过敏的一面又要忍不住发问了："这事暗藏的玄机在哪里呢？"尼克的转变是这么突然，这么夸张，感觉就像……就像他对我有所求，要不然的话，他就已经犯下了什么事，现在正要未雨绸缪地先温存一番，为我发现真相的一刻打下埋伏。我真的很担心，因为就在上个星期，我发现他在我那厚厚的文件盒里翻东西，那盒子上写着"邓恩夫妇"几个字（那是我在以前的幸福时光中用最漂亮的草书写下的字），里面装满了婚姻相关的文件。我担心他会让我为"酒吧"办理二次抵押，要不然就拿我们两个人的人寿保险做抵押贷款，或者卖掉一些死活不该卖的股票，可他说自己只是想确保一切都没有乱套，但他当时的神色显得十分慌乱。天哪，如果他动了什么心思，那我真的会心碎，会心碎得一塌糊涂；如果我们正好端端地吃着泡泡糖口味的冰激凌，他却转过身来对我说一句，"你知道吧，二次抵押其实很有意思……"

我不得不把这份担心写出来，我总得找个树洞说出心里的话吧。这些念头变成了白纸黑字后，我就能看出它们是多么离谱、多么神经过敏、多么缺乏安全感，又是多么疑神疑鬼。

我不会让自己最糟的一面毁了自己的婚姻。我的丈夫是爱我的，他爱我，他的心也已经回到了我的身边，因此他才会对我这么好，这是唯一的原因。

就是这样：这是我的生活，它终于又回来了。

## 尼克·邓恩
## 事发之后五日

我钻进自己停在德西家门外的汽车，车窗已经摇了下来，车内的滚滚热浪顿时席卷了我。我查了查电话，收到了一则来自吉尔平的留言："嗨，尼克，今天我们得联系联系，要告诉你一些新进展，再重新问几个问题，那就四点钟在你家见面，好吗？嗯……谢谢。"

这是警方第一次对我下令，他们再也不说什么"请问我们能不能……"、"我们很乐意……"、"如果你不介意的话……"，却改口说"我们得……"、"那就四点钟见面……"

我瞟了一眼手表，现在是三点整，我最好还是不要迟到。


再过三天，本地便会召开夏季航空展，届时会有一大批喷气式飞机和螺旋桨飞机盘旋在密西西比河附近，绕着旅游汽船嗡嗡作响。吉尔平和波尼抵达我家时，航空展的试飞活动正进行得如火如荼。自从案发之日起，我们三个人还是第一次在我家客厅重新聚头。

我家正好处在一条飞行路线上，飞机制造的噪音介于手提钻发出的嗡嗡声和雪崩发出的震天响之间，两位警探和我却正设法在飞机一阵阵的轰隆声中插上话。眼下的波尼看上去比平常更像一只鸟，她正一会儿换只脚站着，

198

脑袋扭来扭去，目光换了一个个角度，又落在一件件东西上，好似一只打算筑巢的喜鹊；吉尔平则在她的身边徘徊，咬着嘴唇，踏着一只脚。就连眼前的房间也让人感觉难以驾驭，午后的阳光照亮了一股股漫天乱舞的尘埃，一架喷气机撕开天空从屋顶掠过，传来阵阵可怕的声音。

"好吧，我们有几件事要办。"等飞机的噪音平息后，波尼才开了口。她和吉尔平坐了下来，仿佛他们一时兴起决定在我家逗留一会儿，"有些事情要弄清楚，有些事情要告诉你，反正都是例行公事，跟往常一样，如果你想要一名律师的话……"

但我已经从电视剧和影片中学到了一条守则：只有犯了事的家伙才找律师，至于又担心又悲痛、货真价实还清白无辜的丈夫，那怎么会找律师呢。

"不用了，谢谢。"我说，"其实我还有些信息要告诉警方，是一个以前对艾米死缠烂打的家伙，她在高中交往过的一个家伙。"

"德西……嗯，柯林斯。"吉尔平开口道。

"是科林斯。我知道警方跟他谈过，我也知道警方出于某种原因对他不是很感兴趣，因此今天我亲自去拜访了他一趟，以确保他看上去……没问题，可是我觉得他有点儿蹊跷，我觉得警方应该好好查一查他，我的意思是，他搬到了圣路易斯……"

"在你们搬回密苏里州之前，他已经在圣路易斯住了三年了。"吉尔半说。

"好吧，但他反正住在圣路易斯，开车过来一点儿也不麻烦。艾米要买一把枪，因为她害怕……"

"德西没问题，尼克，那家伙人挺不错。"波尼说，"难道你不觉得吗？说实话，他让我想起了你，真是前途似锦的家伙呀，家里的小祖宗。"

"我是双胞胎中的一个，不是什么小祖宗，我比我妹妹早出生三分钟呢。"

波尼显然只是在找我的碴儿，好瞧瞧她能不能惹出我的怒火，但就算心知这一点，她每次指责我是一个"小祖宗"的时候，我还是忍不住胸中气血翻涌。

"不管怎么说，"吉尔平打断了我们的话，"他和他的母亲都不承认他曾经纠缠过艾米，还说这些年来他与艾米压根儿没有什么接触，只偶尔写上一封信。"

"我的妻子可不会这么说，多年来他都给艾米写信……真的写了很多年，而且搜查的时候他还到过这里。波尼，你知道吗？搜查的第一天他在场，当时你还谈到要当心那些打进调查内部的人……"

"德西·科林斯不是犯罪嫌疑人。"她举起一只手，打断了我的话。

"可是……"

"德西·科林斯不是犯罪嫌疑人。"她又重复了一遍。

这个消息刺痛了我的心，我想要开口指责波尼几句，说她被埃伦·阿博特迷了心窍，不过眼下还是别提埃伦·阿博特这个名字为妙。

"好吧，这几个拨打举报电话的家伙又怎么样？"我说着走过来，拿起写有姓名和电话号码的纸张念起了名字，在此之前，我漫不经心把那张纸扔在了餐桌上，"试图打入调查内部的人员有：大卫·萨姆森、墨菲·克拉克——这两个都是艾米以前的男朋友，有个家伙打了三次电话——汤米·奥哈拉、汤米·奥哈拉、汤米·奥哈拉，还有个家伙自称铁托·普恩特①——这玩笑真是傻透了。"

"你有没有给这些人回过电话？"波尼问。

"没有，那不是警方的职责吗？我可不知道哪些线索有价值，哪些是疯言疯语，我可没有时间打电话给假装是铁托·普恩特的蠢货。"

"尼克，我不会太看重举报热线，我的意思是，警方已经处理了好多宗你的前女友打来的电话，她们只是想打个招呼，看看你怎么样。林子大了，什么样的人都有。"波尼说。

"也许我们应该开始问问题了。"吉尔平催促道。

"没错，嗯，我想我们应该从你在妻子失踪当天早晨的行踪说起。"波尼的语气突然间充满了歉意和顺从——看来她在扮演"好警察"的角色，而且我们都知道她在扮演"好警察"的角色，除非她真的站在我这边。有时候，一个警探就是死活要站在你那边，这也是可能的，对吧？

"当时我在沙滩上。"

---

① 铁托·普恩特（1923~2000）：拉丁爵士乐大师。——译者注

"你还是不记得有任何人看到过你在那里吗？"波尼问道，"如果我们可以不在这些小事上浪费时间的话，那真是帮了大忙了。"她同情地沉默了一会儿。波尼不仅能保持沉默，还能将整间屋渲染出一种气氛，好似一只章鱼放出了墨水。

"相信我，我跟你一样希望能找到证人，但是不行，我不记得任何人。"

波尼露出了一抹担心的微笑，"这很奇怪呀，我们曾经向一些人顺嘴提到你在沙滩上，结果他们都……这么说吧，他们都表示惊讶，他们说听起来不像你的所作所为，你可不喜欢待在海滩上。"

我耸了耸肩，"我的意思是，我会去海边待个一整天吗？那倒不会。不过要是早上去海边喝杯咖啡呢？当然没问题。"


"嘿，有一点可能帮上忙，"波尼轻快地说，"当天早上的咖啡你是在哪里买的？"她转身望着吉尔平，似乎在寻求赞同，"至少能够缩小时间范围，对不对？"

"我在家里做的。"我说。

"喔，"她皱起了眉头，"这事很奇怪呀，因为你家里没有咖啡，哪儿都没有，我记得当时我还觉得奇怪，我是个爱喝咖啡的人嘛，总会注意到这些事情。"

"没错，你只是碰巧注意到罢了。"我边想边编起了打油诗，"我认识一个警察叫波尼·马罗尼①，她的把戏一眼就能看破，简直假得赤裸裸……"

"冰箱里还放了些喝剩的咖啡，我拿出来热了热。"我又耸了耸肩：没什么大不了的吧。

"哦，一定在冰箱里放了很久了吧，我注意到垃圾里没有咖啡罐。"

"有几天吧，不过味道还不错。"

我们互相露出了微笑，仿佛在说："你知我知，游戏开场了。"这句蠢话还真是从我脑海中照搬的原样——"游戏开场了"，不过我很开心我们终于

---

① 该人名也是一首歌曲名。——译者注

掀开了下一页。

波尼掉过头望着吉尔平，两只手搁在膝盖上，微微地点了点头。吉尔平又咬着嘴唇，最后伸出手指向那张搁脚凳，又指向茶几和已经复原的客厅，"尼克，我们有个问题，"吉尔平开口道，"我们见过数十宗强行入室案……"

"数十宗再加数十宗。"波尼插嘴道。

"总之我们见过许多强行入室案，不过当时的场景……客厅里的这一堆，你还记得吗？翻了的搁脚凳、翻了的茶几，还有地板上的花瓶……"他说着猛地将一张现场照片拍到我的面前，"有人希望这整个场面看上去像是搏斗过的痕迹，对不对？"

我的脑袋里顿时"嗡"的一声闷响，接着迅速恢复了正常。"保持冷静。"我暗自心道。"有人希望这场面看上去像……"我问道。

"但场面看上去却有问题，从我们见到的第一眼就有问题。"吉尔平接口道，"说实话，整个场面看上去像是有人精心布置过。首先，只有这间屋有凌乱的痕迹，为什么其他地方一点儿事也没有，单单只有这间屋呢？这点很奇怪。"他又拿出了另一张特写照片，"你看这里，瞧瞧这堆书，这些书应该倒在茶几前面，因为书原本是搁在茶几上的，对吧？"

我点了点头。

"因此当茶几被撞翻的时候，大多数书应该落在茶几的前方，路线跟倒下的茶几差不多，但这些书却落在了茶几后面，仿佛有人先把书推到了地上，然后再掀翻了茶几。"

我呆呆地盯着照片。

"再看看这个，我对这点真是很好奇。"吉尔平说着指向壁炉台上三个秀气的古董相框，他重重地跺了一脚，相框立刻一股脑儿面朝下倒了下来，"但不知道为什么，这几个相框在那场风波里居然没有倒。"

这时他拿出了一张照片，照片里的相框确实好端端地立着。即使吉尔平和波尼发现我在休斯敦饭店晚餐上露了马脚，我却还一直希望这两个警察纯属傻蛋，希望他们跟电影里的警察差不多，反正就是些本地乡巴佬，作用是逗逗本地人开心，相信本地人的话，比如"随便你说什么我都信，哥们儿"，但看来我没能摊上傻蛋警察。

"我不知道你想要我说些什么。"我口齿不清地说，"这完全……我不知道该怎么想，我只想找到我的妻子。"

"我们也是，尼克，我们也是。"波尼说，"不过还有一件事，记得那个搁脚凳是如何翻了个底朝天吗？"她拍了拍矮墩墩的搁脚凳，指着那四条只有一英寸高的木腿，"你瞧，这个凳子头轻脚重，因为它的腿短，垫子差点儿就要挨到地了，你来试试掀翻它。"我犹豫着，"来呀，来试试吧。"波尼催促道。

我推了推搁脚凳，但它侧躺着滴溜溜地滑过了地毯，却没有翻过去。我点了点头——我赞同波尼的说法，那玩意儿确实头轻脚重。

"不跟你开玩笑，过来把这凳子掀翻。"波尼命令道。

我跪下开始掀凳子，着力点放得越来越低，最后索性把一只手放了搁脚凳下面，一把将它掀了过来，可是搁脚凳摇摇晃晃抬起脚又倒回了原样，我不得不把它抱起来，倒了个个再放回地面上。

"奇怪吧？"波尼的口气听上去并不十分困惑。

"尼克，妻子失踪当天你打扫过房子吗？"吉尔平问。

"没有。"

"很好，因为技术人员用发光氨测试过屋子，我很遗憾地告诉你，厨房的地板亮了起来，上面有大片血迹。"

"是艾米的血型——B 型血，RH 因子检验为阳性，而且我说的不单单是一滴血，而是大片血迹。"波尼插嘴道。

"噢，我的上帝。"我的胸中顿时烧起了一团火，"可是……"

"是的，看来你妻子出了这间屋，"吉尔平说，"从理论上讲，她不知怎么还进了厨房，而且没有打翻厨房外面那张桌子上的任何一件东西，然后她倒在厨房里，流了很多血。"

"然后有人仔仔细细地打扫了那些血迹。"波尼说着凝视着我。

"等等，等等，为什么会有人试图抹去血迹，但却故意弄乱客厅……"

"我们会弄明白这一点，你不用担心，尼克。"波尼平静地说。

"我想不通，我只是……"

"我们坐下来吧。"波尼向我指了指一张餐椅，"你吃过东西了吗？想不想来点儿三明治？"

我摇了摇头，波尼正在轮流扮演不同的女性角色，一会儿是强势的女人，一会儿又成了满怀爱心、喜欢照顾人的女子，反正哪种能出效果就扮哪种。

　　"你的婚姻怎么样，尼克？"波尼问道，"我的意思是，五年了嘛，离'七年之痒'也不算太远。"

　　"我们的婚姻挺好，真的挺好。"我说，"算不上完美，但还不错，不错。"

　　她闻言皱起了鼻子，仿佛在说："你骗人。"

　　"你觉得她有可能是跑掉了吗？"我满怀希望地问，"把这里弄得像个犯罪现场，然后逃之夭夭？也就是离家出走？"

　　波尼列出一个个原因否定了我的说法，"她还没有用过她的手机，没有用过她的信用卡或 ATM 卡，在此之前几个星期也没有提取过大笔现金。"

　　"还有那些血迹，"吉尔平补了一句话，"我的意思是，我不想说难听的话，可是要说到厨房里溅的血量，那可不是玩过家家……我的意思是，我反正对自己下不了这种狠手，伤口非常深。你太太有钢铁般的意志吗？"

　　"是的，她意志十分坚强。"她还恐血得厉害呢，不过这一点我还不想说出口，让机智过人的警探们自己钻研去吧。

　　"嗯，总之看上去极不可能，如果她自己把自己伤得那么重，那她为什么又会拖干净地板呢？"吉尔平说。

　　"所以还是说实话吧，尼克。"波尼边说边俯身靠在膝盖上，以便迎上我的目光，这时我正直勾勾地盯着地板，"你的婚姻目前究竟怎么样？我们站在你这边，但我们需要真相，唯一对你不利的一点就是你对我们有所隐瞒。"

　　"我们确实有些磕碰。"说到这儿，我的眼前浮现出了案发前一晚的一幕：那时艾米待在卧室，脸上泛起星星点点的红斑——她生气的时候就会变成这副样子。她的嘴里正一句句地冒出那些刻薄又放肆的话，而我正一边听一边设法接受，因为她说的都没错，严格说来，她说的字字句句都是真话。

　　"跟我们讲讲那些磕碰。"波尼说。

　　"没什么特别之处，只是有些分歧，我是说，艾米会把一些琐事存在心里，把怨气一点儿一点儿地积起来，然后'砰'的一下子爆发！不过也就那么一下子，我们从来不把怨气带到第二天。"

　　"星期三晚上呢？"波尼问。

"从来没有隔夜仇。"我撒了个谎。

"你们吵架大多数是为了钱吗？"

"我甚至都想不起来我们为什么吵架，都是些鸡毛蒜皮的事情。"

"那她失踪前一天晚上是为了什么事情吵架？"吉尔平歪嘴笑着说了一句，仿佛他在最不可思议的时机捉住了我的马脚。

"我告诉过你们了，为了龙虾吵了一架。"

"还有呢？我敢肯定不会为了龙虾嚷上整整一个小时吧。"

正在这时，布利克摇摇摆摆地走下了楼梯，透过栏杆端详着我们。

"还有些家里的事，两口子过日子嘛，还为了猫砂盆，"我说，"为了谁来清理猫砂盆吵了一架。"

"你为了猫砂盆又叫又嚷地跟太太吵了一架。"波尼说。

"嗯，事情总得讲点儿规矩，我的工作时间很长，艾米就不是这样，我觉得做点儿基本的家务是为了她好。"

吉尔平的身子抖了抖，仿佛正在打盹儿的人差点儿醒过来，"你是个老派的人，对吧？我也一样，我总是告诉我太太，'我不懂如何熨衣服，不懂如何洗碗，也不会做饭，所以就这么着吧，亲爱的，我去抓坏人，反正这活儿我干得了，你就时不时往洗衣机里扔几件衣服'。波尼，你也是成了家的人，你在家里做家务吗？"

波尼的怒容看上去颇为可信，"他妈的，我也在抓坏人，傻蛋。"

吉尔平朝我翻了个白眼，我差点儿以为他会开个玩笑，比如说一句"听起来有人正赶上大姨妈来访啊"。

可是吉尔平摸了摸他那个奸诈的下颌，对我说道："这么说，你只是想要一个家庭主妇。"听他的口气，这样的念头似乎合情合理。

"我想要……我想让艾米愿望成真，我其实真的不介意要什么。"现在我转向了波尼——郎达·波尼警探身上有种同情的意味，看上去至少有几分像是真的。(那是假象，我暗自提醒自己。)"艾米不知道她自己能在这里做什么，她找不到工作，又对'酒吧'不感兴趣，这倒没什么大不了。'如果你想待在家里的话，那也没什么大不了'，我是这么对她说的，可是她待在家里也不开心，而她把这个问题扔给我解决，仿佛她的幸福由我来负责。"

波尼一声不吭，脸上毫无表情。

"再说，扮扮英雄当当别人的救星，这种事情做上一阵子是挺好玩，可那长久不了。我无法让她变得开心起来，她自己就不希望自己开心，因此我想，如果她开始管一些实实在在的东西……"

"比如猫砂盆。"波尼说。

"没错，打扫猫砂盆，买些生活用品，叫水管工来解决滴水的问题，毕竟滴水这事很让她抓狂哪。"

"哇，听上去确实像是在为幸福生活做计划呢，简直开心死了。"

"我的看法就是，一定要做事，不管是什么事，总之一定要尽自己最大的努力，别光坐着不动让我来解决一切问题。"我突然意识到自己正在高声讲话，而且听上去怒气冲冲，完全是一副"正义站在我这边"的口气，但这些话一出口，我的心中却解脱了许多。这番倾诉从一个谎言开始（也就是关于猫砂盆的那番胡扯），后来却一鼓作气变成了一大堆真话，我也突然间明白过来罪犯们为什么会说漏了嘴，因为把自己的遭遇告诉陌生人的感觉实在太棒了，听众们不会骂你"屁话"，还不得不听你的一面之词（我要纠正一下，应该是"听众假装听着你的一面之词"）。

"这么说来，艾米并不情愿搬回密苏里，是你逼着她搬回来？"波尼说。

"逼着她搬回来？不，我们只是别无选择而已，我失了业，艾米也失了业，我的妈妈还在生病，如果是艾米遇到这种情况，我也会为她搬家的。"

"你肯动动嘴皮这么说，还真是不错呀。"波尼嘀咕了一句。突然之间，她让我想起了艾米，艾米也会低声回嘴，把音量控制得刚刚好，让那些话入了我的耳，但又让我无法断定，如果这时我问了该问的那个问题，"你说什么？"那她总会回答："什么也没说。"我直愣愣地瞪着波尼，抿紧了嘴唇，脑海中掠过一个念头："也许这正是计划的一部分，就是想要看看你怎么对待心有不满的怨妇。"我努力想要挤出一缕笑容，但那似乎更加让她厌恶。

"你能供得起吗？不管艾米工作还是不工作，你在经济上供得起吗？"吉尔平问道。

"嗯，我们最近确实有些财政问题。"我说，"在我们刚结婚的时候，艾米很有钱，称得上极其有钱。"

"没错，"波尼说，"毕竟有那些'小魔女艾米'的书嘛。"

"没错，那些书在 20 世纪 80 年代到 90 年代赚得盆满钵满，但是出版商已经不再要这套书了，说是'小魔女艾米'已经完事大吉，于是一切都急转直下，艾米的父母还不得不向我们借钱才没有背上一屁股债。"

"向你妻子借钱，你的意思是？"

"没错，好吧，然后我们几乎把艾米最后的一点儿钱全花在'酒吧'上了，从此以后就是我养家了。"

"这么说，当初你娶艾米的时候，她十分富有。"吉尔平说道，我闻言点了点头，心里暗自琢磨着一个英雄故事：在妻子的家境遭遇急转直下的剧变时，丈夫却始终坚守在她的身边。

"这么说，当时你的日子过得很滋润。"

"是呀，确实很棒，棒极了。"

"可是眼下她快要一贫如洗了，而你要面对的生活方式跟娶她的时候完全不一样。"

这时我才发现自己的故事完全走错了路。

"好吧，我们一直在彻底盘查你的财务状况，尼克，看上去真不怎么样。"吉尔平开口说道。听他的口气，这句指责几乎变成了一种担忧。

"'酒吧'运营得很好，"我说，"新店要盈利一般需要三四年的时间呢。"

"是那些信用卡吸引了我的注意。"波尼说，"你居然欠了 212000 美元的信用卡债务，我的意思是说，我看到的时候都快喘不过气来了。"她说着拿出一沓红字写成的账单朝我扇了扇。

我的父母都对信用卡很过敏，只会为了一些特殊事项动用信用卡，而且每个月都会把卡账还清。"我们绝不打肿脸充胖子，绝不买自己买不起的东西。"这是邓恩家的座右铭。

"我们家的人不会……至少我不会……但我不觉得艾米会……我可以看看那些账单吗？"我变得结巴起来，这时一架轰炸机正好从低空掠过，震得一堵堵窗玻璃吱嘎作响。壁炉架上的一盆植物应声掉下了五片漂亮的紫叶，我们三个人一时间都回不过神来，不得不哑口无言地盯着那些叶子飘落到地面上。

"话说回来，当初这里理应闹了好一番动静，可当时地板上连一个花瓣也没有。"吉尔平用厌恶的口气喃喃自语道。

我从波尼手中接过账单，一眼看见了自己的名字——十几张不同的信用卡账单上全是我的名字，不同版本的名字：尼克·邓恩、兰斯·邓恩、兰斯.N.邓恩、兰斯·尼古拉斯·邓恩，最小的一笔账目是 62.78 美元，最大的一笔则是 45602.33 美元，全部都是最近欠下的债，账单上方用不吉利的字体印着简洁而又充满威胁意味的字眼——立即付款。

"见鬼了！这简直就是盗用身份！"我说，"这可不是我欠的债，我的意思是，看看这些莫名其妙的鬼东西，我压根儿就不打高尔夫球。"有人用那些信用卡买了一套球杆，花费超过 7000 美金。"随便找个人都能告诉你，我真的不打高尔夫球。"我试着把口气压得低调一些，可是眼前的两位警探不吃那一套，再说扮低调也并非我的强项。

"你认识诺伊尔·霍桑吗？她是艾米的朋友，你还曾经让我们去查一查那个人？"波尼问道。

"等一下，我想谈谈那些账单，因为那些都不是我欠的账，"我说，"我的意思是说，拜托，你们一定要好好查一查。"

"我们会追查的，没有问题。"波尼面无表情地说，"可以继续说诺伊尔·霍桑吗？"

"没错，我让你们查查她，因为她一直在到处转悠，为艾米哭天号地。"

波尼抬了抬眉毛，"这事似乎惹得你火冒三丈呀。"

"不，我已经告诉过你，她似乎有点儿太过伤心了，像是装出来的，完全是为了招揽人眼球，仿佛对艾米入了迷。"

"我们跟诺伊尔谈过，"波尼说，"她说这宗婚姻让你太太感到非常困扰，家里的金钱纠纷很让艾米难过，艾米担心你娶她是为了她的钱，诺伊尔还说，你妻子很担心你的脾气。"

"我不知道诺伊尔为什么会这么说，我都不觉得她和艾米曾经深谈过。"

"这事真有趣，因为霍桑家的客厅里挂满了诺伊尔和你太太的照片。"波尼说着皱起了眉头。我也皱起了眉头，心中暗想："难道真是艾米和她一起照的照片？"

波尼又接口道："有些照片是去年十月在圣路易斯动物园照的，有些是带着三胞胎出去野餐时照的，有些是今年六月某个周末去漂流的时候照的，也就是上个月。"

"我们在这里住了这么久，艾米从来没有提过诺伊尔的名字，我是说真的。"我在脑海里搜寻着有关今年六月的记忆，突然想起了一个周末，当时我正跟安迪一起出游，于是编了一套谎话告诉艾米，说是"跟几个大男人一起去圣路易斯疯玩"。当天我回到家中时，发现艾米的脸颊泛上了两团红晕，看上去有些怒容，还说整个周末的有线节目都烂透了，在甲板上读的书也乏味。难道当天她去玩漂流了吗？不，我简直想不出还有什么事情比典型的中西部漂流更不讨艾米欢心了：冷藏箱系在独木舟上，里面摇摇晃晃地摆着一瓶瓶啤酒，嘈杂的音乐，一帮帮喝得醉醺醺的家伙，还有遍布着呕吐物的露营地，"你们确定照片上的人是我太太吗？"

他们互相对视了一眼，仿佛在说，"他是认真的吗？"

"尼克，"波尼说，"照片中的女子跟你太太一模一样，而诺伊尔·霍桑是三个孩子的母亲，又是你太太在城里最好的朋友，既然她说相片中的人是你太太，我们没有理由不相信。"

"而且据诺伊尔所说，你娶你太太不过是为了她的钱。"吉尔平补了一句。

"我可没有开玩笑，"我说，"这年头，任谁都可以在笔记本电脑上修修照片。"

"好吧，这么说来，前一刻你还一口咬定德西·科林斯涉了案，现在又把矛头转向了诺伊尔·霍桑，看上去你的网撒得还真广，反正要找一个人把事情怪到他的头上。"

"你是说我怪这怪那，就是不怪自己？没错，确实不该怪我。你瞧，我娶艾米并不是为了她的钱，你真的应该多跟艾米的父母谈谈，他们了解我，他们了解我的人品。"说到这里，我的脑海中突然闪过了一个念头——"艾米的父母确实不知道我的全部底细"，我顿时觉得胃中一阵翻涌。波尼正在紧盯着我，看上去有点儿为我难过，吉尔平却几乎把我的话当成了耳边风。

"你还突然把你妻子的人寿保险赔偿额涨到了 120 万美元。"吉尔平边说边装出几分倦色，甚至伸出一只手揉了揉那张尖下巴的马脸。

"那是艾米自己涨的！"我赶紧说道，两名警察只是望着我，等着我说话，"我的意思是，文件是我填的，但主意是艾米出的，她非要坚持这么做。我发誓，我才不在乎那玩意儿，可是艾米说……她说由于她的收入有所变动，这样会让她感觉更安心，或者说这是一个明智的商业决策。见鬼了，我不知道，我不知道她为什么想这么做，但我并没有求她这么做。"

"两个月前，有人用你的电脑搜索过一个话题——密西西比河里的浮尸，你能解释一下吗？"波尼接口说道。

我深吸了两口气，花好一会儿才让自己振作起来。

"天哪，那只是一个傻透了的写作计划，当时我想写本书。"我说。

"哦。"波尼不置可否。

"听着，我觉得眼下是这个局面：不少人从电视节目里学到了一点——杀害妻子的浑蛋通常就是她的丈夫，因此他们正在用有色眼镜看我，一些非常清白正常的事情就走了样，整件事变成了一场迫害。"

"这就是你对信用卡账单的说辞吗？"吉尔平问。

"我刚才已经告诉过你，我解释不了这该死的信用卡账单，因为这些账单跟我一点儿关系也没有。见鬼，这事归你们管，你们得弄清楚账单是从哪个鬼地方冒出来的！"

他们肩并肩地坐在那里，一声不吭地等待着。

"警方目前在采取什么措施寻找我妻子的下落？"我问道，"除了我这条线索之外，你们还跟了哪些线索？"

正在这时，屋子突然摇晃起来，我们可以从后窗中看到一架飞机呼啸着驶过天空，恰好掠过密西西比河，把我们的耳朵震得嗡嗡响。

"是架 F-10 飞机。"波尼说道。

"不，看上去太小了，"吉尔平说，"一定是……"

"就是一架 F-10 飞机。"

波尼俯身向我靠过来，十指交缠在一起。"我们的职责是确保你是百分之百的清白无辜，尼克，我知道你自己也想确保这一点。"她说，"如果你能帮我们解开几团乱麻就好了，因为我们总是在这些鬼事上栽跟斗。"

"也许我该找个律师了。"

两名警察闻言交换了一个眼色，仿佛他们押下的一个赌已经水落石出。

艾米·艾略特·邓恩

2011 年 10 月 21 日

## 日记摘录

尼克的妈妈过世了。我一直没有办法动笔写日记，就是因为尼克的妈妈刚刚过世，尼克一下子没了主心骨。莫琳真是又温柔又坚强，在过世前几天，她还起床四处走动，绝口不提要想办法延长自己的寿命，"我只想熬到熬不下去的那一天"，这是她的原话。她常常帮其他化疗病人织帽子（她自己早在第一轮化疗后就不愿意折腾了，如果要"再插些管子"才能多撑些时日的话，莫琳表示不感兴趣），她的身边总有各色鲜亮的毛线团，又是红又是黄又是绿，而她十指翻飞，毛线针发出一片咔嗒咔嗒的响声，莫琳用低沉又懒洋洋的声音讲着话，听上去好似一只心满意足的猫。

九月的一天早晨，她一觉醒来却并没有清醒过来，再没有变成往日的那个莫琳。她仿佛在一夜之间变得干瘪发皱，一双眼睛飞快地扫视着屋子，却无法看清任何一件东西，包括她自己。因此她被送到了临终关怀医院，那个地方灯光柔和、气氛欢快，有一些绘着戴帽女子的图画，有零食售货机，还有一小杯一小杯的咖啡。人们并不指望临终关怀医院能治好她的病，只是为了确保她在逗留人世的最后时光里能够过得舒服一些，三天之后，她便撒手人寰了。莫琳走得十分平静，压根儿没有掀起一点儿风波，正是她所希望的模样（不过我敢肯定，要是听到"莫琳所希望的模样"这句话，她一定会翻翻白眼）。

丧事的规模不大，但气氛很不错，跟她极为相像的妹妹从奥马哈赶了过来，顶替莫琳的位置忙着招待几百号人，为人们倒倒咖啡和百利甜酒，分发着饼干，还时不时讲一讲莫琳的逸闻趣事。在一个疾风阵阵但又暖洋洋的早晨，我们把莫琳下葬了，玛戈和尼克互相靠着对方，我则站在他们的旁边，感觉自己是个闯进来的外人。当天晚上钻进被窝后，尼克背对着我，任由我用双臂搂着他，但几分钟后他就站起了身，嘴里低声说着"我得出去呼吸点儿新鲜空气"，随后便出了门。

他的母亲一直宠他宠得厉害，坚持每周到我家里来为我们熨一次衣服，熨完后又会说"我来帮你们整理屋子吧"，结果等到她离开时，我会发现冰箱里摆着已经削好皮切成片的葡萄柚，一片片整齐地放在盒子里，还会发现莫琳已经一片片地削掉了面包的硬壳。我嫁给了一个三十四岁的男人，可这个男人连面包皮也招架不住。

但在莫琳刚刚离世的那几个星期里，我倒是学着莫琳的样子照顾尼克，于是我削掉了面包皮，熨了他的 T 恤，还照着他妈妈的食谱烤了个蓝莓馅饼。"你不用把我当个宝宝来照顾，真的，艾米。"他紧盯着去了皮的面包说道，"我由着我妈妈做这些，是因为做这些事能让她开心，但我知道你不喜欢这样宠人。"

于是我们的日子再一次涂满了"黑方块"，柔情蜜意、爱心满满的尼克一去不复返，脾气生硬、怒气冲冲的尼克又回来了。在难熬的时候，人们理应依赖自己的配偶，但尼克似乎已经走得太远。他是一个失去了妈妈的"妈宝男"，他一点儿也不希望和我沾上边。

当有生理需要的时候，他就用我来消消火。他把我摁在桌上或床围上粗暴了事，整个过程中都不说一句话，直到最后片刻才哼上几声，随后放开我，把一只手掌搁在我的背上表示亲热，这时候他会开口说上几句话，轻描淡写地打发掉刚才的事情，比如"你真是诱人得很，有时候让我难以自控"，可惜在说这番话的时候，他的声音听上去却毫无生气。

测试题：
你的丈夫与你之间的性事曾经颇为美妙，但现在他变得既疏离又冷淡，只希望以他的方式并按他的日程行男女之事，那么你会：

（A）在性事上越发冷淡他——绝不让他赢！

（B）一哭二闹，要求他给个说法（尽管他并不打算开口给个说法），因此进一步把他往外推。

（C）认定这仅仅是婚姻长河中一桩小小的风波（他正处在难熬的时期），因此尽量给予理解并耐心等待。

答案：C。对吧？

我的婚姻正在一步步地支离破碎，我却不知道该怎么办，这一点让我十分难过。人们也许会觉得，既然我的父母是心理学家，那答案简直显而易见——我该找他们两个人聊一聊，可是我实在低不下这个头。再说我父母也没有办法给已婚夫妇当一对好参谋，他们可是心心相通的知己爱人呀，还记得吗？他们的婚姻堪称一路凯歌，从未遇到过什么低潮，仿佛一蓬一股脑儿喷上天的绚丽烟花。我开不了这个口，我已经搞糟了一切，婚姻是我仅剩的一宗筹码，我不能告诉他们我把它也给搞砸了。他们会想办法再写本书编出个故事来抽我一鞭子，让"小魔女艾米"庆祝有史以来最美妙、最充实、最风平浪静的一宗婚姻……因为她对自己的婚姻用了心。

但我无时无刻不在担心，我心里清楚自己的年龄已经大得过头，已经不合我丈夫的口味。六年前，我曾经一度是他梦想中的模样，当时我听过他的那条毒舌对年近四十的女人有些什么样的评论，而他那些风言风语又是多么的无情。在他的眼里，年近不惑的女人十分可悲，她们打扮出一副花枝招展的模样在酒吧出没，压根儿没有悟到自己是多么缺乏魅力。有时候，他晚上出门喝酒回来，我会问他那家酒吧怎么样，结果他常常会说："被一群'没戏唱的妞'给包围啦！""没戏唱的妞"，他就用这个词来称呼四十上下的女人。当时我还只是三十出头，还会跟着他一起傻笑，仿佛自己永远也不会变成一个"没戏唱的妞"，而现在我成了他家里那个"没戏唱的妞"，他被我捆住了手脚，也许这就是他生了一肚子气的原因。

这段时间，我迷上了一种疗法，用刚刚学步的小孩来治愈自己的心。每天我都会去诺伊尔家里，任由她的三胞胎对我抓抓挠挠。他们把胖胖的小手伸进我的头发，往我的脖子吹上一口口黏糊糊的气息，那时你就会一下子明白女人为什么总作势要把孩子一口吞下去——"她看上去太可口啦！我简直想用一把勺子把他一口口吃掉！"我望着诺伊尔的三个孩子蹒跚着奔向她，身上沾着打盹儿时染上的污渍，一边走一边揉着眼睛，伸出小手满怀向往地碰碰她的膝盖和胳膊，仿佛他们知道自己已身处安全之地……有时候，看着这样的画面，我感觉心中阵阵隐痛。

昨天下午在诺伊尔家的时光让我格外满足，也许正因为这样，我干了一件蠢事。

尼克回家时，我正待在卧室里，还刚刚洗过一个澡，于是过不了多久他就把我推到了墙上，进入了我的体内。完事后他放开了我，我在墙壁的蓝漆上看见自己留下的吻痕，尼克气喘吁吁地坐在床沿上，嘴里说道："刚才的事情我很抱歉，我只是真的很需要你。"

说这番话的时候，他并没有抬眼看我。

我走到他的身边，伸出双臂搂着他，假装我们刚刚那一套没有半点儿怪异之处，只不过是鱼水尽欢的夫妻之事，我开口说："刚才我一直在想……"

"在想什么？"

"嗯，也许现在正是开枝散叶的好时机，正适合生个宝宝呢。"话一出口，就连我自己也知道这听上去有多么疯狂，但我实在忍不住……我已经变成一个迷了心窍的女人，一心想靠怀孕挽救自己的婚姻。

我的下场真是令人羞耻，竟然沦落成了自己曾经嘲笑过的那种人。

他听完猛地躲开了我，"现在？说到开枝散叶，没有比现在更糟的时候了，艾米，你又没有工作……"

"我知道，但我原本就打算留在家里带宝宝……"

"我妈妈刚刚去世，艾米。"

"宝宝会带来新的生命，新的开始。"

他伸出双臂紧紧地围住我，定定地凝望着我的双眼，这是他一周以来第一次与我对视，"艾米，你认为我妈妈已经过世，我们就会欢欢喜喜地回到纽约生上几个宝宝，你又能过上原来的生活，是吧？可是我们的钱不够，我们的钱差一点儿都不够我们两个人在这里过活，你根本想象不到我的压力有多大，每天都要千方百计地收拾这个烂摊子。他妈的，我要养家糊口，除了你和我之外，我可再供不起几个孩子了，你会想要让他们拥有你成长时拥有过的一切，那我可办不到，邓恩家的小孩上不起私立学校，学不了网球课和小提琴课，也住不了避暑宅邸，你一定会恨我们的穷日子，一定会恨得咬牙。"

"我没有那么肤浅，尼克……"

"你真觉得眼下我们该生宝宝吗？"

这句话算是我们在婚姻话题上走得最远的一次，但我看得出尼克已经暗自后悔自己开了这个口。

"我们的压力确实很大，亲爱的，"我说，"我们经历了一些风波，我也知道其中有很大一部分是我的错，我只是觉得在这里无所适从……"

"因此我们就要跟人家学，生个孩子来挽救婚姻吗？这一招还真是百试百灵的灵丹妙药哪。"

"我们要生个宝宝，因为……"

这时他的眼神沉了下来、凶了起来，又伸出手抓住了我的胳膊。

"不……不，艾米，现在可不行，我没有办法再多应付一件操心事，眼下我已经快要扛不住了，再多一根稻草就会把我压垮。"

这一次，我知道他说的是实话。

尼克·邓恩
事发之后六日

　　不管哪个案子，案发后的四十八小时都是破案的关键，但目前艾米已经失踪近一个星期了。今天傍晚，我们会在汤姆·索亚公园伴着烛光为艾米守夜，根据媒体的报道，该公园是艾米·艾略特·邓恩"心爱之所"（我还从来不知道艾米曾经踏进过那个公园。尽管有个古雅的名字，该公园却远远算不上古雅，园里树木寥寥，没有什么新意，沙坑里总是堆满了动物粪便，压根儿没有马克·吐温式的风韵）。在过去的二十四小时中，艾米的案子已经变成了全国性新闻，总之到处都是它的踪影。

　　请上帝保佑不离不弃的艾略特夫妇吧。昨天晚上，玛丽贝思给我打了一个电话，当时我还没有从警方突如其来的审讯中回过神来，而我的岳母在电视上看了埃伦·阿博特的节目，一口断定埃伦是个"投机取巧赚取收视率的婊子"，尽管如此，今天我们仍然花了许多时间来商量如何应付媒体。

　　媒体颇为喜爱"小魔女艾米"这个角度，艾略特夫妇这对老夫老妻也颇讨媒体的欢心。至今为止，各家媒体还从未对"小魔女艾米"系列书籍的寿终正寝和原作者一塌糊涂的财政状况有过任何恶评，倒是用一副情意绵绵的腔调提到艾略特夫妇——看情形，兰德和玛丽贝思算得上是媒体的心头之好。

　　相形之下，我可就没这么讨媒体喜欢了。各家媒体已经纷纷抛出了"聚

216

焦事项", 不仅爆料了那些已经走漏的风声, 比如我缺乏不在场证明、犯罪现场有可能是经人精心布置的, 等等, 还爆料了我的一些个性特质。媒体爆料说, 我在高中时代和女生的恋情从来熬不过几个月, 因此显而易见是个花花公子; 它们还发现我的父亲待在"康福山"养老院里, 而我罕少去探望, 因此是个忘恩负义、扔下老爸不管的混账。"这是个毛病, 媒体确实不喜欢你, 兰斯。"每看一则新闻报道, 玛戈就要把这句话说上一遍。不仅如此, 媒体还挖出了我的真名"兰斯"——从小学时代开始, 我就对这个名字恨得咬牙, 每学年伊始老师点名的时候, 我都恨不得把"兰斯"这个名字斩草除根, 于是便会开口嚷上一句, "是尼克, 我的名字叫尼克!"于是每年九月开学典礼那天都会出现同一幕: 我的嘴里高喊着, "是尼克, 我的名字叫尼克!"可是有些自作聪明的小屁孩却会在休息时间四处溜达, 一边逛一边装腔作势地嚷道, "嗨, 我是兰……斯", 然后大家会把"兰斯"这个名字抛在脑后, 直到下一年开学典礼的时候。

眼下的情形却大不一样, 各家媒体上到处是那个可怕的名字——兰斯·尼古拉斯·邓恩, 看上去活像是连环杀手和刺客的专用名, 可惜这一次我没有办法让人们改口。


兰德·艾略特、玛丽贝思·艾略特, 玛戈和我都搭乘同一辆车前去守夜。我不清楚艾略特夫妇听到了多少风声, 有多少人七嘴八舌地把有关我的消息捅到了他们那儿, 不过我知道他们已经清楚犯罪现场有"人为布置"的嫌疑。"要是我送一些自己人到现场的话, 他们一定会有另外一种说法, 认定现场很明显经过了一番搏斗。"兰德自信满满地说, "真相是公说公有理婆说婆有理的东西, 只要挑对专家, 随你怎么说。"

兰德还不知道其他一些事, 比如信用卡、人寿保险、血迹, 还有诺伊尔的证词——这个满腔怨气的女人声称是我妻子最好的密友, 她一口咬定我犯下了种种恶行, 比如虐待太太, 贪钱而又骇人。今天晚上的守夜活动过后, 诺伊尔会上埃伦·阿博特的电视节目, 这样一来, 她和埃伦两个人总算可以当着观众的面一起说我的坏话了。

不过话说回来，也并不是每个人都对我冷着一副脸。上个星期，"酒吧"里简直称得上生意兴隆，数百个顾客一股脑儿涌进了兰斯·尼古拉斯·邓恩名下的酒吧，要来喝喝啤酒吃吃爆米花，毕竟兰斯·尼古拉斯·邓恩有可能是个杀妻犯。玛戈不得不雇了四个年轻人来帮着打理"酒吧"，在此期间她还曾经顺路去过一次，然后就嚷嚷着再也没办法去那地方了，她受不了人山人海的"酒吧"——他妈的，里面有一大堆爱嚼舌的家伙，一大堆凑热闹的家伙，一个个都喝着我们的酒，嘴里还讲着关于我的闲事。玛戈觉得那场面十分恶心，不过话说回来，赚来的钱倒是能派上用场，万一……

"万一……"艾米已经有六天下落不明，我们一个个都在考虑着种种不测。

在前往公园的一路上，我们乘坐的车里一直没有人吭声，只有玛丽贝思的指甲不时敲着窗户。

"感觉像是个四人约会呢。"兰德笑了起来，笑声透着几分歇斯底里，声音又高又尖。兰德·艾略特，一位天才心理学家、畅销书作家，一个人见人爱的家伙，此刻却正在一步步走向崩溃。玛丽贝思倒是已经动手给自己灌了药，足以收敛锋芒，但又能让心思保持敏锐；跟她相反，兰德简直昏了头，如果他的脑袋像玩偶匣里的小人一样突然飞离了身子，那我还真不会吓上一大跳。兰德原本就爱跟人攀关系，眼下更加一发不可收拾，他跟遇见的每个人都拼命打成一片，不管见到谁都伸出胳膊来个熊抱，无论对方是个警察、一名记者，还是个志愿者。"戴斯"酒店里有一名负责跟我们联络的人员，那是个笨头笨脑又有点儿腼腆的小伙子，名字叫作唐尼，兰德跟他尤其亲热，总喜欢拿唐尼寻开心，还非要告诉唐尼本人。"啊，我只是在拿你寻开心呀，唐尼。"他对唐尼说道，随后唐尼便会咧嘴露出一抹灿烂的笑容。

"那小子就不能去找别人吗？"不久前的一天晚上，我低声对玛戈抱怨道。玛戈说我只是把兰德当成了父亲一般的角色，我分明在吃醋，因为别人更讨兰德的欢心——她倒确实没有说错。

我们一步步向公园走去，玛丽贝思伸手拍了拍兰德的后背，我的心中顿时涌起了一个念头：我十分希望也有人能拍拍我的背，只要轻轻碰一下就好。想到这里，我不由突然抽噎了一声，泪水涟涟地发出了呻吟。我希望有人爱，但我说不清那个人是安迪还是艾米。

"尼克？"玛戈举起一只手伸向我的肩膀，但我躲开了她的手。

"对不起，哇，真是对不起，突然间一下子忍不住了，很丢邓恩家的脸。"我说。

"没关系。"玛戈说着掉开了目光。自从发现我的地下情以后（我们已经把那件事叫作我的"不忠"了），玛戈就变得有点儿疏远，眼神中多了几分疏离，我费了好一番功夫才压下心里的怨愤。

我们走进公园时，各家摄制组已经遍地开花，来的不仅是地方性节目的摄制组，就连各家电视网的摄制组也大驾光临了。邓恩兄妹和艾略特夫妇从人群边上走了过去，兰德边走边微笑点头，好似一个来访的贵宾。波尼和吉尔平突然间冒了出来，紧紧地跟在我们的身后，仿佛两只友好的猎犬，眼下他们已经变成了两张熟脸，这显然就是他们的本意。波尼身穿一条黑色短裙、一件灰色条纹上衣，用发夹别住了脑袋两侧的乱发；她总是穿着这套衣服在公开场合现身，我见了不禁在心中唱道："我的女孩名叫波尼·马罗尼……"今天晚上雾气湿重，波尼的两个腋窝下都渗出了一片暗色的汗渍，她居然咧嘴对我露出了一缕微笑，仿佛昨天下午警方压根儿没有口口声声地把罪名往我头上扣。（当时他们两个人是在把罪名往我头上扣，没错吧？）

艾略特夫妇和我迈步走上了一个摇摇晃晃的临时舞台，我转过身回望玛戈，她冲我点了点头，做了个深呼吸的手势，我这才记起要深深吸上一口气。数以百计的面孔朝我们转了过来，一架架相机在不停地闪光，发出一片咔嚓声。"不要笑，千万别笑。"我告诉自己。

眼前有几十件 T 恤衫，上面写着"请找到艾米的下落"，我的太太正从 T 恤衫的正面仔细端详着我。

玛戈认定我必须讲上一番话（"你得表现出一点儿人情味儿，要抓紧"，她说），于是我照办了。我走到了麦克风旁边，可是那只麦克风放得不够高，只齐到我的肚子，结果我跟麦克风纠缠了好一会儿，它却只往上挪了一英寸，这种傻事通常会让我火冒三丈，但我实在不能再在公众场合发一通火了，于是我深吸了一口气，俯身念出了妹妹为我写下的台词："我的妻子艾米·邓恩已经失踪近一个星期了，我简直无法形容家里人为此遭受了怎样的痛苦，也无法形容我们的生活为此遭受了怎样难以弥补的损失。艾米是我的一生挚爱，也是她父母的掌上明珠，至于那些还不认识她的人，我只想告诉你们：她十分风趣、迷人、善良，十分聪明且温暖，无论在哪方面，她都是我的贤内助。"

这时我抬头向人群望了一眼，谁知竟奇迹般地看见了安迪，她的脸上正露出一缕憎恶的表情，我赶紧低下头望着自己的笔记。

"我希望能够与艾米白头到老，我也知道自己一定会愿望成真。"

"歇口气，深呼吸，千万不要笑。"这是玛戈在我的索引卡上写下的原话。"……成真……成真……成真……"这时我的声音从扬声器里荡了出去，一波一波地涌向密西西比河。

"如果您有任何消息的话，请务必联系我们，今天晚上我们将为艾米点燃蜡烛，希望她能够早日回家，平安回家。我爱你，艾米。"

我边说边左右张望，独独避开了安迪所在的位置。公园里闪耀着星星点点的烛光，这时本该出现片刻沉默，可是附近却传来了阵阵婴儿的哭声，有个跟跟跄跄的流浪汉在一遍又一遍地大声问："嘿，这是在干吗呢？在干吗呢？"有人低声说起了艾米的名字，流浪汉却问得更大声了："什么？是干吗呢？"

正在这时，诺伊尔·霍桑从人群中央向前挤了过来，她的三胞胎紧跟着母亲，其中一个被她背在背上，其余两个紧紧地扯住她的裙子；我是个从未照顾过孩子的男人，在我眼里，这三个小不点通通小得有些荒唐。诺伊尔逼着人们给她和孩子们让开一条道，一步步地奔到了讲台边上，然后抬头望着我。我定定地瞪着她，谁让这个女人说了我那么多坏话呢！这时我才第一次注意到她那鼓鼓的肚子，突然间悟到诺伊尔又一次怀孕了，一时间惊得合不拢嘴：天哪，她要对付四个孩子，还都没有满四岁！——事后人们对这个表情议论纷纷，有人说东有人说西，多数人认为那时我的脸上又是怒火又是惧意。

"嗨，尼克。"挂在半空的麦克风将她的声音送到了听众的耳朵里。

我在麦克风上乱摸，却死活找不到开关。

"我只是想瞧瞧你的脸。"她突然间泪流满面，啜泣声传到了听众席上，所有人都变得全神贯注，"她在哪里？你对艾米下了什么毒手？你对你的妻子下了什么毒手！"

"妻子……妻子……"诺伊尔的声音在四周回荡，她的两个小孩吓了一大跳，"哇"地哭出了声。

诺伊尔哭得非常厉害，一时间不能开口说话；她气得昏了头，一把抢过麦克风架子，把麦克风掰到了自己的嘴边。我嘴上嚷嚷着要拿回麦克风，心里却知道我拿这个女人一点儿办法也没有——人家身上穿着孕妇装，身边还带着三个蹒跚学步的幼儿呢。我抬眼扫视着人群，眼巴巴地寻找着迈克·诺伊尔的身影（"求你了，管好自家的太太吧。"我暗自心想），但却压根儿找不到他，这时诺伊尔转身对着人群讲起了话。

"我是艾米最亲密的朋友！""朋友……朋友……朋友……"诺伊尔的话和孩子们的哭声一起在整个公园里回荡，"尽管我已经尽了最大的努力，可惜警方看上去还是没有把我的话当真，因此我要让咱们的镇子来解决这个问题，艾米深爱着我们的小镇，这个小镇也深爱着艾米！这个男人……尼克·邓恩，必须回答一些问题，他必须告诉我们他对自己的妻子下了什么毒手！"

这时波尼疾步从讲台侧面向诺伊尔奔去，诺伊尔转过了身，她们两人的目光纠缠在了一起。波尼作势对着她的喉咙疯狂地砍了一刀，意思是说"闭嘴"。

"对他那怀孕的妻子下了什么毒手！"诺伊尔说道。

这一下，再也没有人能够看到公园里的点点烛光了，因为闪光灯好似疾风骤雨一般亮了起来。我身边的兰德哼了一声，仿佛一只气球发出了吱吱声，讲台下的波尼用手捂在眉间，仿佛正头疼不已。疯狂的闪光灯照亮了一张又一张面孔，节奏跟我的脉搏一样快。

我放眼在人群里寻找着安迪，一眼看见她正定定地盯着我，一张略微扭曲的脸涨得粉红，面颊上沾满了泪水；当我们的眼神相撞时，她对我做了个嘴型说了句"浑蛋"，随后穿过拥挤的人群，跌跌撞撞地往回走。

"我们该走了。"突然间，玛戈从我的身边冒了出来，压低声音对着我的耳朵说了一句话，边说边拉扯着我的胳膊。照相机对着我啪啪地闪成了一片，而我站在讲台上，好似一个面目可憎的怪物，正被村民们的火炬撩得焦躁不宁，却又有几分惧意。玛戈和我迈开了步子，一溜烟奔向了她的车，把张着嘴目瞪口呆的艾略特夫妇留在了讲台上——你们两个人就自寻生路吧。记者们劈头盖脸地向我发问："尼克，艾米确实怀孕了吗？""尼克，艾米怀孕了，你是不是很心烦？"这时我正撒腿向公园外一路狂奔，一边跑一边躲，仿佛遇上了一场冰雹，与此同时，那个词则一遍遍在夏夜里回荡，呼应着阵阵蝉声："怀孕……怀孕……怀孕……"

艾米·艾略特·邓恩

2012 年 2 月 15 日

## 日记摘录

　　眼下真是一段奇怪的日子，我不得不这么想，不得不站远一点儿审视当下：哈哈，如果回头再看眼下的话，这段日子会显得多么奇怪啊。当我到了八十岁，变成了一个洞明世事、开开心心的老太婆，身穿褪色的淡紫色服饰，大口大口地喝着马提尼酒，会不会觉得眼下这段日子很好笑呢？又会不会把它当成一段有意思的经历呢？那会是一个奇怪又可怕的故事，讲述我是如何挺过了一重劫难。

　　因为现在我已经坚信一点：我的丈夫非常不对劲。是的，他还在为他的母亲伤心，但并不仅仅如此，他身上的变化是冲着我来的，并不是一种悲伤之情，而是……有时我能感觉到他在看我，于是我抬起头，一眼看见他的脸因为厌恶扭成了一团，仿佛他正好撞见我在做些可怕的事，而不仅仅是在早晨吃麦片，或在晚上梳梳头。他变得怒气冲冲，阴晴不定，害得我一直在纳闷他是不是碰上了什么奇怪的东西，要么是一种让人发狂的小麦过敏，要么是一些孢子堵塞了他的脑子。

　　某天晚上，我下楼发现他坐在餐桌旁，正用双手托着头，望着一堆信用卡账单。我细细地打量着自己的丈夫，打量着那个孤零零待在枝形吊灯下的身影。我想要走到他的身边坐下来，跟他一起想办法对付那些账单，但我并没有这么做，我心知那样只会惹恼他。有时候，我在纳闷这是否就是他厌恶我的原因：他在我的面前暴露了自己的短处，而他又恨我对他如此了解。

他居然猛推了我一把。两天前，他用力猛推了我一把，随后我跌了一跤，一头撞在厨房中岛上，整整三秒钟看不清楚东西。对这件事，我真的不知道该说些什么，与其说我感觉痛苦，还不如说我感觉震惊。当时我正在告诉尼克，我可以找份工作，比如一份自由职业，这样我们就可以开始一个家庭，真正开始过日子……

"那眼下的日子又算什么？"他说。

"炼狱。"我的脑子里冒出一个念头，却没有说出口。

"那眼下的日子又算什么？艾米？嗯？那现在的日子在你眼里又算什么？让'小魔女'来说说看，我们现在过的日子就不算真正的日子了？"

"这不是我所希望的日子。"我说道，他闻言朝我迈了三大步，我顿时冒出一个念头，"他看上去好像要……"突然间，他的手猛然扇上了我的身子，我立刻一头跌了下来。

我们都倒吸了一口气。他把另一只手握成了拳头，看上去好像要哭出来的模样，他已经不仅仅是内疚，而是完全吓呆了。可是有件事我想要讲清楚：我倒是很明白自己在做什么——我正在千方百计地惹恼他。在此之前，我眼看着他一步步缩进了自己的壳，于是希望他好歹能说些什么，做些什么，就算那些言行算不上好，就算那些言行糟糕透顶，可是好歹得做点什么啊，尼克，不要把我扔在一边完全不理，仿佛我是一个幽灵。

我只是没想到他会这么做。

如果丈夫打我的话，我该怎么办呢？我还从来没有想过这一点，因为我还从来没有遇上过对太太施暴的丈夫。（我明白，我很明白，不就是人生如戏吗，暴力可不受社会经济地位的阻隔，不过这事仍然让人难以置信，尼克居然会对我动手？）我这些话听上去油腔滑调，不过眼前的一切实在荒唐至极，我居然成了一个挨打的妻子，眼前是"小魔女艾米和打老婆的丈夫"。

他倒是一再道了歉，还答应考虑一下去进行咨询——我还从来没有想过会发生这样的事，不过这倒也是件好事。在骨子里，尼克的人品非常好，因此我愿意把此事抛到脑后，相信这只是一时反常，是因为我们两个人都肩负着太大的压力。有时候我会忘掉一点：尽管我觉得自己压力很大，尼克却也并不轻松，是他把我带到密苏里州来，他还扛着这副枷锁呢，因为要让闷闷不乐的我感到心满意足。对于尼克这样一个人来说，这副枷锁有可能让人火冒三丈，毕竟尼克认定各人的幸福都该各人去争取。

尼克确实猛推了我一下，其实那一推眨眼间就过去了，它倒并没有吓住我，吓住我的是尼克脸上的表情。当时我正躺在地板上眨着眼，脑袋里一片嗡嗡响，这时他的脸上露出了那个表情，把我吓得够呛，因为尼克显然正在努力克制自己不要再挥一拳，那神情流露出他是多么想要再推我一把，要忍住那种冲动又是多么不容易。从那以后，他看我的眼神便多了几分内疚，但又厌恶着那几分内疚，紧接着变成了彻头彻尾的厌恶。

其中还有最不堪入目的一幕。昨天我开车到了商城，镇上大概有一半人到商城买毒品，简直跟买处方药一样容易；这件事是诺伊尔告诉我的，她的丈夫偶尔去那里买些大麻烟卷。我倒不想买大麻烟卷，但我想要一把枪以防万一，免得我跟尼克之间的情况真的变得无药可救。快到商城的时候，我才意识到当天是情人节。时值情人节，我却要去买把枪，然后为丈夫做顿饭，于是我暗自心想："尼克的父亲没有说错，你确实是一个蠢货婊子。如果你真觉得丈夫会伤害你，那就应该转身离开，可是你却不能离开你的丈夫，他还在为去世的母亲伤心呢，你不能离开他。如果事情并非无药可救，那除非你的心眼坏得惊天动地，你才能下得了这种狠手；除非你真心相信丈夫会伤害你，你才能下得了这种狠手。"

但我并不真心认为尼克会伤到我。

我只是觉得有把枪更安全些。

尼克·邓恩
事发之后六日


玛戈一把将我推进车里，一溜烟开车逃离了公园。我们从诺伊尔的身边疾驰而过，她正跟着波尼和吉尔平向巡逻车走去，精心打扮的三胞胎跌跌撞撞地跟在她的身后，好似风筝上扎着的缎带。汽车呼啸着从人群旁边掠过，人们向我露出了上百张怒气冲冲的面孔。严格来讲，我和玛戈简直是夹着尾巴逃跑了。

"哇，居然中了埋伏。"玛戈喃喃自语道。

"中了埋伏？"我把她的话重复了一遍，脑子一时间转不过弯来。

"你觉得这是场意外吗，尼克？生了三胞胎的贱人已经向警方提供了证词，压根儿没有提到怀孕的事。"

"要不然的话，他们就正在分批分次地爆料。"

也就是说，波尼和吉尔平已经得知我的妻子怀了孕，还决定把这件事当枪使，他们显然真心相信我杀了她。

"到了下周，每家有线节目都会找上诺伊尔，她会口口声声在电视上说你是个凶手，而她是艾米最好的朋友，她正在寻求正义。这人就是个吸引公众眼球的贱货，他妈的贱货。"

我把脸紧贴在车窗上，一屁股瘫进了座位里。几辆采访车一路紧跟着我们，玛戈和我在车里一声不吭，她的呼吸渐渐缓了下来。我凝望着窗外的河水，一根树枝正漂在水上一路南下。

"尼克？"玛戈终于开了口，"那是……嗯……你……"

"我不知道，玛戈，艾米什么也没有提。如果她怀了孕，那她为什么会告诉诺伊尔而不告诉我呢？"

"那她为什么会想要弄把枪，却又瞒着你呢？"玛戈说，"这些都说不通。"

我们逃到了玛戈家（我家必定已经被摄制组挤得水泄不通），刚刚迈进门槛，我的手机就响了起来——是我平常用的那只手机。来电话的是艾略特夫妇，我吸了一口气，闪身进了自己的卧室，然后才开口回答。

"我要问你，尼克。"说话的人是兰德，电话里还隐隐传来电视的声音，"你一定要告诉我，你知道艾米怀孕了吗？"

我顿了顿，千方百计想要找到合适的词语，告诉他艾米怀孕的概率有多小。

"回答我，见鬼！"

兰德的声音大得可怕，逼得我又收了声，开口用柔和而舒缓的口吻说道："艾米和我并没有备孕，她不想怀孕，兰德，我也不知道她以后是否会要宝宝，我们甚至没有……我们的亲热并不频繁，如果她真的怀孕了，那我还真是……吓一大跳。"

"诺伊尔说艾米去看了医生，确认是否怀孕，警方已经索要了相关记录，我们今天晚上就会得知真相。"

我在客厅里发现了玛戈，她正伴着一杯冷咖啡坐在母亲的牌桌旁。她微微向我扭过头，示意她知道我在那里，却并没有让我看见她的脸。

"你为什么一而再再而三地撒谎，尼克？艾略特夫妇可没有跟你对着干。"她问道，"难道你不该至少告诉他们，不想要孩子的人是你吗？为什么要让艾米唱白脸？"

我又一口咽下了怒火，它烧得我胸中隐隐作痛，"我已经筋疲力尽了，玛戈，见鬼，我们非要现在吵吗？"

"我们还要换个更好的时间再吵？"

227

"我想要孩子，我们尝试了一段时间，结果没有那份福气，我们甚至还打了生育治疗的主意，可是后来艾米认定她不想要孩子。"

"你告诉我，是你不想要孩子。"

"我那不过是充硬汉罢了。"

"哦，棒极了，又撒了一个谎，"玛戈说，"我还从来没有意识到你是这样一个……尼克，你的话一点儿也讲不通。当时我可在场，在为'酒吧'庆祝的晚宴上，妈妈会错了意，她以为你们在宣布怀孕的消息，结果把艾米惹哭了。"

"嗯，我没办法对艾米的一举一动都做出解释，玛戈，我不知道为什么一年前她会哭成那副鬼模样，好吧？"

玛戈静静地坐着，橙色的路灯灯光沿着她的轮廓映出了一圈光晕。"这对你是一场真正的考验，尼克，"她低声说道，仍然没有看我，"你一直不喜欢说真话……如果你觉得撒个小谎能够避免争端，那你就总会撒谎，你总是挑简单的路走。以前你退出了棒球队，却还告诉妈妈你是去练棒球，你去看电影，却告诉妈妈去了教堂，这简直是一种奇怪的强迫症。"

"这可跟棒球那回事大不一样，玛戈。"

"确实大不一样，但你仍然像个小孩一样撒谎，你还是不顾一切地想让每个人都认为你十全十美，你从来不想扮白脸，因此你才告诉艾米的父母是她不想要孩子；因此你才不告诉我你瞒着自己的太太劈腿；你发誓名下的那些信用卡不是你本人的；你发誓案发时在海滩上，但你却对海滩讨厌得要命；你还发誓你婚姻美满，现在我真不知道该相信什么了。"

"你在开玩笑吧？"

"自从艾米失踪以来，你一直都在撒谎，让我很担心出了什么事。"

片刻死寂般的沉默。

"玛戈，你说的这些话是我想的那个意思吗？因为如果真是那个意思，那你我之间有些话就没法说了。"

"还记得小时候你总跟妈妈玩的游戏吗，叫作：'如果我……你还会爱我吗？''如果我捆了玛戈一掌，你还会爱我吗？''如果我抢了一家银行，你还会爱我吗？''如果我杀了一个人，你还会爱我吗？'"

我一句话也没有说，我的呼吸实在太过急促了。

"我还会爱你。"玛戈说。

"玛戈，你真的要我开口说出来吗？"

她没有吭声。

"我没有杀艾米。"

她还是没有吭声。

"你相信我吗？"我问道。

"我爱你。"

她伸出一只手搁在我的肩膀上，随后进了自己的卧室，关上了门。我等着灯光在她屋里亮起来的一刻，但那间屋却一直是漆黑一片。


片刻之后，我的手机响起了铃声，这一次是那只亟须处理却又处理不掉的一次性手机——因为我总是、总是、总是不得不接安迪的电话，"每天一次，尼克，我们得每天通上一次话。"

我意识到自己正在咬牙切齿。

于是我吸了一口气。


小镇边上是一处旧西部要塞的遗迹，目前也是一家杳无人迹的公园，要塞里只留下一座两层楼高的木质瞭望塔，四周环绕着生锈的秋千和跷跷板。安迪和我曾经在公园里密会过一次，在瞭望塔的阴影里抚摸着彼此。

我驾着母亲的老车沿着小镇绕了三个大圈，以防有人跟踪。现在出门见面简直是自寻死路——现在连十点钟都不到呢，可是什么时候见面已经不是我说了算了。"我要见你，尼克，就在今天晚上，就现在，要不然的话，我向你发誓我会抓狂。"我驾车到达了要塞，突然间意识到此地是多么偏僻，也意识到这次见面意味着什么：安迪仍然愿意到一个荒无人烟、黑灯瞎火的地方来见我，我可是对怀孕的太太下了毒手的家伙啊。我穿过又密又扎人的草丛向瞭望塔走去，已经可以望见木制瞭望塔小小的窗口上映出了她的身影。

"她会毁了你，尼克。"我一边想，一边加快了脚步。


一个小时以后，我蜷在自己那个被狗仔队包围的家里等待着。据兰德说，还不用等到午夜，他们就会得知艾米是否怀孕。电话铃响了起来，我一把接起来，才发现对方又是"康福山"养老院：我的父亲又一次不见了踪影，院方已经通知了警察。跟往常一样，如果光听院方的言辞，仿佛我才是那个惹祸的混账。"如果再发生这种情况，我们将不得不终止你父亲在我院的居留。"听到养老院的通知，一阵令人作呕的寒意顿时席卷了我——想想吧，到时候父亲会搬进来跟我一起住。这下可好，两个怨气冲天、混账无比的可怜虫一定能鼓捣出世界上最烂的一部"哥儿俩好"喜剧，影片的结尾一定有人杀了对方，然后亲手结果自己的性命。

我搁下电话，一边放眼从后窗向河面张望，一边暗自心想"保持镇定，尼克"，这时我一眼望见船库旁边蜷缩着一个人影，刚开始我还以为是一名迷了路的记者，后来却从那两只攥紧的拳头和一双端着的肩膀里看出了些端倪：从"康福山"顺着"河间大道"直走大约半小时就可以抵达我家，我的父亲不记得我，却莫名其妙地记得我的住处。

我迈步走进屋外的夜色，一眼看见他在堤岸上晃悠着一条腿，直勾勾地盯着河水，看上去不再像以前那样浑身泥污，但身上还有着一股扑鼻的汗味。

"爸爸？你在这里做什么？所有人都在担心你。"

他用一双深褐色的眼睛望着我，眼神颇为锐利，并不像一些上了年纪的老人一样呆滞。不过话说回来，如果他那双眼睛长得浑浊一些，那倒还不会这么让人不安。

"是她让我来，"他厉声说道，"她让我来，这是我的房子，我想什么时候来就什么时候来。"

"你一路走到这里来的吗？"

"我想什么时候来就什么时候来，你也许讨厌我，但她爱我。"

我几乎笑出了声：就连我的父亲也在信口胡说，编造出一段与艾米的情谊。

几个正在我家前院草坪上的记者"刷刷"地按下了快门，我必须赶紧把父亲送回养老院。我想得出记者们会为这些独家照片配上一篇什么样的文章——"揭秘比尔·邓恩：他是个怎样的父亲？他又养出了一个怎样的儿子？"天哪，如果父亲又开始喋喋不休地骂起了"那些婊子"……我拨通了"康福山"养老院的电话，好说歹说地磨了一会儿嘴皮子，院方总算派了一个护理员来接他。我温柔地陪着父亲向轿车走去，嘴里小声地哄着他，摆出架势好让摄影师们拍照。

"我的父亲。"在他离开的时候，我边想边露出一缕笑容，设法摆出一副身为人子的自豪模样。记者们又问起我是否杀了自己的妻子，我正迈步走向自己的家，一辆警车开了过来。


乘警车前来的是波尼警探，她冒着狗仔队的骚扰来告诉我一个消息，她的口吻十分亲切，声音听上去颇为温柔。

艾米怀孕了。

我的妻子下落不明，肚子里还怀着我的骨肉。波尼正端详着我，等待着我的反应，看来我的表情会被写进警方的报告，因此我暗自叮咛自己"表现得正常些，别搞砸了；一个男人听到这种消息有什么反应，你就该有什么反应"，于是我伸出双手捂住了自己的头，嘴里喃喃说道："哦，上帝，哦，上帝啊。"就在这时，我的眼前浮现出了这样的一幕：我的妻子躺在家里厨房的地板上，双手搂着自己的小腹，头上被人打开了花。

艾米·艾略特·邓恩

2012 年 6 月 26 日

## 日记摘录

　　一生之中，我还是破天荒第一次觉得如此生机勃勃。今天阳光明媚，天空湛蓝，融融的暖意熏得小鸟们晕了头，屋外的密西西比河正在奔流而去，而我感觉一派生气勃勃：我有点害怕，有点激动，但又十分生气勃勃。

　　今天早上我醒来时，尼克已经不见了踪影。我坐在床上盯着天花板，听着蓝知更鸟在我家窗外啼鸣，竟然忍不住想要呕吐。嗓子眼儿一会儿松一会儿紧，我想要强忍着不吐，却还是一溜烟跑进浴室吐了出来：那是一摊胆汁和暖乎乎清亮亮的液体，还捎带着一粒蹦蹦跳跳的豌豆。我不停地喘息着，胃里翻江倒海，眼睛泛起了泪水，心里却盘算着女人们常算的一套：我确实在服避孕药，不过中间也忘了一两天……那有什么关系呢，我已经三十八岁了，避孕药服了将近二十年，绝没有意外中招的道理。

　　我在一堵锁好的玻璃橱窗里找到了验孕棒，于是找来一个售货员开了锁，那女人唇上隐隐长着一抹胡须，正忙得满头包，颇不耐烦地等我挑出想要的那一支。她冷冰冰地瞪了瞪我，递过来那支验孕棒，嘴里说道："祝你好运。"

　　我却说不清怎样才算好运：到底加号是福呢，还是减号是福？我驾车回了家，读了三遍使用说明，遵照指示将验孕棒按正确的角度放置了一阵，然后将它放在水槽边上，转身一溜烟跑掉了，仿佛刚刚放下的是一枚炸弹。要等三分钟，于是我打开了收音机，耳边顿时传来汤姆·佩蒂的一支歌。还用说吗？当然是汤姆·佩蒂的歌，哪次打开收音机听见的不是汤姆·佩蒂的歌呢？结果我唱完了整整一首《美国女孩》，随后蹑手蹑脚地进了浴室，唯恐惊动了那根验孕棒，一颗心简直快要从胸膛里跳出来；验孕棒显示我怀孕了。

顷刻之间，我便飞奔着穿过了夏日的草坪，跑过街道，捶响了诺伊尔家的大门，当她打开门时，我泪流满面地递给她那根验孕棒，嘴里喊道："我怀孕了！"

就这样，除我之外还有别人知道了这个消息，因此我害怕得不得了。

回到家后，我的脑子里冒出了两个念头：

一、下周就是我们的结婚周年纪念日，我将把提示写成一封封情书，然后用一只美丽的木制古董摇篮终结整个寻宝之旅，我会让他相信我们属于彼此，我们是一家人。

二、我真希望当时能拿到一把枪。

这一阵子，当我的丈夫回到家中时，有时候我心里会很害怕。几个星期前，尼克让我跟他一起出去乘木筏，在蓝天之下、水波之上漂流。当他开口说出这些话的时候，我正用两只手紧紧地握住楼梯端柱，死活不肯放开，因为当时我的眼前闪过了一幕：他在摇晃那艘木筏，刚开始只是为了逗逗乐，嘲笑我的狼狈样，可是后来他的脸沉了下来，露出心意已决的神情，而我一下子掉进了褐色的浑水中，河里漂着流沙和树枝，尼克站在我的头顶，用一只强壮的手臂将我生生地按进水里，直到我再也无力挣扎。

我憋不住去想这个念头。尼克娶我的时候，我还是个年轻、富有、美貌的女人，而现在我丢了工作又身无分文，年龄直冲四十大关；现在的我不单单算是美貌，而是"在她那个年纪算是美貌"。我已经跌了价，这就是真相，从尼克的眼神我就能看出来，但他的眼神看上去并不像在一桩公平的赌注里栽了个跟头，反而像他感觉自己上了当。不久以后，那张脸上还可能会露出困兽的神色……要是没有孩子，他也许还能跟我一拍两散，但有了孩子后他绝不会跟我离婚，"好好先生尼克"绝对做不出这种事情来。这个小镇重视家庭，而尼克绝对受不了镇上居民觉得他是个抛妻弃子的人，他会宁愿留下来跟我一起煎熬。到时候先是一番煎熬，然后是一肚子怨气，最后则会变成一腔怒火。

我不会去做人工流产。肚子里的宝宝已经有六周大了，大小跟一颗扁豆差不多，正在长出五官呢。几个小时前，我在厨房里找到了莫琳留给我的一盒干豆子，原本是用来为尼克做他最爱喝的汤，我却从盒子里掏出了一颗小扁豆，放在了厨房台面上。那颗扁豆比我的小指指甲还要小，真的只有丁点儿大，我实在不忍心把它放在冷冰冰的厨房台面上，于是伸手捡起它放在手心里，用指尖轻轻爱抚着。现在那颗扁豆被我放进了 T 恤衫的口袋，这样一来，我就可以把它留在身边了。

我不会去做人工流产，也不会跟尼克离婚，至少现在不会，因为我还记得他是如何在炎炎夏日一跃扎进海中，双腿接连拍打着水面，最后从海中为我带回了一枚完美无比的贝壳。当时我任由刺目的阳光晃花了眼睛，然后合上了眼帘，望着面前的颜色像雨滴一般闪烁，而尼克用带着咸味的嘴唇吻着我，我心里正在想："我实在太幸运了，这是我的丈夫，这个男人会是我家孩子的父亲，我们将会如此幸福。"

不过我可能犯了一个错，可能犯了一个大错，怎么说呢……因为有些时候，他看我的眼神不对劲！当初他是海滩上那个甜蜜的男孩、我的梦中人、我家孩子的父亲……可是现在，我却时不时发现他用警惕的目光看着我，眼神中充满了算计，于是我心中暗想："这个男人可能会动手杀了我。"

因此，如果你发现了这篇日记，而我又已经不在人世，那么……

对不起，这个玩笑一点儿也不好笑。

# 尼克·邓恩
## 事发之后七日

时间到了。中部时间早晨八点整，也就是纽约时间早晨九点整，我拿起了电话。毫无疑问，我的妻子确实怀孕了；毫无疑问，我是头号嫌犯，也是唯一的嫌犯，今天我一定要找一位律师，而且恰是那位我并不情愿雇，但又必不可缺的律师。

一定要是坦纳·博尔特，非此人不可。不管哪家法律电视网还是罪案节目，坦纳·博尔特那张古铜色的面孔都会时不时冒出来力挺他那些古里古怪的客户，看上去一脸义愤又满面忧色。在二十四岁那年，坦纳·博尔特因代理科迪·奥尔森案而一战成名，当时那位芝加哥的饭店老板科迪被控勒死了身怀六甲的太太，把她的尸体扔在了垃圾填埋场里。警犬在科迪的奔驰车后备箱闻出了一具尸体的气味，根据科迪的笔记本电脑记录，有人曾经在科迪妻子失踪当天用这台电脑打印出了一张地图，里面显示着距离最近的一个垃圾填埋场……这样一宗案子还有什么可说的呢？可是等到坦纳·博尔特施展完手段，一大堆人被卷进了这宗案子，其中包括警察部门，"芝加哥西城"帮的两名成员，还有一个心怀不满的俱乐部保镖，科迪·奥尔森却拍拍屁股走出了法庭，到处请人喝着庆功的鸡尾酒。

此后十年间，坦纳·博尔特声名远播，赢得了一个"卫夫战雕"的名头，他的专长是一头扎进一个个引人瞩目的案子里，代理那些被控谋杀妻子的丈夫们，到他手里的案子有一半以上能够打赢，鉴于那些案子一个个都罪证确凿，被告也都一个个十分不讨人喜欢（要么是出轨的丈夫，要么是自恋狂，要么是反社会的家伙），坦纳的战绩已经很是可圈可点了，因此他还有一个外号，叫作"贱货们的免死金牌"。

我跟他约在下午两点钟。


"这是玛丽贝思·艾略特，请留言，我将立即回复……"她的声音酷似艾米，不过艾米却没有办法立即回复。

我正在驱车赶往机场，准备飞到纽约会见坦纳·博尔特，当我向波尼申请离镇时，她似乎乐开了花，"警察才不会管你呢，那都是电视上演的。"

"嗨，玛丽贝思，又是尼克打来的电话，我很想和你谈谈，我想告诉你……唔，我真的不知道艾米已经怀了孕，我跟你一样震惊……唔，还有件事要跟你打个招呼，我要请一位律师，毕竟兰德也开口提议过让我请个律师嘛，所以……你知道我不擅长留言，希望你能给我回个电话。"


坦纳·博尔特的办公室位于市中心，离我曾经工作的地方不远。电梯把我一路送上了二十五楼，但它运行得十分平稳，让我一直不敢确定它是不是在开动。到了二十六楼，一位紧抿着嘴的金发女郎迈进了电梯，身穿一套时髦的西装，一边不耐烦地扣着脚，一边等着电梯门关上，突然凶巴巴地对我说道："你为什么不摁关门键？"我对她露出了一抹让人舒心的微笑，那是我对待坏脾气女人的招数，艾米把这一招称作"尼克那个广受喜爱的招牌笑容"。一笑之后，那个女人居然认出了我。"哦"，她嘴里说着，看上去好似闻到了一股招人厌的腐臭。不一会儿，我匆忙溜进了坦纳所在的楼层，仿佛一下子坐实了那个女人对我的猜忌。

坦纳是个顶尖高手，而我需要高手，但我恨透了要跟此人扯上关系，毕竟坦纳是个无耻之徒，是一只到处抖尾巴的孔雀，他为不清不白的人辩护。我对坦纳成见很深，因此料想他的办公室看上去具有《迈阿密风云》的风范，但"博尔特＆博尔特"律师事务所却完全是另外一种风格，它看上去端庄凝重，透着一派律师气度。在一堵堵一尘不染的玻璃门后面，人们身穿考究的西服，忙着在一个个办公室之间穿梭。

一位长相俊俏的年轻人戴着鲜艳的领带，上前把我迎进了接待处，还隆重地请我喝水，我拒绝了他的好意。接待处里满是闪亮的玻璃和镜子，那位年轻人走到一张闪着微光的桌子旁边，拿起了一架闪闪发光的电话。我坐在沙发上遥望着天际线，一架架起重机好似一只只正在上下啄食的机械大鸟，这时我从口袋里掏出了艾米留下的最后一条提示。结婚五周年就到了木婚，这么说来，寻宝游戏的最终奖品会是木头制品吗？会不会是给宝宝准备的东西，比如一只橡木雕花摇篮，要不然是个木头拨浪鼓？也许那奖品是为我们的孩子准备的，也是为我们准备的，让我们从头开始，重新成为邓恩一家。

我还直勾勾地盯着提示，玛戈打来了一个电话。

"我们两人的关系没事吧？"她劈头盖脸地问。

我的妹妹觉得我可能是个杀妻犯。

"鉴于发生的一切，我们的关系已经算是好得不得了。"

"尼克，对不起，我打电话来就是为了道歉，"玛戈说，"我一觉醒来就感觉自己完全没有道理，干了一件糟糕透顶的事。我当时昏了头，一下子抓狂了，我真的真的很抱歉。"

我一声不吭。

"这阵子筋疲力尽，压力又大，这一点你总得承认吧，尼克……对不起……真的对不起。"

"好吧。"我撒了个谎。

"不过话说回来，其实我挺开心，总算澄清事实了嘛。"

"她已经确认怀孕了。"

说到这儿，我的胃里又是一阵翻江倒海，再次觉得自己仿佛遗漏了一些关键的线索，而我将会为此付出代价。

"我很遗憾。"玛戈说完停顿了几秒钟，"事实上……"

"我没办法谈这件事，我做不到。"

"那好吧。"

"我在纽约，"我说，"我约了坦纳·博尔特。"

她长长地呼了一口气。

"感谢上帝，你这么快就能跟他见上面？"

"也就说明了我的案子有多糟。"当时我的电话立刻被转给了坦纳，当我告诉他那场在客厅进行的审问和艾米怀孕的消息时，他当场开口让我赶下一班飞机奔赴纽约。

"我吓坏了。"我补了一句话。

"说真话，你的举动很明智。"

又是一阵沉默。

"他的名字不可能真叫坦纳·博尔特，对吧？"我试着放轻松些。

"我听说是把博纳·坦尔特这个名字打乱顺序又造了一个。"

"真的吗？"

"骗人的。"

我不禁笑出了声，这个笑似乎不合时宜，但感觉很不错。正在这时，坦纳·博尔特从房间的另一头向我迈步走了过来，他身穿一件黑色细条纹西装，配了一条灰绿色领带，脸上挂着老奸巨猾的微笑，边走边伸出一只手。

"尼克·邓恩，我是坦纳·博尔特，请跟我来，我们这就开始吧。"

坦纳·博尔特的办公室仿佛照搬了一间闲人免进的男士高尔夫球场集会室，里面安置着舒适的真皮座椅，书架上摆满了法律书籍，燃气壁炉里的火焰在空调间里摇曳。坐下吧，抽上一支雪茄吧，倒倒苦水抱怨太太吧，讲几个不三不四的笑话吧，反正这里只有我们这些男人。

博尔特并没有坐到自己的办公桌后面，反而特意领我走向一张双人桌，仿佛我们正准备下一盘棋。这是我们合作双方之间的对话，我们会坐在小桌旁着手处理事务，准备好开战。不消开口，博尔特就已经用行动表达了这层意思。

"邓恩先生，我的聘金是十万美元，显而易见，这是一大笔钱，因此我要说清楚我的服务，也要说清楚我对你的期望，好吗？"

他的眼睛一眨不眨地紧盯着我，脸上露出了同情的微笑，只等我点点头。只有坦纳·博尔特才玩得转这一套，他居然让一个客户亲自飞到他的所在地，然后还告诉我要怎样听从他的指挥，为的是把我的钱塞进他的腰包。

"我常打赢官司，邓恩先生，我能够打赢压根儿赢不了的案子，而我觉得，你可能很快就会面临一桩……我并不希望自己听上去盛气凌人……不过你的案子挺棘手，里面涉及金钱纠纷、坎坷的婚姻、怀孕的太太；媒体已经对你开了火，公众也已经对你开了火。"

他说着扭了扭右手上的一枚图章戒指，只等我表示自己正在倾听。我总是听人们说起这么一句话："只要看看四十岁男人的一张脸，就知道他能挣多少钱。"博尔特的脸保养得当，基本上找不出皱纹，显得丰满又自信——我的面前是个满怀信心的男人，他在自己的领域里堪称翘楚，日子过得如鱼得水。

"以后没有我在场，警方不得找你问话，我很遗憾你上次回答了警方的审问。"博尔特说，"不过在料理法律事务之前，我们必须先行处理公众舆论，因为按照现在的形势，我们必须假定一切老底都会曝光：你的信用卡、艾米的寿险、所谓伪造的犯罪现场、被清理过的血迹，这一切看上去很糟糕，我的朋友，这是个恶性循环：警察觉得你犯了事，他们把消息泄露给了公众，公众听了怒火中烧，他们就要求抓犯人。因此我们的要点在于：其一，我们必须另外找到一个犯罪嫌疑人，竖起另一个靶子；其二，我们一定要继续赢得艾米父母的支持，这一点再怎么强调也不过分；其三，我们必须提升你的形象，因为如果案子到了法庭的话，你的形象会影响陪审团的看法。你的战场不仅仅在法庭上，不管是二十四小时有线电视还是互联网，整个世界都已经成了你的战场，因此，扭转你的形象是非常非常关键的一步。"

"我也希望能够扭转形象，相信我。"

"艾米父母那边怎么样？我们能请他们出来发个声明支持你吗？"

"自从证实艾米当时怀了孕，我还没有跟他们说过话。"

"艾米是怀着孕，不是当时怀了孕。"坦纳对我皱了皱眉，"说话要用现在时，'她现在怀着孩子呢'，永远永远不要用过去时提起你的妻子。"

"他妈的。"我用手捂住脸过了片刻：刚才我压根儿没有注意到自己说了些什么。

"在我面前不用担心，"博尔特宽宏大量地挥着手，"不过在其他任何地方都要小心，一定要万分小心。从现在开始，如果你还没有把话掂量妥当，我希望你不要贸然开口。这么说，你还没有跟艾米的父母谈过，这点我很不喜欢……我猜你已经试过跟他们联系了？"

"我已经给他们留下了几则留言。"

博尔特在一块黄色的拍纸簿上龙飞凤舞地写了几个字，"好吧，我们必须假定这是个坏消息，但你一定要追着他们不放，不过别在众目睽睽之下，不要给那些拿摄像手机的王八蛋可乘之机，我们可不能再出一回肖娜·凯莉那样的乱子了。或者派你的妹妹去探探底细，看看究竟是怎么回事……就这么办吧，这个法子更好一些。"

"好的。"

"尼克，你必须把这些年为艾米做过的暖心的事全都写下来给我，要那些浪漫之举，特别是过去一年发生的事情，比如她生病时你给她煮鸡汤，或者你出差时给她写的情书，不要那些华而不实的玩意儿。我才不关心什么珠宝，除非你们是在度假期间亲手挑了些珠宝，我们需要有血有肉的东西，要一些浪漫动人的细节。"

"如果我压根儿就不是个浪漫动人的人，那怎么办？"

坦纳抿紧了嘴，过一会儿又松了劲，"总之想点东西出来，好吧，尼克？你看上去像个面善的人，我敢肯定过去一年你好歹有些体贴的举动。"

可惜我压根儿想不出过去两年中自己做过哪件上得了台面的事情。在我们住在纽约时，在结婚的头几年，我一直在拼命讨好自己的太太，以便重温那些美好的时光——有一次，她一溜烟跑过一家药店的停车场，一跃奔进了我的怀中，那是她因为买了发胶而情不自禁地开心。在那段日子里，她的面孔随时紧贴着我的面孔，大睁着一双明亮的蓝眼睛，金黄的睫毛碰着我的睫毛，呼出的暖意正好烘着我的面颊，那段日子可真傻啊。在整整两年中，往日的妻子渐渐从我的身边溜走，我辛辛苦苦地想要挽留……那时我是多么辛苦啊，既没有怒火中烧，也没有开口吵架，反而总是在卑躬屈膝地举手投降，整天上演着一幕幕情景喜剧："好的，亲爱的。当然啦，宝贝。"这套喜剧一滴又一滴地榨取着我的精力，而我的脑子正乱得不可开交，想要找个路子来逗太太开心，可惜每个举动和每次尝试都只能迎来她的冷眼，要不然就赚来一声悲伤的叹息，仿佛在说"你怎么就是不懂呢"。

等到我们搬去密苏里州的时候，我的心里已经窝了一把火，我为自己感到羞耻……我怎么会变成了一个卑躬屈膝的马屁精呢。因此我一点儿也不浪漫，我连善良也算不上。

"另外，你还要告诉我哪些人可能会伤害艾米，哪些人跟艾米有过节。"

"我要告诉你，今年早些时候，艾米似乎想要买一把枪。"

"警方知道吗？"

"知道。"

"当时你知道吗？"

"不知道，直到她联系的卖家开了口才知道。"

他寻思了整整两秒钟，"那我敢打赌，警方的说法是：她要买把枪来防身，免得你伤害她，她孤立无援，心里害怕得很；她希望自己能够相信你，但她能感觉到事情很不对劲，所以她想要弄一把枪以防万一，免得她的梦魇成了真。"他说道。

"哇，你真厉害。"

"我的父亲是一名警察，"他说道，"不过艾米买枪这个点我倒是挺喜欢，现在我们只需要找个人来扮白脸，免得跟你扯上关系。什么人都不算离谱，不管她是一直与某位邻居为狗吠吵架，还是不得不回绝一个勾三搭四的家伙，总之你有什么消息都告诉我，你清楚汤米·奥哈拉这个人吗？"

"对呀！我知道他打过三次举报电话。"

"他在 2005 年被控强奸艾米。"

我觉得自己张大了嘴，但一句话也没有说出来。

"据我的线报说，当时她正在漫不经心地跟他约会，他们两个人约在他家吃晚餐，事情变得一发不可收拾，结果他强奸了艾米。"

"在 2005 年？"

"2005 年 5 月。"

2005 年 5 月正处于我与艾米失去联系的时段：从新年晚会上结识艾米，到后来在第七大道上与她重逢，中间间隔了八个月。

坦纳紧了紧自己的领带，又扭了扭一枚镶钻的结婚戒指，仔细打量着我，开口说："她从来没有告诉过你？"

"对于这件事，我还从来没有听到过半点儿风声，不管是谁都没有提过一个字，艾米尤其没有提过。"我说。

"如果你知道有多少女人仍然以此为耻的话，你一定会吓一跳。"

"我不敢相信我……"

"每次与客户会面，我都会设法给客户带来新消息，"他说，"我想让你明白我是多么重视你的案子，也想让你明白你是多么需要我。"

"这家伙有可能是个嫌犯吗？"

"当然了，为什么不呢，他可曾经对你的太太实施过暴力。"坦纳的口气过于轻松。

"他为此坐牢了吗？"

"她撤销了指控，我猜是因为不想作证。如果你我要一起打这场官司的话，我会让人去查一查他的底。与此同时，你也想想还有什么人对你妻子感兴趣，什么人都行，不过最好是在迦太基的人，那就更加可信一些，至于现在嘛……"坦纳叠着一条腿，露出了下排的牙齿，他的一排上牙看上去完美无缺，相形之下，那一排下牙显得一个挤着一个，隐隐有些不干不净，让人看了颇不舒服。他用这排不太周正的牙齿咬着上唇，"现在我们要过一个难关，尼克，"他说，"你必须对我说实话，一句假话都不行，现在把你那桩婚姻的底细全告诉我，把最不堪的一切告诉我，因为如果我事先知道最不堪的情况，那就可以未雨绸缪，但如果我中了埋伏，那我们就完蛋了；如果我们完蛋了的话，你就真的完蛋了，反正我还可以溜之大吉。"

我吸了一口气，凝望着他的眼睛，开口说道："我背着艾米劈腿了，我一直在背着艾米出轨。"

"好的，是跟不同的女人出轨，还是只有一个？"

"不，不是很多女人，以前我从未出轨过。"

"这么说只有一个女人？"博尔特的视线落到了远处的一幅帆船水彩画上，手里捻着自己的结婚戒指。我能想象出待会儿他给妻子打电话的一幕，到时候他会说："一次而已，不过一次而已，我真想遇上一个不算混账王八蛋的客户啊。"

"是的，只有一个女孩，她很……"

"不要说'女孩'这个词，千万不要说'女孩'。"博尔特说，"要说'女人'，一个对你来说很特别的女人，你是想要说这句话吗？"

他当然没有说错。

"你知道吗，尼克，其实'特别'比其他词语还要糟糕……不说了，你们俩有多长时间？"

"一年多一点儿。"

"艾米失踪后你有没有跟她联系过？"

"我们联系过，用的是一次性手机，此外还见过一次面；不对，见过两次面，但是……"

"居然见过面。"

"没有人看见我们，我可以发誓，只有我妹妹。"

他吸了口气，又望着那艘帆船，"这个……她叫什么名字？"

"安迪。"

"她对这一切态度怎么样？"

"她一直很乖很听话……直到听到艾米……艾米怀孕的消息，眼下我觉得她有点……心烦意乱，非常心烦意乱，非常……唔，'黏人'这个说法太不好了……"

"直话直说，尼克，如果她确实黏人的话，那就……"

"她确实黏人，紧黏着不放，很要人哄。她是个非常甜蜜的女孩，但年纪很轻，而且我们的恋情明显很难熬。"

坦纳走向小冰箱，取出了一瓶"克拉玛特"果汁，整个冰箱装满了一瓶瓶"克拉玛特"。他拧开果汁喝了三口，又用一张餐巾轻轻地擦了擦嘴唇。"你必须彻彻底底地切断和安迪的一切瓜葛，跟她彻底断交。"他说道，我刚要开口说话，他却对我伸出了一只手，"马上去办。"

"我不能无端端地跟她断交。"

"这件事不容争辩，尼克，我是说……哥们儿，拜托，你真要我说出口吗？你那个怀孕的太太正下落不明，你不能在这种关头勾三搭四，不然你他妈的就会蹲监狱。现在的问题是如何跟她分开，但又不惹毛她，不要让她心里有怨气，然后站出来把你们的事曝光，给她留下的只能是美好的回忆，要让她相信正经人就该分手，让她心甘情愿地护着你的安全。你对分手在行吗？"

我刚刚张了张嘴，他却压根儿没有等我说话。

"我们会帮你准备分手的台词，就像在上庭盘问前为你做准备一样，好吧？现在话说回来，如果你打算雇我，那我会飞往密苏里州扎个营，我们可以真正动手开始干活；如果你请我当你的律师，那我明天就能到你的身边，你觉得怎么样？"

"我想请你做我的律师。"


还不到晚饭时间，我已经返回了迦太基。奇怪的是，一旦坦纳把安迪扔到了一旁，一旦形势不再容得下她，我就立刻接受了事实，心里几乎没有掀起多少波澜。就在那趟两个小时的飞行中，我对安迪的爱意一眨眼不见了踪影，仿佛抬脚迈过了一扇门，而我们的恋情立刻笼罩了一层深褐色的基调，在一瞬间成为了过往。多么奇怪的事情啊，我亲手毁了自己的婚姻，就为了这么个小女孩，她跟我毫无共通之处，只不过我们都喜欢在上床之后放声大笑，再喝上一瓶冰啤酒。

"现在分手对你来说当然没什么问题，谁让这段地下情变得棘手了呢。"玛戈会说。

但此事还有一个更好的理由：艾米正一点儿一点儿地回到我的心中。如今她下落不明，但她比任何人都更像是在我身边。当初我爱上艾米，是因为在她身边我才能发挥得淋漓尽致，爱着她的那颗心赋予了我摘星捞月的本事，赋予了我无限的生气。就算在她最随和的时刻，艾米也仍然是个难以驾驭的人，因为她的小脑瓜总是在不停地转，不停地转，不停地转……我不得不加把劲才能跟上她，如果要写一封平平常常的电邮给她，我会花上一个小时精心推敲；我不停地钻研世间的各种奥秘，好让她对我兴致勃勃，不管钻研的是"湖畔诗人"、正式决斗之礼仪，还是"法国大革命"。她的眼界博大精深，跟她在一起让我变得更加聪明，更加体贴，更加积极，更加生气勃勃，几乎算得上惊心动魄，因为对于艾米来说，爱情恰似毒品、美酒与艳照：爱情中永远没有安定的一刻，每一波浪头都必须比上一波浪头更加猛烈，才能涌上相同的高度。

艾米让我相信自己是个万里挑一的人，我能配得起她，我与她琴瑟和鸣——可惜我们成于此，也败于此，因为我已经赶不上她的要求了，我开始一心渴望着轻松和庸常，而我为此痛恨自己，到最后，我竟然为此惩罚了她。我把她变成了一个脆弱多刺的人，而我原本假扮成了一副模样，后来却露出真面目变成了另一种人。更糟糕的是，我说服自己把一切赖到了她的头上，我花了几年工夫把她变了一个人，而我恰恰坚信那是她的模样——一个满腹怨气却又自以为公正的人。


在回家的航班上，我久久地望着第四条提示，到最后简直可以一字一句地背出来了，因为我想要让自己受受苦。难怪她这次的字条跟往年大不一样，这一次我的妻子正怀着新生命，她想要从头再来，回到耀眼幸福、生机勃勃的日子呢。我可以想象她在镇上跑来跑去地藏那些甜蜜的字条，跟懵懂少女一样热切，一心盼着我能揭开谜底：她怀上了我的孩子。今年是木婚，还用说吗，礼物一定是一架老式的摇篮，我太了解我的妻子了，礼物一定是一架古董摇篮，不过话说回来，提示里的语气又不太像一个怀着宝宝的准妈妈。

想想我吧：我是个坏到了家的淘气包

我必须受到惩罚，活该被逮个正着

有人在那里为结婚五周年藏起了好东西

如果这一切显得太过做作，那请你原谅我！

阳光灿烂的正午时分，我们在那里享尽多少欢娱
随后出门喝上一杯鸡尾酒，一切岂不万分甜蜜
因此赶紧拔腿跑向那里，边跑边发出甜美的叹息
打开门，你将迎接一场大大的惊喜

等到灵光一现时，我已经快要到家了。提示中说道，"为结婚五周年藏起了好东西"，"好东西"一定是木头制成的东西，"惩罚"一定指的是把人带到那间柴棚里去。那间柴棚在我妹妹家后面，用来存放割草机零件和一些生锈的工具，是个破败的地方，仿佛从一部血淋淋的恐怖片里照搬而来，在那种恐怖片中，野营的人们会遭毒手横死。玛戈从来不去那个柴棚，自从搬进那栋房子以后，她就经常开玩笑要把柴棚一把火烧了，实际上她倒是任由柴棚附近长满了杂草，又布满了蜘蛛网。我们总是开玩笑说，那倒真是个埋尸的好地方。

这不可能。

我驾车穿过了小镇，路上木着一张脸，两只手冷得像冰。玛戈的车正停在车道上，但我偷偷地经过客厅那扇亮着灯的窗户，驶下了陡峭的山坡，很快就躲开了玛戈的视线范围，也躲开了所有人的视线，这个地方真是十分避人耳目。

院子的深处，树丛的边缘，便是那间柴棚。

我打开了门。

不不不不不不不不……

第二部分
狭路相逢

艾米·艾略特·邓恩
事发当日

因为我死了，所以眼下我要开心得多。

严格来讲，目前我只是下落不明，不久才会被假定为已经死亡，但为了简短起见，我们就说"死亡"吧。其实时间只过了几小时，但我已经感觉好多了，不仅四肢灵活，还有一股使不完的劲。今天早上某个时刻，我意识到自己的脸有点儿异样，于是瞧了瞧后视镜（当时令人恐惧的迦太基已经被我抛到身后四十三英里远的地方，我那自以为是的丈夫还在他那个闷热的酒吧里闲逛，完全不知道自己的头顶上正悬着一把千钧之剑），那时我才意识到自己在笑。哈！多新鲜哪！

过去一年中我列过许多清单，今天的清单就在我身旁的副驾驶座上，一滴血迹落在第22条待办事项旁边，那一条事项赫然写着——"给自己一刀"。"可是艾米分明怕血呀"，读过日记的人恐怕会这么说（日记，是的！稍后我会提到那本聪明绝顶的日记）；其实我不怕血，一点儿也不怕，但在过去的一年中，我一直声称自己怕血。我当着尼克的面把怕血这件事提过好几次，每当他说"我可不记得你有这么怕血"，我就会回答："我已经告诉过你了，告诉过你很多次！"尼克向来对别人的麻烦不上心，也就顺理成章地觉得我很怕血，至于在血浆中心晕倒的那一招，倒是个绝妙的伏笔。我是真的在血浆中心晕倒了一次，并不单单是在日记中写写了事（千万别着急，稍后我们会把真相、假相以及有可能是真相的事项一一理清）。

第22条待办事项叫作"给自己一刀"，它待在清单上已经很久了，眼下变成了事实，因此我的胳膊疼得要命。要用刀深深地割进自己的血肉，而不是单单伤到一层皮，那需要杰出的自控力，因为你想要弄出一大摊血，但又不会多到让自己晕过去几小时才在一片血泊中被人发现，如果到了那一步，你只怕得费上好一番口舌解释清楚。当初我先把一把美工刀架在了手腕上，但手腕上纵横交错的血管让我感觉自己好似动作片里的拆弹专家：剪错一根线，小命就得玩完。于是我最终割进了上臂深处，还在嘴里咬了块破布免得自己叫出声来，最后割出了一道又长又深、非常完美的伤痕。我盘腿在厨房地板上坐了十分钟，让鲜血慢慢地淌到地上，直到流成一汪厚重的血泊，接着把血迹胡乱清理了一番——总之尼克砸了我的头之后会收拾成什么样，我就弄成什么样，目的是为了让现场有种亦真亦假的感觉：客厅有刻意布置过的痕迹，但血迹又已经被清理干净，因此这一切不可能是艾米干的！

所以说自残挺划算，不过话说回来，虽然已经过了几个小时，衣袖和止血带下的伤口却仍然火辣辣地疼。（第30条待办事项：精心包扎伤口，确保血不会滴在不应该滴到的地方；将美工刀包好并塞进口袋，以便找机会处理。）

第18条待办事项：布置客厅，掀翻搁脚凳——已办妥。

第12条待办事项：将"寻宝游戏"的第一条提示装进盒子并藏起来，以便让警方先行一步发现它，届时我那茫然的丈夫还没有来得及回过神去寻找线索。"寻宝游戏"的第一条提示必须写进警方的记录，我希望此举能迫使尼克开始寻宝（他的自尊心会让他坚持下去）——已办妥。

第32条待办事项：换上平庸无奇的服饰，将头发掖进帽子，沿着河岸爬下去，顺着水边疾步奔跑，踏着荡漾的河水一直跑到小区的边缘。你知道邻居中只有泰威尔一家能看见河流，而当时他们一家正在教堂里，但你仍然必须掩人耳目，因为你永远不知道会有什么不测风云，你总是比其他人多做一步，这是你的本性。

第29条待办事项：跟布利克告别，最后再闻一次它那臭烘烘的气息，把它的食盆倒满，免得一切开始之后人们忘记给它喂食。

第 33 条待办事项：离开那个鬼地方。

——已办妥，已办妥，全已办妥。

我还可以多跟你们说说我是如何布置这一切，但我想让你们先了解我这个人。我并非日记里记的那个艾米，那是个塑造出来的角色，（尼克居然说我不是一个真正的作家，我为什么要听他的胡话？）而我是艾米的本来面目。什么样的女人会做这样的事情？让我先跟你们讲个故事，讲个真实的故事，这样你们就会摸得着一点儿头绪。

首先说一句："我压根儿不该被生出来。"

在生我之前，我的母亲曾经流产过五次，还生了两个死胎，每年她都会来上那么一遭，都是在秋天的时候，犹如庄稼轮作，季节到了便要新种一茬。那都是些女孩，名字都叫"希望"，我敢肯定这是我父亲的建议，谁让他有着一派乐观的劲头呢——"我们不能放弃希望，玛丽贝思"，可是他们终究一遍又一遍地放弃了"希望"。

医生让我的父母别再努力了，但他们就是不听，他们两个可不是虎头蛇尾的人，于是他们试了又试，终于有了我。我的母亲并没有指望我能活下来，她压根儿就不敢想象我是个有血有肉的婴儿，一个活生生的孩子，一个能走进家门的女孩。如果事态糟糕的话，我原本会成为"希望八号"，但我大声号哭着来到了这个世界，是一个令人震惊的粉嘟嘟的婴儿。我的父母吃惊得不得了，这才发现还没有给我起好一个真正能用的名字，我待在了医院两天，他们都还没有想出一个名字，每天早晨我母亲会听到她的房门"吱呀"一声打开，感觉到护士在门口逗留，这时母亲就头也不抬地问："她还活着吗？"

我还好端端地活着，他们给我起名叫作艾米，因为这是个普普通通又蛮受欢迎的女孩名，那一年有成千上万个新生女婴用了这个名字，因此天上诸神或许不会注意到躲在一群小宝宝中间的我。玛丽贝思倒是说，如果让她再重取一个名字的话，她会给我起名叫莉迪亚。

我一路带着一种自豪感长大，感觉自己与众不同，毕竟我是挺过大劫的胜者，当初虽然只有一线生机，我却好歹把握住了。在出生过程中，我还毁了母亲的子宫，仿佛我在玛丽贝思身上开辟了一个血淋淋的战场借以杀出生天，玛丽贝思永远无法再生出另一个孩子了；在孩提时代，这件事倒是让我挺开心：他们只有我，就只有我，我是唯一的孩子。

每逢那些名字叫作"希望"的孩子出生之日（也就是她们离开人世的日子），我的母亲总会坐在一张摇椅上搭条毯子小口嘬着热茶，说是只想"独自待上一小会儿"。我的母亲是个明白事理的人，绝不会贸然开口唱起哀乐，干出什么出格的事来，但她会变得郁郁不欢，自己躲到一旁。不过我是个十分黏人的孩子，我才不肯放手呢，我非要爬上母亲的大腿，或把一幅蜡笔画硬塞到她的眼前，要不就突然想起了某件需要家长立即签字表示许可的玩意儿。这时我的父亲会千方百计地打岔，要么带我去看电影，要么给我糖吃，但无论他耍什么样的花招，我都不吃他那一套，就是不肯把那区区几分钟留给妈妈。

我一直都比那群叫作"希望"的女孩更棒，因为我活了下来，但我也一直怀着一腔嫉妒，没有一刻消停……那可是七个死去的公主，她们甚至无须费力便可永葆完美，她们那一双双轻飘飘的脚甚至从未踩上过实地，而我却被困在了这个世界上，每天都必须千方百计地努力，每一天都有可能错过完美。

这样活着真是让人筋疲力尽，我却这样一直撑到了三十一岁。

那以后大约有两年左右的时间，一切都变得滋润闲适起来，那是因为尼克。

当时尼克正爱着我，而且爱得掏心掏肺，真是爱死我了。但其实他爱的并不是我，他当时爱上的那个女孩压根儿就不存在，因为当时我正在装腔作势地扮出某种个性，那倒是我一贯的风格。我没有办法停下来，谁让这是我的一贯风格呢：一些女人会定期改变身上的装扮，而我则会改变自己的个性，哪种人格让众人眼睛发亮，哪种人格让众人垂涎三尺，哪种人格最紧跟潮流风尚，我就会披上哪种人格。其实我觉得大部分人都这么干，只是他们嘴上不肯承认而已，要不然的话他们就死守着一副嘴脸，因为他们太懒太蠢，玩不转另外一套面目。

那晚在布鲁克林的派对上，我扮成了一种当时流行的角色，也就是尼克这种男人中意的女孩——一名酷妞。"这妞真是酷得要命。"对那些惹得他们心花怒放的女人，男人的嘴里常常会冒出这么一句恭维话，不是吗？做一名"酷妞"，意味着我是个热辣性感、才华横溢、风趣幽默的女人，我爱足球、爱扑克、爱黄色笑话、爱打嗝、爱玩电游、爱喝廉价啤酒，热衷 3P 和肛交，还会把热狗和汉堡一个接一个地往嘴里塞，却又保持住着苗条的身材——因为要做一个酷妞，首当其冲的关键词就是热辣性感，你要热辣性感，还要善解人意。酷妞从来不会一腔怨气，她们只会失望地冲着自己的男人露出一缕迷人的笑容，然后放手让他们去做他们想做的任何事情。"放马过来吧，随便来什么妖魔鬼怪魑魅魍魉，再下三滥的招式也亮出来，我全不在乎，因为我就是这么酷。"

奇的是男人们还真心相信世间确有如此佳人，也许正是因为许多女人都乐意戴上这样的面具，男人们才上了当受了骗。有那么很长一阵子，"酷妞"让我感觉十分别扭，我常常看到各种男人为这些假惺惺的女人心醉神迷（不管是男性朋友也好，男同事也好，陌生男人也好），那时我就很想拉着这些人坐下来，心平气和地告诉他们："跟你约会的女人看了太多电影害得脑子短路，现在还没有回过神来呢；那些电影通通出自不善交际的男人笔下，那些家伙在自己的白日梦里一心相信世间确有如此佳人，还相信佳人说不定会芳心一动赏他一吻。"我很想揪住那糊涂蛋的衣领，要不然就拽住他的斜挎包，然后开口告诉他："跟你约会的小贱货并不是真心爱辣酱热狗爱得要命，拜托，有谁会爱辣酱热狗爱得要命哪！"其实说来说去，更为可悲的倒是"酷妞"们：她们扮出的女人并不是她们自己心中的模样，而是男人们所希望的模样。哦，如果你算不上一个"酷妞"，那我求求你别相信某些鬼话，说什么你的男人绝不迷恋"酷妞"。也许他所痴迷的"酷妞"确有一些细微的区别：说不定他是个素食主义者，那他的"酷妞"就会喜欢面筋，热爱狗狗；说不定他是个时髦的艺术家，那他的"酷妞"就会是个有文身、戴眼镜，还喜欢漫画的书呆子。总之各花入各眼，但是请相信我，无论在哪个版本里，男人总会喜欢"酷妞"，该女孩痴恋他所痴恋的所有狗屁玩意儿，而且从无一句怨言。（那怎么才知道你自己不算一名"酷妞"呢？因为他会对你说出这样的话："我喜欢强势的女人。"如果他持这副腔调，那他总有一天会跟别的女人有一腿，因为他嘴里说着"我喜欢强势的女人"，就相当于心里想着"我讨厌强势的女人"。）

我已经耐心等待了多年，（那可真是好多年哪！）等着云开雾散的一天，到时候男人们就会读起简·奥斯汀的书，学起针织，假装热爱植物，开开派对一起做做剪贴簿，还会用互相亲热的一幕撩得女人们春心荡漾，到时候我们就会开口说："嗯，这小子真是酷得要命。"

但是这一天一直没有来临，全美国的女人们反而串通一气堕落了起来！没有花上多久工夫，"酷妞"就成了公认的标准，男人们坚信处处有佳人——她不再是个千年难得一遇的梦中情人啦！每个女孩都应该是"酷妞"，不然的话，那就是你自己出了毛病。

不过话说回来，变身成一名"酷妞"倒是件十分诱人的事。我是个喜欢当赢家的人，对我这样的人来说，变身成万人迷极具诱惑力。遇见尼克时，我一眼就看出他中意的正是此类女孩，而为了他这个人，我倒是愿意尝试一番。我还是担起我该担的骂名吧：事实是，一开始的时候我简直为他神魂颠倒，我觉得他身上极具与众不同的气质，别有一番密苏里风情，在他身边让人如沐春风。他让我激发出了连我自己都不知道的特质，比如轻盈、幽默、悠闲，仿佛他把我掏了个空，又填上了片片羽毛。他帮我变成了一个"酷妞"，如果跟其他人在一起，我就不会变成"酷妞"，也不会想要变成"酷妞"。我不得不承认，"酷妞"身上好歹有些讨我欢心的地方：我不仅吃了月饼，光着脚走路，放下了悬着的一颗心，还看了傻头傻脑的电影，吃了垃圾食品，其关键在于——我不再未雨绸缪了。我喝下一罐可乐，却不用担心如何回收可乐罐，也不用担心攒了一肚子酸水，这些酸水说不定能把硬币洗得光鲜亮丽呢。我们去看了一部傻头傻脑的电影，却不再担心那些让人不快的性别歧视和种族歧视，我甚至都不担心那部电影有没有逻辑。我不再担心下一步将要发生的任何事情，不计后果、活在当下，连我都能感觉自己一步步变得肤浅和愚蠢起来，但我也过得挺开心。

在遇到尼克之前，我从未过过有血有肉的日子，因为我的脚跟一直没有踏进过人间。"小魔女艾米"必须才华横溢、创意百出、善良体贴、才智过人，而且快快乐乐。"我们只希望你能快乐"，兰德和玛丽贝思总是这么说，但他们从来没有解释过如何才能快乐，因此他们空有许多机遇和优势，却从未教会我快乐之道。我记得我总是对别的孩子百思不得其解：在生日派对上，我看着其他孩子咯咯地笑、做着鬼脸，于是也设法学着他们的模样，但我想不通为什么。我会坐在那儿，下巴上紧紧地勒着生日帽上的橡皮筋，牙齿上沾着蛋糕的糖衣，想破了脑袋也想不通面前的场景到底有哪点好玩。

等到遇上了尼克，我才终于恍然大悟，因为他是如此生动有趣，活像是一只招人爱的海獭。在与我势均力敌的人中间，我破天荒遇见了一个天性快活的人，他才华横溢、风度翩翩、幽默迷人，还对我一腔痴心，他很讨大家的欢心，更讨女人的欢心。那时我真心以为我们会是最完美的一对，是周遭最幸福的情侣，倒不是因为爱情必须与人攀比，不过我确实不明白一点：如果凑在一起的一对不算周遭最幸福的情侣，那干吗还要凑在一起呢？

在那寥寥几年中，也就是扮成他人的几年中，我也许确实快乐了几分，无论在此之前还是在此之后，我都不再拥有过那样的快乐，我自己也不清楚这一点到底意味着什么。

可惜快乐时光不得不走到尽头，因为那段日子并不真实，那个女孩也并非真正的我。那并不是真正的我，尼克！我原以为你心里清楚，我原以为那是游戏中你我心领神会的默契，我如此努力地想要变得一身轻松，但那样的时光终究无法长久。事实证明，尼克也没有办法一直戴着他的假面：无论是谐趣横生的玩笑话、透着机灵劲的花招，还是一腔浪漫与款款深情，都已经开始支离破碎。我摘掉了假面，但我恨尼克在见到真容时那一脸吃惊的神色，我恨他居然不知道云上的时光终究会落地，我恨他真心相信自己娶了一个尤物，那是成千上万意淫连篇、精虫上脑的男人在白日梦里造出来的娇娃。当我开口让他倾听我的心声时，他看上去简直惊讶万分，完全不敢相信我竟然不喜欢用蜡在私处脱毛，不喜欢依他的兴致给他"吹箫"，而且还真会介意他缺席我和朋友的聚会。还记得我有篇让人笑掉大牙的日记吗？里面口口声声说"我才用不着让他在朋友们面前扮演可怜巴巴的'跳舞的猴子'呢，我挺乐意让他回归自我"，听听这满嘴混账话，纯属"酷妞"玩的那套狗屁玩意儿，对此我死活也想不通：如果你任由男人随随便便地取消计划或者不肯听你差遣，那你不就输了吗，因为你没有办法称心如意呀，这一点是明摆着的事情。当然，他可能会很开心，也会满嘴夸你是有史以来最酷的女孩，但他之所以这么说，正是因为他遂了自己的心意——夸你几句"酷妞"，就是为了把你耍得团团转！这正是男人们常用的招数，他们想方设法把你捧成一名"酷妞"，因此你就会乖乖听他们的话，正如你还没有开口同意买某辆车，汽车推销员已经在说："你究竟愿意为这辆宝贝掏多少钱呢？"男人们的嘴里会说出那句恶心人的话："我是说，我清楚你心里一点儿也不介意，如果我……""见鬼，我心里很介意。"尽管直说吧，傻乎乎的小姑娘们，千万别输了这一场。

因此，假面必须摘下。我对尼克满腔深情，跟他在一起让我感觉心安且快乐，也让我意识到自己的心底还藏着一个真正的艾米，而且这个艾米更美好、更有趣、更精致也更具挑战性，"酷艾米"根本无法望其项背，可惜尼克却仍然对"酷艾米"痴心不改。当你终于向自己的知己爱人袒露出真实的自我时，对方却并不喜欢你的真面目，你能想象那种处境吗？说来说去，由爱生恨便是从那时候露出了端倪，对此我曾经想了又想，我认定那就是一切的开端。

## 尼克·邓恩
## 事发之后七日

我向柴棚里走了几步，终究还是身子一软歪倒在墙上，一口气怎么也喘不过来。

我早就知道事情不妙，从解开提示猜出柴棚的那一刻，我就已经心知肚明了：柴棚相会、正午欢娱，再加上一杯鸡尾酒，这一幕幕都不是我与艾米之间的剧情，而是我和安迪之间的场景。我和安迪曾经在不少奇怪的场所偷欢，柴棚正是其中之一，因为我们不太找得到合适的幽会地点。她那人来人往的公寓大楼多半不能去，汽车旅馆又会出现在信用卡的消费记录上，而我的太太是个疑神疑鬼的鬼灵精（安迪倒是有一张"万事达"卡，但我不得不拉下脸来承认，该卡的消费明细会寄到她母亲手中）。因此当我妹妹玛戈出去工作的时候，深藏在她家后面的柴棚就成了一个十分安全的幽会地点，除此以外，安迪和我还曾去过父亲的旧宅——"也许你为带我来到此地感到内疚／我必须承认，此事确有几分稀奇／但我们并无太多选择／于是将这里选作容身之地"，到我在专科学校里的那间办公室里去过几次——"我想象自己是你的学生／遇上了一位英俊睿智的先生／我的眼界随之大开（更不用提我的两条腿）"，还在安迪的车中幽会过一次，当时我带她去游览汉尼拔，顺势把车停在了那城市的一条泥路上——"你带我来到这里，让我听见你的闲谈／你谈起儿时的冒险：那时你穿着寒酸的仔裤，戴着一顶鸭舌帽"。话说回来，在两次汉尼拔之行中，跟安迪去的那一次要让我满意得多。

寻宝游戏的每条提示都藏在我曾经背着艾米出轨的地方，她居然用寻宝游戏牵着我的鼻子重游了一个个不忠之所。我想象艾米驾车尾随着一无所知的我，一路跟到了父亲的旧宅，跟到了玛戈的柴棚，还跟到了该死的汉尼拔，眼睁睁地看着我和娇滴滴的小女孩翻云覆雨，那时艾米抿起了双唇，一张脸上尽是厌恶和胜利的意味；想到这一幕，我不禁觉得脚底升起了一缕刺骨的寒意。

因为她当时就知道她将狠狠地罚我，而眼下已经是寻宝游戏的最后一站，艾米已经准备好向我宣告她是何等神机妙算。眼前这个小柴棚里赫然塞满了各色小玩意儿，我曾经向波尼和吉尔平发誓自己对那些信用卡毫不知情，也从未用那些卡买过东西，谁料到那些东西全在眼前这个小柴棚中。不管是贵得离谱的高尔夫球杆、手表、游戏机，还是名牌服饰，所有的一切通通都在这儿，都在我妹妹的地盘上静静等待，看上去活像我特意藏起了这一切，只等太太毙命后再好好享乐。


我敲响了玛戈家的前门，当她叼着香烟打开大门时，我让她跟我一起去看些东西，随后转身带她走向了柴棚，一路上没有说一句话。

"瞧。"我边说边把玛戈领到开着的柴棚门前。

"这些……这都是用……那些信用卡买的东西？"玛戈冷不丁发出了一声又尖又狂的嘶叫，伸出一只手捂住嘴，从我身边退开了一步。我立刻回过神来：在刚才的一刹那，她以为我是在亲口向她认罪。

那一刻再也无法抹去了，我与玛戈之间有了一条永远的裂隙，就因为这个原因，我恨我的太太。

"艾米在设计陷害我，玛戈。"我说，"玛戈，这些都是艾米买的，她在设圈套陷害我。"

玛戈直愣愣地眨了眨眼睛，接着又眨了一次，微微地摇摇头，仿佛在努力摆脱自己脑海里的念头：尼克是杀妻凶手。

"艾米在设计陷害我，把谋杀她的罪名栽赃到我头上，知道吗？她的最后一条提示把我引到了这儿。对了，我对这一摊东西丝毫不知情，这是艾米在庄严宣告呢：'各位请睁大眼睛，尼克要去坐大牢了！'"说到这里，我感觉自己的喉咙深处涌上了一股滚滚的热流，一时间又想笑又想哭，于是我笑了起来，"明白吗？是不是这样？见鬼了，真是这样？"

"好啦，要去那里就赶紧趁早 / 也许这次我会在你面前露上一两招"，这是艾米第一条提示的最后几句话，当初我怎么会没看出一点儿端倪呢？

"如果她是在设计陷害你，那为什么又要让你知道？"柴棚里的景象惊得玛戈回不过神，她还在瞪眼盯着那些东西。

"因为她把一切做得如此完美，她想让我知道这次我彻底玩完了，她这个人总是离不开别人的赞许和认同。恐怕她实在是忍不住要亮亮底，不然的话她就会觉得索然无味。"

"不，我们肯定还漏了什么线索。"玛戈边说边咬着一块指甲，"你碰这里的东西了吗？"

"没有。"

"那就好，那接下来的问题是⋯⋯"

"接下来的问题是：我妹妹的房产里有一堆罪证，艾米觉得我发现之后会怎么办呢？"我说，"这是问题的关键，因为不管艾米假设我会出什么招，不管她想让我出什么招，我都必须反其道而行之，如果她觉得我一定会抓狂并设法处理掉这些东西的话，我向你保证，她一定能想出个圈套让我钻。"

"嗯，你总不能把东西留在这儿，那样的话你就彻底玩完了。"玛戈说，"你确定这是最后一条提示吗？艾米给你的礼物又在哪儿？"

"哦，该死，礼物一定在柴棚里面。"

"千万别进去。"玛戈说。

"我没有别的办法，鬼知道她还留了什么后手。"

我把双手紧贴在身侧不敢乱动，小心翼翼地踏进了那间潮湿的柴棚，踮着脚免得留下脚印。刚走过一台纯平电视，我就一眼看见一个巨大的礼品盒上放着艾米惯用的蓝色信封，用艾米钟爱的美丽银纸包装着，于是把信封和礼品盒都抱到了暖融融的屋外。盒子里的东西掂起来很重，差不多有足足三十磅，好像碎成了好几块，当我把盒子放到地上的时候，里面的东西滑动着发出了奇怪的"吱啦"声，玛戈立刻下意识地后退了一步。我打开了信封：

亲爱的丈夫：

　　现在让我来告诉你，其实我对你的了解远远超过你所能想象的程度。我知道有时你会觉得自己正悄无声息地在世间行走，没有人看见，也没有人注意，拜托千万别这么想。我已经把你从头到脚看了个透，你还没有行动我就已经算好你下一步的举措，我知道你去过哪里，我也知道你会去哪里。为了今年的结婚纪念日，我已经帮你安排好了行程：沿着你那条心爱的河逆流而上吧，去吧！去吧！去吧！你压根儿不用担心找不到结婚周年纪念礼物，因为这一次礼物会自己送上门来！放轻松一点儿吧，因为你已经走到了终点。

　　"什么叫作'逆流而上'？"玛戈问道，我听完不由得呻吟了一声。
　　"她的意思是让我去蹲大牢。"[①]
　　"让她去死吧，赶紧把盒子打开。"
　　我跪下用指尖轻轻挪开礼品盒盖，仿佛盒子里放着一枚炸弹，可是盒子打开后仍然一片寂静。我往礼品盒里瞥了一眼：盒子底部并排放着两个木偶，看上去像一对夫妇，丈夫穿着一身五颜六色的服饰，露出一脸狞笑，手里还拿着一根手杖，换句话说是一根棍子。我拿开这个丈夫木偶，他的四肢立刻兴奋地乱舞开了，仿佛一个舞者在舒展身体。妻子看上去要漂亮一些，显得更加优雅也更加严厉，脸上的表情很是震惊，仿佛看到了令人惊恐的一幕，她的身下还躺着一只宝宝玩偶，可以用丝带拴在妻子的身上。三只玩偶看上去都显得年代久远，又大又沉，几乎和口技表演所用的木偶一般大小。我伸手拿起男木偶，发现他身上有一支球棍一样的粗手柄用于操作，于是攥了攥那支手柄，木偶的胳膊和双腿立刻狂躁地抽搐起来。
　　"太让人毛骨悚然了，赶紧住手。"玛戈说。
　　木偶一家子身下还有一张莹润的蓝纸，中间折了一道，上面用艾米龙飞凤舞的笔迹写着：

_____

① 此处用了双关语。——译者注

一个美妙新故事的开始，尼克！"就该这么办！"

尽情享受吧。


我和玛戈把艾米的寻宝提示和装木偶的盒子一股脑儿搁在母亲家的餐桌上，定定地盯着这堆玩意儿，仿佛正在组装一套拼图。

"如果她要施展 ……她的计划，何必大费周章弄个寻宝游戏呢。"玛戈说。

玛戈已经顺嘴用"计划"一词替代了另一种说法——"假装下落不明并设套诬陷丈夫是杀人凶手"，好歹"计划"一词听上去还没有那么疯狂。

"首先，这一招是想要让我分神，让我相信她还是爱我，我被她的一条条指示牵着鼻了走，心里还相信我的太太想要重修旧好呢。"

她的那些字条还真让我变成了春心萌动、浮想联翩的傻瓜，想起来真是让人糟心，那可是丢脸丢到家的经历，简直深入骨髓，会一辈子跟着你、改变你。这么多年过去了，艾米仍然能把我玩得团团转，她动动笔写几张字条就可以让我彻底地回心转意，我简直活像她手里牵着的小木偶。

"我终究会找到你，艾米。"此时此刻我的心声听上去透着款款思念，实际上盛满丝丝恨意。

"这样我就没有时间停下来想一想：嘿，这场面看上去活像是我谋杀了自己的太太，到底是怎么回事啊？"我说。

"再说如果她没有坚持传统玩寻宝游戏的话，警方就会觉得蹊跷，至少你会发现有点儿蹊跷。"玛戈说，"那样看上去仿佛她知道自己将要失踪。"

"这东西才让我担心哪。"我指着木偶说，"看上去非常不寻常，一定还有更深的含义，如果她只是想让我一时分心的话，那最后的礼物可以是……木头做的任何玩意儿。"

玛戈用一根手指轻抚着男木偶的花衣服，"这些木偶显然年代久远，是古董货。"她翻起木偶的衣服，露出男木偶的那只棍形手柄。女木偶没有手柄，只在头上有个正方形的豁口，"这是个性暗示吗？男木偶有这根巨大的木制手柄，就像一根阳具，女木偶却偏偏没有手柄，只有一个洞。"

"这意思不是明摆着的吗，男人有阴茎，女人有阴道。"

玛戈把一根手指伸到女木偶的豁口里，摸了一圈以确保里面没有藏任何东西，"那艾米到底想要说明什么呢？"

"第一眼看到木偶的时候，我想的是，她买了宝宝玩具，这是妈妈、爸爸和宝宝一家子，因为她怀孕了。"

"她真的怀孕了吗？"

听到这句话，一阵绝望劈头盖脸地席卷了我，说得更确切一些，并不是一个浪头打过来席卷了我，而是一波波海潮滚滚退去，而我也被卷入其中。我再也不希望自己的太太怀着孩子，但我也受不了她并不怀着孩子。

玛戈伸手拿出男木偶，又揉了揉自己的鼻子，突然灵光一现，"你就是她手里牵着的木偶。"

我放声笑了起来，"你这句话还真在我脑袋里冒过泡呢，可是为什么要弄一男一女两个木偶？艾米明显不是被人牵着走的木偶，她可是牵着木偶的人。"

"还有那句话'就该这么办'，就该怎么办？"

"害我永不翻身？"

"那句话是艾米的口头禅吗？要不然是从'小魔女艾米'系列里引用的典故？或者……？"她急匆匆地走到电脑旁，搜起了"就该这么办"，一下子搜出来 Madness 乐队那首《就该这么办》的歌词。"哦，我记得这个乐队，很棒的斯卡乐队。"玛戈说。

"斯卡曲风。"我忍不住开始狂笑起来，"太棒了。"

那首歌的歌词讲的是一个堪称多面手的勤杂工，他能做电工活儿，也能做管道工活儿，而且喜欢客户付现金。

"上帝，我真是恨透了 80 年代的歌，就没有一句歌词讲得通。"我说。

"如果那句话就是出自这首歌，那又是什么意思呢？"玛戈说着转身面对着我，仔细端详着我的眼睛，"这首歌唱的是一名勤杂工，说不定指的是那些能进你家修修补补的人，人家也可以顺带在你家动点儿手脚，还愿意收现金，这样就不会有记录。"

"难道是装摄像头的人？"我问道，"在我有外遇的那段时间，艾米出过几次城，也许她以为可以把我和安迪的事录下来。"

这时玛戈用眼神向我抛出了一个无声的问题。

"噢不，从来没有，从来没有在我们家里幽会过。"

"难道是一道秘密的门？"玛戈提出了一个点子，"会不会是艾米在哪里设了一道机关，把东西藏了进去，那些东西……我也说不好，可以让你逃过眼下的一劫？"

"我觉得你没说错，艾米正用 Madness 乐队的歌来指点我，让我逃过牢狱之灾呢……当然，我也得破解得了 Madness 乐队那些不知所云的胡话。"

玛戈也忍不住放声大笑，"天哪，也许我们俩真是脑子短路了，是不是？这也太离谱了吧？"

"一点儿也不离谱，就是她设了个圈套让我钻，除此之外没有别的办法可以解释你家后院为什么会有这么一大堆东西。再说了，非要把你牵扯进去，让你也不能保住清白，这种手段正是艾米的风格。这就是艾米干的好事，礼物是她的圈套，那狡猾透顶又让人飘飘然的字条也是她的圈套，字条是故意让我理出头绪来的，问题的关键恐怕还是落在木偶身上，用那句话加'牵线木偶'上网搜搜看吧。"

我说完瘫倒在了沙发上，身子软成了一摊泥，玛戈照着我的话钻研开了，"噢，我的天哪，这两个木偶是'潘趣'与'朱蒂'，尼克！我们简直是彻头彻尾的白痴，这句话正是潘趣的口头禅——就该这么办！"

"好吧，居然是那个很久以前的木偶剧……这个剧很暴力，对吗？"我问。

"这也太糟糕了。"

"玛戈，这个剧很暴力，对不对？"

"没错，很暴力。上帝呀，她疯得厉害。"

"潘趣会对朱蒂动手，对吧？"

"我正在看……是的，潘趣杀了他们两人的孩子。"她抬头望着我，"当朱蒂和潘趣当面对质时，潘趣出手打了朱蒂，活活把她打死。"

我的喉咙里涌上了一口酸水。

"每当潘趣犯下令人发指的罪行却又从容脱身的时候，他就会说：'就该这么办！'"玛戈抓起潘趣放在自己的腿上，伸手攥住潘趣的两只木手，仿佛抱着一个婴儿，"潘趣有一条如簧的巧舌，就算在杀妻杀子的时候也是这样。"

我凝视着木偶，"这么说来，艾米是在告诉我她给我下了一个什么样的套。"

"我已经回不过神来了，那个天杀的疯子。"

"玛戈？"

"哦，没错，故事就是这样：你见不得她怀上孩子，于是你很生气，所以杀了她，也杀了她肚子里的孩子。"

"总有一种虎头蛇尾的感觉。"我说。

"高潮就是，潘趣逃掉的惩罚落到了你的头上，你得蹲大牢，还被控谋杀。"

"再说密苏里州还有死刑。"我说，"真是一场好戏哪。"

## 艾米·艾略特·邓恩
## 事发当日

你知道我是怎么发现真相的吗？我当时眼睁睁地看见了他们，我的丈夫就蠢到这个地步。四月的一个晚上，屋外飘着雪花，我感觉十分孤寂，正在一边喝着温温的杏仁酒一边看书，布利克和我一起躺在地板上听着一张刮花了的老唱片，恰似尼克与我的往日时光（那篇日记写的可是真事）。突然间我冒出了一个浪漫的念头：我要去"酒吧"找他，给他一个惊喜，然后一起喝上几杯，戴着连指手套穿过空荡荡的街道，在静悄悄的市中心漫步，他会把我摁在墙上吻我，四周翻飞的雪花看上去好似朵朵糖云。没错，我无比渴望他能回到我的身边，因此我愿意再次重现那浪漫的一刻，我愿意再次为他戴上假面。我记得当时自己在想：我们总能找到出路来解决问题，要有信心！我一路随他来到了密苏里州，是因为我仍然相信他还会用曾经的一腔浓情来爱我，那种爱让一切都变得无比美好，因此要有信心！

我赶到"酒吧"，正好看见尼克和她一起离开，当时我就在那天杀的停车场里，在他身后仅仅二十英尺的地方，但他压根儿没有注意到我，仿佛我不过是一个幽灵。他还没有碰她，当时还没有碰她，但我知道他迟早会那么做，因为他是如此在意她的一举一动。我遥遥地跟着他们两个人，突然间尼克把她摁在一棵树上吻了上去……居然就在镇子中央。"尼克在劈腿"，我呆呆地想着，可我还没有来得及开口说话，他们已经上楼走向了她的公寓。我坐在门前的台阶上等了一个小时，因为冻得撑不住而回了家，当时我的十指冻得发紫，牙齿不停地打颤——尼克根本不知道我早已知情。

于是一个崭新的身份落在了我的头上：我是一个平淡无奇的傻女人，嫁给了一个平淡无奇的狗屎男人，他一个人单枪匹马就磨灭了"小魔女艾米"的光环。

我知道有些女人的个性毫无出奇之处，她们的人生简直是一件接一件憾事：不领情的男友、不该有的十磅赘肉、瞧不起人的老板、耍手段的姐妹、出轨的丈夫。我常常审视着这种女人的故事，一边同情地点点头，一边暗想她们有多么傻——这些女人竟然让这种事落到自己的头上，她们也太散漫无纪了，谁知道现在我居然也成了其中的一员！我也摇身变成了那种苦水倒不完的女人，惹得人们纷纷点头同情，心里暗自想道："这可怜兮兮的蠢贱人。"

我几乎听得到那在街头巷尾流传的故事，每个人都津津乐道的故事：那个从不犯错的"小魔女艾米"竟然把自己害得身无分文，还不情不愿地跟着丈夫去中部，结果她的丈夫为了一个年轻小妞一脚踢开了她。这故事真是俗套得很，真是普通得不能再普通，让人笑掉大牙。至于她的那个丈夫吗？人家过得可比以往任何时候都幸福。不，我绝不容许这样的事情发生；不，绝不可以，永远也不行。他不可以把我拖到这个境地，最后还能赢得漂漂亮亮。绝不！

为了这个混账男人，我活生生地改了自己的姓。白纸黑字，艾米·艾略特摇身变成了艾米·邓恩，却被人轻飘飘地忘到了九霄云外。不，我绝不会让他打赢这一仗！

于是我开始寻思另一个版本的故事，一个更讨人喜欢的故事，在那个版本里，尼克会因为辜负我而遭遇灭顶之灾，而我会变回十全十美的"小魔女"，成为完美无缺的主角，受尽万千宠爱。

因为每个人都钟爱已逝的香魂。


我要讲得明白一些：设套栽赃自己的丈夫，把谋杀自己的罪名安到他的头上，这一招确实非常绝情，而我心里对此清清楚楚。人们会叽叽喳喳地说："她干吗不收拾收拾余下的尊严转身离开呢，堂堂正正地走正道嘛！错上加错又不能讨个好结果！"——那是没骨气的女人才说的话，她们分不清懦弱与美德。

我不会和他离婚，因为这正是他想要的结果；我也不会原谅他，因为我不愿意毫无怨言地乖乖受气。我的话说得还不够明白？那种结局就是让我看不顺眼。坏蛋想要赢？让他去死吧！

这一年多来，每当尼克偷偷溜到床上躺在我的身边，我都能闻到那小骚货留在他指尖的一股骚味。我眼睁睁地看着尼克对着镜中的自己暗送秋波，还像一只急吼吼的狒狒一样精心打扮自己，我听着他的一个个谎言，那真是一个接着一个，从小孩一般没头脑的谎话到精心编造的弥天大谎。有时他会匆匆给我一吻，我却从他的嘴唇上尝到奶油硬糖的滋味，以前他身上可从来没有出现过这股腻死人的味道；我能从他的面颊上感觉出胡茬儿，尼克明明知道我不喜欢胡茬儿，但显然她倒是挺中意——一年多来，我用种种感官尝遍了爱人不忠带来的苦楚。

说来说去，我可能是有点儿抓狂。对一个平常女子来说，把杀妻的罪名安到自己丈夫的头上实在有几分出格，这一点我心里也很清楚。

但这一手绝不可少，尼克必须受点儿教训，他还从来没有被人教训过！他这一辈子受尽了宠爱，一直带着一脸迷人的招牌笑容，带着满嘴谎言、满身缺点、满腔自私和一副逃避责任的劲头轻轻松松地蒙混了过去，从来没有一个人非要他挑起任何担子。我觉得吃点儿苦头会把他锻造得更加出色，要不然至少让他有几分悔意，那个人渣。


我一直认为自己有能力策划一场完美的谋杀。有人穿帮被抓了包，那是因为他们没有耐心，不肯精心把计划做好。此刻我把身下这辆蹩脚的汽车换到五挡一溜烟上了路，脸上又露出了一缕笑容（目前迦太基已经被我甩在七十八英里之外了）。我现在开着的这辆车就说明了我是多么聪慧：它是用一千两百美元买来的，当时卖主在网站上发了一则售车广告。买车是五个月前的事，因此人们早把这回事忘到了脑后；那车是一辆1992年的福特 Festiva，堪称世界上个头最小也最不打眼的车；我和卖家是在晚上碰的头，在阿肯色州琼斯博罗一家沃尔玛超市的停车场上。那一趟我坐的是火车，钱包里揣着一沓现金，火车单程就跑了足足八个小时，而尼克正在跟一帮哥们儿出去玩呢（他说是"出门跟一帮哥们儿去玩"，其实是"出门跟小贱人厮混"）。我在餐车的菜单上点了一份所谓的沙拉，结果端上来只有一些生菜和两个樱桃番茄，我的身旁还坐着一位忧郁的农夫，他第一次见到了自己的宝贝孙女儿，正乘火车打算赶回家去。

那对卖福特车的夫妻看上去跟我一样谨慎，女人自始至终都坐在车里，怀里抱着一个叼奶嘴的小孩，眼睁睁地望着我和她的丈夫一手交现金一手交钥匙，随后她走出了车，而我上了车，整个过程就那么眨眼间的工夫。我先从后视镜里看着这对夫妻带着刚到手的钱走进沃尔玛，然后才把车停到了圣路易斯一家提供长期停车位的停车场里，每个月会到那家停车场去两次，把车换一个新的车位，每次都用现金支付，同时还戴着一顶棒球帽，总之一切简单得不得了。

买车的事只是举个例子，说明一下我是多么耐心，多么精于规划，又多么机灵。我对自己很满意，再驾车行驶三个小时，我就可以抵达密苏里州欧扎克地区的山林深处，那也是我的目的地。那里的树林中有一些供出租的小木屋，可以付现金租上几个星期，同时还配备有线电视——有线电视可是必需品。我打算在木屋里躲上一两个周，因为我不想在新闻报道沸沸扬扬的关头到处现身，再说当尼克悟出我已经躲起来的时候，他也压根儿不会想到我躲在这儿。

眼前是一段不堪入目的高速公路，一路上都是衰败的美国中部景象。我又驾车开出了二十英里，望见高速公路的出口匝道上有一个孤零零的家庭式加油站，那间废弃的加油站看上去空空如也，但并没有上封条。我把车靠边停下，一眼望见女厕的门正敞开着，于是迈步走了进去。洗手间里没有亮灯，但有一面歪歪扭扭的金属镜，洗手间的自来水也可以用。趁着下午灿烂的阳光，在如桑拿一般的闷热中，我从手袋里取出了金属剪刀和棕色染发剂，大刀阔斧地剪掉了自己的头发，又把金发通通装进了一只塑料袋。一阵微风拂过后颈，我顿时感觉神清气爽，脑袋轻飘飘的仿佛一只气球，于是来回扭了扭头好好享受了一会儿。我用上了染发剂，看了看时间，一边在门口徘徊，一边遥望着几英里外，那里星星点点地遍布着快餐店和汽车旅社。我在水池里洗了洗头发，温水让人直冒汗，随后我又拎着一袋头发和垃圾回到了车上，戴上了一副过时的金属框眼镜，从后视镜里打量着自己，再次露出了笑容。如果当初与尼克相遇时就是现在这副打扮的话，他永远也不会娶我，如果我当时没有那么貌美，眼前的一切原本都可以避免。

第34条待办事项：改容换貌——已办妥。


其实，我也说不准该怎么去演"死掉的艾米"，我正设法想要弄清楚这对我到底意味着什么，在接下的几个月里我会变成什么样。我想她有可能是任何一种模样，只不过不能是我已经扮过的那几种人："小魔女艾米"，20世纪80年代的学院派女生，玲珑八面、变化多端的鬼灵精，满嘴反话、脑筋好使的女孩，走波西米亚路线的娇娃，再加上"酷妞"、受宠的妻子、不受宠的妻子、复仇心切的妻子和那个日记里的艾米。

我希望你们喜欢日记里的那个艾米，设计她的原意就是为了讨人欢心，就是为了让你们这样的人去喜欢她，谁让她容易讨人喜欢呢——话说回来，我一直想不明白为什么"容易讨人欢心"是一种恭维话，不就是所有人都有可能喜欢你吗？！不过管它呢，我觉得那些日记看上去很像样，而且那些日记很不好写，在日记里我必须始终扮演一个和蔼可亲又有点儿天真的形象，那个女人痴爱着自己的丈夫，也能看出他的一些毛病（否则她就太蠢了），但她仍然对丈夫忠心耿耿；与此同时，她的日记要引导读者得出一个结论：尼克确实打算杀了我。我正迫不及待地等着读者，也就是警察们找到那本日记，日记里有无数需要破解的线索，无数等待发掘的惊喜呢！

尼克总是笑我列了一张张没完没了的清单（他说"你就永远不肯让自己心满意足，有些憾事，结果永远也无法享受当下"），但现在谁是赢家呢？赢家当然是我，因为我那张名叫"尼克·邓恩下地狱"的超级清单精确无比，堪称有史以来最一点儿不漏、最吹毛求疵的清单。我的清单中有这么一条：撰写从2005年到2012年的日记。那可是整整七年的日记哪，倒是用不着每天都记，但至少每个月要记两次，你知道做到这一点需要多少自控力吗？"酷妞"艾米做得到这一点吗？那可要研究每个星期的时事，彻查当时的日常规划以确保不漏掉重要事项，然后要构想日记里的那个艾米对每件事会有什么反应。记这本日记在大多数时候还是挺有趣的，我会等到尼克离家去"酒吧"或去见小情人的时候再动手，他的那个情妇不是手里一直在发短信，就是嘴里一直嚼着口香糖，为人寡淡无味，涂着指甲油，穿着屁股上印有商标的运动裤（其实她并不一定恰好是这副模样，不过她也有可能是这副模样），那时我就会给自己倒些咖啡或开一瓶酒，从我那三十二支笔中挑出一支来，开始重新书写自己的人生。

每逢写上了日记，我对尼克的恨就会少上几分，这是真的，只要染上几分"酷妞"的气质就行。有时尼克回到家中，身上会有一股难闻的啤酒味，要不然就透出一股消毒剂的味道，他在和情妇厮混之后常把消毒剂抹在身上（不过这一招从来都不能彻底地去掉骚味，那女人的骚味一定大得不得了），那时他会面带微笑内疚地望着我，变得亲切可人且十分听话，而我几乎冒出了一个念头：我撑不下去了。但随后我就会想象尼克和她在一起的景象，她穿着玲珑的丁字裤，扮出一副"酷妞"的模样，装作喜欢"吹箫"和足球，还喜欢喝得烂醉，好让尼克糟践她。那时我便会想："我居然嫁给了一个上不得台面的傻瓜，我嫁的男人只知道找'酷妞'，当厌倦了和他在一起的蠢娘们儿，他就会去找另一个扮成'酷妞'的佳人，那他这辈子就不需要挑任何重担了。"

于是我的决心又再次坚定起来。

日记总共有一百五十二篇，从头到尾都没有偏离日记里那位艾米的腔调。我写得非常小心，确保日记里的那位艾米要向警察倾吐，如果这些日记里有一部分被公开了的话，她还要向公众倾吐。读到这本日记的人们必须要有一种读到哥特式悲剧一样的感觉：那是个心眼多好的女人哪，她还有整整一生的锦绣年华（总之就是人们用来评价已逝香魂的那些字眼），结果挑错了丈夫，付出了生命的代价。人们没有办法不爱我——说错了，人们没有办法不爱她。

当然了，我的父母会为我担心，但他们把我变成了现在这样又抛弃了我，我为什么还要替他们难过？他们从来没有充分意识到正是我的存在为他们赚来了钞票，而他们应该为此付我版税。等到榨干了我的钱，尽管我的父母口口声声坚持"男女平等"，却还是任由尼克把我一路带到了密苏里州，就好像我是一个仆从或一个邮购新娘，要不然就是一项易了手的产权。他们还给了我一只该死的布谷鸟钟，好让我记住他们——"感谢这三十六年来的关照！"他们要是认为我已经死了，那也纯属活该，因为我的父母也把我推到了这个境地：没有钱、没有家、没有朋友，因此他们活该受这份苦。如果你们在我活着的时候不能照顾我，那就等于夺取了我的生命，就像尼克一样，他一点儿一点儿、一步一步地摧毁和拒绝了真实的我，说什么"你太严肃了，艾米"，"你这个人绷得太紧了，艾米"，"你想得太多了，你脑子动得太多了，你已经了无生趣了，你让我觉得自己很没用，艾米"，"你让我感觉很糟糕，艾米"。我在一味地付出，他则在不断地攫取，他夺走了我的独立、我的骄傲和我的自尊，把我彻底榨干了。

他居然为了那个小贱货抛弃了我。尼克扼杀了我的灵魂，而这堪称一项重罪，至少在我看来，那彻头彻尾就是一项重罪。

尼克·邓恩
事发之后七日


　　我不得不给自己刚雇的律师坦纳打电话，我才雇了他短短几个小时，现在说出来的内容一定会让他后悔收了我的钱，"我觉得我的太太在设计诬陷我。"我看不见坦纳的面孔，但我能想象那翻起的白眼，那张苦脸，还有一脸的倦意——谁让那家伙靠听谎话谋生呢。

　　"好吧。"他停顿了很久才说，"明天一大早我就去你那儿，我们一起来解决，把所有事情都摆出来聊，在此期间你就乖乖待着别乱动，好吗？去睡会儿觉，耐心等待。"

　　玛戈倒是很听坦纳的话，她吃下两片安眠药，不到十一点就把我扔下了，我则老老实实地一动不动，恼火地蜷在她的沙发上。时不时，我也会叉着腰出门望望那间柴棚，仿佛那间柴棚是一只虎视眈眈的猛兽，而我可以把它吓跑。我也不知道自己想要达到什么效果，但我管不住自己，我最多能够安稳地坐上十分钟，然后就不得不到屋外去看一眼。

　　刚进屋，我就听见有人敲响了玛戈家的后门。该死，这还没到午夜呢，如果是警察的话，他们应该会敲前门，（对吧？）记者们则还没有盯上玛戈的住所（不过他们很快就会盯上玛戈家，也就是几天或几个小时的问题）。我烦躁不安地站在客厅里，心里正拿不定主意，敲门声却又大了一些。我暗自咒骂着，设法让自己恼火起来，免得打心眼里害怕。"总得收拾烂摊子，邓恩。"我对自己说。

我猛地打开了门。门外是安迪，该死的安迪，打扮得美艳动人，看来还是没有弄明白，她正在把我往断头台上送呢。

"你正在把我往断头台上送呢，安迪，你是不是打算亲手把我的脖子套进那该死的绞索呀。"我一把将她拽了进屋，她盯着我那只抓她胳膊的手。

"我可是从后门进来的。"她说，我死盯着她，但她并没有道歉，反而丝毫不让半分，我眼睁睁地看着她脸上的线条变得坚毅起来，"我必须见你，尼克，我告诉过你的。我必须每天见你或者跟你通一次话，可今天你不见了踪影，打电话总是接到语音信箱。"

"如果我没有联络你，那就是因为我没法联络你，安迪。我的天哪，今天我去了一趟纽约，请了个律师，他明天一大早就会到这里来。"

"你请了个律师，就这么一件事让你忙得抽个十秒钟打电话给我都不行？"

我真想抽她一巴掌，却只强忍着深吸了一口气。我必须与安迪撇清关系，不仅仅因为坦纳已经提出了警告，还因为我的太太非常了解我：她知道我几乎会不惜一切躲开面对面的交锋，艾米正指望着我犯糊涂呢，她指望我和安迪藕断丝连，最后害自己被逮个正着。我必须跟安迪分手，但也必须处理得十分妥当，坦纳说得没错，"要让她相信正经人就会这么办"。

"律师给了我一些很重要的建议，我不得不把这些建议放在心上。"我开口道。

昨天晚上我们还幽会过，当时我对安迪百般宠溺，许下了一堆堆承诺，千方百计地安抚她，她一定料不到我会跟她分手，只怕不会乖乖接受这一切。

"律师的建议？很好呀，他是不是告诉你别像个浑蛋一样对待我？"

我顿时感到怒火中烧：眼前的一幕已经活生生变成了一场高中生掐架，我是个三十四岁的堂堂大男人，眼下是我这辈子最糟糕的一夜，结果我却在和一个要小性子的女孩纠缠不休。我边想边伸手使劲地推了推她，一小滴唾液飞溅到了她的下嘴唇上。

"我……你还是不明白，安迪，这可不是在开玩笑，这是我的生活。"

"我只是……离不开你。"安迪低头望着自己的双手，"我知道我一直都在说这些话，可我就是这么想的嘛。我办不到，尼克，我没办法这样撑下去，我快崩溃了，每时每刻都怕得厉害。"

她居然敢说自己怕得厉害，我不禁想象着警方现在敲开了大门，恰好抓住我在和情妇幽会，而这个情妇在我妻子失踪当天早上还曾经与我一起厮混。那天我去见了安迪：自从和安迪搭上的那晚以后，我就再也没有去过她的公寓，但案发当天早上我又去了一趟，因为我已经花了好几个小时设法向艾米坦白："我想离婚，因为我爱上了别人。我们必须分手，我再也没有办法继续装作爱你，也没法过这个周年纪念日……再装下去比当初对你不忠还要错得厉害（我知道：哪点错得厉害值得商榷）。"但正当我努力鼓起勇气的时候，艾米却抢先开口说她还爱我，（那个满嘴谎话的贱人！）于是我一下子像泄了气的皮球，我感觉自己不仅是个彻头彻尾的花心男人，还长着一副软骨头，无比渴望安迪能给我几分安慰。

但对我来说，眼下的安迪已经不再是一味灵药，她摇身变成了一味毒药。

这女孩现在还紧搂着我，简直让我一点儿也摸不着头脑。

"听着，安迪。"我长长地吁了一口气，不让她进屋坐下，反而把她拦在了门口，"你对我来说是如此特殊，你把这一切处理得如此之好……""要让她一心护着你的安全"，坦纳曾经说过。

"我想说……"她的声音有几分动摇，"我居然为艾米感到十分难过，这简直太离谱了，我知道我压根儿没有权利为她难过担心，可是除了难过，我还感觉很内疚。"安迪把头靠在了我的胸口。我往后退了退，伸出双臂撑住她的身子，好让她正视我的眼睛。

"嗯，我想我们可以弥补自己的过错，我们必须弥补自己的过错。"我用了坦纳的原话。

"我们应该去找警方报案，我可以作证你那天早上不在场，我们只要对警察实话实说就可以了。"她说。

"你只能作证我那天早上有大约一个小时不在案发现场。"我说，"前一晚十一点之后就没有别人再见过艾米的踪迹，也没有别人再听到过艾米的声音了，警察可以说我在见到你之前就杀了她。"

"这也太下作了吧！"

我耸了耸肩。有那么一瞬间，我曾想将艾米的事情讲给安迪听，告诉她我的妻子正在设计栽赃我，但我立刻抛掉了这个念头。安迪的手段远远比不上艾米，她知情后一定会想跟我站在一边，也就会变成我的累赘——安迪是前进路上的绊脚石。我又伸手抓住了她的胳膊，再次开了口。

"听着，安迪，眼下你我的压力都大得不得了，其中一个很重要的原因是我们的负罪感。安迪，我们都是好人，我们被对方吸引，正是因为我们有相同的价值观，你我都觉得要好好地对待他人，要走正道，可眼下我们知道自己办了错事。"

满怀希望的表情顿时从她的脸上消失了，泪水涟涟的双眼和温柔的爱抚也不见了踪影，安迪的脸色在顷刻间暗了下来，显得有些诡异。

"我们必须分手，安迪，我想我们都明白这一点。要做到这一点当然很难，但这才是正经人该做的事，我觉得如果你我脑子清醒的话，我们自己就会有这个念头。尽管我非常爱你，但我和艾米还没有离婚，我必须走回正道。"

"如果找到她了呢？"安迪没有说找到的是死人还是活人。

"那到时候我们可以再商量该怎么办。"

"要到那个时候！那在此之前呢，怎么办？"

我无奈地耸了耸肩膀，意思是说："在此之前，什么也不能办。"

"什么，尼克？除非找到艾米，要不然我就得滚到一边去？"

"你这话说得可不太好听。"

"你不就是这个意思吗？！"她挤出了一缕假笑。

"对不起，安迪，我觉得现在还和你在一起很不妥当，这对你很危险，对我也很危险，再说我的良心也过意不去，这是我心里的感受。"

"是吗？那你知道我的感受吗？"她瞪大眼睛，眼泪顺着脸颊流了下来，"我觉得自己就像一个蠢到了家的女大学生，你和我厮混是因为你厌倦了自己的妻子，而我又唾手可得。你可以回家跟艾米一起吃晚饭，在花她的钱买来的小酒吧里闲逛一阵子，然后晃悠到你那快死的爸爸家里用我的胸部'打飞机'，因为你那刻薄的太太才不肯让你这么做呢，你这可怜虫。"

"安迪，你知道这不是……"

"你简直是个人渣，怎么会有你这样的人？"

尼克，控制住局面。我一边想一边开口道："安迪，拜托，我想是因为你还没从来没有谈论过这种事，因此所有的事情都被你看得太重，有一点……"

"你去死吧，你以为我是个傻到家的年轻小姑娘，是可以被你随便玩弄在股掌之上的可怜虫吗？大家风言风语说你可能是个杀妻犯，我倒是一直陪了你一路，可是日子刚刚变得有点儿难过，你就要一脚把我踢开？不，没门。你没有资格和我讨论良心、体面和内疚之类的玩意儿，你没有资格觉得自己冠冕堂皇，你明白我的意思吗？因为你是个背着太太劈腿，又胆小又自私的混账。"

她背转身哭了出来，一边大口大口地吸着气，一边低声地呜咽着。我抓住她的胳膊想让她安静下来，"安迪，这不是我想要……"

"别碰我！别碰我！"

她迈步向后门走去，我简直可以预见即将发生的一幕：安迪的满腔仇恨和难堪好似爆发的岩浆，我知道她会开上一两瓶葡萄酒找个朋友诉说，要不然的话就会找她的母亲诉说，于是风声会跟瘟疫一样散开。

我赶紧走到安迪面前拦住她的去路，开口说道："安迪，拜托……"她抬手准备扇我一巴掌，我一下子抓住了她的胳膊免得挨打。我们两个人的双臂扭在一起不停地上上下下，好似一对疯狂的舞伴。

"放开我，尼克，要不然我发誓……"

"就给我一分钟，你听我解释。"

"你放开我！"

这时她把脸朝我凑了过来，看上去仿佛要吻我，结果却张嘴咬了我一口。我猛地向后一退，安迪一溜烟夺门而出。

## 艾米·艾略特·邓恩
## 事发之后五日

你们可以把我叫作"住在欧扎克的艾米"，此刻我正舒舒服服地躲在那些名叫"藏身地"的小屋中（还有比这"藏身地"小屋更贴切的名字吗），静待自己布置下的机关发挥作用。

眼下我已经摆脱了尼克，但他却比以往任何时刻都更加占据我的思绪。昨天晚上十点零四分，我的一次性手机响了（没错，尼克，你可不是唯一一个会玩这套"秘密手机"老把戏的人）。打电话来的是报警器公司，我当然没有接电话，但现在我知道尼克已经找到了他父亲家，这也意味着他破解了第三条提示。在失踪前，我已提前两个星期修改了安全密码，把自己的"秘密手机"号改成了首要联系人。我能想象尼克手持我留下的提示，迈步踏进他父亲那栋布满灰尘的老房子，笨手笨脚地摆弄着警报器密码……接着时间来不及了，屋里响起一片喧哗——"哔、哔、哔哔哔！"尼克的手机被我设成了备用联系号码，警报器公司只有在联系不上我时才会打电话给他，不过显而易见，公司不可能联系上我。

看来尼克已经引发了警报器，又和警报器公司的人通过电话，这样一来就会留下证据：在我失踪以后，尼克曾经去过他父亲的旧宅。该证据给我的计划撑了腰，它并非万无一失，但它本就无须万无一失，毕竟我已经留下足够多的线索让警方把罪名落到尼克身上：人为布置过的案发现场、被擦拭过的血迹，再加上一大堆信用卡账单。就算警方无能透顶，他们也不会错过这些证据，而且诺伊尔很快就会把我怀孕的消息传开，如果目前她还没有讲出那则消息的话。一旦警方再查出安迪那随叫随到的贱货，这一堆线索就已经让尼克翻不了身了，其他那些旁枝末节的证据不过是用来调味的作料，那都是多么有趣的机关呀！我是个诡计多端的女人，这一点真是深得我的欢心。

埃伦·阿博特也在我的计划之中，毕竟她主持着本国最大牌的犯罪新闻有线电视节目。我极为钟爱埃伦·阿博特，她在节目里一心护着失踪女性，再说，一旦锁定了犯罪嫌疑人，她的攻击简直毫不留情，而那些犯罪嫌疑人通常是涉案女子的丈夫。埃伦·阿博特代表着美国女性的正义之声，因此我真心乐意让她来报道我的故事。公众必须通通站到尼克的对立面：众人的"心肝宝贝"尼克花了无数心思担心自己是否讨人喜欢，却立即就会发现世人通通恨他恨得咬牙，这也是给尼克的一种惩罚，恰似将他送进大牢。与此同时，我还得靠埃伦的节目了解调查的进度，比如警方是否已经找到了我的日记？警方是否查出了安迪这条线索？他们是否已经发现人寿保险突然上涨了一大截？说起来，这恰是整个计划中最折磨我的地方：我得等着那些脑子不够使的人们理出头绪来。

每过一个小时我就瞧一瞧屋里的电视机，希望看到埃伦报道我的故事。她一定会报道我的故事，因为我看不出她有任何理由不选这则报道：我长得颇为貌美，尼克也长得颇为英俊，再说我背后还有《小魔女艾米》那个噱头。还没有等到正午，埃伦便突然爆了料，允诺会带来一则特别报道。我没有换台，只是定定地盯着电视，心中暗自催促："快点儿，埃伦。"当然，这句话也可以说成："快点儿，'埃伦新闻秀'节目。"我与埃伦有个共同点，我们俩都把某个有血有肉的人和某种形象集于一身，我是活生生的艾米，也是"小魔女艾米"，埃伦是活生生的埃伦，也是"埃伦新闻秀"。

屏幕上出现了一则卫生棉条广告和一则洗涤剂广告，随后又来了卫生巾广告和清洁剂广告，似乎在告诉人们：女人们要么在流血，要么就是在做清洁。

过了片刻，屏幕上总算出现了关于我的报道！我闪亮登场了！

埃伦雷霆万钧地在电视上现了身，一双怒目睁得好似"猫王"一般炯炯有神，我立刻知道有好戏看了。屏幕上出现了几张我的照片，看上去艳光四射，随后是尼克在第一次新闻发布会上的一张照片，他的脸上露出一缕魅惑的笑容，看上去与该场面极不融洽。埃伦带来了一则消息：警方已经在多个地点搜寻了这位"年轻美貌、备受宠爱的女子"，但至今仍然一无所获；与此同时，她还带来了另一则消息：尼克已经给自己下了套。各方面正在搜寻我的下落，他却跟一位八竿子打不着的路人拍上了照片，显然正是这一点引得埃伦上了钩，看得出她对此真是一腔怒火。照片中的尼克摆出一副招蜂引蝶的姿态，一张脸紧贴着陌生女人的面孔，仿佛两人正在共度欢乐时光。

瞧瞧这个傻瓜，我真是开心得不得了。

埃伦·阿博特正揪着我家后院直通密西西比河这件事不放，我听了有些好奇：难道尼克电脑上的搜索记录已经走漏了风声？我倒是已经确保他的电脑搜索过密西西比河上的水闸和水坝，谷歌的搜索记录里还曾经把"密西西比河浮尸"当作关键词。坦率地讲，密西西比河确实有可能把我的身子一路卷到海里去，尽管这种事情概率不大，但毕竟有过先例。实际上，我为自己感到几许悲哀，想象着自己苗条苍白、一丝不挂的身体漂浮在水波之中，一条光溜溜的腿上沾满了蜗牛，头发好似海藻一般四散开来，一直漂到海中渐渐沉底，身上的肌肤一缕又一缕无力地剥落，一身血肉渐渐溶入水中，最后只剩下一副骨架。

不过我的想法也太浪漫了一点儿，在现实生活中，如果尼克真的动手杀了我，我想他只会把我的身子装进一只垃圾袋，然后驱车开到方圆六十英里内的某个垃圾填埋场一扔了事，他甚至还会随手多带几样本来就要扔的东西，比如带上那个坏了却懒得去修的烤面包机，再带上他一直想扔的一摞家用录像带，好让那一趟去得更划算一些。

我也正在学习如何活出效率：如果一个女孩已经"不在人世"的话，那她少不得要算着钱过日子。在下定决心销声匿迹之后，我曾经给自己留足了十二个月的时间来做好计划并存好现金，随后才真的销声匿迹。大多数谋杀案的主事人落入法网都是因为一点：他们没有那份自控力去耐心等待。眼下我共有现钞 10200 美元，如果这 10200 美元是在一个月之内取出来的话，人们只怕早就已经瞧出了端倪，但我用尼克的名义办了那些信用卡，不仅让尼克显得活像一个贪得无厌的骗子，还能从中存下一笔现金。数月以来，我又细水长流地从自家银行账户里一点儿一点儿地取了一笔钱，每次取 200 美金或 300 美金，总之不会引人注目，最后凑齐了 4400 美金。除此以外，我还从尼克的口袋里偷了些现钞，一会儿偷 20 块，一会儿偷 10 块，故意慢慢地把钱存起来，仿佛把每天去星巴克吃早餐的钱都放进一个存钱罐里，结果到年底存下了 1500 美金。对了，每次去"酒吧"的时候，我还总会从装小费的罐子里顺手牵羊拿点儿现金，我敢肯定尼克把缺了的钱怪在了玛戈头上，玛戈则把那笔钱怪在了尼克头上，但他们两个人都没有吭声，因为他们都替对方觉得难过。

说了这么多，我就是想证明自己在攒钱时很小心，在"动手自杀"之前，这笔生活费对我来说足够了。我要躲起来一阵子，好好瞧着兰斯·尼古拉斯·邓恩沦为世人所不齿的丑角，看着尼克被抓起来、上庭、最后大踏步地进了监狱，糊里糊涂地穿上了一身橙色囚衣，戴上了一副手铐；我要看着尼克一身大汗地挣扎，满嘴声称自己清白无辜，却还是逃不过牢狱之灾。在这之后，我将沿着密西西比河向南部墨西哥湾进发——人们正以为艾米的浮尸在墨西哥湾呢。我会报名参加游轮酒宴之类的旅程，总之那趟旅程无须暴露自己的身份却又能送我抵达水波深处，那时我会伴着一大杯杜松子酒吞下安眠药，趁着无人注意时静悄悄地从游轮边上跳进水中，在口袋里装上石块，跟弗吉尼亚·伍尔夫一样投水自尽。投水自尽这一手段需要自控力，但自控力在我身上绝对不缺，人们有可能永远也不会发现我的尸体，也有可能尸体在好几个星期或好几个月后会重新浮上水面，那时我的尸身已经腐坏到无法追查死亡时间的程度，而它将向世人呈上最后一份证据，以确保尼克最终走向死刑。

我原本倒是很乐意等到尼克绝命的那一天，但鉴于美国司法系统的这副德行，尼克可能要等好几年才能等来死刑，而我既没有足够的钱，也等不了这么久，我已经准备好紧跟着那些名叫"希望"的女孩奔赴黄泉了。

不过我并没有完全照着原计划花钱，反而多花了五百美金来打扮这间小屋，添了舒服的床单和一盏像样的灯，又换上了新毛巾，那些用过多年的毛巾已经硬得能直挺挺地立起来啦。与此同时，我也设法做到随遇而安：几间小木屋外住着一个沉默寡言的家伙，他是个满面胡须的浪荡子，通身透着嬉皮味，手上戴着绿松石戒指，有几个晚上曾在自家屋后平台上弹着一把吉他。此人声称自己名叫杰夫，而我自称叫作莉迪亚。我们会随意地对彼此露出微笑，有几次他还用一只巨大的冷藏袋给我兜来了一条腥味很重的鱼，那鱼倒是十分新鲜，但已经去了鱼头，也去了鱼鳞。"新鲜鱼！"他一边说一边敲门，如果我没有立刻开门的话，他就会把冷藏袋搁在我家的前门台阶上，自己不见了踪影。我从"沃尔玛"买了一只很像样的平底煎锅来伺候鱼，鱼的味道颇为不错，而且还不用花钱。

"你从哪儿弄来的鱼？"我问他。

"从弄鱼的地方弄来的。"他说。

在度假小屋管理前台的多萝西已经喜欢上了我，时不时从她家花园里为我带来些西红柿，于是我就吃上了带有泥土味的新鲜西红柿和带有湖泊味道的鲜鱼。我猜明年尼克就会被关进大牢，那种地方只能闻见除臭剂味、鞋臭味、黏糊糊的食物味和陈旧的床垫味，总之是人们弄出的一股股臭味。那正是尼克深心里最惧怕的梦魇：他发现自己被关进了大牢，心知自己清白无辜却无法证明。对尼克来说，最吓人的噩梦莫过于梦见自己被人冤枉，一脚陷入困境却死活找不到出路，叫天天不应，叫地地不灵。

要是做了这样的噩梦，他总会起床在家里四下走动，然后穿上衣服走到室外，沿着我家附近的道路转悠到某个公园里——眼下是在密苏里州的公园，当初是在纽约的公园，总之他会按着自己的心意逛上一圈。如果说尼克算不上一个十足的户外运动拥趸，那他也有一颗关不住的心，他并不热衷徒步旅行和露营，不清楚如何生火，不知道如何捕鱼来送给我，但他喜欢保留这些可能性，也就是说，即使他选择窝在家里的沙发上看笼斗看上整整三个小时，他的心底却希望保留自己到室外逛逛的权利。

话说回来，安迪那个小贱人倒是让我费了些心思去揣摩，我原本以为她会撑上整整三天，随后便会忍不住走漏风声。我知道她喜欢把自己的事讲给大家听，因为我在 Facebook 上是她的好友之一——在 Facebook 上，我给自己编的名字叫作马德琳·埃尔斯特，哈哈！我的照片则是从某个按揭贷款的弹出式广告里顺手牵羊贴过来的，上面是个金发碧眼、面带微笑的女子，显然从以前的低利率房贷中捞了一笔好处。四个月前，马德琳碰巧向安迪发送了好友申请，倒霉的安迪乖乖地一口答应，因此我不仅对这个小妞的情况一清二楚，还熟知她那一群对鸡毛蒜皮痴迷不已的朋友，那些家伙时不时就打个盹儿，一心钟爱希腊酸奶和"灰比诺"葡萄酒，还喜欢把这些消息与圈子里的朋友分享。安迪是个好女孩，也就是说她不会把自己聚众玩乐的照片给贴出来，也从来不发"黄色"消息——这一点真是扫兴得很。当她作为尼克的秘密女友曝光时，我倒是乐意媒体能找到一些她寻欢作乐的照片，要么在灌酒，要么在跟其他女孩接吻，要么露出了自己的丁字裤，这种照片会轻轻松松地把她扮成破坏别人家庭的狐狸精，让她难以翻身。

说到破坏别人的家庭，在安迪勾搭上尼克时，我那个家虽然已经乱成了一团糟，却仍然有着几分生机，然而她与我的丈夫接上了吻，把手伸进了他的长裤，钻进了他的被窝，有时施展"深喉"把他的一整根阴茎吞进嘴里，让他觉得自己的尺寸格外雄伟，有时翘起后庭深深地承欢，有时让他颜射或射在双乳上，然后伸出舌头舔一舔，那架势仿佛正在品尝一道无上的美味。她定会百般求欢，她那种类型的狐狸精还免得了吗？他们两个人在一起已经一年多了，每到节假日都在一起厮混，我查了查尼克的信用卡记录（我说的是真正属于他的信用卡），想要瞧瞧他给安迪买了些什么样的圣诞礼物，但他一直小心得令人吃惊。安迪的圣诞礼物一定是用现金购买的，我不知道这是一种什么样的感觉——难道她感觉自由自在？她是个没名没分、查无实据的地下情人，因此犯不着打电话给管道工，犯不着听丈夫对他的工作发牢骚，也犯不着提醒他要去买点儿见鬼的猫食。

可是我需要安迪走漏一丝风声。说来说去，其实眼下我还欠着几道东风：（1）诺伊尔得把我怀孕的消息散播出去；（2）警方得找到那本日记；（3）安迪得开口把她和尼克的地下情告诉别人。我原本用了老一套的眼光来看安迪，她这样的小妞每天在网上更新五次状态，把自己的私生活昭告天下，按理来讲，她可不懂得什么保守秘密。安迪偶尔还会蜻蜓点水地在网上提到我的丈夫，比如：

安迪：今天跟那位"俏郎君"见了一面哦。

回复：喔，一定要讲来听听！

回复：我们什么时候才能有幸亲眼见见这位"能干"的帅哥哪？

回复：本人布丽姬特大小姐听了好喜欢！


安迪：不过是与梦中情人的一吻，却让一切都增色了几分。

回复：说得太有道理啦！

回复：我们什么时候才能有幸亲眼见见这位"梦中情人"哪？

回复：本人布丽姬特大小姐听了好喜欢！


　　但身为新一代的女孩，安迪的行事居然出奇谨慎，就骚货的标准来说，她大可以算得上一位乖乖女了。我能想象她那心形的脸蛋微微向一侧歪去，轻轻地皱起了眉头，嘴里说着"我只是想让你知道我站在你这边，尼克，我会支持你"，说完说不定还会给他烤饼干呢。

　　眼下埃伦·阿博特节目的镜头正在扫视志愿者中心里的景象，看上去该中心显得略有些寒酸。一位记者正在评论我的失踪如何"震动了这个小镇"，在她的身后我可以望见一张桌子，桌上摆满了人们自制的砂锅菜和蛋糕，通通是送给那位"招人心疼的尼克"。即使到了眼下这种时候，那混账东西仍然能引来些女人照顾他，孤注一掷的女人们还以为发现了可乘之机呢：她们的面前有了个仪表堂堂又情感脆弱的男人，好吧，他可能杀害了他的太太，不过此事不还没有盖棺定论吗；对于四十多岁的女人来说，能有个男人，并且愿意为他下厨，就已经很是让人松口气了。

　　电视屏幕上又出现了那张用手机拍下的合影，尼克在照片里显得笑意盈盈，我简直想象的出跟他合影的荡妇待在自家亮闪闪却空荡荡的厨房里（她家厨房可是用赡养费打造出的场所，一心用来充门面），一边施展厨艺，一边做着白日梦跟尼克闲聊："不，我其实有四十三岁了，真的，不骗人！不，我身边可没有一大群众星捧月的男人，我真的没有什么追求者，这里的男人算不上多有趣味，他们大多数……"

　　对那个把面孔紧贴在我丈夫脸颊上的女人，我的心中突然涌上了一股难以抑制的醋意。她看上去比我眼下的模样要美貌几分：眼下我吃着"好时"

巧克力，冒着炎炎烈日在泳池里一口气待上好几个小时，水中的氯把我的肌肤变得跟海豹一样皮糙肉厚，我晒出了一身小麦肤色，这可是破天荒头一次，至少以前我从未有过一身深褐色的肌肤。在我看来，晒出了小麦色的皮肤要归在受损肌肤那一列，没有人会喜欢一个满脸皱纹的小妞，因此，我的皮肤上一直涂着防晒霜。但在失踪之前，我稍微晒黑了几分，而现在距离失踪已经过了五天，我的肌肤正一步步变成棕色。"一身黑里透红的肤色呀，"担任木屋经理的老多萝西说道，"真是黑里俏，小妞！"当我用现金支付下周的租金时，她开开心心地对我说。

眼下我有了一身深色的肌肤和一头染了色的短发，还戴着一副眼镜。我的体重在失踪前几个月长了十二磅，当时我穿上宽大的夏装把臃肿的身材小心遮了起来，我那位粗枝大叶的丈夫压根儿没有看出半点儿蹊跷，而失踪以后我又已经长了两磅。在失踪之前的那几个月里，我很小心不让别人拍到我的照片，因此公众只会知道那位苍白而瘦削的艾米，眼下的我绝对不再是那副模样。有时候迈开步子行走，我还能感觉到自己的丰臀左摇右摆，这种事我还从来没有遇上过。在过去，我的身体一直完美动人，增一分太多，减一分太少，处处堪称平衡，但我并不怀念过去的那副皮囊，也不怀念男人们对我暗送的秋波。就凭我现在的长相，去便利店总算成了一件省心的事，不会再招惹来一些身穿法兰绒背心的男人，害得他们一边用含情脉脉的眼神望着我的背影一边嘟嘟囔囔地说些"女人都是祸水"之类的鬼话，仿佛忍不住要打几个饱嗝。眼下倒是没有人会对我做出粗俗的举动，但也没有人对我特意示好，没有人会想尽办法、不顾分寸地讨好我，反正不再像他们以前对待我那样。

我成了一个与艾米截然不同的人。

## 尼克·邓恩
## 事发之后八日

太阳升起时，我正用冰块敷着自己的面颊。安迪张嘴咬我已经是数小时前的事情，我却仍然能够感觉到脸上隐隐作痛，那两块小小的咬痕看上去好似两枚订书钉。我不能去追安迪，跟怒火万丈的安迪比起来，跟着她追只怕要冒更大的风险，于是我给她打了个电话，却被转接进了语音信箱。

"控制住局面，一定要控制住局面。"我暗自心道。

"安迪，我非常抱歉，我不知道该怎么办，也不知道究竟发生了什么事情，请原谅我，求你了。"

我原本不该给她留下这条语音信息，但转念一想，就我所知，她只怕已经存了好几百条我发过去的语音留言了。天哪，如果安迪把其中最惹火、最风骚、最神魂颠倒的那些留言走漏出去的话，单单为了这些留言，任何陪审团里的任何一位女性陪审员只怕就会对我痛下狠手。知道我背着太太劈腿是一回事，但听到身为人师的我用浑厚的声音向一个年纪轻轻的女生讲起我那根又大又硬的……那可就是另外一回事了。

在熹微的曙光中，我的一张脸刷地变得通红，贴在面颊上的冰块适时融化了。

我坐在玛戈家的前门台阶上，开始给安迪打起了电话，每隔十分钟就打一个，却始终没有人接。清晨六点十二分，波尼把一辆车停在了车道上，那时我正睡意全无，神经十分紧张，她拿着两个泡沫塑料杯朝我走来，我却一句话也没有说。

"嘿，尼克，我给你带了些咖啡来，只是过来看看你怎么样。"

"那还用说嘛。"

"我知道你可能还因为艾米怀孕的消息没有回过神来呢。"波尼煞费苦心地往我的咖啡里倒进两份奶精——这正是我喜欢的口味，随后她才把咖啡递给了我。"那是什么？"她指着我的脸颊问道。

"你说什么？"

"尼克，你的脸是怎么回事？那里红了一大块……"她又挪近了一些，伸手攥住了我的下巴，"看上去倒像是块咬痕。"

"一定是荨麻疹，我一遇到压力就会出麻疹。"

"嗯哼。"她搅了搅咖啡，"你知道我是站在你这边的，对吧，尼克？"

"没错。"

"我真的站在你这边，千真万确，我真希望你能相信我，我只是……如果你不信任我的话，那我就没法帮上你了。我知道这听上去像是警察的套话，但我说的是真心话。"

我们在一片奇怪的静默中坐着，小口喝着咖啡，一时间竟有几分惺惺相惜的气氛。

"嘿，我想还是抢先一步把这个消息告诉你吧，免得你先从别的地方听到，"波尼欢快地说，"我们找到了艾米的钱包。"

"什么？"

"千真万确，钱包里没有现金，但有她的身份证和手机，发现钱包的地点还偏偏在汉尼拔的河岸上，汽船码头的南边。我们猜，有人想把现场弄得看上去像是犯事的家伙在出城的途中把艾米的钱包扔进了河里，然后再过了桥前往伊利诺伊州。"

"你说'有人想把现场弄得看上去像'？"

"钱包并没有整个儿淹进水里，钱包上方靠近拉链的区域仍有一些指纹。按现在的技术，有时候即使浸入水下的指纹也有可能验出来，但……我就不和你瞎扯技术的那一套了，这么说吧，从某种程度上讲，这个钱包是故意摆在河岸上，以确保被人找到。"

"听上去，你告诉我这件事是有原因的。"我说。

"我们从钱包上找到的指纹是你的，尼克，这也算不上有多稀奇……男人们总是时不时翻翻太太的钱包嘛，可是……"说到这里波尼笑了起来，仿佛她刚刚想到了一个好主意，"我还是要问一声，你最近没有去过汉尼拔，对吗？"

她说得如此漫不经心又如此一腔自信，我的脑海中突然闪过一个念头：难道警方在我的汽车底盘上偷偷装了一个追踪器，又在我去汉尼拔的那天早上把车还给了我？

"你来说说，我为什么非要去汉尼拔扔太太的钱包呢？"

"假设你杀了你太太，把家里的案发现场进行了精心设计，企图让警方认为是外来人员袭击了你的妻子，但随后你意识到警方已经开始怀疑你，于是你想要再行安置一些假线索，把警方的目光再次转移到外人身上。这只是一种说法，但眼下有些警员一心认定是你犯的案，要是那种说法合用的话，他们一定不会放过，所以让我来帮帮你吧：你最近去过汉尼拔吗？"

我摇摇头，"你得跟我的律师谈，找坦纳·博尔特。"

"坦纳·博尔特？你确定你想这么做吗，尼克？我觉得我们对你一直都很公平，也很坦诚，至于博尔特，他可是……最后一搏的人才用得上那家伙，通常有罪的人才会请他。"

"嗯，好吧，我很明显是你们的首要犯罪嫌疑人，波尼，我得自己想办法帮自己。"

"那等他来了我们聚一聚，行吗？仔仔细细地谈一谈。"

"那还用说吗……我们也是这样计划的。"

"一个有计划的男人，我很期待。"波尼站起身迈开了步子，边走边回头喊道，"多说一句，金缕梅治荨麻疹有特效。"


一小时后门铃响了，坦纳·博尔特身穿一套淡蓝色西装站在门口，不知道为什么，我隐约感觉他的这身穿戴是前往南部各州时才用的行头。他放眼在四下里打量了一圈，瞥了瞥停在车道上的汽车，又审视着一栋栋房屋，种种举动让我不禁想起了艾略特夫妇：他们都属于随时随地在审视和分析的那种人，他们的大脑似乎永不停歇。

"告诉我柴棚在哪儿。"我还没有来得及跟坦纳打招呼，他抢先开口说道，"指给我看柴棚的位置，不许跟着我过去，也不许再靠近那间柴棚，之后把一切都告诉我。"


我们三人围着餐桌坐了下来——我、坦纳，再加上刚刚睡醒的玛戈，玛戈正在喝今早头一杯咖啡。我把艾米的全部指示一股脑儿摊在了桌上，看上去活像是在解读一堆塔罗牌，可惜技巧不太像样。

坦纳朝我俯过身，脖子显得很僵，"好了，尼克，把你的理由全摆出来，"坦纳说，"你太太是如何精心策划了整件事，你来说说看！"他边说边用食指戳着餐桌。

我深吸了一口气，理了理思路：一直以来，我的口头功夫都赶不上笔下文章。"在开始讲正事之前，"我说，"你们首先要了解艾米身上有关键的一点：她这个人聪明绝顶，脑子转得非常快，简直算得上心有七窍。她活像一场看不见尽头的考古挖掘，你以为自己已经抵达了最深层，可是一锄挖下去以后，却发现下面还有一层全新的天地，里面布满了迷宫般的坑道和无底洞。"

"好吧，"坦纳说道，"这么说……"

"其次，你们要了解艾米是个自命公正的人，她永远不会犯错，而且她喜欢教训别人，用自己的手施行惩罚。"

"那好，知道了，接下来呢……"

"让我先给你们讲个很简短的故事。大约三年前，我和艾米曾经开车去马萨诸塞州，路上堵得一塌糊涂，有一辆卡车想要挤到艾米的前面……艾米死活不肯让他超车，结果卡车司机加速抢了她的道，倒没有造成任何危险，不过有片刻十分骇人。你们知道卡车尾部贴着些供人反馈的标记吧，上面写着'我的驾驶是否合您心意'，艾米让我打电话给运输公司，对那个车牌号告了一状，我以为这样就完事了，谁知道两个月后……整整两个月后……有一天我走进卧室，艾米正在通电话，嘴里说的正是那辆卡车的车牌号，当时她活生生地编出了一个故事：她开车载着自己两岁的孩子，而卡车司机几乎把她挤出了公路。艾米告诉我，这已经是她打的第四个电话了，她甚至研究过该运输公司的路线，因此才能挑对高速公路，以便声称自己差点儿出了交通事故，免得谎话穿帮。艾米把方方面面都考虑到了，为此她觉得非常自豪，她就要那卡车司机丢掉工作。"

"天哪，尼克。"玛戈喃喃自语。

"这个故事非常……引人深思，尼克。"坦纳说。

"这不过是个例子。"

"那好，现在帮我把一切梳理一下吧。"坦纳说，"艾米发现你在瞒着她出轨，所以演了一场假死的戏，把所谓的'犯罪现场'故意布置得有点儿蹊跷，好让人们起疑心，然后还用信用卡、人寿保险和你的安乐窝把你彻底套了进去……"

"她还故意在失踪前一晚和我吵架，争吵的时候还专门站在一扇开着的窗户旁，好让邻居听到我们在吵架。"

"那你们为什么吵？"

"她说我是个自私的浑蛋，基本上和我们以前吵的内容没有什么两样，但我们的邻居没有听到艾米后来道了歉……因为艾米不希望让她听到道歉的话，我记得当时我非常吃惊，因为那是艾米和我有史以来和解最快的一次。第二天早上，她还因为昨晚大声哭喊给我做可丽饼赔罪呢。"

说到这里，我仿佛又一次望见她站在炉灶旁，正舔着大拇指上的糖粉，嘴里哼着歌，而我想象着自己走到她身旁，伸手晃着她，直到……

"好，那寻宝游戏呢？那又如何解释？"坦纳说。

每条指示都展开摊在了桌子上，坦纳捡起了几条，又放手让它们飘然落下。

"这些不过是额外的花招，专门用来坑我。"我说，"相信我吧，我了解自己的太太，她知道自己必须玩一套寻宝游戏，不然看上去就很可疑，因此，她老老实实地玩了寻宝游戏，但提示可能有许多种解读，看看这第一条。"

我想象自己是你的学生

遇上了一位英俊睿智的先生

我的眼界随之大开（更不用提我的两条腿）

如果我是你的学生，那还用得着什么鲜花助兴

也许只需在你的办公时间即兴约个一回

好啦，要去那里就赶紧趁早

也许这次我会在你面前露上一两招


"这纯属艾米的作风，当时我一边读这条提示一边想：嘿，我的妻子在跟我调情呢，结果中了招，她实际上指的是我跟……安迪的外遇，第一条提示就有这么坑人。因此，我和吉尔平一起去了我的办公室，你知道那里有什么高招等着我吗？一条女式小可爱，还压根儿不是艾米的尺寸……怪不得警方一直在到处问艾米穿多大尺寸的衣服，我却还始终摸不着头脑。"

"但艾米不可能算得到吉尔平会和你一起去办公室。"坦纳皱了皱眉头。

"见鬼，她不过是狠狠赌了一把而已。"玛戈插嘴说，"第一条提示恰好放在犯罪现场……因此警察肯定知情，提示里又赤裸裸地写出了'办公时间'几个字，按理来讲，不管带不带尼克，警方一定会去办公室。"

"那条女式小可爱究竟是谁的？"坦纳问。听到小可爱一词，玛戈不禁抽了抽鼻子。

"鬼知道是谁的？"我说，"我原本以为是安迪的小可爱，但……很有可能不过是艾米买来的，最关键的一点是，那条小可爱不合艾米的尺寸，有了这条小可爱，任谁都会相信我的办公室里发生了见不得光的风流韵事，对象还不是我太太——我又上了艾米的当。"

"那要是警察没有和你一起去你的办公室呢？"坦纳问道，"或者没有人注意到这条小可爱呢？"

"她根本就不在乎，坦纳！这个寻宝游戏跟其他的花招一样，都是她要我玩的招数，她实际上并不需要这些罪证。她额外设了许多圈套，只是为了确保到处都有无数的蛛丝马迹可寻。再说一次，你得了解我的太太：她是个

滴水不漏、以策万全的人。"

"好吧，接着看看第二条提示。"坦纳说。

想想我吧：我对你痴心一片

和你在一起，我的未来清晰可见

你带我来到这里，让我听见你的闲谈

你谈起儿时的冒险：那时你穿着寒酸的仔裤，戴着一顶鸭舌帽

让其他人全部靠边站，他们在你我心中通通不算数

让我们偷偷地吻上一吻……假装你我刚刚结为夫妻

"这一条说的是汉尼拔。"我说，"艾米和我曾经去过那里一次，因此我就照这样理解了，但汉尼拔也是我曾经和……安迪斯混过的地方。"

"这样的话，当初你居然没有长个心眼？"坦纳说。

"没有，当初还没有，那时艾米给我留下的字条正让我感觉飘飘然呢。天哪，那女人对我真是知根知底，她算准了哪些是我想听的话，又是'你才华横溢'，又是'你才思敏捷'。时至今日她还能逗得我团团转，她要是得到消息的话不知道有多开心，就连远在千里之外她也能操纵我，我是说，当初我……上帝呀，当初我正在一步又一步地再次爱上她。"

这时我突然感觉喉头一紧：艾米在字条里用上了一则傻兮兮的趣事，提到了她的密友英斯利那个让人讨厌又衣冠不整的宝宝——艾米深知，在我们的甜蜜时光中，我最钟爱的并非那些重大时刻，也并非浪漫之极的时刻，而是我与她私底下开的那些玩笑，到了现在，她竟然用这些私密笑话来对付我。

"你们知道还有什么招数等着我吗？"我说，"警方刚刚在汉尼拔发现了艾米的钱包，我敢打赌人们能找到我去过汉尼拔的证据。见鬼，当时我用信用卡付了旅游门票钱，这样就留下了铁证……艾米这一招又把我跟汉尼拔扯上了干系。"

"要是没有人发现钱包呢？"坦纳问道。

"那也没有什么关系。"玛戈说，"她一直在耍着尼克团团转，供自己开

心呢……当尼克读着这些甜言蜜语的字条，心里却深知他自己在偷偷出轨而艾米正下落不明时，他心中该是多么内疚呀——我敢肯定，光是想到这一点，就已经让艾米开心得厉害了。"

玛戈用厌恶的口吻说出"偷偷出轨"几个字，我赶紧给自己壮胆，免得被她的口吻吓倒。

"尼克去汉尼拔的时候，如果吉尔平也跟着去了呢？"坦纳追问道，"如果吉尔平一直都跟尼克在一起，那他就会知道尼克无法安置钱包了，对吧？"

"艾米对我知根知底，她算准了我一定会甩了吉尔平，她知道我不希望当着一个陌生人的面读这些字条，也不希望人家仔细观察我的一举一动。"

"是吗？你怎么知道？"

"我就是打心眼里知道。"我耸了耸肩膀。我深知自己没有说错，我打心眼里知道。

"第三条指示。"我说着把它塞到了坦纳的手中。

也许你为带我来到此地感到内疚
我必须承认，此事确有几分稀奇
但我们并无太多选择
于是将这里选作容身之地
让我们把爱带进这所棕色小屋
再给我几分善意，你这含情脉脉的丈夫

"看，当时我会错意了，我以为'带我来到此地'指的是迦太基，但实际上她指的是我父亲的旧宅，而且……"

"这又是你和那个叫安迪的女孩乱搞的地方。"坦纳说着转身面向玛戈，"请原谅我用词粗俗。"

玛戈轻轻挥了挥手，表示不介意。

坦纳继续说道："尼克，这么说来，你在办公室里和安迪乱搞过，那里就有一条女式小可爱来栽赃你；你在汉尼拔和安迪乱搞过，那里就有艾米的钱包来栽赃你；你还在这间柴棚和安迪乱搞过，这里就有用秘密信用卡买的一大堆贵重物品来栽赃你。"

"嗯，是的，是这样，完全正确。"

"那在你父亲的旧宅里有什么呢？"

## 艾米·艾略特·邓恩
## 事发之后七日

我身怀有孕！——谢谢你，诺伊尔·霍桑，眼下整个世界都知道了这条消息，你这小傻瓜。自从她在为我守夜的那天大闹一场以后，公众中针对尼克的怒潮便陡然高涨了许多，我挺想知道他在这样的重重阴霾之下是否还能喘得过气（不过我倒真希望诺伊尔·霍桑并未在为我守夜的那天出尽风头，话说回来，欠缺姿色的女人还真是抢风头的高手哪）。

我深知一点：如果想要招来新闻猛料，招来全天候、大力度、不遗余力、无休无止的"埃伦·阿博特"报道，诀窍就在我怀孕的那条消息上。"小魔女艾米"本身已经颇为诱人，身怀六甲的"小魔女艾米"则具有不可抗拒的魅力。美国公众喜欢简单容易的事，而对身怀六甲的孕妇怀有爱心是件非常简单容易的事，孕妇们就像小鸭子、小兔和小狗一样招人喜欢。不过话说回来，这些自以为是、自恋不已的孕妇们走路一摇一摆，却能得到人们如此的特殊礼遇，实在让我想不通——劈开双腿让男人播个种又有多难呢？

你知道什么才算得上难事吗？假装怀孕才难呢！

请注意，因为现在要说的这件事令人印象深刻。故事的源头在我那个脑袋空空的朋友诺伊尔身上，中西部就到处充斥着她这样的老好人，他们的心地好得不得了，却长了一个榆木脑袋，容易受人摆布，别人说一套就听一套。诺伊尔数得出的曲子全部来自于家居用品店里的音乐合集，她的书架上摆放着一堆装点门面的玩意儿，比如《爱尔兰人在美国》、《图说密苏里大学橄榄球史》、《我们铭记 9·11》、《猫咪糗事一大箩》。我知道，为了施行计划，我需要一个肯乖乖听话的朋友，好把那些关于尼克的骇人故事一股脑儿讲给她听，这个朋友不仅要迷我迷得过火，还要很容易受人摆布，不管我说什么她都会信，因为有幸听到这些私房话已经让她觉得自己与众不同。显而易见，这个角色非诺伊尔莫属，而当她开口告诉我她又怀了孕（三胞胎显然还不够呢），我意识到自己也可以顺势怀孕一回。

于是我在网上搜了搜：维修时如何抽干马桶。

我请来诺伊尔一起品尝柠檬水，喝了许多柠檬水。

诺伊尔在我家上厕所，用的正是那个抽干后无法冲水的马桶，我们两个人都觉得十分不好意思！

我将马桶里的尿液盛进了一只小玻璃瓶。

众人皆知我怕血又怕针。

我将盛有尿液的玻璃瓶藏进手袋，约了医生（"哦，我没办法做血液测试，谁让我怕针头怕得要命呢，尿液测试倒是没问题，谢谢"）。

我的医疗记录上多了"怀孕"一条。

我带着好消息向诺伊尔飞奔而去。

以上一环接一环全都完美无缺，于是尼克又多了一条动机，而我摇身一变成了身怀六甲、招人喜爱的失踪女士，我的父母会更受煎熬，埃伦·阿博特则会无法抗拒该新闻的诱惑。说实话，我的失踪案最终从数百个案子中脱颖而出，被"埃伦·阿博特"新闻秀一眼相中，其过程也算得上是惊心动魄，跟选秀节目颇有几分相似：参选人要施展浑身解数，随后一切就不再归你管，全看评委的意思了。

再说埃伦·阿博特恨尼克恨得咬牙切齿，对我则满怀着一腔爱心，不过我倒是希望新闻媒体对我的父母不要太过厚爱。我端详着新闻报道中的父母，妈妈显得瘦骨嶙峋，脖子上的条条青筋仿佛迂回细弱的树枝，爸爸因恐惧而满脸发红，一双眼睛睁得太大，脸上的笑容看上去很僵硬。通常情况下，他是个面貌英俊的男人，但此刻看上去却好似一幅漫画，要不然就是一个被鬼魂附体的傀儡。我心知自己本该为父母感到难过，但我却并没有感到一丝痛心。反正无论如何，我对父母来说不过是一种象征，是个活生生的完美典范，是有血有肉的"小魔女艾米"。千万不要弄砸了，你可是"小魔女艾米"，是我们独生的掌上明珠。身为独生女就得挑上一副不公平的担子：你一天天地长大，心里清楚自己不能让家人失望，甚至连夭折都不行，谁让你没有兄弟姐妹呢，谁让你就是家里那根独苗呢！这种压力让人不惜一切想要变得完美无缺，也会让人一心沉醉于权力，二者合一便孕育出了一个个唯我独尊的君主。


今天早上我闲逛去多萝西的办公室买汽水，那是一间小小的木板屋，办公桌的唯一用途似乎就是摆放多萝西从各地收集来的雪景球，要么来自阿拉巴马州的海湾海岸，要么来自阿肯色州的希洛，总之通通没有多少值得典藏的意义。当那些雪景玻璃球映入眼帘时，我倒没有从中看出天堂景象，而是看见一帮乡巴佬带着一身晒黑的皮肤，拖着一群在哭号、笨手笨脚的孩子，正伸出一只手打小孩，另一只手则攥着温热的玉米糖浆饮料，那饮料还盛在不可降解的大塑料杯里。

多萝西有一张 20 世纪 70 年代风格的海报，海报中的小猫正趴在树上，主题是"撑住了，别泄气！"，多萝西诚心诚意地将那张海报贴了出来。我喜欢想象一幕白日梦，让多萝西在白日梦里遇上一个来自威廉斯堡的贱人，那自鸣得意的贱人梳着贝蒂·佩姬一样的刘海，戴着一副尖眼镜，也有一张同样的小猫海报，但却用于反讽。我倒是挺乐意听一听这样两个人的交锋，通常来说，冷嘲热讽的人在真心实意的人面前简直不堪一击，那种人算得上他们的克星。多萝西还另有一张宝贝海报贴在汽水售卖机旁边的墙上，海报中的幼童在马桶上昏昏欲睡，"困得不得了，待会儿再尿尿"。我一直想要顺手牵羊偷走这一张，只要一边跟多萝西聊上几句分分她的心，再一边用指甲拨一拨已经泛黄的旧胶带，那就大功告成了。我敢打赌，这张海报能从拍卖网上替我赚来不少现金（我倒是挺乐意弄点儿现金进自己的腰包），但我不能上网售卖，因为那种做法将留下电子记录，而我已经从无数真实罪案书籍中读到过相关知识：电子记录会招来许多麻烦，因此千万不要使用注册在你名下的手机，因为手机基地台能顺势找到你所在的位置；千万不要使用自动取款机或你自己的信用卡，只用大家都用的公用电脑；谨防每条街上的摄像头，尤其是在银行附近、交通繁忙的十字路口或小杂货店周围……我住的这些木屋附近倒是找不到一家小杂货店，也没有装摄像头，这一点我很清楚，因为我曾经装作一副担心安全问题的模样问过多萝西。

"我们的客户可不喜欢到处设有耳目，"她说，"倒不是说他们干了什么违法犯纪的事情，不过他们通常不喜欢被人盯着。"

多萝西没说错，这里的住户看上去并不喜欢被人盯着。我的朋友杰夫就有一套让人纳闷的作息时间，回家时带着一大堆来源不明的鲜鱼，把鱼都储存在巨大的冰箱里，害得自己浑身都是鱼腥味。远处的小木屋里则住了一对大约四十多岁的夫妇，看上去至少有六十岁，大多数时候都待在屋里，只偶尔出门去一趟洗衣房，用垃圾袋装着脏衣服急匆匆地穿过砾石铺成的停车场，仿佛正在慌里慌张地进行大扫除。"嘿嘿"，他们总是这么跟人打上两声招呼，再点两次头，然后继续赶路，有时候男人的脖子上还缠着一条蟒蛇，但我和他假装视而不见。除了以上几位常客，木屋里还经常有许多单身女子来来往往，通常看上去都鼻青脸肿，其中有一些显得很不好意思，另外一些人则伤心不已。

就在昨天，隔壁的木屋里搬进了一个单身女孩，那个金发女郎年纪很轻，长着棕色的双眼，嘴唇上有裂开的伤口。她坐在前廊里抽着烟，我们目光相遇时她坐直了身子，一脸自豪地撅起了下巴，我顿时心想："我得好好琢磨琢磨这个女孩，可以学学她这副模样，扮成受了虐待却坚强不屈的小妞，正在找个小窝躲起来熬过风雨呢。"

今天早上，我先看了几小时电视，在各台搜寻有关艾米·艾略特·邓恩失踪案的新闻，随后换上了一套又潮又冷的比基尼：我要去泳池里泡一泡，让转个不停的脑袋瓜开个小差。有关我怀孕的报道纵然令人欣慰，但前路还有许多未知的风雨；我确实做了十分精心的策划，但有一些事不在我的掌控之内，没有乖乖地按我的计划发展。安迪还没有走漏风声，警方可能需要人帮上一把才能找到我的日记，再说警方还没有逮捕尼克。我对警方已经发现的所有线索并非一清二楚，这种状况可不太让我安心，我很想给该案的举报热线打个电话，把警方往正确的路上推一推。还是再等几天吧——我家墙上挂着一则日历，我在三日后那一栏写上了"打电话"一词，提醒自己再等三天。一旦警方找到日记，事情的进展就会快起来了。

屋外仍然热气逼人，四周荡漾着一阵阵蝉声。我的粉色充气筏上绘着美人鱼，可惜对我来说显得有点儿小，我的一双小腿只好晃悠悠地荡在水中，但充气筏好歹托着我漫无目的地漂了足足一个小时，我已经领悟到，眼下我正扮演的角色就喜欢这类闲情逸致。

这时我遥遥望见停车场晃过来一头金发，紧接着那位裂了嘴唇的女孩走出了一扇钢丝网门，带着一条木屋配备的浴巾，大小跟茶巾差不多，还带着一包"Merit"香烟、一本书和一瓶防晒霜，看来她甘冒肺癌的风险，但却死活要躲开皮肤癌的魔爪。她找了个地方安顿下来，再小心翼翼地涂上防晒霜，这一点倒是跟木屋里其他受虐女人不一样，那些女人拼命地在身上涂婴儿油，结果在草坪椅上留下了一圈圈油腻腻的阴影。

女孩向我点点头——男人们在酒吧里找个地方坐下的时候，就会这样向对方点点头。她正在读雷·布莱伯利所著的《火星纪事》，看来是个爱科幻的女孩，当然了，受虐女子也喜欢逃避现实。

"是本好书。"我开口向她搭讪，起了一个无关痛痒的话头。

"有人把这本书留在了我的木屋里，不挑这本的话就只能挑《黑骏马》了。"她边说边戴上一副宽厚的廉价太阳镜。

"《黑骏马》也不坏呀，不过《黑神驹》就更棒了。"

她抬起一双罩着墨镜的眼睛望着我，看上去好似两个黑漆漆的洞眼，"嗯。"

说完她又看起了书，摆出一副不答理人的架势，仿佛在说"我正在读书呢"。她这副模样倒是常常在拥挤的飞机上见到，而我仿佛成了邻座那个又不长眼又管闲事的家伙，非要霸着两人座位中间的扶手，嘴里还搭讪说："商务呢还是消遣呢？"

"我叫南希。"我开口说道。我居然说出了一个新名字，而不是以前自称的"莉迪亚"，方圆就这么巴掌大的一块地方，乱取名字可不是聪明的举动，但新名字却还是顺嘴冒了出来。有时我的脑袋瓜转得太快，反倒不给我自己讨好，比如刚才我就正想着那女孩裂开的嘴唇和伤心的气质，随后一转念想到了虐待和卖淫，接着又想到了小时候最爱的音乐剧《雾都孤儿》，剧中劫数难逃的南希一直对她那个凶暴的男人忠心不二，直到他动手杀了她；考虑到剧中唱词"只要他需要我"基本上算是为家庭暴力抑扬顿挫地唱了一曲赞歌，我有些纳闷信奉女权主义的妈妈为什么会跟我一起去看《雾都孤儿》，接着我又想起日记里的那位艾米也是死于自家男人之手，她其实很像……

"我叫南希。"我说道。

"我叫葛丽泰。"她这名字听上去像是瞎编的。

"很高兴见到你，葛丽泰。"我说。

说完我乘着充气筏漂开了，身后传来葛丽泰摆弄打火机的响动，随后一阵烟雾好似飞沫一般向空中四散飘去。

四十分钟后，葛丽泰坐到了泳池边，把双腿荡进水中，"水是热的。"她的嗓音听上去沙哑又坚韧。

"像是浴缸里的水。"

"这样子游泳可不太清爽。"

"湖水也凉爽不了多少。"

"反正我也不会游泳。"她说道。

我还从来没有见过不会游泳的人，"我也是勉强会游，"我撒谎道，"会几招狗爬式。"

她撩了撩双腿，水波轻轻地摇荡着我的充气筏，"这地方怎么样？"她问道。

"挺好，挺安静。"

"那就好，我就需要一个安静的地方。"

我扭头望着她，葛丽泰戴着两条金项链，左胸旁边有块滴溜溜圆的瘀痕，大约跟一颗李子差不多大小，贴近比基尼的肌肤上堪堪露出一枚三叶草文身。她穿着一套崭新的樱桃红泳装，看上去花不了多少钱，我看是从我买充气筏的码头便利店里买来的。

"你自己一个人吗？"我问道。

"再没有别人了。"

我不太拿得准接下来要问什么，受虐的女人们互相交谈时是不是有某种我不知情的暗语？

"你是遇上男人方面的麻烦啦？"

她挑了挑眉毛，仿佛默认了我的说法。

"我也是。"我说。

"大家早就警告过我们了。"她说着合起双手伸进水中，把水浇在胸前，"在我上学的第一天，妈妈告诉了我许多事情，其中一件就是：离男孩子们远一些，他们要么朝你扔石头，要么偷看你的裙底春光。"

"你应该做件 T 恤，把你妈妈的警句写上去。"我说道。

她听了哈哈大笑，"不过她的话倒没有错，一直很有道理。我妈妈在得克萨斯州一个女同性恋聚居的村落里住，我一直在想要不要去那里找她，那地方的所有人看上去都挺开心。"

"一个女同性恋聚居的村落？"

"就好像怎么说呢……她们买了些土地，组建了自己的圈子，圈子里不收男人，这个没男人的世界在我听来倒是很顺耳，"她又舀了一捧水，把太阳镜推上去润了润脸，"只可惜我不喜欢女人。"

她放声大笑起来，仿佛一个老妇人在恼火地怒吼，"这个地方有什么浑蛋男人可以让我交往吗？"她说道，"这就是我的套路，从一个男人身边逃掉，又一头撞上另一个男人。"

"这地方大多数时候都空着一半的房间，那个长着大胡子的家伙杰夫，其实是个好人，"我说，"他在这里住的时间比我长。"

"你要住多久？"她问道。

我没有回答，我居然说不清自己要在这里待多久，真是奇怪得很。我原本打算待到尼克被警方逮捕的时候，但我不知道他是否会在近期被捕。

"直到他不再找你为止，对吧？"葛丽泰猜道。

"差不多。"

她仔细地审视着我，随即皱起了眉头，我的胃顿时一阵发紧，等着她开口说:"你看上去很面熟。"

"千万不要带着新伤回到某个男人身边,别让那家伙得意。"葛丽泰语重心长地说,接着站起身收拾起自己的东西,用小毛巾擦干双腿。

不知为何,我竟然竖起了大拇指,这辈子我还从来没有竖过大拇指呢。

"如果乐意的话,来我的木屋吧,我们可以看电视。"她说。


我的手掌里握着多萝西送的一只新鲜番茄,仿佛带了一件亮闪闪的礼物来庆贺人家的乔迁之喜。来应门的葛丽泰几乎没有跟我客套,仿佛我已经到她家走动了许多年,她一把从我的手里拿走了番茄。

"太棒了,我正在做三明治,找个地方坐吧。"她说着伸手指指床(这些木屋里没有客厅),迈步进了她的小厨房,那里跟我的厨房有一模一样的塑料砧板和一模一样的钝刀。葛丽泰把西红柿切成了片,厨房台面上摆着一塑料盘午餐肉,房间里弥漫着香味。她把两个滑溜溜的三明治搁在纸碟上,又放上一大把鱼饼干,端着碟子大踏步进了卧室。一眨眼的工夫,她的一只手已经摸上了遥控器,换着一个个台,听着一片片嘈杂声,我们两个人并排坐在床边上看着电视。

"如果你看到想看的节目,就叫我停手。"葛丽泰说。

我咬了一口三明治,西红柿从三明治边上滑了出来,掉到我的大腿上。

一个台在播《贝弗利山人》,一个台在播《出乎意料的苏珊》,另有一个台在播《世界末日》。

此时电视上出现了"埃伦·阿博特"节目,我的一张照片占据了整个屏幕——头条新闻又是我,我的模样看上去棒极了。

"你看过这则消息吗?"葛丽泰的眼睛并没有看我,仿佛屏幕上的失踪案是一则颇为像样的重播节目,"这个女人在她结婚五周年纪念日那天失踪了,她丈夫的举动从一开始就非常诡异,脸上还挂着微笑呢,结果人们发现他把太太的人寿保险赔偿金往上抬了一大截,而且刚刚发现这位太太怀了孕,她丈夫并不想要那个宝宝。"

屏幕上的画面切到了另一张照片,照片里的我和"小魔女艾米"系列在一起。

葛丽泰扭头对着我，"你还记得这些书吗？"

"当然记得！"

"你喜欢这些书吗？"

"有谁不喜欢这些书吗，多可爱的书呀。"我说道。

葛丽泰哼了一声，"那些书假得透顶。"

屏幕上出现了我的特写镜头。

我等着葛丽泰开口夸奖相中人是多么美貌。

"她看上去还行，呵呵，对于她那个年龄来讲，"她说，"我希望自己四十的时候看上去能有那么棒。"

埃伦正在向观众追叙我的故事，屏幕上仍然留着我的照片。

"在我听来，她像是个被宠坏了的富家女，又娇贵难养又犯贱的主儿。"葛丽泰说。

这话说得一点儿也不公正，我可没有留下一丝证据让人们得出这样的看法。自从我搬到密苏里州以后（嗯，还是这么说吧：自从我有了自己的计划以后），我便一直小心翼翼地扮演着一副好养活、好脾气、开开心心的模样，总之人们希望女人是什么样，我就扮成什么样。我向邻居们挥手，为莫琳的朋友们跑腿，有一次还为总是浑身脏兮兮的斯塔克斯带去了可乐。我多次拜访尼克的父亲，因此全体护士都可以为我的人品作证，于是，我就可以一遍又一遍地对着脑袋一团糟的比尔·邓恩耳语道："我爱你，来和我们一起住吧；我爱你，来和我们一起住吧。"——我只是想看看这一招是不是管用。比尔·邓恩是尼克最深切的梦魇，尼克十分害怕终有一天会沦落成他父亲的模样，而"康福山"的人们都说尼克的父亲会到处乱跑，要是比尔·邓恩一遍又一遍地出现在我家门口，那倒是挺讨我的欢心。

"为什么说她看上去挺犯贱？"我问道。

她耸了耸肩膀，这时屏幕上出现了一则空气清新剂广告，一个女人正在喷洒空气清新剂，好让她的家人开开心心，随后出现的是一则超薄护垫的广告，女人们用上这款产品后可以再穿上裙子跳舞，就此遇上一个可心的男人，以便为他喷洒空气清新剂。

女人们在打扫，在流血；在流血，在打扫。

"一眼就能看出来嘛。"葛丽泰说，"她听上去就像一个又有钱又无聊的贱人，就像那些花丈夫的钱开办狗屎玩意儿的女人，办些什么蛋糕公司、卡片商店，还有精品店之类。"

在纽约，我的朋友们确实做了葛丽泰提到的各种生意，这样她们便可以声称自己有份工作，尽管她们只料理生意中那些有趣的事务，比如给纸杯蛋糕取名字，定制文具，穿上从自家商店拿来的漂亮衣服之类。

"她绝对是这种货色，又摆架子又有钱的贱人。"葛丽泰说。

葛丽泰起身去了洗手间，我蹑手蹑脚地进了厨房打开冰箱，在她的牛奶、橙汁和一个马铃薯沙拉盘上吐了几星唾沫，又蹑手蹑脚地回到床上。

一阵冲水的声音传了过来，葛丽泰回来了，"我是说，就算她是个有钱的贱人，他杀了她也是不行的，她也是个女人，挑男人的眼光很差而已。"我说。

葛丽泰定定地望着我，我等着她说一句，"嘿，等一下……"

但她又扭头去看电视，还挪了挪身子像个小孩一般趴了下来，用两只手托着下颌，一张脸正对着屏幕上的我。

"喔，见鬼，"葛丽泰说，"来了来了，大家对这男人看不过去了。"

屏幕上继续播出该节目，里面不遗余力地把艾米捧成了一朵花，我心里感觉好受了些。

艾米儿时的朋友坎贝尔·麦金托什声称："艾米是个满怀爱心的女子，她热爱身为人妻的生活，我知道她原本会成为一个伟大的母亲，可是尼克……不知道为什么，尼克就是让人感觉不对劲，又冷漠又疏离，还有种精于算计的感觉，反正让人感觉他肯定对艾米的钱一清二楚。"

（坎贝尔在说谎：她迷尼克迷得不得了，不过我敢肯定她很愿意认定尼克娶我只是为了我的钱。）

北迦太基居民肖娜·凯莉声称："我发现这一点真的奇怪得很：大家在寻找他的太太，他却完全无动于衷，只是跟别人聊聊天，消磨时间，还招蜂引蝶地勾搭我——拜托，他可压根儿不认识我呢。当时我想把话题换到艾米的身上，但他对此毫无兴趣。"

（我敢肯定，这个不顾一切的老荡妇绝对没有设法把话题换到我的身上。）

尼克·邓恩的老友斯塔克斯声称："她绝对是个好心人，至于尼克嘛，他只是显得有点儿不太担心失踪的艾米，这家伙总这样，一副以自我为中心的模样，有点儿自命不凡，仿佛他在纽约已经飞黄腾达，我们在他面前都该乖乖地放下身段呢。"

（我实在是瞧不上斯塔克斯，他妈的，这是个什么鬼名字？）

诺伊尔看上去头发仿佛刚刚做过挑染："我觉得是他杀了她，恐怕没有人会开口说这句话，但我会。他虐待她，欺负她，最终还杀了她。"

（真是一条听话的好狗。）

葛丽泰瞥了瞥我，一张脸在电视的光亮中明灭不定。

"我希望他并没有杀了她。"她说，"也许她只是离开了，逃离了他的身边，正安全地躲在某地呢……这样想不是很好吗？"

这时葛丽泰来回踢着双腿，好似正在懒洋洋地游泳——此时此刻，我不知道她是否在耍我。

尼克·邓恩
事发之后八日

　　我们把我父亲的旧宅翻了个底朝天，不过房子空得可怜，因此总共也没有花上多久。我们找了橱柜和衣柜，我还使劲拽了拽地毯的四角查看是否有猫腻，又往洗衣机和烘干机里瞥了瞥，伸出一只手去烟囱里掏了掏，还朝马桶的水箱后面瞧了瞧。

　　"你真是一副黑手党大佬做派呀。"玛戈说。

　　"如果我真有黑手党大佬那么厉害，那一定早就已经找到想找的东西，然后提枪出门去了。"

　　坦纳站在客厅的中央，拽了拽自己那条黄绿色的领带。玛戈和我都蹭上了满身灰尘，但不知为何，坦纳的纽扣领衬衫却白得熠熠生辉，仿佛还保留着一抹来自纽约的耀眼荣光。坦纳正盯着一个橱柜的角落，咬着自己的嘴唇，揪着自己的领带，看似一副陷入沉思的模样——他说不定花了好几年工夫才打磨出眼前这副神色，那架势活像在说"你们这些客户通通闭上嘴，没见本人正在思考吗"。

　　"我不喜欢眼下的状态。"坦纳总算开了口，"眼下有太多不受我们控制的因素，而不等到我们掌握局面，我是不会跟警方摊牌的。现在我的第一直觉是要防患于未然——我们要先向警方汇报柴棚里面的玩意儿，免得栽在那些东西手里，可是如果我们不知道艾米到底想要我们在这栋房子里找到什

305

么，也不清楚安迪的心态……尼克，你觉得现在安迪心里是什么想法？"

我耸了耸肩膀，"很恼火呗。"

"我想说，现在的情况让我非常非常紧张，我们面对的局势十分棘手。我们必须向警方通报柴棚的情形，抢在事情曝光之前下手，但我得先跟你说清楚这么做的后果，那就是：警方会对玛戈展开调查，他们将会追查两种可能，第一种可能是，玛戈是你的同伙，她帮你把东西藏在了她的房子里，而且十有八九她知道你杀了艾米。"

"不是吧，你开玩笑吧。"我说。

"尼克，如果警方真这么想的话，那我们还算是走运呢。"坦纳说，"柴棚的事他们想怎么瞎扯就怎么瞎扯，你觉得这个设想又如何：玛戈盗用你的身份办了秘密信用卡，买下了柴棚里的一大堆东西，结果艾米发现了此事，就来和玛戈对质，最后玛戈杀了艾米。"

"那我们一定要抓住先机。"我说，"我们把柴棚的事情告诉警方，同时也告诉他们艾米在设套陷害我。"

"总的来说，我觉得这是个非常糟糕的主意，而且如果我们不能把安迪笼络过来的话，这主意简直就是雪上加霜，因为我们不得不把安迪的事情告诉警方。"

"为什么？"

"因为如果我们跟警方讲述了你的故事，说艾米设套陷害你……"

"为什么你总说那是'我的故事'，就好像是我编出来的一样？"

"啊哈，你这一点抓得不错。如果我们告诉警方说艾米在设套陷害你，那我们就不得不解释艾米为什么要这样做：因为她发现你在暗地里有个非常年轻非常美貌的女友。"

"我们真的非要把这些事告诉警方吗？"我问坦纳。

"要不然的话，艾米陷害你，把谋杀她的罪名栽赃到你头上，难道是因为……她……怎么样？闲得慌吗？"

我咬了咬嘴唇。

"我们必须向警方解释清楚艾米的动机，不然就行不通，但问题是：如果我们乖乖将安迪拱手送给警方，结果他们又不买你那套说法的账，那么我们就给他们提供了你的谋杀动机——说到金钱纠纷，核实无误；说到怀孕的太太，核实无误；说到婚外女友，也核实无误，这可是集三罪于一身的杀妻犯哪，那你就被打进了十八层地狱，到时候女人们会恨不得排着队用指甲把你撕成碎片。"坦纳边说边踱起了步子，"但如果我们不采取任何行动，而安迪又自己找到了警察那儿……"

"那我们该怎么办？"我问道。

"我觉得如果我们现在声称艾米设套陷害你，那警方一定会笑掉大牙，这种论调太没有说服力了。我倒是相信你，但你的说法真的站不住脚。"

"可是寻宝游戏的那些提示……"我开口道。

"尼克，就连我也无法理解寻宝游戏的那些提示，它们都是你和艾米两个人之间的私密。"玛戈说，"你倒是声称那些提示害你钻进圈套惹上了……犯罪嫌疑，可这只是你自己的说法，我的意思是，'寒酸的仔裤'和'鸭舌帽'就是指汉尼拔，你这是玩笑话吧？"

"'棕色的小屋'就是指你父亲的房子？而这座房子其实还是蓝色？"坦纳补充了一句话。

我能感觉到坦纳满心疑团，因此，我必须让他真正了解艾米的个性，了解她的谎言、她那怀恨在心和睚眦必报的风格，我得找些人来声援自己的说法：我的妻子并不是"小魔女艾米"，而是"复仇魔女艾米"。

"让我们来试试看今天能不能联系上安迪。"坦纳总算开口说道。

"如果继续等下去的话岂不是有风险？"玛戈问。

坦纳点点头，"确实有风险，因此我们行动要快。如果哪里又冒出了新的证据，如果警方拿到了柴棚的搜查令，如果安迪去找警方……"

"她不会去找警方的。"我说。

"她不是咬了你一口吗，尼克。"

"她不会去找警察告状，现在她是在气头上，但是她……我不相信她会这么对我，她知道我是无辜的。"

"尼克，在艾米失踪那天早上，你说你有大概一个小时的时间和安迪在一起，对吧？"

"是的，大约从十点三十分到十二点。"

"那从七点半到十点之间你在哪儿？"坦纳问道，"你说那天你是七点半出门，对不对？你去了哪儿？"

我咬着自己的嘴。

"你到底去了哪儿，尼克……我必须得弄清楚。"

"这和案件无关吧。"

"尼克！"玛戈厉声喝道。

"那天早上我只是按习惯办事：有时候我会在早晨假装离开，开车去我们小区最偏僻的地方，然后我……小区里有所房子的车库没有上锁。"

"然后呢？"坦纳问道。

"然后我就待在那里看杂志。"

"你再说一遍？"

"我重新读一读以前供职的那本杂志，读杂志的过刊。"

我仍然怀念着以前供职的杂志，我好似藏着色情书籍一般把过刊偷偷藏了起来，暗地里拿出来读一读，因为我不希望任何人为我感到难过。

这时我抬起头，发现坦纳和玛戈正一脸难过地望着我。


刚过正午，我便开车回了家，我家所在的街道上停满了新闻采访车，记者们都在我家草坪上安营扎寨，我没有办法把车开进自家的车道，只好将车停在了房子前面。我深吸一口气，猛地冲出了车门，记者们好似饥不择食的鸟儿一般纷纷围了上来，一个个挤进来又被挤出去，七嘴八舌地问起了问题："尼克，你知不知道艾米已经怀孕？""尼克，你的不在场证据是什么？""尼克，请问是你杀了艾米吗？"

我设法挤进自己家关上了门，大门的两侧都是窗户，于是我大着胆子急匆匆拉下了百叶窗，一时间无数相机咔嚓咔嚓地按下了快门，记者们大声喊着："尼克，你是否杀了艾米？"百叶窗拉了下来，门外的一片嘈杂声总算听不见了。

我上楼酣畅淋漓地冲了个澡，闭上双眼让水花冲掉从父亲屋里带回的尘土。当我再次睁开双眼时，第一眼看到的竟是艾米的粉色剃刀，它正放在香皂盒里，看上去隐隐有几分不祥。我的太太是个疯子，而我娶了一个疯婆子，这话简直是所有浑蛋的口头禅——"我娶了个心理变态的贱人"，但我心底里却涌起了一丝喜悦，因为我真的娶了一个彻头彻尾、如假包换的疯贱人。"尼克，来见识一下你太太的真面目吧，她可是世界上数一数二的怪胎。"我暗自想道。由此看来，我并没有自己想象的那么浑蛋；我是个浑蛋，这点没错，但还没有到十恶不赦的地步。我那场外遇是先发制人，是跟一个疯贱人结婚五年后下意识地做出了反应：还用说吗，遇上那种情况，我当然会拜倒在简简单单、性情和善的邻家女孩裙下，恰似缺铁的人们无比渴求着牛羊肉。

门铃响起的时候，我正在用毛巾擦身体，于是探头出了浴室，耳边又再次沸腾起记者们的声音："玛丽贝思，请问你相信你的女婿吗？""兰德，得知要当爷爷感觉怎么样？""你认为是尼克杀了你的女儿吗，玛丽贝思？"

艾略特夫妇并肩站在我家的前门台阶上，看上去铁青着脸，腰也挺得笔直。屋外大约有十几名记者和狗仔队，但他们弄出的响动比得上二十多个人，一个个叫喊着："玛丽贝思，请问你相信你的女婿吗？""兰德，得知要当爷爷感觉怎么样？"艾略特夫妇一边嘟囔着打招呼一边低垂着眼睛进了门，我冲着一架架摄像机"砰"地关上了家门。兰德伸出一只手搁在我的胳膊上，玛丽贝思瞪了他一眼，他又立即缩回了手。

"抱歉，刚才我在洗澡。"水正顺着我的头发往下滴，浸湿了双肩的 T 恤。玛丽贝思的头发有些油腻，耷拉的衣衫缺了几分挺括，她定定地盯着我，仿佛我是个疯子。

"居然请坦纳·博尔特当律师，你开玩笑吧？"她问。

"你是什么意思？"

"我的意思是，居然请坦纳·博尔特当律师，尼克你不是当真的吧，他可专门替不清不白的人辩护。"她靠了过来，一把抓住了我的下颌，"你的脸颊上是什么东西？"

"荨麻疹，压力太大引起的。"我扭开了脸，"给坦纳安这么一个名声可不公道，玛丽贝思，事实并非如此，他是行内最厉害的律师，眼下我需要他，至于警方……他们只会死盯着我。"

"看上去确实如此。"她说，"你的脸颊看上去像被人咬了一口。"

"是荨麻疹。"

玛丽贝思重重地叹了一口气，拐了个弯进了客厅，"就是在这个地方出事的吗？"她问道。她的眼袋很明显，面颊松松垮垮，耷拉着嘴唇，一张脸显得沟壑重重。

"我们觉得是，厨房里也曾经发生过某种……争执。"

"是因为有血迹才这么说吧。"玛丽贝思摸了摸搁脚凳，掂了一掂，把它拎起来几英寸，又松手让它落了下来，"我真希望你没有把一切都给清理了，你把这儿弄得好似什么也没有发生过一样。"

"玛丽贝思，他还得在这里住呢。"兰德说道。

"我还是不明白……我的意思是，如果警方还漏了一些线索怎么办？如果……我也说不好，看上去警方已经放弃了，白白放过了房子这条线索……"

"我敢肯定警方已经做了全面调查。"兰德边说边攥着她的手，"我们为什么不问问尼克是否能瞧一瞧艾米的东西，这样你就可以从中挑一些特别的物件，好不好？"他瞟了我一眼，"这样没问题吧，尼克？保留些艾米的东西也算是一种安慰。"他转身面对着自己的妻子，"就拿艾米的那件蓝色毛衣吧。"

"我不要那件该死的蓝色毛衣，兰德！"

她猛地甩开了兰德的手，在房间里踱开步子东挑西拣，又伸出脚尖踢了踢搁脚凳，"警方说有个搁脚凳原本不该四脚朝天，结果却还是被弄翻了，这是那个搁脚凳吗，尼克？"她问道。

"是的，就是这个搁脚凳。"

她停下了脚步，又踢了搁脚凳一脚，凝望着仍然屹立不倒的搁脚凳。

"玛丽贝思，我敢肯定尼克现在已经累得厉害……"兰德带着意味深长的笑容瞄了我一眼，"大家都已经筋疲力尽了，我觉得我们应该先把正事办完……"

"这就是我来这里要办的正事，兰德。我才不要像个小孩一样傻乎乎地搂着艾米的毛衣呢，我要的是我的女儿，我不要她的随身物件，那些东西对我来说毫无意义。我想要尼克告诉我们究竟发生了些什么，因为整件事已经开始变味了，我还从来没有……我这辈子还从来没有感觉这么蠢过。"玛丽贝思一边哭一边猛擦眼泪，显然很恼火自己哭出了声，"我们把女儿交托给了你，我们信任你，尼克，把真相告诉我们！"她用颤抖的食指指着我的鼻子，"是真的吗？尼克，你真的不希望有孩子？你真的已经不再爱艾米了？你是不是伤害了她？"

我真想扇她一巴掌。玛丽贝思和兰德养大了艾米，艾米乃是他们亲手打造的产物，是他们造就了艾米。我真想对他们说"你们的女儿才是搅事的恶魔呢"，但我不能把话说出口（在跟警方报料之前什么也不能说），于是我只好继续瞠目结舌，千方百计想要找点儿话说，但我的模样看上去却是在故意拖延，"玛丽贝思，我绝不会……"

"'我绝不会，我永远也不会'，这些都是从你那张该死的嘴里说出来的话，你知道吗，就连看到你都让我觉得恶心，一点儿也没有骗你。你身上一定有不对劲的地方，照事发后你的反应看来，你还真是个没心没肺的人。即使最后证明你是完全清白的，我也永远不会原谅你对事情如此不上心，把它当成鸡毛蒜皮！艾米为你放弃了一切，她为你做了那么多，这就是她得到的回报？这……你……我不相信你，尼克，我来这里就是为了告诉你这句话，我再也不会相信你的话了。"

这时她抽泣了起来，转身急匆匆出了前门，兴奋的摄影师们拼命地拍起了照。她钻进汽车，两名记者一拥而上敲着车窗玻璃，千方百计想让她说些什么。在客厅里，我们能听到记者们一遍遍地喊着她的名字，"玛丽贝思……玛丽贝思……"

兰德还没有离开，双手插在衣兜里，正在设法想该帮哪一边，我的耳边顿时响起了坦纳的声音，"我们必须让艾略特夫妇跟我们站在同一阵营里"。

兰德刚刚张开嘴，我就截住了话："兰德，跟我说说我能做些什么。"

"把话说出口吧，尼克。"

"说什么？"

"我知道这个问题我不想问，你也不想回答，但我必须听到你亲口说出来，说你没有杀我们的女儿。"

他放声笑了起来，眼中涌上了泪水，"天哪，我简直回不过神。"兰德的脸正一点点涨得通红，"我实在想不通怎么会出了这种事，我真的想不通！"他的脸上仍然挂着一抹微笑，但一滴眼泪却滑过他的下巴滴在了衬衫领上，"把话说出口吧，尼克。"

"兰德，我没有杀艾米，也没有动手伤她。"他仍然盯着我，"你相信我吗，我没有动手对艾米造成任何身体上的伤害。"

兰德又放声笑了起来，"你知道我会说什么吗？我想说我现在已经不知道该相信什么了，可我转念一想，这句话是别人的台词呀，这是某部电影里的台词，我不该说这样的话。我还犹像了片刻，自己到底是不是在演电影？我能不能从这部电影里脱身？随后我悟出这是不可能的。但总有那么片刻你会想，'我要说出些不一样的话，一切就都会变得不一样'，但实际上事实是不会变的，对吧？"

兰德匆匆摇了摇头，转身跟着他的妻子钻进了汽车。

我并未感觉伤心，反而感觉到一阵惊慌。艾略特夫妇还没有把车开出我家的车道，我已经转开了念头：我们得尽快向警方摊牌。在艾略特夫妇公开表示他们丧失信心之前，我必须证实我的太太并非她装出来的那副样子——她才不是"小魔女艾米"呢，她是"复仇魔女艾米"。我一下子想到了汤米·奥哈拉，这家伙拨打过三次举报热线，艾米还曾经指控他强奸了自己，坦纳也查到了这家伙的背景。就凭他的名字，我会以为汤米·奥哈拉是个一身男子汉气概的爱尔兰人，可他跟这个形象一点儿也不沾边，既不是个消防员也不是个警察，而是布鲁克林一家搞笑网站的写手，那家网站还算得上很是体面。撰稿人照片上的汤米·奥哈拉是个骨瘦如柴的家伙，戴着一副深色框眼镜，长着一头浓密得令人不舒服的黑发，咧着嘴露出一丝微笑，穿着一件 T 恤衫，上面印着一支乐队的名号——"宾果"。

电话铃刚响第一声，汤米·奥哈拉就接了起来："谁呀？"

"我是尼克·邓恩，你为我太太的事给我打过电话，我太太就是艾米·邓恩，原来叫艾米·艾略特，我必须和你谈谈。"

电话那头顿了一会儿，我等着汤米·奥哈拉像希拉里·汉迪一样挂断电话。

"十分钟之后再给我打过来。"

我按时打了过去，听筒里传来一片酒吧的声音，我对这种动静非常熟悉：那是喝酒的人在嘟嘟囔囔、冰块相撞发出咔嗒声，人们要么在叫酒，要么在招呼朋友。突然之间，我怀念起了自己的酒吧。

"好了，多谢你，我不得不到酒吧来。"他说，"要谈这件事，看上去是离不开苏格兰威士忌的。"他的声音变得有些沙哑，听上去近在耳边，我能想象出他正护着一杯酒，用手拢着嘴对着听筒倾谈。

"这么说吧，我收到了你留的消息。"我开口了。

"好的，艾米仍然下落不明，对吧？"

"没错。"

"能不能告诉我，你觉得究竟发生了什么事？"他说，"艾米出了什么事？"

真见鬼，我也想喝一杯，于是我走进自家的厨房倒上了一杯酒——虽然比不上"酒吧"，我的厨房也堪称一块宝地了。我一直设法不要太过贪杯，但此刻的感觉实在太妙：屋外阳光刺眼，这个房间却黑漆漆的，屋里萦绕着苏格兰威士忌的浓香。

"你为什么会打电话过来，能告诉我吗？"我反问他。

"我一直在看新闻，你被整得好惨。"他说。

"我的确很惨。我想和你谈谈，是因为我觉得……你居然想联系我，这件事情很有意思，毕竟艾米曾经告你强奸。"

"哎，你知道这件事？！"他说。

"我知道有艾米告你强奸这么一回事，但我并没有认定你是个强奸犯，我想听听你有什么说法。"

"这样啊。"我听到他喝了一大口苏格兰威士忌，咕嘟咽下去，随后晃动着杯中的冰块，"一天晚上，我在新闻里看到了关于你和艾米的报道，当时我正一边坐在床上吃泰国菜一边想着自己的事情，尽管已经过了这么多年，她的事却还是一下子把我给镇得回不过神。"他向酒保又要了一杯酒，"因此我的律师说无论如何都不该和你谈，可是……我能说什么呢？我这个人就是心眼太好了，没法眼睁睁地看着你跳进火坑。上帝呀，我真希望酒吧里还让人吸烟，你我这番话怎么离得开苏格兰威士忌和香烟呢？！"

"跟我说说吧，"我说，"告诉我你被控强奸的事。"

"就像我说的，我已经看到了新闻报道，眼下媒体正纷纷对你开火，我是说，你简直成了众矢之的，因此我应该乖乖地不要插手，我才不需要那女人再回来搅和我的日子呢！可是真见鬼，我真希望当初有人帮帮我。"

"所以你帮我一把！"我说。

"首先，她收回了指控……你知道这事，对吧？"

"我知道，那你到底有没有犯事？"

"见鬼去吧，我当然没犯事，你犯事了吗？"

"没有。"

"那就是了。"

汤米又要了一杯苏格兰威士忌，"那我来问问，你们的婚姻和谐吗？艾米开心吗？"

我没有回答。

"你不需要回答，我猜答案应该是'不'。不管什么原因，艾米不太开心，我甚至不想问为什么。我可以猜，不过我不打算开口细问，但我想你一定清楚这一点：每当艾米不开心的时候，她就喜欢扮演上帝的角色，而且是'旧约'里的上帝。"

"你这是什么意思？"

"她会施行惩罚，"汤米说，"毫不留情的惩罚。"他在电话里笑了起来，"我想说，你真应该来瞅瞅我的模样，我看上去真的不像个雄赳赳气昂昂的强奸犯，反而更像个瘪三，我也的确是个瘪三，我唱卡拉OK的常备曲目就是为了大声喊个够，每次看《教父 II》我都会忍不住掉眼泪。"他咽了一口酒，接着咳嗽了起来。

"是因为弗雷多？"我问道。

"是因为弗雷多，没错，可怜的弗雷多。"

"做了人家的垫脚石。"[①]我说。

大多数男人能在体育话题上找到共鸣，而汤米与我则是两个痴迷电影的

---

① 此处为电影台词。——译者注

怪才，眼下我们谈起了电影，恰似球迷们谈起一场著名的橄榄球赛。我们都知道那句台词，而正因为我们两个人都说得出那句台词，因此省了好一番闲聊的工夫，免得揣摩对方肚子里是不是有货。

汤米又喝了一口酒，"见鬼，事情荒谬得不得了。"

"跟我说说。"

"你不是在录音吧，对不对？没有别人在听吧？我可不希望这样。"

"就我们两个人，我是站在你这边的。"

"我是在一次聚会上认识艾米的……那大概是七年以前的事了……那时她是那么的酷，十分有趣、精灵古怪，还很……酷。我们一下子就对上了眼，知道吧。我这个人通常和很多女孩都对不上眼，至少不会是长成艾米这副娇容的女孩，所以我在想……嗯，首先想到的是我被人整蛊了——这是给我下了个什么套呢？但随后我和艾米开始约会，大概约会了两三个月，于是我找到了那个陷阱：艾米并不是初遇时我眼中的那副模样，她可以从搞笑的事情里引经据典，但她实际上并不喜欢这些玩意儿。她宁愿不发笑，事实上她还不希望我发笑，也不希望我搞笑，这一点有些尴尬，因为搞笑是我的工作，但在她看来，这纯粹是浪费时间。我的意思是，我甚至都弄不明白她当初为什么会跟我交往，因为事情很明显，她根本就不喜欢我，这一切讲得通吗？"

我点点头，吞下一大口苏格兰威士忌，"讲得通。"

"于是我开始找借口少和艾米相处，当时我并没有和她分手，因为我是个傻瓜，而她又实在美艳动人，我还满心希望着事情会有转机。但我经常找借口，一会儿说是工作脱不开身，一会儿说是要赶个期限，一会儿说有个朋友来到了此地，一会儿还说我的宠物病了，诸如此类的种种借口。我也开始和另外一个女孩交往，就是偶尔见见面，算不上有多正儿八经，至少我是这么认为的。但后来艾米发现了……我到现在都不知道她怎么会发现……我只知道我公寓周遭的动静逃不过她的眼皮，但是……妈的……"

"喝口酒吧。"

我们两个人都喝了一口。

"有天晚上艾米到我住的地方来了……当时我和另外那个女孩大概交往

了一个月……艾米就像以前一样到了我的住处，带来一袋汉堡包，还带了一部盗版DVD，里面是我喜欢的一个喜剧演员在达勒姆的一场地下演出，我们一起看了DVD，她把腿跷在了我腿上，偎依进了我的怀里，然后……抱歉，她毕竟是你太太嘛，我想说的是，这女孩知道如何摆布我，然后我们……"

"你们上了床。"

"没错，是你情我愿的男欢女爱。然后她离开了我的公寓，一切都好端端的，我们还在门口吻别，做足了恋人的全副套路。"

"然后呢？"

"接下来却有两名警察找上了我，他们已经对艾米做了相关测试，她的伤口'完全符合暴力强奸的特征'，手腕上也留有捆绑的印记，警察搜索了我的公寓，当场发现我的床头有两个绳结掖在床垫下……跟领带差不多……据警方描述，这些绳结'与捆绑印记十分吻合'。

"你当时把她绑起来了？"

"没有，那次甚至都没有……总之我完全措手不及，她一定是趁我起身小便的时候绑在那里的，或者抓住了差不多的机会。我的意思是，那次我的麻烦可大了，情况看上去非常糟糕，可后来艾米突然收回了指控，几周后我收到一张匿名字条，上面是打印的信息：也许下一次你会三思而后行。

"然后你就再也没有收到她的任何消息？"

"再也没有她的任何消息。"

"你没有试着控告她吗？"

"哦，没有，当然没有，我很高兴她就这么离开了。然而上个星期我正一边坐在床上吃泰国餐一边看着新闻报道，那则报道讲的是艾米和你，里面又有'完美的妻子'，又有'结婚纪念日'，又声称'尚未找到尸体'，简直是一场十足的血雨腥风。我发誓，当时我惊出了一身汗，脑子里顿时闪过一个念头——'这是艾米干的，这一次她导演了一场谋杀案，我的天哪！'我可不是开玩笑，伙计，我敢打赌无论她为你下了个什么套，你都会被勒得喘不过气来，你真该好好担心担心。"

## 艾米·艾略特·邓恩
## 事发之后八日

只不过玩了一趟碰碰船，就害我沾了一身水，对面那两个花季女孩被太阳晒蔫了，宁愿翻一翻八卦杂志或抽几口香烟，也不愿意设法把我们挤下水，因此我们驾驶着装有割草机引擎的碰碰船，花了足足半个小时互相挤来挤去，把船弄得滴溜溜转，直到后来没了兴致，一致决定罢手不玩了。

在这个陌生的地方，碰碰船上的船员也堪称一支奇怪的队伍，那是我、杰夫和葛丽泰。葛丽泰和杰夫在短短一天之内就成了密友，人们在此地交朋友就有这种架势，因为这里没有别的事情可做。我觉得葛丽泰正琢磨着要不要在她那一群凶神恶煞的交往对象里加上杰夫的名字，不过按理说，杰夫恐怕正巴不得呢。此时此地的葛丽泰比我漂亮得多，杰夫更加中意她一些。她正身穿一件比基尼上装和一条牛仔短裤，还把一件备用衬衫塞进了后臀的口袋，便于她想进商店（商店里卖 T 恤衫、木雕和当摆设用的岩石）或餐馆（餐馆里卖汉堡和烧烤）的时候加件衣服。

最后我们去一家破旧不堪的小型高尔夫球场玩了几个回合，球场的假草皮已经一块块地剥落，机械短吻鳄和风车也不再转动，结果杰夫自己动手转着风车，一下接一下猛地开合着鳄鱼嘴。有些球洞已经派不上用场，草皮像地毯一样卷了起来，因此我们在球场之间逛来逛去，甚至没有一个人计分。

这一串行动既毫无计划又毫无意义，一定会惹得旧日的艾米大为光火，但眼下的我正学着随遇而安，而且我的表现相当不错。此刻的我极为漫无目的，沾染了一副 A 型性格，在浪费时间上堪称数一数二，领着一帮伤心欲绝的年轻人。我们这帮人都因为爱人的背叛而耿耿于怀，一行人路过一个测试爱情的机器时，我发现杰夫皱紧了眉头（据我所知，杰夫的太太给他戴了绿帽，两人离了婚，孩子的监护权安排变成了一团乱麻）：那架机器要人握紧金属柄，眼睁睁地看着情缘的热度从"露水情缘"一步步涨到"知己爱人"——人们非要花上一身力气使劲捏手柄才能代表真爱，这一点让我想起了可怜的葛丽泰，她到处挨揍，经常把拇指搁在胸部的瘀痕上，仿佛那瘀痕是一个可以伸手去摁的按钮。

"轮到你了。"葛丽泰一边对我说，一边在短裤上擦干自己的球，她已经两次把球打进了污水坑。

我站好位置，把球一杆打进了球洞——那只高尔夫球先是消失了踪影，片刻后绕过一个陡坡重新出现在眼前，然后乖乖地进了洞。先消失，再出现——我顿时感到一阵焦虑涌上心头，到了某一天，一切都会再次浮出水面，就连我也不例外。此时此刻，我的心里惴惴不安，因为我的计划发生了一些变故。

至今为止，我只对计划做过两次改动，第一次是关于枪。我原本打算弄一把枪，在失踪的那天上午对着自己开一枪，不会打在要害处，但要打穿小腿或手腕，留下的子弹就会带有我的血肉，看上去发生了一场争斗！艾米挨了一枪！但后来我意识到，即使对我来讲，这一招也显得有些太过铁血，留下的伤会疼上好几个星期，而我真的很怕疼（眼下我那被割了一刀的胳膊感觉好多了，感谢挂心），但我仍然很想靠枪布下一个局，毕竟一把枪可以变成一枚绝妙的棋子，我倒不用真的挨上一发子弹，但可以凭着一把枪扮出自己被吓坏了的模样，因此我在情人节那天去了商城，确保对方会记住我。后来那把枪没有到手，但反正计划已经有了变动，枪到不到手已经不再重要。

另一个变动的力度可就要大得多了，我已经决定不再结果自己的性命。

我倒不缺那份自控力来结果自己的性命，但这口气让我实在咽不下，凭什么我一定要死呢？我并不乐意自杀，造孽的人并不是我。

不过这样一来，囊中羞涩居然成了眼下的难题，简直好笑得要命，偏偏金钱难住了我。眼下我手里只有 9132 美元，看起来不太够用。今天早上我去找多萝西聊了聊，还跟平时一样拿着手绢，免得留下指纹（我告诉多萝西那是我奶奶的手绢，我想隐约给她留下一个印象，让她觉得我通身透着布兰奇·杜波依斯 ① 一般的气质）。我靠在多萝西的办公桌上，她正一条又一条地跟我细说着一种她买不起的血液稀释剂（多萝西这女人对各种未通过审批的药品简直无所不知），为了投石问路，我开口说道："我明白你的意思，我也还不知道再过一两个星期要上哪里去找钱交我那小屋的租金呢。"

她冲我眨了眨眼睛，又扭头望着电视，屏幕上正播放着一款游戏比赛节目，节目中的人们一会儿呼喊，一会儿尖叫。多萝西对我有种长辈一般的关爱之情，她一定会收留我待在小木屋里的，让我爱待多久待多久，反正那些小木屋有一半没有人住，拨间屋子给我算不了什么。

"那你最好找份工作。"多萝西的眼神压根儿没有离开电视屏幕，节目中一名选手走错了一步棋，奖品眼睁睁地落了空，电视里传出一片"哎哟"声，道尽了心痛之情。

"什么样的工作？在这里我能找到什么样的工作？"

"做清洁呀，当保姆呀。"

也就是说，为了赚到薪酬，我得干家庭主妇的活儿。

就算在密苏里州，我也并不需要算着钱过日子。当时我确实无法随心所欲地买新车，但也无须考虑每日的柴米油盐，无须到处收集优惠券买便宜货，也没有办法掐指一算就说出牛奶要花多少钱。父母可从未费心教过我这些家务活，因此托了他们的福，猝不及防的我不得不面对现实世界。举个例子吧，葛丽泰抱怨一加仑牛奶在码头的便利店里居然要卖五美元，我听了忍不住打了个寒噤，因为便利店里的小孩每次都收我十美元。以前我倒是觉得价格似乎有点儿贵，但还从来没有想过那满脸青春痘的少年只不过是随口胡编了一个价格，看看我是否会上钩。

因此，我事先做过预算，根据网上的信息，我的钱按计划绝对可以撑上六至九个月，但这个预算显然并不靠谱，因此，我也跟着变得不靠谱起来。

---

① 《欲望号街车》的女主角，又译白兰琪。——译者注

等到打完了高尔夫（还用说吗，赢家当然是我，我一直在脑子里计着分），我们一起去隔壁的热狗摊吃午餐，我偷偷绕过拐角，从 T 恤下面翻出了带拉链的贴身腰包，谁知道回头正看见葛丽泰跟着我，我还没有来得及塞回腰包，一切已经落进了她的眼里。

"这位阔佬，你听说过'钱包'这种东西吗？"葛丽泰问道。说起来，带钱还真是件棘手的事：逃亡的人需要大笔现金，但既然正在逃亡，这样的人按理说就难以找到放现金的地方。不过谢天谢地，葛丽泰并未深究，她心里知道我们大家都是受苦受难的人呢。我们找了一条金属质地的野餐凳坐下，一起晒着太阳吃着热狗，那热狗是白面包里裹着一条条加了添加剂的香肠和绿得透出几分诡异的作料，也许算得上我这辈子吃过最可口的美食：反正我眼下已经"不在人世"，我才不管食物健康不健康呢。

"你猜猜杰夫从他的小屋里找了些什么东西给我？"葛丽泰说，"是写《火星纪事》那家伙的另一本书。"

"那家伙叫雷·布莱巴瑞。"杰夫说。"人家明明叫雷·布莱伯利。"我心想。

"没错，那本书叫作'当邪恶来敲门'，挺不错。"葛丽泰说。她把最后一句话的音调挑得很高，仿佛只用一句话便可以对一本书盖棺定论：要么书不错，要么书很烂；要么我喜欢，要么我不喜欢。除此之外不用提及该书的文字、主旨、结构和细微之处，它的好坏截然分明，恰似一个热狗。

"我一搬进木屋就读了那本书，书真不错，挺瘆人。"杰夫说。这时他发现我正凝望着他，便对我做了个怪相；杰夫并不是我中意的类型，他那一张脸上的髭须长得又硬又粗，对待鱼儿的手段也颇为可疑，但他的相貌确实英俊，很有几分吸引力，一双眼睛热情似火，不像尼克冷冰冰的蓝眼睛看上去让人寒气入骨。我不知道自己眼下扮演的角色是否会喜欢跟杰夫上床——我们会慢悠悠地销魂一番，他的身子紧贴着我的身子，他的呼吸就在我的耳边，他的胡须刷上我的脸颊，那架势与尼克云雨时孤零零的风格截然不同，尼克与我在做爱时几乎难得肌肤相亲：无论在我身前还是在我身后，他都只是抽插一阵，完事后便立刻起身沐浴，把我扔在他留下的湿斑中。

"怎么，哑巴了？"杰夫说。他从来不叫我的名字，仿佛默认我们两人都知道我的名字是瞎编的。他叫我"这位女士"或"靓妞"，要不然就干脆叫"你"，我倒挺想知道他在床上会如何称呼我，也许他会叫我"宝贝"吧。

"只不过在想事情。"

"嗯哼。"他说着又露出了微笑。

"你在想某个男孩，我看得出来。"葛丽泰说。

"也许吧。"

"我还以为我们要避开那些混账男人一阵子，去照料鸡仔呢。"她说。昨晚埃伦·阿博特的节目播完后，我还兴头十足不甘心回家，便和葛丽泰一起喝了六瓶啤酒，想象着我们搬到葛丽泰母亲所住的女同性恋小区，摇身变成那里具有象征意义的异性恋女孩，过着避世的生活，养上一群鸡仔，把洗好的衣服晾在阳光下。到那个时候，风度翩翩的年长女人会争相拜倒在我们的石榴裙下，她们有着粗犷的指关节和放纵的笑声，对我们展开一场场柏拉图式的求爱，而我们将身穿牛仔服、灯芯绒和木屐，再也用不着担心妆容、发型、指甲、胸部的大小或后臀的尺寸，也用不着再装作善解人意的太太或力撑男人的女友，跟在自家男人屁股后面不停叫好。

"男人也不全是混账王八蛋。"杰夫说，葛丽泰闻言含混地哼了一声。

晒蔫了的一行人回到木屋，我感觉自己好似一只在日光下暴晒过的水球，一心只想坐在那架噼里啪啦的窗式空调下，一边看电视，一边任由凉气卷过全身。我已经找到了一个重播频道，该频道专门播出 20 世纪 70 年代和 80 年代的老剧，包括《法医昆西》《爱之船》及《八宝喜事》，但首先要看的当然是我最近的心头大爱——《埃伦·阿博特秀》。

《埃伦·阿博特秀》倒是没有播出新进展，但你要相信我，埃伦显然不介意在这个关头投机一把，她在节目上请来了不少曾经与我相遇的陌生人，这伙人一个个都自称是我的朋友，还通通爆料讲了我一堆好话，就连那些从来对我看不过眼的人也是如此——已逝的香魂真是讨人喜欢呀。

此时传来了敲门声，我心知来人是葛丽泰和杰夫，于是关掉了电视，他们两个人果然正在我家门口瞎晃悠。

"在干吗呢？"杰夫问道。

"在读书。"我撒了个谎。

他把半打啤酒放在我家厨房的台面上，葛丽泰迈开轻快的步子跟在他身后，"喔，我还以为听到了电视的动静呢。"

在这些玲珑的木屋里，三个人还真是显得有点儿挤。有那么片刻，葛丽泰和杰夫堵住了门，让我顿时一阵心惊：他们堵住门干什么？接着他们两个人又向前走去，挡住了我的床头柜。这个床头柜里放着我的贴身腰包，里面满满当当地装着八千美元现金，有面值上百的钞票，面值为五十美元的钞票，也有二十美元一张的钞票。贴身腰包的样子丑得吓人，看上去是一条肉色的玩意儿。我没有办法把所有的钱都带在身上，但我千方百计将现钞放进腰包里，并在小屋里留了一些零散的现钞，当戴上那条装满现金的腰包时，我简直一直悬着一颗心，好似一个沙滩上的女孩为身上的卫生棉绷着神经。我心中有几分喜欢花钱，因为每次拿出一沓面值二十美元的钞票，就少了一笔要藏起来的现钞，也用不着再担心那笔钱不小心丢了或被人偷了去。

杰夫摆弄着电视，埃伦·阿博特和艾米出现在了屏幕上，他点了点头，露出一缕微笑。

"想看……艾米？"葛丽泰问道。

我搞不准她说的是"想看艾米吗"还是"想看吗，艾米"。

"不看啦，杰夫你拿上吉他，我们一起坐到门廊上去吧？"

杰夫和葛丽泰交换了眼神。

"呀……但你刚才就在看这个节目，对吧？"葛丽泰指着屏幕，电视上是我和尼克参加一场义演的镜头，我身穿一件长礼服，头发在脑后挽成一个髻，看上去跟眼下短发的模样更相似了几分。

"这节目太无聊了。"我说。

"哦，我倒觉得这节目一点儿也不无聊。"葛丽泰说着一屁股坐到我的床上。

我顿时感觉自己是个傻蛋，居然让这两个人进了门，居然还认定自己可以让他们乖乖听话，可是他们这些家伙有着一身难驯的野性和填不饱的胃口，惯于利用人们的弱点趁虚而入，而我在这一行却只是个新手。说到填不饱的胃口，还有人在后院养美洲狮，在起居室养黑猩猩呢，等到有朝一日葬身在宠物的利爪之下，那他们一定也会想到"填不饱的胃口"。

"你们介意吗……我觉得有点儿不舒服，可能太阳晒多了，我想。"

杰夫与葛丽泰看上去有几分错愕，又有几分恼火，于是我有些纳闷自己是否会错了意：难道他们并没有一丝歹意，是我自己多心了？我倒是愿意相信这个思路。

"当然，当然，那还用说吗。"杰夫说。他们慢吞吞地走出了我的小屋，杰夫顺路拿走了他的啤酒，过了片刻，我听见葛丽泰的木屋里传来埃伦·阿博特声嘶力竭的控诉："为什么……""为什么不……""你能解释一下……？"

"我为什么非要跟这里的人亲近呢？我为什么就不能自个儿安生待着？如果事情露馅儿，我该如何解释自己的所作所为？"我暗自心想。

绝对不能让人揭开我的身份，要是一旦露馅儿，我会一落千丈变成世上最可恨的女人。眼下我是一个美丽、善良、难逃厄运、身怀六甲的可怜人，在一个自私自利、满嘴谎话的浑蛋手底下吃尽了苦头，到了露馅儿的那一天，我就会摇身变成一个满腔怨气的毒妇，利用全体美国公民的一片好心占便宜。到时候埃伦·阿博特会在一期又一期节目上对我开火，火冒三丈的人们会打电话给埃伦倒苦水："埃伦呀，这又是一个被宠坏了的富家千金，人家为所欲为，一点儿也不考虑其他人的感受，我觉得应该把她一辈子关起来不见天日——关进牢里！"没错，人们就会这么说。对于装死诬陷配偶该判什么罪，互联网上查不到统一的说法，但我心知公共言论一定十分毒舌，事情穿帮之后，无论我再施展什么手段补救——甘心供养孤儿也好，亲热地搂抱麻风病人也好——我在撒手人寰后都会落下一个"毒妇"的骂名，人们会说"还记得吧，那毒妇装死陷害了自己的丈夫呢"。

我绝不容许这样的事情成真。


几小时后，我正在一片漆黑中浮想联翩，耳边却传来了一阵温柔的敲门声，那是杰夫在敲门。我左思右想一阵还是开了门，准备为先前的无礼道个歉。杰夫正一边揪自己的胡子一边瞪着我的门垫，随后抬起了一双琥珀色的眼睛。

"多萝西说你正在找工作。"他说道。

"没错，差不多吧，我确实在找活儿干。"

"今天晚上我倒是有份活儿，给你五十块。"

艾米·艾略特·邓恩才不会为了五十美金劳动大驾离开木屋呢，但莉迪亚（要不然是南希）需要工作，我只能答应下来。

"只要几个小时，给五十块。"他耸了耸肩膀，"对我来说没什么要紧，所以想着给你个活儿干。"

"什么活儿？"

"抓鱼。"


我原本认定杰夫这家伙会开一辆皮卡，但他居然领着我到了一辆闪亮的福特两厢车前。这款车型看上去就让人心碎，壮志凌云但囊中羞涩的大学毕业生们会买上一辆这样的车，成年男子实在不该开这款车。我身穿一条背心裙，在裙下按杰夫的吩咐穿了一套泳衣。（"别穿比基尼，穿你那套泳衣，能让你自如地游泳的那一套"，杰夫吩咐道。我还从未在泳池边发现过杰夫的身影，但他居然对我的泳衣一清二楚，这既让我感觉有些飘飘然，又有几分心惊。）

我们驾车越过树木丛生的山峦，杰夫没有关上车窗，路上的尘土扑上了我的一头短发，眼前的一幕仿佛是某个乡村音乐视频中的镜头：身穿背带裙的女孩将身子探出车窗外，在一个红色之州捕捉着夏夜的微风。我放眼能够看见星星，杰夫一路上断断续续地哼着歌。

在一家高悬湖面的餐厅附近，杰夫停下了车。这家卖烧烤的餐饮店还挺有名，因为该店出售巨大的纪念酒杯，而且店里的酒有些难听的名字，比如"鳄鱼之汁"、"大口雷霆"之类，我对这事一清二楚，因为湖岸边到处浮沉着人们扔掉的纪念酒杯，一个个花里胡哨的酒杯上破了一道道口子，上面印着该店的标志——"鲶鱼卡尔店"。"鲶鱼卡尔店"有一块高悬在水上的平台，食客们可以从机器里取上满满一把猫粮给鲶鱼喂食，他们脚下的水中可有上百条大鲶鱼张着嘴巴等着吃呢。

"我们究竟要干什么，杰夫？"

"你来网鱼，我来宰鱼。"他迈步下了车，我跟着他到了后厢，里面装满了冷却箱，"我们把鱼放在冰上，再卖出去。"

"你说'再卖出去'，可谁会买偷来的鱼？"

杰夫的脸上露出了一抹微笑，仿佛一只慵懒的猫，"我有各色各样的主顾。"

我顿时回过了神，杰夫跟"灰熊亚当斯"之类弹着吉他、爱好和平的人压根儿不沾边，他就是个小偷小摸的乡巴佬，还打心眼里巴不得自己略有几分深度。

他取出一具兜网、一盒猫粮和一只脏兮兮的塑料桶。

我本人丝毫不想牵扯进这种偷鸡摸狗的勾当，但眼下我扮演的那个角色却对此很有几分兴趣。天下有几个女人能在盗鱼卖鱼的团伙里插上一脚？眼下我所扮演的角色颇有几分胆色，自从离开人世以后，我就又变得胆气十足了。曾经让我嫌恶惧怕的一切和曾经束缚我的枷锁都已离我而去，眼下我所扮演的角色几乎什么都敢干，一个无踪无影的"幽灵"就是这么自由。

杰夫与我下山走到"鲶鱼卡尔店"的露天平台下，又迈步爬上了码头，这时一艘名叫"吉米·巴菲特"号的汽船嘟嘟响着从旁驶过，引得水波在码头周围荡漾起来。

杰夫把兜网递给了我，"我们行动要快，你赶紧跳下水兜住鱼，然后把网拿上来给我，不过到时候网会很沉，鱼还会在网里扭来扭去，你要当心些，千万别叫出声，出什么岔子。"

"我不会叫出声，但我可不想下水，我在平台上就能捞到鱼。"

"那你至少要脱下裙子吧，不然会把裙子弄湿得一塌糊涂。"

"没事儿。"

杰夫看上去恼火了片刻，他是老板，我是小工，可目前为止我还不肯听他的话，不过随后他便稍稍转过身三两下脱掉了上衣，又把猫粮递给我，却一直不肯转过正脸来，仿佛正在害羞。我拿着猫粮盒子到了水边，顷刻间成百条鲜鱼拱着闪亮的背脊涌了过来，一条条鱼尾巴疯狂地劈波斩浪，一张张鱼嘴凑到了我的脚下，鱼儿乱哄哄地扭作一处吞着猫粮，随后又像训练有素的宠物一样抬起面颊向我讨食。

我拿着网朝鱼群中央一舀，接着一屁股坐到码头上，以便借力把网拉上来。我猛地抬起兜网，网里满满当当装着好几条滑溜溜有胡须的鲶鱼，正在拼命挣扎着奔回水中，一张张鱼嘴在网格间开开合合，害得渔网不停晃动。

"把网抬起来，抬起来，小妞！"

我将膝盖垫在兜网的手柄下，任由渔网悬在空中，杰夫向前赶上几步，一把捉住了一条鱼。他的两只手上都裹着毛巾布手套以便抓鱼，随后把手挪到了鱼尾附近，像甩一根棍棒一般拎着那条鱼，一下子把鱼头甩在码头边上砸得稀烂。一片血花跟着四散炸开，一溜血珠刷啦啦地滑过我的双腿，还有一大块肉溅在我的头发上。杰夫把鱼扔进桶里，又熟练流畅地抓住了另一条。

我们哼哧哼哧地忙了半个小时，捞上了整整四网鱼，我的胳膊变得不再灵活，一个个冰柜也塞得满满当当。杰夫拎起空桶从湖中舀了一桶水，把一团糟的鱼内脏冲进了湖里，鲶鱼狼吞虎咽地吃掉了那些倒霉的弟兄，码头被清理得非常整洁。他又把最后一桶水倒在我们两人血淋淋的脚上。

"你干吗要砸烂鱼头？"我问道。

"受不了那副受苦受难的模样。"他说，"你要去水里泡一下吗？"

"我没事。"我说道。

"你这样子可别上我的车，拜托了，赶紧去水里泡一下吧，你身上沾了一堆乱七八糟的玩意儿，你自己倒还不觉得。"

我们奔下了码头，向附近布满礁石的沙滩跑去。水面刚刚没到我的脚踝，杰夫已经迈着稀里哗啦的大步奔向水中，一跃跳进了湖里，拼命地挥动着双臂。等到他游远以后，我立刻解开了身上的腰包，用背心裙团团裹住腰包放在水边，又在上面放上我的眼镜。我一步步没入水中，温暖的湖水拍打着我的大腿，拍上了小腹和颈脖，我屏住呼吸沉入了水里。

我游得又远又快，还在水下憋了好一会儿，以便提醒自己活生生溺死是怎样一种感觉：我心知，如果必要的话，我倒是下得了手结果自己的性命。等到浮出水面长吸一口气时，我看见杰夫正快速奔向岸边，于是只好像一条海豚一样匆匆向腰包游去，手忙脚乱地爬上了礁石，刚好比杰夫快上几步。

326

## 尼克·邓恩
## 事发之后八日

刚刚和汤米通完电话，我立刻打给了希拉里·汉迪。如果我"谋杀"艾米是一场谎言，汤米·奥哈拉"强奸"艾米也是一场谎言，那希拉里·汉迪"跟踪"艾米为什么不是一场谎言呢？变态狂也并非一口之间长成的，说不定当年威克郡学院朴素的大理石厅就是艾米初试啼声的地方。

希拉里·汉迪一接起电话，我便冲口说道："我是尼克·邓恩，艾米·艾略特的丈夫，我真的必须跟你谈谈。"

"为什么？"

"我真的急需更多信息，关于你的……"

"千万不要说'友情'两个字。"从希拉里的口吻中，我仿佛听出了一抹愤怒的笑容。

"不，我不会说那两个字，我只是想听听你的说法。我打电话找你并不是因为我觉得我太太眼下的处境跟你有一丝一毫关系，但我真的很想打听一下你们之间的往事，我想听听真相，因为我觉得你有可能会帮我揭开……艾米的某种处世风格。"

"什么样的风格？"

"惹恼她的人都会遇上大祸。"

电话里传来了希拉里沉重的呼吸声，"要在两天前，我根本就不会和你

327

讲话。"希拉里开口说道，"但前一阵我和一群朋友在一起喝饮料，一旁的电视正开着，屏幕上出现了你的镜头，讲的是有关艾米怀孕的事。我周围的人都对你火冒三丈，打心眼里恨你，那时我就想：'我明白个中滋味。'艾米并没有死，对吧？我的意思是，眼下她还只是失踪吧？根本没有找到尸体？"

"没错。"

"那我就来跟你说说高中时的艾米吧，也说说当时发生的事，你等一下。"我原本可以听到电话那头正在播放卡通片的声音，顷刻间却突然没有了动静，接着有人发了几句牢骚，又有人说了一句"到楼下去看电视，乖乖地下楼去"。

"那是一年级的时候，我来自孟菲斯，但其他所有人都来自东海岸，这种感觉很怪异，很格格不入，你明白吗？无论语言也好，服饰打扮也好，威克郡学院的所有女孩都好像是一个模子塑出来的，倒不是说大家都瞧不起我，只是我……有几分战战兢兢，当时艾米却是众星捧月，我记得所有人在第一天就知道她的大名，每个人都在对她议论纷纷，她可是'小魔女艾米'呀，我们都是读着那些书长大的，再说她又那么光彩四射，我的意思是，她……"

"是的，我明白。"

"很好。没过多久艾米就开始留意我，有点儿罩着我的意思，她开玩笑说自己是'小魔女艾米'，而我是她的老搭档苏茜，于是她开始把我叫作苏茜，其他人也很快这么叫开了。当时我也挺乐意，我是说，我就是个小跟班：如果艾米渴了，我就给她递上一杯饮料；如果她需要干净内衣，我就帮她把衣服拿去洗。你再等一等。"

这时我又听到头发擦过听筒的声音，此前玛丽贝思已经把家里所有相册都带了过来，以防我们还需要一些照片，她给我看过一张艾米和希拉里的合影，照片中的两个人脸贴脸笑着，因此眼下我能想象得出希拉里的模样，她和我太太一样有着一头金发，但容貌比艾米逊色几分，长着一双算不上清澈的淡褐色眼睛。

"杰森，我正在打电话呢……给孩子们几根冰棍就行啦，办这点儿事没那么难吧。"

"对不起，现在我们的孩子不在学校，我的丈夫从来就不知道如何照顾他们，所以我才不过跟你打十分钟电话，他就摸不着头脑了，抱歉。因此……那么，对，我当小苏茜当了几个月：八个月、九个月、十个月……这段时光美好极了，我们就像死党闺密一样，每时每刻都形影不离，随后突然间发生了几件奇怪的事情，我知道她有点儿心烦。"

"什么事？"

"我和艾米在秋季舞会上遇到了一个兄弟学校的男生，第二天他打电话找我，却没有找艾米，我敢说那是因为他不敢惹艾米，但不管怎么样……几天以后出了期中成绩，我的分数比艾米稍好一点点，但差别实在很小。没过多久，我们的一个朋友邀请我到她家一起过感恩节，她邀请的是我而不是艾米，我敢肯定这也是因为大家不敢惹艾米，艾米不是很容易相处，人们总感觉在她面前不能掉以轻心，免得在她眼里掉价。但我能感觉到事情发生了一些细微的变化，我看得出艾米心里十分恼火，尽管她嘴上死活不承认。

"艾米开始支使我去办一些事情，当时我完全没有意识到，从那时起她就在一步一步地下套陷害我了。她问是否可以把我的头发染成和她一样的金色，因为我的头发有点儿灰，如果亮几分的话看上去会美得要命。接着她开始抱怨自己的父母，她倒一直在埋怨父母，但当时她动了真格，总念叨她的父母只爱虚幻的'艾米'，不把她当作有血有肉的人来爱，因此她想给父母捣捣乱。她开始让我恶作剧地打电话骚扰她家，告诉她父母我是新的'小魔女艾米'，有几个周末我们还坐火车去了纽约，她吩咐我站在她家外面，有一次还让我跑上前去告诉她妈妈一些鬼话，比如我要除掉真艾米以便取代她之类。"

"你都乖乖照办了？"

"在还没有手机和网络之前，女孩子们就会这样胡闹嘛，用来打发时间。当时我们总爱恶作剧，都是些蠢得不得了的事情，就是要和对方比个高下，比比谁更胆大更作怪。"

"那接下来呢？"

"接下来艾米开始疏远我，变得冷冰冰的，当时我觉得……我觉得她不再喜欢我了，学校里女孩们对待我的眼神也变得有点儿古怪，我不再受人欢迎，这倒也无所谓，但后来有一天校长却叫我去见她，因为艾米出了一场骇人的意外，不仅扭伤了脚踝，弄折了手臂，还摔断了肋骨，她从长长的楼梯上摔了下来，声称是我推了她。你等一等。"

"现在赶紧下楼去，走！下楼去，下……楼。"希拉里说，"对不起，我回来了，养孩子就是让自己遭罪。"

"这么说，艾米声称你推了她一把？"我问道。

"没错，艾米说是因为我脑子出了……毛病，一心一意迷上了她，巴不得成为苏茜，后来我又不甘心仅仅只当苏茜，非要当艾米不可。一时间，艾米支使我在过去几个月里做的那些事情通通成了她手里的证据。不消说，她的父母曾经看到我在她家附近鬼鬼祟祟地出没，我还和她的妈妈搭过话。我的头发染成了金色，身上穿的衣服正好和艾米的衣服登对——那是我和她一起逛街时买下的，但是我口说无凭。她的朋友全都声称艾米在上个月怕我怕得厉害，总之一派胡言，我看上去简直是个彻头彻尾的疯子，她的父母还对我申请了限制令。当时我一直在维护自己的清白，但我的处境已经惨不忍睹，巴不得离开那所学校，因此并没有反对学校开除我的学籍，当时我一心只想摆脱艾米，我的意思是，那个女孩居然狠得弄断了自己的肋骨，我被吓得透心凉——她不过是个十五岁的小女孩，竟然一手布下了这么一个局，把朋友、父母和老师都耍得团团转。"

"她闹这么一场不过是因为一个男孩、几个分数和一次感恩节的邀请吗？"

"搬回孟菲斯大约一个月后，我收到了一封信，那封信是打印出来的，上面没有签名，但显然出自艾米之手。信上一条又一条列满了我让她不满意的地方，全是些离奇的控诉：下了英文课居然忘记等我，该错犯过两次；居然忘记我对草莓过敏，该错犯过两次……

"我的天哪。"

"但我觉得真正的原因并非如此。"

"那真正的原因是什么？"

"我觉得艾米想让人们相信她完美无缺。既然我们成了朋友，我也就开始见识到她的真面目，而她并非完美无缺。你明白吗？她十分聪明、迷人，优点数不胜数，但她同时也有控制欲和强迫症，经常弄出些大惊小怪的闹剧，还有点儿爱撒谎。我其实受得了这样的真相，但她自己受不了，只不过因为我知道她并非完美无缺，她就要除掉我，因此这让我对你有几分好奇。"

"对我好奇，为什么？"

"朋友之间可以看到彼此的大多数毛病，夫妻之间却能够见识到彼此最不堪的方方面面，如果她为了惩罚一个才认识几个月的朋友就把自己从楼梯上摔了下来，要是遇上一个傻到把她娶回家的男人，她又会使出什么样的手段呢？"


当希拉里的一个孩子拿起电话分机唱起童谣时，我挂断了电话，随后立即给坦纳打了个电话，向他转述了我跟希拉里和汤米的对话。

"这么说我们手里就有几个故事了，很妙，事情一定会妙得很！"坦纳说道，但从他的话听起来，事情却压根儿不是太妙，"你有没有安迪的消息？"

我还没有从安迪那里听到一点儿消息。

"我派了一个自己人在她住的公寓大楼里等她，"坦纳说，"我的手下行事十分小心。"

"我还不知道你居然有手下。"

"其实我们真正的出路是找出艾米。"他没有理睬我的话，却自顾自地接了口，"我真想象不出她这样的女人能藏多久，你有什么想法？"

我想象着艾米正站在一家临海豪华酒店的阳台上，身披着跟地毯一般厚重的白色长袍，一边小口喝着上等的蒙特拉谢葡萄酒，一边在网上、电视或小报上观望我一步步走向绝境。身为艾米·艾略特·邓恩，她正在参与自己的葬礼，看着铺天盖地的相关报道，品尝着一片狂喜之情，我有些好奇艾米是否意识到她自己盗用了马克·吐温书中的桥段。

"在闪念间，我觉得她身处某个临海的地方。"说到这里我顿了顿，感觉自己活像个装神弄鬼的灵媒，"不行，我没有任何想法，她在哪里都有可能，除非她自己决定现身回来，不然的话我们别想找到她。"

"要艾米自己乖乖回来么，似乎不大可能。"坦纳恼火地喘着气，"我们还是先设法找到安迪瞧瞧她的想法吧，眼下我们可没有太多回旋的余地。"

一晃到了晚饭时间，太阳也下了山，我又独自一个人待在了阴气森森的家中。我一直在揣摩艾米说过的谎话，寻思着她身怀六甲是否也是谎话之一。我已经算过了，艾米和我之间时不时会有男女之事，确实有可能会让艾米怀上孩子，但她一定知道我会这么盘算。

　　到底是真是假呢？如果这也是一个谎话，那它一定是用来伤我心肝的。

　　我一直以为艾米和我会开枝散叶，因此当初我便心知自己会娶艾米，因为我总是想象着我们两人一起抚养孩子的情景。我记得第一次冒出这种念头时，我正从位于纽约基普斯湾的公寓步行前去东河边的一个小公园，途中经过方方正正的联合国总部大楼，眼见无数国家的国旗正在风中飞扬。"孩子会喜欢这个地方，"我心中暗自想道，这里有五彩缤纷的颜色，让人忙着在脑海中将每一面国旗与国家对上号。这是芬兰，那是新西兰，好似一抹微笑伴着一只眼的是毛里塔尼亚的国旗。紧接着我回过了神，那个会喜欢国旗的宝贝并非某个不相干的孩子，而是我与艾米的孩子。他会拿着一本旧百科全书摊手摊脚地卧在地板上，那一幕恰似我以前的模样，但我们两人的宝贝不会孤零零独自一个人，我会躺在他的身旁，领他一步步周游旗帜之海——听上去，这与其说是周游旗帜之海，倒不如说是周游烦恼之地，不过话说回来，我父亲对待我就是满怀着一腔烦恼，但我绝不会这样对待自己的儿子。我想象着艾米跟我们一起卧在地板上，在半空中蹬着双脚，正用手指出帕劳的国旗，那面旗鲜明的蓝底上有一个离中心不远的黄色圆点，必定算得上最讨艾米的欢心。

　　从那时起，我那想象中的儿子就变得有血有肉起来，简直躲也躲不开（有时候是个女儿……但大多数时候是个儿子），我也时不时深受难以摆脱的父爱之苦。婚礼过后几个月，有一天我嘴里叼着牙线站在药柜前面，恍然间冒出了一个念头：她是想要宝宝的，对吧？我应该问一问，还用说吗，我当然应该问一问。当我拐弯抹角含含糊糊地把这个问题问出了口，艾米嘴里倒是说当然啦，当然啦，有朝一日会要宝宝的，可每天早上她还是在洗脸池前把药丸吞下了肚。三年来，她每天早上都服药，而我一直绕着这个话题敲边鼓，却始终没有把话说出口："我希望我们能有一个孩子。"

裁员后，开枝散叶似乎有了希望。我们的生活不再被安排得满满当当，有天吃早餐时，艾米从烤面包上抬起头说"我停用避孕药了"，就这么简单一句话。她的避孕药停用了三个月，却一点儿动静也没有，我们搬到密苏里州后不久，她便约好了医生为我们采取相关医疗措施。只要动手开了个头，艾米可不喜欢拖拖拉拉，"要告诉医生，我们已经试孕一年了"，她说道，而我竟然傻乎乎地同意了。那时我们已经罕有肌肤之亲，但两个人仍然觉得该要个孩子，要宝宝是理所当然的嘛。

"你也必须出力，到时候你必须献出精子。"在开车驶往圣路易斯的途中，她开口说道。

"我知道，你讲话为什么要用这种腔调？"

"我只是觉得到时候你只怕不肯屈尊，你这人通身都是傲气，自我意识又强烈。"

我身上确实交织着自傲和自我两种特质，相当让人讨厌，但在生育医学中心，我却尽职尽责地钻进了那个奇怪的小房间。该房间专门用于自慰，此前已有数百个男人进去过，为的只是打打手枪放上一炮，敞开"水龙"灌注精液之海（有时候，我会把俏皮话当作自慰的武器）。

房间里放着一张裹有塑料套的扶手椅、一台电视和一张桌子，桌上摆着五花八门的色情读物和一盒盒纸巾。从书中女子身上各处的毛发看来（没错，是上下两处毛发），那些色情读物是 20 世纪 90 年代初的货色，也并未色情到十分露骨的地步（从这一点又可以引申出一篇妙文：谁来挑选生育医学中心使用的色情读物呢？谁来决定哪些读物可以让男人们把事办了，又不会让屋外的一众女人蒙羞呢——屋外可有一位位女护士、女医生，还有内分泌紊乱却又满怀希望的妻子）。

那间屋子我前后去了三趟（生育中心想要多备几份精液），可是艾米却压根儿没有采取行动。她本该开始服药，但她就是一拖再拖，死活没有服药，将要身怀六甲的人是她，宝宝会在她的身体里孕育，因此我忍了几个月不去催她，私下里留心着瓶里的药有没有变少。一个冬日的夜晚，几瓶啤酒下肚以后，我迈开步子嘎吱嘎吱地踏着家里的楼梯，脱下沾雪的衣服，蜷到床上躺在艾米的身边，把脸颊凑近她的肩膀，呼吸着她的气息，用她的肌肤暖着我的鼻尖，低声把话说出了口："艾米，我们生个孩子吧，我们生个孩子吧。"但她居然一口拒绝了我。我原本以为她好歹会有几分担心紧张，几分战战兢兢，嘴上说："尼克，我会是个好妈妈吗？"结果她却干净利落地吐出了一声冷冰冰的"不行！"。那句话说得波澜不惊，听上去没什么大不了，却也没有转圜的余地，她只是对此事失去了兴趣而已。"因为我发现重活累活全都会落到我的头上，"她讲出了道理，"尿布啦、约医生啦、管孩子啦，到时候都会是我来干，你不过时不时露个脸，当个讨人喜欢的爸爸。我得挑起担子好好教育他们成人，你却会给我拆台，到头来孩子们打心眼里亲近你，却打心眼里讨厌我。"

我告诉艾米她这番话并非事实，但她不信，我又告诉她我不仅仅是想要一个孩子，我还需要一个孩子，因为我必须知道我可以倾尽所有去爱一个人；我可以让这个小生命感觉永远会有一个温暖的怀抱向他敞开，无论前路将有多少风雨；我可以成为一个跟我爸爸不一样的父亲，我可以养育出一个跟我不一样的小小男子汉。

为此，我恳求艾米，她却不为所动。

一年后我收到了一封信，里面是诊所的通知：如果该诊所没有收到艾米与我的消息，就会把我的精液处理掉。我把那封信堂而皇之地摆在餐桌上，算是公开向艾米开火，三天后却看见那封信躺在了垃圾箱里，那是我们两个人最后一次就这个话题过招。

当时我跟安迪已经偷偷交往了几个月，因此没有资格觉得失望，但这仍然挡不住我的心痛，也挡不住我做白日梦：我还梦想着我和艾米会有个宝贝儿子呢，我已经一心迷上了他，而且艾米和我生出的一定是个格外出众的宝贝。


那几只提线木偶正用一双双带有戒意的黑眼睛打量着我，我从自家的窗户望出去，一眼看见屋外挤满了新闻车，然后我迎着温暖的夜色踏出了门：是时候出门逛逛啦。说不定有个小报记者偷偷地跟在了我身后，如果真是这样，我也压根儿不在乎。我穿过小区，沿着"河间大道"走了四十五分钟，然后上了高速公路——这条公路正好从迦太基的中央拦腰穿过。这一段路到处是滚滚的声浪和烟雾，我足足走了半个小时，途中经过不少汽车经销店，看见店里的卡车摆放得好似一道道诱人的甜点，还经过不少连锁快餐店、酒品店、便利超市和加油站，一直走到通向市中心的出口匝道，整段路上连一个步行的人也没有遇到，只有身边呼啸而过的汽车中露出一个个隐约的身影。

此时已近午夜，路过"酒吧"时我动了心想要进去，可惜里面的人潮让我望而却步，眼下"酒吧"里必定待着一两个记者吧，反正我这样的记者就会这么干。话虽这么说，我心里又确实想去某家酒吧里逛一逛，融进人堆中间找找乐子，出口闷气。于是我又迈开步子走了十五分钟，到了市中心另一头的一间酒吧，那间酒吧比"酒吧"便宜些，吵一些，也朝气活泼些，周六晚上总能在卫生间里看见人们呕吐物。跟安迪玩作一处的家伙就会光顾那家酒吧，也许还会拖上安迪一起去寻开心呢，要是能在酒吧里撞上安迪，那就算是我鸿运当头，至少能远远地从屋子另一端细细揣摩她的心情；如果她不在酒吧里，那我至少还能喝上一杯。

我把酒吧搜了个遍，没有看见安迪的身影。尽管我戴着一顶棒球帽盖住了半边脸，一路穿过酒客群时却还是撞上了好几次心惊的时刻，有人猛地扭头对着我，瞪大眼睛想要看个究竟："是那个家伙！对吧？"

此时正值七月中旬，我说不好自己到十月的时候会不会成了穷凶极恶的化身，被一些没品位的家伙用来当万圣节装扮的角色：他们会披上一团金发，在胳肢窝下夹上一本《小魔女艾米》。据玛戈说，她已经接到好几个人电话询问"酒吧"是否发售相关的正版 T 恤（"酒吧"并不发售相关的正版 T 恤，谢天谢地）。

我找了个座位，又找酒保点了一杯苏格兰威士忌，酒保的年纪大概跟我差不多，他定定地凝视了我很长时间，看上去正在寻思是否要给我酒喝，最后才不情不愿地在我面前放下了一个平底小玻璃杯，鼻翼还跟着扇了一扇。我掏出钱包，他充满戒意地伸出一只手拦住我，"我不想要你的钱，请自己留着吧。"

我没有理睬他，还是扔下了几张现钞，那家伙说的真是混账话。

我招呼他再上一杯酒，他却朝我这边瞥了一眼摇了摇头，又朝着正跟他聊天的女人斜过身子，片刻后她装作正在伸懒腰，暗自小心翼翼地打量着我，一边合上嘴一边点点头，意思是说"就是他，尼克·邓恩"，于是酒保再也没有现身。

这种时候不能呼天抢地，也不能采取铁血手段骂一句："嘿，傻瓜，你到底要不要给我上杯酒？"人们既然已经把你当作混账，你可不能让他们觉得自己长了一双识人的慧眼。在这种关头只能乖乖忍气吞声，但我并不打算起身走人，而是对着面前的空玻璃杯坐着，假装正在苦苦地思索。我先查了查一次性手机，以防安迪打过电话——她并没有打过；随后我又拿出自己的手机玩了一会儿单人纸牌，假装玩得全神贯注。这事该怪到我太太的头上，是她害得我在自己的家乡都没法喝上一杯。上帝呀，我真是打心眼里恨她。

"你刚才喝的是苏格兰威士忌吗？"

我的面前站着一个女孩，年龄跟安迪差不多，是个亚洲人，长着一头及肩的黑发和一副讨人喜欢的模样。

"您说什么？"

"你刚才喝的是什么酒，苏格兰威士忌吗？"

"是呀，没法子……"

这时她已经动身到了酒吧的另一头，脸上灿烂的笑容透露出几分求助的意味，正在设法吸引酒保的目光：她还真是一个惯于吸引眼球的小妞呢。等到再回来的时候，她已经端了一杯苏格兰威士忌。

"拿去喝吧。"她吩咐道，于是我照办了，"干杯。"她边说边举起一杯滋滋冒泡的透明饮料，我们碰了杯，"我可以坐这儿吗？"

"其实我待不了多久……"我边说边打量着周围，确保不会有人正用手机摄像头对准我们。

"那好。"她耸耸肩露出一缕微笑，"我可以假装不知道你是尼克·邓恩，但那样也太无礼了。顺便说一句，我是站在你这边的，眼下你的名声可实在不太好听。"

"多谢你，眼下是……呃，是个诡异的时刻。"

"我可没有开玩笑，你知道人们怎么评价法庭上的'犯罪现场调查'（CSI）效应吗？所有陪审员都已经看过太多 CSI 剧集，害得他们相信科学可以证明一切！"

"没错。"

"嗯，我觉得也存在一种'毒夫效应'，大家看过的真实罪案节目都太多了，里面的丈夫总是凶手，因此人们自然而然就会认为案件中的丈夫正是坏蛋。"

"说得太对了，"我说，"谢谢你，简直说得丝毫不差，再说埃伦·阿博特……"

"让埃伦·阿博特见鬼去吧，"我那位刚刚结识的朋友说道，"她整个儿是一套变态的法规戒条，只不过披着女人的皮囊，心里恨死了男人。"她又举起了酒杯。

"你叫什么名字？"我问道。

"再来一杯苏格兰威士忌吗？"

"这名字太妙了。"

后来才知道，她的名字叫丽贝卡，有一张掏出来就能用的信用卡和一副千杯不醉的酒量。（"要不要再来一杯？""再来一杯？"）她来自爱荷华州的马斯卡廷，那个小镇也位于密西西比河畔，丽贝卡本科毕业后搬到纽约以写作为生（这一点也跟我一样），已经在一家婚尚杂志、一家面向上班族妈妈的杂志，还有一家少女杂志当过编辑助理，结果这三家杂志在过去几年中纷纷关门大吉，因此丽贝卡眼下正为一家名叫"迷案缉凶"的博客干活，她此次前来就是为了采访我，"只要让我乘飞机去迦太基就行……那些大牌电视网还没有拿下他，但我肯定能从他那儿挖到真材实料！"见鬼，她那副天不怕地不怕的胆识还真是让我击节赞叹呢。

"我一直跟其他人一起守在你家外面，接着又跟到了警局，后来想要喝上一杯，谁知道却偏偏见你进了这家酒吧，真是妙极了。这事有点儿蹊跷，对吧？"她一直在不停地摆弄着自己的金圈耳环，几缕秀发掖在了耳后。

"我该走了。"我已经快要口齿不清了。

"可你还没有告诉我你为什么来这里呢。"丽贝卡说，"我不得不说，你居然独自一个人出了门，身边不带一个朋友，也没有人给你撑腰，还真是胆大包天哪，我敢打赌一路上大家没给你多少好脸色看吧？！"

我耸了耸肩膀，示意那没什么大不了。

"就算压根儿不认识你，人们还是会对你的一切言行指手画脚，你在公园被手机照的那张照片就是个例子。我的意思是，你很有可能跟我差不多：父母和老师教育我们对人要有礼貌，不过谁想听真相呢，大家只想……把你逮个正着。你知道吧？"

"大家对我指指点点是因为某些模子正好能套在我身上，这一点真是让我受不了。"

她闻言挑高了双眉，两只耳环微微颤动。

我想象着运筹帷幄的艾米正在某个神秘的地方（鬼知道她在哪儿）细细地打量着我，不肯漏掉一个细节。这世上有哪一幕景象在落入她的眼帘后可以改变她的心意，让她罢手不再发疯呢？

接着我开了口："我的意思是，大家觉得我与艾米的婚姻朝不保夕，但事实上，就在她失踪之前，艾米还费心为我策划了一场寻宝游戏呢。"

艾米会喜欢以下两条路中的某一条：第一，我乖乖地受点儿教训，坐上电椅了结一条小命；第二，我乖乖地受点儿教训，然后用配得上她的方式爱她，当一个又听话又忍气吞声的软骨头。

"那是一场奇妙的寻宝之旅。"我边说边露出一抹微笑，丽贝卡摇摇头，微微皱起了眉，"我的妻子每年都为结婚周年纪念日操办一场寻宝游戏，游戏里的一条提示会指向某个特别的地方，我会在那里找到下一条提示，以此类推，艾米她……"我千方百计想要挤出几滴眼泪，最后还是揉揉眼睛了事，酒吧门上的时钟显示此时是午夜十二点三十七分，"在失踪之前，她已经藏好了寻宝游戏的所有提示，我说的是今年的寻宝游戏。"

"然后她就在你们结婚纪念日那天失踪了。"丽贝卡说。

"我全靠那个寻宝游戏才撑到了现在，它让我觉得跟她亲近了几分。"

丽贝卡闻言掏出了一台摄像机，"让我来做一场关于你的采访吧，摄像采访。"

"真是个馊主意。"

"我会给这场采访加上前因后果，"她说，"这不正好给你救急吗，尼克，我发誓，眼下你非常需要把故事讲全。来吧，就说几句话。"

我摇了摇头，"风险太大了。"

"把你刚才说的那几句再说一遍就行，我不是开玩笑，尼克，我跟埃伦·阿博特大不一样，我可是跟埃伦·阿博特对着干的，你需要我。"她举起了摄像机，摄像机上的小红灯凝视着我。

"说真的，把摄像机关掉。"

"拜托帮我一把吧，要是采访到了尼克·邓恩，那我的职业生涯可就变成了一条康庄大道，你也积了大德。行行好吧？又没有什么坏处，尼克，只要一分钟，真的只要一分钟，我发誓，一定会有助于打造你的形象。"

她指了指附近的一个卡座——我们可以躲在卡座里，避开所有看热闹的闲人。我点了点头，我们一起重新落座，那盏小红灯始终追着我不放。

"你想知道些什么？"我问道。

"跟我讲讲寻宝游戏吧，听上去很浪漫，有几分古怪离奇，但又十分柔情蜜意。"

要把故事讲好，尼克，讲给公众听，也讲给脑子有问题的太太听。我暗自心想："现在我是一个深爱妻子的男人，终有一天能把她找出来。我是一个深爱妻子的男人，是个好人，大家会站在我这边。我不是个完美的人，但我的妻子十全十美，从现在开始我会非常非常听话。"

对我来说，要做到这一点比装出悲伤的模样更容易一些。以前我已经说过，我是个见得光的人，不过话说回来，当准备好把肚子里的话说出口时，我却仍然觉得喉咙发紧。

"我所见过的女孩没有一个比我太太更酷，有几个男人敢夸这种海口：'我把生平所见最酷的女孩娶回了家'。"我说道。

你这该死的贱人贱人贱人贱人。回家吧，到那时我就可以结果你的性命。

艾米·艾略特·邓恩
事发之后九日


    我一觉醒来便感觉一阵心惊，颇有些不对劲，一个念头在顷刻间涌上心头，仿佛一道闪电从脑海中劈过：千万不能让人在这里发现我。警局的调查进展不够快，我手里的钱却像流水一样花了出去，杰夫和葛丽泰已经开始留心我的动静，再说我身上闻起来还有股鱼腥味。

    杰夫的举止有几分蹊跷，昨晚他居然急匆匆地向海岸线赶去，奔向我捆好的裙子和腰包。葛丽泰也有几分蹊跷，她居然一直盯着埃伦·阿博特的节目不放。他们两个人都让我不由得紧张……难道是我太疑神疑鬼了？刚才的口气听上去倒像是那位记日记的艾米："我的丈夫真的会杀了我吗，还是我在胡思乱想呢？"此时此刻，我才第一次由衷地为她感到难过。

    我往艾米·邓恩失踪案的举报热线拨了两次电话，分别跟两个人聊了聊，报料了两条线索。接电话的志愿者似乎对它们丝毫不感兴趣，因此很难说那两条线索什么时候才会送到警察手中。我心情郁郁地驾车驶向图书馆：我必须收拾东西离开这儿，必须用漂白剂把所住的木屋清洗干净，擦掉所有指纹，用吸尘器处理掉所有毛发，抹掉艾米（还有莉迪亚和南希这两重身份）留下的痕迹。离开这里我就安全了，就算葛丽泰和杰夫确实对我的身份起了疑心，只要没有办法把我逮个正着，我就不会有事。艾米·艾略特·邓恩恰似传说中那令人垂涎却又难觅踪迹的雪怪，而葛丽泰和杰夫不过是两个乡下骗子，他们那套含糊其词的说法立刻就会穿帮。低头走进寒气入骨又空空荡荡的图书馆时，我打定了主意：今天我就要动身出发。图书馆里有三台电脑没有人用，我要上网去查查尼克的消息。

自从守夜那天以来，有关尼克的新闻就日复一日地出现在媒体上，把同样的事实说了一遍又一遍，炒得也越来越热，却压根儿没有爆出任何新料。不过今天的形势有点儿不一样，我在搜索引擎中键入尼克的名字，发现相关博客火爆得不得了，因为我那位喝醉酒的丈夫居然做了一场离谱的采访，一个不知道从哪里冒出来的小妞操着一架摄像机在一间酒吧里录下了采访全程——上帝啊，这傻瓜蛋还真是永远也学不乖呀。

尼克·邓恩的视频告白！！！
尼克·邓恩：醉后吐真言！！！

我的一颗心简直蹦到了嗓子眼儿，看来尼克又跳进了自己挖的陷阱。

这时视频加载完毕，电脑屏幕上出现了尼克的面孔，睁着一双昏昏欲睡的眼睛（喝醉的时候他就会变成这副德行），歪着嘴角露齿而笑，嘴里正说着我，那副人模人样的架势看上去还挺开心。"我所见过的女孩没有一个比我太太更酷，"他说，"有几个男人敢夸这种海口：'我把生平所见最酷的女孩娶回了家'。"

我的胃微微抽了一抽，我倒没料想到他会这么说，乍听之下差点儿忍不住露出了微笑。

"她到底酷在哪里呢？"担任采访的女孩在镜头外问道，声音听上去又尖又活泼。

尼克开始大谈特谈寻宝游戏，一会儿说寻宝游戏是我们两人的传统，一会儿说我总是把那些笑死人的私房话记在心头，一会儿又说寻宝游戏是我给他留下的唯一一件宝物，因此他一定要把寻宝之旅走完，这是他的使命。

"直到今天早上，我才到达了终点。"他的声音有些沙哑，谁让他一直在压着人群发出的喧闹声说话呢，待会儿他会回家用温盐水漱漱口——他妈妈总是逼他这么做，如果我在家里陪他的话，尼克就会让我去烧水加盐，因为他从来都把握不好盐的分量，"寻宝之旅让我意识到……许多事。她是世上唯一一个能让我吃惊的人，知道吧？至于其他人嘛，我总能算出他们会说些什么，因为大家的口径都差不多。大家都看同样的节目，读同样的读物，把所有的东西都回收再用，但按照艾米的标准，她自己就算得上一个十全十美的人，她对我有很大的影响力。"

"你觉得眼下她在哪儿呢，尼克？"

这时我的丈夫低头凝望着自己的结婚戒指，伸手捻了它两次。

"你还好吧，尼克？"

"要我说真话吗？其实我感觉很糟糕，过去我实在对不起自己的太太，简直错得一塌糊涂。我只希望现在还来得及，对我来说不算太晚，对我们两个人来说也不算太晚。"

"这么说来，在感情方面你已经快撑不住了？！"

尼克抬眼凝视着镜头，"我真希望我的太太回到我身边，我真希望她就在这里。"说完他吸了口气，"我不太会表达心底的情感，这一点我自己清楚，但我确实爱她，我不能让她出事，她一定要平平安安才行，我欠她的还有许多许多没有还呢。"

"你欠她什么没有还？"

听到这话他笑出了声，即使到了此刻，我仍然觉得他那懊恼的笑容让人心动。在往昔美好的时光中，我曾经把那笑容叫作"脱口秀之笑"，那时尼克会低下眼神匆匆一瞥，一边漫不经心地伸出拇指挠挠嘴角，一边轻轻一笑——就在开口讲述一桩血案之前，迷人的电影明星也常常会露出这样的笑容。

"我欠她什么你管不着，"他笑着说，"我欠她很多，以前我没有扮演好丈夫的角色，艾米和我度过了一些难熬的日子，而我……我居然罢手不肯再经营婚姻生活了。我的意思是，我曾经无数次听人说过这句话'我们罢手不再经营婚姻生活了'，每个人都知道这意味着一段婚姻将走向末路，千百回里也难得遇上一次例外，但我居然还是撒手不再努力把日子过好。捅娄子的人是我，我没有扮演好自己的角色。"尼克看上去有些睁不开眼睛，说话带着鼻音，看来不仅仅是喝得略有点儿醺醺然，而是再喝上一杯就会酩酊大醉，他那粉色的双颊也透出几分酒意。我的指尖顿时泛上一片红潮，不由记起尼克的肌肤在喝下几杯鸡尾酒后会有些发烫。

"那你会怎样向她补过？"镜头在这时抖了抖，担任采访的女孩正伸手去拿她的饮料。

"说到我要怎样向她补过嘛，首先我要找到她带回家，这一点毋庸置疑。接下来呢，从现在开始，不管她对我有什么要求，我都会照办，因为在走到寻宝之旅的终点时，我的太太简直让我五体投地，我从未像现在这样看清过她的真容，也从未像现在这样确信自己该做些什么。"

"如果此刻你可以跟艾米说上话，你会告诉她什么呢？"

"我爱你，有朝一日我会找到你，我会……"

我可以断定他马上就要开口说出丹尼尔·戴－刘易斯在《最后的莫希干人》影片中的台词："好好活下去……有朝一日我会找到你。"尼克才不会放过顺手恶搞电影对白的机会呢。我能感觉到那句话到了他的嘴边，他却一口把话咽了下去。

"我永远爱你，艾米。"

他的话听上去真是肺腑之言，压根儿不是我丈夫惯常的作风。


三个胖得不得了的山里人驾着电动踏板车排在我前面，害得我还要等一会儿才能喝上早间咖啡。踏板车的两侧露出他们气势汹汹的肥臀，可这群人居然又点了一份"满福堡"，我可没有说瞎话，在这家麦当劳里，我前面的队伍真的排了三个驾着踏板车的人。

其实我还真的不在乎，尽管计划出了点儿小小的岔子，我却颇有几分雀跃，真是有些蹊跷。尼克的视频已经在网上传得沸沸扬扬，反响好得令人惊讶。人们谨慎地站在了光明的一面，"也许这家伙并没有动手杀妻吧"，这是人们对该视频最常见的评语，简直一字不差，因为尼克一旦卸下心防流露真情，一切便昭然若揭了。但凡看过视频的人都不会相信尼克是在演戏，他那套言行可不是蹩脚的业余水平演出。我的丈夫爱着我，换句话说，至少昨天晚上他还爱着我。我住在一间寒酸的小木屋里，房间闻上去像是发霉的毛巾，我本人又正在盘算着让他遇上一场大劫，他却从心里爱着我。

当然啦，我清楚这么点儿情意还不够分量，我不能改变计划。但那则视频让我暂时罢了手，毕竟我的丈夫已经完成了寻宝之旅，同时陷入了爱河，再说他确实十分苦恼——我发誓，我看到尼克的一边脸上长了一块荨麻疹。


我到了自己的小屋，恰好撞上多萝西在敲门，她那被热汗濡湿的头发齐刷刷地往后梳，好似华尔街上油嘴滑舌的家伙。多萝西有个习惯，她经常猛地抹一把上嘴唇，然后舔掉手指上的汗水，因此当多萝西转身面对我时，她的嘴里正吮着一根食指，仿佛吮着一根奶油玉米棒。

"总算见到你啦，你这开小差的家伙。"她说。

这时我想了起来，我还欠着木屋的租金呢，足足两天。一念及此，我差点儿笑出了声，谁能想到我也有拖欠租金的一天哪。

"对不起，多萝西，十分钟内我会带上租金去你那儿。"

"我还是等着你吧，如果你不介意的话。"

"我说不好会不会继续住下去呢。"

"好吧，那你欠我两天的租金，八十美金，谢谢。"

我闪身进了小屋，解下腰包。今天早上我在床上数了数现金，花了很长时间一张接一张地派着美钞，好似正在跟钞票曲意周旋，结果发现我手里竟然只剩下了8849美金，也不知道花到哪里去了，过日子还真是费钱呢。

我开门将现金递给多萝西（现在只剩下8769美金了），一眼望见葛丽泰和杰夫正待在葛丽泰家的门廊上，眼睁睁地看着现金从我手中到了多萝西手中。杰夫并没有弹吉他，葛丽泰也不抽烟，他们似乎只是为了把我打量得清楚些才站在那条门廊上。他们两人一起向我挥挥手，嘴上说着"嘿，亲爱的"，我也软绵绵地挥了挥手，关上门开始收拾行李。

在这个世界上，我曾经拥有许多东西，相形之下，眼下我拥有的一切少得奇怪。我既没有打蛋器，也没有汤碗；床单和毛巾倒是有几条，但我压根儿没有一条像样的毯子。我有一把剪刀，全靠它才能对自己的头发大开杀戒。想到这里，我不禁露出了微笑，因为当年我跟尼克住到一个屋檐下的时候，他居然还没有自己的剪刀。他没有剪刀，没有熨斗，没有订书机，我记得当时还问他没有剪刀哪里算得上文明人，结果他说他当然算不上文明人，说完伸出双臂一把搂住了我，把我扔到床上扑了上去。当时我在哈哈大笑，因为那时候我还扮演着"酷妞"的角色呢，当初的我会哈哈笑出声来，而不会寻思他的话是什么意思。

如果一个男人没有一把上得了台面的剪刀，那就千万不要嫁给他；我会这样劝告姑娘们，要是嫁给他的话，结局好不到哪里去。

我把衣服叠好收进小背包：那是三套一模一样的衣服，一个月前我买来藏在了逃跑用的车里，免得还要从家里带。我又朝背包里扔进一把旅游牙刷、一把梳子、日历、润肤露、值不了几个钱的泳装，还有先前买好的安眠药——想当初我还打算吃下药投水自杀呢——行装眨眼间就收拾好了。

我戴上乳胶手套擦掉了所有的痕迹，清理掉下水管道中残留的毛发。我并不觉得葛丽泰和杰夫识破了我的身份，但万一他们真的发现了我是谁，那我可不想留下任何证据。我一边清理一边暗自心道："这就是你一时松懈造的孽，这就是你不肯时时盘算弄出的结果，你活该被抓个正着，谁让你干了这种傻事。要是你在前台留下毛发怎么办？要是杰夫的汽车或葛丽泰的厨房有你的指纹怎么办？你怎么会觉得自己有可能把一腔忧心抛到脑后呢？"我想象着警方把小木屋翻了个底朝天，却什么也没有找到，接下来出现的一幕好似电影中的特写：镜头聚焦在一根孤零零的头发上，我的一根头发正在泳池的水泥地上飘飘荡荡，等待有朝一日将我推进火坑。

紧接着我又转念一想，还用说吗，鬼才会来这个地方找你。警方最多就是听见几个小骗子的满嘴空话，说他们在一个前不着村后不着店的地方见到了艾米·艾略特·邓恩本人，她在一家又廉价又破烂的汽车旅社中。就凭这番说辞，只怕警方还以为几个默默无闻的小人物为了出风头在讲大话呢。

这时屋外传来了一阵敲门声，听上去满有一种理直气壮的架势——有些家长就会带着这种风雷之势敲孩子房间的门，紧接着把门猛地推开，仿佛在说"怎么着吧，这可是我的地盘"。我正站在屋子中央寻思该不该应门，屋外却又传来了一阵砰砰响。此时此刻，我算是悟到为什么许多恐怖电影里会用神秘的敲门声来渲染气氛——那砰砰声简直令人心惊。你不知道来者究竟是何方人士，但你心知自己一定会打开那扇门，你会跟我一样冒出一个念头：要是门外是个坏蛋，人家还会敲门吗？

"嘿，亲爱的，我们知道你在家，拜托开门呀！"

我脱掉乳胶手套开了门，杰夫和葛丽泰正站在门廊上，背对着阳光，面孔上笼着一层阴影。

"嘿，你这俏妞，让我们进屋吧？"杰夫问道。

"其实，我……我正要去找你们哪。"我装作一副正烦得满头包的模样，仿佛管不住自己的嘴巴，"我要走啦，要么明天动身，要么今天晚上，家里给我打了个电话，我得回去一趟。"

"你说的是路易斯安那州那个家还是萨凡纳那个家？"葛丽泰说，看来她和杰夫聊过我的事。

"路易斯……"

"管它呢，"杰夫说，"让我们进屋待上片刻，跟你道个别。"

他迈开步子向我走来，我想要尖叫几句或者"砰"一声关上门，但又觉得这两种对策都不会有什么好果子吃，还不如表面假装一切安好，心里暗自希望不要出事。

葛丽泰进屋后关上门靠在上面，杰夫信步走进小小的卧室，又优哉游哉地逛到了厨房里，一边东拉西扯地聊着天气，一边动手打开门和橱柜。

"你得把这地方清理干净，不然的话多萝西只怕不肯退你押金，她可是个斤斤计较的老顽固。"他说着打开冰箱，瞄了瞄冷藏格，又瞄了瞄冷冻格，"漏下一罐番茄酱也会被扣押金，这一点我一直想不明白，番茄酱又放不坏。"

他打开壁橱把我已经叠好的寝具抬了起来，抖了抖床单，"我每次都会抖抖床单，瞧一瞧里面有没有袜子、内衣之类的玩意儿。"他说。

他又打开床头柜的抽屉，跪下来把它里里外外审视了一遍，"看上去你手脚很麻利嘛，什么东西都没有漏下。"他说着面带微笑站起身，伸手掸了掸牛仔裤。

他仔仔细细地打量着我，从头看到脚，又从脚看到头，"到底在哪里，亲爱的？"

"什么东西在哪里？"

"你的钱啊，"他耸了耸肩膀，"不要敬酒不吃吃罚酒嘛。"

葛丽泰在我身后一声不吭。

"我只有几十块钱。"

"鬼才信哪，"杰夫说，"你在哪儿都是用现金付账，就连租金也是，葛丽泰还亲眼看见你拿了一大笔钱。乖乖地把钱交出来，那样就没有人再拦着你，我们几个从此各走各的。"

"我要报警了。"

"去报警呀！悉听尊便。"杰夫抱着双臂摆出一副等待的架势，把两只大拇指夹在胳肢窝里。

"你的眼镜是用来糊弄人的，镜片压根儿没有度数。"葛丽泰说。

我一声不吭地盯着葛丽泰，暗自希望她能打退堂鼓。面前这两个人看上去紧张得很，他们说不定会突然改变主意，声称他们不过在虚张声势逗我玩，然后我们二人就会一起笑上一场，心照不宣地打个马虎眼假装一切没有发生过。

"再说你发根那里的头发已经长出来了，那可是金发，比你染的破烂颜色要漂亮得多，你染的是什么玩意儿啊，简直活像仓鼠的毛色，顺便说一声，你的发型也难看得要命。"葛丽泰说，"你一定是在掩人耳目，我不知道是不是真的在躲一个男人，不过你可没胆子打电话报警，还是乖乖把钱给我们吧。"

"是杰夫让你这么干的吗？"我问道。

"是我让杰夫这么干的。"

我迈步走向正堵着门的葛丽泰，"让我出去。"

"把钱交出来。"

我挺身要去拉门，葛丽泰猛地把我推到墙上，伸出一只手狠狠地捂上了我的脸，另一只手拉起我的裙子一把扯下了腰包。

"住手，葛丽泰，我可没有开玩笑！住手！"

她那带着汗味又热辣辣的手掌捂着我的面孔，捏住了我的鼻子，一根手指甲从我的眼睛上擦过。她把我推到墙上，我的头顿时嗡嗡作响，几乎咬到了自己的舌尖——不过话说回来，这场架打得倒是悄无声息。

我的一只手上还抓着腰带的带扣，但有一只眼睛正在狠命地流泪，我无法看清楚再还手，于是她没花多久就掰开了我的手，指甲挠得我的指节火辣辣地疼。她又推了我一把，打开拉链翻了翻钞票。

"我的天哪，"葛丽泰说，"好像有……"她边说边数，"不止一千块，还不止两三千块。见鬼！你他妈的抢银行啦？"

"她说不定真抢银行了呢，比如挪用公款之类。"杰夫说。

要是眼前一幕是一部电影场景，尤其是出自尼克之手的电影，那我就会一巴掌摁上葛丽泰的鼻子，把她往地板上一摔，摔得她头破血流又人事不省，接着挥拳打翻杰夫，但事实上我压根儿不知道如何开打，再说面前还有两个人，为这点儿钱拼命似乎也不划算。我会朝他们两个人冲过去，他们会攥住我的手腕，而我只能像个孩子般挥着一双粉拳给他们挠挠痒，嘴里不痛不痒地骂上几句，说不定还真会惹恼了他们，最后把我狠狠地揍上一顿。我还从来没有挨过打，想到别人要动手伤我，我简直怕得要命。

"你尽管去打电话报警，去吧，给他们打电话。"杰夫又重复道。

"去死吧。"我低声说。

"这次真是对不住你了，"葛丽泰说，"接下来的路上你要多加小心，好吧？要是看上去像个独自上路的女孩儿家，正在到处东躲西藏，那可惹祸呢。"

"你不会有事的。"杰夫说道。

两人动身离开的时候，他还拍了拍我的胳膊。

床头柜上摆着一枚两角五分的硬币和一枚一角硬币，这是我在这个世界上的全部家底。

尼克·邓恩
事发之后九日


早安！此时我正拿着笔记本电脑坐在床上，喜滋滋地看着关于我那场即席采访的网上点评。我的左眼时不时颤动一下，那是花不了几个钱的苏格兰威士忌留下的醉意，不过除此以外，我感觉一肚了心满意足。昨天晚上我投下了第一块香饵，借此把我太太引回家，"对不起，我会向你补过，从现在开始你怎么说我就怎么办，我会让全世界都知道你是多么独一无二。"

除非艾米决定现身，不然的话我就倒霉了。至今为止，坦纳手下的包打听还没有查到一点儿消息（那是个瘦削结实、外表整洁的家伙，跟我想象中醉醺醺的侦探相差甚远），我妻子把自己的行踪藏得密不透风。我不得不说服艾米回来，又是放下身段又是拍马屁，只希望能逼她现身。

如果网上评论好歹能预示一丝风向的话，那我的上步棋倒是走得很妙，因为网上的评论很棒，实际上真是棒得不得了：


冷面人终于真情流露！

我早就知道他是个好人。

酒醉吐真言哪！

也许他并没有杀她

也许他并没有杀她

也许他并没有杀她

还有一点，人们不再称呼我"兰斯"了。

我家门外的摄影师和记者们已经颇为焦躁，他们想要那个风口浪尖上的家伙出来说几句话，于是对着我家紧闭的百叶窗大叫道："嗨，尼克，拜托出来吧，跟我们讲讲艾米。嘿，尼克，跟我们讲讲你的寻宝游戏。"对他们来说，眼下只是一个吸引眼球的热点又起了新一波，但对我来说，眼下的形式却远远好过当初，那时记者们还一个劲地问："尼克，你杀了你的妻子吗？"

突然间他们又大声叫起了玛戈的名字，玛戈是记者们的宠儿，她可没有长一张不露声色的冰块脸，人们能看出她的喜怒哀乐，如果再在她的图片下面加几行解说词，一篇报道可就新鲜出炉了。"玛戈，你哥哥是清白的吗？""玛戈，跟我们说说……坦纳你来说几句吧，你的客户清白吗？坦纳……"

门铃响了，我躲在门后开了门——我现在这副邋遢相实在见不得人，跟刺猬一样炸了毛的头发和皱巴巴的平脚内裤都大有文章可挖。昨天晚上我在镜头前算是酒后吐真言，只不过略有几分醉意，那副模样还挺惹人爱，但眼下我看上去却十足是一副烂醉如泥的模样。我关上了门，只等着玛戈和坦纳把我的智举夸成一朵花。

"千万，千千万万别再这么干了……"坦纳开口道，"你到底是哪根神经抽了疯，尼克？我是不是得把你拴在身边寸步不离？你到底能傻到哪个地步？"

"难道你没有看见网评？大家爱死这一套了。我正在扭转民意，不是你让我这么干的吗。"

"千万不要在摸不清底细的时候干这种事，"他说，"如果她是埃伦·阿博特的手下怎么办？如果她问的不是'你想对妻子说些什么，讨人爱的甜心'，而是开口问你一些难答的问题怎么办？"他学着女孩的腔调莺声燕语地说着，那张做过美黑的脸涨得通红。

"我相信自己的直觉，坦纳，我干的可是记者这一行，你好歹得对我有点儿信心，真要有猫腻我还是看得出几分端倪，她是个不折不扣的好姑娘。"

他一屁股在沙发上坐下来，把脚搁在那只不会翻身的搁脚凳上，"嗯，好吧，但你太太当初也是个不折不扣的好姑娘，"他说，"安迪当初也是个不折不扣的好姑娘。你的脸颊是怎么回事？"

被坦纳一提醒，我觉得自己的脸颊还在阵阵作痛，不禁扭头望了望玛戈，想让她给我撑撑腰，"你的办法可算不上什么锦囊妙计，尼克，"她一边说一边在坦纳对面坐了下来，"不过你的运气真是好得不得了……反响居然这么棒，但话说回来，你原本也有可能捅个娄子。"

"你们两个人真是太大惊小怪，过了足足九天才盼来一条好消息，我们能好好享受片刻吗？就三十秒钟，拜托？"

坦纳看了看表，"好的，计时开始。"

我刚刚开口，他就冷不丁伸出一根食指，嘴里发出"嘘"的一声，恰似大人们作势让插嘴的小孩噤声。他的食指一寸接一寸地放低，最后落在了表盘上。

"好啦，三十秒时间到了，你享受够了吗？"他顿了顿，以便看看我有什么话说——老师通常也会用这一招，他们会开口问一名捣蛋的学生"你讲够了吗"，然后刻意沉默片刻等学生发话，"现在我们要好好谈一谈，在眼下这个关头，把握时机绝对是关键……"

"我也这么觉得。"

"哎呀，谢天谢地。"他把一条眉毛挑得老高，"我想马上向警方通报柴棚里的东西，尽管普罗大众们都……"

"普罗大众这个词就不用加'们'字啦，只说普罗大众就行。"我暗自心想——这用法还是艾米教我的。

"……又一次对你看顺眼了。对不起，换句话说，他们不是又一次对你看顺眼了，而是终于对你看顺眼了。记者们已经找到了玛戈家，要是再继续瞒着柴棚和里面的东西，我觉得不太安心，艾略特夫妇的态度是……"

"艾略特夫妇是不会站在我们这边了，压根儿不要指望。"我说道。

又是一阵沉默。坦纳还是决定不开口训我，甚至没有问到底发生了什么事。

"因此我们得主动出击。"话一出口，我顿觉自己是金刚不坏之身，怒火烧遍了全身，我已经做好准备投入战场。

"尼克，别风向刚一转好你就觉得自己坚不可摧。"玛戈说，她从手袋里掏出几片强效药塞进我手中，"你得解解酒，今天还要办正事呢。"

"不会出事的。"我告诉她，吃了药丸，我转身面对着坦纳，"我们该怎么办？订个计划吧。"

坦纳说："棒极了，那我们就这么办：明天接受莎朗·席贝尔的采访，这一招实在是不按常理出牌，不过我就是这种风格。"

"哇，已经定好啦……"说到采访，我简直找不出一个比莎朗·席贝尔更合适的媒体人——她是时下收视率最高的（该收视率是就三十岁至五十五岁的电视观众而言）电视网（电视网的受众面比有线电视更广泛一些）在职女记者（这一点好歹证明我还是能跟女人保持客客气气的关系）。众所周知，莎朗·席贝尔偶尔会在罪案新闻里插上一脚，但只要趟进这潭浑水，她就会变成一副一腔正气的模样。两年前有位年轻母亲因为不停摇晃自己刚出生不久的孩子导致死亡，为此进了大牢，莎朗·席贝尔激情四射地为这位母亲撑腰，在好几个晚上从法律上一条接一条地替她辩护，眼下那位母亲已经回到位于内布拉斯加州的家乡，又结了婚，正等着生宝宝呢。

"千真万确！视频火爆起来以后，她找上了我们。"

"这么说来，那段视频终究有份功劳嘛。"我忍不住说出了口。

"那段视频给你帮了个很有意思的忙，在视频出来以前，你看上去明显是真凶，眼下看上去却没法一口咬定你是真凶了。我不知道怎么回事，你看上去总算摘掉了假惺惺的面具……"

"因为尼克昨晚的举动有个实实在在的目标：把艾米弄回来，也就是说，那是一招攻势。"玛戈说，"而在此之前，尼克的举动不过是任性妄为、毫无诚意的感情。"

我向玛戈露出一抹微笑表示谢意。

"嗯，时时刻刻要记住：你的一举一动都要有目的。"坦纳说，"尼克，眼下的局面已经超出了'不按常理出牌'的程度，大多数律师在这种关头会拦着你，但我却一直想试试这种路数。司法案件中已经到处是媒体的影子，不管互联网也好，Facebook 和 YouTube 也好，总之时下哪里也找不出毫无偏见的陪审团。当事人还没有踏进法庭，案子已经定局了八九成，那为什么不好好掌控风向，顺势利用媒体呢？！不过这种路子有风险，我希望能够将每个字、每个手势、每条信息都提前计划好，但你的表现必须要自然，要招人喜欢，不然一切都将适得其反。"

"噢，你的要求听上去还真是简单哪，要一步不漏地预先策划，却又要彻头彻尾地真情流露。"我说。

"你在措辞上务必万分小心，而且我们会告诉莎朗，某些问题你会闭口不答。当然她无论如何还是会问你这些问题，但我们会教你怎么说：'因为办理此案的警方有些偏颇的举动，尽管我非常乐意回答这个问题，眼下却实在无法开口，我真的万分遗憾……'你得说得让人打心眼里信服。"

"活像一只会说话的狗儿。"

"没错，活像一只会说话的狗儿，这狗儿还不乐意去坐牢呢。尼克，莎朗·席贝尔对你青眼相看，我们的前途大有指望，这一招实在是不按常理出牌，不过我就是这种风格。"坦纳又把那句话说了一遍，"这一招实在是不按常理出牌，不过我就是这种风格"，他挺喜欢那句话，那一句堪称他的主题曲。这时他顿了顿，皱起眉头端出一副假装思考的姿态，看来接下来他要补上几句不讨我欢心的话。

"怎么啦？"我问道。

"你必须把安迪的事告诉莎朗·席贝尔，因为纸包不住火，总有一天会露馅儿。"

"我好不容易开始讨大家的欢心了，你却要我在这关头亲手毁掉一切？"

"尼克，你看我曾经处理过多少宗案子？我向你发誓，无论如何，这种猫腻有朝一日总会露馅儿。如果老老实实地坦白，我们还可以控制局面，你把安迪的事告诉莎朗，然后道个歉，诚惶诚恐地道个歉。你有了一段婚外情，你是个男人，一个脆弱而愚蠢的男人，但你真心实意地爱自己的妻子，你会向她赔罪。你要是接受了莎朗的采访，该节目会在第二天晚上播出，采访内容不得事先泄密，因此电视网在节目预告里不能拿安迪的事做文章，他们只能用'重大爆料'这个词。"

"你已经把安迪的事告诉他们了？"

"天哪，当然没有。"他说，"我只告诉他们，我们这边会提供一则十分劲爆的消息。因此你就乖乖去接受采访，我们还有大约二十四个小时用来周转，在节目播出之前要把安迪的事和柴棚里发现的东西通通告诉波尼和吉尔平，到时候就说，'噢，天哪，我们已经把事情查了个一清二楚：艾米还活着，她在栽赃尼克！她丧心病狂，一腔醋意，她在设套栽赃尼克！哎哟喂！'"

"那为什么不告诉莎朗·席贝尔艾米在陷害我呢？"

"其一，你要是坦白了跟安迪的地下情并恳求原谅，整个美国都会顺势原谅你，他们会为你感到难过，美国人民喜欢看那些身负罪孽的人开口道歉。但你不能说出真相抹黑你的妻子，因为没有人愿意看到出轨的丈夫埋怨他的太太，还是等下一步再让别人捅出这个消息吧——'与警方关系密切的消息灵通人士透露：尼克的妻子正是诬陷他的罪魁祸首（尼克曾发誓全心全意地爱她）！'那时候可就热闹了。"

"还有什么原因？"

"艾米陷害你的手段很难一步步解释清楚，只言片语可做不到，不适合上电视。"

"我觉得有点儿恶心。"我说道。

"尼克，这……"玛戈开口说道。

"我明白，我明白，此事非办不可嘛，但你能想象不得不把自己最大的秘密昭告天下吗？我知道我必须这么做，而且这一招终究会有效果，我想，想让艾米乖乖回来，这是唯一的办法，她想让我当众丢丢脸面……"我说。

"她希望你当众受罚，"坦纳插嘴道，"别说'当众丢丢脸面'，那样听上去感觉你心里还窝着一肚子委屈。"

"她还希望我公开道歉……"我接着说道，"到时候可就难熬了。"

"趁我们还没有行动，我先要打开天窗说亮话。"坦纳说，"把底细全透漏给警方是有风险的，也就是说，告诉警方艾米在陷害尼克是有风险的。大多数警察会锁定某个犯罪嫌疑人，他们压根儿不希望出现别的可能性，因此我们把底细告诉了警方，他们却有可能觉得我们说的是满嘴胡话，还把你给抓起来……我们把自己的底牌亮给了警方，他们可以据此在庭上对付我们。"

"嗯，等等，这一招听上去真的十分糟糕，十分失策，坦纳。"玛戈说。

"让我说完。"坦纳说，"第一，我觉得你没看错，尼克，我想波尼骨子里并不相信你是个杀人凶手，她会乐意听一听别的说法，她这个人的名声不错，是个为人挺公正、挺有直觉的警察。我已经跟她聊过，对她感觉挺好，我觉得证据正在一步步地向她证明你是杀妻犯，但她却直觉到有什么地方不对劲。更重要的一点是，如果我们真的上了庭，我反正也不会亮出'艾米陷害你'这张牌来为你辩护。"

"你是什么意思？"

"我已经说过，这套说法太复杂，陪审团没有办法吃透。相信我，如果某套说法不适合上电视的话，那它也不适合讲给陪审团听，我们更应该走O. J. 辛普森案的路子，讲个简简单单的故事：办案的警方是群吃干饭的家伙，他们一心盯上了你，警方手里的都是些捕风捉影的旁证，等等等等……"

"你这句'等等等等……'，听上去真是替我壮胆哪。"我说。

坦纳的脸上闪过一丝笑意，"尼克，陪审团打心眼里喜欢我，我跟他们是一伙的。"

"坦纳，就算太阳从西边出来，你也不会跟他们一伙。"

"那就换个说法吧：陪审团巴不得他们跟我是一伙的。"


眼下我们的一举一动都在狗仔队的眼皮底下，因此玛戈、坦纳和我在一片闪光灯和嘈杂声中离开了家。（"不要盯着地面，不要笑，但也不要露出一副心里有愧的模样。"坦纳指点道，"不要急匆匆地跑，保持平常步速就好，就让记者们尽情地拍照吧，趁你还没有对他们大骂出口赶紧关上家门，到时候想怎么骂就怎么骂。"）莎朗的采访将在圣路易斯举行，因此我们正前往该城，让我和坦纳的太太贝琪练手，贝琪曾经担任过电视新闻主播，现在转行当了一名律师，"博尔特－博尔特"律师事务所用的就是他们夫妻两人的名头。

眼前的一幕真是让人后背发寒，坦纳和我的身后跟着玛戈，她的身后又跟着好几辆新闻车，但当圣路易斯那座著名的拱门渐渐冒出地平线时，我已经把狗仔队忘到了九霄云外。

我们一行人抵达了坦纳订下的酒店顶层套房，而我也做好了准备应付采访，心里又一次期盼着能有一首属于自己的主题曲，以便展现出我迎接大战的一幕又一幕：要是一只一再挨打的受气包有一首自己的主题歌，那会是什么样子？

一位身高超过一米八的黑人美女打开了门。

"嗨，尼克，我是贝琪·博尔特。"

我还以为贝琪·博尔特是个娇小玲珑、金发碧眼的南方白人美女呢！

"别担心，每个人初次见我都会吓一跳。"贝琪察觉到我的神色，不禁放声笑了起来，和我握了握手，"坦纳与贝琪，我们两个人听上去活像是《学院派官方指南》的封面人物，对吧？"

"改成《学院派手册》就更妙了。"坦纳一边说一边吻了吻她的脸颊。

贝琪领着我们走进一套令人印象深刻的顶层房：阳光透过一扇扇占满整面墙的窗户洒进客厅，客厅的周围各有卧室。坦纳曾发誓，出于对艾米父母的尊重，他不能留在迦太基的"戴斯"酒店，但玛戈和我都怀疑是因为最近的五星级酒店在圣路易斯，因此迦太基才留不住坦纳。

我们先聊了聊家常，谈起贝琪的家世、大学和职业生涯（她的家世、学历和职业生涯无一不是光芒四射），每个人又都拿了些饮料（饮料是汽水和"克拉玛特"牌果汁，玛戈和我已经认定这是坦纳的一个怪癖，纯属做作之举，他觉得这种风格让自己显得特立独行，恰似我在大学戴无度数眼镜一样）。玛戈和我一屁股坐进了皮革沙发，贝琪则在我们的对面坐下，两条腿叠在一侧，仿佛一条斜杠"/"，既流露出几分韵味，又流露出几分职场风范。坦纳在我们身后走来走去，听着我们的对话。

"嗯，尼克，我就打开天窗说亮话了，好吧？"贝琪说。

"好的。"

"来说说你在电视上的表现吧。除了你那则在酒吧里拍摄的视频，也就是昨晚登上'迷案缉凶'网站的视频，你的表现实在很糟糕。"

"当初我去平面媒体工作，就是因为我一看见镜头就变成了一张冰块脸。"我说。

"说得一点儿没错，你看上去活像个办丧事的殡葬师，表情僵硬得很，"贝琪说，"不过我倒有一招专攻这个毛病。"

"你是指灌上几杯吗？博客上的视频就是靠了那一招。"我问道。

"酒在这里可派不上用场。"贝琪架起了一台摄影机，"我们还是先排练一次吧，我来扮演莎朗，问一些她可能会问的问题，你则按自己平常的方式回答，那样我们就知道你究竟有多么离谱。"她又放声笑了起来，"等一下。"贝琪身穿一条蓝色紧身裙，一边说一边从一个特大号皮包里掏出一串珍珠项链——这是莎朗·席贝尔常用的打扮。"坦纳？"贝琪说道。

坦纳为贝琪把项链系上，她露齿而笑，"我希望能活灵活现地扮演莎朗·席贝尔，不过我那一口格鲁吉亚口音和我的肤色不能作数。"

"此时此刻，我眼中所见的压根儿就是莎朗·席贝尔本人。"我说。

她打开摄像机在我对面坐了下来，呼了一口气，先低头望了望，然后抬起了头，"尼克，此案存在许多纷争，"贝琪用莎朗那副字正腔圆的主播腔说道，"首先，你能向观众简单讲一讲你妻子失踪那天的情形吗？"

"尼克，这里你只要开口说一说你们一起在结婚纪念日吃了顿早餐。"坦纳插嘴道，"反正结婚纪念日早餐的风声已经漏出去了，但你不要提到当时的时间安排，不要提到早餐之前和早餐之后的事项，要集中火力强调这顿美妙的早餐，那是你和艾米一起共度的最后一餐。好了，继续。"

"好的。"我清了清嗓子。摄像机正一闪一闪亮着红光，贝琪的脸上露出质疑的神色，"嗯，你也知道，那天正值我们结婚五周年的纪念日，当时艾米起了个大早，正在……"

这时贝琪冷不丁伸出了一条手臂，我的脸颊上顿时感到一阵刺痛。

"到底在捣什么鬼？"我想要弄明白究竟发生了什么事。一颗樱桃红色软糖躺在我的腿上，我把它捻了起来。

"只要你一紧张，只要你那张英俊的脸蛋变得跟办丧事一样面无表情，我就会'赏'你一颗软糖。"贝琪解释道。从她那副架势看来，这一切仿佛十分合情合理。

"这一招会让我放松下来？"

"其实还真有效果。"坦纳说，"当初她就是这么教我的，不过我觉得她当时扔过来的只怕是石头。"这时博尔特夫妇对彼此露出了心领神会的微笑，我已经看得出来：坦纳和贝琪属于那种时时刻刻都爱现的眷侣，他们似乎总是沉浸在自己主持的脱口秀中。

"现在再来一遍吧，但要在可丽饼上做点儿文章。"贝琪说，"可丽饼是你最爱吃的东西，还是她的心头之好？还有，那天早上你太太为你做可丽饼的时候，你又在干吗？"

"我在睡觉。"

"你买了什么给她当礼物？"

"我还没买。"

"天哪。"她向自己的丈夫翻了个白眼，"那你真的要狠狠地、使劲地、拼命地对那顿可丽饼拍上一番马屁，好吧？再大肆鼓吹一下当天你打算给她买件什么礼物，因为我相信你一定打算买份礼物带回家的，对吧？！"

我们又重新开始练习，我细细讲起艾米与我在结婚纪念日吃可丽饼的惯例（说是惯例还真是牵强），又讲起艾米是如何仔细地挑选礼物，挑出的礼物又是如何妙不可言（此时又一粒软糖恰好砸中我的鼻子，我马上放松了表情），还讲到我这个傻瓜蛋（贝琪给我支招："要大演特演蠢头蠢脑的丈夫形象"）还在绞尽脑汁寻思着一件令人惊艳的礼物。

"她并不喜欢昂贵的礼物，也不喜欢花哨的礼物。"我才刚刚开口，就被坦纳扔过来的一团纸打个正着。

"又怎么啦？"

"你刚才讲话用了过去式，别他妈的用过去时谈你太太。"

"我知道你和你太太经历了一些波折。"贝琪继续说道。

"嗯，这几年光景不太好，我们都失了业。"

"好，不错！"坦纳喊道，"你们都失了业，'都'字用得好。"

"当初我们搬回密苏里以便照顾我父母，我的父亲患有老年痴呆症，我母亲得了癌症，现在已经过世。除此以外，当时我还正在为新工作努力。"

"很棒，尼克，很棒。"坦纳说。

"一定要提到你跟你妈妈是多么亲近。"贝琪说道，我还从来没在她面前提过我妈妈呢，"不会有人突然跳出来指责你胡诌，对吧？"

"不会，我和母亲确实非常亲密。"

"很好。"贝琪说，"那就在谈话中多多提到她，还要多说一说'酒吧'是你与妹妹合开的——只要提起'酒吧'，就要记得提一提你的妹妹。如果你自己开了间酒吧，那你只怕是个浪子，如果你和心爱的孪生妹妹一起开了间酒吧，那你只能算是……"

"具有爱尔兰气质。"

"接着刚才的话说下去。"

"于是磕磕碰碰日积月累……"

"别这么说，听上去暗示着有场大爆发。"坦纳说。

"因此当时我们有点儿找不准方向，但我觉得五周年纪念日恰是一个让婚姻重生的契机……"

"别说'重生'，要说五周年纪念日是个让婚姻'重新启帆'的契机，'重生'这个词说明之前的关系已经完蛋了。"坦纳喊道。

"让我们的婚姻'重新启帆'……"

"你口口声声说你们的婚姻正要重新启帆，那又怎么解释那个二十出头的小妞呢？"贝琪问道。

坦纳冲她扔了·颗软糖，"你演得有点儿走样啊，贝琪。"

"我很抱歉，不过我好歹是个女人，他刚才的那番话听上去就像是胡说八道，瞎扯得没边了。他还好意思说'让婚姻重新启帆'，拜托，艾米失踪的时候那小妞还在跟他勾勾搭搭呢。尼克，女人们会打心眼里恨你，除非你乖乖地咬紧牙关挨骂，老老实实地坦白，不要支支吾吾，你可以补上一句：'当时我们失了业，搬了家，我的父母已经日暮西山，我在这个关头搞砸了，砸得一塌糊涂，我迷失了自己，不幸的是，直到失去艾米以后我才意识到这一点。'也就是说，你必须承认你是个混账东西，一切都是你的错。"

"这么说来，总之男人们该怎么做，我就怎么做。"我说。

贝琪恼火地瞄了瞄天花板，"尼克，你要小心注意自己的态度。"

艾米·艾略特·邓恩
事发之后九日


　　眼下我不仅身无分文，还要四处东躲西藏，真他妈活像一台阴暗的大
戏，不过我正坐在在自己那辆"福特 Festiva"汽车里，待在一家停车场的尽
头。这是个供快餐店使用的停车场，位于密西西比河岸，温暖的微风正送来
阵阵咸味和养殖场的味道。由于浪费了好几个小时，现在已经到了晚上，但
我没有地方可去，因为我不知道该去哪儿。今天晚上我肯定不能安睡，车门
倒是已经锁上，但我还在等着某人冷不丁敲一敲车窗，我心知到时候自己会
抬起头偷偷瞥上一眼，要么望见一个满嘴甜言蜜语，却长着一口烂牙的连环
杀手；（话说回来，如果我真的死在别人手上的话，那岂不是很有讽刺意味？）
要么望见一个冷血无情的警察，死活非要查问我的身份。（如果我在一家停
车场里被逮个正着，看上去还像个流浪汉，那岂不是更糟糕？）此处一块块璀
璨的餐厅招牌始终流光溢彩，停车场好似一个亮堂的足球场，我不禁又想到了
自杀——那些受人看管以防止自杀的家伙们二十四小时都得待在灯光下，真是
糟糕透顶。眼下汽车的油量已经不到四分之一，于是我冒出了一个更可怕的念
头：不管往哪个方向开，这辆车大约只能开一个小时，因此我必须小心选择方
向——往南可以前往阿肯色州，往北可以前往爱荷华州，往西则返回欧扎克地
区，不然的话我可以朝东边走，渡过密西西比河到达伊利诺伊州。那条河还真
是阴魂不散哪，要么是我追着它不放，要么是它追着我不放。
　　突然，我悟出了自己的出路。

## 尼克·邓恩
## 事发之后十日

采访当天，大家一直窝在酒店套房空出来的一间卧室里，为我准备台词、收拾外表。贝琪在为了我的服饰大惊小怪，她费尽唇舌想要说服我扑些粉，好歹盖住脸上的油光，玛戈则用指甲剪把我耳朵上方的头发修剪了一回。我们纷纷压低了声音说话，因为莎朗的采访班底正在屋外布景：采访将设在套房的客厅里，恰好俯瞰那个通向美国西部的关口——圣路易斯拱门，这一标志性建筑可以隐约象征着美国中部，仿佛在说"此处是圣路易斯"，除此之外，我不清楚这个拱门出现在背景中还有什么用处。

"你至少得扑一点儿粉，尼克。"贝琪终于拿着粉扑向我走来，"你一紧张鼻子就会出汗，尼克松就是因为鼻子上冒汗在某次选举中落败。"坦纳好似一名乐队指挥一样督查着各处的动向，"那边不要剪太多，玛戈。"他大喊道，"贝琪，扑粉必须非常小心，宜少不宜多。"

"我们早该给他来几针肉毒杆菌了。"贝琪说。显而易见，肉毒杆菌的祛汗功能和抗皱功能一般出色，博尔特夫妇的一些客户在上庭前往腋下打了几针，贝琪和坦纳眼下已经在向我提议这一招，他们的口气既轻描淡写又拐弯抹角："如果"案子真的上了庭的话……

"没错，我太太已然下落不明，我却在打美容针，新闻媒体要是知道这消息的话，那真是给我帮了大忙。"我说，"刚刚我说错了话，应该是'我太太此刻正下落不明'。"我清楚艾米还活在人世，但我也清楚自己压根儿找不着她，因此在我心里，她已经不再是活生生的妻子。

"这次改口改得好。"坦纳说，"下一次要在出口之前改掉。"

下午五点钟，坦纳的电话响了，他瞥了眼显示屏说了句"是波尼"，随后让电话转到了语音信箱。"稍后我会打电话给她。"坦纳不希望在这关头再冒出一波新消息、新传闻，或者再冒出一轮审问，免得乱了阵脚，我倒是同意他的做法，此时此刻我可不希望想起波尼。

"我们不该瞧一瞧波尼想干什么吗？"玛戈说。

"她想让我倒霉倒得更惨。"我说，"几个小时后我们会打电话给她，她等得起。"

我们一群人都定了定神，免得让波尼的电话烦心，屋里沉默了半分钟。

"我不得不说，见到莎朗·席贝尔本人简直让我激动万分，她是一位非常优雅的淑女，跟宗毓华不一样。"玛戈终于开口说道。

我闻言哈哈大笑起来，正好遂了玛戈的心意。我的母亲极为喜爱莎朗·席贝尔，却对宗毓华看不过眼，当时纽特·金里奇给希拉里·克林顿安了一顶"泼妇"的帽子，宗毓华为此在电视上为难纽特的妈妈，我母亲一直对这件事耿耿于怀。我已经不记得当时那场采访的详情，只记得它惹得母亲火冒三丈。

下午六点钟，我们迈步进了房间，屋里面对面摆着两把椅子，椅后遥遥露出圣路易斯拱门的身影。时间挑得正好，此刻的拱门显得光彩璀璨，却又避开了窗户上刺眼的落日余晖，这样的阳光让我心中油然升起一个念头："此时是我生命中最重要的时刻之一。"一个制作人踩着一双颤巍巍的高跟鞋"咔嗒咔嗒"地朝我们走来，向我交代了接下来的事项（我叫不出该制作人的名字）：莎朗可能会把问题问上好几遍，以便让采访显得尽可能的流畅，也能多拍一拍莎朗的表情。在回答问题之前，我不得找律师沟通；在回答问题时，我不得改口重换一套说法，但可以重新组织语言。"这里有水可以喝，现在给你别上麦克风吧。"她说。

我们向那两张椅子走去，贝琪用手肘轻轻碰了碰我的胳膊，我低头一看，她向我亮出一口袋软糖。"要记住……"她一边说一边指指我。

这时套间的大门突然敞开，莎朗·席贝尔迈步走了进来，脚步施施然仿佛踩在云端。她是个美貌的妇人，恐怕从未有过少女般娇羞的时候，也从未有过鼻子上冒汗的时候，长着一头浓密的黑发，一双棕色的眼睛大得出奇——这样的双眼看上去既可能透出几分善良，也可能透出几分邪恶。

"莎朗来了！"玛戈学着母亲的模样兴奋地低语道。

莎朗转向玛戈庄严地点了点头，朝我们迎上前来，"我是莎朗。"她的声音温暖而低沉，伸出手握住了玛戈的双手。

"我们的母亲十分崇拜您。"玛戈说。

"我很开心。"莎朗的话语听上去带着几分暖意。她转身面对我刚要开口，制作人却踩着高跟鞋"咔嗒咔嗒"地走来和她耳语了几句，瞧了瞧莎朗的反应，接着又说起了悄悄话。

"噢，哦，我的上帝。"莎朗说道。当她再次转身面对我时，那张脸上已经全无笑容。

## 艾米·艾略特·邓恩
## 事发之后十日

　　我已经做了一个决定，拨打了一个电话。对方要到今天傍晚才能见我，可想而知，颇有一些麻烦需要解决，因此我把一整天时间都花在打扮和准备上了。

　　我靠着湿纸巾加绿色啫喱在一家麦当劳的洗手间里梳洗了一阵，又换上一件不值钱的薄裙，寻思着该说些什么。奇怪得很，我竟然迫不及待地盼着这次见面。此前那一段狗屎不如的生活让我颇不耐烦：公用洗衣机里总是卡着别人的湿内裤，还有人犹犹豫豫地伸出手指捏着内裤扯出来；不知道为什么，我那间木屋里的地毯有一只角总是有点儿湿漉漉——浴室的水龙头一直在滴水。

　　下午五点钟，我驾车往北驶向会面地点，那是一家名叫"马掌巷"的赌场，我的眼前冷不丁就出现了它的身影，看上去恰似一片稀稀拉拉的森林中冒出了一片闪烁的霓虹。我停下车，打量着四周的景色：一队上了年纪的老家伙正拖着拐杖、步行器和一摇一晃的氧气瓶匆匆奔向灯火通明的赌场，看上去好似一队支离破碎的昆虫。一些愣头青正急急忙忙在这群耄耋老人中穿来穿去，他们身上的打扮考究得过了头，一定是看多了拉斯维加斯赌场片，正千方百计学着著名组合"鼠帮"①的做派，实际上却正置身在密苏里州的树

--------

① 该组合以其在拉斯维加斯赌场酒店的演出闻名。——译者注

林里，身上披着一套不值钱的西服，压根儿不知道自己有多么寒碜。

我从一块闪亮的广告牌下钻进了赌场大门，那块广告牌正鼓吹着一支20世纪50年代的"嘟哇"和声乐队再次聚首，上面写着"表演只限两晚"。进到屋内，赌场里寒气入骨，吃角子老虎机叮叮当当地响着，欢乐的电子乐唧唧啾啾地唱着，跟机器前面那一张张呆滞耷拉的面孔极不相称，机器前面那些家伙还撇开了晃来晃去的氧气面罩在抽着烟。投个币——投个币——投个币——再投个币——"叮叮"！投个币——再投个币。一群喝得烂醉的愣头青跌跌撞撞地从旁边经过，他们必定是一帮参加单身汉派对的家伙，嘴唇上的酒都还没有干透。这群人压根儿没有注意到我，他们正谈着女孩，嘴里说着"给我们找几个妞来吧"，可惜这里为数不多的几个妞简直炙手可热。这群愣头青必定会再喝上一场，把满心失望抛到脑后，要是回家的路上没有失手把同驾一辆车的兄弟干掉几个，那就算得上他们有福了。

按照计划，我在赌场门口左侧尽头的一间小酒吧里等待，望着那支上了年纪的少年组合为一大群头发花白的观众唱歌，观众们一边打着响指一边鼓掌，一双双饱经风霜的手在免费赠送的花生上摸来摸去。骨瘦如柴的歌手们身穿炫目的晚礼服，看上去形容枯槁，正小心地扭着换过的髋关节，跳着一曲垂暮之舞。

乍一看来，在赌场会面似乎是个好主意，该赌场正好位于高速公路旁，里面满是酒鬼和老人，而这两种人的眼神恰恰都不太好使，可是眼下我却感觉又拥挤又忐忑，既要时时提防每个角落里的摄像头，还要当心一扇扇门会在猛然间关死。

我刚要起身离开，他却施施然露了面。

"艾米。"他喊。

刚才我打了个电话让忠心耿耿的德西前来搭救，事实上，德西与我从未真正中断过联系，他也绝不会害得我胆战心惊——别管我对尼克和我父母胡扯了些什么鬼话。这又是一个住在密西西比河边的男人，我一直心知他迟早会派上用场；拜托，我至少也得有个可供随意驱策的男人吧！德西属于喜欢英雄救美的类型，他打心眼里中意麻烦缠身的女人。离开威克郡这么多年来，我每次都会在互通音信时问起他的新女友，不管那女孩是谁，德西总是同一副腔调："喔，很不幸，她的情况不怎么样。"但我知道，不管饮食失调症也好，止痛药上瘾也好，严重抑郁也好，对方的麻烦对德西来说倒是件幸事，在床边护花之时正是他最快乐的时刻。鱼水之欢并非德西的最爱，他爱的只是端着汤汁随侍在侧，用略有些拘泥的声音说道："可怜的宝贝。"

此刻他正在眼前，身穿一套适宜仲夏时节的白色西装（德西每个月都会清换衣柜里的服饰，在他看来，适宜六月的服饰到七月就已经过季，我一直很欣赏科林斯家对服饰保有这种一丝不苟的自律性），看上去英俊潇洒，可惜我看上去却并不美貌——我可时时记挂着自己那副眼镜和腰上的一圈赘肉呢。

"艾米。"他摸了摸我的脸颊，随后将我拥进怀中，他并未伸出双臂紧紧地搂住我，那可不是德西的作风，他只是妥帖地拥人入怀，仿佛他的怀抱专为你量身打造，"亲爱的，你简直想象不到，接到那个电话时我还以为自己发了狂，我还以为是自己的幻觉呢！之前我为你做了好些梦，幸好你还活着，还接到了你的电话，你还好吗？"

"现在没事了。"我说，"现在我终于安心了，前一阵子很难熬。"突然间我泪流满面，流下的可都是一颗颗货真价实的泪珠，不过流泪让我大大松了一口气，而且十分契合当下的情境，因此我放开自己尽情地哭了起来。当初胆大包天地制订了这个计划，提心吊胆地怕被逮个正着，后来丢了钱，被人暗地里捅刀子，被人推推搡搡，还生平第一次变成了孤零零一个人，此时这一桩桩一件件都随着眼泪一点儿一点儿地流走。

哭上大约两分钟后，我会变得非常美貌，如果时间超过两分钟，我会忍不住流出鼻涕，面部也会变得水肿，但只要不超过两分钟，我的眼睛会显得更大，嘴唇会显得更加丰满，双颊也会泛上红晕。此刻靠在德西宽厚的肩膀上，我正在边哭边数数："一秒，两秒，三秒……"数到一分四十八秒时，我收住了眼泪。

"很抱歉我不能早一点儿来，亲爱的。"德西说。

"我知道杰奎琳把你的日程排得有多满。"我把罪过推到了杰奎琳头上——德西的母亲在我们之间是个敏感话题。

他细细地端详着我，"你看上去……样子变了许多。"德西说，"尤其是面颊十分丰润，还有那一头可怜的秀发……"他住了嘴，"艾米，我从来没有想到自己会有如此满心感激的时刻，来跟我说说发生了什么事。"

于是我讲了一个让人后背发寒的哥特式故事，故事中交织着占有欲与怒火，交织着中西部风格的野蛮残暴，"女人就要乖乖待在家里生孩子"，野兽一般地管这管那，交织着强奸、药片、烈酒、拳头，还交织着尖头牛仔靴踢在身上的一脚又一脚、背叛与恐惧，父母的漠不关心、孤立无援的感觉，再加上尼克最后扔下的几句话："永远也别动心思离开我，那样的话我会杀了你，不管怎样我都会找到你，你逃不出我的手掌心。"

我告诉德西，为了自己平安无事，也为了我那未出生的孩子平安无事，我不得不销声匿迹，眼下正急需他伸出援手——我需要他，他是我的救星。我的故事会结结实实满足德西那一腔呵护残花败柳的热切希望，谁让我现在变成了一朵最为经霜受雪的残花呢。早在寄宿制学校时，我就已经跟德西讲过一个故事：我的父亲每天晚上都会钻进我的卧室，而我身穿粉红色的花边睡袍，双眼直愣愣地盯着天花板，一直等到父亲完事。自从这个谎话进了德西的耳朵，他就对我深陷爱河，我心知他想象着与我翻云覆雨，想象着在进入我体内的那一瞬间对我万般温柔千般体贴，轻轻地抚摸着我的秀发，我还心知他想象着我在委身于他时轻轻地抽泣。

"我绝不能再过以前的生活，德西，尼克终有一天会杀了我，我会时时刻刻提心吊胆，但我又不能让他坐牢，当初我只是想销声匿迹，我不知道警察会把他当成凶手。"

我说着娇滴滴地向台上的乐队瞄了一眼，一位瘦骨嶙峋的古稀老人正唱着一首情歌。在离我们这一桌不远的地方，一个后背挺得笔直、蓄着胡须的男人把自己的杯子对着附近的一只垃圾桶扔了过来，那只垃圾桶正靠着我、德西和一堵墙，要是当初我挑的是个风景如画的座位，那该有多好哪。扔杯子的家伙正歪着脑袋打量我，那副迷惑不解的模样显得有点儿过火，如果他是个卡通角色的话，只怕已经挠了挠脑袋。不知为何，我心里冒出一个念头——"这个人看上去挺像个警察"，于是转过身把后背冲着他。

"你根本用不着担心尼克。"德西说,"让我来操这份心吧,我会料理好这个烂摊子。"他说着伸出了一只手,那是我们少年时代的一个手势,表示德西是我的护花使者,在身为少男少女时,我们两人曾经正儿八经地玩过这一套。于是我装作把莫须有的烦恼放在他的手掌里,他握起拳头,我居然真的感觉好受了一些。

"不行,我不会去料理这个烂摊子,我倒真心希望尼克因为他干的那些事丢掉小命。在一个讲道理的社会中,他理应如此。"他说。

"嗯,可惜我们这个社会不讲道理,因此我不能暴露自己的行踪。"我说,"你觉得我这个人太心狠手辣了吗?"其实不用他开口,我已经对答案心知肚明。

"亲爱的,当然不是,你只是迫不得已,你要不这么做才没道理呢。"

他对怀孕的事情连问也没有问一声,我就知道他不会问。

"你是唯一一个知道我行踪的人。"我说。

"我会好好照顾你,你要我怎么做?"

我装出一副犹豫的模样咬着嘴唇,先掉转目光望向远方,又让目光落回德西身上,"我需要一笔钱过上一阵子,我原本想找一份工作,可是……"

"哦,不,千万别去找工作,到处都是关于你的消息。艾米,所有的新闻节目、所有的杂志,会有人把你认出来的,就算你……"他边说边摸了摸我的头发,"剪了一个动感十足的新发型。你是个漂亮女人,漂亮女人想要销声匿迹可不是一件容易的事情。"

"不幸的是,我觉得你说得没错。"我说,"我只是不想让你觉得我在利用你,我只是不知道还能去什么地方……"

这时女招待走了过来,将我们的饮料搁在桌上。她是个深色头发、长相平平的女郎,却死活精心打扮想给自己添几分姿色。我扭开面孔不让她看见我的正脸,却一眼望见那个蓄着胡须、颇为好奇的家伙又靠近了一些,正站在附近微笑着端详我。我目前的表现真是上不了台面,往日的艾米绝对不会动心思到这个鬼地方来,健怡可乐和我自己的体臭害得我晕头转向。

"我给你点了一杯金汤力。"我说道。

德西对我做了一个怪相。

"怎么啦？"不过没等他回答，我已经心知肚明。

"我在春季才喝金汤力，眼下已经改喝'杰克丹尼'威士忌加姜汁了。"

"那我们就给你叫一杯'杰克丹尼'加姜汁，我来喝金汤力。"

"不用了，这样就好，不用担心。"

这时我又瞥见了那个蓄须的男人，"那个留胡子的男人……现在别盯着他……他是在瞪着我吗？"我问道。

德西瞄了瞄那个人，随即摇了摇头，"他在盯着……那些唱歌的人呢。"他的口气不太确定，"只拿一点儿现金解决不了你的问题，总有一天你会厌倦这种不见天日的生活，你不能正视别人的面孔，你身边的人……"他边说边张开双臂作势将整个赌场揽进怀中，"跟你找不出多少共同点，你过着自降身份的日子。"

"接下来的十年我就得这么过，一直等到我年华老去，这段轰动一时的逸事也已经烟消云散，那是我再也用不着担心的时候。"

"哈！你愿意这样过上十年吗？艾米？"

"嘘，千万别提这个名字。"

"凯茜也罢，珍妮也罢，梅根也罢，别疑神疑鬼啦。"

女招待又回到了我们这一桌，德西递给她一张二十美元的钞票打发她走开，她一边走一边咧嘴露出笑容，手里举着那二十美钞，仿佛难得见到这样的新鲜事。我喝了一口酒——"我肚子里的宝宝"必定不会介意。

"我觉得你回去的话尼克也不会起诉。"

"你说什么？"

"他来见过我，我觉得他心里明白这是他惹下的祸……"

"他去见过你？什么时候？"

"上周。他来过以后我才收到你的音信，感谢上帝。"

在过去十天中，尼克花在我身上的心血比过去几年凑在一起还要多。我一直希望有个男人为我出手一战，毫不留情、鲜血淋漓的一战，而尼克已经盘问过德西，这倒是一个不错的开始。

"他说什么了吗？他看上去怎么样？"

"他看上去像个不折不扣的混账，居然想把罪过推到我的头上，还说了一个匪夷所思的故事，口口声声说我……"

我一直很喜欢德西为我自杀的那套假话，当初他确实因为我们两人分手而伤心欲绝，他也确实常在校园里闲荡，暗自希望我会回到他的身边，那一阵子还真是又惊悚又烦人，按此说来，他要是真的自杀未遂也没有什么出奇。

"尼克是怎么说我呢？"

"我想他心里清楚，现在全世界都已经知道你的芳名，也关心你的动向，他再也不能动你一根汗毛了。他只能让你平安无事地回家，你可以和他离婚，再跟真命天子结婚。"他喝了一口酒，"真可谓守得云开见月明哪。"

"我不能回去，德西，即使人们相信尼克没有好好待我，他们却仍然会恨我：我才是那个耍了大家一场的人……我会变成世界上最受人唾弃的家伙。"

"就算你受尽唾弃，我也不会抛下你，无论何时我都会爱你，会一直护着你，绝不让你受到一丝伤害。"德西说，"你永远也无需自己来操这份心。"

"那我们就再也无法与任何人交往了。"

"如果你乐意的话，我们可以离开这个国家，住到西班牙、意大利去，你喜欢哪里就去哪里，晒着太阳吃芒果，睡睡懒觉，玩玩拼字游戏，漫不经心地翻翻书，在大海里畅泳一番。"

"那当我离开人世，我也只能是个莫名其妙、无足轻重的无名氏，一个怪人。不，我好歹还有几分自尊，德西。"

"我不会让你回去过那种颠沛流离的生活，绝不。跟我走吧，住到湖边别居里，那个地方十分掩人耳目，我会把生活用品和你需要的东西都带过去，随时听候你的差遣。你可以独自一个人躲起来，直到我们想出办法再说。"

德西的"湖边别居"乃是一座豪宅，而"把生活用品都带过去"则意味着做他的情人，我可以感觉到他心中的渴望正像热力一般散发开来，他微微扭了扭身子——德西正巴不得促成此事呢。德西素来钟爱各种收藏，他有四辆汽车、三栋房、一套又一套西服和鞋。要是能把我妥善收藏起来，他定会十分惬意，那是英雄救美的终极幻想——他将受苦受难的公主从水深火热中救了出来，将她置于自己的卵翼之下，珍藏在一座城堡中，世上除他以外再没有人可以一亲公主的芳泽。

"我不能这么做，如果警方发现了实情前来搜索的话，那怎么办？"

"艾米，警方以为你已经死了。"

"不，眼下我还是不要拖累别人为好，我能从你这儿要一小笔现金吗？"

"如果我不答应呢？"

"那我就知道你嘴上虽然说要帮我，却并非真心真意，那我就知道你跟尼克是一路货色，不过是用尽手段想控制我。"

德西再也不吭一声，咬着牙关吞下了酒，"你这话说得真是十分冷血。"

"那种做法本就十分冷血。"

"我并没有用尽手段想控制你，"他说，"我是在担心你，去湖边别居住一阵试试看吧，如果你觉得受我钳制，觉得不舒服，那你可以转身离开，最坏的情况也就是你休息放松了几天。"

突然之间，蓄着胡须的家伙出现在我们的桌边，脸上闪过一抹微笑，"这位女士，您跟恩隆家不沾亲，对吧？"他问道。

"不沾亲。"我说着扭过脸去。

"对不起，只是你看上去像……"

"我们是从加拿大来的，现在请你离开吧。"德西厉声说道，那家伙翻了个白眼，嘴里嘟囔了一句"哎哟喂"，一边慢吞吞地走向吧台，一边却还不停地瞄我。

"我们该走了，去湖边别居吧，我现在就带你过去。"德西站了起来。

德西的湖边别居里会有一间堂皇的厨房，有一个个宽阔的房间，大得足以让我四处闲荡、翩翩起舞。别居里会有无线网络和有线电视，足以让我运筹帷幄于千里之外，还会有大浴缸、舒适的浴袍和一张床，那张床可不会随时摇摇欲坠。

当然，湖边别居里还有德西，不过我还管得住他。

酒吧里的家伙还在定定地盯着我，看上去已经不再那么亲切。

我俯过身在德西的唇上轻轻印下一吻，这一切必须显得像是我做出了决定，"你真是个好人，我很抱歉拖你下水。"

"是我自己想被拖下水，艾米。"

我们迈步走出赌场，路上经过一个格外令人沮丧的吧台，吧台的各个角落正播放着一台台电视，这时我一眼望见了那个"狐狸精"。

那个"狐狸精"正在举行新闻发布会。

屏幕上的安迪就是个小不点儿，有一副颇为无辜的模样。她看来像个照顾小孩的保姆，并非色情片里那种活色生香的保姆，而是那种和孩子们玩成一片的邻家女孩。我知道眼前并非安迪的真面目，因为我曾经在镜头外跟踪过她。在镜头外，安迪会身穿紧身上衣炫耀自己的双峰，下身穿着紧身仔裤，留着一头波浪起伏的长发；在镜头外，安迪看上去秀色可餐。

现在她正身穿一件荷叶边衫裙，头发拢到了耳后，从脸颊上两团玲珑的红晕看得出刚刚哭过。她看上去既疲惫又紧张，却显得十分美貌，比我记忆中更加美貌。我还从未这样仔仔细细地打量过她，她还长着不少雀斑呢。

"喔，该死。"一个长着酒红色头发的女人对她的朋友说道。

"噢，见鬼，我还刚刚为那家伙有点儿难过呢。"她的朋友接口道。

"我家陈年的破烂只怕都比这小妞年纪大，那男人真他妈混账。"

安迪站在麦克风后，低下两排深色的睫毛，望着手里不停颤抖的声明书。她的上嘴唇有点儿湿漉漉，正在摄像机的光亮下闪闪发光，她伸出一根食指抹了抹汗滴，"嗯，我现在声明：从2011年4月至今年7月，我与尼克·邓恩保持着情人关系，其间他的妻子艾米·邓恩下落不明。尼克在北迦太基专科学校教我一门课程，我们因此亲密起来，后来发展成为婚外情。"

说到这里，她歇下来清了清嗓子，她身后的一个黑发女人递给她一杯水，那女人的年纪并不比我大上多少，而安迪咕咚咕咚飞快喝了几口，水杯一直在手中不停地颤抖。

"我与一个已婚男人发生了恋情，对此我深感惭愧，这件事违背了我的价值观。当时我真心相信我爱上了……"她哭出了声，声音战栗起来……"尼克·邓恩，而且他也爱上了我。他告诉我，他和他妻子的关系已经告一段落，他们两人很快就会办理离婚手续，我根本不知道艾米·邓恩已经怀孕。现在我正配合警方调查艾米·邓恩的失踪案，并会尽我的一切力量予以协助。"

她的声音很小，听上去很孩子气。她抬眼望了望面前的一排排摄像头，似乎吓了一大跳，随即又低下了眼神，圆圆的脸颊上泛起两团红晕。

"我……我……"她说着抽泣起来，她的母亲把手臂搁在她的肩膀上（那女人一定是安迪的母亲，她们俩都长着日本动画里那种大得惊人的眼睛），安迪又继续读了下去，"我为自己的所作所为感到很抱歉，很惭愧，为了我给艾米家人带来的痛苦，我也想向他们道歉，目前我正在协助警方调查……哦，这件事我已经说过了。"

她不好意思地露出一缕无力的微笑，记者团发出一阵轻笑给她打气。

"可怜的小东西。"红发女人说。

"她是个小贱人，她压根儿不值得同情。"我暗自心想，我不敢相信会有人替安迪难过，我简直不肯相信。

"我是个二十三岁的学生。"安迪又接口说，"我只希望能保留一点儿隐私，以便在这个非常痛苦的时刻好好疗伤。"

"祝你好运。"我低声说道，这时安迪退了下去，一名警察宣布不再回答任何问题，他们迈开步子从镜头前消失了踪影，我发现自己向左边斜过身子，仿佛正要跟随他们而去。

"真是个小可怜，她似乎吓坏了。"年长一些的女人说。

"我猜终究还是那家伙干的。"

"他跟这小姑娘的地下情居然超过一年呢。"

"浑球。"

德西用手肘轻轻推了推我，睁大了一双眼睛，意思是问："你知道尼克的外遇吗？你还好吧？"此刻我满面怒容（说什么"真是个小可怜"，见了鬼了），但我可以把这怒火赖到尼克的婚外情上。于是我点了点头，无力地微微一笑，表示"我没事"。德西和我正打算离开，我却又在屏幕上望见了我的父母，他们一如既往地手牵着手，一起登台走向了麦克风。母亲看上去像是刚剪过发型，我不知道自己该不该发火。我正下落不明呢，母亲却偷闲去收拾个人仪表。每当有人离世，一堆亲人继续过日子时，人们总会听见那些亲人冒出这种论调"已经过世的某某人一定希望是这个样";拜托,我可不希望是这样。

　　这时我母亲开口说话:"我们的声明很简短,随后也不再回答任何问题。首先,感谢诸位对我家倾注的真情实意,看上去全世界跟我们一样深爱着艾米。艾米呀,我们想念你温暖的声音、你的机智幽默和你的一副好心肠,你确实是个出色的'小魔女',我们会把你找回家来,我知道我们办得到。其次,直到今天早上,我们才知道我们的女婿尼克·邓恩有外遇。从这场噩梦一开始,他就没有表现出应有的积极,也没有表现出应有的关注与担心。因为我们愿意相信他是无辜的,所以将他的表现归结于受了惊吓,可是知道他有外遇以后,我们的感受发生了变化,因此,我们将不再支持尼克。随着调查继续进行,我们只能希望艾米能够回到家人的身边,她的故事不能就此终结,这个世界正等着她的新篇章。"

　　"阿门。"不知是谁回答道。

## 尼克·邓恩
## 事发之后十日

节目已经结束，安迪和艾略特夫妇从视野中消失了踪影，莎朗的制作人伸出高跟鞋踢了一脚将电视关上。屋里的每个人都望着我，等我开口解释怎么会捅了个大娄子。莎朗向我露出一抹灿烂得过分的笑容，那是愤怒的笑容，她那张打过肉毒杆菌的面孔紧跟着绷了起来，在不该打摺的地方打起了摺。

"嗯？他妈的，到底是怎么回事？"她用平静浑厚的声音说。

坦纳及时插话道："这就是我们的重大爆料，尼克原本准备好披露真相并探讨详情。我很抱歉时间不太凑巧，不过在某种程度上，目前的情况对你来说反倒更加有利，莎朗，你可以采访到尼克在第一时间做出的回应。"

"你的肚子里最好有点儿有意思的货色，尼克。"她一边迈着轻盈的步子离开，一边对着人群高声大喊，"给他戴上麦克风，我们现在就开始采访。"


事实证明，莎朗·席贝尔打心眼里喜欢我。在纽约，新闻圈子里流传着一则隐秘的逸闻，莎朗本人就曾经出过轨，劈腿后又回到了她丈夫的身边。那是大约十年前的事了，但我想莎朗仍然会忍不住为出轨辩护——她确实没有忍住。她笑容满面，对我万般纵容，一会儿哄我一会儿逗我，嗷起两片丰满光润的嘴唇带着一片诚意向我提出了棘手的问题，而我竟然破天荒第一次给出了出色的回答。说到骗人，我当然比不上艾米那么技术高超，但我在别无选择的时候也还拿得出手。我看上去像个深爱妻子的男人，为自己的不忠而感到羞愧，并一心准备改正。昨天晚上，我感到紧张不安又睡不着觉，于是上网观看 1995 年休·格兰特在杰·雷诺的节目上为了召妓丑闻向全国致歉，当时他显得局促不安、结结巴巴，仿佛他的皮囊足足小了两号，但他并没有找任何借口："我想人们心中分得清生活中的坏事好事，而我就做了一件坏事……"见鬼，这家伙真有才，他看上去既羞怯又紧张，浑身抖成一副可怜相，让你恨不得握住他的手说上一句："哥们儿，这事没那么糟糕，别把你自己逼上绝路。"这正是我所追求的效果，于是我把那段视频看了许多遍，差点儿从休·格兰特身上学来了一口英国腔。

艾米一直声称自己的丈夫不会低头道歉，可是我终于开口道了歉，用的还是从一个演员身上学来的词句和表情。

但是这一套确实收到了成效，"莎朗，我做了一件坏事，一件不可原谅的事，对此我无法推脱。我让自己失望了：我从来没有想到自己会背着太太出轨，这个错不可原谅也不可宽恕，我只希望艾米能够回家，这样我才可以用余生向她补过，让她得到应得的一切。"

没错，我绝对乐意"让她得到应得的一切"。

"可我并没有杀艾米，莎朗，我永远不会伤害她。我觉得眼下的局面正是新闻界中一种既丢人又不负责任的习气，我自己偷偷在心里给它取了个名字，叫作'埃伦·阿博特效应'。我们已经习惯媒体将女性谋杀案包装成一桩桩娱乐事件，这种情形真是令人厌恶，那在这一出又一出案件里，凶手又是谁呢？通常都是涉案女性的丈夫。因此我认为，公众已经被灌输并相信了这一套模式，在某种程度上，甚至连警方也是如此。从这桩案子一开始，人们其实就假定我杀了自己的太太，因为我们一次又一次地听到这种故事，可这种推理并不合理，也不道德——我并没有杀我的妻子，我希望她能够回家。"

我心知要是有机会将埃伦·阿博特踩上一脚，把她说成一味追求轰动效应以拉高收视率的贱人，莎朗一定乐意。我知道莎朗身为新闻业的大腕，以她从业二十年的资历，以她采访阿拉法特、萨科齐和奥巴马的资历，单单埃伦·阿博特这个人就已经触了她的逆鳞。我好歹是个媒体人（好歹曾经是个媒体人），因此在说出"埃伦·阿博特效应"几个字时，我发现莎朗的嘴唇微微抽搐，眉毛略微挑了挑，顿时变得神采奕奕。

采访结束时，莎朗伸出手握住我的两只手，嘴里还祝我好运（她的手发凉，略有一些老茧，我猜她十分痴迷高尔夫），"我会密切关注你，我的朋友。"她说完吻了吻玛戈的脸颊，迈步从我们身边走开，一路发出沙沙的响声，她的礼服后背别满了饰针，免得身前的裙子耷拉下来。

"他妈的，你干得太完美了。"玛戈一边走向门口一边宣布道，"你似乎变了个人，能够掌控全局但又不显得狂妄，就连你的下巴看上去也没有……那么欠揍了。"

在莎朗·席贝尔的采访之后，我又趁势追加了两场采访，对方分别是一家有线电视和一家电视网。莎朗·席贝尔的采访将在明天播出，其他两场采访也会紧跟其后，电视上会连珠炮一般出现我的致歉和自责。我正在一步步扳回局面：我已经不再甘于当那个背负着嫌疑的丈夫，那个受人唾弃的丈夫，那个无情无义、偷偷出轨的丈夫；我成了众所周知的名人，许多红男绿女曾经有过我这样的经历：我出轨了，感觉很不好受，我会尽一切力量挽回局面，因为我是个顶天立地的男子汉。


"形势对我们来说挺不错。"采访收尾时坦纳总结道，"安迪的事原本已经糟得不能再糟了，多亏了莎朗的那场采访……现在我们只要万事领先一步就行。"

这时玛戈打来了电话，我接了起来，她的声音听上去又尖又细。

"警察带着一张搜查令来搜柴棚了……他们还去了爸爸的旧宅，他们……我怕得要命。"

我们赶到时，玛戈正在厨房里抽烟，从那俗气的烟灰缸里满溢的烟灰看来，她抽的已经是第二包。一个塌肩膀的笨拙小伙紧挨着玛戈坐在一张吧台椅上，留着平头，身穿一套警服。

"这位是泰勒。"玛戈说,"他在田纳西州长大,养了一匹叫'卡斯特德'的马……

"叫'卡斯特'。"泰勒接口道。

"养了匹马叫'卡斯特',对花生过敏,说的不是马,是泰勒。喔,他还得了关节唇撕裂,就是棒球投手得的那种病,不过泰勒不明白他自己怎么会得上。"她抽了一口烟,眼中涌上了泪水,"他在这里已经待了好一阵了。"

泰勒努力想板起脸给我个下马威,结果却还是低头望着自己那双光亮的鞋。

波尼穿过屋子深处的滑动玻璃门现了身,"今天真是个大日子呀,小伙子们。"她说,"真希望你早点儿吱声告诉我们你有个秘密女友,尼克,那样能为大家省不少事。"

"我们很乐意跟警方交流尼克女友的问题,也很乐意交流有关柴棚的问题,我们正打算将这两件事通报给警方。"坦纳说,"坦白地讲,如果警方真的客客气气把安迪的事情告诉我们,大家原本可以省去许多麻烦,但你们却非办那场新闻发布会不可,非要弄得天下皆知,把那么个小女孩当枪使,警方不觉得恶心吗?"

"随你怎么说。"波尼说,"去看看柴棚吧,你们不想跟我来吗?"她转身背对着我们,带着一行人穿过夏末斑驳的草地走向柴棚,她的发丝上垂下一张蛛网,仿佛新娘的披纱。看到我没有跟上去,她不耐烦地示意道:"来吧,又不会吃了你。"

几盏手提灯照亮了柴棚,让它显得更加阴气森森。

"你最后一次来这里是什么时候,尼克?"

"我最近刚刚来过这里,当时我太太的寻宝游戏指向了这个地方,但棚里的东西不是我的,我也什么都没有碰……"

坦纳截住了我的话,"我的客户和我有一个爆炸性的推理新思路……"坦纳刚刚开口又住了嘴。在眼下听来,电视上那套假模假式的腔调不仅十分蹩脚,而且极不应景,害得我们都有些局促不安。

"噢,爆炸性的推论啊,真是激动人心哪!"波尼说道。

"我们正要告诉你……"

"是吗？时机挑得还真是凑巧。"她说，"请站那儿别动。"柴棚门晃晃悠悠地打开着，一把破锁挂在门边，吉尔平正在柴棚中一样接一样地登记里面的东西。

"好端端的高尔夫球杆，你居然不用？"吉尔平一边说一边推搡着闪闪发光的金属杆。

"这些东西都不是我的，也不是我放在这里的。"

"你这话真有意思，因为这里的东西一件件全跟那些信用卡购买的玩意儿对得上号，你还说信用卡也不是你的。"波尼厉声说道，"这就是所谓的'安乐窝'吧，马上就要成型了，只等着太太永远消失呢。尼克，你可真会找消遣哪。"她拖出三个大纸箱摆在我的脚下。

"这是什么？"

尽管戴着手套，波尼却只是伸出指尖厌恶地挑开了纸箱，里面摆放着好几十张色情片，封面上印着各种肤色、活色生香的玉体。

吉尔平窃笑了一声，"真有你的，尼克，我的意思是，哪个男人没需求呢……"

"男人就是一群视觉动物，每次我把前夫逮个正着的时候，他总是这么说。"波尼接口道。

"男人确实是视觉动物，不过话说回来，尼克啊，这鬼玩意儿连我看了都脸红。"吉尔平说，"其中还有几部让我有点儿恶心反胃，要让我恶心反胃还真的有点儿料不可。"说完他摊开了几张 DVD，仿佛摊开一副牌，大部分片子的标题暗示着暴力："兽性肛交"、"兽性口交"、"颜面扫地的荡妇"、"大刑伺候狐狸精"、"轮奸骚货"，还有一套名叫"辣手摧花"的系列片，从第一集直到第十八集，每集照片上的女人看上去都痛苦不堪，男人们则狞笑着各施招数辣手摧花。

我转开了脸。

"喔，现在他倒不好意思起来了。"吉尔平咧嘴一笑。

但我并没有回答他，这时我一眼望见警察正带着玛戈钻进一辆警车的后座。

一个小时后，我们一行人在警局碰了头。坦纳建议别去警局，但我执意要这么做，于是我拿坦纳那一身反骨和目空一切的脾气做了做文章。我们打算向警察透露实情，开口的时机已经到了。

我受得了警方拿我开刀，但我受不了他们拿我妹妹开刀。

"尼克，我同意你的建议，因为我觉得不管我们怎么做，警方都会逮捕你。"坦纳说，"如果我们告诉警方准备开口谈一谈，说不定能从警方那里套点儿消息出来。眼下警方没有找到尸体，因此他们巴不得能拿到你的口供，而警方会设法用证据压得你喘不过气来，我们也正好借警方手里的消息准备好自己的辩词。"

"那我们把一切都向警方和盘托出，对吧？"我说，"把寻宝游戏的提示和木偶交给他们，再说出艾米的事情？"我吓坏了，简直等不及要去警局——我能想象警方正在一个光秃秃的灯泡下面折磨玛戈。

"只要你让我来说就行。"坦纳说，"如果艾米陷害你这套理论是从我嘴里说出来的，那上庭的时候警方就无法用这一套来对付我们……如果到时候我们要换一种说法辩护的话。"

我的律师打心眼里把真相当成了一派胡言，这件事真是让我忧心忡忡。


吉尔平在警局的台阶上跟我们碰了头，手里拿着一瓶可乐，显然是用来充作晚餐。当他转身领我们进警局时，我发现汗水已经浸湿了他的后背。此刻早已过了日落时分，但湿气并未散尽，吉尔平挥了挥双臂，衬衫飘了飘又沾回他的身上。

"天气还是热死人，"他说，"据说还要升温。"

波尼正在案发当日用过的会议室里等我们，她把松软的头发编成一条法式发辫别在脑后盘成发髻，还涂了些口红。我暗自纳闷她是否有个约会，跟人约好了要在深夜碰头。

"你有孩子吗？"我一边问一边拉出一张椅子。

她看上去吓了一大跳，随即举起一根手指，"有一个"。她根本没有提到孩子的名字和年龄，也没有提到任何信息，看来波尼已经摆出了公事公办的架势——她等着我们先开口。

"你先说吧，"坦纳说，"跟我们说说你们手上有什么牌。"

"好的，"波尼说，"没问题。"她打开录音机直奔主题，"尼克，你声称你从未买过，也从未碰过你妹妹名下那间柴棚里的东西。"

"没错。"坦纳替我答道。

"尼克，木屋里几乎每件东西都遍布着你的指纹。"

"胡说八道！我什么都没有碰，那里的东西我压根儿没有碰过！除了我的结婚纪念日礼物，艾米把礼物留在那屋里了。"

这时坦纳碰了碰我的胳膊，意思是说"他妈的，赶紧给我闭嘴"。

"尼克，色情片上、高尔夫球杆上、表壳上都有你的指纹，连电视上也有。"

顷刻之间，我的眼前仿佛见到了艾米心满意足的面容：我这个人可以一觉睡得死沉，还曾为此洋洋得意，谁料到正是这本事害我栽了个大跟头（我还凭着这个本事对艾米逞了逞威风，认定如果她遇事能够泰然一些，从我身上学点儿气度，她的失眠症就会躲到九霄云外）。我也能够想象出当初的一幕：艾米双膝跪地，将我的指尖按在一件又一件物品上，而鼾声不断的我正把热气喷上她的脸颊——办好此事只怕花了艾米好几个月的工夫，说不定她偷偷给我下了安眠药。我记得某天早上醒来时她曾直勾勾地凝视着我，开口说道："知道吧，你睡觉沉得像是中了邪，要不然就像被人下了药。"其实当时我既中了邪又被下了药，不过我自己却一无所知。

"你想说说这些指纹是怎么回事吗？"吉尔平说道。

"有什么料都一起倒出来吧。"坦纳说。

波尼把一个厚厚的皮面活页夹摆到桌上，活页夹的边角已经烧焦，"认识这东西吗？"

我耸耸肩，摇了摇头。

"这是你太太的日记。"

"喔，不可能，艾米可不记日记。"

"尼克，其实她是记日记的，记了大约七年的日记。"波尼说道。

"你怎么说都行。"

大祸就要落到我头上了，我太太又亮出了一招。

## 艾米·艾略特·邓恩
## 事发之后十日

我们驾着我的车越过州界线进入伊利诺伊，开到某个萧条的临河小镇里，找到了一个格外破败的小区，花了一个小时工夫将车擦拭干净，把钥匙插在点火器上，然后扔下了车。这辆车跟各种风波颇有缘分：把车卖给我的那对阿肯色夫妇颇为神秘，接手后住在欧扎克的艾米又显然是个不法之徒，但愿伊利诺伊州某个落魄的家伙也能用这辆车找点乐子。

完事后，我们又驾车驶过连绵起伏的群山回到密苏里州，透过重重树影，我的眼前终于出现了闪着粼粼波光的汉纳梵湖。德西的家人在圣路易斯，因此他乐意认为那一带历史悠久，跟东海岸一样悠久，但这种说法压根儿不成立。汉纳梵湖并不是因为某个 19 世纪的政治家或内战英雄而得名，它是个私家湖泊，于 2002 年由一位名叫迈克·汉纳梵的开发商打造而成，后来才发现此人有份兼差——非法处理有害垃圾。 相关社区一片哗然，正在竞相为他们的湖泊起个新名字——我敢肯定有人已经提过"科林斯湖"这个名字。

尽管该湖泊的布局颇为精心（只允许某些住户泛舟湖上，禁止汽船上湖），德西的居所又雅致堂皇（那是一座具有美式规模的瑞士风格庄园），我却没有一丝动心。德西就是有这个老毛病：拜托你了，德西，要么就带着一身密苏里味，要么就跟密苏里完全撇开干系，不过别弄成四不像呀，别把

"科林斯湖"打扮成"科莫湖"。


　　德西靠在自己那辆"捷豹"车上，抬眼仰望着湖边别居，因此我也只好歇一歇遥望那番景色。

　　"我和母亲在布里恩茨湖边住过一所精致的小房舍，这所房子就是依样建造的，只缺了当地的一片山景。"

　　"缺的何止山景呢。"我心中暗自想道，却还是伸出一只手放在他的胳膊上，开口说："领我去屋里看看吧，一定美轮美奂。"

　　他带我四下转了转，别居里有着十分气派的厨房，全是花岗岩配铬合金，客厅里有成对的壁炉，双双通到露天平台，平台俯瞰着树林和湖泊。地下有间娱乐室，里面摆放着一张斯诺克台球桌、飞镖、环绕立体声、吧台，还附带一个平台。娱乐室延伸出一间桑拿浴室，旁边则是一间酒窖。楼上还有五间卧室，德西把其中第二大的一间给了我。

　　"那间屋我重新粉刷过，我知道你喜欢暗玫瑰色。"

　　其实我早就不再喜爱暗玫瑰色了，那已是高中时代的往事。"你真是个贴心的人，德西，谢谢你。"这句话我说得发自肺腑。我每次说"谢谢你"都挺费劲，我也不爱开口说这句话，人们尽了他们的本分，却还要等着你锦上添花地夸上几句，凭什么呢？！

　　不过德西一心沉溺于别人的谢意之中，仿佛一只正受爱抚的猫，差点儿乐得拱起了背，此时此刻，说声"谢谢你"还是值得的。

　　我将带来的包放到了自己的房间，千方百计示意晚上难以奉陪——我得瞧瞧人们对安迪的自白有什么反应，还得瞧瞧尼克是不是已经被捕；可我嘴里说出的"谢谢你"看来还远远不够分量，德西已经事先布置好了一切，非要让我欠下一笔还不清的债不可。他的脸上露出一抹微笑，仿佛在说"给你个特别的惊喜"，伸手握着我的一只手（"我还有事要告诉你"，他说），又把我拉回楼下（"我真心希望你会喜欢"，他说），来到厨房的走廊上（"花了很多工夫，但绝对值得"，他说）。

　　"我真心希望你会喜欢。"他又重复道，猛地推开了门。

我顿时悟了出来：那是一间玻璃温室，室内是数以百计、各种颜色的郁金香——时值七月中旬，德西的湖边别居里却盛开着朵朵郁金香，为此专门辟了一间屋，专门送给一位佳人。

"我知道郁金香是你的最爱，可是郁金香的花季实在太短了。"德西说，"因此我为你搭了这间屋，这里的郁金香将全年盛开。"

他伸出一条手臂搂住我的腰，带着我向花丛走去，好让我尽情观赏美景。

"全年盛开的郁金香哪。"我设法让眼睛透出几抹神采。在高中时期，郁金香确实是我的最爱，当时又有谁的最爱不是郁金香呢，郁金香在20世纪80年代末可算得上风行一时。眼下我的心头好已经变成了兰花，它跟郁金香几乎截然相反。

朵朵郁金香正迎着空中用机械洒下的水雾轻轻摇摆，德西在我的耳边低语道："尼克会为你费这样的心思吗？"

"尼克甚至从来都记不住我喜欢郁金香。"我按着正确的答案说道。

德西的美意确实温柔甜蜜，十分温柔甜蜜，他竟然专门为我备下了一间花房，仿佛一个童话故事，但我却不禁觉得一丝心惊：我给德西打电话是二十四小时之前，可眼前的郁金香并不是新栽下的，那间卧室闻起来也并没有新鲜油漆味，我不由有些纳闷——去年他的来信陡然增多，信中的腔调深情款款……从什么时候起，德西就想把我带到这儿？他觉得我会待多久？难道待上好一阵，足以看尽一年中日日绽放的郁金香吗？

"我的天哪，德西，简直犹如童话故事。"我说。

"那也是属于你的童话故事。"他说，"我希望你能看到生活可以变得多么美好。"

童话故事里可少不了夺目的黄金，于是我等着他给我一沓厚厚的钞票或一张薄薄的信用卡，总之给我些能派上用场的东西。德西又带我把一间间屋走了个遍，以便让我找出第一次错过的细节好好惊叹一阵，最后我们回到了我的卧室，那是间粉嫩嫩、娇滴滴的屋子，我从一扇窗户向屋外望去，注意到这栋别居周围环绕着一堵高墙。

我突然紧张地脱口而出："德西，你可以给我一点儿钱吗？"

他居然装出了一副惊讶的模样，"你现在已经不需要钱了，对吧？"他说，"你不用付租金，屋里储备着食物，我还可以为你带新衣服过来——这话并不是说我不喜欢你身上这一套。"

"我觉得身上有点儿现金会让我更加安心，要是出了事呢，要是我必须马上离开这里呢？"

他打开钱包取出了两张二十美元的钞票，轻轻地放在我手里，"给你。"他溺爱地说。

我不禁纳闷自己是否犯了一个极大的错误。

尼克·邓恩
事发之后十日

我竟然如此自大，真是大错特错。不管这本日记是个什么玩意儿，它定会将我打进十八层地狱，我简直可以一眼看到根据本案撰写的小说会有个怎样的封面：封面采用血红色背景，上面登载着艾米与我的黑白结婚照，书封上赫然写着"书中收录了十六页从未曝光的照片及艾米·艾略特·邓恩的日记摘录——已逝的香魂还在世间留下了只言片语……"以前我曾不时在家中发现一些蹩脚的真实罪案书籍，艾米这种见不得光的消遣让我觉得很奇怪，却又有几分可爱，当时我还以为她总算放下了架子，读起了休闲读物。

压根儿不是，当时她不过是在学习罢了。

吉尔平拉出一把椅子，将椅背冲着前方坐了上去，抱着两条胳膊向我斜过身子，他又端出了电影里警察的那副架势。此刻已近午夜，但感觉却还要更晚一些。

"跟我们讲讲你太太前几个月生病的事情吧。"他说。

"生病？艾米从来不生病，我的意思是，也许每年会得上一次感冒。"

波尼拿起那本日记，翻到做了标记的一页："上个月你给艾米和你自己做了些饮料，当时你们坐在你家的后门廊上。她在日记里提到饮料甜得厉害，还提到了喝完的反应——她还认为是过敏呢：'我的心一个劲咚咚直跳，舌头肿起来噎在了嘴里，双脚变成了一摊肉泥，结果尼克扶我上了台阶。'"

波尼伸出一根手指摁住日记本抬头打量着我，仿佛我有可能在这关头开小差。她写道："第二天早上醒来时，'我头痛欲裂，胃里有些不舒服，但更离奇的是我的指甲泛着淡蓝色，从镜子里看来，我的嘴唇竟然也是如此，在这之后我两天没有小便，感觉十分虚弱。'"

我厌恶地摇了摇头，我已经对波尼颇有几分依恋，原本以为她不会这么糊涂。

"这是你太太的笔迹吗？"波尼将日记本朝着我，我一眼看到了一片深黑色墨水和艾米龙飞凤舞的草书。

"是的，我觉得是。"

"我们的笔迹专家也这么认为。"

波尼的语调中透出几分自豪，我突然意识到：就是因为遇到这宗案子，波尼和吉尔平才破天荒第一次寻求了专家支持，破天荒第一次联系了专业人士，让专家们干了些稀奇古怪的事情，比如分析笔迹。

"尼克，你知道我们的医学专家对这则日记有什么说法吗？"

"是有人下毒。"我冲口说道，坦纳对我皱了皱眉，意思是说"镇定"！

波尼结巴了片刻，我的话大大出乎她的意料。

"是啊，尼克，谢谢你，那是防冻剂中毒。"波尼说，"典型的防冻剂中毒症状，她活下来算是运气。"

"没有'她活下来'这回事，因为这一切压根儿没有发生过。"我说，"你刚才也说过，那是典型症状，就是在网上搜了搜编出来的故事。"

波尼皱了皱眉，"这本日记对你颇为不利，尼克。"她一边用一根手指轻抚发辫，一边接口说道，"日记里提到了家暴，你曾经推搡她，也提到了压力，你很容易发火，而且你们之间的性关系有强奸之嫌，最后她怕你怕得要命，读上去很难过。我们曾经琢磨不透那把枪，艾米则说她买枪是因为怕你，日记的最后几句话是这么写的：'这个男人可能会杀了我。''这个男人可能会杀了我'，这可是她的原话。"

我的喉头一阵发紧，差点儿吐了出来，种种感受交织在一起涌上了心头，绝大部分是惧意，其中夹杂着一股怒火。操蛋，操蛋，贱人，贱人，贱人。

"用这么一句话来收尾，她这一招还真是聪明得很，也好使得很哪。"我说道，这时坦纳伸出一只手放在我的手上，示意我乖乖闭上嘴。

"你看上去活像是想再杀她一回。"波尼说。

"你一直在对我们撒谎，尼克。"吉尔平说，"你曾说案发当天早上待在海边，可跟我们聊过的所有人都说你对海滩十分厌恶；你说你不知道你那些刷爆了的信用卡买了什么东西，可是现在我们发现柴棚里堆的正是这些玩意儿，而且上面还满是你的指纹；你的太太曾经有过疑似防冻剂中毒的症状，结果过了几个星期，她就下落不明了。我的意思是，拜托……"吉尔平说到这里顿了顿，想要渲染几分气氛。

"还有什么重要的事项吗？"坦纳问道。

"我们可以确定你到过汉尼拔，过了几天就在汉尼拔发现了你太太的钱包。"波尼说，"你有个邻居在案发前一晚无意中听到你和艾米在吵架；艾米怀了孩子，你却不想要；你的酒吧是用太太的钱买下的，一旦离婚就得交还到她手里；当然，当然啦，你还有个交往了一年多的'地下情人'呢。"

"我们现在还可以帮忙，尼克，一旦你被逮捕，我们就帮不上忙了。"吉尔平说。

"你们是在哪里找到日记的？在尼克父亲的旧宅？"坦纳问道。

"没错。"波尼说。

坦纳向我点了点头，意思是说"我们就是漏了它"。他开口说道："让我来猜猜，警方收到了匿名举报对吧？"

两名警察都没有吱声。

"你们能告诉我是在屋里哪个地方找到日记的吗？"我问道。

"在火炉里。我知道你以为自己已经把日记烧掉了，它确实着了火，可是火势太小，一会儿就熄掉了，因此只烧掉了边缘的一圈。"吉尔平说，"我们还真是撞了大运。"

居然在火炉里，艾米又开了一个只有我们两个人才懂的玩笑！过去她总是声称，我对男人的许多分内事一窍不通，这让她大吃一惊。在搜查父亲的旧宅时，我甚至瞄过一眼父亲的旧火炉，那架机器又有管道又有电线又有阀门，活生生吓得我退了开来。

"不是你们撞了大运，是有人刻意想要你们找到这本日记。"我说道。

波尼挑起了左侧的嘴角，露出一缕微笑，她靠在椅背上等待着，简直跟冰茶广告里的明星一样气定神闲。我恼火地冲坦纳点点头，意思是说："出招吧。"

"艾米还活着，她正在将谋杀她的罪名栽赃到尼克头上。"坦纳说。我紧紧握住双手坐直了身子，千方百计扮出几分理智的模样，波尼直勾勾地瞪着我；为了让扮相更加可靠，我需要一只烟斗和一副眼镜，以便在顷刻间变身，还得在手边放一套百科全书。我觉得有点头晕眼花，"千万不要笑"，我暗自心道。

"你刚刚说什么？"波尼皱了皱眉。

"艾米还活着，平安无事地活着，她正在栽赃尼克。"坦纳重复了一遍。

两个警察交换了一个眼神，几乎趴倒在桌上，似乎在说："这家伙在胡说八道什么呀？"

"那她为什么要这么做呢？"吉尔平一边问一边抹着眼睛。

"因为她恨尼克，很明显，他可算不上个合格的丈夫。"

波尼低头望着地板，吁了一口气，"这点我完全同意。"

与此同时，吉尔平说道："唉，上帝呀。"

"她是疯了吗，尼克？"波尼一边说一边向我靠过来，"你们说的这一套简直是天方夜谭，你听到了吗？要布下这么一个局，得花上多久……六个月，一年吧。在这整整一年里，她都得打心眼里恨你，巴不得你遭殃，巴不得你落进十八层地狱翻不了身。你知道恨一个人恨得那么深那么久，有多么难吗？"

"她能办到，艾米能办到。"我想。

"为什么不干脆跟你这浑蛋离婚？"波尼厉声说道。

"她的……正义感不容许。"我回答道，坦纳闻言又瞪了我一眼。

"上帝呀，尼克，你还不觉得烦吗？"吉尔平说，"你太太自己都已经说了'我觉得他可能会杀了我'。"

看来有人已经提点过他们：对嫌疑人要多多指名道姓，这样会让嫌疑人感觉颇为惬意，感觉遇到了知交，推销也讲这一套。

"最近你去过你父亲的旧宅吗，尼克？比如在七月九日？"波尼问。

操蛋，艾米改掉警报器密码就是为了下这个套。我又一次对自己涌起了一股厌恶之情——艾米让我上了两个当，她不仅让我相信她还爱着我，还逼着我自己把自己牵连了进去，真是个心如蛇蝎的女人哪。一念至此，我差点儿忍不住笑出声来，上帝呀，我恨她恨得咬牙，可我不得不佩服这毒妇。

坦纳开口说道："艾米用寻宝游戏的提示逼着我的客户去了不同地点，她早就在这些地方留下了证据，借此让他把自己牵连进去，其中包括汉尼拔，也包括尼克父亲的旧宅。礼貌起见，我和我的客户把这些提示给带来了。"

他拿出了艾米的寻宝提示和情书，一张张摊在两位警察的面前，仿佛在玩一副牌。他们读信时我出了一身汗，盼着他们抬头告诉我一切都已经云开雾散了。

"好吧，你说艾米恨你恨得一塌糊涂，因此花了好几个月的时间来陷害你，把谋杀她自己的罪名栽赃到你头上？"波尼轻声问道，听上去字斟句酌，仿佛失望的父母在跟孩子讲话。

我面无表情地对着她。

"这些信看上去可不像出自一个一腔怒火的怨妇，尼克，"她说，"她正在向你道歉呢，还提议你们两个人从头来过，告诉你她是多么爱你，'你是个温暖的人，你是我的太阳'，'你才华横溢，才思敏捷'。"

"噢，一派鬼话，还是省省吧。"

"尼克，你这'清白无辜'的人又有了一个奇怪的反应，奇怪得令人难以置信。"波尼说，"我们正读着一句句甜言蜜语，这也许是你太太最后的文字，可你看上去竟然火冒三丈。我还记得案发当晚的情况，当时艾米下落不明，你到警局里来，我们把你安置在这间屋里待了四十五分钟，你显得很无聊，当时我们监视着你的举动，你差不多快要睡着了。"

"那些举动跟案件不沾边……"坦纳开口说。

"当时我只是在设法保持冷静。"

"当时你看上去真的十分冷静。"波尼说，"案发以来，你的举止一直……颇为不妥，既无动于衷，又轻率无礼。"

"我这个人本来就是这副模样，难道你看不出来吗？我简直云淡风轻得……过了头，艾米知道这一点……她总是为此发牢骚，说我很难与人共鸣，说我不肯敞开心扉，说我不会处理棘手的情绪，比如悲伤、内疚，她早就知道我会显得很可疑。真他妈见了鬼了！跟希拉里·汉迪聊聊，行吗？再跟汤米·奥哈拉聊聊，我跟他们两个人都聊过了！他们会告诉你艾米的真面目。"

"我们已经跟这两个人谈过了。"吉尔平说。

"结果呢？"

"希拉里·汉迪自高中以后曾经两次试图自杀，汤米·奥哈拉已经在康复中心待过两次。"

"说不定正是艾米害的。"

"也说不定是因为他们情绪多变，背负着深重的罪恶感，再来说说寻宝游戏吧。"波尼说。

吉尔平刻意用一副干巴巴的调子大声念出第二条提示：

你带我来到这里，让我听见你的闲谈

你谈起儿时的冒险：那时你穿着寒酸的仔裤，戴着一顶鸭舌帽

让其他人全部靠边站，他们在你我心中通通不算数

让我们偷偷地吻上一吻……假装你我刚刚结为夫妻

"你说这些词句是逼着你去汉尼拔？"波尼说。

我点点头。

"可是这里压根儿没有提到汉尼拔呀，连暗示都说不上。"她说。

"'鸭舌帽'是艾米和我才懂的一个笑话，讲的是……"

"喔，只有艾米和你才懂的笑话。"吉尔平说。

"下一条提示的棕色小房子又是怎么回事？"波尼问道。

"意思是让我去父亲的旧宅。"我说。

波尼又一次换上了一张冷脸，"尼克，你父亲的旧宅可是蓝色的。"她转身对坦纳翻了个白眼，仿佛在说："这就是你给我爆的料？"

"我倒觉得像是你在这些提示里挑了些词句，编了些'只有你和艾米才

懂的笑话'。"波尼说，"我的意思是，天下哪有这么便宜的事情：我们发现你去过汉尼拔，结果你猜怎么着，这条提示就暗示你'要去汉尼拔'。"

"寻宝游戏最后找出来了这件礼物，它给的提示就没那么隐晦了。"坦纳说着将盒子放到桌上，"这是'潘趣'和'朱蒂'木偶，我敢肯定你们也知道，潘趣杀了朱蒂和她的孩子。我的客户发现了这些木偶，我们想把它交给警方。"

波尼拉过盒子，戴上乳胶手套，拿出了木偶。"很重啊，"她说，"是实心的。"她仔细地端详着女木偶衣裙上的蕾丝和男木偶的花衣服，又拿起男木偶，打量着那支粗粗的木头手柄，上面有着一些手指握槽。

她突然间愣住了，拿着男木偶皱起了眉，又把女木偶头朝下颠了个个，木偶的裙子也随之飞了起来。

"这个人偶没有手柄。"她转身对我说道，"原来是有手柄的吗？"

"我怎么知道？"

"原来是不是有个非常厚重的手柄，好像一块宽四寸厚二尺的木材，上面有些凹槽，以便让人握得更牢？"她厉声说，"是不是有个跟棍棒一样的手柄？"

她直勾勾地盯着我，我看得出她的心思：你是个心理变态的家伙，你是个杀人凶手。

## 艾米·艾略特·邓恩
## 事发之后十一日

今晚将会播出莎朗·席贝尔采访尼克的实录，这则采访已经被炒得轰轰烈烈。我准备洗个热水澡，然后带上一瓶好酒去看电视，一边看一边录节目，以便把尼克的谎言一条条全记下来；我要写下夸大其词的说法、半真半假的词句，写下他嘴里说出的大谎小谎，好让我对他的一腔怒火烧得更旺一些。在看到博客上的采访以后，火势就变得有点儿不妙，（那只是一个瞎猫撞到死耗子的采访！说的都是些醉话！）我绝不容许这样的事情发生。我不会软下心肠，我又不是个白痴。不过话说回来，眼下安迪已经漏了口风，我倒是挺希望听听他对此有什么说法。

我想要独自一个人看节目，可德西整天在我身边阴魂不散，我躲到哪里，他就跟到哪里，就像突然来临的坏天气，怎么躲也躲不开。我不能打发他走，因为这毕竟是他家；我倒是已经试过了，可惜没有奏效，他一会儿说要检查地下室的管道，一会儿说要去看一眼冰箱，瞧瞧要买些什么食物。

"日子就会这么过下去。"我心想，"我的生活就会变成这样，他想来就来想留就留，他会东晃西晃跟我搭话，然后会一屁股坐下来，招呼我也坐下来，接着打开一瓶酒，突然之间我们就会共进晚餐，此后就再也没有办法叫停了。"

"我真的累得厉害。"我说。

393

"就再忍忍你的恩人吧。"他伸出一根手指抚着裤腿上的折痕。

他知道今晚将要播放采访尼克的实录，因此出去了一趟，又把我最喜爱的食物一股脑儿全带了回来，包括曼彻格奶酪、松露巧克力和一瓶桑塞尔葡萄酒，还挑了挑眉毛拿出了我在欧扎克期间迷上的辣芝士味玉米片，他斟上了酒——我们两人已经心照不宣地默认不细谈有关宝宝的事情，我们都知道我母亲失去过肚子里的孩子，也知道我不愿意开口谈起流产这种事。

"我倒是挺想听听那下流坯有什么说法。"德西说，德西的嘴里罕少说出"浑球"之类的词，他说的是"下流坯"，这个词从他嘴里说出来却更添几分恶毒。

一个小时后，我们已经吃完了德西做的清淡晚餐，喝过了德西带来的那瓶酒。他给了我一小块奶酪，又跟我分吃了一块松露巧克力，给了我不多不少十片玉米片，然后藏起了袋子。德西说他不喜欢玉米片的气味，其实他不喜欢的是我身上的赘肉。现在我们并排坐在沙发上，身上搭着一条毯子，因为德西开了空调，以便给七月份带来几分秋意。我觉得他开空调是为了顺理成章地烧上一堆火，逼着我们两个人一起钻到毯子下面。德西似乎梦想着我们两人在金秋十月待在一起的一幕，他甚至给我带来了一件紫色高领毛衣当作礼物，我注意到那件毛衣看上去跟毛毯和德西的深绿色毛衣都很相称。

"知道吧，多年以来，差劲的男人们都用拳头来对付强势的女人，谁让她们威胁到人家的男子汉气概呢。"德西说，"他们的心智脆弱得很，需要这种控制……"

此时我正寻思着另一种控制——有人会打着关心的幌子控制别人，那样的人会说，"亲爱的，这儿有件御寒的毛衣，现在就把它穿上吧，也好让我美梦成真。"

尼克至少不会用这一招，尼克让我按自己的心意过活。

我只希望德西乖乖坐着别动，把嘴闭上，可是他又烦躁又紧张，仿佛他的对手正跟我们待在同一间屋里。

屏幕上出现了我那张美丽的面孔，接下来照片仿佛飘落的树叶一般一张接着一张，我对德西"嘘"了一声。

"她曾经受尽了女孩们的艳羡，她美丽，聪慧，鼓舞人心，而且非常富有。"莎朗在画外音里说道。

"他也曾经受尽男人们的钦佩……"

"我这个男人可一点儿也不钦佩他。"德西咕哝道。

"他英俊、幽默，生气勃勃，而且颇为迷人。"

"但在七月五日那天，他们那看似完美的世界却轰然倒塌，艾米·艾略特·邓恩在结婚五周年纪念日当天失踪了。"

电视上出现一幕幕事件回顾，接着登出了我的照片、安迪的照片、尼克的照片，还有照片显示着妊娠检查的结果和一些未付的账单——我干得真漂亮。眼下我打量着这些镜头，活像是画了一幅壁画然后退后一步，心里暗喜，"简直完美无缺"。

"现在尼克·邓恩打破了沉默，不仅向我们独家披露了太太失踪的内幕，还开口谈起了他的外遇和种种谣言。"

我的心中突然对尼克涌起了一股暖意：他正打着我最喜欢的那条领带，那是我给他买的，他却觉得太过花哨。领带是翠紫色，几乎把他的眼睛衬出了一抹紫罗兰色。在过去的一个月里，他已经不再发福，将军肚消失了踪影，肉嘟嘟的面孔清瘦了下去，下巴上的酒窝也浅了几分。他的头发修过，但并没有剪过，我想象着玛戈接过莫琳的担子对尼克万分体贴，在上镜之前帮他修整了一番，用手指沾点儿唾沫抹干净他的下巴。尼克正打着我挑的领带，当他举起手示意时，我一眼看见他还戴着我挑的手表，那是一块"宝路华"古董表，我送给他作为三十三岁的生日礼物，他从来不戴这块表，说它"不合他的风格"，可那块表彻头彻尾就是他的风格。

"作为一个太太失踪的人来说，他打扮得还真是仪表堂堂哪。"德西冷言冷语地说，"连指甲也没有忘了修，真是令人高兴。"

"尼克永远也不会修指甲。"我说着扫了一眼德西那修理过的指甲。

"尼克，我们直奔主题吧。"莎朗说，"你太太失踪跟你有关吗？"

"没有，压根儿没有，百分百没有关联。"尼克直视着莎朗的眼睛，看上去训练有素，"但我要这么说，莎朗，我绝对算不上清白无辜、无可指责，也绝对算不上一个好丈夫，如果我没有那么担心艾米的话，我会说她的失踪在某种程度上是件好事……"

"对不起，尼克，但我认为你太太正下落不明，你却说出这样的话来，很多人会觉得难以置信。"

"那是世上最可怕、最糟糕的感觉，而我万分期望她能够回来，我的意思只是，她的失踪逼着我认清了现实。人们并不愿意相信自己是个糟糕透顶的人，非要遇上一件这样血淋淋的事才能把你拉出自私的旋涡，让你睁开眼睛看清真相：你就是世界上最幸运的混账东西。我的意思是，我身边的那个女人在各方面都与我旗鼓相当，甚至比我更加出色，我却任由自己的不安全感给生活罩上了一层阴云，当时我担心一大堆事，担心失业，担心无法照顾家人，还担心自己在一天天变老。"

"哦，拜托……"德西刚刚开口说道，我立刻"嘘"了一声让他闭嘴。要想让尼克当着全天下的面承认他自己算不上一个好人，那对他来说简直是一场死去活来的折磨。

"莎朗，我还有话要说，我现在就要说出口：我出轨了，对我的太太有所不敬。我并不想堕落成那副模样，可当时我走了捷径，却没有在自己身上下苦功。我与一个小姑娘发生了外遇，她对我知之甚少，因此我可以在她的面前装成一个大人物，装成我梦想的那副模样：聪明、自信而且成就显赫，因为这个年轻小姑娘看不出差别。这个年轻小姑娘从来没有见过我在深夜的洗手间里为了失业捂着毛巾流眼泪，对我的怪癖和缺点她也并非了如指掌。当时我认定，如果自己并不完美，我的太太就不会爱我——我还真是错得离谱。我想当艾米的英雄，但当我丢了工作时，我也丢了自尊，我再也无法当英雄了。莎朗，我能够分清对错，我只是……我只是犯了错。"

"如果你太太能够看见你今晚的表现，听见你今晚的言辞，你会对她说些什么呢？"

"我会说：艾米，我爱你，你是我所见过最棒的女人。我配不上你，如果你能回来的话，我会用余生向你补过，我们将找个办法把这场噩梦抛到脑后，我会成为世界上最配你的男人，请回到我的身边，艾米。"

这时他将食指的指肚放在下巴的美人沟上停留了片刻，那是我们旧时的密码，当年我们如果要发誓绝对没有晃点对方，就会用上这个手势，比如"这件衣服真的很好看"，"那篇文章确实站得住脚"，这个手势意味着"现在我说的百分百是真话，我会在你背后给你撑腰，绝不会跟你捣乱"。

德西探身到我面前挡住了电视屏幕，伸手去拿那瓶桑塞尔葡萄酒，"再来点儿酒吗，亲爱的？"他说。

"嘘。"

他暂停了电视节目，"艾米，你是个善良的女人，我知道你耳根子软，听不得……别人求你，可是他说的一切都是谎言。"

尼克嘴里说出的话正是我想听到的话，真是拨云见日哪。

德西走了几步以便盯着我的正脸，将我的视线挡了个结结实实，"尼克想要扮成一个悔悟的好人，我得承认他干得很出色，但那不是真的，他甚至没有提到打你、侵犯你的事情，我不知道这家伙有哪点让你迷了心窍，一定是斯德哥尔摩综合征。"

"我知道，"我开口说道，我深知该对德西说些什么，"你说得对，说得一点儿也没错，我已经很久没有感到这么安全了，德西，但我还是……我一看到他就……眼下我左右为难，但他伤害过我……好些年。"

"也许我们不该再看这个节目。"他捻着我的头发，离我近得有点儿过火。

"不，还是开着电视吧。"我说，"我必须面对这一切，跟你一起面对这一切。有你在，我能做到。"我伸出一只手放进他的掌中，心中想着："他妈的，赶紧给我闭上嘴。"


"我只希望艾米能够回家，那样我就能用余生向她补过，给予她应得的一切。"

看来尼克原谅了我，他在暗示："我让你吃了一回瘪，你也让我吃了一回瘪，让我们言归于好吧。"如果他说的是真话呢？尼克希望我回到他身边，那样他就可以好好对待我，在他的有生之年用恰当的方式对待我，这话听上去倒是相当顺耳，我们可以回纽约去：自从我失踪以后，"小魔女艾米"系列的销量一飞冲天，整整三代读者都记起了他们是多么爱我，我那贪婪愚蠢、不负责任的父母总算可以把信托基金连本带利地还给我了。

因为我想重回旧日的生活，换句话说，我想坐拥旧日的财富重过旧日的生活，身边还伴着改头换面的尼克。也许他已经学乖了，也许他会变回以前的模样，因为我一直在做白日梦，在欧扎克那间小木屋和德西这栋豪宅里，我都有许多时间做白日梦，而我一直梦想着旧日的尼克。我原本以为自己会大肆遐想尼克在监狱里的惨状，但这样的念头最近却难得冒头，我倒是遐想着旧日的情景，那时我们挨着对方躺在床上，赤裸的肌肤贴着凉爽的床单，他只是定定地盯着我，用一只手指从我的下巴一路抚到耳朵，轻挠着耳垂，让我忍不住扭起了身子，他的手指却又拂过耳朵的重重轮廓抚上了发际线，学着我们初次接吻时的模样捻起一绺头发，一路捋到发梢，再轻轻扯上两次，仿佛在摇一只铃铛，那时他会说："哪本故事书也比不上你，哪个人也编不出你这样的尤物。"

尼克让我接了地气。尼克跟德西不一样，德西给我带来我想要的东西（郁金香啦、美酒啦），却是为了让我听从他的心意（也就是爱他），而尼克只希望我开心快乐，就这么简单。也许以前我把他的这种态度误认为是懒惰，"我只希望你能开心，艾米"，这句话他说过许多次，而当时我从中读出的意味是，"我只希望你能开心，艾米，那样我就不用费心了。"也许当时我不太公正，好吧，不能算"不太公正"，而是"没有回过神来"。我曾经爱过的人个个都有自己的小算盘，我又怎么会认得出毫无心机的模样呢？

非要走到眼前这可怕的一步，我们两人才能意识到一点：尼克和我是天作之合，此事千真万确。我是样样事都太过上心，他却样样事都不够上心；我是一丛扎手的荆棘，父母的千娇万宠浇灌出了我满身的刺，而他的父亲则给他留下了遍体鳞伤，我身上的一根根刺正好配上他身上的一个个洞眼。

我必须回到他的身边。

## 尼克·邓恩
## 事发之后十四日

醒来时我正躺在玛戈家的沙发上，残存的酒意仍然十分汹涌，我简直恨不得杀了我太太。自从警方为了艾米的日记找我问话以后，这种情形就变得屡见不鲜，我想象着艾米正躲在西海岸某个疗养地，躺在长沙发椅上喝着菠萝汁，把满心忧虑都抛到了九霄云外，而我则急匆匆地开车驶过迢迢万里，冷不丁出现在艾米的面前，我那又脏又臭的身子挡住了艾米的阳光，害得她抬起头来张望。这时我伸出双手掐住她那完美的玉颈，她的脉搏先是"突突"跳得十分急促，后来却又慢了下来——我们正注视着对方的眼睛，终于心照不宣。

我迟早会被抓起来，如果不是今天，那就是明天；如果不是明天，那就是后天。我原本以为警方把我从警局里放出来是个好兆头，但是坦纳给我泼了盆冷水，"如果找不到尸体，定罪可不是一件容易的事。他们正在填漏补缺呢，最近几天你想做什么就做什么，因为逮捕令一旦下来，我们就有的忙了。"

我能听见窗外传来摄制组的动静，人们正相互问着早安，仿佛他们在工厂里打卡上班。相机不时发出"咔嗒"声，就像一帮永不停歇的蝗虫，正忙着拍摄玛戈家的正面照。有人已经走漏了风声，告诉人们警方已在我妹妹的地产上发现了我的"安乐窝"，里面装着不少玩意儿，我也很快就会锒铛入狱，因此我和玛戈连窗帘都不敢掀一下。

玛戈进了屋，身上穿着一条法兰绒短裤和她高中时期的"傻帽儿冲浪手"乐队 T 恤，臂弯里还夹着一台笔记本电脑。"大家又恨你了。"玛戈说。

"墙头草们真操蛋。"

"昨天晚上有人走漏了小木屋、艾米钱包和日记的消息，现在各处的论调都是，'尼克是个骗子，尼克是个杀人凶手，尼克就是个满嘴鬼话的杀人凶手'，莎朗·席贝尔刚刚发表了一则声明，对案件的走向表示'非常震惊和失望'。还有啊，色情片的事已经无人不知啦——'辣手灭花'是吧？"

"明明是'辣手摧花'。"

"哦，那倒是不好意思了，是'辣手摧花'。"玛戈说道，"这么说来，尼克不仅是个满嘴鬼话的杀人凶手，还是个性虐狂，埃伦·阿博特这次一定会拼上老命，她对色情片可是绝不手软。"

"那还用说吗，我敢肯定艾米非常清楚这一点。"我说。

"尼克？"玛戈恍然大悟地说道，"情况很不妙哪。"

"玛戈，我们需要记住的是，别人怎么想都无所谓。"我说，"现在最重要的是艾米怎么想，她是不是正在对我软下心肠。"

"尼克，你真觉得艾米的心意会变得这么快，一下子从恨你恨得咬牙变成再次倾心于你？"

关于艾米的心意，我和玛戈已经整整讨论了五年。

"是的，玛戈，我是这么认为。艾米这个人从来分不清什么是胡说八道，如果你说她艳光四射，她知道你说的是真话；如果你说她天资聪颖，她不会觉得你在拍马屁，她觉得自己受得起这声夸奖。因此我认为，她心里会很有几分相信：如果我能认清自己的错误，我理所应当会再次爱上她，我有什么理由不爱她呢？"

"如果事实证明她学会了分辨胡说八道呢？"

"你也了解艾米，她可容不得别人占上风。和我的外遇比起来，更让她恼火的是我没有选择她而选择了别人，她想让我乖乖回到她的身边，只是为了证明她是赢家。你不觉得吗？只要看到我对她软语相求，求她回到我身边，好让我对她毕恭毕敬，她很难不动心，难道你不这么想吗？"

"我觉得这是个不错的主意。"玛戈说——人们在祝别人撞好运中彩票的时候，就会用玛戈的这种口气。

玛戈和我正在恶声恶气地抢白着对方，以前还从未有过这种情形。在发现柴棚后，警方就拼命盘问玛戈，问的正是坦纳曾经预言过的问题："玛戈是不是知情呢？玛戈有没有参与呢？"

在玛戈回家的那天晚上，我原本以为她会火冒三丈地骂骂咧咧，但玛戈只是对我露出一缕尴尬的微笑，便闪身绕过我进了自己的房间。为了支付坦纳的律师费，玛戈还把房子进行了二次抵押。

就因为我那些差劲的决定，我让自己的妹妹遇上了财务和法律风险，目前的局势让玛戈愤愤不平，也让我深深自责，对于深陷困境的两个人来说，这还真是一种致命的组合。

我想要换个话题："我在想要不要给安迪打个电话……"

"好啊，尼克，这是多么明智的决定呀，然后安迪就可以回去上埃伦·阿博特的节目……"

"她并没有上埃伦·阿博特的节目，她只是举办了一个新闻发布会，埃伦·阿博特转播了相关内容而已。安迪没有那么邪恶，玛戈。"

"安迪参加了新闻发布会，是因为她对你火冒三丈，你还不如继续跟她瞎搞呢。"

"算你狠。"

"那你打算跟她说些什么？"

"很抱歉。"

"他妈的，你确实很抱歉哪。"玛戈喃喃自语。

"我……我只是不喜欢分手分得这么糟糕。"

"上次你见到安迪时，她咬了你一口，"玛戈的口气出奇的耐心，"我不觉得你们两个人还有什么可说的。你现在是一宗谋杀案的首要嫌疑人，你已经丧失了和平分手的权利。真他妈的操蛋，尼克。"

眼下我们对彼此越来越看不顺眼，我还从来没有想到会发生这种事。我和玛戈之间的问题已经不仅仅是压力，也不仅仅是我给玛戈招来的风险。一周前当我打开柴棚时，有那么十秒钟，我希望玛戈会像以往那样读懂我的心思，但玛戈却认为我杀死了自己的太太，这件事让我难以释怀，也让玛戈难以释怀。我发现玛戈现在看我的眼神有时会变得跟当年她看父亲的眼神一样冰冷透骨：她的眼前不过是另外一个吃干饭的恶心男人。我相信自己有时也用父亲那种惨兮兮的眼神望着玛戈：我的眼前不过是又一个憎恨我的怨妇，这女人简直小气得很。

我出了一口气，站起身握了握玛戈的手，她也握了握我的手。

"我想我应该回家去。"我说，我突然感到一阵恶心，"我再也受不了了。就这样傻等着被抓起来，我可受不了。"


玛戈还没来得及拦住我，我已经一把抓起自家钥匙推开了大门，相机纷纷闪起来，人群中传来的叫喊声居然比我预想中还要吵："嗨，尼克，你杀了自己的太太吗？嘿，玛戈，你是不是帮你的哥哥隐藏了证据？"

"浑球。"玛戈骂道。她穿着那件"傻帽儿冲浪手"T恤和短裤站在我的身旁，几个示威的家伙举着标语，一个金色头发、戴着墨镜的女人不停摇着手中的海报板，上面写着：尼克，艾米在哪里？

叫喊声变得更响了，同时也更加疯狂，全都冲着我的妹妹："玛戈，你的哥哥是不是杀妻凶手？""是不是尼克杀死了自己的太太和未出生的宝宝？""玛戈，你也是犯罪嫌疑人吗？""尼克有没有杀自己的太太？""尼克有没有杀自己的孩子？"

我站在那儿不让步，死活不肯再退回玛戈家。突然间，玛戈在我的身后蹲了下来，扭开了台阶旁边的水龙头，把水量调到了最大，一股又直又硬的水柱冲向了所有摄影师、示威者和身着正装准备上镜的漂亮记者，就像喷射着一群动物。

玛戈正用火力掩护我呢。我一溜烟冲进了汽车，箭一般驶了出去，玛戈家门前草坪上的一群落汤鸡正浑身滴着水，玛戈则尖声地哈哈大笑。

我花了整整十分钟才把车从我家车道挪到自家的车库，车只能一寸一寸地往前蹭，挤开前面愤怒的人潮：除了摄影师，我家门口至少还有二十个示威者，我的邻居简·泰威尔也在其中。我和她的眼神撞在了一起，她把手中的标语牌转向了我，上面写着：尼克，艾米在哪里？

我终于开进了车库，车库门嗡嗡地关了下来，我坐在车库的一片闷热中，喘着气。

眼下处处都像是一座监狱：一扇扇门开了又关、关了又开，我却丝毫没有安全感。


在这之后我一直琢磨着该怎么杀了艾米，满脑子都转着这样的念头：找个办法结果她的性命吧。我要砸烂艾米那个忙碌的小脑袋，这是她应得的；过去几年中我可能有些浑浑噩噩，但眼下我却清醒得很。现在的我再次变得活力十足，就像我们刚结婚的那段时光。

我想要采取些措施，挑起一点儿风波，但眼下压根儿无事可做。摄制组在深夜时分已经走了个精光，但我仍然不能冒险离开家门。我想出去走走，最后却只能来回踱上几步。

安迪坑了我，玛丽贝思掉头对付我，玛戈对我失去了信心，波尼困住了我，艾米毁了我。我给自己倒上了一杯酒，灌了一大口，握紧了那只平底玻璃杯，接着狠狠地将它向墙上扔去，眼睁睁地看着玻璃杯的碎片四处飞溅，还听见了一声巨响，闻见一股波旁威士忌的味道。怒火烧遍了我的种种感官，"那些该死的贱人"。

我一辈子都在设法做个体面的男人，一个热爱并尊重女人的男人，但眼下我却沦落到了这个地步，对自己的孪生妹妹、岳母和情妇恶语相加，还想象着猛砸自己太太的脑袋。

这时门外传来了一阵敲门声，那响亮的"砰、砰、砰"听上去带着一腔怒火，打断了我的胡思乱想。

我猛地将门拉得大开，火冒三丈地迎接门外那个火冒三丈的人。

站在门口的是我的父亲，活像是被我的一腔恨意召唤出的一个幽灵。他喘着粗气，大汗淋漓，衬衫的衣袖已经扯破，头发也凌乱不堪，眼睛里却带着一贯的警觉，看上去像个神志清醒的恶人。

　　"她在这里吗？"他厉声问道。

　　"谁在这里，爸爸，你在找谁？"

　　"你明知我在找谁。"他从我身边挤了过去，大踏步从客厅穿过，走过的地方留下了一串泥印，边走边嘟囔着"贱人贱人贱人"。他紧握着双手，身子一个劲地往前倾——照这副架势，他要么得不停地往前走，要么就会摔上一跤。父亲身上带着一股薄荷味，不是加工出的薄荷，而是天然的真薄荷；我还能看见他的长裤上有一抹绿色，看上去他刚刚踩过了某家的花园。

　　"小贱人，那个该死的小贱人。"他不停地嘟囔着穿过餐厅，进了厨房，打开了灯，一只蟑螂急匆匆地沿着墙壁爬了上去。

　　我紧跟着父亲，想要让他冷静下来，"爸爸，爸爸，你为什么不坐下来呢。爸爸，你要不要喝杯水，爸爸……"他迈着重重的脚步在楼下冲来冲去，一块块泥从他的鞋上掉了下来。我也握紧了拳头：还用说吗，这个浑蛋当然会在这关头露面，把事情搅得更糟。

　　"爸爸！该死，爸爸！这里除了我没别人，只有我在这里。"他压根儿不理睬我，一把推开了客房的门，接着又回到了客厅……"爸爸！"

　　我不想碰他，因为我怕自己会忍不住打他，我也怕自己会哭出声来。

　　就在他准备奔向楼上的卧室时，我拦住了他。我一手撑在墙上，一手抓着楼梯扶栏，成了一堵人墙，"爸爸，看着我。"

　　父亲正喷着愤怒的唾沫星子说："你告诉她，你告诉那个长着一副丑模样的小贱人，这还不算完呢。你告诉她，她可不比我好，我也并不是配不上她，轮不到她来指东道西，那个丑贱人得学乖一点儿……"

　　我发誓，有那么片刻，我的眼前一片白茫茫，那是一种震耳欲聋的顿悟。破天荒头一遭，我不再设法把父亲的声音赶出脑海，反而任由它回荡在耳边。我跟父亲不是一类人：我并不憎恨所有的女人，也不害怕所有的女人，我的矛头只对准一个女人。如果我瞧不起的只有艾米，我的怨愤和怒气都对准那个罪有应得的女人，我并不会变成父亲那种人，这只说明我是个心智健全的人。

"小贱人、小贱人、小贱人。"

父亲让我爱上了他嘴里说出来的这些词；此时此地，为此我比以往任何时刻都更加恨他。

"该死的贱人、该死的贱人。"

我牢牢地抓住他的胳膊，把他赶进车里，用力关上了车门。在去"康福山"的一路上，他一遍遍地念叨着那个词。我把车停在了为救护车预留的位置上，走到父亲所在的一侧打开车门，拽住胳膊把他拉了出来，然后陪他一起走进了养老院。

接着我转过身回了家。

"该死的贱人、该死的贱人。"

但是除了乞求我别无他法，我那该死的妻子逼得我只能求她回来。不管是通过纸媒也好，网络也好，电视也好，我只能祈祷我的太太看到我正在乖乖扮演好丈夫的角色，说着那些她想听的话："我服输，彻底地服输；你永远是对的，我永远是错的。"快回家吧（你个贱人）。赶紧回来，好让我亲手结果你的性命。

## 艾米·艾略特·邓恩
## 事发之后二十六日

德西又来了，现在他几乎每天都来这里，在屋里傻笑着四处转悠。太阳下山时他会站在厨房里让落日的余晖照亮自己的轮廓，好让我满心爱慕；他牵着我的手把我拉进花房，以便提醒我此刻是多么安全，又多么受宠，好让我再次开口谢谢他。

德西满嘴说着我是多么安全，又多么受宠，但他却不肯放我离开，而这一点恰恰让我觉得不安全，也不受宠。他没有把车钥匙留给我，也没有给我大门钥匙，没有给我门禁密码，我其实就是个名副其实的囚徒——别居的大门足有十五英尺高，而且家里没有梯子（我已经翻遍了各处）。当然啦，我可以拖几件家具到墙边堆起来，然后爬上墙从另一边跳下去，接着一瘸一拐地离开，要不然就爬着离开，但这不是关键，关键在于：我是他那尊贵、挚爱的客人，客人本该想来就来想走就走。于是几天前我问德西："如果我需要立刻离开这里，那怎么办？"

"或许我应该搬进来。"他跟我针锋相对，"那样我就能一直待在这里保证你的安全，如果一旦出了什么事，我们可以一起离开。"

"如果你妈妈起了疑心，结果到这儿来发现你把我藏在家里呢？那该有多糟糕呀！"

如果德西的母亲真的在这里露了面，那我可就完蛋了，因为她会立刻给警察送信。自从出了高中的那场风波以后，那个女人就一直瞧不起我，那是多少年前的事了，可她还对我耿耿于怀呢。当时我抓伤了自己的脸颊，然后告诉德西是她下的手（那女人的占有欲强得要命，对我又那么无情，这种事她说不定真做得出来），结果德西和他妈妈足足一个月没有搭话，不过眼下他们显然已经和好了。

"杰奎琳不知道门禁密码，"德西说，"湖边别居是我的。"说到这里他顿了顿，装出一副正在寻思的模样，"我真的应该搬进来，总这样独处对你的健康不利。"

但我并非经常独处。在短短两个星期里，我和德西就养成了一些习惯，这是德西弄出来的一回事：那家伙既像个打扮时髦的狱卒在看守着我，又像个被宠坏了的朝臣在服侍着我。午时刚过他就会来到别居，闻起来像一顿奢华的午餐，因为他和杰奎琳刚在高档餐厅里用餐；如果我们移居希腊的话，他就会带我去那样的餐厅。（这也是德西不断提起的一种选择：我们可以搬到希腊去。德西经常去希腊某个小渔村里避暑，不知道什么原因，他坚信那里永远不会有人认出我，我也知道他一直在遐想着我们喝着酒，装着一肚子海鲜美味，在夕阳西下时颠鸾倒凤。）德西进门时又带着一股午餐味道——他在耳后涂抹的必是鹅肝酱，不是香水吧（他妈妈身上倒总是隐约透出一股骚味——科林斯一家的味道无非食色，这一手其实还真不坏）。

德西进了门，身上那股食物香味差点儿让我流出了口水。他给我带了些好吃的，但这些食物都比不上他吃的美食：他正在让我瘦身，因此给我带了可爱的绿色杨桃、张牙舞爪的螃蟹和洋蓟，通通都是那种需要花上一番大力气但吃不上多少的东西。眼下我几乎已经回复了正常体重，头发也长了出来。我用德西带来的发箍把头发兜在脑后，还把它染回了金色，这也多亏德西带来的染发剂。"我觉得，当你看上去更像你自己的时候，你的自我感觉可能会好一些，亲爱的。"德西说——没错，这一切都是为了我好，才不是因为他想让我看起来跟从前一样，想让我变回 1987 年的艾米呢。

我吃着午饭，德西在我的身旁徘徊，等我开口夸他，我吃完后他又尽可能收拾了一番。我们两个都是不会收拾的人，这栋别居看上去已经变了样，厨房台面上多了奇怪的污渍，窗台也布上了灰尘。

午餐结束后，德西跟我在一起待了一会儿，逗弄着我的头发、我的皮肤、我的衣服和我的心智。

"看看你自己。"德西一边说一边把我的头发掖到耳后，拢成他喜欢的模样，还解开我的衬衫领口，这样就可以看见我的锁骨，他把一根手指放在锁骨的凹痕里填平了空缺，动作十分挑逗，"尼克怎么下得了手伤害你，忍得下心不爱你，还背着你劈腿呢？"他不断地重复这些问题，活像在伤口上不停地撒盐，"要是忘掉尼克，忘记那糟糕的五年时光，继续过自己的日子，岂不是一件很惬意的事？你有机会和真命天子重新来过，多少人能有这样的机会？"

我确实想和真命天子重新来过，因为我想和改头换面的尼克重新来过。眼下尼克的处境很不妙，简直是阴云密布，只有我才能把尼克从自己下的套里救出来，但我脱不了身。

"如果你离开这里，我又到处找不到你的话，那我就不得不向警方报案。"德西说，"我也实在是没有办法，因为我必须确保你的安全，确保尼克不会……强行把你关在某个地方，对你施暴。"

这是一个赤裸裸的威胁，却戴上了关心的假面。

此刻，我凝视德西的眼光满是厌恶；有时我感觉自己的皮肤一定会因为反感而发起烧来，还会因为强忍那股反感而发烧。我把德西给忘了，忘了他那些摆布人的招数，温言软语的劝说，微妙的威逼——德西是个视罪行为风情的人，可如果不能得遂心愿的话，他就会翻脸实施惩罚。至少尼克还有胆去外面厮混，德西却会用他那苍白细长的手指不停地在幕后使劲，一直到我将他想要的东西乖乖奉上。

我原本以为自己可以操纵德西，谁知居然算错了一步——我感觉祸事即将来临。

## 尼克·邓恩
## 事发之后三十三日

　　日子散漫而悠长，顷刻间却又来了个急刹车。八月的某个早上，我出门买了点杂货，回到家中就发现坦纳、波尼和吉尔平在客厅里等我。桌上放着一个塑料证物袋，里面有一根又长又厚的木棍，棍上有精细的手指握槽。

　　"第一次搜查时，我们沿着你家附近的河流顺流而下，发现了这根木棍。"波尼说，"当初实在看不出个头绪，只是一件摆在河岸上的奇怪漂浮物而已，但我们会保留一切在搜索中发现的物件。你把潘趣和朱蒂木偶给了我们以后，整件事就说得通了，所以我们让实验室检查了木棍。"

　　"结果呢？"我闷闷地问道。

　　波尼站起身直视着我的眼睛，听上去有几分伤心，"我们在木棍上发现了艾米的血迹，这件案子现在已被定为凶杀案，而且我们认为这根木棍就是杀人凶器。"

　　"波尼，别扯了！"

　　"是时候了，尼克。"波尼说，"是时候了。"

　　梦魇就此开始。

## 艾米·艾略特·邓恩
## 事发之后四十日

　　我找到了一小截旧麻绳和一个空酒瓶，它们已经在我的计划里派上了用场。当然我还备了些苦艾酒，一切已经准备妥当。

　　要自律，这是一项需要自律和专注的任务，我已经做好了准备。

　　我把自己打扮成德西最喜爱的模样：一朵精致的娇花。我那一头蓬松的卷发上喷了香水，肌肤也已经变得苍白，毕竟我在屋里已经窝了一个月。我几乎没有上妆，只刷了刷睫毛膏，配上粉嘟嘟的脸颊和透明唇彩，穿上德西带来的一条粉色紧身裙，没有穿胸衣，没有穿小可爱，连鞋也没有穿——开着空调的屋里可是寒意阵阵呢。我烧了一堆火，在空气里喷上香雾，等到德西吃过午饭不请自来，我欢欢喜喜地迎了上去，伸出双手搂着他，把脸埋在他的颈窝中，用自己的脸颊蹭着他的脸。在过去的几个星期里，我对德西变得越来越柔情，但这样如胶似漆却还是头一遭。

　　"这是怎么一回事，宝贝？"德西说。他吃了一惊，却又十分高兴，我差点儿觉得羞愧了起来。

　　"昨天晚上我做了个前所未有的噩梦，是关于尼克的。"我低声说，"我醒来时一心只希望你在身旁，而且今天早上……整整一天我都希望你能在我身旁。"

　　"只要你喜欢，我会一直在你身旁。"

　　"我当然喜欢。"我说着抬起了面孔，好让德西吻我。他的亲吻轻细又犹豫，好似鱼儿一般，简直令我作呕，德西正在对他那遭遇强奸和摧残的女人表示尊重呢。他那冰冷潮湿的嘴唇又亲了过来，双手几乎没有放在我的身上，但是我想要早点儿结束这一切，因此我把德西拉到身旁，用舌头撬开了他的嘴唇——我想要咬他一口。

德西缩了回去，"艾米。"他说，"你经历了许多风波，这样的发展有点快。如果你不乐意或者还没有想清楚的话，我不希望你操之过急。"

我知道他迟早必定会抚上我的双峰，也知道他迟早必定会进入我的体内，我只希望这一切快快完事，德西居然想慢慢来，我简直恨不得挠他一把。

"我很肯定。"我说，"我想从我们十六岁开始我就已经肯定了，当时我只是害怕。"

这些话都毫无意义，但我知道它们会正中德西的心窝。

我又吻了吻他，然后问他是否愿意带我进我们的卧室。

在卧室里，德西慢慢地为我宽衣解带，亲吻着我身上一个个与做爱毫不沾边的部位——他亲着我的肩膀和耳朵，而我则微妙地不让他注意到我的手腕和脚踝。上帝呀，赶紧真枪实弹地上吧。熬过了十分钟，我抓住他的手埋进了双腿之间。

"你确定吗？"德西又退了开，脸上泛起了红晕，一缕头发搭在前额上，恰似高中时的模样。德西到现在还没有进入正题，其实跟我高中宿舍里的情形也差不到哪里去。

"是的，亲爱的。"我说着羞怯地把手伸向他的阴茎。

又过了十分钟，他终于趴在了我的双腿间，在我的体内轻轻抽动着，缓缓地、缓缓地翻云覆雨，还不时停下来吻我，爱抚我，直到最后我抓住他的臀开始用力，"干我，"我低声说，"使劲干我。"

德西停了下来，"艾米，不必这个样子，我不是尼克。"

德西说得一点儿也没错，"我知道，亲爱的，我只是感觉非常空虚，我想要你……填满我的空虚。"

这些话打动了德西。他继续抽插几次射了出来，这时我正一脸苦相地贴在他的肩膀上，好不容易意识到那可怜的动静是他高潮时发出的呼喘，便赶紧假装吁吁娇喘了一阵。我设法想挤出些眼泪来，因为我知道他想象着我和他第一次做爱时会流下眼泪。

"亲爱的，你哭了。"德西说着离开了我的身体，吻了吻一滴泪。

"我只是太开心了。"我说——我扮演的这种女人就该说这种话。

我告诉德西自己调了些马提尼，我知道他喜欢在午后奢靡地喝上一杯，当他刚要动手穿上衬衫去拿酒，我却坚持让他乖乖地待在床上。

"我想来服侍服侍你。"我说。

我一溜烟跑进厨房，拿了两个装马提尼的大酒杯，在我自己的杯子里倒了杜松子酒，放了一颗橄榄，在德西的杯子里则加了三颗橄榄、杜松子酒、橄榄汁、苦艾酒，还有我剩下的最后三片安眠药，药片已经碾得粉碎。

我把马提尼拿进了房间，我们互相依偎爱抚着，我还喝着杜松子酒。

"难道你不喜欢我调的马提尼吗？"德西只抿了一口酒，我开口问道，"我总是幻想着自己是你的妻子，还帮你调马提尼，我知道这种念头傻得很。"

我噘起了嘴。

"哦，亲爱的，这一点儿也不傻，我只不过是在好好享受，但是……"他说着把整杯酒一饮而尽，"如果这样能让你感觉更好一点儿的话！"

德西正飘飘然沉浸在胜利之中，威风过后的阴茎显得十分光滑，从根本上说，他和所有的男人一样。不久他就昏昏欲睡，随即打起了鼾。

我可以动手了。

第三部分

柳暗花明

## 尼克·邓恩
## 事发之后四十日

　　我已经熬到了取保候审的一刻，其间过了一道又一道坎：进出监狱、保释听证会、摁指纹、拍照，还有种种毫无人情味的对待，那些毫无人情味的遭遇并未让我觉得自己好似一只动物，反而让我觉得自己好似一件产品，是在生产流水线上组装起来的某种玩意儿，那条流水线造出的乃是"杀人犯尼克·邓恩"。出庭受审恐怕还要等上几个月（"出庭受审"这个词仍然颇有彻底毁了我的危险，我一听到这个词就想要高声傻笑，会在一瞬间昏了头）。按理说，获得保释应该算是我的荣幸：在此之前，我知道警方会展开逮捕，但却乖乖地没有逃跑，因此人们认定我不会潜逃，波尼说不定也帮我美言了几句，因此我才能好端端地在自己家里多待几个月，然后再被押进监狱送掉小命。

　　没错，我是一个非常走运的人。

　　眼下正值八月中旬，这一点时常让我大惑不解。"现在居然还是夏天吗？发生了这么多事，居然还没有到秋天吗？"我暗自心想。眼下的天气暖得没有一点儿道理，我的母亲一定会把这称作"穿衬衫的天气"——比起正经八百的华氏温度，她更关心的是孩子们要怎么样才会舒服，于是有了"穿衬衫的天气"、"穿夹克的天气"、"穿大衣的天气"、"穿皮制大衣的天气"，总之一年四季都念叨着孩子们该穿什么衣服。可惜对我来说，今年却将是一个

"戴手铐的季节"，说不定还是个"穿囚服的季节"，要不然就是个"穿葬礼西装的季节"，因为我根本不打算进监狱，我会先结果了自己的一条小命。

坦纳组了个有五个侦探的小队，千方百计地寻找艾米的踪迹，但到现在为止还一无所获，简直跟竹篮打水差不多。在过去几个星期中，我每天都要使一遍那套狗屁的招数：录一小段摄像短片给艾米，再把它上传到丽贝卡的那个探案博客上（话说回来，至少丽贝卡从头至尾都对我一片忠心）。在短片中，我穿上了艾米给我买来的衣服，把头发梳成她喜欢的模样，千方百计琢磨她的心思——我对她的一腔怨愤已经燃成了熊熊烈火。

在大多数日子里，新闻摄制组一早就会到我家草坪上扎营，我们两方好似交战的士兵一样对垒了好几个月，透过中间的无人地带互相盯着对方，倒也算得上是一种不三不四的和平友爱。其中有个家伙说话的声音好似动画片里的大力士，我对他很是着迷，但却从未见过真容；那家伙正在和一个女孩约会，他对人家十分钟情，每天早晨他都会说起两人的约会，中气十足的声音透过窗户传进我家，听上去他们的恋情似乎进行得非常顺利，我很想知道那段情如何收场。

眼下我已经录完了给艾米的一段片子，在短片中，我身穿她所中意的那件绿色衬衣，还对她讲起了当初相遇的情形，讲起了布鲁克林的派对和我开口跟她搭讪的台词——"只限一颗橄榄"，那台词糟糕得要命，每次艾米提起的时候总让我觉得很尴尬。我还回忆起我们如何离开热气腾腾的公寓，一脚踏进了酷寒的室外，当时我的手握着她的手，我们两个人在漫天的糖粉中接吻。话说回来，艾米和我罕少能把我们的经历记得一模一样，"糖粉之吻"倒是其中之一。我用讲睡前故事的音调讲起了这段遭遇，听上去又舒缓又亲切，结尾还总带着一句"快回家吧，艾米"。

我关掉了摄像头，一屁股坐回沙发上。（我总是坐在沙发上拍短片，头顶上正是她那只时不时闹鬼的布谷鸟钟，因为我知道：如果不把她的布谷鸟钟拍进短片的话，她就会寻思我是否已经把她的布谷鸟钟给扔到了一旁，随后她会索性不再寻思，干脆认定我已经把她的布谷鸟钟给扔到了一旁，要是到了那个时候，无论我嘴里再说出多么甜蜜的话来，她都会在心里默默地念叨："……但他已经把我的布谷鸟钟给扔到了一旁。"）实际上，眼下布谷鸟眨眼间就会蹦出来，它那刺耳的发条声已经在我的头顶飘荡，那声音总是让我感觉下巴一阵发紧。正在这时，屋外的摄制组齐齐发出了一阵响亮的惊呼，我还听见几个新闻女主播尖声叫喊起来——看来屋外来了人。

"有什么事不对劲。"我暗自心想。

这时门铃接连响了三声，好似在说："尼克——尼克！尼克——尼克！尼克——尼克！"

我并没有犹豫，在过去的一个月里，我已经变得不再犹豫：有什么麻烦赶紧放马过来吧。

我打开了门。

门外赫然是我的妻子。

我的妻子回来了。

艾米·艾略特·邓恩正赤脚站在家门口的台阶上，一件薄薄的粉红衣衫紧贴着她的身子，仿佛那件衣衫已经通体湿透；她的两只脚踝上有一圈圈暗紫色的瘀痕，一只无力的手腕上晃悠悠地垂着一根绳；头发短了一截，发梢显得毛毛躁躁，看上去仿佛是用钝剪刀漫不经心地铰了下来；脸上有着斑斑瘀痕，肿着一双嘴唇，正在一声声地抽泣。

她猛地向我张开了双臂，我能看到她的整个腹部沾满了干涸的血迹；她张开嘴想说些什么，嘴张开了一次，张开了两次，却一个字也没有说出来，活生生像是一条被冲上岸的美人鱼。

"尼克！"她总算哭出了声，随后倒进了我的怀中，那声哀号在四周的一间间空房里回荡。

我真想杀了她。

如果此刻四周无人的话，我的手可能已经掐在了艾米的脖子上，十根手指深深地陷进了她的皮肉，她那强有力的脉搏在我的指间跳动……但此刻并不是只有我们两个人，我们正对着无数个镜头，摄制组也正意识到这个陌生女子是谁，他们和屋子里的布谷鸟钟一样活跃了起来，先是有人按下了几次快门，问了几个问题，随后一片雪崩般的嘈杂声和闪光灯席卷了我们。一盏盏相机包围着我们，一个个记者带着麦克风涌了上来，每个人都在叫喊艾米的名字，声嘶力竭地高声叫嚷着。于是我做了一件众望所归的事情——我一把搂住了她，嘴里高声号哭并喊着她的名字："艾米！我的天啊！我的天啊！亲爱的！"我把脸埋进了她的脖弯，两条手臂紧紧地搂着她，保持这个姿势冲着相机摆了足足十五秒钟，这才在艾米的耳边深深地低语了一句话："你他妈个贱人。"说完以后，我抚摸着她的头发，用满怀爱意的双手捧着她的脸，随后猛地将她拉进了屋。

我家门外的声浪还在不依不饶，好似一场摇滚音乐会的听众呼唤着主角："艾米！艾米！艾米！"有人朝我家的窗户扔了一捧鹅卵石，"艾米！艾米！艾米！"

我太太对这一切坦然受之，她冲着屋外的乌合之众挥了挥手，打发他们自行散开。她转身面对着我，脸上的微笑带着几分疲倦，却又充满得胜的意味，那是老片中被强奸的女人和挺过家暴的女人才有的微笑，那种微笑昭示着坏人终究逃不过正义，而我们的女主角终将迈过这道坎，迈向另一段人生！——这也就是镜头定格的一刻。

我冲着那根绳、那一头剪得乱七八糟的头发和一身干涸的血迹做了个手势："来吧，你有什么说法，我的爱妻？"

"我回来啦。"她呜咽着说，"我好不容易回到了你的身边。"她走了过来，伸出双手想要搂我，我一闪身躲开了。

"你有什么说法，艾米？"

"德西。"她低声说道，下唇抖个不停，"德西·科林斯绑架了我，是在那天早上……就是，就是我们结婚纪念日的早上，那时候门铃响了，我以为……我不知道，我猜也许是你送的花来了。"

我闻言不禁缩了一缩——还用说吗，她当然会找个办法来恶心我：我几乎从来没有给她送过花，而她的父亲自结婚以来每周都要送给她的母亲一束花，这么算起来，艾略特夫妇那边总共有2444束花，而我们这边总共有4束花。

"花啦……或者别的东西。"她继续说道，"于是我想也没想就开了门，谁知道门口站着的是德西，他脸上有一副……下定了决心的表情，仿佛他一直等待着这一刻。当时我手里正拿着那只朱蒂木偶的手柄，你找到了我的那些木偶了吗？"她泪光涟涟地抬起脸，露出微笑望着我，看上去是如此甜美。

"噢，我找到了你留给我的一切，艾米。"

"当时我刚刚找到了朱蒂木偶的手柄，之前手柄掉了下来……我开门的时候正拿着手柄，后来我想打他，我们两个人扭打在一起，然后他用手柄狠狠地打了我，接下来……"

"你设了个圈套诬陷我谋杀，然后消失了踪影。"

"我可以解释所有的一切，尼克。"

我定定地盯着她，望了好一会儿，眼前浮现出一幕幕景象：在炎炎的烈日下，我们一天接一天地躺在海边的沙滩上，她把一只手搁上了我的胸膛；我们在她父母家中跟家人一起聚餐，兰德总是不停地给我斟酒，不时拍着我的肩；我们摊开手脚趴在纽约那所公寓的地毯上，一边聊天一边盯着天花板上懒洋洋的吊扇；此外还有怀着宝宝的艾米，有我曾经为我们一家计划出的美妙生活。有那么片刻，我无比希望她说的都是真话。

"其实我并不认为你能够解释一切，"我说，"但我很愿意看你去试一试。"

"现在就让我试一试吧。"

她伸手想要握住我的手，我猛地抽开了手，走开了几步，深吸了一口气，这才转身面对着她——永远不要把后背露给我的太太。

"来吧，尼克，你来说说哪里解释不通？"

"好吧，那我就说了，为什么寻宝游戏的每一条提示都藏在我和……安迪有过交集的地方？"

她叹了一口气，凝望着地板，"我压根儿不知道你和安迪的事，直到看到电视上的消息才……当时我还被绑在德西的床上，在他那个湖边别居里面。"

"这么说，一切都是……巧合？"

"那些都是对我们两个人有着重要意义的地方，"一滴眼泪顺着她的脸颊滑落了下来，"你正是在那间办公室里重新点燃了对新闻的一腔激情。"

我用力抽了抽鼻子。

"正是在汉尼拔，我才终于明白了密苏里在你心里的位置；至于你父亲的旧宅吗……那是要与深深伤害你的人对抗；你母亲的房子现在也是玛戈的房子，这两个人把你变成了一个这么好的男人，但是……不过话说回来，你想与人分享这些地方，这倒并不让我感到吃惊，当你……"她说着低下了头，"……当你爱上那个人的时候，你做事总喜欢老一套。"

"那为什么每个地方总会找到某些线索，把我牵连进你的谋杀案里呢？不管女式内衣也好，你的钱包也好，你的日记也好。来说说你的日记吧，艾米，看你能说出什么谎话。"

她只是微微笑了笑又摇了摇头，仿佛为我感到有些难过，"所有的一切，我可以解释一切。"她说。

我望了望那张满是泪痕的动人面孔，又低头凝望着她身上的一大片血迹，"艾米，德西现在在哪儿？"

她又摇了摇头，笑容略有几分伤心。

我迈开步子去打电话报警，耳边却传来了一阵敲门声——看来警察已经到了。

## 艾米·艾略特·邓恩
## 返家当晚

　　我的体内仍然留有德西最后一次强奸我留下的精液，因此体检结果顺理成章；我的手腕被绳子捆绑过、阴道受损、身上布有瘀伤，总之身上的种种痕迹堪称经典证据。一位上了年纪的男医生给我进行了盆腔检查，他长着十根粗手指，呼吸颇为滞重，一边动手一边呼哧呼哧地喘气，而郎达·波尼警探正在一边握着我的手，让人感觉像是被一只寒冷的鸟爪攥住一般，一点儿也不安慰人心。在这过程中，有一次她以为我没有注意，竟然咧开嘴露出了一缕微笑：此刻她一定非常激动，毕竟尼克终于沉冤得雪——他不是个王八蛋！没错，全美国的女人都齐齐发出了一声叹息。

　　眼下警方已经赶赴德西家，他们会在那里发现赤身裸体的德西，浑身的血已经流干，脸上露出无比震惊的表情，手里攥着我的几缕发丝，一张床已经被鲜血浸透。附近的地板上躺着一把刀，那正是我用来割开身上绳索并捅了德西的武器——当时那个女孩茫然失措地扔下了刀，赤脚走出了德西家，手里只拿着他的一串钥匙（有车钥匙，也有房门钥匙），钻进德西的古董"捷豹"车，身上还沾着德西的鲜血，随后驾车一路直奔家中的丈夫，好似一只迷路很久却又忠心耿耿的宠物。那时我的脑子里只有空荡荡的一片，一门心思只想回到尼克的身边。

　　老医生告诉我一则好消息：我的身上没有留下永久性损伤，也没有必

421

要做刮宫手术——我早早就已经流产了。波尼一直攥着我的手，嘴里念念有词："我的上帝，你都遭了些什么样的罪呀，你觉得现在能回答几个问题吗？"眨眼之间，她的话题就从安慰之词转向了当务之急，还真是快得让人摸不着头脑；我发现模样不中看的女人通常过于恭敬，要不然就粗鲁得厉害。

你是堂堂的"小魔女艾米"，你从一场残酷的绑架中活了下来，还因此经受了一番折磨；你手刃绑匪回到了自己丈夫的身边，虽然你已经发现你的丈夫在瞒着你劈腿，那么你会：

（A）把自己放在第一位，并要求独处一段时间定定神。

（B）再坚持一会儿，以便协助警方。

（C）决定首先回答哪一方的问题——你说不定可以从这番磨难中获得一些实利，比如谈下一本相关的书。

答案：B。"小魔女艾米"总是把他人放在第一位。


警方任由我在医院的一个单人间里梳洗了一阵，换上了尼克为我从家里带来的一套衣服：一条因为叠了太长时间而满是褶皱的牛仔裤，还有一件闻起来有股尘埃味道的漂亮上衣。波尼和我乘车从医院赶往警局，路上几乎没怎么开口，我有气无力地问起了父母的情况。

"他们两个人正在警局等你呢，"波尼说，"当我告诉他们消息的时候，他们俩一下子就哭了，那真是欢喜的眼泪，还狠狠地松了一口气。我们会先让他们跟你好好亲热一番，然后才开始问答，这个你不用担心。"

摄像组早就已经在警局候着了，停车场上的一张张脸都流露出体育场观众一般的神情，那是满心期盼、无比激动的神色。本地警局没有地下停车场，因此我们只好在警局前面停下车，疯狂的人群立刻涌了过来：所有人都在声嘶力竭地问问题，到处都是闪光灯的光亮，我看见无数张口沫四溅的嘴，每个人都拼命挤到我的身旁，因此人们推推攘攘地挤成了一团，一会儿向左边摆过来，一会儿向右边摆过去。

"我应付不了。"我对波尼说道。这时一名摄影师想要站稳身子，便用厚实的手掌拍在了车玻璃上；我一把抓住了波尼冰凉的手，"这个场面太大了。"

她拍拍我说道："你等着。"这时警局的门应声打开，全体警员排成队在台阶上给我开了一条路，犹如两列仪仗队一样把记者拦在了两旁。我和波尼好似一对新婚夫妇般手牵着手奔向了我的父母，他们正在门后等着我。记者们纷纷抓拍着我们一家紧紧相拥的照片，妈妈一遍遍地念叨着"我的宝贝我的宝贝我的宝贝"，爸爸则抽泣得格外大声，几乎喘不过气来。

眨眼之间，又有人带走了我，仿佛我还没有被摆布够一样。我被安置在一个很小的隔间中，屋里摆着舒适但便宜的办公椅，那种椅子总让人觉得椅面藏着些陈年的食物渣。房间没有窗户，一个摄像头在屋子的角落里不停地闪烁。这里跟我想象中完全不一样，这个房间可不是用来让我安心的。

我的身边是波尼、她的搭档吉尔平，还有两名从圣路易斯来的联邦调查局特工，那两名联邦调查局特工几乎一直没有开过口。他们递给我一杯水，随后波尼开始发问。

波尼：嗯，艾米，我们首先要真诚地感谢你经历了这样的磨难还肯和我们谈话，类似的案件中有非常重要的一点，就是要趁当事人的记忆还没有消退时把一切经过记录下来，你简直想象不到这一点有多重要，因此现在正是谈话的最佳时机。如果我们能把所有细节都理清的话，这个案子就可以结了，你和尼克也就可以恢复正常的生活。

艾米：希望如此。

波尼：理应如此嘛。如果你已经准备好了的话，我们就先理一理时间线吧：德西是什么时候到你家门口的？你还记得吗？

艾米：大约是早上十点，应该是十点刚过一点点的时候，因为我记得听到泰威尔一家一边谈话一边出门上车去教堂。

波尼：当你打开门时，发生了什么事？

艾米：我立刻就觉得不对劲。首先，德西一直在写信给我，但在过去的几年中，他似乎变得没有以前那么痴迷，似乎认定自己只是一个老朋友。鉴于警察在这件事情上帮不上任何忙，我也就和他和平相处着，我从来不觉得他会主动伤害我，尽管我真的不喜欢他跟我住得这么近。据我猜想，正是因为他知道我就住在不远处，才会控制不住发了癫。当时他走进屋子……看上去满头大汗，还有几分紧张，却又是一副下定了决心的神色；在此之前，我正待在楼上打算熨衣服，却注意到地上躺着朱蒂木偶的那根木头大手柄，我猜肯定是它自己掉了下来。这事实在扫兴得很，因为我已经把木偶藏进了柴棚，于是我把木柄捡了起来，开门的时候正拿在手中。

波尼：记得非常清楚。

艾米：谢谢。

波尼：接下来发生了什么事？

艾米：德西闯了进来，在客厅里踱来踱去，看上去万分激动，还有点疯狂，他说："结婚纪念日你有什么打算？"他的话吓了我一大跳，他居然知道当天是我们的结婚纪念日呢，而且这一点似乎惹得他火冒三丈，后来他突然伸出手攥住我的手腕朝背后扭，于是我就和他扭打了起来，我反抗得十分凶猛。

波尼：然后呢？

艾米：我踢了他一脚，挣脱之后跑到了厨房里，接着我们又扭打了起来，结果他用木偶的那只大手柄狠狠地打了我一下，我被打飞了出去，他又接着打了我两三下。我记得当时有片刻看不清楚，只感觉头晕眼花，脑袋嗡嗡作响，我想要抢下那个手柄，他就用自己随身带的小刀捅在了我的手臂上，留下的伤疤现在还在，看见了吗？

波尼：是的，体检的时候已经发现了那道伤。你很幸运，没有伤到筋骨，只是皮肉伤。

艾米：但感觉一点儿都不像皮肉伤，相信我。

波尼：这么说他捅了你一刀？角度是……

艾米：我不清楚是他故意捅我一刀，还是我自己不小心一头撞在了那把刀上……反正当时我根本就站不稳，但我记得木柄掉到了地板上，我还低头望见伤口涌出的鲜血浸润了木柄，我想那时候我一下子就晕过去了。

波尼：那你醒来之后在哪里呢？

艾米：我醒来的时候在自家的客厅里，被绑住了双脚。

波尼：当时你叫喊过以便引起邻居的注意吗？

艾米：我当然叫喊了，我是说，你刚才在听我讲的话吗？有个男人对我痴迷了几十年，还曾经试图在我的宿舍里自杀；当时他打了我，捅了我一刀，还把我的两只脚绑了起来。

波尼：好的，好的，艾米，很对不起，问这个问题压根儿没有一点儿责怪你的意思，我们只是需要做一场全面彻底的调查，这样警方就可以结案，你就可以回复正常生活了。你还要点水，要杯咖啡或者别的饮料吗？

艾米：有热饮的话最好不过，我感觉身上非常冷。

波尼：没问题，你能去帮她端杯咖啡来吗？那接下来发生了什么事呢？

艾米：我觉得他最初的计划是制服我再绑架我，还要把整个场面弄得像是妻子离家出走的模样，因为当我醒来的时候，他刚刚把厨房里的血迹拖得干干净净，还把那张摆着古董饰品的桌子扶了起来——我在跑向厨房的时候碰倒了那张桌子。木头手柄已经不见了踪影，但那时他也没有剩下多少时间了，我觉得他一定是看见了那个零乱的客厅，结果冒出了一个念头："算了，不收拾了，还是把它弄得像是发生了惨祸一样吧。"于是他打开了前门，又掀翻了客厅里的几件东西，推倒了搁脚凳，因此现场看起来才这么奇怪：真真假假都混在一起了。

波尼：德西是不是在每个寻宝地点都放置了假证据用来栽赃呢：尼克的办公室、汉尼拔、尼克父亲的旧宅，还有玛戈的柴棚？

艾米：我不明白你在说什么？

波尼：尼克的办公室里有一条女人穿的小可爱，但不是你的尺寸。

艾米：我想……一定是他交往的那个女孩留下的。

波尼：也不是她的。

艾米：那我就帮不上忙了，也许尼克交往的女孩不止一个。

波尼：在尼克父亲家中发现了你的日记，其中一部分已经在炉子里烧毁了。

艾米：哦，你看了我的日记吗？那太糟糕了。我敢肯定尼克想方设法要除掉那本日记……我并不怪他，毕竟你们警方很快就一心盯上了他。

波尼：我就是纳闷他为什么要去他父亲家里烧那本日记。

艾米：这件事你们应该去问他（说到这里，她顿了顿）。尼克经常去他父亲家一个人待着，他喜欢有自己的隐私，因此我敢肯定，在那里烧日记对他来说并不奇怪。我的意思是说，他毕竟不能在我们的房子里下手，因为我家是犯罪现场，谁知道警方什么时候会再回来，从灰里找出些线索呢。去他父亲家烧日记倒是审慎之举，事实上，我觉得这一招挺聪明，毕竟警方基本上算是草草给他定了罪。

波尼：这本日记非常非常有分量，里面声称尼克虐待你，还声称你担心尼克不想要小孩，以及担心尼克想要杀了你。

艾米：我真心希望那本日记被烧得干干净净（说到这里，她又顿了顿）。说实话，那本日记里记录了这几年来我和尼克之间的一些纠纷，它并不会把我们的婚姻和尼克夸成一朵花，但我不得不承认：除非我自己感觉开心得不得了，或者感觉极其不开心想写点东西发泄一下，那时候我才会记日记……当自己一个人煎熬的时候，我的言辞可能有点夸张，我是说，日记里的话大多是些见不得光的事实……他确实推搡过我一次，他确实不想要孩子，也确实有金钱上的烦恼，但是话说回来，要问我是不是真心害怕他？我不得不承认——承认这一点也让我很痛苦，说什么害怕尼克，只不过是我犯了大惊小怪的毛病。我觉得问题是，我被人骚扰过好几次，这种事总是跟着我，我的周围也时不时有人鬼迷心窍，所以我自己有点疑神疑鬼。

波尼：你还想要买一把枪。

艾米：我很是疑神疑鬼，行了吧？如果你有跟我相同的经历，你一定会明白的。

波尼：有篇日记记录了你在某天晚上的遭遇，当时的情形简直就像是有人让你喝下防冻剂中了毒。

艾米：（长时间的沉默）嗯，是挺奇怪的，那天我确实不舒服。

波尼：好吧，那我们继续谈寻宝游戏，是你把潘趣和朱蒂木偶藏在了柴棚里面，是吧？

艾米：是的，我把木偶藏在了那儿。

波尼：我们花了很大精力调查尼克的债务情况，那是用信用卡购买的好一堆东西，而我们发现这些东西全都藏在柴棚里面。我的意思是，当你打开柴棚看到这么一大堆东西的时候，你有什么想法？

艾米：柴棚是玛戈名下的财产，而玛戈和我其实并不特别亲近，因此我基本上觉得是自己狗拿耗子多管闲事。我记得当时我还在想，那一定是玛戈从纽约带过来的，后来我看到了新闻报道……德西非要逼我看相关的所有报道……报道上说那些东西跟尼克用信用卡付的账对上了号，结果……我知道尼克有财务上的麻烦，他这个人花钱无度，所以我想他可能有些不好意思。他一时心血来潮买了那些东西，却又没有办法撤销，于是他瞒着我把东西藏了起来，直到他能在网上把这些东西再卖掉。

波尼：结婚周年纪念日送"潘趣"和"朱蒂"木偶当礼物，似乎有点不太吉利吧？

艾米：我知道！现在我倒是知道了，那时我真是不记得潘趣和朱蒂木偶的整个故事了，我只是看到有木头做成的丈夫、妻子和孩子一家人，而我又怀了孕；我还上网搜索了一下，查到了潘趣的台词——"就该这么办！"觉得这句话很讨人喜欢呢……当时我并不知道那句话真正的含义。

波尼：这么说，你的双脚都被绑住了……那德西是怎么把你弄到车里去的？

艾米：他把车停进车库，放低了车库门，然后把我拖进车库关进了后备箱，接着把车开了出去。

波尼：你难道没有叫喊吗？

艾米：他妈的，我当然叫喊了。在接下来的那个月，他每天晚上都会强暴我，随后就着安眠药喝下一杯马提尼，接着蜷在我的身旁，这样就不会被我的抽泣声吵醒。如果我早知道这一点的话，如果我还知道警方会找他问话，却压根儿没有找到任何线索，如果我知道警方一直游手好闲的话，可能当时就会叫得再大声一点儿了。没错，那样我确实会叫得大声点。

波尼：我再一次表示抱歉，能给邓恩女士拿些纸巾过来吗？还有，她的咖啡在哪里？喔，谢谢……那后来你们去了哪儿，艾米？

艾米：我们驶向了圣路易斯，我还记得路上他在汉尼拔停留了一会儿，因为我听到了汽船的汽笛声，我猜他就是在那时候把我的钱包扔了出去，这也是他的另一个精心安排，就是为了把这件事伪装成谋杀。

波尼：整个案件中似乎有非常多奇怪的巧合，这一点真是太有意思了。譬如，德西正好将钱包扔在了汉尼拔，而你留的提示又会把尼克引到汉尼拔，所以我们理所应当就会认定是尼克把钱包扔在了那儿。还有一点，你居然决定把礼物藏在柴棚，而尼克又正好把那些用秘密信用卡买的东西藏在了柴棚？

艾米：真的吗？我得实话告诉你，在我听来，这些全都不像巧合，反而更像是一帮子警察死活非要觉得我的丈夫有罪，但现在我还活着，很显然尼克清清白白，结果警方看上去白痴到家了，他们正争先恐后地收拾自己的烂摊子，而不是勇敢地担起责任。如果这案子还在你们这帮无能的人手上，尼克就会等着送死，而我则会被拴在床上每天遭受强暴，直到死的那一天。

波尼：对不起，这个……

艾米：我救了自己，也救了尼克，还把你们从火坑里拉了出来。

波尼：这一点说得很妙，艾米，我很抱歉，我们……我们在这个案子上花了许多工夫，我们想弄清楚以前在别的案子里漏掉的每一个细节，免得再犯以前的错误，但你绝对没有说错，我们没有把握住大局，那就是：你是个英雄，你百分百是一个英雄。

艾米：谢谢，我很高兴你能这么说。

## 尼克·邓恩
## 返家当晚

　　我去警局接自己的太太，结果被记者们围了个水泄不通，就好像我这个人把诸多光环集于一身：不仅是个摇滚明星，还是个以压倒性优势当选的总统，同时又是在月球漫步的第一人。人们纷纷跟我握手言欢，我不得不忍住把两只手举到脑袋上的冲动，"我明白，我明白，现在大家又装作一家亲了嘛"，我暗自心想。

　　我迈进警局，一眼看到的场景恰似一个出了岔子的假日派对：桌上放着几瓶香槟，周围摆着一圈小纸杯，警察们一个个拍着后背发出欢呼，接着人们又为我大肆欢呼，仿佛以前为难我的并不是这帮人一样。可我不得不摆出一副合作的态度，一边大方地把后背亮给大家拍，一边在心中暗想："哦，没错，眼下我们都是铁哥们儿了。"

　　"重要的是艾米现在安全了。"我一直在一遍遍排练这句话。在弄清楚事情的走向之前，我必须扮成一个松了一口气的丈夫，必须对妻子千宠万宠，直到我确信警方已经看穿了她那错综复杂的谎言，直到她被捕入狱的那一刻（一想到这里，我顿时感觉脑子里一团乱麻，随之冒出了一个念头——"我太太谋杀了一个人"）。

　　"她捅了他一刀，"被派来跟家属联络的一名年轻警察告诉我（我真希望警方再不要派人来跟我联络了，不管是派谁来，不管是为了什么原因），正是这小子向玛戈倒了一肚子苦水，抱怨他的马、关节唇撕裂及花生过敏症，"正好切断了他的颈静脉，那一刀切得呀，他的血大概流了六十秒钟。"

要是知道自己马上就要死去，六十秒是一段挺长的时间。我想象的出当时的德西用双手捂着自己的脖子，感觉到自己的鲜血正随着心跳从指间喷涌而出，他的心里越加害怕，心跳也越来越急促……随后心跳倒是一声声慢了下来，但德西知道脉搏变慢其实更加糟糕。在这六十秒里，艾米就站在他伸手刚好够不着的地方，细细地打量着他，手里仍然拿着那把刀，脸上的神色交织着几分负罪、几分厌恶，好似一名正学生物学的高中生面对着被解剖的动物，而那只动物还在滴着血。

"用一把大切肉刀捅了他。"那名年轻警员正说道，"那男人经常紧挨着她坐在床上，把肉切好一口口喂给她。"听上去，警员对喂饭比捅人还要反感，"有一天刀从盘子里滑了出去，但他一直没有注意……"

"如果她一直被绑着，那又怎么用刀呢？"我问道。

年轻的警员望着我，那架势好似我刚刚拿他的母亲开了个玩笑，"我不清楚，邓恩先生，但我敢肯定警方正在询问详情，总之关键是，你妻子现在安全了。"

棒极了，这小子盗用了我准备的台词。

这时我透过一间屋子的门口望见了兰德和玛丽贝思，那间屋正是六个星期前我们举行第一次新闻发布会的地方。艾略特夫妇一如往常地靠着对方，兰德吻着玛丽贝思的额头，玛丽贝思轻轻地爱抚着他，我突然觉得心头冒起了一股熊熊怒火，差点儿把订书机向他们砸了过去，"你们这两个王八蛋，你们倒是爱意绵绵、崇高可敬，可你们一手造出了走廊那头的那个怪物，还把她放出来祸害人间。"瞧，好一场赏心乐事，好一个十全十美的怪物！这两个家伙会得到惩罚吗？不，从未有人站出来质疑他们的人品，他们得到的全是人们的厚爱与支持，艾米也会回到他们的身边，人们只会更加爱她。

我的太太以前是个贪得无厌的变态，现在她又会变成什么样呢？

"小心谨慎，尼克，一定要万般小心。"我暗自提醒自己。

兰德一眼看到了我，便示意我过去跟他们一起。当着几个报道独家新闻的记者，他和我握了握手，玛丽贝思却还没有改变立场：我仍然是那个瞒着她女儿劈腿的男人。她冲着我敷衍了事地点了点头，然后转过了身。

兰德向我靠了过来，近得能让我闻到他嘴里的绿薄荷口香糖味，"尼克，艾米回来让我们松了一大口气，我们也应该向你道个歉，深深地道个歉。对于你们的婚姻，我们会让艾米自己做决定，但我想至少为已经发生的那些事情道个歉，你得明白……"

"我明白，一切我都明白。"我说。

兰德还没有来得及开口道歉，坦纳和贝琪已经双双到了警局，身穿明快的休闲裤，搭配着宝石色调衬衫，戴着闪闪发光的金表和戒指，看上去活像是时尚杂志的跨栏页。坦纳凑到我的耳边，低声说道"让我去瞧瞧情况如何"，接着玛戈一溜烟冲了进来，劈头问了一串话："这事意味着什么？""德西到底发生了什么事？""她就这样出现在了你家门口？""这事意味着什么？""你还好吗？""接下来会怎么样呢？"

我们这里的气氛很诡异，不太像合家团聚，也不太像医院的候诊室，虽然可喜可贺，却又焦虑万分。与此同时，被艾略特家放进来的两名记者一直在追着我不放，"艾米回来你感觉有多开心呢？""你现在觉得有多棒？""现在艾米回来了，尼克你有多么欣慰？"

"我感到极其欣慰，十分开心。"我给出了平淡无奇的回答，这时门开了，杰奎琳·科林斯走了进来，她的嘴唇抿成了一道红线，脸上的脂粉映出了泪痕。

"她在哪里？"她问我，"那个满嘴谎话的小婊子，她在哪里？她杀了我的儿子，我的儿子！"她放声痛哭起来，记者赶紧抓拍了几张。

"你的儿子被控绑架和强奸，对此你有什么感受？"一位记者用硬邦邦的声音问。

"我有什么感受？"她厉声答道，"你不是认真的吧？真会有人回答这样的问题吗？那个没心没肺的下贱货玩弄了我儿子一辈子……记得写下这一句……她使唤他，欺骗他，最后还杀了他，现在他已经死了，她竟然还在利用他……"

"科林斯女士，我们是艾米的父母，我为你经受了这样的痛苦感到很遗憾。"玛丽贝思接口说道，她伸手想碰杰奎琳的肩膀，但杰奎琳甩开了她的手。

"但你并不为我死了儿子感到遗憾。"杰奎琳比玛丽贝思整整高出一个头，她瞪眼俯视着玛丽贝思，"但你并不为我死了儿子感到遗憾。"她又重复道。

"我为这一切……感到遗憾。"玛丽贝思说道，这时兰德站到了她的身旁，又比杰奎琳高出了一头。

"你们打算如何处置你们的女儿？"杰奎琳问，她又转身面对着那位年轻的警员，他正努力坚守自己的立场，"警方对艾米采取了什么措施？她居然说是我儿子绑架了她，这简直是满嘴胡说八道——她在说谎。艾米杀了他，趁他睡熟的时候谋杀了他，但似乎没有一个人认真对待这件事。"

"警方正在万分认真地处理这件事，夫人。"年轻的警员说。

"能对我们说些什么吗，科林斯女士？"记者问道。

"我刚刚说过了，'艾米·艾略特·邓恩谋杀了我的儿子'，那不是正当防卫，她谋杀了他。"

"你有证据证明这一点吗？"

毋庸置疑，她没有任何证据。

记者的报道将会老老实实地记下我这个丈夫是多么憔悴（"他那张形容枯槁的脸仿佛在讲述着无数个担惊受怕的长夜"），会记下艾略特夫妇是多么欣慰（"父母亲一边相互依偎，一边翘首期盼独生女正式回到自己的身边"），会评说警察是多么无能（"这是一个戴了有色眼镜的案件，案中到处是死胡同和陷阱，警察部门弄错了嫌疑人，还非要一根筋地对着人家开火"），还会用短短的一句话打发掉杰奎琳·科林斯（"在与艾略特夫妇进行了一场尴尬的会面后，一腔怨气的杰奎琳·科林斯被请出了房间，她口口声声宣称自己的儿子是无辜的"）。

实际上，杰奎琳不仅被请出了这间屋，还被领到了另一个房间里，警方要在那里为她做笔录，她也就没法再掺和那个更加精彩的故事——凯旋的"小魔女艾米"。

当艾米被送回我们身边时，一切又都重来了一遍：又是照片，又是泪

432

水，又是拥抱，又是欢笑，一切通通呈给了想瞧瞧这个场景、打听这个故事的陌生人："当时的情况怎么样？""艾米，逃出绑匪魔爪回到丈夫身边有什么感觉？""尼克，现在妻子回到了你的身边，你自己也恢复了自由，感觉怎么样？"

我基本上保持着沉默，因为我正寻思着自己的问题，那些我想了多年的问题，那些在我们的婚姻中一再出现的阴霾："你到底在想什么，艾米？"你感觉怎么样？""你到底是谁？""我们对彼此都做了些什么？""我们将来该怎么办？"


艾米想和我一起回家，再跟那个瞒着她劈腿的丈夫做回夫妻，这个举动堪称气度非凡、高尚仁慈，对此没有人有半点异议。媒体紧跟在我们的身后，仿佛跟随着一支皇室婚礼队伍。我与艾米风驰电掣地穿过了迦太基遍布着霓虹灯和快餐店的街道，又回到了我们在河边的那个家。艾米是多么大家风范、多么胆略过人哪，简直恰似一位公主，而我自然成了一个低三下四、抬不起头的丈夫，以后每天都要过着卑躬屈膝的生活，直到她被警方抓起来的那一天，如果她终有一天会被抓起来的话。

她毫发无损地被警方释放了，这是个很大的顾虑，其实远远不只是个顾虑，这是一道彻头彻尾的惊雷。我看到一行人陆续从会议室走出来，警方在这间会议室里询问了艾米整整四个小时，最后居然让她拍拍屁股离开了：两名联邦调查局特工的头发短得惊人，脸上压根儿没有一丝表情；吉尔平看上去活像刚刚饱食了这辈子最棒的一顿牛排晚餐；波尼则是一行人中唯一的特例，她的嘴唇抿成了一条缝，两条眉毛蹙成了一个小小的"V"字。经过我身边时，她抬眼瞟了瞟我，挑高了一条眉毛，随后消失了踪影。

一眨眼的工夫，艾米和我就又回到了自己家中，客厅里只有我们两个人，布利克用闪亮的眼睛注视着我们。摄像机的灯光依然在窗帘外隐隐闪烁着，给客厅笼上了一片怪异的橘黄色光晕，我们两个人像是映着一缕烛光，颇有几分浪漫情调，艾米看上去美得出奇。我恨透了她，她让我胆战心惊。

"我们总不能共处同一屋檐下吧……"我挑起了话题。

"我想跟你一起待在这儿，我要和我的丈夫在一起。"她伸出手拉着我的手，"我想给你一个机会，让你做回你想要做的那种丈夫，我原谅你。"

"你原谅我？艾米，你为什么要回来？是因为我在采访里说的话，还是因为我拍的那些短片呢？"

"那难道不是你真心想要的吗？"她回答道，"那些短片不就是为了这点吗？它们真是十全十美，让我想起了我们曾经拥有的一切，想起了那一切是多么的特别。"

"我不过是把你想听的话说出口罢了。"

"我知道……你就是这么了解我！"艾米说着露出了灿烂的微笑，布利克在艾米的两脚间绕来绕去，她捉起猫咪抚摸着它，猫咪的咕噜声越来越响，"尼克，好好想想，我们彼此了解对方，现在世界上再没有任何人能比得上我们对彼此的了解。"

我也有这种感觉，她的话一点儿也没有说错；在过去的一个月里，每当希望艾米平安无虞的时候，我就会有这种感觉，它总是在一些诡异的时刻冒出来：要么是夜半时分起身撒尿的时候，要么是早晨倒上一碗麦片的时候，那时我会感到从心底涌起对妻子的一丝倾慕，不，还不止如此，是从心底涌起对妻子的一丝浓情。她深知该在字条上写下哪些我想听的话，深知如何引我回到她的身边，甚至可以料到我走错的每一步……那个女人知我入骨，世界上再没有一个人比她更了解我；我觉得我们两个成了陌路人，结果却发现我们彼此从心底深知对方。

这也算得上一种浪漫，洪水灭顶般的浪漫。

"我们不能随随便便再接着过日子，艾米。"

"不，不是随随便便再接着过日子。"她说，"而是从这一刻开始接着过日子，这一刻你爱我，而且你永远不会再犯错。"

"你疯了，如果你认为我会留下的话，那你真是个彻头彻尾的疯子，你可杀了一个人哪。"我说道。说完我转过身背对着她，脑海里却忽地冒出了这样的一幕：她的手里拿着一把刀，因为我不听她的话而把嘴抿得越来越紧。我立刻转过了身，没错，永远不要把后背亮给我的太太。

"那是为了逃出他的魔掌。"

"你杀了德西好编出一个新故事，这样你就可以正大光明地回来，又摇身一变成了受尽万千宠爱的艾米，而且永远不需要为你所做的一切承担任何责任。你还没有明白吗，艾米，这一切是多么有讽刺意味？你不是一直恨着这样的我吗——我从来用不着去收拾自己撂下的烂摊子，对不对？好了，现在我已经为自己撂下的烂摊子老老实实地承担了恶果，那么你呢？你杀了一个人，一个我认为是爱着你并帮了你的男人，现在你居然希望我顶替他的位置来爱你、来帮你……我做不到，我绝对做不到，我也不会这么做。"

"尼克，我想你是听到了一些风言风语。"她说，"我并不觉得吃惊，毕竟到处都是谣言，但如果我们要迈向新生活的话，就必须忘掉那一切。我们会迈向新生活的，整个美国都希望我们能勇往直前呢！我们两个人正是整个世界在这关头所需要的故事。德西是个坏蛋，没有人希望冒出两个坏蛋，人们希望自己能够喜欢你，尼克，而唯一能让你再博得万众宠爱的办法就是留在我身边，压根儿没有别的办法。"

"告诉我到底发生了什么事，艾米，德西从头到尾都在帮你吗？"

这个问题惹恼了她：她才不需要男人拉她一把呢，尽管她当初显然需要某个男人拉她一把。"当然没有！"她厉声说道。

"告诉我吧，能有什么坏处呢？把一切都告诉我，因为你我的未来不可能建立在这个胡编乱造的故事上，那样我会处处针对你。我知道你已经安排好了一切，我并不是想要让你露马脚……我只是再受不了跟你斗心眼了，我也斗不过你，我只想知道究竟发生了什么事。我差点儿就丢了小命，艾米，是你回来救了我，我很感激……你明白吗？我在向你表达谢意，所以以后别赖我没说过这样的话。我真心感谢你，但我必须知道事情的真相，你心里清楚我必须知道。"

"脱掉你的衣服。"她说。


她是想确保我身上没有戴窃听器。我当着她的面脱光了衣服，脱得一件不剩，她仔仔细细地审视着我，用一只手摸过我的下巴和胸部，又沿着后背摸了下来。她摸了摸我的后臀，一只手滑到了我的两腿之间，捧了捧我的睾丸，揪起我的阴茎拎了一会儿，想看看有什么事情发生——什么事情也没有发生。

"你没有问题。"她说道，她的本意是要讲句俏皮话，引用个电影桥段供我们两人取笑，可是我并没有开口说话，她向后退了几步，嘴里说道，"我倒是一直喜欢看你光着身子，让我很开心。"

"没有什么事能让你真正开心，我可以把衣服穿起来了吗？"

"不行，我可不想为了藏在袖口或衣缝里的窃听器担心，再说我们得去浴室，把水打开，免得你在屋子里装了窃听器。"

"你警匪片看多了。"我说。

"哈！我倒从来没想过会从你嘴里听到这句话。"

我们两个人站在浴缸里，打开了淋浴水龙头。水花飞溅在我赤裸的后背上，也溅湿了艾米的衬衫，她索性把衬衫脱了下来，然后一股脑儿脱光了身上的衣服，又把衣服扔出了淋浴间，那副戏弄的神色跟我们初遇时一模一样，仿佛在说，"来吧，我准备接招啦！"这时她转身面对着我，我等着她跟往常调情时一样把秀发往肩上一甩，但她现在的头发短得甩不起来。

"现在我们扯平了，就我一个人穿着衣服似乎不太礼貌。"她说。

"我还以为我们两个人之间已经不再讲究礼仪了，艾米。"

"只能看着她的眼睛，千万不要碰她，也不要让她碰你。"我暗自心想。

她朝我迈开步子，将一只手搁在了我的胸口，任由水滴在双乳间流淌。她舔掉了一滴落在上唇的水珠，露出了一抹微笑。艾米打心眼里讨厌淋浴的水花，她不喜欢弄湿自己的脸颊，也不喜欢水滴溅在肌肤上的感觉。这一切我都了然于心，因为我是她的丈夫，我曾经多次在淋浴的时候爱抚她并向她求欢，但每次都会吃个闭门羹（"我知道鸳鸯戏水看上去很撩人，尼克，但实际上并非如此，这是电影里才有的镜头"）。现在她却戴上了一副完全相反的假面，仿佛压根儿不记得我对她知根知底。我往后退了几步。

"把一切都告诉我，艾米，不过先说一件事：你真的怀过孩子吗？"


宝宝是假的，对我来说，这是最凄凉的一件事。我的太太是个杀人凶手，这一点已经让人胆寒且厌恶，但宝宝也是句谎话，这一点则实在让人难以忍受。宝宝是假的，害怕流血也是假的；在过去的一年里，我的妻子基本上是个假货。

"你是怎么给德西设的套？"我问道。

"我在他家地下室的角落里发现了一截细绳，用切肉刀把它割成了四段……"

"他居然让你留着一把刀？"

"你忘了，我和他是朋友。"

她没有说错，我还没有绕出她告诉警方的故事——德西绑架了她，我确实忘了真相，她真是个把故事讲得活灵活现的人。

"一到德西不在身边的时候，我就把细绳绑在自己的手腕和脚踝上，能绑多紧绑多紧，这样就会留下伤痕。"

说到这里，她给我看了看手腕上的瘀痕，那可怕的痕迹好似一圈圈手镯。

"我备了一个酒瓶，每天都用它自虐，这样我的阴道内看上去就会是……想要的结果，足以充当强暴的证据。今天我终于让他跟我上了床，因此我的体内会有他的精液，接着我在他的马提尼酒里下了些安眠药。"

"他还让你留着安眠药？"

她又叹息了一声。

"哦，对了，你们是朋友。"

"然后，我……"她做了个割断德西颈脖的动作。

"嗯哼，就这么简单？"

"你所要做的只是下定决心，然后付诸行动。"她说，"要自律，要贯彻到底，做任何事都是这样，你从来都不理解这一点。"

我能感觉到她的心正在一点点硬起来，看来我对她的赏识还不够分量。

"再多跟我说说，"我追问道，"告诉我事情的经过。"


又过了一个小时，水已经渐渐变凉，艾米结束了我们之间的对话。

"你不得不承认，这一切堪称才华横溢。"她说。

我定定地盯着她。

"我是说，你总得有一点由衷的佩服吧。"她催道。

"德西流血流了多久才死掉？"

"睡觉的时间到了。"她说，"不过如果你乐意的话，明天我们可以继续谈。现在我们该去睡觉，而且是同床共枕，我认为这非常重要，算是给这一切画上个句号。其实呢，应该说是揭开序幕才对。"

"艾米，今晚我会留下来，因为我不想面对离开之后的一大堆问题，但我会睡在楼下。"

她歪了歪脑袋，细细地端详着我。

"尼克，你要记住，我仍然可以对你下狠手。"

"哈！还能比你已经做得更可怕吗？"

她看上去有几分吃惊，"哦，那当然了。"

"我真的很怀疑这一点，艾米。"

我拔腿向门外走去。

"谋杀未遂。"她说。

我停下了脚步。

"这是我最初的计划：我是一个惨兮兮、病恹恹的妻子，动不动就会发病，突然结结实实地病上一阵子，结果大家发现，她丈夫为她调的鸡尾酒里……"

"就像日记中记载的一样。"

"但后来我觉得谋杀未遂罪未免太便宜你了，应该更狠一些，不过我并没有扔掉下毒这个法子。你一步步地向谋杀走去，先选了一种胆小一点儿的方式——这主意听上去不坏吧。于是我说干就干，开始付诸实施了。"

"你指望我相信你的话吗？"

"那些吐出来的东西看上去真是让人吓一跳呀，一个天真无邪、惊慌失措的妻子可能还存下了些呕吐物，有备无患嘛，你可不能怪她有点偏执。"她露出了满意的笑容，"备用计划后面总得再留一套备用计划。"

"你居然真给自己下了毒。"

"拜托，尼克，你很吃惊吗？我连自己都下手杀了。"

"我得喝上一杯。"我说。不等她开口，我已经拔腿离开。

我给自己倒了一杯苏格兰威士忌，一屁股坐到了客厅的沙发上。在窗帘外面，相机的闪光灯仍然照亮着院子，夜色不久便会消散，我发现清晨是如此的让人沮丧，因为我心知这样的清晨会一次接一次地到来。


电话铃只响了一声，坦纳就接了起来。

"艾米杀了他。"我说，"她杀了德西，因为德西……惹恼了艾米，他在跟艾米较劲，而艾米意识到她可以动手杀了德西，这样她就可以回归原来的生活，还可以把一切责任都推到德西头上。艾米谋杀了德西，坦纳，她刚刚亲口告诉了我，她承认了。"

"你没能把你们的对话录下来吧？用手机或是别的什么工具？"

"当时我们两个人赤身裸体，开着淋浴水龙头，她的声音压得很低。"

"我本来就不想开口问那个问题。"他说，"在我遇到的人中间，你们俩是最乱来的一对，亏我的特长还是专门对付乱来的人。"

"警方那边有什么动静？"

他叹了一口气，"艾米把一切弄得滴水不漏，她的说法荒唐透顶，但怎么也比不上我们的说法荒唐；我是说，艾米基本上利用了变态的最高准则。"

"什么意思？"

"撒的谎越大，别人就越会相信。"

"不至于吧，坦纳，总有些证据什么的。"

我轻轻地迈步走向楼梯，以确保艾米不在附近。我和坦纳是在压低声音说话，可眼下万事都得小心。

"现在我们只能乖乖听话，尼克，她把你的形象打扮得一塌糊涂：据艾米说，日记本上的一切都是真话，柴棚里的所有东西都是你的，你用信用卡买了那些东西，还不肯放下面子去承认。她只是温室里的一朵娇花，她怎么会知道用自己丈夫的名字去暗地里办信用卡呢？我的天哪，还有那些色情玩意儿！"

"她告诉我，她从来就没有怀过孩子，她用诺伊尔·霍桑的尿造了假。"

"你怎么不早说……这是个重要线索！我们就全指望诺伊尔·霍桑了。"

"但是诺伊尔压根儿蒙在鼓里。"

我听到电话那头深深地叹了口气，坦纳甚至都懒得再问为什么，"好吧，我们会不断地想办法，不停地找证据，总会有露馅的时候。"他说。

"我没法留在这间屋跟那家伙待在一起，她威胁我说……"

"谋杀未遂……那个防冻液，没错，我听说在鸡尾酒里有这东西。"

"警方不能因为这个把我抓起来，是吧？艾米说她还保留了一些呕吐物当作证据，但这个真的能……"

"我们现在还是不要逼得太紧，好吗，尼克？"他说，"当务之急是乖乖听话，我很不乐意这么说，真的不乐意，但这也是目前我能给你的最好建议：乖乖听话。"

"乖乖听话？这就是你的建议？我的金牌律师就告诉我这个：乖乖听话？你还是滚蛋吧。"

我满腔怒火地挂掉了电话。

"我要杀了她，他妈的我要杀了这个婊子。"我想。

于是我一头扎进了不为人知的白日梦中——在过去的几年中，每当艾米让我感觉无地自容的时候，我便会放肆地做些白日梦，在梦里用一把锤子使劲砸她的头，一直砸到她再也说不出话来，再也说不出那些用来形容我的词：平庸、无趣、毫无亮点、达不到标准、让人一点儿也记不住；嗯，基本上就这些。在白日梦中，我不停手地用锤子猛砸她，直到把她砸得像个破烂的玩具，嘴里"唔唔唔"地哼着，然后再也不吭一声。这样闹上一场还不够，我会把她修得十全十美，从头再杀她一遍：我用双手掐住她的脖子，（她不是总渴望亲密接触吗？）然后使劲地掐，掐了又掐，她的脉搏就……

"尼克？"

我转过身，艾米正穿着睡袍站在楼梯底部的台阶上，朝一边歪着头。

"乖乖听话，尼克。"我心想。

# 艾米·艾略特·邓恩
## 返家当晚

他转过身，当看见我站在那儿时，他的脸上赫然露出了惊恐的神情——这是件好事，因为我并不打算放手让他走。他可能认为把我引回家的那些甜言蜜语全是编出来的假话，但我知道事情并非如此，我知道尼克压根儿撒不出这样的谎来，我知道当他从嘴里说出这些话的时候，他就已经意识到了真相。砰！因为当你爱得像我们一样深，那就没有办法不深入骨髓，我们的爱可能会暂时消退，但它会一直等待着重新绽放的一天，恰似世上最甜蜜的绝症。

你不相信这一套？那要不要换个说法？他确实撒了谎，他在短片里就没有说一句真心话；那也行，他得乖乖地给我滚一边去，谁让他装得那么像呢，因为我就想要他，就要他在短片中的那副模样，就要那个他装出来的男人……女人就爱这样的男人；反正我就爱这样的男人，我就希望我的丈夫是那副模样，当初我嫁的就是这样一个男人，我就该和这样的男人在一起。

因此他也有得选：他可以用曾经爱我的方式继续真心爱我，要不然就让我来狠狠地治一治，把他乖乖变回当初和我结婚时的模样，我实在是太腻味他的那些下三滥勾当了。

"乖乖听话。"我说。

他看上去就像个孩子，一个火冒三丈的孩子，他握紧了自己的拳头。

"就不，艾米。"

"我可以毁了你，尼克。"

"你已经毁了我，艾米。"我眼睁睁地看见他的脸上闪过一抹怒火，"老天爷呀！你为什么偏偏要跟我在一起呢？我又无趣又平庸，毫无亮点也毫无新意，压根儿达不到标准；在过去的几年中，你不是一直在费心费力地向我证明这一点吗？"

"那只是因为你不肯再努力了。"我说，"当初和我在一起的时候，你曾是如此的完美；在初遇的时候，我们曾是如此的完美，可是后来你就不肯再努力了，你为什么要这么做？"

"因为我不再爱你了。"

"为什么？"

"因为你不再爱我了。我们两个人就像一个病态入骨的"莫比乌斯带"①，会害死人的，艾米。当初相遇时，陷入爱河的两个人并不是真正的你我，有朝一日做回了自己，哇！我们就变成了毒药。我们倒是互补，但却用了最险恶、最丑陋的方式；你并不真心爱我，艾米，你甚至都谈不上喜欢我。跟我离婚吧，离了婚大家还可以开心地生活。"

"我不会跟你离婚，尼克，我不会。而且我向你发誓，如果你胆敢设法离开我，我会用尽一生让你的生活变成人间地狱，你知道我办得到。"

这时他踱开了步子，好似一只被困在笼子里的熊，"好好想想吧，艾米，我们两个人太不合适了，为什么非要把世界上最难伺候的两个人绑在一起呢？如果你不和我离婚，那我就和你离婚。"

"真的吗？"

"我说到做到，不过最好还是你跟我离婚，因为我知道你在想什么，艾米。你正在想，这样的烂结局不可能成就一个好故事：'小魔女艾米'终于手刃了那个强暴她的疯狂绑匪，回到家中却要面对……一场无聊俗套的离婚，你觉得这个结局算不上一场胜利。"

这种结局确实算不上一场胜利。

---

① 一种拓扑学结构，只有一个面和一个边界。——译者注

"但你可以这么想：你的故事并不是那种泪水涟涟、暖人心窝的货色，讲述主角如何从劫难中幸存下来；它可不是 20 世纪 90 年代初的老影片，不是那种陈年货。你是个坚强、独立、充满生气的女人，艾米，你干掉了绑匪，还一脚踢开了那个背着你劈腿的蠢货丈夫，女人们会为你高呼'万岁'。你才不是一只担惊受怕的小白兔，你是个无法无天的混世魔王，下手绝不留情。好好想想吧，你知道我没说错：宽容的时代已然结束，那玩意儿已经过气了，想想那些女人……那些政客的妻子，女演员……在眼下这个年代，要是丈夫出了轨，那些公众人物绝不会再容忍劈腿的男人，眼下已经不是'死也要做贤内助'的年代，而是'把王八蛋踢出门'的年代。"

我的心中顿时腾起了熊熊怒火：他竟然还在设法摆脱我们的婚姻，尽管我已经告诉过他这是不可能的事情（到现在为止，我已经说过三遍），可他居然还觉得权力掌握在他的手中。

"要是我不和你离婚，你就会和我离婚？"我问道。

"我不希望自己的太太是你这样的女人，我想和一个正常人结婚。"

扯淡。

"我明白了。你想变回那个一塌糊涂的蹩脚货？你想一走了之？没门！你可没法子变成一个无聊透顶的中西部男人，和一个无聊透顶的邻家女孩在一起，你已经试过这一套了，还记得吗，宝贝？就算你想要这样，现在你也办不到，你的脑门上已经贴了一枚标签——你是个拈花惹草的混账男人，还一脚蹬掉了被绑架被强暴的妻子，你觉得还有哪个正经女人会理你吗？能和你在一起的只能是……"

"变态？疯狂的变态贱人？"他正伸出手指对着我。

"不许这么叫我。"

"变态贱人？"

如果能用这句话把我一笔勾销，那就太轻松了；如果能够这么轻易地把我给打发走，他一定非常乐意。

"我所做的一切都事出有因，尼克，我所做的一切都需要计划周详，把握分寸，管好自己。"我说。

"你是个小肚鸡肠、自私自利、爱指使别人，又有自控力的变态贱人……”

“你是个男人，你是个平庸、懒惰、无趣、懦弱，还忌惮女人的男人。”我说，“如果没有我，那你会一直是那副让人倒尽胃口的鬼模样，但我成就了你，和我在一起时你达到了自己的巅峰状态，而且你心里清楚这一点。你生命中唯一一段欣赏自己的时光，正是你假装成我喜欢的样子的时候；如果没有我，你就只能是你父亲的翻版。”

“不许这么说，艾米。”他攥紧了拳头。

“你真的觉得他从未被女人伤害过，就像你一样？”我尽可能地把声音放得体贴哄人，仿佛我面对的是一条小狗，“你真的觉得他认为自己不应该过得比现在更好吗，就像你一样？你真的觉得你妈妈是他的首选？你觉得他为什么这么恨你呢？”

他向我走了过来，“闭嘴，艾米。”

“想想吧，尼克，你知道我没有说错：即使你找到了一个很不错的普通女孩，你还是会每天都牵挂着我，你敢说你不会想我吗？”

“我不会想你。”

“当初你刚刚认定我还爱着你，难道不是一眨眼就把邻家女郎安迪给忘到了九霄云外？”我用惹人怜的娃娃音说道，甚至噘起了嘴唇，“难道一封情书你就挺不住了，亲爱的？一封情书够了吗？还是两封？只要我在两封情书里发誓爱你，口口声声要你回来，还说我终究只念你的好……这样就够了吗？你真是‘才思敏捷’，你真‘是个温暖的人’，你真是‘才华横溢’——你实在是个可怜虫，你觉得自己还有机会做回正常人吗？你会找到一个好女孩，但你还是会心心念念记挂着我，你会觉得万事都不如意，你会发现自己被困在了无聊的凡人生活中，困在了平庸无味的妻子和两个孩子身边。你会会心心念念记挂着我，然后瞧一瞧自己的妻子，心里暗自送她一句：蠢贱人。”

“闭嘴，艾米，我可不是在开玩笑。”

“正像你的父亲一样，归根结底我们都是贱人，对不对，尼克？蠢贱人，变态贱人。”

他一把抓住我的手臂，用力摇晃起来。

"而我是那个成就你的贱人，尼克。"

这时他不再说一句话，而是花了全身力气来管住自己的手，双眼已经被泪水濡湿，他发起了抖。

"我是那个把你打造成男人的贱人。"

就是在这个时候，他的双手架在了我的脖子上。

## 尼克·邓恩
## 返家当晚

　　我的手指终于摸到了她的脉搏，恰似我想象中一样。我把她按倒在地上，一双手勒得更紧了些，她发出咳咳的声音，伸手挠了挠我的手腕。我们两个人都跪在地上，面对面对峙了十秒钟。

　　"你这个疯婊子。"我想。

　　一滴眼泪滑过我的下巴，滴落在地面。

　　"你这个邪恶的疯婊子，不仅夺取别人的生命，还要玩弄别人的理智。"我心想。

　　艾米那双明亮的蓝眼睛正定定地盯着我，一眨也没有眨。

　　正在这时，一个最为诡异的念头迈着摇晃的步伐"咔嚓咔嚓"地从我的心底走了出来，一下子让我喘不过气，"如果我杀了艾米，那我又算什么呢？"

　　好似一道惊雷闪过，我立刻松开了妻子，仿佛她是一块烧得通红的烙铁。

　　她重重地坐到了地上，又是喘息又是咳嗽，过了一会儿终于喘过了气，发出一阵阵参差不齐的呼吸声，还拖着一种奇怪的尾音，听上去几乎有些撩人。

　　"那我又算什么呢？"这个问题的答案并非冠冕堂皇的一句话——那你

就会成为一个杀人凶手，尼克，你会沦落得跟艾米一样坏；公众曾经把你当作杀人凶手，你的举动会坐实他们的想法。"那我又算什么呢？"——这个问题深入骨髓，实在令人心惊：如果没有艾米与我唱对手戏，我会是谁呢？因为她没有说错，作为一个男人，我在爱她的时候展现了自己最动人的一面，我和艾米只相识了七年，但我无法再回到没有艾米的生活，无法再回到普通人的生活。在她开口之前，我就已经意识到了这件事，我已经想象过自己和一个普通女人在一起的一幕幕，那是个甜美而普通的邻家女孩，我想象着自己向她讲述艾米的故事，告诉她艾米是多么无所不用其极，其目的只是为了惩罚我，只是为了回到我的身边。我能想象出这个甜美平庸的女孩会说些索然无味的话，比如，"天哪，这么会这样"，"天哪，我的上帝"；我也知道自己心中的阴暗面会盯着她暗想："你还从来没有为我杀过人，也从来没有设过圈套陷害我；对于艾米做过的一切，你连门道也摸不着，也永远不会如此在意。"我心中那个被宠坏的"妈宝男"不可能与这样的女人好生相处，很快她就不单单只是普通，她会变得不合标准，而那时我心中就会冒出父亲的声音，说一句"蠢贱人"，然后把事情接手过去。

艾米一点儿也没有说错。

所以说，我也许压根儿就不会有什么好结果。

艾米是一味毒药，但我无法想象缺了她的世界。如果艾米不见了踪影，我会是怎样的人呢？那样的世界压根儿找不出一个让我感兴趣的选项。但话又说回来，艾米必须就范，扔到监狱里关起来对她来说是个满不错的结局，那样就可以把她关进牢笼免得折磨我，而我却可以时不时去探望她，或者至少想她一下。

把她关进牢里的人必须是我，这是我的责任；正如艾米觉得是她成就了我，我也必须担下罪名——是我把艾米逼到发疯。别处可能有无数男人曾经爱过艾米、为艾米争过光、听从过艾米的使唤，还觉得自己幸运得一塌糊涂，那些男人满腔自信，绝不会强迫艾米戴上假面，他们会让艾米做回自己，做回那个完美、严苛、聪慧、迷人、创意十足、贪得无厌又妄自尊大的她。

别处有足以宠溺太太的男人。

别处有足以让太太保持理智的男人。

艾米的生活原本可能有千百种结局，但她偏偏遇上了我，于是祸事降临了，因此阻止她的责任也落在了我的头上。

不是杀了她，但要阻止她。

把她老老实实地关起来。

## 艾米·艾略特·邓恩
## 返家之后五日

我就知道一定要多多提防尼克，现在更是百分百地肯定。他已经不再像从前那般温顺，他心中的闸门已经打开——我喜欢他这副模样，但我必须未雨绸缪。

我必须玩出更厉害的一招来未雨绸缪。

这一招需要一点儿时间，但我以前就已经做过谋划；与此同时，我们还可以多花点心思在修补关系上面。就从修补门面着手吧，就算他会因此极度恼火，我们也要有一个美满的婚姻。

"你必须努力再爱我一次。"今天早上，我这么对他说。就在昨天，他还几乎动手杀了我。今天正好是尼克三十五岁的生日，但他压根儿没有提，我丈夫已经受够我的礼物了。

"我原谅你昨天晚上的举动。"我说，"眼下我们的压力都很大，但现在你必须努力再爱我一次。"

"我明白。"

"事情必须有所改观。"我说。

"我明白。"他说。

他并不是真的明白，但总有一天他会明白。

父母每天都要过来拜访我们，兰德、玛丽贝思和尼克都一股脑对我倾尽关注：大家觉得遭遇强暴和流产会给我留下永远的伤痛，让我变成一个碰不得的玻璃人，以后一辈子都必须被轻轻地捧在手心里，以免粉身碎骨。因此我把脚跷上了那张声名狼藉的搁脚凳，小心翼翼地踏上厨房地板——地板上曾经淌过我的鲜血呢，大家必须好好照顾我。

但尼克和别人在一起却让我莫名地紧张，他似乎一直徘徊在说漏嘴的边缘，仿佛他的肺里装满了关于我的说法，还都是些让人大难临头的话。

我意识到我需要尼克，我还真的需要他来帮我把故事讲圆，他不能再一味地否认，必须开口担下那些臭名——信用卡、柴棚里的玩意儿，还有突然涨了一大截的保险，要不然的话，我将永远没有踏实的日子。眼下我只有警方和联邦调查局那里还收不了尾，他们仍然在不停钻研着我的说法。我知道波尼巴不得把我抓起来，不过他们之前把事情弄得一团糟，害得自己看上去就像一群白痴，因此没有铁证他们绝不会碰我。可是他们手里并没有证据，尼克倒是站在他们那边，他声称没有做过那一摊子事，但我声称就是他做了那一摊子事；这一点倒也不算什么铁证，但我并不乐意。

还有我那住在欧扎克地区的朋友杰夫和葛丽泰，万一他们为了求名求利鬼鬼祟祟地现了身，那我也已经做好了万全的准备。我已经告诉警方，德西并没有直接把我带去他家，而是先蒙住我的眼睛、塞住我的嘴关了几天，还给我吃了迷药。当时我被关在一间屋里，或许是在某个汽车旅社？又或许是间公寓？我觉得应该有几天吧……我可说不准，记忆太模糊了嘛，毕竟当时我怕得厉害，还被灌了些安眠药。如果杰夫和葛丽泰那两个下三滥胆敢露面，还能莫名其妙地说服警察派遣技术小组去搜查那些木屋，警方又在那里找到了我的一个指纹或一根头发，那我的故事也更加讲得通了，至于杰夫和葛丽泰嘴里那些跟我对不上号的情节，那就是他们瞎扯啦。

因此尼克才是唯一一个真正的麻烦，而我很快就能让他站到我这边来。我是个聪明人，没有留下其他任何证据，警方可能还没有死心塌地地相信我，但他们绝不会轻举妄动。从波尼那暴躁的口气中，我能听出她从此将永远被怒火困扰；可惜她越是恼火，就越没有人答理她。

没错，调查已经接近尾声，但对"小魔女艾米"来说，一切却才刚刚揭幕。我父母的出版商腆着脸恳请他们再出一本《小魔女艾米》，看在一大笔钱的份儿上，我父母也勉强同意了——他们又一次鸠占鹊巢地盗用了我的灵魂，倒让他们自己大赚了一笔。我父母在今天早上离开了迦太基，他们说尼克和我需要一些时间独处疗伤，但我知道真正的原因：他们巴不得立刻着手工作。他们还告诉我，他们两个人正在设法"找到合适的基调"，那基调透露出的意味无非是"有个禽兽绑架了我们的女儿并多次强暴了她，最后她不得不在这个禽兽的脖子上捅了一刀……不过本书绝非趁势捞钱的货色"。

我并不关心他们如何再次打造可怜兮兮的"小魔女艾米"系列，因为每天都有人打电话要我嘴里说出来的故事：那可是我的故事，百分百属于我。我只需要从中挑出最棒的一笔交易，然后着手开写；我只需要尼克和我保持同一口径，对这个故事的结局有个一致的说法，那可是个皆大欢喜的结局呢。

我知道尼克眼下还不爱我，但他终有一天会爱我，我对这一点很有信心。"演久了就成真"，人们不已经有这种说法了吗？目前他的行为举止酷似以前的尼克，我也酷似以前的艾米，我们双双生活在最初的幸福时光，当初我们还没有像现在这样了解对方。昨天我站在后门廊上，望着太阳从河面升起，那是一个冷得有几分奇怪的八月早晨，当我转过身时，尼克正透过厨房的窗户细细端详着我，他举起一杯咖啡问道："要不要来一杯？"我点了点头，不久他就站到了我的身边，空气中飘荡着青草的芳香，我们一起喝着咖啡凝望着河水，一如一段平常的美好光景。

他还是不肯跟我一起睡，他睡在楼下的客房里，还反锁上房门。但总有一天他会熬不住，我会趁他不备抓住机会，到时候他就再也无心打这场夜仗了，就会乖乖地和我同床共枕。到了夜半时分，我会转身面对着他，紧贴着他的身子，像一根百转千回的藤蔓一般缠着他，直到他的每一分每一寸都躲不开我，彻彻底底地落进我的手里。

尼克·邓恩

返家之后三十日

　　艾米认为自己已经控制了局面，实际上她大错特错；换句话说，她将会大错特错。

　　波尼、玛戈和我正在并肩作战。警方和联邦调查局对这档子事已经失去了兴趣，波尼昨天却无端端地打了个电话过来，我接起电话时，她并没有自报家门，而是像个老朋友一般劈头问了一句话："要不要出来一起喝杯咖啡？"我叫上了玛戈，和波尼在煎饼屋碰了头。等我和玛戈到了煎饼屋，波尼已经在卡座里等待了，她站在那里，露出有气无力的微笑——媒体对她一直很不客气。我们大家颇为尴尬地打了个招呼，波尼倒只是点了点头。

　　上餐以后，波尼开口对我说的第一句话是："我有个十三岁的女儿，名字叫米娅，是跟着'米娅·哈姆'①取的，毕竟美国在我女儿出生的那天赢了世界杯嘛，总之我就有这么一个女儿。"

　　我扬了扬眉毛，意思是说："真有趣啊，再说点来听听。"

　　"有一天，你问起过这事，但当时我没有回答……当时我很粗鲁。我一直相信你是无辜的，谁知道……一切证据都表明你有罪，把我惹得非常恼火，我恨自己居然那么容易就上了当，所以我压根儿不想在你身边提起我女

_____

① 玛利尔·玛格利特·哈姆（1972~　　）：一名前美国女足运动员，一般被人们称为米娅·哈姆。——译者注

儿的名字。"她用壶给我们斟上了咖啡。

"总之，我女儿的名字叫米娅。"她说。

"哦，谢谢你。"我回答道。

"不，我的意思是……太扯淡了。"她往上吐了一口气，一阵劲风随势吹起了她前额的刘海，"我的意思是说，我知道艾米设套想给你安个罪名，我知道她谋杀了德西·科林斯，我心里什么都知道，但就是没有任何证据。"

"你倒是老老实实地在调查这个案子，那别人都在干什么？"玛戈问。

"根本没有立案，大家都已经去忙别的事了，吉尔平完全撒手不管了，我还是从高层那里听说，'赶紧把这桩丑事给结了，别再翻老底啦'。全国媒体把我们说成了一群怪物，是一帮蠢透顶的乡巴佬，除非我能从你这里得到些证据，尼克，要不然我什么也做不了，你有任何证据吗？"

我耸了耸肩，"我有的你都有了，她倒是亲口向我承认了，但是……"

"她承认了？"波尼说，"真好，他妈的，尼克，我们会弄个窃听器装到你身上。"

"行不通的，肯定行不通，她把一切都已经周全地考虑过了。我的意思是，她深知警方的一套，她仔细研究过了，郎达。"

她又往华夫饼上倒了些铁青色的糖浆，我把手里的叉子戳进了圆滚滚的蛋黄里搅了搅，把它弄得一团糟。

"每次你叫我郎达，我都想发狂。"

"她仔细研究过了，侦探波尼女士。"

她又往上吹了一口气，吹乱了刘海，然后咬了口煎饼，"反正现在我也拿不到窃听器。"

"别泄气啊，你们这帮家伙，总得有些证据在嘛。"玛戈厉声说道，"尼克，如果你在那间房子里找不到任何证据的话，那干吗还待在那儿？"

"事情需要时间，玛戈，我必须让她再次信任我，如果她开始随口跟我聊起家长里短，当我们不再光着身子的时候……"

波尼揉了揉眼睛，冲着玛戈说："你说我是该问呢还是不该问呢？"

"他们总是光着身子在淋浴间冲着水聊天。"玛戈说，"你能在淋浴间里装窃听器吗？"

"除了哗哗流着的水,她还会压低声音对我耳语呢。"我说。

"她确实做过研究。"波尼说,"我的意思是,她真做过。我查了她开回来的车,也就是德西的那辆捷豹。我让人检查了后备箱,因为艾米声称,德西绑架她时曾把她塞进后备箱,我想如果那里什么都没有的话,那我们就抓到她撒了一个谎,结果她居然在后备箱里打过滚,尼克,警犬在那里闻出了她的气味,而且我们还发现了三根长长的金发,那可是长长的金发呀,是在她的头发被剪短之前才有的玩意儿,她是怎么做到的呢……"

"要有远见。我敢保证她把这玩意儿存了一袋起来,如果哪天她需要在什么地方放几根来给我下套,她就一定做得到。"

"我的天哪,你能想象有她这样的母亲会是什么样吗?你会连个小谎都撒不了,因为她总是先你一步,你永远也别想蒙混过关。"

"波尼,你能想象有她这样的妻子会是什么样吗?"

"她总有露马脚的时候,"波尼说,"总有一天她会撑不住的。"

"她不会的。"我说,"难道我就不能出来指证艾米吗?"

"你压根儿没有可信度。"波尼说,"你的信誉全都仰仗艾米哪,她可以一手帮你得回清白,也可以一手让你声名扫地,如果她把防冻剂的事情讲出来……"

"我必须找到那些呕吐物。"我说,"如果我处理了那些呕吐物,我们又多揭穿她的几个谎话……"

"我们应该认真地把日记查一遍。"玛戈说,"记了七年?好歹总能找出些蛛丝马迹吧!"

"我们曾经让兰德和玛丽贝思去找,看看里面是不是有不合常理的内容,"波尼说,"你可以想象出结果怎么样,当时我还以为玛丽贝思要活生生把我的眼珠给抠出来呢。"

"那杰奎琳·科林斯、汤米·奥哈拉和希拉里·汉迪呢?"玛戈说,"他们都知道艾米的本来面目,一定会有一些证据存在。"

波尼摇了摇头,"相信我,这些远远不够,他们的信用度都不及艾米,虽然这纯粹是公众的看法,但现在警察部门就看民意。"

波尼没有说错,杰奎琳·科林斯已经在一些电视节目上露过面,口口声声坚称自己的儿子是无辜的。节目开始时，她总是一派镇定，但那份母爱一直在跟她作对，不用多久，她看上去就像一个伤透了心的女人，不顾一切地想要相信自己的儿子有多么美好，主持人越是同情她，她就越是厉声纠缠不休，也就变得越发不招人同情，没过多久她就从公众的视野中消失了。汤米·奥哈拉和希拉里·汉迪倒是都给我打过电话，艾米逍遥法外让他们两个人火冒三丈，决心要出面讲述自己的遭遇，但是没有人愿意听两个脑子有问题、历史又不清白的人讲以前的事情。"稳住，我们正在努力想办法。"我告诉他们。我、希拉里、汤米、杰奎琳、波尼还有玛戈，总有我们伸张正义的一天，我告诉自己要坚信这一点。

"如果我们至少搞定了安迪呢？"我问，"让她说出艾米藏提示的地方全是我们曾经……你知道……发生过关系的地方？安迪有可信度，公众喜欢她得很。"

艾米回来以后，安迪又恢复了往常那副开开心心的样子，这些都是我从小报抓拍的零星照片上得知的。从那些照片看来，她一直在和一个年龄相仿的男孩交往，那家伙长得挺讨人欢心，有着浓密的头发，一副耳机整天挂在脖子上。他们两个人看上去很不错，既朝气又年轻，媒体爱死他们了，相关新闻中有一则标题最为出色——"爱情找上安迪·哈迪！"该标题典出米基·鲁尼[1]在 1938 年的一部电影名，估计只有二十个读者能对其中的含义心领神会。我给安迪发了一条短信，上面写着：对不起，一切的一切，她没有给我回信；这样很棒，我真心地祝福她。

"只是巧合罢了。"波尼耸了耸肩，"我的意思是，只不过是蹊跷的巧合，但……这些料不够分量，没办法让人继续深挖，反正在眼下这种关头没办法。你必须让你妻子告诉你一些真材实料，尼克，你是我们唯一的机会。"

玛戈把咖啡重重地搁到桌上，"我简直不敢相信我们在讨论这样的事。"她说，"尼克，我不希望你继续住那栋房子，你可不是卧底的警察，这不是你的职责。他妈的，你正和一个杀人凶手同居一室呢，赶紧搬出来。有谁关

---

① 米基·鲁尼（1920~　）：一位美国电影演员和艺人，于 1938 年拍摄过电影《爱情找上安迪·哈迪！》。——译者注

心她是不是杀了德西呢？我只关心她别杀了你就好。我的意思是，说不定哪天你一不小心烤糊了她的焗芝士三明治，接下来我的电话铃就响了，有人通知我你从屋顶上摔下来跌成了一摊烂泥，要不然就出了什么糟心的事，总之赶紧搬出去吧。"

"我做不到，至少目前还不行。她永远也不会真的放手让我走，她对这场游戏可入迷了。"

"那就别再跟她玩游戏了。"


我不能打退堂鼓，我已经把这套游戏玩得越来越好了。我会陪在她的身边，直到有一天掰倒她，现在只有我一个人能做到这一点；总有一天她会说漏嘴，让我抓住马脚。就在一个星期前，我搬回了我们的卧室，我们之间并没有男欢女爱，甚至难得触碰对方，但我们还是同床共枕的夫妇，这一点足以让艾米不闹了。我抚摸着她的头发，用食指和拇指捏起一小绺，一路将到发梢拽了拽，犹如在摇一只铃铛——这一套让我们两个人都很开心；但这是一个问题。

我们双双假装还爱着对方，还在一起做些我们相爱时喜欢做的事，有时感觉几乎以假乱真，因为我们学得实在太像了，一同重拾着恋爱之初的那份浪漫。有时候，我会冷不丁忘了我妻子的本来面目，那时我便从心底喜欢跟这个人待在一块儿；要不然换句话说，喜欢跟她假装的那个人待在一块儿。事实是，我的太太是一名杀人凶手，但她时不时有趣得紧，举个例子来说吧：有天晚上，我像以前一样买来新鲜到货的龙虾，她假装拿着龙虾追我，我顺势假装躲起来，接着我们异口同声拿《安妮·霍尔》讲了个笑话——那一刻是如此完美，害得我不得不离开房间一会儿，因为心跳声一直在我的耳畔"咚咚"回响。在那个时候，我不得不反复念叨着护身的魔咒——"艾米杀过一个人，如果你不万分小心的话，她也会杀了你。"我的太太是个有趣得紧而又美貌动人的杀人凶手，如果我不能让她称心如意的话，她也会下毒手害我。我发现自己在家里活得心惊胆战：正午时分，我正站在厨房里做三明治，舔着刀上的花生酱，这时我一转身发现艾米也在同一间屋……她那静悄悄的步子犹如一只猫……那我一定会吓得打个冷颤。我是个粗枝大叶的人，常常记不住细节，现在却要不断地反省自己的言行举止，确保自己没有得罪她，也从来没有招惹到她的感情；我记下了她的日常作息和爱憎，以防她哪天心血来潮要考考我。我成了一个出色的丈夫，因为我怕她哪天会杀了我。

我们从来没有讨论过这件事，因为我们正在假装相爱，而我正在假装自己并不怕她，不过她倒是只言片语地提起过："你知道吗，尼克，你可以和我同床共枕，安下一颗心来睡觉，不会有事的，我保证。德西身上发生的事情不会接二连三跟着来的，闭上你的眼睛，好好睡一觉吧。"

但我知道自己永远也不能安心沉入梦乡，当她在我身旁时，我无法闭上双眼，那种感觉就像和毒蜘蛛同床共枕。

## 艾米·艾略特·邓恩
## 返家之后八周

没有人来抓我，警方也已经不再问东问西，我感觉很安全，再过一阵子还将会更加安枕无忧。

我感觉好得不得了：昨天我下楼去吃早餐，一眼发现装着呕吐物的那个罐子正摆在厨房的台面上，里面已经空空如也——尼克这个到处乱翻的家伙把那玩意儿处理掉了。我眨了眨眼睛，把罐子扔了出去。

那玩意儿已经没什么要紧了。

妙事正在发生。

我跟商家约好要写一本书：我们的故事终归是由我说了算，这种感觉十分具有象征意义，也十分美妙。话说回来，难道所有婚姻不都是这副模样吗？就像一场冗长的话语权之争？嗯，总之眼下归"她"说了算，整个世界都会倾听，而尼克不得不露出微笑表示赞同。我会把他写成自己希望的样子：深情款款、体贴周到，而且一心痛改前非，毕竟他花了信用卡买了一大堆东西放在了柴棚里嘛。如果我无法让他亲口承认的话，我也会让他在书里把这番话说一遍，随后他便会和我一起去巡回售书，一路上笑了又笑。

我给书起了个简简单单的名字——《魔女》，这样的一个她会制造奇迹和惊喜，这样的她令人咋舌，我想这已经说尽了我的故事。

## 尼克·邓恩
## 返家之后九周


　　我发现了呕吐物。她把那玩意儿装进罐子放进了一盒球芽甘蓝，又把球芽甘蓝藏在了冰柜深处，盒子上裹着不少冰粒，看上去一定已经藏了好几个月。我心知这是她在自己跟自己打趣呢："尼克死活不肯吃蔬菜，尼克从来不肯劳动大驾清理冰箱，尼克压根儿就不会正眼瞧一眼这个地方。"

　　但尼克还是发现了。

　　事实证明，尼克知道如何清理冰箱，尼克还知道如何解冻：我把呕吐物一股脑儿倒进了下水道，又把罐子大刺刺地摆上了厨房台面，好让她知道我已经找到了这玩意儿。

　　她把罐子扔进了垃圾桶，一个字也没有提过。

　　事情很蹊跷，我不知道是哪里出了错，但事情非常不对劲。


　　我觉得自己的生活已经降下了收场的帷幕，坦纳接手了一个新案子：纳什维尔的一名歌手发现妻子对自己不忠，于是第二天就有人在他家旁边的"哈迪斯"快餐店的垃圾桶里发现了该妻子的尸体，身边还有一把铁锤，上面布满了那位歌手的指纹。坦纳把我当成了挡箭牌——"我知道情况看上去一团糟，但当初尼克·邓恩的情况看上去也是一团糟，结果那案子最后让大家都大吃一惊。"我几乎可以感觉到他正透过摄像机的镜头对我挤挤眼睛。偶尔他会发一条短信给我，上面写着：一切安好？要不然就是：有什么动静？

不，什么动静都没有。

波尼、玛戈和我时不时在煎饼屋里私下碰头，细细地梳理艾米的故事，千方百计想要找出些真材实料。我们在日记里四下搜索，展开了一场煞费苦心又不合时宜的追捕，最后不顾一切地找起了茬儿，比如："在此她对《达尔富尔》作了些评论，这部片在 2010 年引起过关注吗？"我自己干得最糟的一回则是："艾米在 2008 年 7 月的日记里就开了一个杀流浪汉的笑话，但我感觉死流浪汉的笑话直到 2009 年才火起来呢。"对此波尼只回答了一句话："把糖浆递给我，变态。"


人们一个接一个地离开，继续去过自己的日子，但波尼留了下来，玛戈也留了下来。

接着倒是发生了一些变故：我的父亲终于过世了，某天晚上在梦中安然死去。一个女人一勺接一勺喂他吃了最后一餐，一个女人安置他上床睡了最后一觉，另一个女人在他过世后帮他洗净了身体，又有一个女人打电话通知了我。

"他是个好人。"她不得不在口吻中流露出几分同情，听上去有点麻木。

"不，他才不是好人呢。"我说，她听了放声大笑起来。

我原认为这个男人离世会让我感觉好受些，但实际上我觉得自己的胸口开了一个巨大而可怕的空洞，我花了一辈子的时间来和父亲做比较，现在他已经离开人世，只剩下艾米和我唱对台戏了。在办完父亲那场规模不大、冷冷清清的葬礼以后，我并没有跟着玛戈一起离开，而是跟着艾米回了家，把她紧紧地拽到了我的身边。没错，我跟我的太太一起回了家。

我必须走出这间屋子，必须和艾米一刀两断，永不再回头。我暗自心想。把我们一把火烧个干净吧，那样我就永远不能回头。

"如果没有你，我还能是谁？"

我必须找出答案，必须讲述自己的故事，这一点再明白不过。

第二天早上，艾米在她的书房里一声声地敲着键盘，向全世界讲述她的"魔女"故事，而我则带着笔记本电脑下了楼，直勾勾地盯着发光的空白屏幕。

我开启了自己新书的第一页。

"我是个背着太太劈腿的懦夫，是个怕女人的软骨头，但也是这个故事的主角，因为我背叛的那个女人是个不折不扣的变态，也是个不折不扣的杀人犯，她叫作艾米·艾略特·邓恩，她是我的太太。"

没错，我要是个读者，就会对这本书感兴趣。

## 艾米·艾略特·邓恩
## 返家之后十周

尼克在我的面前仍然戴着假面具，我们双双假装正开开心心、无忧无虑地沐浴在爱河中，但我听得出他在深夜敲响了电脑的键盘——他在写些什么。我知道，他正在从他的角度写他的故事：听听那些从他指间喷涌而出的词句吧，那咔嗒咔嗒的按键声仿佛百万只嘈杂的昆虫。我曾经在尼克睡着时设法在电脑上动动手脚（话说回来，眼下他倒是学了我睡觉的做派，变得又操心又不安），但他已经吸取了教训，他知道自己已经不再是受尽万千宠爱的心肝宝贝，于是不再使用自己的生日、他妈妈的生日或布利克的生日做密码，我也就打不开他的电脑。

可我仍然能听到他在打字，打得飞快，中间不歇一口气，我能想象出他正俯身在键盘上方耸着两个肩膀，咬紧了牙关，于是我知道必须要保护好自己，必须未雨绸缪。

因为他所写的并不是一部爱情小说。

## 尼克·邓恩
## 返家之后二十周

　　我并没有搬出家门，我想给太太大人一个惊喜——她这个人还从来没有被吓到过呢。我想要亲手将书稿交到她的手中，然后迈步出门跟出版商谈妥出书事项，让她好好感受那涓涓袭来的恐惧：整个世界都开始倾斜，将一摊污水劈头盖脸地向你倒过来，你却毫无还手之力。她也许永远也不会坐牢，这场仗会变成我们两个人之间的口舌之争，但我的说法十分有说服力，就算从法律上站不住脚，却能激起情感上的共鸣。

　　开打吧，让大家选择站在哪边：是站在尼克一边呢，还是站在艾米一边？把事情闹大点儿吧，他妈的卖掉几件 T 恤衫助助阵。

　　"我已经不准备再在艾米的故事里捧场了。"前去告诉艾米这句话的时候，我的两条腿压根儿没有一点儿劲。

　　我给艾米看了手稿，还展示了那个响当当的标题——《疯子贱人》；那是只有我们两个人才懂的小笑话，谁让我们都这么喜欢私密笑话呢。我等着她来抓挠我的脸颊，撕扯我的衣服，要不就狠狠地咬我一口。

　　"噢，时机再合适不过了。"她开开心心地说，然后露出一抹灿烂的笑容，"我可以给你看些东西吗？"

我逼着她当着我的面又做了一遍——我紧挨着她蹲在浴室的地板上，眼睁睁地看着她的尿液淌到验孕棒上，验孕棒赫然变成了蓝色，显示怀了孕。

随后我急匆匆地把她拽进车里，一路奔到了诊所，眼睁睁地看着鲜血从她的血管里被抽了出来（其实她并不怕血），又等了整整两个小时才拿到诊断结果。

艾米怀孕了。

"孩子绝对不是我的。"我说。

"噢，怎么可能不是呢。"她一边笑着回答，一边设法往我的怀里钻，"恭喜呀，宝宝的爸爸。"

"艾米……"我开了口——这一切肯定是个骗局，自从她回来之后我就没有碰过她！可是突然间我回过了神：有了生育医学中心的那盒纸巾、塑料躺椅、电视和色情杂志，我的精子就被送进了医院的某个冷冻库。我还公然把中心的通知扔在了桌上，想让太太有几分内疚，结果通知消失了，因为我的妻子已经像往常一样未雨绸缪，只不过这一次并不是把精子扔掉，而是把它存了起来，以防万一嘛。

我情不自禁地感到一阵巨大的喜悦，但那喜悦随即罩上了一片惊惧的阴云。

"尼克，为了保证自己的安全，我总得想点办法吧。"她说，"我不得不说，要信任你几乎是不可能的。首先你必须删掉你的那本书，这是明摆着的事情，其次我们需要一份证词来统一口径，你必须声称是你买了柴棚里的那堆东西，还把它们藏在了那儿，你必须声称有一阵子你确实认为我在下套陷害你，但现在你爱我、我爱你，一切通通完美如初。"

"如果我不答应呢？"

她把一只手搁在微微隆起的腹部，皱了皱眉头，"那就太糟糕啦。"

我们两个人已经花了数年来争夺婚姻、爱情以及生活的主导权，而我现在终于满盘皆输：我写了一本书稿，艾米却创造了一个生命。

我可以跟她争夺孩子的抚养权，但我心知自己必定斗不过她，谁知道她已经下了什么套。等到她收起手段的时候，我恐怕连每隔一周跟孩子见面都轮不上，到时候我就只能在奇怪的房间里和那小子相处，旁边还有个看护员一边喝咖啡一边盯着我们。说不定还要更糟：我会突然被安上性骚扰或者家暴的罪名，然后就再也见不到我的孩子了，到时候我会心知孩子被藏在某个离我很远的地方，孩子的妈妈正对着粉色的小耳朵，低声说出一个又一个谎话。

"顺便说一声，是个男孩。"她说。

我终究沦为了阶下囚。只要艾米乐意，我便永远是她的奴仆，因为我必须拯救自己的儿子，必须纠正艾米所做的一切；我甘愿为自己的孩子奉献一生，而且奉献得开开心心，我要把儿子养育成一个好男人。

我删掉了自己的书稿。


电话铃刚响起第一声，波尼就接了起来。

"去煎饼屋？二十分钟后到？"她说道。

"不是。"

我将自己要当爸爸的消息告诉了郎达·波尼，并且告诉她我将不再协助任何调查；事实上，我正打算把先前所作的证词通通收回，当时我居然迷了心窍认定太太设套陷害我；除此之外，我还准备扛下有关信用卡的臭名。

电话那头沉默了许久，"嗯哼，"她说，"嗯哼。"

我可以想象波尼正在用手扯着自己那松垮垮的头发，紧咬着牙关。

"你好好照顾自己，好吗？尼克。"她终于开了口，"也要照顾好小孩。"接着她放声大笑，"至于艾米的死活，我才一点儿也不关心哪！"

我去了玛戈家一趟，好当面把这消息当作喜讯通知她。毕竟是个小生命，有谁会对小孩感到难过呢，你可以厌恶周遭的局势，但你怎么忍心恨一个小宝贝呢。

我原以为玛戈会打我一拳，她站得如此之近，我连她的气息也感觉得到，但她只是用食指捅了捅我。

"你只是想找个借口留下来，"她低声说道，"你们两个人呀，就是互相离不开，你们迟早会成为一个一点就炸的家庭，你知道吗？你们一家子迟早会爆发，迟早会有那么一天。你真觉得你能坚持十八年吗？你不觉得她会杀了你吗？"

"只要我继续做当初她下嫁的那个人就行，有一阵子我没能做到，但我有那个能力。"

"你不觉得你会杀了她？你确定自己想做爸爸吗？"

"你还不明白吗，玛戈？这事保证了我不会变得跟爸爸一样，我不得不成为世界上最出色的丈夫兼父亲。"

玛戈突然"哇"地哭出了声，这还是她成年以后我第一次见她哭。她一屁股直挺挺地坐在了地上，仿佛两条腿再也撑不住了。我坐到了她的身边，用自己的头挨着她的头，她终于收住哭声望着我，"还记得我说过的话吗，尼克，我说过不管如何我始终爱你；不管世界颠覆成什么样，我始终爱你。"

"我知道。"

"嗯，我现在仍然爱你，不过这件事太让我伤心了。"她发出一声难听的啜泣，仿佛是个小孩子，"事情原本不应该是这个样子。"

"确实是个蹊跷的结尾啊。"我努力扮出几分轻松。

"她不会设法分开我们吧，对吗？"

"不，"我说，"你要记住，她也正装成一个好人呢。"


没错，我和艾米终于成了十分登对的夫妻。一天早上，我在她的身旁醒来，细细地打量着她的后脑勺，千方百计想要琢磨出艾米的心思。破天荒头一次，我不再觉得自己正凝视着刺目的太阳，我终于赶上我妻子那般疯狂了，因为我能感觉到她又在改变着我：以前我是一个乳臭未干的毛头小孩，后来变成了一个好坏参半的男人，现在则至少是一名主角——在我们这场永无止境的婚姻之战中，还有人为我摇旗呐喊呢，这样的说法我倒是能够接受。见鬼，到了这个时候，我已经无法想象没有艾米的生活，她是我永远的对手。

我们两个人凑齐了一段长长的骇人的高潮。

466

## 艾米·艾略特·邓恩
### 返家之后十个月两周零六天

人们告诉我，爱应该是无条件的，每个人都说，这是黄金守则。但如果爱真的毫无界限、毫无约束、毫无条件，那怎么会有人努力去做正确的事呢？如果我心知无论如何别人都会爱我，那又何来挑战呢？我应该去爱尼克，尽管他缺点重重，而尼克也应该爱我，尽管我满身怪癖。但是很明显，我们双方都没有这么做，因此我认定大家都大错特错，爱应该有着诸多的条件和限制，爱需要双方无时无刻保持完美状态。无条件的爱是一种散漫无纪的爱，正如大家眼见的那样，散漫无纪的爱是一场灾难。

在《魔女》一书中，你们可以读到更多我关于爱的见解，该书马上就要发售啦！

但是首先要提一点：宝宝。宝宝明天就该出生了，明天也正好是我们结婚六周年的纪念日——铁婚。我打算送尼克一副漂亮的手铐，但他可能还不觉得这一招有多好笑，想起来也真是奇怪，一年前的今天，我正在一步步毁灭我的丈夫，现在我几乎又已经把他重新拼起来啦。

过去的几个月里，尼克完全是一个尽职尽责的准爸爸，在空闲时间，他为我的小腹涂上厚厚的一层可可油，东奔西跑地去买泡菜，还帮我按摩双脚，总之对我竭尽溺爱。他正遵照着我的条件学习如何无条件地爱我，我真心认为我们终于踏上了幸福之路，我总算找到路了。

明天我们就将成为全世界最棒、最抢眼的一家三口。

我们所要做的只是一路这样走下去，但尼克还欠点儿火候。今天早上，他轻抚着我的头发，开口问还能为我做些什么，我说："天哪，尼克，你为什么对我这么好呀？"

他原本应该回答："这是你应得的，我爱你。"

结果他却说："因为我为你难过。"

"为什么？"

"因为每天早上你都必须醒来扮作你这副模样。"


我真心希望他当时没有说那样的话，我一直在想这件事，完全停不下来。

我没有别的话要说了，我只是想确认这一切是由我来收尾，我想我当之无愧！